HEYNE <

ZUM BUCH

Nach einem Autounfall auf einer einsamen Landstraße schwebt der 91-jährige Ira zwischen Leben und Tod. In seinen Halluzinationen erscheint ihm seine verstorbene Frau Ruth, und gemeinsam erinnern sie sich an die großen Stationen in ihrem dramatischen, aber auch sehr glücklichen Eheleben.

Gleichzeitig kämpft ein junges Paar um seine Liebe: Die Studentin Sophia hat sich in den sympathischen Rodeoreiter Luke verliebt. Allerdings eher gegen ihren Willen, denn wie soll eine gemeinsame Zukunft zwischen einer weltoffenen Kunsthistorikerin und einem provinziellen Rancher funktionieren, der auf wilden Bullen reitend Kopf und Kragen riskiert?

Doch dann verschlingen sich die Wege der beiden Liebespaare auf schicksalhafte Weise …

Regisseur George Tillman Jr. verfilmte den Bestseller mit Britt Robertson *(Under the Dome)*, Scott Eastwood *(Mavericks – Lebe deinen Traum)* und Alan Alda *(Was Frauen wollen, The West Wing)* in den Hauptrollen.

ZUM AUTOR

Nicholas Sparks, 1965 in Nebraska geboren, lebt mit seiner Familie in North Carolina. Mit seinen Romanen, die ausnahmslos die Bestsellerlisten eroberten und weltweit in 47 Ländern erscheinen, gilt Sparks als einer der meistgelesenen Autoren der Welt. Viele seiner Bestseller wurden erfolgreich verfilmt.

Alle seine Bücher sind bei Heyne erschienen. Ein ausführliches Werkverzeichnis finden Sie am Ende dieses Buchs.

Große Autorenwebsite unter www.nicholas-sparks.de

NICHOLAS SPARKS

KEIN ORT OHNE DICH

Roman

Aus dem Amerikanischen
von Astrid Finke

WILHELM HEYNE VERLAG
MÜNCHEN

Die Originalausgabe erschien unter dem Titel
THE LONGEST RIDE bei Grand Central Publishing/
Hachette Book Group USA, New York

MIX
Papier aus verantwortungsvollen Quellen
FSC® C014496
FSC
www.fsc.org

Verlagsgruppe Random House FSC® N001967
Das für dieses Buch verwendete
FSC®-zertifizierte Papier *Salzer Alpin*
liefert Salzer Papier, St. Pölten, Austria.

Vollständige deutsche Taschenbuchausgabe 4/2015

Printed in Germany 2015
Umschlaggestaltung: Nele Schütz Design, München

Satz: Leingärtner, Nabburg
Druck und Bindung: GGP Media GmbH, Pößneck

ISBN: 978-3-453-41871-4

www.heyne.de

Für Miles, Ryan, Landon, Lexie und Savannah

KAPITEL 1

Anfang Februar 2011

Ira

Manchmal glaube ich, ich bin der Letzte meiner Art.

Mein Name ist Ira Levinson. Ich bin Südstaatler und Jude und auf beides gleichermaßen stolz. Außerdem bin ich ein alter Mann. Geboren wurde ich 1920, dem Jahr, in dem Alkohol gesetzlich verboten wurde und Frauen das Wahlrecht erhielten, und ich habe mich oft gefragt, ob mein Geburtsjahr der Grund dafür war, warum sich mein Leben so entwickelte, wie es sich entwickelt hat. Ein Trinker war ich schließlich nie, und die Frau, die ich geheiratet habe, stand Schlange, um ihre Stimme für Roosevelt abzugeben, sobald sie das erforderliche Alter erreicht hatte. Deshalb könnte man sich leicht vorstellen, dass mein Geburtsjahr das Ganze irgendwie verfügt hatte.

Mein Vater hätte sich über diesen Gedanken lustig gemacht. Er war ein Mann, der an feste Regeln glaubte.

»Ira«, sagte er immer zu mir, als ich noch jung war und bei ihm im Geschäft, einem Herrenausstatter, arbeitete, »ich sage dir mal, was du niemals tun solltest.« Und dann zählte er auf. Seine *Lebensregeln* nannte er das, und ich wurde mit diesen Regeln zu mehr oder weniger jedem Thema groß. Manche davon waren religiöser Natur und wurzelten in der Lehre des Talmuds; und wahrscheinlich war es das, was die meisten Eltern ihren Kindern beibringen. Zum Beispiel hieß es, ich solle niemals lügen oder betrügen oder stehlen. Doch mein Vater – ein Gelegenheitsjude, wie er sich damals nannte – konzentrierte sich im Zweifelsfall eher auf das Praktische. Geh niemals bei Regen ohne Hut aus dem Haus, schärfte er mir ein. Fass niemals eine Herdplatte an, denn sie könnte noch heiß sein. Ich wurde davor gewarnt, mein Geld in der Öffentlichkeit zu zählen oder Schmuck von einem Straßenhändler zu kaufen, egal, wie gut sich das Geschäft anhören mochte. Und so ging es endlos weiter, niemals dies und niemals das, aber trotz ihrer Willkürlichkeit befolgte ich letzten Endes fast jede dieser Regeln, vielleicht, weil ich meinen Vater nicht enttäuschen wollte. Seine Stimme folgt mir bis heute überallhin auf dieser längsten aller Reisen, dem Leben.

Ähnlich häufig wurde mir gesagt, was ich auf jeden Fall tun sollte. Er erwartete Ehrlichkeit und Integrität in allen Lebensbereichen, aber darüber hinaus brachte er mir bei, Frauen und Kindern die Tür aufzuhalten, Hände mit festem Griff zu schütteln, Namen nicht zu vergessen und dem Kunden immer etwas mehr zu geben, als er erwartete. Seine Regeln, das begriff ich nach und nach, bildeten nicht nur die Grundlage einer Philosophie, die ihm gute Dienste geleistet hatte, sondern sagten auch sehr viel über ihn selbst aus. Da mein Vater an Ehrlichkeit und Integrität glaubte, ging er davon aus, dass andere das auch taten. Er glaubte an Anstand und nahm an, dass andere es genauso hielten. Er glaubte, dass die meisten Menschen, wenn sie die Wahl hätten, das Richtige tun würden, selbst wenn es schwer wäre, und er glaubte, dass das Gute immer über das Böse siegen würde. Allerdings war er nicht naiv. »Vertrau den Menschen«, sagte er zu mir, »bis sie dir Anlass geben, es nicht zu tun. Und dann kehre ihnen nie wieder den Rücken zu.«

Mehr als jeder andere formte mein Vater mich zu dem Mann, der ich heute bin.

Doch der Krieg veränderte ihn. Besser gesagt, der Holocaust veränderte ihn. Nicht seine Intelligenz – mein Vater konnte das Kreuzworträtsel in der *New York Times* in weniger als zehn Minuten lösen –, aber seine Ansichten über Menschen. Die Welt, die er zu kennen glaubte, war für ihn plötzlich nicht mehr nachvollziehbar. Damals war er bereits Ende fünfzig, und nachdem er mich zum Teilhaber gemacht hatte, hielt er sich nur noch selten im Laden auf. Stattdessen wurde er zum Vollzeitjuden. Er begann, regelmäßig mit meiner Mutter – zu ihr komme ich später – in die Synagoge zu gehen, und bot diversen jüdischen Organisationen finanzielle Unterstützung an. Am Sabbat arbeitete er nicht mehr. Er verfolgte aufmerksam die Nachrichten über die Gründung Israels und in der Folge den Palästinakrieg und fuhr von da an mindestens einmal pro Jahr nach Jerusalem, als suchte er etwas, von dem er vorher nicht gewusst hatte, dass er es vermisste. Als er älter wurde, machte ich mir Sorgen wegen dieser weiten Reisen, doch er versicherte mir, er könne auf sich aufpassen, und viele Jahre war das auch so. Trotz seines fortschreitenden Alters blieb er geistig wach wie eh und je, nur leider war sein Körper nicht ganz so diensteifrig. Mit neunzig erlitt er einen

Herzinfarkt, und obwohl er sich davon wieder erholte, schwächte ein Schlaganfall sieben Monate später seine rechte Körperseite stark. Selbst dann noch beharrte er darauf, sich selbst versorgen zu können. Er weigerte sich strikt, in ein Pflegeheim zu ziehen, obwohl er mittlerweile einen Rollator benötigte, und trotz meiner Bitte, seinen Führerschein abzugeben, fuhr er weiterhin Auto. Das sei gefährlich, sagte ich ihm, woraufhin er nur die Achseln zuckte.

Was bleibt mir anderes übrig?, war seine übliche Antwort. Wie soll ich sonst einkaufen gehen?

Mein Vater starb schließlich einen Monat vor seinem einhundertersten Geburtstag, den Führerschein immer noch in der Brieftasche und ein ausgefülltes Kreuzworträtsel auf dem Nachttisch neben sich. Er hatte ein langes Leben, ein interessantes Leben, und in letzter Zeit muss ich oft an ihn denken. Was nicht ganz überraschend ist, nehme ich an, denn ich bin in seine Fußstapfen getreten. Seine *Lebensregeln* hatte ich immer im Kopf, wenn ich morgens das Geschäft aufschloss und wenn ich mit Leuten zu tun hatte. Ich vergaß keine Namen und gab mehr, als erwartet wurde, und bis heute nehme ich einen Hut mit, wenn ich glaube, es könnte möglicherweise regnen. Wie mein Vater hatte ich einen Herzinfarkt und benutze jetzt einen Rollator, und Kreuzworträtsel mochte ich zwar nie, aber mein Verstand ist so wach wie eh und je. Und wie mein Vater bin ich zu störrisch, meinen Führerschein abzugeben.

Rückblickend war das wahrscheinlich ein Fehler. Hätte ich es getan, würde ich jetzt nicht in diesem Schlamassel stecken: mit dem Auto vom Highway abgekommen und halb die steile Böschung hinuntergestürzt, die Motorhaube vom

Aufprall gegen einen Baum zerknautscht. Und ich müsste nicht davon träumen, dass jemand mit einer Thermoskanne Kaffee und einer Decke und einer dieser Sänften vorbeikäme, mit denen damals die Pharaonen von einem Ort zum anderen getragen wurden. Denn soweit ich es beurteilen kann, wäre das ungefähr die einzige Möglichkeit für mich, hier jemals lebend herauszukommen.

Ich sitze in der Tinte. Draußen vor der gesprungenen Windschutzscheibe fällt weiterhin Schnee, der mir die Sicht und die Orientierung nimmt. Mein Kopf blutet, und der Schwindel kommt in Wellen. Ich bin mir fast sicher, dass mein rechter Arm gebrochen ist. Das Schlüsselbein auch. Die Schulter pocht, und die geringste Regung ist eine Qual. Trotz meiner Jacke zittere ich schon vor Kälte.

Ich würde lügen, wenn ich behaupten würde, ich hätte keine Angst. Ich will nicht sterben, und dank meiner Eltern – meine Mutter wurde sechsundneunzig – ging ich lange davon aus, ich sei genetisch imstande, noch älter zu werden, als ich bereits bin. Bis vor wenigen Monaten glaubte ich fest daran, noch ein halbes Dutzend guter Jahre vor mir zu haben. Na ja, vielleicht keine *guten* Jahre. So funktioniert das nicht in meinem Alter. Ich baue schon seit einer ganzen Weile ab. Herz, Gelenke, Nieren – Stück für Stück geben meine Körperteile den Geist auf. Aber vor Kurzem kam noch etwas anderes dazu. Wucherungen in meiner Lunge, hat der Arzt gesagt. Tumoren. *Krebs*. Meine restliche Lebenszeit bemisst sich jetzt in Monaten, nicht Jahren … Trotzdem bin ich noch nicht ganz bereit zum Sterben. Nicht heute. Ich habe etwas zu erledigen, etwas, das ich seit 1956 jedes Jahr getan habe. Eine große, alte Tradition kommt zu einem Ende, und mehr als alles andere habe ich mir eine letzte Gelegenheit gewünscht, mich zu verabschieden.

Schon seltsam, woran ein Mensch denkt, wenn er glaubt, dass der Tod unmittelbar bevorsteht. Zum Beispiel möchte ich, wenn denn meine Zeit abgelaufen ist, *so* lieber nicht abtreten – mit Schüttelfrost und klapperndem Gebiss, bis unausweichlich das Herz versagt. Ich weiß, was passiert, wenn man stirbt, ich war schon auf mehr Beerdigungen, als ich zählen kann. Wenn ich die Wahl hätte, würde ich am liebsten im Schlaf gehen, zu Hause in einem bequemen Bett. Menschen, die so sterben, sehen bei der Aufbahrung gut aus, deshalb habe ich für den Fall, dass der Sensenmann mir hier auf die Schulter tippen sollte, bereits beschlossen, auf den Rücksitz zu klettern, wenn ich es irgendwie schaffe. Das Letzte, was ich will, ist, dass jemand mich hart gefroren im Sitzen findet wie eine groteske Eisskulptur. Wie bekäme man meine Leiche aus dem Wagen? So wie ich hinter dem Steuer klemme, wäre es, wie ein Klavier aus dem Badezimmer zu schleppen. Ich kann mir gut den Feuerwehrmann vorstellen, der am Eis herumhackt und mich vor- und zurückruckelt und dabei Sachen sagt wie: »Schieb den Kopf mal nach da, Steve« oder »Dreh dem Alten die Arme mal so rum, Joe«, während er versucht, meinen starren Körper aus dem Auto zu bugsieren. Mit Wälzen und Rumpeln, Drücken und Zerren, bis ich nach einem letzten kräftigen Schubs draußen auf den Boden plumpse. Kein Bedarf, vielen Dank. Deshalb werde ich, wie gesagt, mein Möglichstes versuchen, um auf den Rücksitz zu kommen und einfach die Augen zu schließen. Dann können sie mich hinausschieben wie ein Fischstäbchen.

Aber vielleicht kommt es ja gar nicht dazu. Vielleicht entdeckt jemand die Reifenspuren auf der Straße, die direkt auf die Böschung zuführen. Vielleicht hält jemand an und ruft nach unten, leuchtet mit einer Taschenlampe und sieht, dass hier ein Auto steht. Vorstellbar wäre es. Es schneit, und alle fahren ohnehin langsam. Sicher findet mich jemand. Sie müssen mich finden.

Oder?

Vielleicht auch nicht.

Es schneit weiter. Mein Atem bildet kleine Wölkchen, wie bei einem Drachen, und die Kälte schmerzt inzwischen. Aber es könnte schlimmer sein. Weil es schon kalt war, als ich aufbrach, habe ich mich wintergerecht angezogen. Ich trage zwei T-Shirts, einen Pulli, Handschuhe und eine Mütze. Momentan steht der Wagen schief, die Motorhaube zeigt nach unten. Ich bin immer noch angeschnallt, der Gurt hält mein Gewicht, mein Kopf liegt aber auf dem Lenkrad. Der Airbag hat sich aufgeblasen und weißen Staub und den beißenden Geruch von Schießpulver im Wagen verteilt. Bequem ist es nicht, aber es geht schon.

Allerdings pocht mein ganzer Körper. Ich glaube nicht, dass der Airbag richtig funktioniert hat, denn mein Kopf ist auf das Steuer geknallt, und ich wurde bewusstlos. Wie lange, weiß ich nicht. Die Wunde am Kopf blutet weiter, und die Knochen in meinem rechten Arm versuchen offenbar, sich durch die Haut zu bohren. Sowohl mein Schlüsselbein als auch die Schulter brennen, und ich traue mich nicht, mich zu bewegen. Ich sage mir, es könnte schlimmer sein. Es schneit zwar, aber es ist nicht bitterkalt draußen. Heute Nacht soll die Temperatur unter null fallen, morgen aber auf vier Grad klettern. Stürmisch wird es auch werden, mit Böen von bis zu dreißig Stundenkilometern. Morgen, am Sonntag, wird der Wind noch kräftiger, aber spätestens ab Montagabend bessert sich das Wetter allmählich. Bis dahin ist die Kaltfront weitgehend durchgezogen, und der Wind wird sich praktisch vollständig legen. Am Dienstag wird mit Temperaturen von sechs, sieben Grad plus gerechnet.

Das weiß ich, weil ich mir oft den Wettersender *Weather Channel* ansehe. Der ist weniger deprimierend als die Nachrichten, und ich finde ihn interessant. Da geht es nicht nur um Wettervorhersagen, sondern es gibt auch Sendungen über vergangene Wetterkatastrophen. Ich habe Berichte über Menschen gesehen, die gerade auf der Toilette saßen, als ein Tornado das Haus vom Fundament riss, und andere haben vor der Kamera von ihrer Rettung erzählt, nachdem sie von schweren Überschwemmungen mitgerissen worden waren. Auf dem *Weather Channel* überleben die Menschen die Katastrophen immer, denn es sind ja diejenigen, die für die Sendungen interviewt werden. Ich weiß gern im Voraus, dass jemand überlebt hat. Letztes Jahr gab es einen Beitrag über Pendler, die im Berufsverkehr in Chicago von einem Blizzard überrascht wurden. Der Schnee fiel so schnell, dass die Straßen gesperrt werden mussten, während die Leute noch unterwegs waren. Acht Stunden lang saßen Tausende von Menschen auf Highways fest und konnten nicht weiter, während die Temperatur sank. Der

Bericht, den ich gesehen habe, handelte von zwei Leuten, die diesen Blizzard erlebt haben, aber was mich verblüfft hat, war, dass sie offenbar nicht auf das Wetter vorbereitet gewesen waren. Das, muss ich zugeben, leuchtete mir nicht ein. Wer in Chicago wohnt, weiß doch genau, dass es im Winter regelmäßig schneit. Er kennt die Blizzards, die manchmal aus Kanada kommen, ihm muss klar sein, dass es kalt wird. Wie kann man so etwas nicht wissen? Wenn ich an einem solchen Ort wohnen würde, hätte ich spätestens ab Halloween Rettungsdecken, Mützen, eine extra Winterjacke, Ohrenschützer, Handschuhe, eine Schaufel, eine Taschenlampe, Handwärmer und Wasserflaschen im Kofferraum. Wenn ich in Chicago wohnen würde, könnte ich zwei Wochen lang in einem Blizzard feststecken, ehe ich mir langsam Sorgen machen müsste.

Mein Problem ist allerdings, dass ich in North Carolina wohne. Und normalerweise fahre ich – außer zu einem jährlichen Ausflug in die Berge, meistens im Sommer – nicht weiter als ein paar Kilometer von zu Hause fort. Deshalb habe ich keine solche Ausrüstung dabei, wobei mich etwas tröstet, dass mir selbst ein tragbares Hotel im Kofferraum nichts helfen würde. Die Böschung ist vereist und steil, weshalb ich ihn unmöglich erreichen könnte, selbst wenn sich darin die Reichtümer Tutenchamuns befänden. Gänzlich unvorbereitet bin ich dennoch nicht. Vor der Abfahrt habe ich eine Thermoskanne Kaffee, ein Sandwich, Trockenpflaumen und eine Flasche Wasser eingepackt. Den Proviant hatte ich auf den Beifahrersitz gelegt, neben den Brief, den ich geschrieben habe, und obwohl die Sachen durch den Unfall umhergeschleudert wurden, ist es ein Trost zu wissen, dass alles noch im Wagen ist. Wenn der Hunger allzu groß wird, werde ich versuchen, den Proviant zu finden, wobei mir natürlich bewusst ist, dass essen oder trinken einen Preis hat. Was reinkommt, muss auch wieder hinaus, und noch weiß ich nicht, wie das gehen soll. Mein Rollator liegt auf dem Rücksitz, und der steile Abhang würde mich ins Grab schleudern. Bei meinen Verletzungen kommt eine Notdurft nicht infrage.

Was den Unfall betrifft: Ich könnte eine aufregende Geschichte über vereiste Fahrbahnen erfinden oder einen wütenden, frustrierten Fahrer beschreiben, der mich von der Straße gedrängt hat, aber so war es nicht. Vielmehr war es so: Es war dunkel und fing an zu schneien, dann schneite es stärker, und plötzlich war die Straße einfach verschwunden. Ich nehme an, dass ich in eine Kurve gefahren bin – ich sage, ich *nehme an*, denn selbstverständlich habe ich keine Kurve gesehen –, und ehe ich michs versah, krachte ich durch die Leitplanke und schlitterte die steile Böschung hinab. Jetzt sitze ich hier allein im Dunklen und frage mich, ob der Wettersender wohl irgendwann einen Bericht über mich zeigen wird.

Ich kann nicht mehr durch die Windschutzscheibe sehen. Obwohl es mir Höllenqualen bereitet, schalte ich die Scheibenwischer an, ohne etwas zu erwarten, doch kurz darauf schieben sie den Schnee zur Seite und hinterlassen eine dünne Eisschicht. Sie kommt mir erstaunlich vor, diese vorübergehende Normalität, aber widerstrebend schalte ich die Scheibenwischer wieder aus, und auch die Scheinwerfer, wobei ich ganz vergessen hatte, dass sie noch an waren. Ich sage mir, dass ich die Batterie lieber schonen sollte, falls ich die Hupe noch brauche.

Ich verändere meine Position und spüre einen Blitzschlag vom Arm bis hinauf ins Schlüsselbein. Die Welt wird schwarz. Folterqualen. Ich atme ein und aus, warte darauf, dass der weiß glühende Schmerz vergeht. Bitte, lieber Gott. Nur mit Mühe unterdrücke ich einen Schrei, aber dann, wunderbarerweise, lässt der Schmerz allmählich nach. Ich atme gleichmäßig, versuche, die Tränen zurückzuhalten, und als es endlich vorbei ist, bin ich erschöpft. Ich könnte bis in alle Ewigkeit schlafen und niemals mehr aufwachen. Ich schließe die Augen. Ich bin müde, so müde.

Seltsamerweise fällt mir Daniel McCallum ein und der Nachmittag des Besuchs. Ich stelle mir das Geschenk vor, das er hinterlassen hat, und während ich wegdöse, überlege ich träge, wie lange es wohl dauern wird, bis mich jemand findet.

»Ira.«

Zuerst höre ich es wie im Traum, undeutlich und verzerrt, ein Unterwassergeräusch. Es dauert einen Moment, bis ich begreife, dass jemand meinen Namen sagt. Aber das kann nicht sein.

»Du musst aufwachen, Ira.«

Meine Augenlider flattern hoch. Auf dem Sitz neben mir sehe ich Ruth, meine Frau.

»Ich bin wach«, sage ich, den Kopf immer noch auf dem Lenkrad. Ohne meine Brille, die ich bei dem Aufprall verloren habe, ist Ruths Bild konturenlos, wie ein Geist.

»Du bist von der Straße abgekommen.«

Ich blinzle. »Ein Irrer hat mich von der Fahrbahn gedrängt. Ich bin auf eine Eisfläche gefahren. Ohne meine Katzenreflexe wäre es noch schlimmer ausgegangen.«

»Du bist von der Straße abgekommen, weil du blind wie ein Maulwurf und zu alt zum Autofahren bist. Wie oft habe ich dir gesagt, dass du am Steuer eine Gefahr bist?«

»Das hast du nie gesagt.«

»Hätte ich aber besser. Du hast die Kurve nicht einmal bemerkt.« Sie macht eine Pause. »Du blutest.«

Ich hebe den Kopf an, wische mir mit der gesunden Hand über die Stirn, und sie wird rot. Auch auf dem Lenkrad ist Blut, und auf dem Armaturenbrett, überall rote Schlieren. Ich frage mich, wie viel Blut ich wohl verloren habe. »Ich weiß.«

»Dein Arm ist gebrochen. Das Schlüsselbein auch. Und irgendetwas stimmt nicht mit deiner Schulter.«

»Ich weiß«, sage ich noch einmal. Wenn ich blinzle, wird Ruth abwechselnd unscharf und wieder scharf.

»Du musst ins Krankenhaus.«

»Da stimme ich dir zu«, sage ich.

»Ich mache mir Sorgen um dich.«

Bevor ich antworte, atme ich ein und aus. Lange Züge. »Ich mache mir auch Sorgen um mich«, sage ich schließlich.

Meine Frau Ruth ist in Wahrheit nicht im Auto. Das ist mir bewusst. Sie starb vor neun Jahren, und an dem Tag kam das Leben für mich zum Stillstand. Ich hatte ihr vom Wohnzimmer aus zugerufen, und da sie keine Antwort gab, stand ich vom Sessel auf. Damals konnte ich noch ohne Gehhilfe laufen, wenn auch ziemlich langsam, und im Schlafzimmer entdeckte ich sie dann auf dem Fußboden, neben dem Bett, auf der rechten Seite liegend. Ich rief einen Krankenwagen und kniete mich neben sie. Ich drehte sie auf den Rücken und legte ihr die Finger an den Hals, spürte aber überhaupt nichts. Ich legte meinen Mund auf ihren und atmete ein und aus, wie ich es im Fernsehen gesehen hatte. Ihr Brustkorb hob und senkte sich, und ich atmete, bis die Welt am Rand schwarz wurde, aber keine Reaktion. Ich küsste sie auf die Lippen und die Wangen und drückte sie an mich, bis der Krankenwagen kam. Ruth, über fünfundfünfzig Jahre lang meine Ehefrau, war gestorben, und mit einem Schlag war alles, was ich geliebt hatte, gleichfalls fort.

»Warum bist du hier?«, frage ich sie.

»Was ist denn das für eine Frage? Deinetwegen.«

Natürlich. »Wie lange habe ich geschlafen?«

»Das weiß ich nicht. Aber es ist dunkel. Ich glaube, du frierst.«

»Ich friere immer.«

»Nicht so.«

»Stimmt«, sage ich. »Nicht so.«

»Warum warst du überhaupt auf dieser Straße unterwegs? Wohin wolltest du?«

Ich spiele mit dem Gedanken, mich zu bewegen, aber die Erinnerung an den Schmerz hält mich davon ab. »Das weißt du doch.«

»Ja«, sagt sie. »Du wolltest nach Black Mountain. Wo wir unsere Flitterwochen verbracht haben.«

»Ich wollte noch ein letztes Mal hinfahren. Morgen ist unser Jahrestag.«

Sie antwortet nicht sofort. »Ich glaube, du wirst langsam senil. Wir haben im August geheiratet, nicht im Februar.«

»Nicht *der* Jahrestag.« Ich erzähle ihr nicht, dass ich es nach Aussagen meines Arztes nicht mehr bis August schaffe. »Der andere«, sage ich stattdessen.

»Wovon sprichst du? Es gibt keinen anderen Jahrestag. Nur den einen.«

»Ich spreche von dem Tag, der mein Leben verändert hat. Dem Tag, an dem ich dich zum ersten Mal gesehen habe.«

Wieder schweigt Ruth für einen Moment. Sie weiß, dass ich das ernst meine, aber im Gegensatz zu mir fällt es ihr schwer, solche Dinge auszusprechen. Sie hat mich leidenschaftlich geliebt, aber ich habe es an ihrem Gesichtsausdruck gemerkt, an ihren Berührungen, an den zarten Küssen. Und als ich es am dringendsten brauchte, liebte sie mich auch mit dem geschriebenen Wort.

»Es war am sechsten Februar 1939«, sage ich. »Du warst mit deiner Mutter Elisabeth zum Einkaufen in der Stadt, und ihr beide betratet den Laden. Deine Mutter wollte deinem Vater einen Hut kaufen.«

Sie lehnt sich im Sitz zurück, den Blick weiter auf mich gerichtet. »Du bist aus dem Hinterzimmer gekommen. Und kurz darauf folgte deine Mutter dir.«

Ja, fällt mir plötzlich wieder ein, meine Mutter war mir tatsächlich gefolgt. Ruth hatte immer ein außergewöhnlich gutes Gedächtnis.

Wie die Familie meiner Mutter stammte auch die von Ruth aus Wien, aber sie waren erst zwei Monate vorher nach North Carolina eingewandert. Nach dem Anschluss

Österreichs waren sie aus Wien geflohen. Ruths Vater Jakob Pfeffer, ein Professor für Kunstgeschichte, wusste, was der Aufstieg Hitlers für die Juden bedeutete, und er verkaufte den gesamten Besitz der Familie, um die erforderlichen Bestechungsgelder aufbringen und seiner Familie die Freiheit sichern zu können. Von der Schweiz aus reisten sie nach London und von dort nach New York, bis sie schließlich Greensboro erreichten. Ein Onkel von Jakob besaß ein paar Straßen von dem Geschäft meines Vaters entfernt eine kleine Möbelfabrik, und monatelang wohnten Ruth und ihre Familie in zwei engen Räumen über der Werkhalle. Ruth wurde von den ewigen Lackdämpfen nachts so schlecht, dass sie kaum schlafen konnte, erfuhr ich später.

»Wir kamen in euren Laden, weil wir wussten, dass deine Mutter Deutsch sprach. Man hatte uns gesagt, sie könnte uns helfen.« Ruth schüttelt den Kopf. »Wir hatten solches Heimweh, solche Sehnsucht danach, jemanden von zu Hause zu treffen.«

Ich nicke. Zumindest glaube ich, dass ich das tue. »Meine Mutter hat mir alles erklärt, als ihr wieder fort wart. Das war auch nötig. Ich konnte kein Wort von eurem Gerede verstehen.«

»Du hättest von deiner Mutter Deutsch lernen sollen.«

»Was für eine Rolle spielte das schon? Noch ehe du das Geschäft verlassen hattest, wusste ich, dass wir eines Tages heiraten würden. Uns blieb ja noch alle Zeit der Welt, um uns in irgendeiner Sprache zu unterhalten.«

»Das sagst du immer, aber es stimmt nicht. Du hast mich kaum angesehen.«

»Konnte ich auch nicht. Du warst das schönste Mädchen, das mir je begegnet war. Es war, als würde man versuchen, in die Sonne zu schauen.«

»Ach, Quatsch …«, schnaubt sie auf Deutsch. »Ich war nicht schön. Ich war ein Kind. Ich war erst sechzehn.«

»Und ich war gerade neunzehn geworden. Letzten Endes hatte ich recht.«

Sie seufzt. »Ja. Du hattest recht.«

Natürlich hatte ich Ruth und ihre Eltern schon vorher gesehen. Sie gingen in unsere Synagoge und saßen immer relativ weit vorn, Fremde in einem noch nicht vertrauten Land. Meine Mutter hatte mich nach den Gottesdiensten auf sie aufmerksam gemacht, hatte sie unauffällig gemustert, wenn sie nach Hause eilten.

Den Spaziergang am Samstagvormittag, von der Synagoge zurück nach Hause, wenn ich meine Mutter ganz für mich allein hatte, habe ich immer geliebt. Unsere Unterhaltung wechselte mühelos von einem Thema zum anderen, und ich genoss ihre ungeteilte Aufmerksamkeit. Ich konnte ihr von jedem Problem erzählen, das ich hatte, jede Frage stellen, die mir in den Sinn kam, selbst solche, die mein Vater als sinnlos empfunden hätte. Mein Vater bot Ratschläge, meine Mutter Trost und Liebe. Mein Vater kam damals nie mit in die Synagoge; er zog es vor, samstags das Geschäft früh zu öffnen, in der Hoffnung auf Wochenendeinkäufer. Meine Mutter hatte Verständnis dafür. Zu dem Zeitpunkt wusste selbst ich bereits, dass es schwierig war, den Laden überhaupt noch zu halten. Die Depression traf Greensboro heftig, wie eigentlich das ganze Land, und manchmal kam tagelang kein einziger

Kunde in unser Geschäft. Viele Menschen waren arbeitslos, und noch mehr litten Hunger. Die Leute standen Schlange für Suppe oder Brot. Viele der örtlichen Banken gingen pleite, Ersparnisse waren verloren. Mein Vater gehörte zwar zu jenen, die in guten Zeiten Geld beiseitelegten, doch 1939 war die Lage selbst für ihn schwer geworden.

Meine Mutter hatte immer mit meinem Vater zusammengearbeitet, wenn auch selten vorn im Verkaufsraum. Damals erwarteten die Männer – und unsere Kundschaft bestand fast ausschließlich aus Männern –, von einem anderen Mann bedient zu werden, sowohl beim Aussuchen eines Anzugs als auch bei den Anproben. Meine Mutter allerdings ließ immer die Tür zum Lagerraum offen stehen, sodass sie einen perfekten Blick auf die Kunden hatte. Ich muss dazu sagen, dass sie in ihrem Handwerk ein Genie war. Mein Vater zupfte und zog und markierte den Stoff an den richtigen Stellen, aber meine Mutter erkannte mit einem einzigen Blick, ob sie die Markierungen meines Vaters noch anpassen musste. Vor ihrem geistigen Auge sah sie den Kunden in dem fertigen Anzug, wusste genau, wo jede Falte und jeder Saum verlaufen würde. Mein Vater hatte das erkannt – genau deshalb positionierte er den Spiegel so, dass sie ihn sehen konnte. Mancher Mann hätte sich von einer solchen Frau vielleicht bedroht gefühlt, aber meinen Vater machte sie stolz. Eine seiner *Lebensregeln* lautete, dass es gut war, eine Frau zu heiraten, die schlauer war als man selbst. »So habe ich es gemacht«, sagte er immer zu mir, »und du solltest das auch tun. Warum das ganze Denken selbst erledigen, stimmt's?«

Meine Mutter, das muss ich zugeben, war wirklich schlauer als mein Vater. Zwar konnte sie nicht gut kochen – sie hätte eigentlich Küchenverbot bekommen müssen –, doch sie beherrschte vier Sprachen und vermochte Dostojewski auf Russisch zu zitieren; sie spielte sehr gut Klavier und hatte die Wiener Universität zu einer Zeit besucht, als weibliche Studenten noch selten waren. Mein Vater hingegen war nie auf dem College gewesen. Wie ich hatte er seit Kindertagen im Herrenausstattungsgeschäft seines Vaters gearbeitet, und er konnte gut mit Zahlen und mit Kunden umgehen. Und ebenfalls wie ich hatte er seine zukünftige Frau zum ersten Mal in der Synagoge gesehen, kurz nachdem sie in Greensboro angekommen war.

An dieser Stelle hören die Ähnlichkeiten allerdings auf, denn ich habe mich oft gefragt, ob meine Eltern als Paar glücklich waren. Man könnte natürlich darauf hinweisen, dass die Zeiten damals andere waren, dass die Menschen weniger aus Liebe denn aus praktischen Gründen heirateten. Und ich sage auch nicht, dass meine Eltern nicht in vielerlei Hinsicht zueinander passten. Sie waren gute Partner, und ich habe sie kein einziges Mal streiten hören. Dennoch weiß ich nicht, ob sie je verliebt waren.

In den ganzen Jahren, die ich bei ihnen lebte, sah ich sie nie sich küssen, und sie gehörten auch nicht zu den Paaren, die gern Händchen hielten. An den Abenden erledigte mein Vater in der Küche die Buchhaltung, während meine Mutter im Wohnzimmer saß, ein aufgeschlagenes Buch auf dem Schoß. Später, als sich meine Eltern zur Ruhe gesetzt hatten und ich das Geschäft übernahm, hoffte ich, ihr Verhältnis würde enger werden. Ich dachte, sie würden vielleicht auf Reisen gehen, Kreuzfahrten oder Besichtigungen machen, aber nach dem ersten Besuch in Jerusalem fuhr mein Vater immer allein. Sie richteten sich jeder in seinem eigenen Leben ein, entfernten sich immer weiter vom anderen, wurden wieder zu Fremden. Als sie beide über achtzig waren, schien es, als hätten sie einander nichts mehr zu sagen. Sie konnten stundenlang im selben Raum sitzen, ohne ein einziges Wort von sich zu geben. Wenn Ruth und ich zu Besuch kamen, widmeten wir uns oft erst dem einen und dann dem anderen, und hinterher im Auto drückte Ruth immer meine Hand, als verspräche sie damit im Stillen, dass wir nie so enden würden.

Ruth hat die Beziehung meiner Eltern immer mehr zu schaffen gemacht als ihnen selbst. Die beiden hatten offenbar wenig Verlangen, die Kluft zwischen sich zu überbrücken. Sie fühlten sich wohl in ihrer jeweiligen Welt. Während sich mein Vater im Alter stärker seiner kulturellen Herkunft annäherte, entwickelte meine Mutter eine Passion für Gartenarbeit und beschnitt stundenlang hinter dem Haus die Blumen. Mein Vater liebte alte Western und die Abendnachrichten im Fernsehen, wohingegen meine Mutter ihre Bücher hatte. Und natürlich interessierten sie sich für die Kunstwerke, die Ruth und ich sammelten, die Werke, die uns letztlich reich machten.

»Danach bist du lange nicht mehr ins Geschäft gekommen«, sage ich zu Ruth.

Draußen ist die Windschutzscheibe wieder zugeschneit, und es hört nicht auf. Laut *Weather Channel* dürfte das nicht sein, aber trotz der Wunder moderner Technik sind Wetterberichte oft immer noch unzuverlässig. Ein weiterer Grund, warum ich den Sender interessant finde.

»Meine Mutter hat den Hut gekauft. Für mehr hatten wir kein Geld.«

»Aber du warst der Meinung, ich sähe gut aus.«

»Nein. Deine Ohren waren zu groß. Ich mag zierliche Ohren.«

Damit hat sie recht. Meine Ohren sind groß, und sie stehen genauso ab wie die meines Vaters, aber im Gegensatz zu ihm schämte ich mich früher dafür. Als ich klein war, vielleicht acht oder neun, holte ich mir einen Stoffrest aus dem Laden und zerschnitt ihn zu einem langen Streifen, und den restlichen Sommer schlief ich mit dem Streifen um die Ohren gewickelt, weil ich hoffte, sie würden sich dadurch dichter an den Kopf schmiegen. Meine Mutter beachtete das gar nicht, wenn sie nachts nach mir sehen kam, aber meinen Vater hörte ich manchmal in fast beleidigtem Tonfall flüstern: *Er hat meine Ohren. Was ist so schlimm an meinen Ohren?*

Diese Geschichte erzählte ich Ruth kurz nach unserer Hochzeit, und sie lachte. Von da an neckte sie mich manchmal mit meinen Ohren, wie sie es jetzt gerade tut, doch in all unseren gemeinsamen Jahren war sie nie gehässig.

»Ich dachte, du magst meine Ohren. Das hast du immer gesagt, wenn du sie geküsst hast.«

»Ich mochte dein Gesicht. Du hattest ein gütiges Gesicht. Deine Ohren gehörten eben zufällig mit dazu. Ich wollte deine Gefühle nicht verletzen.«

»Ein gütiges Gesicht?«

»Ja. Deine Augen hatten etwas Sanftes, als würdest du nur das Gute in den Menschen sehen. Das ist mir aufgefallen, obwohl du mich kaum eines Blickes gewürdigt hast.«

»Ich habe versucht, den Mut aufzubringen, dich zu fragen, ob ich dich nach Hause begleiten darf.«

»Nein.« Sie schüttelt den Kopf. Auch wenn ihr Bild verschwommen ist, klingt ihre Stimme jugendlich, wie die der Sechzehnjährigen vor so langer Zeit. »Danach habe ich dich oft in der Synagoge gesehen, und du hast mich nicht ein einziges Mal gefragt. Manchmal habe ich sogar auf dich gewartet, aber du bist immer wortlos an mir vorbeigegangen.«

»Du konntest kein Englisch.«

»Zu dem Zeitpunkt habe ich schon mehr verstanden und konnte auch ein bisschen sprechen. Wenn du gefragt hättest, hätte ich geantwortet: ›Gut, Ira. Ich gehe mit dir.‹«

Die letzten Sätze sagt sie mit Akzent. Wienerisch, weich und melodisch. Singend. In späteren Jahren wurde dieser Akzent weniger, aber ganz verschwunden ist er nie.

»Deine Eltern hätten es nicht erlaubt.«

»Meine Mutter schon. Sie mochte dich. Deine Mutter hatte ihr erzählt, dass dir eines Tages das Geschäft gehören würde.«

»Wusste ich's doch! Ich hatte immer den Verdacht, dass du mich wegen meines Geldes geheiratet hast.«

»Welches Geld? Du hattest kein Geld. Hätte ich einen reichen Mann gewollt, hätte ich David Epstein geheiratet. Seinem Vater gehörte die Tuchfabrik, und sie wohnten in einer Villa.«

Auch das war ein beliebter Witz in unserer Ehe. Meine Mutter hatte zwar die Wahrheit gesagt, aber selbst sie wusste, dass man mit dieser Art von Laden nicht reich werden konnte. Er fing als kleines Geschäft an und blieb es auch bis zu dem Tag, an dem ich ihn schließlich verkaufte und mich zur Ruhe setzte.

»Ich weiß noch, dass ich euch in der Eisdiele auf der anderen Straßenseite sitzen sah. Im Sommer hast du dich dort fast jeden Tag mit David getroffen.«

»Ich mochte Schoko-Soda-Eisbecher. Die hatte ich vorher noch nie gegessen.«

»Ich war eifersüchtig.«

»Und das zu Recht«, sagt sie. »Er war reich und gut aussehend, und seine Ohren waren makellos.«

Ich lächele. Ich wünschte, ich könnte sie besser sehen, aber die Dunkelheit verhindert das. »Eine Zeit lang dachte ich, ihr beide würdet heiraten.«

»Er hat mir mehr als einen Antrag gemacht, und ich habe ihm immer geantwortet, ich sei zu jung und er müsse warten, bis ich mit dem College fertig sei. Aber ich habe ihn angelogen. In Wahrheit hatte ich ein Auge auf dich geworfen. Deshalb wollte ich immer unbedingt in die Eisdiele gegenüber von eurem Geschäft gehen.«

Das wusste ich natürlich schon. Aber ich höre es gern von ihr.

»Ich stand am Fenster und habe euch beobachtet, wenn ihr dort saßt.«

»Manchmal habe ich dich gesehen.« Sie lächelt. »Einmal habe ich sogar gewunken, und trotzdem hast du mich nie gebeten, mit dir spazieren zu gehen.«

»David war mein Freund.«

Das stimmt, und er blieb es den Großteil unseres Lebens. Wir hatten viel Kontakt mit David und seiner Frau Rachel, und Ruth gab einem ihrer Kinder Nachhilfe.

»Mit Freundschaft hatte das nichts zu tun. Du hattest Angst vor mir. Du warst immer schüchtern.«

»Da musst du mich mit jemandem verwechseln. Ich war flott, ein Charmeur, ein junger Frank Sinatra. Manchmal musste ich mich vor den vielen Frauen verstecken, die mir nachliefen.«

»Du hast beim Gehen auf deine Füße gestarrt und bist rot geworden, wenn ich dir gewunken habe. Und dann, im August, bist du weggezogen. Zum Studieren.«

Mein College war das William & Mary in Williamsburg, Virginia, und ich kehrte erst im Dezember zu Besuch zurück. Ruth sah ich in diesem Monat zweimal in der Synagoge, beide Male von Weitem, bevor ich wieder zum College musste. Im Mai kam ich abermals, um den Sommer über im Geschäft zu arbeiten, und zu dem Zeitpunkt wütete in Europa bereits der Zweite Weltkrieg. Hitler hatte Polen und Norwegen überfallen, Belgien, Luxemburg und die Niederlande bezwungen und machte Hackfleisch aus den Franzosen. In jeder Zeitung, in jedem Gespräch ging es nur um den Krieg. Niemand wusste, ob sich Amerika an dem Konflikt beteiligen würde, und die

Stimmung war düster. Wochen später sollte der Krieg für Frankreich vorbei sein.

»Du hast dich immer noch mit David getroffen, als ich zurückkam.«

»Aber ich hatte mich in dem Jahr, in dem du fort warst, auch mit deiner Mutter angefreundet. Während mein Vater arbeitete, gingen meine Mutter und ich zu euch in den Laden. Wir unterhielten uns über Wien und unser altes Leben. Meine Mutter und ich hatten selbstverständlich Heimweh, aber ich war auch wütend. Mir gefiel North Carolina nicht. Mir gefiel dieses Land nicht. Ich hatte das Gefühl, nicht hierherzugehören. Trotz des Krieges hatte ich das Bedürfnis, nach Hause zu fahren. Ich wollte meiner Familie helfen. Wir machten uns große Sorgen um sie.«

Ich sehe sie den Kopf zum Fenster drehen. Sie wird still, und ich weiß, dass sie an ihre Großeltern, ihre Tanten und Onkel, Cousins und Cousinen denkt. An dem Abend, bevor Ruth und ihre Eltern in die Schweiz aufbrachen, hatten sich Dutzende von Verwandten zu einem Abschiedsessen versammelt. Es gab bange Abschiedsworte und das Versprechen, in Verbindung zu bleiben, und obwohl manche sich für sie freuten, glaubten fast alle, dass Ruths Vater nicht nur überreagierte, sondern regelrecht dumm war, alles für eine ungewisse Zukunft aufzugeben. Ein paar steckten ihm allerdings ein paar Goldmünzen zu, und in den sechs Wochen, die ihre Reise nach North Carolina dauerte, waren es diese Münzen, die ihnen Unterkunft und Verpflegung verschafften. Ihre gesamte Verwandtschaft war in Wien geblieben. Im Sommer 1940 trugen sie bereits den Davidstern und durften größtenteils nicht mehr arbeiten. Doch da war es zu spät, um zu fliehen.

Meine Mutter erzählte mir von Ruths Besuchen bei ihr und von ihren Sorgen. Wie Ruth hatte auch meine Mutter noch Verwandte in Wien, aber wie so viele ahnte sie nicht, was passieren oder wie schrecklich es letzten Endes werden würde.

»Dein Vater hat damals Möbel gebaut?«

»Ja«, sagt Ruth. »Keine der Universitäten wollte ihn einstellen, also tat er, was nötig war, um uns zu ernähren. Aber es war schwer für ihn. Er war für solche Arbeit nicht geschaffen. Anfangs kam er immer völlig erschöpft nach Hause, mit Sägemehl in den Haaren und Pflaster auf den Händen, und dann schlief er sofort im Sessel ein. Aber er hat sich nie beklagt. Er wusste, dass wir großes Glück gehabt hatten. Wenn er aufwachte, ging er duschen und zog dann zum Abendessen seinen Anzug an. Das war seine Art, sich selbst daran zu erinnern, was für ein Mann er einmal gewesen war. Und bei Tisch haben wir immer lebhafte Gespräche geführt. Er fragte mich, was ich tagsüber in der Schule gelernt hatte, und hörte mir genau zu, wenn ich antwortete. Dann leitete er mich an, Dinge neu und anders zu betrachten. »Warum ist das wohl so?«, fragte er, oder: »Hast du dir dieses und jenes schon einmal überlegt?« Natürlich durchschaute ich, was er da machte. Einmal Lehrer, immer Lehrer, und er war gut darin, weshalb er auch nach dem Krieg wieder unterrichten konnte. Er hat mir beigebracht, eigenständig zu denken und meinen Instinkten zu vertrauen, so wie er es auch all seinen Studenten beigebracht hat.«

Ich betrachte sie und denke darüber nach, wie bedeutsam es war, dass Ruth später ebenfalls Lehrerin wurde, und erneut schweifen meine Gedanken zu Daniel McCallum ab. »Und nebenbei hat dein Vater dich alles über Kunst gelehrt.«

»Ja«, sagt sie verschmitzt. »Das auch.«

KAPITEL 2

Vier Monate vorher

Sophia

»Komm doch mit«, bettelte Marcia. »Bitte, bitte. Wir sind dreizehn oder vierzehn Leute. Und so weit ist es auch wieder nicht. Nach McLeansville braucht man keine Stunde, und du weißt, dass es im Auto total lustig wird.«

Sophia zog ein skeptisches Gesicht. Sie saß auf ihrem Bett, wo sie halbherzig ihre Mitschrift aus Geschichte der Renaissance durchging. »Ich weiß nicht … ein *Rodeo?*«

»Sag das nicht so.« Marcia stand vor dem Spiegel und schob einen schwarzen Cowboyhut auf dem Kopf herum, kippte ihn mal so, mal so. Mit Marcia Peak teilte Sophia sich schon seit dem zweiten College-Jahr das Zimmer, und sie war mit Abstand ihre beste Freundin auf dem Campus. »Erstens ist es kein Rodeo, sondern *Bullenreiten*. Und zweitens geht es darum überhaupt nicht. Es geht darum, mal einen Abend hier rauszukommen und was mit mir und den Mädels zu unternehmen. Hinterher ist noch eine Party, es werden Bars in einer großen, altmodischen Scheune aufgebaut … eine Band spielt, es wird getanzt, und ich schwöre dir, dass du nie wieder so viele süße Kerle auf einem Fleck findest.«

Sophia spähte über den Rand ihres Notizblocks. »Süße Kerle zu finden ist so ungefähr das Letzte, was ich momentan brauche.«

Marcia verdrehte die Augen. »Der springende Punkt ist doch, dass du mal aus dem Haus musst. Es ist schon Oktober. Seit zwei Monaten läuft der Unterricht wieder, und du musst aufhören, Trübsal zu blasen.«

»Ich blase keine Trübsal«, sagte Sophia. »Ich … hab es nur satt.«

»Du meinst, du hast es satt, Brian zu begegnen, oder?« Marcia drehte sich zu Sophia um. »Okay, das verstehe ich. Aber es ist eben ein kleiner Campus. Deshalb wird es unvermeidlich sein.«

»Du weißt genau, was ich meine. Er folgt mir. Am Donnerstag stand er schon wieder nach meinem Kurs im Innenhof des Scales Center. Das hat er nie gemacht, als wir noch zusammen waren.«

»Hast du mit ihm gesprochen? Oder hat er versucht, mit dir zu sprechen?«

»Nein.« Sophia schüttelte den Kopf. »Ich bin direkt zur Tür gegangen und hab getan, als hätte ich ihn nicht bemerkt.«

»Also, nichts passiert.«

»Es ist trotzdem unheimlich …«

»Na und?« Marcia zuckte ungeduldig die Achseln. »Reg dich nicht darüber auf. Er ist ja kein Psychopath oder so. Irgendwann wird er es schon kapieren.«

Sophia blickte zur Seite und dachte, das hoffe ich, aber da sie nicht antwortete, kam Marcia zum Bett und setzte sich neben sie. Sie tätschelte Sophias Bein. »Gehen wir doch mal logisch an die Sache ran, okay? Du hast gesagt, er ruft nicht mehr an und schickt auch keine SMS, richtig?«

Sophia nickte, wenn auch etwas widerstrebend.

»Na, dann wird es Zeit, die Sache abzuhaken und nach vorn zu schauen«, befand Marcia.

»Das habe ich ja versucht. Aber egal, wo ich hingehe, er ist auch da. Ich verstehe einfach nicht, warum er mich nicht in Ruhe lässt.«

Marcia zog die Knie hoch und stützte das Kinn darauf. »Ganz einfach – Brian glaubt, wenn er mit dir reden kann, wenn er das Richtige sagt und dich mit Charme überschüttet, überlegst du es dir noch mal anders.« Sie sah ihre Freundin ernst an. »Sophia, du musst begreifen, dass alle Männer so denken. Sie glauben, sie können sich aus jeder Situation herausreden, und sie wollen immer genau das, was sie nicht haben können. Das ist Männer-Einmaleins.« Sie zwinkerte Sophia zu. »Irgendwann wird er schon akzeptieren, dass es vorbei ist. Natürlich nur, solange du nicht nachgibst.«

»Ich gebe nicht nach«, sagte Sophia.

»Das ist auch besser. Du warst immer zu gut für ihn.«

»Ich dachte, du magst Brian.«

»Tu ich ja auch. Er ist witzig und gut aussehend und reich – was gibt es daran nicht zu mögen? Wir sind seit dem ersten Jahr auf dem College miteinander befreundet, und wir haben immer noch Kontakt. Aber ich kriege auch mit, dass er als Partner mies ist und meine Freundin betrogen hat. Und das nicht nur ein oder zwei, sondern gleich drei Mal.«

Sophia ließ die Schultern hängen. »Danke, dass du mich daran erinnerst.«

»Hör mal, als deine Freundin bin ich dazu da, dir zu helfen. Also lass ich mir die fantastische Lösung zu all deinen Problemen einfallen: einen Mädelsabend, weg vom Campus. Und du willst ernsthaft hierbleiben?«

Als Sophia nicht antwortete, beugte Marcia sich zu ihr vor. »Bitte! Fahr doch mit. Ich brauche deine Unterstützung.«

Sophia seufzte, sie wusste, wie hartnäckig Marcia sein konnte. »Na gut. Dann komme ich eben mit.« Und wenn sie es in dem Moment auch noch nicht wusste, würde sie sich später immer daran erinnern, dass so alles angefangen hatte.

Als es allmählich auf Mitternacht zuging, musste Sophia zugeben, dass ihre Freundin recht gehabt hatte. Sie hatte wirklich dringend Abwechslung gebraucht, zum ersten Mal seit Wochen amüsierte sie sich. Immerhin gab es nicht jeden Abend den Duft von Erde, Schweiß und Kuhmist zu genießen, während man wahnsinnigen Männern dabei zusah, wie sie noch wahnsinnigere Tiere ritten. Marcia war der Meinung, dass Bullenreiter vor Sexappeal nur so strotzten, und mehr als einmal hatte ihre Mitbewohnerin sie angestupst, um sie auf ein besonders attraktives Exemplar aufmerksam zu machen, einschließlich des Mannes, der den Wettbewerb gewonnen hatte. »Also, das ist definitiv eine Sahneschnitte«, hatte sie gesagt, und Sophia hatte zustimmend lachen müssen.

Die Party im Anschluss war eine angenehme Überraschung. Die morsche Scheune mit dem Boden aus festgestampfter Erde, Holzwänden, sichtbaren Stützbalken und klaffenden Löchern im Dach war proppenvoll. In dichten Trauben standen die Leute vor den Theken und drängten sich um eine bunt durcheinandergewürfelte Sammlung von Tischen und Stühlen. Zwar hörte Sophia normalerweise keine Countrymusik, aber die Band spielte super, und auf dem improvisierten Tanzboden war kein Zentimeter mehr frei. Ab und zu stellten sich plötzlich alle in einer Reihe auf und begannen einen *Line Dance*, den offenbar jeder außer Sophia kannte. Es war wie ein Geheimcode; ein Stück hörte auf und ein neues fing an, Tänzer gingen und wurden von anderen ersetzt, die sich ihren Platz in der Aufstellung suchten und Sophia den Eindruck vermittelten, alles folge einer fertigen Choreografie. Marcia und die anderen Studentinnen reihten sich ebenfalls ein und führten alle Schritte fehlerfrei aus, und Sophia fragte sich, wo sie das eigentlich gelernt hatten. In den gut zwei Jahren, die sie jetzt zusammenwohnten, hatte weder Marcia noch eine der anderen je erwähnt, dass sie *Line Dance* beherrschten.

Auch wenn Sophia keine Lust hatte, sich auf der Tanzfläche zu blamieren, war sie doch froh, mitgekommen zu sein. Anders als in den meisten Kneipen in Campusnähe – beziehungsweise als in *jeder* ihr bekannten Kneipe –, waren die Leute hier wirklich nett. Noch nie hatte sie so viele Wildfremde »Entschuldigung« oder »Verzeihung« rufen hören, begleitet von freundlichem Grinsen. Und auch mit einer anderen Behauptung hatte Marcia recht gehabt: überall süße Kerle, und Marcia wie auch der Großteil ihrer Kommilitoninnen nutzte das weidlich aus. Seit ihrer

Ankunft hatte keine von ihnen auch nur ein einziges Getränk selbst bezahlt.

So stellte sich Sophia einen Samstagabend in Colorado oder Wyoming oder Montana vor – nicht, dass sie in einem dieser Staaten je gewesen wäre. Wer hätte geahnt, dass es so viele Cowboys in North Carolina gab? Mit einem Blick über die Menge stellte sie fest, dass viele wahrscheinlich keine echten Cowboys waren, die meisten waren nur hier, weil sie sich gern Bullenreiten ansahen und Bier tranken. Aber noch nie hatte sie so viele Cowboyhüte, Stiefel und dicke Gürtelschnallen auf einem Fleck erlebt. Und die Frauen? Trugen ebenfalls Stiefel und Hüte, aber darüber hinaus gab es hier mehr superknappe Shorts und freie Bäuche als am ersten warmen Frühlingstag auf dem gesamten Campus. Marcia und die anderen waren am Vormittag noch shoppen gewesen, sodass Sophia sich jetzt in ihrer Jeans zu der ärmellosen Bluse fast bieder vorkam.

Sie nippte an ihrem Glas, vollauf zufrieden damit, zu beobachten und zu lauschen. Ein paar Minuten vorher war Marcia mit Ashley abgezogen, zweifellos, um sich mit irgendwelchen Männern zu unterhalten, die sie kennengelernt hatte. Die meisten ihrer anderen Bekannten bildeten ähnliche Grüppchen, aber Sophia hatte nicht das Bedürfnis, sich dazuzugesellen. Sie war schon immer eher eine Einzelgängerin gewesen, und im Gegensatz zu vielen anderen aus ihrem Wohnheim richtete sie nicht ihr ganzes Leben nach den Regeln der sogenannten Schwesternschaft, ihrer Studentinnenverbindung, aus. Sie hatte zwar in den letzten Jahren ein paar gute Freundinnen gewonnen, aber allmählich bekam sie Lust auf Neues. Natürlich machte ihr die Vorstellung vom *richtigen Leben* ein bisschen Angst, gleichzeitig fand sie die Aussicht auf eine eigene Wohnung aber aufregend. Sie gestand sich ein, dass selbst eine Schrottbude direkt neben dem Highway in Omaha, Nebraska, ihrer gegenwärtigen Situation vorzuziehen gewesen wäre. Sophia hatte es satt, im Wohnheim zu leben, und das nicht nur, weil ihre Chi-Omega-Schwesternschaft in diesem Semester schon wieder eine Verbindung mit der Sigma-Chi-Bruderschaft einging. Es war ihr drittes Jahr in diesem Wohnheim, und mittlerweile war die Luft ziemlich raus. Nein, falsch. In einem Haus mit vierunddreißig jungen Frauen wurde jedes kleine Drama mit unendlich viel heißer Luft aufgeblasen, und Sophia hatte sich zwar die größte Mühe gegeben, sich weitgehend herauszuhalten, wusste aber, dass sich das nächste Thema schon wieder zusammenbraute. Die neuen Bewohnerinnen aus dem zweiten Studienjahr waren unentwegt mit der Frage beschäftigt, was wohl alle anderen von ihnen hielten und wie sie sich am besten einfügen konnten, während sie gleichzeitig um einen höheren Platz in der Hackordnung wetteiferten.

Schon von Anfang an hatte sich Sophia um solche Sachen nicht besonders gekümmert. Zum Teil war sie der Schwesternschaft beigetreten, weil sie sich mit ihrer damaligen Zimmergenossin nicht verstanden hatte, aber auch, weil all die anderen aus ihrem Jahrgang es kaum erwarten konnten, endlich dazuzugehören. Sie war neugierig gewesen, worum sich der ganze Hype eigentlich drehte. Besonders, da das gesamte gesellschaftliche Leben am Wake-College maßgeblich von den Studentenverbindungen bestimmt wurde. Ehe sie sich's versah, war sie eine Chi Omega und hinterlegte die Kaution für ein Zimmer in deren Wohnheim.

Sie hatte es versucht, ehrlich. Im dritten Studienjahr hatte sie sogar kurz mit dem Gedanken gespielt, ein *Officer* zu werden. Marcia war in schallendes Gelächter ausgebrochen, als Sophia davon sprach, und dann hatte auch Sophia gelacht, und damit war das Thema vom Tisch gewesen. Was auch gut war, denn Sophia wusste, dass sie einen miserablen *Officer* abgegeben hätte. Auch wenn sie an jeder Party, jeder offiziellen und obligatorischen Versammlung teilgenommen hatte, konnte sie mit dem Gerede von der »Schwesternschaft, die dein Leben verändern wird« einfach nicht viel anfangen, und sie glaubte auch nicht daran, dass man »ein Leben lang davon profitiert, eine Chi Omega gewesen zu sein«.

Wann immer sie diese Slogans bei den Treffen ihrer Gruppe hörte, hätte sie am liebsten die Hand gehoben und ihre Schwestern gefragt, ob sie ernsthaft glaubten, der Elan, den sie während ihrer Veranstaltungen an den Tag legten, wäre langfristig für ihr Leben von Bedeutung. Wie sehr sie sich auch anstrengte, sie konnte sich einfach nicht vorstellen, ihren künftigen Chef in einem Bewerbungsgespräch sagen zu hören: *Ich sehe gerade, dass Sie an der Choreografie der Tanznummer mitgewirkt haben, mit deren Hilfe sich Chi Omega in Ihrem dritten Studienjahr an der Spitze der Schwesternschaften platziert hat. Das, Miss Danko, ist zufälligerweise genau die Qualifikation, die wir uns für unsere neue Museumskuratorin wünschen.*

Also bitte.

Das Verbindungsleben war ein Teil ihrer College-Erfahrung, und sie bereute es nicht, aber es sollte nicht der *einzige* Teil sein. Oder auch nur der wichtigste. In der Hauptsache war sie nach Wake Forest gekommen, weil sie eine gute Ausbildung wollte, und ihr Stipendium erforderte, dass sie das Studium an erste Stelle setzte. Und genau das hatte sie auch getan.

Nachdenklich ließ sie ihr Glas kreisen und dachte an das vergangene Jahr. Na ja … also fast jedenfalls.

Im letzten Semester, nachdem sie erfahren hatte, dass Brian sie zum zweiten Mal betrogen hatte, war sie fix und fertig gewesen. Sie hatte sich überhaupt nicht aufs Lernen konzentrieren können, und als die Abschlussprüfungen anstanden, hatte sie wie eine Verrückte büffeln müssen, um ihren Notendurchschnitt zu halten. Am Ende hatte sie es mit Mühe geschafft. Aber es war das Stressigste gewesen, was sie jemals durchmachen musste, und sie war entschlossen, es nicht noch einmal so weit kommen zu lassen. Sie war sich nicht sicher, ob sie das letzte Semester ohne Marcia überhaupt überstanden hätte, und allein deshalb war sie schon froh, Chi Omega beigetreten zu sein. Für Sophia war es bei der Schwesternschaft immer um individuelle Freundschaft gegangen, nicht um eine künstlich hochgejubelte Gruppenidentität. Und für sie hatte Freundschaft nichts damit zu tun, welchen Rang in der Hackordnung jemand einnahm. Deshalb würde sie auch in ihrem letzten Studienjahr im Haus tun, was sie tun musste, aber mehr nicht. Sie würde ihre Verpflichtungen erfüllen und die Cliquen ignorieren, die sich bereits bildeten, besonders diejenigen, die glaubten, eine Chi Omega zu sein wäre das A und O des Daseins.

Cliquen, die Menschen wie Mary-Kate anhimmelten.

Mary-Kate war die Präsidentin ihrer Ortsgruppe, und sie war nicht nur der Inbegriff der Verbindungsstudentin, sie füllte ihre Rolle auch optisch perfekt aus: volle Lippen und leichte Stupsnase, dazu makellose Haut und ausgeprägte Gesichtszüge. Da sie zusätzlich noch über ein hübsches Treuhandvermögen verfügte – ihre Familie gehörte dank altem Tabak-Geld nach wie vor zu den reichsten des Staates –, *war* sie für viele praktisch die Schwesternschaft. Und Mary-Kate wusste das. Im Moment hielt sie an einem der größeren runden Tische Hof, umringt von jüngeren Schwestern, die sich eindeutig wünschten, einmal genau wie sie zu werden. Wie immer sprach sie über sich selbst.

»Ich möchte etwas verändern, wisst ihr?«, sagte Mary-Kate gerade. »Ich weiß, dass ich nicht die ganze Welt retten kann, aber ich finde es wichtig, etwas zu verändern.«

Jenny, Drew und Brittany hingen an ihren Lippen. »Das ist wahnsinnig toll«, pflichtete Jenny bei. Sie kam aus Atlanta und studierte im zweiten Jahr, und Sophia grüßte sie, wenn sie ihr begegnete, mehr aber auch nicht. Ganz bestimmt war sie begeistert, einen Abend mit Mary-Kate verbringen zu dürfen.

»Ich meine, ich will nicht nach Afrika oder Haiti oder so«, fuhr Mary-Kate fort. »Warum so weit weg? Mein Daddy sagt, es gibt reichlich Möglichkeiten, Menschen hier in der Gegend zu helfen. Deshalb hat er seine Stiftung ja auch hier gegründet, und deshalb werde ich nach dem Examen dort arbeiten. Um Probleme vor Ort zu beseitigen. Wusstet ihr, dass es in unserem Staat immer noch Häuser mit Außenklos gibt? Könnt ihr euch das vorstellen?

Keine Toilette im Haus? Um solche Probleme müssen wir uns kümmern.«

»Äh, warte mal«, sagte Drew. »Jetzt bin ich verwirrt.« Sie stammte aus Pittsburgh, und sie war fast exakt so angezogen wie Mary-Kate, bis hin zu Hut und Stiefeln. »Heißt das, die Stiftung deines Vaters baut Badezimmer?«

Mary-Kates wohlgeformte Augenbrauen bildeten ein V. »Wovon redest du?«

»Die Stiftung von deinem Vater. Du hast gesagt, sie baut Badezimmer.«

Mary-Kate legte den Kopf schief und musterte Drew, als sei sie ein mentaler Zwerg. »Sie stellt bedürftigen Kindern Stipendien zur Verfügung. Wie um alles in der Welt kommst du auf die Idee, dass sie Badezimmer baut?«

Ach, ich weiß auch nicht, dachte Sophia insgeheim grinsend. Vielleicht, weil du von Außenklos gesprochen hast? Und es bei dir genauso klang? Aber sie sagte nichts, denn sie wusste, dass Mary-Kate kein Verständnis für den Witz hätte. Wenn es um ihre *Zukunftspläne* ging, fehlte Mary-Kate jeglicher Sinn für Humor. Die Zukunft war eine ernste Angelegenheit.

»Aber ich dachte, du würdest Nachrichtensprecherin«, sagte Brittany. »Letzte Woche hast du uns von deinem Stellenangebot erzählt.«

Mary-Kate warf die Haare zurück. »Das wird nichts.«

»Warum denn nicht?«

»Es ging um die Morgennachrichten. In Owensboro, Kentucky.«

»Und?«, fragte eine der jüngeren Schwestern sichtlich verdutzt.

»Hallo? Owensboro? Schon mal von Owensboro gehört?«

»Nein.« Die jungen Frauen wechselten eingeschüchterte Blicke.

»Eben«, erklärte Mary-Kate. »Ich ziehe doch nicht nach Owensboro, Kentucky. Das findet man ja auf keiner Landkarte. Und ich stehe nicht um vier Uhr morgens auf. Außerdem, wie gesagt, ich möchte etwas verändern. Es gibt viele Menschen rings um uns, die Hilfe brauchen. Ich denke da schon lange drüber nach. Mein Daddy sagt ...«

Sophia hörte nicht mehr zu. Sie stand auf und ließ den Blick auf der Suche nach Marcia über die Menge schweifen. Es war wirklich irrsinnig voll in der Scheune, und es wurde immer noch voller. Sophia quetschte sich an ein paar Kommilitoninnen und deren Männerbekanntschaften vorbei und hielt Ausschau nach Marcias schwarzem Cowboyhut. Was hoffnungslos war. Es wimmelte nur so von schwarzen Cowboyhüten. Sie versuchte, sich an die Farbe von Ashleys Hut zu erinnern. Beige, oder? Damit konnte sie die Auswahl so weit einschränken, dass sie ihre Freundinnen schließlich entdeckte. Sie schlug gerade ihre Richtung ein und drängte sich an mehreren Gruppen vorbei, als sie aus dem Augenwinkel etwas bemerkte.

Besser gesagt, *jemanden*.

Sie blieb stehen und reckte sich, um eine bessere Sicht zu haben. Ihr war plötzlich beklommen zumute, doch sie redete sich ein, dass sie sich geirrt hatte, dass sie Halluzinationen hatte.

Sophia versuchte, das flaue Gefühl im Magen nicht zu beachten, während sie die Gesichter in der wogenden

Menge absuchte. Er ist nicht hier, beschwichtigte sie sich selbst, aber genau in dem Moment sah sie ihn wieder. Flankiert von zwei Freunden stolzierte er durch das Gedränge.

Brian.

Sophia erstarrte und beobachtete die drei dabei, wie sie auf einen freien Tisch zusteuerten. Brian bahnte sich grob seinen Weg, wie er es auch auf dem Lacrosse-Feld tat. Einige Sekunden lang konnte sie es nicht fassen. Das Einzige, was ihr durch den Kopf ging, war: Im Ernst? Hierher bist du mir auch gefolgt?

Sie spürte, dass ihre Wangen rot wurden. Sie war mit ihren Freundinnen hier, weit entfernt vom Campus ... was dachte er sich dabei? Sie hatte ihm doch eindeutig klargemacht, dass sie ihn nicht sehen wollte. Sie hatte ihm unmissverständlich erklärt, dass sie nicht mit ihm reden wollte. Am liebsten wäre sie zu ihm marschiert und hätte ihm noch einmal mitten ins Gesicht gesagt, dass es vorbei war.

Aber das würde nichts ändern. Marcia hatte recht. Brian glaubte, wenn er nur mit ihr reden könnte, würde sie es sich anders überlegen. Weil er glaubte, dass er nur seinen Charme spielen lassen und sich kleinlaut geben musste, um unwiderstehlich zu sein. Immerhin hatte sie ihm ja früher auch verziehen. Warum nicht noch einmal?

Sie drehte sich um und arbeitete sich zu Marcia vor. Im Stillen dankte sie Gott, dass sie rechtzeitig ihren Platz verlassen hatte. Sonst hätte er einfach heranschlendern und Verblüffung vortäuschen können, sie dort vorzufinden. Denn wie auch immer die Fakten waren, am Ende stünde sie ja doch als die Herzlose da. Warum? Weil Brian die Mary-Kate seiner Studentenverbindung war. Ein hervorragender Lacrosse-Spieler, der mit fantastischem Aussehen und einem wohlhabenden Investmentbanker als Vater gesegnet war und mühelos über ihren Bekanntenkreis herrschte. Jedes Mitglied der Schwesternschaft verehrte Brian, und Sophia wusste, dass die Hälfte der Mädels aus ihrem Wohnheim auf den geringsten Wink von ihm etwas mit ihm anfangen würde.

Bitte schön, sie konnten ihn gern haben.

Sophia schlängelte sich weiter durch die Menge, während die Band ein Stück beendete und sofort das nächste anfing. Endlich erreichte sie Marcia und Ashley unweit der Tanzfläche, wo sie sich mit drei Männern in engen Jeans und Cowboyhüten unterhielten, die Sophia auf ein paar Jahre älter als sie selbst schätzte. Als sie Marcia am Arm fasste, drehte sich ihre Freundin um. Sie wirkte aufgekratzt. Oder genauer gesagt betrunken.

»Ach, hallo!« Sie zog die Worte in die Länge. »Leute, das hier ist meine Mitbewohnerin Sophia.« Sie schob Sophia nach vorn. »Und das sind Brooks und Tom … und …« Marcia blinzelte den Mann in der Mitte an. »Wie heißt du noch mal?«

»Terry.«

»Hallo«, grüßte Sophia mechanisch und wandte sich dann an Marcia. »Kann ich kurz allein mit dir sprechen?«

»Jetzt sofort?« Marcia runzelte die Stirn. Mit einem Seitenblick zu den Cowboys drehte sie sich zu Sophia um, ohne ihre Verärgerung zu verbergen. »Was ist denn?«

»Brian ist hier«, zischte Sophia.

Marcia kniff zunächst die Augen zusammen, als wolle sie

sich vergewissern, ob sie richtig gehört hatte, dann nickte sie schließlich. Die beiden zogen sich etwas von der Tanzfläche zurück. Dort war der Lärm nicht ganz so ohrenbetäubend, trotzdem musste Sophia die Stimme erheben.

»Er ist mir gefolgt. Schon wieder.«

Marcia spähte über Sophias Schulter. »Wo ist er denn?«

»Hinten bei den anderen aus dem College. Er hat Jason und Rick dabei.«

»Woher weiß er, dass du hier bist?«

»Das ist nicht gerade ein Geheimnis. Der halbe Campus hat Bescheid gewusst.«

Während Sophia vor Wut kochte, flackerte Marcias Blick flüchtig zu einem der Männer zurück, dann wandte sie sich mit einer Spur von Ungeduld wieder an Sophia.

»Also gut, er ist hier.« Sie zuckte die Achseln. »Was willst du unternehmen?«

»Keine Ahnung.« Sophia verschränkte die Arme.

»Hat er dich gesehen?«

»Ich glaube nicht. Ich will nur nicht, dass er Ärger macht.«

»Soll ich mit ihm reden?«

»Nein.« Sophia schüttelte den Kopf. »Ach, ich weiß auch nicht.«

»Dann entspann dich einfach. Beachte ihn gar nicht. Bleib ein Weilchen bei mir und Ashley. Vielleicht geht er ja von allein wieder. Und falls er uns hier findet, flirte ich einfach mit ihm. Lenke ihn ab.« Sie verzog den Mund zu einem herausfordernden Grinsen. »Du weißt, dass er mal was für mich übrighatte. Vor dir, meine ich.«

Sophia verschränkte die Arme noch fester. »Vielleicht sollten wir einfach gehen.«

Marcia schüttelte unwillig den Kopf. »Wie denn? Keiner von uns beiden hat ein Auto dabei. Wir sind mit Ashley gefahren, schon vergessen? Und ich weiß zufällig genau, dass sie noch nicht nach Hause will.«

Daran hatte Sophia nicht gedacht.

»Komm schon«, redete Marcia ihr zu. »Holen wir uns was zu trinken. Die Jungs werden dir gefallen. Sie studieren an der Uni in Duke.«

Sophia schüttelte den Kopf. »Ich bin momentan wirklich nicht in Stimmung, mich mit Männern zu unterhalten.«

»Was willst du dann?«

Am anderen Ende der Scheune erhaschte Sophia einen Blick auf den Nachthimmel und verspürte plötzlich den überwältigenden Wunsch, aus dem Schweiß und dem Gedränge zu entfliehen. »Ich glaube, ich brauche ein bisschen frische Luft.«

Marcia folgte ihrem Blick und sah sie dann wieder an. »Soll ich mitkommen?«

»Nein, ist schon okay. Ich finde dich. Bleib einfach hier in der Nähe, ja?«

»Klar.« Marcia war sichtlich erleichtert. »Aber ich kann auch mitkommen …«

»Mach dir keinen Kopf. Ich bleib nicht lange weg.«

Marcia ging zu ihren neuen Freunden zurück, und Sophia lief zum hinteren Ende der Scheune. Je weiter sie sich von den Tanzflächen und der Band entfernte, desto mehr lichtete sich das Gedränge. Ein paar Männer versuchten, ihre Aufmerksamkeit zu erregen, aber Sophia tat, als bemerke sie nichts.

Das Holztor stand offen, und sobald sie ins Freie trat,

empfand sie eine riesige Erleichterung. Die frische Herbstluft fühlte sich auf ihrer Haut wie kühler Balsam an. Sie hatte gar nicht richtig wahrgenommen, wie heiß es in der Scheune war. Jetzt sah sie sich um in der Hoffnung, ein Plätzchen zum Sitzen zu finden. Seitlich entdeckte sie eine dicke Eiche, deren knorrige Äste sich in alle Richtungen erstreckten, und hier und da standen Leute in Grüppchen zusammen, rauchten und tranken. Es dauerte einen Moment, bis Sophia bemerkte, dass sie sich auf einer Wiese befanden, die ringsum von einem Holzzaun umgeben war. Bestimmt war das früher mal eine Viehkoppel gewesen.

Tische gab es nicht. Die meisten Leute saßen auf dem Holzzaun oder lehnten daran, und eine Gruppe hockte auf einem alten Traktorreifen. Etwas abseits stand ein einzelner Mann mit einem Cowboyhut und betrachtete die Nachbarweide. Sein Gesicht lag im Schatten. Sophia überlegte versonnen, ob er wohl auch in Duke studierte, aber sie bezweifelte es. Irgendwie passten Cowboyhüte und die Duke-Universität einfach nicht zusammen.

Sie ging zu einem freien Zaunabschnitt ein paar Pfosten von dem Cowboy entfernt. Der Himmel über ihr war so klar wie eine Glasglocke, der Mond schwebte knapp über den Baumwipfeln. Sophia stützte die Ellbogen auf das raue Holz und nahm ihre Umgebung in sich auf. Rechts war die Rodeo-Arena, wo der Wettbewerb stattgefunden hatte, und direkt dahinter befanden sich einige kleine umzäunte Weiden, auf denen die Bullen standen. Zwar waren die Koppeln nicht beleuchtet, doch über der Tribüne brannten noch ein paar Scheinwerfer, die die Tiere in ein geisterhaftes Licht tauchten. Hinter den Pferchen parkten zwanzig oder dreißig Pick-ups und Wohnmobile, umringt von ihren Besitzern. Selbst aus der Entfernung konnte Sophia die glühenden Spitzen von Zigaretten erkennen und hin und wieder das Klirren von Flaschen hören. Sie fragte sich, wofür diese Arena wohl benutzt wurde, wenn das Rodeo nicht in der Stadt gastierte. Für Pferdeschauen? Hundeausstellungen? Jahrmärkte? Sie wirkte etwas marode, was darauf hindeutete, dass sie den Großteil des Jahres leer stand. Die windschiefe Scheune verstärkte diesen Eindruck noch, aber andererseits, was wusste sie schon? Sie war in New Jersey geboren und aufgewachsen.

Das zumindest hätte Marcia jetzt gesagt. Sie sagte das seit fast drei Jahren, und anfangs war es witzig gewesen, dann hatte es sich abgenutzt, und inzwischen war es wieder witzig, ein Running Gag zwischen ihnen beiden. Marcia kam aus Charlotte, nur ein paar Autostunden von Wake Forest entfernt. Sophia konnte sich noch gut an Marcias Verblüffung erinnern, als sie hörte, dass Sophia in Jersey City aufgewachsen war. Genauso gut hätte Sophia sagen können, sie käme vom Mond.

Sophia musste zugeben, dass Marcias Reaktion nicht völlig abwegig gewesen war. Ihre Elternhäuser hätten nicht unterschiedlicher sein können. Marcia war das jüngere von zwei Kindern, ihr Vater war Orthopäde, ihre Mutter eine auf Umwelt und Naturschutz spezialisierte Anwältin. Ihr älterer Bruder stand kurz vor seinem Juraexamen in Vanderbilt, und wenn die Familie auch nicht gerade auf der Forbes-Liste stand, so waren sie doch sehr gut situiert. Marcia gehörte zu den jungen Frauen, die früher Reit- und Tanzstunden gehabt und zu ihrem sechzehnten Geburtstag ein

Mercedes-Cabrio geschenkt bekommen hatten. Sophia hingegen war das Kind von Einwanderern. Ihre Mutter war Französin, der Vater Slowake, und sie waren mit nur wenig Geld in Amerika eingetroffen. Die Eltern waren zwar gut ausgebildet – Sophias Vater war Chemiker und ihre Mutter Pharmazeutin –, aber ihre Englischkenntnisse waren damals noch begrenzt gewesen, weshalb sie sich jahrelang mit Hilfsarbeiten über Wasser halten mussten und in winzigen, heruntergekommenen Wohnungen lebten, bis sie genug gespart hatten, um einen eigenen Feinkostladen zu eröffnen. Währenddessen hatten sie noch drei weitere Kinder bekommen – Sophia war die Älteste –, und Sophia war es gewöhnt, ihren Eltern nach der Schule und an Wochenenden im Laden zu helfen.

Das Geschäft lief einigermaßen gut, das heißt, es reichte, um die Familie zu ernähren, aber nie viel mehr als das. Wie auch viele andere der besseren Schüler ihrer Klasse hatte Sophia bis wenige Monate vor ihrem Abschluss damit gerechnet, nach Rutgers zu gehen. In Wake Forest hatte sie sich nur aus einer Laune heraus beworben, weil ihr Vertrauenslehrer den Vorschlag gemacht hatte, aber sie hätte sich dieses College in einer Million Jahren nicht leisten können und wusste auch nicht viel darüber, abgesehen von den wunderschönen Fotos auf der Website. Zu ihrer größten Überraschung hatte Wake Forest ihr jedoch ein Stipendium angeboten, das sämtliche Studiengebühren abdeckte, und im August hatte Sophia dann in New Jersey den Bus bestiegen, der sie zu einem praktisch unbekannten Ort bringen sollte.

Es war eine großartige Entscheidung gewesen, zumindest

was das Studium betraf. Wake Forest war kleiner als Rutgers, was bedeutete, dass die Kurse deutlich weniger Teilnehmer hatten, und die Dozenten des Instituts für Kunstgeschichte unterrichteten mit Leidenschaft. Sophia hatte schon ein Bewerbungsgespräch für ein Praktikum im Denver Art Museum hinter sich – und nein, man hatte ihr keine Frage zu ihrer Rolle bei Chi Omega gestellt –, das ihrem Empfinden nach gut gelaufen war, wenn sie auch noch nichts weiter gehört hatte. Im letzten Sommer hatte sie außerdem genug Geld gespart, um sich ihr erstes Auto kaufen zu können. Es war nichts Besonderes, ein elf Jahre alter Toyota Corolla mit über hundertfünfzigtausend Kilometern auf dem Buckel, einer Delle in der hinteren Tür und diversen Kratzern, aber Sophia fand es befreiend, fortan kommen und gehen zu können, wie es ihr gefiel.

Nun zog sie eine Grimasse. Also, mal abgesehen von heute Abend. Aber das war ihre eigene Schuld. Sie hätte ja selbst fahren können, aber …

Warum hatte Brian herkommen müssen? Was sollte denn seiner Ansicht nach passieren? Glaubte er ernsthaft, sie würde vergessen, was er ihr angetan hatte? Dass sie wieder mit ihm zusammen sein würde, wie früher?

Tatsache war, dass sie ihn nicht einmal vermisste. Sie würde ihm nicht verzeihen, und wenn er sie nicht verfolgt hätte, hätte sie wahrscheinlich nicht einmal an ihn gedacht. Trotzdem schaffte er es immer noch, ihr den Abend zu verderben, und das ärgerte sie. Weil sie es zuließ. Weil sie ihm diese Macht über sich einräumte.

Damit musste Schluss sein. Sie würde wieder in die Scheune gehen und sich mit Marcia und Ashley und diesen

Studenten aus Duke unterhalten, und wenn Brian sie fände und reden wollte, na und? Sie würde ihn einfach ignorieren. Und wenn er versuchte, ihr die Laune zu vermiesen? Tja, vielleicht würde sie einfach einen der Typen küssen, damit er auch wirklich begriff, dass sie über ihn weg war, Punkt.

Bei der Vorstellung musste sie lächeln. Sie wandte sich vom Zaun ab, prallte gegen jemanden und verlor beinahe das Gleichgewicht.

»Oh … Entschuldigung«, sagte sie automatisch und hob den Arm, um sich abzustützen. Als ihre Hand auf die Brust ihres Gegenübers traf und sie aufblickte, schreckte sie zurück.

»Hoppla«, sagte Brian und fing sie an den Schultern auf.

Inzwischen hatte sie das Gleichgewicht wiedergefunden und die Situation erfasst. Er hatte sie gefunden. Sie standen einander allein gegenüber. Genau das, was sie seit der Trennung zu vermeiden versucht hatte. Na großartig.

»Entschuldige, dass ich mich so anschleiche.« Wie Marcia lallte auch er etwas, was Sophia nicht überraschte – Brian ließ nie eine Gelegenheit aus, sich einen hinter die Binde zu gießen. »Bei deinen Freundinnen warst du nicht, deshalb hatte ich so eine Ahnung, dass du hier draußen –«

»Was willst du, Brian?«, schnitt sie ihm das Wort ab.

Bei ihrem Ton zuckte er merklich zusammen. Aber wie üblich erholte er sich schnell.

»Ich will gar nichts.« Er steckte eine Hand in die Jeanstasche. Als er dabei leicht ins Taumeln kam, begriff Sophia, dass er auf dem besten Weg zu einem Vollrausch war.

»Warum bist du dann hier?«

»Ich hab dich ganz allein hier draußen gesehen und dachte, ich sehe mal nach, ob alles in Ordnung ist.« Er legte den Kopf schief und setzte seine »Ich bin ja so brav«-Miene auf, aber die blutunterlaufenen Augen machten seine Bemühungen zunichte.

»Es ging mir gut, bis du kamst.«

Er zog eine Augenbraue hoch. »Aua. Das ist hart.«

»Anders geht es scheinbar nicht. Du hast mich in letzter Zeit wie ein Stalker verfolgt.«

»Ja, ich weiß«, sagte er. »Tut mir leid.«

»Ach ja?«

Er zuckte die Achseln. »Ich wollte nicht, dass es so endet … und ich wollte dir bloß sagen, wie sehr ich mich für alles schäme, was passiert ist. Das hast du nicht verdient, und ich verstehe voll und ganz, dass du Schluss gemacht hast. Mir ist klar, dass ich …«

Sophia schüttelte den Kopf, sie hatte keine Lust mehr, ihm zuzuhören. »Warum tust du das?«

»Was denn?«

»Das hier«, sagte sie. »Diese ganze Show. Diese Unterwürfigkeit und Zerknirschung. Was willst du?«

Mit dieser Frage hatte er offensichtlich nicht gerechnet. »Ich versuche nur, mich zu entschuldigen.«

»Wofür? Dafür, dass du mich zum dritten Mal betrogen hast? Oder dafür, dass du mich anlügst, seit ich dich kenne?«

Er blinzelte. »Komm schon, Sophia. Sei nicht so. Ich hab keinen Hintergedanken – ehrlich nicht. Ich möchte nur nicht, dass du das ganze Jahr glaubst, mir aus dem Weg gehen zu müssen. Dafür haben wir zu viel zusammen erlebt.«

Obwohl er hin und wieder etwas unartikuliert sprach, klang er beinahe glaubhaft. Beinahe.

»Du kapierst es einfach nicht, oder?« Sie war sich nicht sicher, ob er ernsthaft annahm, sie würde ihm verzeihen. »Ich weiß, dass ich dir nicht aus dem Weg gehen *muss*. Ich *will* dir aus dem Weg gehen.«

Jetzt sah er sie aufrichtig verwirrt an. »Warum benimmst du dich so?«

»Machst du Witze?«

»Nachdem du mit mir Schluss gemacht hast, wusste ich, dass ich den größten Fehler meines Lebens begangen habe. Weil ich dich brauche. Du tust mir gut. Du machst mich zu einem besseren Menschen. Und selbst wenn wir nicht zusammen sein können, hatte ich gehofft, wir könnten uns vielleicht mal treffen und unterhalten. Nur unterhalten. So wie früher. Bevor ich alles vermasselt habe.«

Sophia öffnete den Mund, um zu antworten, aber seine Unverfrorenheit machte sie sprachlos. Er glaubte doch wohl nicht im Ernst, sie würde noch einmal darauf hereinfallen?

»Komm.« Er wollte nach ihrer Hand greifen. »Holen wir uns was zu trinken und reden wir. Wir können das klären und –«

»Fass mich nicht an!« Ihre Stimme klang schrill.

»Sophia …«

Sie schob sich rückwärts am Zaun entlang, fort von ihm. »Du sollst mich nicht anfassen, hab ich gesagt!«

Zum ersten Mal flackerte Wut in seiner Miene auf. Er fasste sie ums Handgelenk. »Jetzt beruhige dich doch …«

Sie versuchte, ihren Arm zu befreien. »Lass mich los!«

Doch er kam so nahe, dass sie das Bier in seinem Atem roch. »Warum musst du immer gleich eine Szene machen?«, fragte er grob.

Sie setzte sich zur Wehr, doch als sie einen Blick auf sein Gesicht erhaschte, empfand sie eine eisige Furcht. Das war nicht der Brian, den sie kannte. Seine Stirn war gerunzelt, das Kinn vorgeschoben. Sie wurde ganz starr und zog den Kopf vor seinem heißen, schweren Atem zurück.

Da sagte eine Stimme: »Lass sie los.«

Brian drehte den Kopf zur Seite und wieder zu Sophia zurück und drückte fester zu. »Wir unterhalten uns nur«, sagte er durch zusammengebissene Zähne, die Muskeln im Kiefer angespannt.

»So sieht es aber nicht aus«, sagte die Stimme. »Und das war keine Bitte. Du lässt sie jetzt los.«

Der warnende Tonfall war unverkennbar. Brian brauchte einen Moment, um den Ernst der Lage zu begreifen, war allerdings nicht gerade eingeschüchtert. »Ich hab hier alles im Griff. Kümmere dich um deine eigenen Angelegenheiten.«

»Letzte Chance«, ertönte die Stimme. »Ich will dir nicht wehtun müssen. Ich würde es aber notfalls tun.«

Obwohl Sophia zu nervös war, um sich umzusehen, merkte sie, dass die anderen Leute in der Nähe allmählich auf sie aufmerksam wurden. Aus dem Augenwinkel beobachtete sie zwei Männer, die von dem Traktorreifen aufstanden und in ihre Richtung schlenderten, und zwei weitere stießen sich gerade vom Zaun ab, die Hüte tief ins Gesicht gezogen.

Brians blutunterlaufene Augen schnellten in ihre Richtung, dann blaffte er über Sophias Schulter hinweg den Mann an, der ihn angesprochen hatte. »Was ist? Holst du jetzt deine Freunde?«

»Die brauche ich nicht, um mit dir fertigzuwerden«, sagte der Fremde gelassen.

Bei diesen Worten stieß Brian Sophia zur Seite und löste seinen schraubstockähnlichen Griff um ihren Arm. Er drehte sich um und machte einen Schritt auf die Stimme zu. »Willst du es echt darauf ankommen lassen?«

Als Sophia sich umwandte, war Brians Großmäuligkeit im ersten Moment leicht nachzuvollziehen. Er war knapp zwei Meter groß und wog gute neunzig Kilo – er ging fünf Mal die Woche ins Fitnessstudio. Der Mann, der ihm gedroht hatte, war mehr als fünfzehn Zentimeter kleiner und drahtig. Er trug einen Cowboyhut, der eindeutig schon bessere Tage gesehen hatte.

»Verzieh dich einfach«, sagte der Cowboy und ging einen Schritt rückwärts. »Du musst das Ganze ja nicht noch schlimmer machen.«

Brian ignorierte seine Worte. Mit verblüffender Schnelligkeit stürzte er sich auf den kleineren Mann, die Arme weit ausgestreckt. Sophia kannte den Sprung, hatte Brian unzählige Gegenspieler auf dem Lacrosse-Feld attackieren sehen, und sie wusste genau, was jetzt passieren würde: Er würde den Kopf senken, mit den Beinen kräftig Schub geben und den anderen Mann umwerfen wie einen angesägten Baum. Doch obwohl Brian genau das tat, was sie erwartete, ging es nicht so aus wie sonst. Denn sein Gegner ließ ein Bein stehen, lehnte sich zur Seite, stieß die Arme vor und nutzte Brians Schwung, um ihn von den Füßen zu holen. Eine Sekunde später lag Brian mit dem Gesicht auf der Erde, den abgetretenen Cowboystiefel des Fremden im Nacken.

»Jetzt beruhige dich mal«, sagte der Cowboy.

Brian wand sich unter dem Absatz und machte Anstalten, sich hochzudrücken, aber mit einem schnellen Hüpfer setzte der Cowboy den anderen Fuß kurz und kraftvoll auf Brians Finger. Brian riss die Hand zurück und schrie.

»Hör auf zu zappeln, sonst wird es nur noch schlimmer.« Der Cowboys sprach langsam und deutlich, als habe er einen Trottel vor sich.

Immer noch fassungslos über die Entwicklung der Ereignisse starrte Sophia ihn an. Es war der Mann, der vorhin allein am Zaun gestanden hatte, und ihr fiel auf, dass er sie noch nicht ein Mal angesehen hatte. Er schien sich auch jetzt auf seinen Stiefel zu konzentrieren, als klemme eine Klapperschlange darunter. Was irgendwie auch zutraf.

Brian fing erneut an, sich zu wehren. Wieder trat der andere ihm auf die Finger, ohne dass der zweite Fuß seinen Nacken freigab. Mühsam unterdrückte Brian ein Wimmern, und nach und nach wurde er ruhig. Erst da hob der Cowboy den Blick und sah Sophia an. Seine blauen Augen wirkten im indirekten Licht hinter der Scheune durchdringend.

»Wenn du gehen möchtest«, bot er ihr an, »halte ich ihn gern noch ein Weilchen fest.«

Er klang unbekümmert, als sei die Situation völlig normal. Während sie nach einer passenden Antwort suchte, musterte sie die unordentlichen braunen Haare unter dem

Hut und stellte fest, dass er nicht viel älter sein konnte als sie. Irgendwie kam er ihr bekannt vor, aber nicht nur von vorhin am Zaun. Sie hatte ihn schon woanders gesehen, doch wo, fiel ihr nicht ein.

»Danke.« Sie räusperte sich. »Aber ich komme schon klar.«

Sobald er ihre Stimme hörte, fing Brian wieder an, sich aufzubäumen; und abermals endete es damit, dass er jaulend vor Schmerz die Hand zurückriss.

»Sicher?«, fragte der Cowboy. »Ich hab das Gefühl, dass er ein bisschen aufgebracht ist.«

Das ist wohl noch untertrieben, dachte sie. Brian kochte mit Sicherheit vor Wut. Sie konnte sich ein winziges Lächeln nicht verkneifen.

»Ich glaube, er hat seine Lektion gelernt.«

Der Cowboy sah aus, als ließe er sich ihre Antwort durch den Kopf gehen. »Vielleicht solltest du mal nachfragen«, schlug er vor und schob den Hut zurück. »Nur, um sicher zu sein.«

Zu ihrer eigenen Überraschung lächelte sie ihn an, ehe sie sich vorbeugte. »Lässt du mich jetzt in Ruhe, Brian?«

Brian stieß ein unterdrücktes Jaulen aus. »Sag ihm, er soll von mir runtergehen! Ich bringe ihn um …«

Der Cowboy seufzte und trat noch etwas fester auf Brians Nacken. Dieses Mal wurde Brians Gesicht unsanft in die Erde gedrückt.

Sophia sah zwischen den beiden hin und her. »Ist das ein Ja oder ein Nein, Brian?«, fragte sie liebenswürdig.

Der Mann lachte und zeigte dabei gleichmäßige weiße Zähne.

Vier andere Cowboys hatten sie in der Zwischenzeit umringt. Sophia kam sich vor, als wäre sie in einen alten Western geraten, und schlagartig fiel ihr ein, wo sie diesen Cowboy schon einmal gesehen hatte. Nicht in der Scheune, sondern vorher, beim Rodeo. Er war derjenige, den Marcia als Sahneschnitte bezeichnet hatte. Der Bullenreiter, der den Wettbewerb gewonnen hatte.

»Alles okay bei dir, Luke?«, fragte einer aus dem Kreis. »Brauchst du Hilfe?«

Der Cowboy mit den blauen Augen schüttelte den Kopf. »Im Moment geht's, danke. Aber wenn er nicht aufhört zu zappeln, bricht er sich noch die Nase.«

Sophia sah ihn an. »Du heißt Luke?«

Er nickte. »Und du?«

»Sophia.«

Er tippte sich an den Hut. »Freut mich sehr, Sophia.« Grinsend sah er wieder zu Brian nach unten.

»Lässt du Sophia in Ruhe, wenn du aufstehen darfst?«

Brian gab auf und wehrte sich nicht mehr. Langsam ließ der Druck auf seinen Nacken nach, und er drehte vorsichtig den Kopf. »Nimm den Stiefel runter!«, grunzte er, die Miene gereizt und gleichzeitig ängstlich.

Sophia verlagerte ihr Gewicht auf den anderen Fuß. »Du solltest ihn jetzt loslassen«, sagte sie.

Luke hob den Stiefel und trat zurück. Im selben Moment sprang Brian auf. Nase und Wange waren leicht aufgeschürft, und er hatte Erde zwischen den Zähnen. Der Kreis der anderen Rodeoreiter zog sich enger um ihn zusammen.

Auch wenn er betrunken war – dumm war Brian nicht, und nach einem bösen Blick auf Sophia trat er einen Schritt zurück. Die fünf Cowboys wichen nicht von der Stelle, sie machten zwar einen gleichgültigen Eindruck, doch Sophia ahnte, dass der Schein trog. Brian ging noch einen Schritt zurück und zeigte dann auf Luke.

»Wir beide sind noch nicht fertig«, zischte er. »Kapiert?«

Er wartete einen Moment, ehe er noch einmal Sophia ansah. In seiner Miene lag Wut und Enttäuschung. Dann drehte er sich um und ging langsam zurück zur Scheune.

KAPITEL 3

Luke

Normalerweise hätte er sich nicht eingemischt.

Schließlich war jeder, der öfter in Kneipen ging, schon mal mit solch einem Szenario konfrontiert worden: Ein Paar machte sich einen schönen Abend, beide tranken und gerieten – zweifellos angeheizt durch zu viel Sprit – in Streit. Einer schrie den anderen an, der andere schrie zurück, die Wut eskalierte, und in neun von zehn Fällen schnappte sich der Mann die Frau am Ende. Am Handgelenk, am Arm, egal. Und dann?

An der Stelle wurde es knifflig. Vor ein paar Jahren war er in Houston in eine ganz ähnliche Situation gekommen. Er hatte in einer Kneipe gechillt, als ein Mann und eine Frau zu streiten anfingen. Nach ungefähr einer Minute wurde es laut und handgreiflich, und auch da war Luke eingeschritten – nur um sowohl von dem Mann als auch von der Frau beschimpft zu werden, die ihn beide anschrien, er solle sie verflucht noch mal in Ruhe lassen und sich um seinen eigenen Mist kümmern. Die Frau kratzte ihn im Gesicht und zog an seinen Haaren, während er sich mit dem Mann prügelte. Zum Glück war nicht viel passiert, andere waren schnell dazwischengegangen und hatten alle drei getrennt. Kopfschüttelnd hatte Luke damals die Kneipe verlassen und sich geschworen, sich in Zukunft aus fremder Leute Angelegenheiten herauszuhalten. Wenn sie sich unbedingt wie Idioten aufführen wollten, bitte schön.

Genau das hatte er auch in diesem Fall vorgehabt. Eigentlich hatte er gar nicht mit auf die Party gehen wollen, aber ein paar Rodeokollegen hatten ihn überredet, mit ihnen sein Comeback zu feiern und auf seinen Sieg zu trinken. Immerhin hatte er doch noch gewonnen – sowohl die Endrunde der Besten als auch den Gesamtwettbewerb. Nicht, weil er besonders gut geritten war, sondern schlicht und einfach, weil sonst niemand in der letzten Runde über die Zeit gekommen war. Im Grunde hatte er kampflos gewonnen, aber so lief es eben manchmal.

Er war froh, dass niemand vorher das Zittern seiner Hände bemerkt hatte. Das war ihm noch nie passiert, und obwohl er gern glauben wollte, dass es an der langen Pause seit dem letzten Wettbewerb lag, kannte er doch den wahren Grund. Seine Mutter ebenfalls, und sie hatte mehr als deutlich gemacht, dass sie gegen seine Rückkehr in die Arena war. Seit er erwähnt hatte, dass er möglicherweise wieder reiten wollte, war die Stimmung zwischen ihnen angespannt. Normalerweise rief er sie nach einem Wettkampf an, aber an diesem Abend nicht. Ihr war garantiert gleichgültig, ob er gewonnen hatte. Deshalb hatte er ihr nur eine SMS geschrieben, dass es ihm gut ging. Sie hatte nicht geantwortet.

Erst nach ein paar Bieren verebbte das beißende Angstgefühl allmählich. Nach den ersten beiden Ritten hatte er sich jeweils in seinen Truck zurückgezogen, weil er allein sein und seine Nerven beruhigen musste. Trotz seiner günstigen Position in der Wertung hatte er ernsthaft in Betracht gezogen, abzubrechen. Doch diesen Impuls hatte er unterdrückt und war zu seinem letzten Ritt an diesem Abend angetreten. Er hatte den Sprecher über seine Verletzung und seine Pause reden hören, während er sich in der Startbox bereit machte. Der Bulle, den er gezogen hatte – ein angriffslustiges Tier namens Pump and Dump –, drehte sich wild im Kreis, als er losgelassen wurde, und Luke hatte sich nur mit Mühe bis zum Summton halten können. Die Landung war hart gewesen, aber er hatte sich nicht verletzt und seinen Hut unter dem johlenden Beifall des Publikums geschwenkt.

Danach folgten die Glückwünsche und anerkennendes Schulterklopfen, und er konnte schlecht ablehnen, wenn so viele Leute ihm einen ausgeben wollten. Außerdem war er ohnehin noch nicht bereit, nach Hause zu fahren. Er brauchte Zeit, um abzuschalten, um wie üblich die Ritte im Kopf noch einmal durchzuspielen. Im Geiste gelangen ihm die Manöver, die ihm beim Reiten nicht gelungen waren, immer, und er musste die Abläufe durchdenken, wenn er ernsthaft weitermachen wollte. Auch wenn er gewonnen hatte, war sein Gleichgewicht noch nicht annähernd so, wie es früher gewesen war. Er hatte noch einen weiten Weg vor sich.

Er war gedanklich gerade mit seinem zweiten Ritt beschäftigt, als ihm die Frau erstmals auffiel. Es war schwer, die langen blonden Haare und die ausdrucksvollen Augen zu übersehen; er hatte das Gefühl, dass sie, genau wie er, in ihre eigenen Gedanken vertieft war. Sie war hübsch, aber darüber hinaus strahlte sie etwas Natürliches aus, eine Frau, die wahrscheinlich in Jeans und im Abendkleid gleich gut aussah. Kein aufgedonnertes Groupie, das hoffte, mit einem der Rodeoreiter anbändeln zu können. Die gab es überall auf der Tour – vorhin hatten ihn zwei in der Scheune angesprochen –, aber er war nicht interessiert. Im Laufe der Jahre hatte er ein paar One-Night-Stands gehabt, genug um zu wissen, dass er sich danach unweigerlich leer fühlte.

Die Frau am Zaun dagegen interessierte ihn. Sie war anders, wenn er auch nicht sagen konnte, inwiefern. Vielleicht, dachte er, war es der offene, beinahe verletzliche Blick in die Ferne. Was es auch war, er spürte, dass sie im Moment vor allem einen Freund brauchte. Er überlegte, ob er sie ansprechen sollte, verwarf den Gedanken aber und richtete seinen Blick wieder auf die Arena. Trotz der Scheinwerfer war es zu dunkel, um Einzelheiten zu erkennen, aber er konnte es sich nicht verkneifen, nach Big Ugly Critter zu suchen. Sie waren auf immer verbunden, dachte er und fragte sich, ob der Bulle vielleicht schon verladen worden war. Andererseits hatte sein Besitzer wohl kaum vor, die Nacht durchzufahren, was bedeutete, das Tier musste noch hier sein. Trotzdem dauerte es ein Weilchen, bevor er ihn ausgemacht hatte.

Und während er Big Ugly Critter betrachtete, war dieser betrunkene Exfreund aufgetaucht. Es war unmöglich gewesen, das Gespräch nicht mitzuhören, trotzdem hatte Luke sich ermahnt, sich bloß nicht einzumischen. Und das hätte er auch nicht getan, wenn der riesige Kerl sie nicht angefasst hätte. Zu dem Zeitpunkt war schon offensichtlich, dass sie nichts mit ihm zu tun haben wollte, und als Luke dann noch merkte, dass sich die Wut der blonden Frau in Angst verwandelte, hatte er sich unwillkürlich vom Zaun abgestoßen. Er wusste, dass er seinen Entschluss wahrscheinlich bereuen würde, aber er hatte keine Wahl.

Nun sah Luke dem betrunkenen Exfreund nach, drehte sich dann um und bedankte sich bei seinen Rodeokollegen für ihre Unterstützung. Einer nach dem anderen schlenderte davon, bis Luke und Sophia allein waren.

Über ihren Köpfen hatten sich die Sterne am Himmel vervielfacht. In der Scheune stimmte die Band das nächste Stück an, einen älteren Klassiker von Garth Brooks. Mit einem tiefen Seufzen ließ Sophia die Arme sinken, die Herbstbrise spielte sanft in ihrem Haar.

»Tut mir leid, dass du in das Ganze mit reingezogen worden bist, aber vielen Dank«, sagte sie etwas verlegen.

Von Nahem bemerkte Luke die ungewöhnliche grüne Farbe ihrer Augen und den weichen Ton, mit dem sie sprach, ein Klang, der ihn an weit entfernte Orte denken ließ. Einen Moment lang brachte er keinen Ton heraus.

»Freut mich, dass ich helfen konnte«, sagte er schließlich.

Als er nichts hinzufügte, klemmte sie sich eine lose Strähne hinters Ohr. »Er ... ist nicht immer so blöd, wie du jetzt wahrscheinlich denkst. Wir waren mal zusammen, und er ist nicht gerade begeistert, dass ich mit ihm Schluss gemacht habe.«

»Das dachte ich mir schon.«

»Hast du ... alles gehört?« Ihre Miene drückte eine Mischung aus Verlegenheit und Erschöpfung aus.

»Es ließ sich schlecht vermeiden.«

Sie kniff die Lippen zusammen. »Das hatte ich befürchtet.«

»Wenn du dich dann besser fühlst, verspreche ich, alles zu vergessen.«

Sie lachte aufrichtig, und er glaubte, Erleichterung darin zu hören.

»Ich werde mir ebenfalls alle Mühe geben, es zu vergessen«, sagte sie. »Ich wünschte nur …«

Sie brach ab, und Luke beendete den Gedanken für sie. »Es ist vorbei und erledigt, nehme ich an. Zumindest für heute.«

Sie drehte sich um und betrachtete ausgiebig die Scheune. »Das hoffe ich auf jeden Fall.«

Luke schabte mit den Füßen über den Boden, als versuche er, Worte aus der Erde zu graben. »Ich schätze, deine Freunde sind da drin?«

Ihr Blick schweifte zu den Gestalten, die sich am Tor aufhielten. »Wir sind eine ganze Gruppe«, sagte sie. »Ich gehe aufs Wake Forest, und meine Zimmergenossin aus dem Wohnheim war der Meinung, ich bräuchte dringend mal einen Mädelsabend.«

»Wahrscheinlich wundern sie sich, wo du bleibst.«

»Das bezweifle ich. Dafür amüsieren sie sich zu gut.«

Aus einem Baum am Rand der Koppel ertönte der Schrei einer Eule, und beide drehten sich um.

»Soll ich dich nach drinnen begleiten? Falls es Ärger gibt, meine ich?«

Zu seiner Überraschung schüttelte sie den Kopf. »Nein. Ich glaube, es ist das Beste, wenn ich noch ein Weilchen hier draußen bleibe. Damit Brian sich ein bisschen beruhigen kann.«

Nur, wenn er aufhört zu trinken, dachte Luke. Lass gut sein. Das geht dich nichts an, ermahnte er sich dann. »Möchtest du lieber allein sein?«

Ein belustigter Ausdruck huschte über ihr Gesicht. »Warum? Langweile ich dich?«

»Nein. Überhaupt nicht. Ich wollte nur nicht …«

»Das war ein Scherz.« Sie trat an den Zaun und stützte die Arme auf. Zögernd stellte sich Luke neben sie.

Sie sah in die Ferne, betrachtete die sanft gewellten Hügel, die typisch für diesen Teil des Staates waren. Schweigend musterte Luke sie von der Seite, bemerkte den kleinen Stecker in ihrem Ohrläppchen, überlegte, was er sagen sollte.

»In welchem Jahr bist du am College?«, fragte er schließlich. Er wusste, dass es eine dämliche Frage war, aber etwas Besseres fiel ihm einfach nicht ein.

»Im letzten.«

»Dann bist du … zweiundzwanzig?«

»Einundzwanzig.« Sie drehte sich halb in seine Richtung. »Und du?«

»Älter.«

»Aber nicht viel, würde ich schätzen. Warst du auch auf dem College?«

»Das war nicht so mein Ding.« Er zuckte die Achseln.

»Und du verdienst dein Geld mit Bullenreiten?«

»Manchmal«, gab er zurück. »Also, wenn ich oben bleibe. Ansonsten bin ich nur ein Spielzeug, mit dem der Bulle rumtoben darf, bis ich flüchten kann.«

Sie zog eine Augenbraue hoch. »Du warst heute ziemlich beeindruckend.«

»Du erinnerst dich an mich?«

»Aber klar. Du warst der Einzige, der alle Runden durchgehalten hat. Du hast doch gewonnen, oder?«

»Ich hatte einen ganz guten Abend«, gab er zu.

Sie legte die Hände zusammen. »Also heißt du Luke …«

»Collins.«

»Genau. Der Sprecher hat vor deinem Ritt endlos von dir erzählt.«

»Und?«

»Um ehrlich zu sein, habe ich nicht richtig aufgepasst. Da wusste ich ja noch nicht, dass du mich später retten würdest.«

Er horchte auf Spuren von Sarkasmus, konnte aber keine feststellen, was ihn überraschte. Er zeigte mit dem Daumen über die Schulter zu dem Traktorreifen. »Die anderen Jungs sind auch zu Hilfe gekommen.«

»Aber sie sind nicht dazwischengegangen. Du schon.« Sie machte eine kurze Pause. »Darf ich dich mal was fragen?«, fuhr sie dann fort. »Das geht mir schon den ganzen Abend durch den Kopf.«

Luke zupfte an einem Splitter im Holz. »Bitte.«

»Warum um alles in der Welt reitet man Bullen? Es sieht ziemlich gefährlich aus.«

Ist es auch, dachte er. Alle fragten das. Er antwortete auch diesmal, wie er es immer tat.

»Das wollte ich einfach schon immer machen. Ich habe als kleines Kind angefangen. Mein erstes Kalb habe ich, glaube ich, mit vier Jahren geritten, und in der dritten Klasse war ich schon bei jungen Stieren.«

»Aber wer hat dich auf die Idee gebracht?«

»Mein Vater«, sagte er. »Er hat jahrelang Rodeos geritten. Saddle Bronc, also Wildpferde mit Sattel.«

»Ist das anders als mit Bullen?«

»Im Prinzip sind es dieselben Regeln, aber eben auf einem Pferd. Acht Sekunden mit einer Hand festhalten, während das Tier versucht, dich abzuwerfen.«

»Nur dass Pferde keine Hörner in der Größe von Baseballschlägern haben. Und kleiner und nicht so bösartig sind.«

Er dachte kurz nach. »Das stimmt wohl so in etwa.«

»Warum reitest du dann nicht auch Saddle Bronc statt Bullen?«

Er sah zu, wie sie sich die Haare mit beiden Händen zurückstrich, um die flatternden Strähnen einzufangen. »Das ist eine lange Geschichte. Möchtest du es wirklich wissen?«

»Sonst hätte ich nicht gefragt.«

Er nestelte an seinem Hut. »Es ist einfach ein hartes Leben. Mein Vater fuhr jedes Jahr Tausende von Kilometern von Rodeo zu Rodeo, um sich für das landesweite Finale zu qualifizieren. Für eine Familie ist das nicht leicht, und er war nicht nur fast immer weg, damals hat sich das auch finanziell noch nicht sehr gelohnt. Wenn man Reisekosten und Startgelder abzieht, hätte er wahrscheinlich mehr verdient, wenn er irgendwo als Hilfsarbeiter geschuftet hätte. Ich sollte es anders haben, und als er hörte, dass die Bullenreiter ihre eigene Tour starten, dachte er, das wäre etwas für mich und ich könnte erfolgreich sein. Deshalb hat er mich damit anfangen lassen. Man ist trotzdem viel unterwegs, aber die Wettkämpfe finden am Wochenende statt, und normalerweise ist die Anreise für mich nicht so weit. Die Preisgelder sind auch höher.«

»Also hatte er recht.«

»Er hatte einen großartigen Instinkt. In allem.« Luke sagte das, ohne nachzudenken, und als er ihren Gesichtsausdruck sah, wusste er, dass es ihr aufgefallen war. Er seufzte. »Er ist vor sechs Jahren gestorben.«

Ihr Blick flackerte nicht, doch spontan berührte sie seinen Arm. »Das tut mir leid«, sagte sie.

Obwohl ihre Hand seinen Arm kaum streifte, wirkte die Empfindung nach. »Schon gut.« Er richtete sich auf. Mittlerweile setzten die üblichen Schmerzen nach dem Ritt ein, und er versuchte, sich darauf zu konzentrieren. »Jedenfalls ist das der Grund, warum ich Bullen reite.«

»Und machst du es gern?«

Das war schwer zu beantworten. Lange Zeit hatte er sich darüber definiert, keine Frage. Aber inzwischen? Er wusste nicht, was er darauf sagen sollte, weil er sich selbst nicht sicher war.

»Warum interessiert dich das so?«, fragte er zurück.

»Weiß ich nicht. Vielleicht weil es eine Welt ist, von der ich keine Ahnung habe. Oder vielleicht bin ich auch von Natur aus neugierig. Andererseits mache ich auch einfach Konversation.«

»Und was ist es jetzt?«

»Ich könnte es dir sagen«, erwiderte sie neckisch, und die grünen Augen im Mondlicht wirkten verführerisch. »Aber wäre das nicht langweilig? Die Welt braucht doch das ein oder andere Geheimnis.«

Bei dem herausfordernden Unterton regte sich etwas in ihm. »Wo kommst du eigentlich her?«, fragte er. Er hatte das Gefühl, am Haken zu hängen, und es gefiel ihm. »Wenn ich es richtig verstanden habe, bist du nicht hier aus der Gegend.«

»Nein, ich komme aus New Jersey.« Sie machte eine Pause. »Keine Witze, bitte.«

»Warum sollte ich Witze machen? Ich mag New Jersey.«

»Warst du schon mal da?«

»Ich war in Trenton. Ich habe ein paar Wettkämpfe in der Sovereign Bank Arena geritten. Weißt du, wo das ist?«

»Ich weiß, wo Trenton liegt. Südlich von dem Ort, wo ich wohne, näher an Philadelphia. Ich komme aus dem Norden, nahe Jersey City.«

»Warst du schon mal in Trenton?«

»Ein paarmal. Aber nie in der Arena. Oder überhaupt bei einem Rodeo. Das hier ist mein erstes Mal.«

»Und wie fandest du es?«

»Abgesehen davon, dass ich beeindruckt war? Ich finde, ihr seid alle wahnsinnig.«

Er lachte, angetan von ihrer Offenheit. »Du kennst meinen Nachnamen, aber ich deinen noch nicht.«

»Danko.« Und weil sie schon mit seiner nächsten Frage rechnete, ergänzte sie: »Mein Vater ist aus der Slowakei.«

»Das ist in der Nähe von Kansas, stimmt's?«

Sie blinzelte. Ihr Mund ging auf und zu, und gerade, als sie ihm die Sache mit Europa erklären wollte, hob er die Hände.

»Nur ein Witz«, sagte er. »Ich weiß, wo das liegt. Mitteleuropa, gehörte früher zur Tschechoslowakei. Ich wollte sehen, wie du reagierst.«

»Und?«

»Ich hätte dich fotografieren sollen.«

Sie sah ihn streng an, dann stupste sie ihn mit der Schulter. »Das war nicht nett.«

»Aber lustig.«

»Ja«, gab sie zu. »Es war lustig.«

»Wenn dein Vater also aus der Slowakei stammt …«

»Meine Mutter ist Französin. Sie sind ein Jahr vor meiner Geburt in die Staaten gezogen.«

Er wandte sich ihr zu. »Im Ernst?«

»Du klingst überrascht.«

»Ich weiß nicht, ob ich schon mal eine französische Slowakin kennengelernt habe.« Pause. »Zum Henker, ich weiß noch nicht einmal, ob ich je jemanden aus New Jersey kennengelernt habe.«

Als Sophia lachte, lockerte sich etwas in seinem Inneren, und er wusste, dass er diesen Klang gern öfter hören würde.

»Und du wohnst in der Nähe?«, fragte sie.

»Nicht weit entfernt. Ein Stück nördlich von Winston-Salem. Außerhalb von King.«

»Das klingt nobel.«

»Es ist vieles, aber das nicht. Eine Kleinstadt mit freundlichen Menschen, aber das war's auch schon. Wir haben da oben eine Ranch.«

»Wir?«

»Meine Mutter und ich. Also, genau genommen ist es ihre Ranch. Ich wohne und arbeite nur dort.«

»Wie, eine richtige Ranch? Mit Kühen und Pferden und Schweinen?«

»Es gibt sogar eine Scheune, gegen die diese hier neu aussieht.«

Sophia betrachtete das Gebäude hinter sich. »Das kann ich mir nicht vorstellen.«

»Vielleicht zeige ich sie dir eines Tages. Mache mit dir einen Ausritt und so.«

Ihre Blicke trafen sich für einen langen Moment, und wieder berührte sie seinen Arm. »Nichts dagegen, Luke.«

KAPITEL 4

Sophia

Sophia war sich nicht sicher, warum sie das gesagt hatte. Die Worte waren einfach aus ihrem Mund gesprudelt, ehe sie sie aufhalten konnte. Sie überlegte, einen Rückzieher zu machen oder es abzutun, aber seltsamerweise wollte sie das gar nicht.

Es hatte weniger mit seinem Aussehen zu tun, obwohl Marcia absolut recht gehabt hatte. Er war auf eine jungenhafte Art attraktiv, sein freundliches, offenes Lächeln wurde von Grübchen noch betont. Zudem war er schlank und drahtig, seine breiten Schultern bildeten einen Kontrast zu den schmalen Hüften, und die widerspenstigen braunen Locken unter dem verbeulten Hut waren definitiv sexy. Was aber wirklich auffiel, waren seine Augen – sie hatte schon immer eine Schwäche für schöne Augen gehabt. Seine waren von einem Sommerblau, so leuchtend und hell, dass man farbige Kontaktlinsen vermuten konnte, auch wenn Luke solche Dinger mit Sicherheit albern gefunden hätte.

Es schadete auch nicht gerade, musste sie zugeben, dass sie ihm so offensichtlich gefiel. Als Jugendliche war sie immer schlaksig gewesen, mit langen dünnen Beinen, ohne

Hüften und noch dazu hin und wieder von Akne geplagt. Erst in der achten oder neunten Klasse hatte sie überhaupt einen BH gebraucht. Ihr Körper hatte sich während ihres letzten Schuljahres allmählich verändert, was sie damals hauptsächlich gehemmt und unsicher machte. Selbst jetzt noch sah sie, wenn sie sich im Spiegel begutachtete, manchmal die Halbwüchsige in sich, die sie früher gewesen war, und es erstaunte sie, dass sonst niemand das bemerkte.

So schmeichelhaft Lukes Anerkennung jedoch auch war, am meisten sprach Sophia seine Art an – von der Unerschütterlichkeit, mit der er Brian behandelt hatte, bis hin zu ihrer lockeren Unterhaltung. Durch seine stille Selbstbeherrschung wirkte er völlig anders als die Männer, die sie im College kannte – besonders anders als Brian.

Als ebenfalls angenehm empfand sie, dass es ihm nichts ausmachte, sie mit ihren Gedanken allein zu lassen. Viele Menschen hatten das Bedürfnis, jede Gesprächspause zu füllen, aber Luke sah gerade nur den Bullen zu und schwieg. Nach einer Weile fiel ihr auf, dass aus der Scheune keine Musik mehr zu hören war. Bestimmt machte die Band eine kurze Pause, und Sophia überlegte, ob Marcia sie wohl suchen würde. Sie hoffte, dass es nicht so war, zumindest noch nicht.

»Wie lebt es sich auf einer Ranch?«, fragte sie in die Stille hinein. »Was machst du so den ganzen Tag?«

Luke schlug ein Bein über das andere, die Stiefelspitze bohrte sich in die Erde. »Eigentlich von allem ein bisschen. Es gibt immer etwas zu tun.«

»Zum Beispiel?«

Geistesabwesend knetete er seine Hände. »Also, morgens

früh müssen als Erstes die Pferde, Schweine und Hühner gefüttert und die Ställe ausgemistet werden. Dann muss ich nach der Rinderherde sehen, ob die Tiere fit sind – keine Augeninfektionen, keine Wunden vom Stacheldraht, solche Dinge. Wenn ein Tier verletzt oder krank ist, versuche ich, mich gleich darum zu kümmern. Danach müssen Weiden bewässert werden, und ein paarmal im Jahr muss ich alle Rinder von einer Weide zur nächsten bringen, damit sie immer gutes Gras haben. Impfen muss ich die Herde ebenfalls mehrmals im Jahr, was bedeutet, ein Tier nach dem anderen mit dem Lasso einzufangen und sie hinterher voneinander zu trennen. Außerdem haben wir einen ziemlich großen Gemüsegarten für den Eigenbedarf, und den muss ich auch in Schuss halten.«

Sophia blinzelte. »Ist das alles?«, witzelte sie.

»Nicht ganz. Wir verkaufen Kürbisse, Blaubeeren, Honig und Weihnachtsbäume, weshalb ich manchmal einen Teil des Tages damit verbringe, zu pflanzen oder Unkraut zu jäten oder zu wässern oder den Honig aus den Stöcken einzusammeln. Und an den öffentlichen Verkaufstagen muss ich da sein, um den Kunden behilflich zu sein. Und dann muss natürlich immer etwas repariert werden, ob der Traktor oder der Zaun oder die Scheune oder das Hausdach.« Er zog eine bemitleidenswerte Grimasse. »Verlass dich drauf, es gibt immer was zu tun.«

»Das kannst du doch unmöglich alles allein machen«, sagte Sophia ungläubig.

»Stimmt. Meine Mutter erledigt auch ziemlich viel, und wir haben einen Helfer, der seit Jahren für uns arbeitet. José. Er übernimmt im Wesentlichen das, was wir nicht schaffen. Und wenn nötig, holen wir uns vorübergehend ein paar Leute dazu, die beim Beschneiden der Bäume helfen oder bei dem, was eben anliegt.«

Sie runzelte die Stirn. »Was soll das heißen, ›beim Beschneiden der Bäume‹? Meinst du die Weihnachtsbäume?«

»Natürlich! Die wachsen nicht von allein so hübsch in Dreiecksform. Man muss sie regelmäßig beschneiden, damit sie so wachsen.«

»Ehrlich?«

»Und man muss auch die Kürbisse drehen. Erstens, damit sie unten nicht verfaulen, und zweitens, damit sie rund oder zumindest oval werden, sonst kauft sie keiner.«

Sophia zog die Nase kraus. »Das wusste ich gar nicht.«

»Da bist du nicht allein. Aber dafür weißt du bestimmt vieles, was ich nicht weiß.«

»Du wusstest immerhin auch, wo die Slowakei liegt.«

»Geschichte und Geografie haben mich schon immer interessiert. Aber wenn du mich nach Chemie oder Algebra fragst, habe ich sehr wahrscheinlich keine Ahnung.«

»Mathe mochte ich auch nicht so besonders.«

»Aber du konntest es gut. Ich wette, du warst eine der Besten in deiner Klasse.«

»Wie kommst du darauf?«

»Du bist in Wake Forest«, antwortete er. »Deshalb gehe ich mal davon aus, dass du in der Schule in jedem Fach super warst. Was studierst du?«

»Nicht Landwirtschaft, wie man merkt.«

Er ließ wieder seine Grübchen aufblitzen.

Sophia schabte mit dem Fingernagel am Zaun. »Mein Hauptfach ist Kunstgeschichte.«

»Hat dich das schon immer interessiert?«

»Überhaupt nicht«, sagte sie. »Als ich damals nach Wake kam, hatte ich keine Ahnung, was ich mit meinem Leben anfangen sollte, und habe deshalb die typischen Fächer belegt, die jeder Anfänger nimmt, in der Hoffnung, zufällig über das Richtige zu stolpern. Ich wollte etwas finden, das in mir … eine Leidenschaft weckt, verstehst du?«

Sie machte eine kurze Pause und spürte, wie konzentriert und aufmerksam er ihr zuhörte. Sein aufrichtiges Interesse erinnerte sie erneut daran, wie stark er sich von den Männern unterschied, die sie sonst kannte.

»Jedenfalls habe ich dann im zweiten Jahr einen Kurs über französischen Impressionismus belegt, hauptsächlich, weil er gut in meinen Stundenplan passte. Aber der Dozent war fantastisch – intelligent und interessant, alles, was man sich wünschen kann. Bei ihm wurde die Kunst lebendig und irgendwie *relevant* … Und nach dem zweiten Kurs hat es bei mir einfach klick gemacht. Ich wusste plötzlich, was ich tun wollte, und je mehr Kunstgeschichtskurse ich belegt habe, desto klarer wurde mir, dass ich unbedingt Teil dieser Welt werden wollte.«

»Dann bist du froh, dass du diesen Kurs genommen hast, was?«

»Ja … meine Eltern allerdings weniger. Sie wollten, dass ich Medizin oder Jura oder Betriebswirtschaft studiere. Irgendetwas, das hinterher zu einem Job führt.«

Er zupfte an seinem T-Shirt. »Soweit ich weiß, ist doch vor allem wichtig, überhaupt einen Abschluss zu haben. Wahrscheinlich kannst du später so ungefähr alles machen.«

»Das sage ich ihnen auch immer. Aber mein eigentlicher Traum ist, in einem Museum zu arbeiten.«

»Dann tu es.«

»So einfach ist das nicht. Es gibt haufenweise Kunstgeschichtler und nur eine Handvoll Stellen für Berufsanfänger. Dazu kommt noch, dass viele Museen finanziell zu kämpfen haben, was bedeutet, sie sparen am Personal. Ich hatte das Glück, ein Bewerbungsgespräch am Denver Art Museum zu bekommen. Die Stelle ist zwar unbezahlt, eher ein Praktikum, aber sie haben gesagt, es wäre möglich, dass später eine richtige daraus wird. Wobei natürlich die Frage offenbleibt, wovon ich leben soll, solange ich dort arbeite. Und von meinen Eltern will ich mich nicht länger unterstützen lassen. Das könnten sie sich auch gar nicht leisten. Eine jüngere Schwester von mir ist in Rutgers, und die zwei anderen kommen auch bald aufs College und …«

Sie verstummte resigniert. Luke las offenbar ihre Gedanken und drängte sie nicht weiter. »Was machen deine Eltern?«, fragte er stattdessen.

»Sie betreiben ein Feinkostgeschäft. Käse- und Wurstspezialitäten. Frisch gebackenes Brot. Sandwichs und Suppen aus eigener Herstellung.«

»Gutes Essen?«

»Sehr gutes Essen.«

»Wenn ich jemals dort wäre, was sollte ich kaufen?«

»Eigentlich kannst du gar nichts falsch machen. Meine Mutter kocht eine großartige Champignonsuppe. Die mag ich am liebsten, aber berühmt sind wir vor allem für unsere Cheesesteaks. Mittags wartet immer eine lange Schlange, und die meisten kaufen das. Dafür haben wir sogar vor ein paar Jahren einen Preis gewonnen. Bestes Sandwich der Stadt.«

»Ehrlich?«

»Aber ja. Eine Zeitung hatte einen Wettbewerb mit Abstimmung veranstaltet. Mein Vater hat die Urkunde gerahmt, und jetzt hängt sie gleich neben der Kasse. Vielleicht zeige ich sie dir eines Tages.«

Er legte die Hände zusammen und ahmte ihre Haltung von zuvor nach. »Nichts dagegen, Sophia.«

Sie lachte. Sie mochte, wie er ihren Namen aussprach, langsamer, als sie es gewohnt war, gleichzeitig weicher, die Silben rollten ihm melodisch von der Zunge. Obwohl sie sich nicht näher kannten, fühlte es sich aus unerfindlichen Gründen nicht so an. Sie lehnte sich an den Zaunpfosten.

»Diese anderen Männer, die vorhin dazukamen, bist du mit denen zusammen hier?«

Er blickte sich kurz zu den Rodeoreitern um, dann wandte er sich wieder an Sophia. »Nein. Eigentlich kenne ich nur einen von ihnen. Meine Freunde sind drinnen. Und starren wahrscheinlich deine Freundinnen an, wenn du es genau wissen willst.«

»Wieso bist du nicht auch dabei?«

Mit einem Finger schob er sich die Hutkrempe hoch. »War ich ja. Eine Weile lang zumindest. Aber ich war nicht zum Reden aufgelegt, deshalb bin ich nach draußen gegangen.«

»Jetzt redest du aber doch.«

»Ja, das stimmt.« Er grinste verlegen. »Außer dem, was ich schon gesagt habe, gibt es aber nicht viel zu erzählen.

Ich reite Bullen und arbeite auf unserer Ranch. Mein Leben ist nicht so wahnsinnig spannend.«

Sie musterte ihn. »Dann erzähl mir etwas, was du normalerweise nicht erzählst.«

»Zum Beispiel?«, fragte er misstrauisch.

»Egal was.« Sie hob die Hände. »Woran hast du vorhin gedacht, als du allein da drüben standest?«

Luke trat unbehaglich aufs andere Bein und wandte den Blick ab. Er antwortete nicht sofort, sondern verschränkte die Hände vor sich auf dem Zaun. »Um das wirklich zu verstehen, müsstest du es sehen«, sagte er schließlich langsam. »Aber das Problem ist, dass es nicht genau hier ist.«

»Wo dann?«, fragte sie verwundert.

»Da drüben.« Er deutete zu den Koppeln.

Sophia zögerte. Jeder kannte die Geschichten: Frau trifft Mann, der nett und freundlich wirkt, aber sobald sie allein sind … Dennoch schrillten keine Alarmglocken. Sie vertraute ihm, und das nicht nur, weil er ihr zu Hilfe gekommen war. Sie fühlte sich einfach nicht von ihm bedrängt; im Gegenteil, wenn sie ihn bäte, sie allein zu lassen, würde er wahrscheinlich einfach fortgehen, und sie würde ihn nie wiedersehen. Außerdem hatte er sie zum Lachen gebracht. In der kurzen Zeit, die sie miteinander verbracht hatten, hatte sie Brian völlig vergessen.

»Okay«, sagte sie. »Ich bin dabei.«

Falls Luke von ihrer Reaktion überrascht war, ließ er es sich nicht anmerken. Er nickte nur, legte beide Hände auf die oberste Latte und sprang sportlich über den Zaun.

»Angeber«, neckte sie. Dann bückte sie sich, quetschte sich unten durch die Latten, und sie gingen los.

Auf dem Weg über die Wiese hielt Luke einen angenehmen Abstand. Sophia betrachtete die wellige Zaunkante, die sich über das Land erstreckte, und staunte, wie unterschiedlich diese Gegend im Vergleich zu der war, in der sie aufgewachsen war. Sie mochte die stille, beinahe strenge Schönheit dieser Landschaft hier. In der Ferne drängten sich die Kiefern und Eichen zusammen, bildeten eine undurchdringliche schwarze Wand. Die Geräusche in ihrem Rücken wurden nach und nach leiser, und man hörte Grillen zirpen. Trotz der Dunkelheit merkte Sophia, dass Luke sie musterte, obwohl er sich Mühe gab, es nicht auffällig zu tun.

»Hinter dem nächsten Zaun gibt es eine Abkürzung«, sagte er. »Von da aus kommen wir zu meinem Wagen.«

Die Bemerkung überrumpelte sie. »Zu deinem Wagen?«

»Keine Sorge.« Er hob die Hände. »Wir fahren nicht fort. Wir steigen nicht mal ein. Ich glaube nur, dass wir von der Ladefläche aus besser sehen können. Es ist höher und bequemer. Ich habe zwei Liegestühle dabei.«

»Du hast Liegestühle auf deinem Wagen?« Sie kniff ungläubig die Augen zusammen.

»Ich hab eine Menge Zeug auf der Ladefläche.«

Natürlich. War das nicht völlig normal? Marcia würde sich *königlich* amüsieren.

Inzwischen hatten sie den nächsten Zaun erreicht, und das Licht der Scheinwerfer in der Arena wurde stärker. Wieder hüpfte Luke mühelos hinüber, aber hier waren die Latten zu eng gesetzt, als dass sich Sophia hätte hindurchquetschen können. Also kletterte sie hinauf, hockte sich auf die Kante und schwang die Beine auf die andere

Seite. Sie nahm seine Hände, als sie hinuntersprang, und ihre schwielige Wärme fühlte sich gut an.

Sie liefen zu einem Tor in der Nähe und wandten sich dann dem Parkplatz mit den Pick-ups zu. Luke steuerte einen glänzend schwarzen Wagen mit großen Reifen und einer Scheinwerferleiste quer über das Dach an, dem einzigen, dessen Motorhaube in die andere Richtung geparkt war. Er öffnete die Klappe und sprang auf die Ladefläche. Wieder streckte er ihr die Hände entgegen, und schon stand sie neben ihm.

Luke drehte sich um und begann, Gegenstände beiseitezustellen. Sophia verschränkte die Arme und überlegte, was Marcia wohl zu dem Ganzen sagen würde. Sie hörte ihre Fragen schon: Wir reden von dem Hübschen, oder? Er hat dich wohin mitgenommen? Was hast du dir dabei gedacht? Was, wenn er ein Psychopath gewesen wäre? Unterdessen wühlte Luke weiter. Sie hörte ein metallisches Geräusch, und dann tauchte er neben ihr mit einem Strandstuhl auf. Er klappte ihn auseinander, stellte ihn auf die Ladefläche und wies mit der Hand darauf. »Bitte, setz dich doch. Ist gleich so weit.«

Reglos blieb Sophia stehen, sie sah wieder Marcias skeptisches Gesicht vor ihrem geistigen Auge. Doch dann dachte sie sich, warum nicht? Der ganze Abend war ziemlich schräg verlaufen. Jetzt also auf einem Liegestuhl auf der Ladefläche eines Pick-ups zu sitzen, der einem Bullenreiter gehörte, war eine fast natürliche Fortsetzung. Ihr kam in den Sinn, dass abgesehen von Brian der letzte Mann, mit dem sie allein gewesen war, Tony Russo gewesen war, der sie im Sommer vor dem College zum Schulabschlussball begleitet hatte. Sie kannten einander damals schon seit Jahren, aber dann war die Sache schnell zu Ende gewesen. Er war süß und klug – er war in Princeton genommen worden –, aber schon bei der dritten Verabredung hatte er seine Hände überall gehabt und –

Luke unterbrach ihre Gedanken, indem er den anderen Liegestuhl neben sie stellte. Statt sich allerdings hinzusetzen, hüpfte er von der Ladefläche, lief nach vorn und beugte sich durchs Fenster in die Fahrerkabine. Einen Moment später ertönte das Radio. Countrymusic.

Na klar, dachte sie belustigt. Was sonst?

Nun endlich setzte er sich und streckte die Beine vor sich aus, eins über das andere geschlagen.

»Bequem?«

»Mehr oder weniger.« Sie wand sich etwas, ihr wurde bewusst, wie nahe sie einander waren.

»Möchtest du die Stühle tauschen?«

»Das ist es nicht. Es ist … das Ganze.« Sie machte eine ausladende Handbewegung. »Auf der Ladefläche von Pickups auf Liegestühlen zu sitzen, ist neu für mich.«

»Macht ihr das in New Jersey nicht?«

»Wir machen andere Sachen. Ins Kino gehen. Essen gehen. Freunde besuchen. So was hast du wohl früher nicht getan?«

»Doch, natürlich. Tue ich immer noch.«

»Was war der letzte Film, den du gesehen hast?«

»Was ist ein Film?«

Sie brauchte eine Sekunde, um zu merken, dass er sie aufzog, und ihr rasch wechselnder Gesichtsausdruck brachte ihn zum Lachen. Dann deutete er auf den Zaun. »Von Nahem sind sie größer, findest du nicht?«

Als Sophia den Kopf drehte, sah sie einen Bullen langsam auf sie zu trotten, nur ein paar Meter entfernt. Man konnte das Spiel der Muskeln in seinem Brustkorb erkennen. Seine Größe verschlug ihr den Atem. Ihn aus diesem Abstand zu betrachten war etwas vollkommen anderes als vorhin in der Arena.

»Ach du liebes bisschen.« Sie beugte sich vor. »Der ist ja … riesig!« Sie wandte sich zu Luke um. »Und so was reitest du? Freiwillig?«

»Wenn sie mich lassen.«

»War es das, was du mir zeigen wolltest?«

»Im Prinzip ja. Genau genommen meinte ich den da drüben.«

Er deutete auf den Pferch dahinter, in dem ein cremefarbener Bulle stand. Ohren und Schwanz zuckten, aber abgesehen davon rührte er sich nicht. Ein Horn war schief, und selbst aus dieser Entfernung konnte Sophia das Narbengeflecht auf seiner Flanke sehen. Er war zwar nicht so groß wie einige andere, aber seine Haltung hatte etwas Angriffslustiges und Trotziges, und sie ahnte, dass er jeden anderen Bullen herausforderte, sich ihm zu nähern. Sein raues Schnauben durchbrach die Stille der Nachtluft.

Als sich Sophia zu Luke umdrehte, bemerkte sie eine Veränderung in seiner Miene.

»Das ist Big Ugly Critter«, sagte er, ohne den Blick von dem Bullen abzuwenden. »An ihn habe ich gedacht, als ich vorhin am Zaun stand. Ich habe ihn gesucht.«

»Ist er einer von denen, die du heute Abend geritten hast?«

»Nein. Aber nach einer Weile wurde mir klar, dass ich nicht abfahren konnte, ohne ihn aus der Nähe gesehen zu haben. Was komisch ist, denn als ich hierherkam, war er eigentlich der letzte Bulle, den ich sehen wollte. Deshalb habe ich auch den Pick-up rückwärts geparkt. Und wenn ich ihn heute Abend gezogen hätte, weiß ich nicht, was ich getan hätte.«

Sie wartete darauf, dass er weitersprach, aber er schwieg. »Ich nehme mal an, du hast ihn schon geritten.«

»Mehr oder weniger.« Er schüttelte den Kopf. »Ich habe es versucht. Drei Mal. Er ist ein besonders gemeiner Bulle. Nur sehr wenige Leute haben ihn je erfolgreich geritten, und das ist schon ein paar Jahre her. Er dreht sich im Kreis und schlägt aus und wechselt die Richtung, und wenn er dich abwirft, bleibt er wütend auf dich, weil du überhaupt nur *versucht* hast, ihn zu reiten. Ich hatte Albträume wegen diesem Bullen. Er macht mir Angst.« Jetzt drehte er sich zu Sophia um, das Gesicht halb im Schatten. »Das ist etwas, was fast niemand weiß.«

Es lag etwas Gequältes in seiner Miene. Damit hatte sie nicht gerechnet.

»Irgendwie kann ich mir gar nicht vorstellen, dass du vor etwas Angst hast«, sagte sie ruhig.

»Tja, ich bin eben ein Mensch.« Er grinste. »Übrigens bin ich auch kein allzu großer Freund von Blitzen, wenn es dich interessiert.«

Sie setzte sich auf. »Ich liebe Blitze.«

»Aber nicht unbedingt, wenn du mitten auf einer Weide stehst, ohne jeden Schutz.«

»Das glaube ich dir.«

»Jetzt bin ich dran. Ich darf eine Frage stellen. Welche ich will.«

»Bitte, leg los.«

»Wie lange warst du mit Brian zusammen?«

Sie musste fast lachen vor Erleichterung. »Das ist alles?« Sie wartete nicht auf eine Antwort. »Seit dem zweiten Jahr auf dem College.«

»Er ist ein großer Bursche.«

»Er hat ein Lacrosse-Stipendium.«

»Dann ist er bestimmt gut.«

»Im Lacrosse, ja«, gab sie zu. »Als Freund nicht so.«

»Trotzdem warst du zwei Jahre mit ihm zusammen.«

»Tja, stimmt …« Sie zog die Knie hoch und schlang die Arme darum. »Warst du schon mal richtig verliebt?«

Er hob den Kopf, als suche er die Antwort in den Sternen. »Ich bin mir nicht sicher.«

»Dann warst du es wahrscheinlich nicht.«

Darüber dachte er kurz nach. »Okay.«

»Was? Kein Einspruch?«

»Wie gesagt, ich bin mir nicht sicher.«

»Warst du traurig, als es vorbei war?«

Er presste die Lippen zusammen und wog seine Worte ab. »Nicht sehr, aber Angie auch nicht. Es war nur eine Highschool-Geschichte. Nach der Schule haben wir, glaube ich, beide begriffen, dass unterschiedliche Wege vor uns liegen. Aber wir sind immer noch befreundet. Sie hat mich sogar zu ihrer Hochzeit eingeladen. Ich hatte viel Spaß auf dem Fest, mit einer ihrer Brautjungfern.«

Sophia sah zu Boden. »Ich habe Brian geliebt. Ich meine, vor ihm war ich ein paarmal verknallt. Auf die Art, dass man den Namen eines Jungen auf sein Heft schreibt und Herzchen darum malt. Wahrscheinlich verklären die meisten Menschen ihre erste echte Liebe, und am Anfang ging es mir genauso. Ich verstand gar nicht, warum er mit mir zusammen sein wollte – er sieht gut aus und ist ein erfolgreicher Sportler, und er ist reich und beliebt. Ich war völlig baff, als er Interesse für mich zeigte. Und zuerst war er so witzig und charmant! Als er mich zum ersten Mal geküsst hat, war ich schon dabei, mich in ihn zu verlieben. Und zwar heftig, und dann …« Sie brach ab, wollte nicht weiter ins Detail gehen. »Wie dem auch sei, gleich nach Semesteranfang habe ich mit ihm Schluss gemacht. Ich habe erfahren, dass er den ganzen Sommer bei sich zu Hause mit einer anderen geschlafen hat.«

»Und jetzt will er dich zurückhaben.«

»Ja, aber warum? Geht es wirklich um mich oder darum, dass er mich nicht haben kann?«

»Fragst du mich das?«

»Ich frage dich nach deiner Einschätzung. Nicht, weil ich ihn zurücknehmen würde, denn das mache ich auf keinen Fall. Ich frage dich als Mann.«

Luke nahm sich Zeit mit seiner Antwort. »Ein bisschen von beidem vermutlich. Aber soweit ich das beurteilen kann, würde ich sagen, weil ihm klar geworden ist, dass er einen Riesenfehler begangen hat.«

Sie nahm das unausgesprochene Kompliment schweigend auf, seine zurückhaltende Art gefiel ihr. »Ich bin froh, dass ich dich heute Abend reiten sehen durfte.« Das war ihr voller Ernst, merkte sie. »Ich fand dich wirklich gut.«

»Ach, ich hatte Glück. Ein bisschen eingerostet habe ich mich gefühlt. Es ist ein Weilchen her, seit ich zuletzt auf einem Bullen saß.«

»Wie lange denn?«

Er wischte sich umständlich die Hände an der Jeans ab, ehe er schließlich antwortete: »Achtzehn Monate.«

Einen Moment lang dachte sie, sich verhört zu haben. »Du bist seit eineinhalb Jahren nicht geritten?«

»Nein.«

»Warum denn nicht?«

Er machte den Eindruck, als sei er unschlüssig, was er antworten sollte. »Mein letzter Ritt damals war schlimm.«

»Wie schlimm?«

»Ziemlich schlimm.«

Plötzlich begriff Sophia. »Big Ugly Critter«, sagte sie.

»Genau der.« Um ihrer nächsten Frage auszuweichen, stellte er rasch selbst eine. »Dann lebst du also in einem Verbindungswohnheim?«

Sophia nahm den Themenwechsel zur Kenntnis, ließ sich aber darauf ein. »Ja, das ist jetzt mein drittes Jahr in dem Haus.«

Seine Augen funkelten frech. »Ist es wirklich so, wie man sagt? Ständig Pyjama-Partys und Kissenschlachten?«

»Selbstverständlich nicht«, gab sie zurück. »Eher Negligés und Kissenschlachten.«

»Da würde ich gern wohnen, glaube ich.«

»Das kann ich mir vorstellen.« Sie lachte.

»Aber mal im Ernst, wie ist es wirklich?«, fragte er jetzt mit aufrichtiger Neugier.

»Ach, eben ein Haufen Mädels unter einem Dach, und meistens ist es okay. Manchmal auch weniger. Es ist eine Welt mit eigenen Regeln und eigener Hierarchie, was schön und gut ist, wenn man solche Dinge akzeptiert. Aber ich wollte mich nie so vereinnahmen lassen. Ich musste früher im Geschäft meiner Eltern mithelfen. Dass ich mir Wake Forest leisten kann, habe ich einzig und allein einem Vollstipendium zu verdanken. In dem Wohnheim gibt es nicht viele wie mich. Das soll nicht heißen, dass alle anderen reich sind, denn das stimmt so nicht. Und viele andere haben ebenfalls in der Schulzeit gejobbt. Aber …«

»Du bist eben anders«, beendete er den Satz für sie. »Ich möchte wetten, dass viele deiner Verbindungsschwestern sich nicht einmal tot dabei erwischen lassen würden, sich mitten auf einer Kuhweide einen Bullen anzusehen.«

Da wäre ich mir an deiner Stelle nicht so sicher, dachte sie. Er war der Sieger des heutigen Rodeos, und er gehörte eindeutig zur Kategorie Sahneschnitte, um es mit Marcias Worten zu sagen. Für einige ihrer Mitbewohnerinnen wäre das mehr als ausreichend.

»Du hast gesagt, ihr habt Pferde auf eurer Ranch?«, fragte sie.

»Ja.«

»Reitest du oft?«

»Fast jeden Tag«, antwortete er. »Wenn ich nach den Rindern sehe. Ich könnte auch den Gator benutzen, das ist so eine Art Mini-Jeep, aber ich bin es mehr gewohnt, zu reiten.«

»Reitest du auch mal nur zum Spaß?«

»Ab und zu. Warum? Kannst du reiten?«

»Nein«, sagte sie. »Ich hab noch nie auf einem Pferd gesessen. Davon gibt es in Jersey City nicht so viele. Aber früher als Kind wollte ich immer reiten. Alle kleinen Mädchen wünschen sich das, glaube ich.« Sie machte eine Pause. »Wie heißt dein Pferd?«

»Pferd.«

Sophia wartete auf die Auflösung des Witzes, aber es kam nichts. »Du nennst dein Pferd ›Pferd‹?«

»Ihn stört es nicht.«

»Du solltest ihm einen edlen Namen geben. Wie Prinz oder Häuptling oder so.«

»Das würde ihn so unvermittelt vielleicht verwirren.«

»Glaub mir. Alles ist besser als Pferd. Das ist ja, als würde man seinen Hund ›Hund‹ nennen.«

»Ich habe einen Hund namens Hund. Einen Australian Cattle Dog.« Er drehte sich mit vollkommen nüchterner Miene um. »Großartiger Hütehund.«

»Und deine Mutter hat sich nicht beschwert?«

»Meine Mutter hat ihm den Namen gegeben.«

Sophia schüttelte den Kopf. »Das glaubt meine Mitbewohnerin mir nie im Leben.«

»Was? Dass meine Tiere – deiner Ansicht nach – komische Namen haben?«

»Unter anderem«, neckte sie.

»Erzähl mir vom College«, sagte er, und die nächste halbe Stunde berichtete sie ihm von ihrem Alltag. Selbst in ihren eigenen Ohren klang es eintönig – Unterricht, Lernen, Freizeit und Freunde am Wochenende –, aber er wirkte interessiert, stellte hin und wieder Fragen, ließ sie aber hauptsächlich einfach reden. Sie sprach von ihrer Schwesternschaft, vor allem von Mary-Kate, und ein bisschen über Brian und sein Verhalten seit Beginn des Semesters. Währenddessen kamen immer wieder Leute über den Parkplatz, manche tippten sich im Vorbeigehen an den Hut, andere blieben stehen, um Luke zu gratulieren.

Es wurde spät, die Temperatur sank, und Sophia spürte eine Gänsehaut auf den Armen. Sie verschränkte sie und kauerte sich tiefer in den Stuhl.

»Ich habe vorn eine Decke, wenn du möchtest«, bot er an.

»Danke«, sagte sie. »Aber nicht nötig. Ich sollte langsam mal zurückgehen. Nicht, dass meine Freundinnen ohne mich zurückfahren.«

»Dachte ich mir schon. Ich begleite dich.«

Er half ihr vom Pick-up, und je näher sie der Scheune kamen, desto lauter wurde die Musik wieder. Irgendwie kam es Sophia vor, als sei sie stundenlang weg gewesen.

»Soll ich mit reinkommen? Für den Fall, dass Brian noch da ist?«

»Nein danke«, sagte sie. »Nicht nötig. Ich bleibe in der Nähe meiner Mitbewohnerin.«

Er sah zu Boden, dann hob er den Blick wieder. »Es war schön, sich mit dir zu unterhalten, Sophia.«

»Fand ich auch. Und noch mal danke. Für vorhin, meine ich.«

»Gern geschehen.«

Luke nickte und drehte sich um, und Sophia sah ihm nach. Damit hätte es geendet – und später sollte sie sich fragen, ob das nicht besser gewesen wäre –, doch ohne groß nachzudenken machte sie einen Schritt hinter ihm her.

»Luke!«, rief sie. »Warte.«

Als er sie ansah, hob sie leicht das Kinn. »Du hast gesagt, du würdest mir deine Scheune zeigen. Angeblich soll sie ja noch windschiefer sein als die hier.«

Er lächelte und zeigte seine Grübchen. »Morgen um

eins?«, fragte er. »Vormittags habe ich ein paar Sachen zu erledigen. Wie wäre es, wenn ich dich abhole?«

»Ich kann selbst fahren. Schick mir nur eine SMS mit der Wegbeschreibung.«

»Ich hab deine Handynummer nicht.«

»Wie lautet deine?«

Als er sie aufsagte, tippte Sophia sie bei sich ein, testete sie und hörte das Klingeln einen Meter weiter. Sie legte auf und sah Luke an, etwas ratlos darüber, was in sie gefahren war.

»Jetzt hast du sie.«

KAPITEL 5

Ira

Es wird jetzt noch dunkler, und das Spätwinterwetter verschlechtert sich weiter. Der Wind hat sich zu einem lauten Heulen gesteigert, und die Fenster des Wagens sind dick verschneit. Ganz langsam werde ich lebendig begraben, und erneut denke ich über das Auto nach. Es ist cremefarben, ein Chrysler, Baujahr 1988, und ich frage mich, ob es wohl entdeckt wird, wenn die Sonne aufgegangen ist. Oder ob es einfach unauffällig mit der Umgebung verschmelzen wird.

»So etwas darfst du gar nicht denken«, höre ich Ruth sagen. »Es wird jemand kommen. Jetzt dauert es nicht mehr lange.«

Sie sitzt noch an derselben Stelle, sieht jetzt allerdings etwas anders aus. Etwas älter, und sie trägt ein anderes Kleid. Das Kleid kommt mir bekannt vor. Ich versuche angestrengt, mich zu erinnern, als erneut ihre Stimme ertönt.

»Sommer 1940. Juli.«

Es dauert noch einen Moment, bis es wieder da ist. Ja, denke ich. Genau. Meine ersten Sommerferien vom College. »Jetzt erinnere ich mich«, sage ich.

»Jetzt erinnerst du dich«, neckt sie mich. »Aber du

brauchtest meine Hilfe. Früher hast du nie etwas vergessen.«

»Früher war ich jünger.«

»Ich war auch mal jünger.«

»Das bist du immer noch.«

»Nicht mehr«, sagt sie, ohne eine leichte Traurigkeit zu verbergen. »Damals war ich jung.«

Ich blinzle, um sie scharf zu sehen, was mir aber nicht gelingt. Sie war siebzehn. »Das Kleid hattest du an, als ich dich endlich gefragt habe, ob ich dich nach Hause begleiten darf.«

»Nein. Dieses Kleid hatte ich an, als ich *dich* gefragt habe.«

Ich muss lächeln. Das ist eine Geschichte, die wir oft in Gesellschaften zum Besten gegeben haben, die Geschichte unserer ersten Verabredung. Im Laufe der Jahre haben Ruth und ich gelernt, sie gut zu erzählen. Hier im Auto fängt sie genauso an wie früher für unsere Gäste. Ruth legt die Hände in den Schoß und seufzt, ihre Miene schwankt zwischen gespielter Enttäuschung und Verwirrung.

»Zu dem Zeitpunkt war mir klar, dass du niemals ein Wort zu mir sagen würdest. Du warst seit einem Monat vom College zurück, und immer noch hattest du mich nicht angesprochen. Also ging ich nach dem Sabbat-Gottesdienst zu dir. Ich sah dir genau in die Augen und sagte: ›Ich treffe mich nicht mehr mit David Epstein.‹«

»Das weiß ich noch«, sage ich.

»Und weißt du auch noch, was du mir geantwortet hast? Du sagtest: ›Aha‹, und dann bist du rot geworden und hast deine Füße angestarrt.«

»Da musst du dich irren.«

»Du weißt genau, dass es so war. Danach habe ich dir mitgeteilt, dass ich von dir nach Hause begleitet werden möchte.«

»Ich erinnere mich, dass dein Vater nicht so begeistert davon war.«

»Er glaubte, aus David würde mal ein anständiger junger Mann. Dich kannte er nicht.«

»Und gemocht hat er mich auch nicht«, warf ich ein. »Den ganzen Weg lang spürte ich seinen bohrenden Blick im Hinterkopf. Deshalb behielt ich die Hände in den Hosentaschen.«

Sie legt den Kopf schief und mustert mich. »Ist das der Grund, warum du nichts zu mir gesagt hast?«

»Ich wollte ihm zeigen, dass meine Absichten ehrbar waren.«

»Zu Hause hat er mich gefragt, ob du stumm wärst. Ich musste ihn noch einmal daran erinnern, dass du ein hervorragender Student warst und sehr gute Noten hattest und dass du bereits in drei Jahren deinen Abschluss machen würdest. Wann immer ich mich mit deiner Mutter unterhielt, sorgte sie dafür, dass ich das wusste.«

Meine Mutter. Die Kupplerin.

»Es wäre anders gewesen, wenn deine Eltern nicht hinter uns hergelaufen wären«, sage ich. »Hätten sie nicht den Anstandshund gespielt, dann hätte ich dir den Kopf verdreht. Ich hätte deine Hand genommen und dir ein Ständchen gesungen. Ich hätte dir einen Blumenstrauß gepflückt. Du wärst dahingeschmolzen.«

»Ja, ich weiß. Der junge Frank Sinatra.«

»Ich versuche nur, die Geschichte korrekt zu erzählen. Es gab ein Mädchen in der Schule, das ein Auge auf mich geworfen hatte. Sarah.«

Ruth nickt, sie wirkt unbesorgt. »Von ihr hat mir deine Mutter ebenfalls erzählt. Und sie hat gesagt, dass du ihr seit deiner Rückkehr weder geschrieben noch sie angerufen hattest. Ich wusste, das war nichts Ernstes.«

»Wie oft hast du mit meiner Mutter gesprochen?«

»Am Anfang nicht allzu oft, und meine Mutter war immer dabei. Aber ein paar Monate, bevor du nach Hause kamst, habe ich deine Mutter gebeten, mit mir Englisch zu üben, und daraufhin trafen wir uns ein oder zwei Mal pro Woche. Sie konnte gut erklären. Ich habe immer gesagt, dass ich meines Vaters wegen Lehrerin wurde, und das stimmt auch, aber auch wegen deiner Mutter. Sie war sehr geduldig mit mir. Sie erzählte mir Geschichten, und auch damit half sie mir bei der Sprache. Sie sagte, ich müsse selbst lernen, Geschichten zu erzählen, denn jeder im Süden tue das.«

Ich lächle. »Was für Geschichten hat sie dir erzählt?«

»Geschichten über dich.«

Das weiß ich natürlich. In jeder langen Ehe gibt es nur noch wenige Geheimnisse.

»Welche mochtest du am liebsten?«

Sie denkt kurz nach. »Die, als du ein kleiner Junge warst«, sagt sie schließlich. »Deine Mutter erzählte mir, du hättest ein verletztes Eichhörnchen gefunden, und obwohl dein Vater dir verbot, es mit in den Laden zu bringen, hast du es in einer Schachtel hinter der Nähmaschine versteckt und gesund gepflegt. Sobald es ihm besser ging, hast du es im Park freigelassen. Es lief sofort weg, aber du gingst trotzdem jeden Tag hin und suchtest danach, falls es deine Hilfe noch einmal brauchen würde. Deine Mutter sagte immer, das sei ein Zeichen dafür, dass dein Herz rein sei, dass du fähig zu tiefer Zuneigung seist und dass du, wenn du etwas – oder jemanden – erst einmal liebtest, es oder ihn immer lieben würdest.«

Wie gesagt, alte Kupplerin.

Erst nach Ruths und meiner Hochzeit gab meine Mutter mir gegenüber zu, dass sie Ruth »unterrichtet« hatte, indem sie ihr Geschichten über mich erzählte. Damals war ich nicht so begeistert davon. Ich wollte gern glauben, ich hätte Ruths Herz allein erobert, und das sagte ich ihr auch. Meine Mutter lachte und meinte, sie habe nur getan, was Mütter schon immer für ihre Söhne getan hätten. Dann sagte sie, es sei meine Aufgabe, zu beweisen, dass sie nicht gelogen habe, denn das sollten Söhne für ihre Mütter tun.

»Und ich dachte immer, ich sei charmant.«

»Du wurdest auch charmant, sobald du keine Angst mehr vor mir hattest. Aber auf diesem ersten Spaziergang warst du es noch nicht. Als wir schließlich bei der Fabrik ankamen, wo wir damals wohnten, sagte ich: ›Danke, dass du mich begleitet hast, Ira‹, und du hast nur geantwortet: ›Bitte.‹ Und damit hast du dich umgedreht, meinen Eltern zugenickt und bist gegangen.«

»Aber in der nächsten Woche war es besser.«

»Ja. Du hast über das Wetter gesprochen. Du sagtest: ›Ganz schön wolkig heute.‹ Drei Mal. Zwei Mal hast du noch ergänzt: ›Ob es wohl später noch regnet?‹ Deine Redegewandtheit war wirklich bestechend. Das Wort hat mir übrigens deine Mutter beigebracht.«

»Trotzdem wolltest du gern mit mir spazieren gehen.«

»Ja.« Sie sieht mich direkt an.

»Und Anfang August habe ich dich gefragt, ob ich dir einen Schoko-Soda-Eisbecher kaufen darf. Genau wie David Epstein immer.«

Sie streicht sich eine lose Strähne aus dem Gesicht, ohne den Blick von mir abzuwenden. »Und ich weiß noch, dass ich zu dir sagte, das sei der köstlichste Schoko-Soda-Eisbecher, den ich je gegessen hätte.«

So begann es mit uns. Es war kein aufregendes Abenteuer oder die Art von märchenhafter Liebesgeschichte, wie man sie aus Filmen kennt, aber es kam mir vor wie eine göttliche Fügung. Dass Ruth etwas Besonderes in mir sah, war für mich überhaupt nicht nachvollziehbar, doch ich war schlau genug, die Chance zu ergreifen. Von da an verbrachten wir den Großteil unserer freien Zeit miteinander, auch wenn das Ende des Sommers bereits nahte. Jenseits des Atlantiks hatte Frankreich schon kapituliert, und die Luftschlacht um England war in vollem Gange, aber dennoch schien der Krieg in jenen Wochen weit entfernt zu sein. Ruth und ich gingen im Park spazieren und redeten endlos miteinander. Wie David vorher kaufte ich ihr Schoko-Soda-Eisbecher. Zweimal lud ich sie ins Kino ein, und einmal führte ich sie und ihre Mutter zum Mittagessen aus. Und immer begleitete ich sie von der Synagoge nach Hause, während ihre Eltern zehn Schritte Abstand hielten, damit wir etwas ungestörter waren.

»Nach einer Weile mochten deine Eltern mich.«

»Ja.« Sie nickt. »Aber das lag daran, dass *ich* dich mochte. Du brachtest mich zum Lachen, und du warst der Erste in diesem Land, mit dem ich lachte. Mein Vater fragte mich oft, was ich denn so lustig gefunden habe, und ich erklärte ihm, es sei weniger, was du sagtest, als die Art, wie du etwas sagtest. Deine Grimasse zum Beispiel, wenn du die Kochkünste deiner Mutter beschriebst.«

»Meine Mutter konnte Wasser anbrennen lassen und war nie auch nur imstande, ein Ei zu kochen.«

»So schlimm war sie nicht.«

»Als Kind habe ich gelernt, zu essen und gleichzeitig die Luft anzuhalten. Warum, glaubst du, waren mein Vater und ich dünn wie Strohhalme?«

Ruth schüttelt den Kopf. »Wenn deine Mutter gewusst hätte, was für schreckliche Dinge du sagst …«

»Das wäre egal gewesen. Sie wusste, dass sie nicht gut kochen konnte.«

Ruth schweigt für einen Moment. »Ich wünschte, wir hätten in jenem Sommer mehr Zeit gehabt. Ich war sehr traurig, als du zurück zum College musstest.«

»Selbst wenn ich geblieben wäre, hätte es nichts geholfen. Denn du bist auch weggezogen. Nach Wellesley.«

Sie nickt, aber ihr Blick ist abwesend. »Ich hatte großes Glück, diese Chance zu bekommen. Mein Vater kannte einen Professor dort, der mir viel geholfen hat. Aber trotzdem war das Jahr sehr schwer für mich. Du hattest Sarah zwar nicht geschrieben, aber ich wusste, du würdest sie wieder treffen, und ich machte mir Sorgen, du könntest doch noch Gefühle für sie entwickeln. Und ich hatte

Angst, Sarah würde das Gleiche in dir sehen wie ich und ihre Reize einsetzen, um dich mir wegzunehmen.«

»Das wäre niemals passiert.«

»Jetzt weiß ich das, aber damals wusste ich es nicht.«

Ich bewege ganz leicht den Kopf, und sofort flackern weiße Blitze in meinen Augenwinkeln auf, als würde mir ein Nagel in den Schädel getrieben. Ich schließe die Augen und warte darauf, dass der Schmerz vergeht, aber es dauert schier endlos. Konzentriert versuche ich, langsam zu atmen, und allmählich lässt er nach. Stückchenweise kehrt die Welt zurück, und ich denke wieder an den Unfall. Mein Gesicht klebt, und der schlaffe Airbag ist voller Staub und Blut. Das Blut macht mir Angst, doch trotz allem ist ein Zauber im Auto, ein Zauber, der Ruth zu mir zurückgebracht hat. Ich schlucke, um meine Kehle zu befeuchten, kann aber keine Flüssigkeit erzeugen. Mein Hals fühlt sich an wie Schmirgelpapier.

Ich weiß, dass sich Ruth Sorgen um mich macht. In den länger werdenden Schatten sehe ich, dass sie mich beobachtet, diese Frau, die ich immer angebetet habe. Wieder denke ich an das Jahr 1940 zurück, um sie abzulenken.

»Trotz deiner Bedenken wegen Sarah«, sage ich, »bist du im Dezember nicht nach Hause gekommen.«

Vor meinem geistigen Auge sehe ich Ruth die Augen verdrehen – ihre Standardreaktion auf meinen Vorwurf. »Ich bin nicht nach Hause gekommen, weil ich mir die Zugfahrkarte nicht leisten konnte. Das weißt du ganz genau. Ich habe in einem Hotel gearbeitet, und wegzufahren wäre unmöglich gewesen. Das Stipendium deckte nur die Studiengebühren ab, für alles andere musste ich selbst aufkommen.«

»Faule Ausreden«, flachse ich.

Sie ignoriert mich, wie immer. »Manchmal habe ich die ganze Nacht am Empfang gearbeitet und musste trotzdem am nächsten Morgen in den Unterricht. Ich hatte Mühe, nicht über dem aufgeschlagenen Buch einzuschlafen. Leicht war das nicht. Nach meinem ersten Jahr freute ich mich sehr darauf, über den Sommer nach Hause zu fahren, und wenn auch nur, um mich geradewegs ins Bett zu legen.«

»Aber dann habe ich dir einen Strich durch die Rechnung gemacht, indem ich am Bahnhof auftauchte.«

»Ja.« Sie lächelt. »Meine Rechnung ging nicht auf.«

»Immerhin hatte ich dich neun Monate lang nicht gesehen. Ich wollte dich überraschen.«

»Das ist dir gelungen. Auf der Fahrt hatte ich überlegt, ob du wohl da wärst, wollte aber nicht enttäuscht werden. Als dann der Zug in den Bahnhof einfuhr und ich dich durch das Fenster sah, machte mein Herz einen kleinen Satz. Du sahst sehr gut aus.«

»Meine Mutter hatte mir einen neuen Anzug genäht.«

Ruth stößt ein wehmütiges Lachen aus, immer noch in die Erinnerung versunken. »Und du hattest meine Eltern mitgebracht.«

Ich würde ja die Achseln zucken, habe aber Angst, mich zu bewegen. »Ich wusste, sie wollten dich doch auch gern gleich sehen, also habe ich mir das Auto meines Vaters geliehen.«

»Das war galant.«

»Oder egoistisch. Sonst wärst du vielleicht direkt nach Hause gefahren.«

»Ja, vielleicht«, sagt sie verschmitzt. »Aber auch daran

hattest du natürlich gedacht. Du hattest meinen Vater gefragt, ob du mich zum Abendessen ausführen durftest. Er hat erzählt, du seist in die Fabrik gekommen, während er arbeitete, um seine Erlaubnis einzuholen.«

»Ich wollte dir keinen Anlass geben, Nein zu sagen.«

»Das hätte ich nicht getan, selbst wenn du meinen Vater nicht gefragt hättest.«

»Jetzt weiß ich das, aber damals wusste ich es nicht«, sage ich genau wie sie vorher. Wir sind uns in vielen Dingen sehr ähnlich. »Ich weiß noch, dass ich, als du aus dem Zug stiegst, dachte, der ganze Bahnhof müsste eigentlich von Fotografen wimmeln, die dich ablichten wollen. Du sahst aus wie ein Filmstar.«

»Ich hatte zwölf Stunden im Zug gesessen. Ich sah furchtbar aus.«

Das ist gelogen, und wir wissen es beide. Ruth war sehr schön, und noch mit weit über fünfzig zog sie die Männerblicke auf sich, wenn sie einen Raum betrat.

»Ich konnte mich nur mühsam davon abhalten, dich zu küssen.«

»Das stimmt nicht«, widerspricht sie. »So etwas hättest du nie vor meinen Eltern getan.«

Natürlich hat sie recht. Vielmehr wartete ich ab und ließ ihren Eltern den Vortritt; erst nachdem sie Ruth begrüßt und ein paar Minuten mit ihr gesprochen hatten, kam ich dazu. Ruth liest meine Gedanken. »An dem Abend verstand mein Vater zum ersten Mal richtig, was ich in dir sah. Er hatte gemerkt, dass du nicht nur fleißig und freundlich, sondern auch ein Gentleman warst, hat er mir später erzählt.«

»Trotzdem glaubte er immer noch, ich sei nicht gut genug für dich.«

»Kein Vater glaubt jemals, dass irgendein Mann gut genug für seine Tochter ist.«

»Außer David Epstein.«

»Stimmt«, sagt sie im Scherz. »Außer ihm.«

Ich lächle, obwohl mir das einen weiteren Stromschlag durch den Körper jagt. »Beim Essen konnte ich die Augen nicht von dir losreißen. Du warst so viel schöner als in meiner Erinnerung.«

»Aber wir waren uns wieder fremd«, sagt sie. »Es dauerte ein Weilchen, ehe das Gespräch wieder so ungezwungen wurde wie im Sommer zuvor. Bis wir nach Hause gingen, glaube ich.«

»Ich habe mich absichtlich unnahbar gegeben, um interessant zu wirken.«

»Nein, du warst einfach du selbst. Und gleichzeitig auch nicht. In dem Jahr, das wir uns nicht gesehen hatten, warst du ein Mann geworden. Du hast sogar meine Hand gehalten, als du mich zur Tür brachtest, was du vorher noch nie getan hattest. Ich erinnere mich, weil mein Arm davon kribbelte, und dann bliebst du stehen und sahst mich an, und in dem Augenblick wusste ich genau, was passieren würde.«

»Ich habe dir einen Gutenachtkuss gegeben.«

»Nein«, sagte Ruth, und ihre Stimme verdunkelt sich verführerisch. »Es war ein Kuss, das schon, aber nicht nur ein Gutenachtkuss. Damals schon spürte ich die Verheißung darin, die Verheißung, dass du mich auf immer genau so küssen würdest.«

Ich kann mich noch gut an den Moment erinnern – ihre Lippen auf meinen, das Gefühl von Aufregung und reinem Staunen, als ich sie in meinen Armen hielt. Aber plötzlich fängt die Welt im Wagen an, sich zu drehen. Heftig zu drehen, als säße ich in einer Achterbahn, die sich selbstständig gemacht hat, und schlagartig verschwindet Ruth aus meinen Armen. Stattdessen liegt mein Kopf schwer auf dem Lenkrad, und ich zwinkere schnell, damit das Kreiseln aufhört. Ich brauche Wasser, ein einziger Schluck würde sicher ausreichen, um das Karussell anzuhalten. Aber es gibt kein Wasser, und ich gebe dem Schwindel nach, bis alles schwarz wird.

Als ich aufwache, kehrt die Welt nur langsam zurück. Ich blinzle in die Dunkelheit, doch Ruth ist nicht mehr neben mir auf dem Beifahrersitz. Ich möchte sie unbedingt zurückholen. Deshalb konzentriere ich mich, versuche, ihr Bild heraufzubeschwören, aber es kommt nichts, und meine Kehle zieht sich zu.

Rückblickend hatte Ruth recht, was mich betrifft. In jenem Sommer hatte sich die Welt verändert, und ich begriff, dass ich jegliche Zeit, die ich mit Ruth verbrachte, als kostbar ansehen musste. Japan und China lagen bereits vier Jahre miteinander im Krieg, und im Frühling 1941 waren noch weitere Länder von der Wehrmacht erobert worden, einschließlich Jugoslawien und Griechenland. Die Engländer hatten sich vor Rommels Afrikakorps bis nach Ägypten zurückgezogen. Der Suez-Kanal war bedroht, und auch wenn ich das damals noch nicht wusste, waren deutsche Panzer und Infanterie bereits in Stellung gebracht, um in Russland einzumarschieren. Ich fragte mich, wie lange Amerika noch neutral bleiben würde.

Ich hatte nie davon geträumt, Soldat zu sein. Ich hatte nie eine Waffe abgefeuert. Weder damals noch überhaupt je war ich ein Kämpfer gewesen, aber ich liebte mein Land und verbrachte in jenem Jahr viel Zeit damit, mir eine vom Krieg verzerrte Zukunft auszumalen. Und nicht nur ich versuchte angestrengt, mit dieser neuen Welt zurechtzukommen. Den ganzen Sommer über las mein Vater zwei oder drei Zeitungen am Tag und hörte ununterbrochen Radio, und meine Mutter meldete sich freiwillig zum Roten Kreuz. Ruths Eltern hatten besonders große Angst, und oft saßen sie am Tisch, steckten die Köpfe zusammen und unterhielten sich leise und eindringlich. Seit Monaten hatten sie von keinem ihrer Verwandten gehört. Das liegt am Krieg, flüsterten manche. Doch selbst in North Carolina sprachen sich allmählich Gerüchte darüber herum, was mit den Juden in Polen geschah.

Trotz der Angst oder vielleicht auch gerade deswegen, habe ich den Sommer 1941 immer als meinen letzten Sommer der Unschuld betrachtet. Es war der Sommer, in dem Ruth und ich beinahe unsere gesamte freie Zeit miteinander verbrachten und uns immer stärker verliebten. Sie besuchte mich im Geschäft oder ich sie in der Fabrik – in jenem Sommer arbeitete sie für ihren Onkel als Sekretärin –, und abends gingen wir unter den Sternen spazieren. Jeden Sonntag picknickten wir im nahe gelegenen Park. Abends kam sie manchmal zu uns nach Hause, oder ich ging zu ihr, wo wir uns klassische Musik auf dem Phonographen anhörten.

Als sich der Sommer dem Ende zuneigte und Ruth den Zug nach Massachusetts bestieg, zog ich mich am Bahnhof in eine Ecke zurück und vergrub das Gesicht in den Händen, weil ich wusste, dass diese Zeiten für immer vorbei waren. Früher oder später würde ich eingezogen werden.

Und ein paar Monate später, am 7. Dezember 1941, bestätigte sich meine Befürchtung.

Im Laufe der Nacht verliere ich immer wieder das Bewusstsein. Wind und Schneefall halten unvermindert an. In den wachen Momenten frage ich mich, ob es jemals wieder hell wird. Ich frage mich, ob ich je wieder einen Sonnenaufgang erleben werde. Hauptsächlich jedoch konzentriere ich mich auf die Vergangenheit und hoffe, dass Ruth erneut erscheint. Ohne sie, denke ich mir, bin ich schon tot.

Als ich im Mai 1942 mein Examen gemacht hatte, kehrte ich nach Hause zurück, aber ich erkannte das Geschäft nicht wieder. Wo früher Anzüge an Kleiderstangen hingen, standen nun dreißig Nähmaschinen, an denen dreißig Frauen Uniformen für die Armee herstellten. Zweimal täglich trafen schwere Stoffballen ein und verstopften das gesamte Hinterzimmer. Das Nebengebäude, das jahrelang leer gestanden hatte, war von meinem Vater angemietet worden und bot Platz für weitere sechzig Nähmaschinen. Meine Mutter beaufsichtigte die Produktion, während mein Vater telefonierte, die Bücher führte und die Lieferung an Heeres- und Marinestützpunkte organisierte, die damals im ganzen Süden entstanden.

Ich wusste, dass ich bald einberufen wurde, und das bedeutete entweder Heer oder Marineinfanterie, Kampf im Schützengraben. Die Mutigen begeisterten sich für solche Dinge, aber wie schon erwähnt, war ich nicht mutig. Daher hatte ich auf der Heimfahrt bereits beschlossen, mich zur Luftwaffe zu melden. Aus irgendeinem Grund schien mir die Vorstellung, in der Luft zu kämpfen, weniger furchteinflößend als die, auf dem Boden zu kämpfen. Das sollte sich allerdings als falsch erweisen.

Am selben Abend teilte ich es meinen Eltern mit. Meine Mutter rang die Hände. Mein Vater sagte nichts, aber später, als er Zahlen in sein Rechnungsbuch eintrug, glaubte ich, ein feuchtes Glänzen in seinen Augen zu sehen.

Ich hatte noch eine weitere Entscheidung getroffen. Bevor Ruth nach Greensboro zurückkam, traf ich mich mit ihrem Vater und erklärte ihm, wie viel mir seine Tochter bedeutete. Zwei Tage später fuhr ich ihre Eltern wie im Vorjahr zum Bahnhof. Wieder ließ ich ihnen den Vortritt bei der Begrüßung, und wieder führte ich Ruth anschließend zum Essen aus. Dort, in einem weitgehend leeren Restaurant, erzählte ich ihr von meinen Plänen. Im Gegensatz zu meinen Eltern vergoss Ruth keine Träne. Damals nicht.

Ich brachte sie nicht sofort nach Hause, sondern wir gingen nach dem Essen in den Park, nicht weit von der Stelle entfernt, an der wir so oft gepicknickt hatten. Es war eine mondlose Nacht, und die Laternen im Park brannten nicht. Als ich meine Hand in ihre schob, konnte ich ihre Gesichtszüge kaum erkennen.

Ich tastete nach jenem Ring in meiner Tasche, von dem

ich ihrem Vater vorab erzählt hatte. Lange hatte ich hin und her überlegt, nicht weil ich mir meiner Absichten nicht sicher war, sondern weil ich ihre nicht genau kannte. Doch ich liebte sie, und bevor ich in den Krieg zog, wollte ich wissen, ob sie da wäre, wenn ich zurückkehrte. Also ging ich auf die Knie und sagte ihr, wie viel sie mir bedeutete. Ich erklärte ihr, dass ich mir ein Leben ohne sie nicht vorstellen könne, und bat sie, meine Frau zu werden. Dabei hielt ich ihr den Ring hin. Sie antwortete nicht sofort, und ich würde lügen, wenn ich behaupten würde, ich hätte in dem Augenblick keine Angst gehabt. Doch dann nahm sie den Ring, streifte ihn über den Finger und griff nach meiner Hand. Ich erhob mich und stand unter einem Himmel voller Sterne vor ihr. Sie schlang die Arme um mich.

»Ja«, flüsterte sie. So blieben wir lange stehen, es kam mir vor wie Stunden. Selbst heute noch, fast siebzig Jahre später, kann ich trotz der Kälte im Auto ihre Wärme spüren. Ich kann ihr Parfüm riechen, etwas Blumiges und Zartes. Ich atme tief ein, versuche, den Duft festzuhalten, so wie ich sie an jenem Abend festhielt.

Später spazierten wir eng umschlungen durch den Park und sprachen über unsere gemeinsame Zukunft. In ihrer Stimme lag Liebe und Aufregung, und doch weckt eben dieser Teil des Abends immer ein Bedauern in mir. Ich werde an den Mann erinnert, der ich nie sein konnte, an die Träume, die nie in Erfüllung gingen. Als ich die vertraute Scham in mir aufwallen spüre, umweht mich wieder der Duft ihres Parfüms. Er ist jetzt stärker, als wäre er keine Erinnerung, sondern als könne ich ihn im Wagen riechen.

Obwohl ich mich kaum traue, die Augen aufzuschlagen, tue ich es. Anfangs ist alles verschwommen und dunkel, und ich kann gar nichts erkennen.

Dann sehe ich sie endlich. Sie ist wieder durchsichtig, geisterhaft, aber es ist Ruth. Sie ist hier, sie ist zu mir zurückgekommen, denke ich, und mein Herz macht einen Satz. Ich möchte die Hand nach ihr ausstrecken, sie in die Arme nehmen, weiß jedoch, dass das unmöglich ist, also konzentriere ich mich stattdessen. Ich möchte sie schärfer sehen, und als sich meine Augen schließlich angepasst haben, stelle ich fest, dass ihr Kleid cremeweiß und vorn gerüscht ist. Es ist das Kleid, das sie an dem Abend meines Heiratsantrags trug.

Ruth ist allerdings nicht zufrieden mit mir.

»Nein, Ira«, sagt sie unvermittelt. Der warnende Tonfall ist unverkennbar. »*Darüber* dürfen wir nicht sprechen. Das Abendessen, ja. Den Antrag, ja. Aber *darüber* nicht.«

Ich kann immer noch nicht fassen, dass sie zurückgekommen ist. »Ich weiß, dass es dich traurig macht …«

»Mich nicht«, widerspricht sie. »Du bist derjenige, der deswegen traurig ist. Seit jenem Abend trägst du diesen Kummer mit dir herum. Ich hätte niemals sagen dürfen, was ich damals sagte.«

»Hast du aber.«

Bei diesen Worten senkt sie den Kopf. Anders als mein Haar ist ihres braun und dicht, so üppig wie die Chancen des Lebens.

»An dem Abend habe ich dir zum ersten Mal gesagt, dass ich dich liebe«, fährt sie fort. »Und dass ich dich heiraten will. Ich habe dir versprochen, auf dich zu warten und dich zu heiraten, sobald du wieder zu Hause wärst.«

»Aber das war nicht alles, was du …«

»Es war das Einzige, was zählte.« Sie reckt das Kinn. »Wir waren glücklich, oder? All die gemeinsamen Jahre?«

»Ja.«

»Und du hast mich geliebt?«

»Immer.«

»Dann hör mir jetzt gut zu, Ira.« Sie kann ihre Ungeduld mit mir kaum beherrschen und beugt sich vor. »Ich habe nicht ein einziges Mal bereut, dich geheiratet zu haben. Du hast mich glücklich gemacht, du hast mich zum Lachen gebracht, und ich würde ohne zu zögern alles wieder ganz genauso machen. Sieh dir unser Leben an, unsere Reisen, die Abenteuer, die wir erlebt haben. Wie dein Vater immer sagte, wir haben die längste Reise zusammen unternommen, das Leben, und meines war deinetwegen erfüllt von Freude. Im Gegensatz zu anderen Paaren haben wir uns nicht einmal gestritten.«

»Doch«, protestiere ich.

»Es gab keinen echten Streit. Nicht so, dass er von Bedeutung gewesen wäre. Ja, ich war ärgerlich, wenn du vergessen hattest, den Müll rauszubringen, aber das ist kein richtiges Streiten. Das ist gar nichts. Es fliegt vorbei wie ein Blatt am Fenster. So etwas ist schnell vorbei und vergessen.«

»Du vergisst –«

»Nein«, unterbricht sie mich, weil sie weiß, was ich sagen will. »Wir haben das überwunden. Gemeinsam. Wie wir es immer getan haben.«

Trotz ihrer Worte empfinde ich immer noch dieselbe Trauer, den tief sitzenden Schmerz, der mich stets begleitet.

»Es tut mir leid«, sage ich schließlich. »Du sollst wissen, dass es mir immer leidgetan hat.«

»Sag so etwas nicht.« Ihre Stimme beginnt zu zittern.

»Ich kann nicht anders. An dem Abend damals haben wir uns stundenlang unterhalten.«

»Ja. Über unsere gemeinsamen Sommer. Über das College und darüber, dass du eines Tages das Geschäft deines Vaters übernehmen würdest. Und später, als ich zu Hause war, lag ich noch stundenlang wach und betrachtete den Ring. Am nächsten Morgen zeigte ich ihn meiner Mutter, und sie freute sich für mich. Selbst mein Vater war zufrieden.«

Ich weiß, dass sie versucht, mich abzulenken, aber es funktioniert nicht. »Wir haben auch über dich gesprochen. Über deine Träume.«

Als ich das sage, wendet Ruth sich ab. »Ja. Über meine Träume.«

»Du hast mir erzählt, du wolltest Lehrerin werden und ein Haus kaufen, das nicht weit von deinen und meinen Eltern entfernt läge.«

»Ja.«

»Und wir würden reisen. Nach New York und Boston, vielleicht sogar nach Wien.«

»Ja«, sagt sie wieder.

Ich schließe die Augen und spüre die Last eines uralten Kummers. »Und du sagtest, du wolltest Kinder. Mehr als alles andere wolltest du Mutter sein. Zwei Mädchen und zwei Jungen sollten es sein, weil du dir immer ein Zuhause wie bei deinen Cousins und Cousinen gewünscht hast, in dem es laut und lebhaft zuging. Du hattest sie als Kind so gern besucht und warst so glücklich dort. Das war dein allergrößter Wunsch.«

Bei diesen Worten sacken ihre Schultern herab, und sie dreht mir ihr Gesicht zu.

»Ja«, flüstert sie. »Ich gebe zu, dass ich das wollte.«

Dieser Satz bricht mir beinahe das Herz, und ich spüre etwas in mir zerbröckeln. Die Wahrheit kann oft furchtbar sein, und wieder einmal wünsche ich mir, ich wäre ein anderer. Doch jetzt ist es zu spät, zu spät, um noch irgendetwas zu ändern. Ich bin alt und allein, und mit jeder Stunde, die vergeht, komme ich dem Tod einen Schritt näher. Ich bin müde, müder als je zuvor.

»Du hättest einen anderen Mann heiraten sollen«, sage ich kaum hörbar.

Sie schüttelt den Kopf, und mit ihrer großen Liebenswürdigkeit, die mich an unser gemeinsames Leben erinnert, rutscht sie näher zu mir. Zärtlich streicht sie mit dem Finger über mein Kinn und küsst mich dann auf den Kopf.

»Ich hätte nie einen anderen nehmen können«, sagt sie. »Und wir haben genug darüber gesprochen. Du musst dich jetzt ausruhen. Du musst schlafen.«

»Nein.« Ich versuche, den Kopf zu schütteln, aber es geht nicht, der Schmerz macht es unmöglich. »Ich will wach bleiben. Ich will bei dir sein.«

»Keine Sorge. Ich bin hier, wenn du aufwachst.«

»Aber vorhin warst du fort.«

»Ich war nicht fort. Ich war hier und werde immer hier sein.«

»Wieso bist du dir da so sicher?«

Sie küsst mich noch einmal, ehe sie antwortet.

»Weil«, sagt sie mit zärtlicher Stimme, »ich immer bei dir bin, Ira.«

KAPITEL 6

Luke

Aus dem Bett zu kommen war schmerzhaft gewesen, und als Luke nun die Hand nach oben streckte, um Pferd den Hals und Widerrist zu bürsten, protestierte sein Rücken vehement. Das Ibuprofen hatte die heftigen Beschwerden gelindert, dennoch fiel es ihm schwer, den Arm weiter als auf Schulterhöhe zu heben. Als er bei Tagesanbruch nach den Rindern sah, hatte er kaum den Kopf zur Seite drehen können, weshalb er froh war, dass José ihm half.

Er hängte die Bürste auf, schüttete etwas Hafer für Pferd in einen Eimer und machte sich dann auf den Weg zum großen Wohnhaus. Er wusste, dass es noch ein bis zwei Tage dauern würde, bis er sich vollständig erholt hatte. Schmerzen und Verspannungen waren normal nach einem Ritt, und er hatte wahrlich schon Schlimmeres erlebt. Die Frage war nicht, *ob* ein Bullenreiter sich verletzte, sondern eher *wann* und wie *schwer*. Im Laufe der Jahre hatte sich Luke, die Sache mit Big Ugly Critter nicht mitgezählt, zweimal die Rippen gebrochen, einmal war seine Lunge kollabiert, außerdem hatte er sich sowohl das Kreuzband als auch das Innenband gerissen, und zwar in jedem Knie. 2005 hatte er sich einen Trümmerbruch im linken Handgelenk zugezogen, und beide Arme waren schon einmal ausgekugelt gewesen. Vor vier Jahren war er die Endrunde der PBR-Meisterschaft – die Meisterschaft der Professionellen Bullenreiter – mit einem gebrochenen Knöchel geritten, indem er die noch nicht wieder zusammengewachsenen Knochen durch einen Spezial-Cowboystiefel fixierte. Und selbstverständlich hatte er sein Quantum an Gehirnerschütterungen abbekommen, wenn er abgeworfen wurde. Dennoch hatte er den Großteil seines Lebens nichts lieber tun wollen als zu reiten.

Wie Sophia gesagt hatte: Vielleicht war er wahnsinnig.

Durch das Küchenfenster sah er seine Mutter. Er fragte sich, wann sich ihr Verhältnis wohl wieder normalisieren würde. In den letzten Wochen war sie immer schon fast mit dem Frühstück fertig gewesen, wenn er auftauchte, ganz offensichtlich, um ein Gespräch mit ihm zu vermeiden. Sie nutzte seine Anwesenheit nur, um zu demonstrieren, dass sie immer noch wütend war. Er sollte die Last ihres Schweigens spüren, wenn sie ihren Teller abräumte und ihn allein am Tisch ließ. Vor allem aber sollte er ein schlechtes Gewissen haben. Er hätte natürlich auch bei sich frühstücken können – auf der anderen Seite der Tannenbaumpflanzung hatte er sich ein kleines Haus gebaut –, wusste aber aus Erfahrung, dass es die Stimmung nur noch verschlechtert hätte, ihr diese Gelegenheiten vorzuenthalten. Sie würde sich wieder beruhigen. Irgendwann bestimmt.

Er trat auf die gesprungenen Betonstufen und ließ prüfend den Blick über das Haus schweifen. Das Dach war gut in Schuss, er hatte es vor ein paar Jahren erneuert, aber die Außenwände mussten unbedingt gestrichen werden. Leider würde er dazu jedes Brett erst abschleifen müssen, wodurch sich der Zeitaufwand verdreifachte – Zeit, die er nicht hatte. Das Wohnhaus stammte aus dem späten neunzehnten Jahrhundert, und im Laufe der Jahre war es so oft gestrichen worden, dass die Farbschicht wahrscheinlich dicker war als das Holz selbst. Jetzt blätterte sie überall ab, und unter der Regenrinne faulte sie. Apropos, die musste auch repariert werden.

In dem kleinen Windfang streifte er sich die Stiefel auf der Matte ab. Die Tür quietschte wie üblich, und ihm schlug der Duft von Speck und Bratkartoffeln entgegen. Seine Mutter stand am Herd und rührte Eier in einer Pfanne. Der Herd war neu, den hatte Luke ihr letztes Jahr zu Weihnachten geschenkt, die Schränke allerdings gehörten noch zur Originaleinrichtung, und auch die Arbeitsfläche gab es schon, solange er sich erinnern konnte. Genau wie den Linoleumfußboden. Der Eichentisch, von seinem Großvater gebaut, war im Laufe der Jahre matt geworden. In der Ecke verströmte der uralte Holzofen Hitze – was ihn daran erinnerte, dass er noch Brennholz hacken musste. Wenn es jetzt kalt wurde, sollte er lieber rechtzeitig den Vorrat auffrischen. Er nahm sich vor, sich nach dem Frühstück an die Arbeit zu machen, ehe Sophia käme.

Als er seinen Hut an die Garderobe hängte, fiel ihm auf, dass seine Mutter müde wirkte. Kein Wunder – als er Pferd gesattelt hatte, war sie schon dabei gewesen, die Ställe auszumisten.

»Morgen, Mom«, sagte er mit neutralem Tonfall. Er ging

zum Spülbecken und schrubbte sich die Hände. »Brauchst du Hilfe?«

»Ist schon fast fertig«, gab sie zurück, ohne den Blick zu heben. »Aber du kannst Brot toasten. Liegt hinter dir auf der Arbeitsfläche.«

Er steckte die Scheiben in den Toaster und goss sich eine Tasse Kaffee ein. Seine Mutter drehte ihm weiterhin den Rücken zu, doch er spürte, dass sie die gleiche Botschaft aussandte wie seit Wochen. *Hab ein schlechtes Gewissen, du böser Sohn. Ich bin deine Mutter. Sind dir meine Gefühle etwa völlig egal?*

Nein, natürlich nicht, dachte er. Deshalb mache ich das Ganze ja. Aber er sagte nichts. Nach fast einem Vierteljahrhundert gemeinsam auf der Ranch waren sie Meister in der wortlosen Kommunikation.

Er trank einen Schluck Kaffee und lauschte dem Klappern des Pfannenwenders.

»Keine Probleme heute Morgen«, sagte er dann. »Ich hab mir die Stiche bei dem Kalb angesehen, das sich im Stacheldraht verfangen hatte. Heilt gut.«

»Schön.« Sie legte den Pfannenwender weg und holte zwei Teller aus dem Hängeschrank. »Ich verteile gleich hier am Herd, okay?«

Luke stellte seinen Kaffee auf den Tisch und nahm Marmelade und Butter aus dem Kühlschrank. Als er fertig gedeckt hatte, brachte seine Mutter die vollen Teller. Er holte das Brot aus dem Toaster, gab ihr eine Scheibe und stellte dann noch die Kaffeekanne zu den anderen Sachen.

»Die Kürbisse müssen diese Woche geerntet werden«, erinnerte sie ihn und griff nach der Kanne. Kein Blickkontakt, keine Umarmung zur Begrüßung … nicht, dass er damit gerechnet hätte. »Und das Labyrinth muss auch aufgebaut werden. Am Dienstag wird das Heu geliefert. Außerdem musst du einige Kürbisse schnitzen.«

Die Hälfte der Kürbisernte war bereits an die First Baptist Church in King gegangen, aber den Rest verkauften sie an den Wochenenden auf der Ranch. Einer der Höhepunkte für die Kinder – und damit ein Renner bei den Erwachsenen – war ein aus Heuballen gebautes Labyrinth. Sein Vater hatte die Idee gehabt, als Luke noch klein war, und im Laufe der Jahre war der Irrgarten immer ausgeklügelter geworden. Mittlerweile war es eine Art lokale Tradition.

»Ich kümmere mich darum«, sagte Luke. »Liegt der Plan noch in der Schreibtischschublade?«

»Wenn du ihn letztes Jahr dorthin geräumt hast, schon.«

Luke strich sich Butter und Marmelade auf seinen Toast, und beide schwiegen.

Nach einer Weile seufzte seine Mutter. »Du warst gestern erst spät zurück.« Sie griff nach Butter und Marmelade, als Luke damit fertig war.

»Warst du noch auf? Ich habe gar kein Licht gesehen.«

»Ich hatte schon geschlafen. Aber ich war gerade aufgewacht, als du mit dem Pick-up in die Einfahrt gebogen bist.«

Er bezweifelte, dass das stimmte. Ihr Schlafzimmerfenster lag nicht zur Auffahrt, was bedeutete, sie hätte im Wohnzimmer sein müssen, um ihn zu bemerken. Was wiederum bedeutete, dass sie aufgeblieben war, weil sie sich Sorgen um ihn machte.

»Ich bin mit ein paar Freunden noch länger geblieben. Hab mich überreden lassen.«

Sie starrte weiter auf ihren Teller. »Das dachte ich mir schon.«

»Hast du meine SMS bekommen?«

»Ja.« Mehr sagte sie nicht. Keine Fragen zu dem Ritt oder wie es ihm ging, keine Besorgnis über die Schmerzen, von denen sie wusste, dass er sie hatte. Im Gegenteil, das Unausgesprochene dehnte sich aus, wurde noch raumgreifender. Traurigkeit und Wut tropften von der Decke, sickerten von den Wänden. Das musste er ihr lassen, sie war ziemlich gut darin, ihm ein schlechtes Gewissen einzutrichtern.

»Möchtest du darüber sprechen?«, fragte er schließlich.

Zum ersten Mal sah sie ihn quer über den Tisch an. »Eigentlich nicht.«

Na gut, dachte er. Aber trotz ihres Zorns vermisste er die Gespräche mit ihr. »Darf ich dir dann eine Frage stellen?«

Er konnte praktisch hören, wie sie sich innerlich für die Schlacht wappnete. Sich darauf vorbereitete, ihn allein am Tisch zu lassen und auf der Veranda weiterzuessen.

»Welche Schuhgröße hast du?«

Ihre Gabel blieb mitten in der Luft hängen. »Welche Schuhgröße ich habe?«

»Später kommt vielleicht jemand vorbei.« Er pikte mit der Gabel in das Rührei. »Und es könnte sein, dass sie sich Stiefel leihen muss. Falls wir reiten gehen.«

Zum ersten Mal seit Wochen konnte sie ihr Interesse nicht verbergen. »Sprichst du von einer Frau?«

Er nickte und aß weiter. »Sie heißt Sophia. Ich habe sie gestern Abend kennengelernt. Sie wollte sich mal die Scheune ansehen.«

»Warum das denn?«

»Weiß ich nicht. Es war ihre Idee.«

»Wer ist sie?« In ihrer Miene flackerte eine Spur von Neugier auf.

»Sie studiert am Wake Forest College. Kommt aus New Jersey. Und falls wir reiten gehen, braucht sie vielleicht Stiefel. Deshalb die Frage nach deiner Schuhgröße.«

Ihre Verwunderung verriet ihm, dass sie endlich einmal an etwas anderes als die Ranch dachte. Oder ans Bullenreiten. Oder die Liste, die sie abzuarbeiten hatte, bevor die Sonne unterging. Es hielt leider nicht lange vor, und sie konzentrierte sich wieder auf ihren Teller. »Achtunddreißig. Im Schrank steht ein altes Paar, das sie gern benutzen kann. Wenn es passt.«

»Danke«, sagte er. »Ich wollte jetzt ein bisschen Holz hacken. Es sei denn, du hast etwas anderes für mich zu tun.«

»Nur die Bewässerung. Die zweite Weide braucht Wasser.«

»Hab ich heute Morgen schon erledigt. Aber ich stelle es noch ab, bevor sie kommt.«

Seine Mutter schob einen kleinen Berg Rührei auf ihrem Teller hin und her. »Nächstes Wochenende werde ich deine Hilfe beim Verkauf brauchen.«

An der Art, wie sie es sagte, merkte er, dass sie schon die ganze Zeit vorgehabt hatte, das Thema anzusprechen, dass sie deshalb bei ihm am Tisch sitzen geblieben war.

»Du weißt, dass ich am Samstag nicht hier bin«, gab er ruhig zurück. »Da bin ich in Knoxville.«

»Um wieder zu reiten.«

»Es ist der letzte Wettkampf dieses Jahr.«

»Warum machst du dann mit? Die Punkte spielen doch keine Rolle mehr.« Ihre Stimme nahm einen bitteren Unterton an.

»Es geht nicht um die Punkte. Ich möchte nicht unvorbereitet in die nächste Saison starten.« Erneut verstummte das Gespräch, und es war nur noch das Klappern der Gabeln auf den Tellern zu hören.

»Gestern hab ich gewonnen«, sagte er schließlich.

»Schön für dich.«

»Ich reiche den Scheck am Montag auf dein Konto ein.«

»Behalt ihn«, blaffte sie. »Ich will ihn nicht.«

»Das Geld ist doch für die Ranch.«

Als sie ihn ansah, lag in ihrem Blick weniger Wut, als er erwartet hatte. Stattdessen entdeckte er Resignation, vielleicht sogar Traurigkeit, begleitet von einer Erschöpfung, die sie älter wirken ließ, als sie wirklich war.

»Die Ranch ist mir egal«, sagte sie. »Mir geht es um meinen Sohn.«

Nach dem Frühstück hackte Luke eineinhalb Stunden lang Holz und stapelte es neben dem Haus seiner Mutter auf. Seit dem Gespräch beim Frühstück ging sie ihm wieder aus dem Weg, und obwohl ihm das zu schaffen machte, tat ihm die körperliche Arbeit gut, sie lockerte seine Muskeln und gab ihm Gelegenheit, über Sophia nachzudenken.

Die junge Frau ging ihm nicht mehr aus dem Kopf, und er konnte sich nicht erinnern, wann so etwas zum letzten Mal vorgekommen war. Nicht seit Angie zumindest, aber selbst das war nicht das Gleiche gewesen. Angie hatte ihm viel bedeutet, aber sie hatte ihn nicht so beschäftigt wie Sophia. Bis gestern Abend hatte er sich so etwas nicht einmal vorstellen können. Nach dem Tod seines Vaters hatte es ihn seine gesamte Kraft gekostet, sich überhaupt aufs Reiten konzentrieren zu können. Als die Trauer allmählich nachließ, stürzte er sich voll und ganz aufs Reiten. In den Jahren auf Tour hatte nichts anderes in seinem Leben Platz gehabt, und mit jedem Erfolg hatte er die Latte höher gelegt, hatte noch verbissener versucht, alles zu gewinnen.

Solcher Einsatz ließ wenig Raum für Beziehungen. Während der letzten eineinhalb Jahre hatte sich die Situation aber geändert. Keine Reisen mehr, kein Training, und auf der Ranch war zwar immer etwas zu erledigen, aber daran war er gewöhnt. Wer als Viehzüchter erfolgreich sein wollte, musste Prioritäten setzen können, und seine Mutter und er hatten das weitgehend im Griff. Dadurch war mehr Zeit zum Nachdenken geblieben, mehr Zeit, sich die Zukunft durch den Kopf gehen zu lassen, und zum ersten Mal in seinem Leben sehnte sich Luke am Ende eines Arbeitstags manchmal nach jemandem, mit dem er sich beim Abendessen unterhalten konnte, jemand anderem als seine Mutter.

Der Wunsch nach einer Beziehung beherrschte nicht unbedingt seine Gedanken, aber er war nicht zu leugnen. Das einzige Problem war, dass Luke nicht die blasseste

Ahnung hatte, wie man so etwas anstellte … Und seit er wieder ritt, war er erneut zu beschäftigt und abgelenkt.

Und dann, aus heiterem Himmel und als er am wenigsten damit rechnete, hatte er Sophia kennengelernt. Doch obwohl er den Großteil des Vormittags an sie gedacht und überlegt hatte, wie es sich wohl anfühlen würde, durch ihre Haare zu streichen, glaubte er nicht, dass etwas Ernstes daraus wurde. Sie hatten nichts gemeinsam. Sophia studierte, auch noch ausgerechnet Kunstgeschichte, und nach dem College würde sie fortziehen, um irgendwo in einem Museum zu arbeiten. Genau genommen hatten sie überhaupt keine Chance, doch im Geiste sah er immer wieder vor sich, wie sie unter den Sternen auf der Ladefläche seines Pick-ups gesessen hatte. Vielleicht, vielleicht konnte es ja trotz allem mit ihnen klappen.

Hastig erinnerte er sich daran, dass sie einander kaum kannten und er wahrscheinlich viel zu viel in den vergangenen Abend hineininterpretierte. Ob er allerdings wollte oder nicht, er musste zugeben, dass ihr bevorstehender Besuch ihn nervös machte.

Nach dem Holzhacken räumte er bei sich zu Hause auf und fuhr mit dem Gator auf die Weide, um das Wasser abzustellen. Dann ging er kurz ein paar Sachen einkaufen, damit der Kühlschrank gefüllt war. Er war nicht sicher, ob sie in sein Haus käme, aber falls ja, wollte er vorbereitet sein.

Selbst als er unter die Dusche ging, dachte er an Sophia. Er hob sein Gesicht in den Wasserstrahl und fragte sich, was um Himmels willen bloß in ihn gefahren war.

Um Viertel nach eins saß Luke in einem Schaukelstuhl auf der Veranda seines Hauses, als er ein Auto langsam über den unbefestigten Weg fahren hörte und Staub in die Baumkronen aufstieg. Hund lag zu seinen Füßen, neben den Cowboystiefeln, die Luke im Schrank seiner Mutter gefunden hatte. Das Tier setzte sich auf, spitzte die Ohren und sah Luke an.

»Los, hol sie«, forderte er ihn auf, und Hund trabte sofort davon. Luke hob die Stiefel auf und trat von der Veranda auf die Wiese. Er winkte mit seinem Hut, um sich durch das Gestrüpp, das die Auffahrt säumte, bemerkbar zu machen. Geradeaus käme Sophia zum großen Wohnhaus. Zu ihm hingegen musste sie an einer bestimmten Stelle zwischen den Bäumen abbiegen und einer ins Gras gefahrenen Spur folgen. Ein Kiesbelag hätte nicht geschadet, aber das war noch ein Posten auf seiner langen To-do-Liste, den er bisher immer aufgeschoben hatte. Es war ihm nie wichtig gewesen, aber nun, da Sophia ihn besuchte und sein Herz schneller als normal schlug, wünschte er, er hätte es längst erledigt.

Zum Glück wusste Hund, was er zu tun hatte. Er war vorausgelaufen und stand nun wie ein Wachposten auf dem Hauptweg, bis Sophia bremste. Dann bellte er auffordernd und trottete in Lukes Richtung. Wieder schwenkte Luke den Hut, und endlich entdeckte sie ihn und wendete. Kurz darauf hielt sie unter einer hohen Magnolie.

Sie stieg aus, in einer engen, ausgebleichten Jeans mit Löchern an den Knien, frisch wie der Sommer. Mit ihren fast katzenhaften Augen und den leicht slawischen Gesichtszügen sah sie im Sonnenlicht noch umwerfender aus als am Vorabend, und Luke konnte sie nur anstarren. Er ahnte bereits, dass er in Zukunft immer, wenn er an sie dachte, dieses Bild vor sich sähe. Sie war zu schön, zu exotisch für diese ländliche Umgebung. Als sie jedoch das Gesicht zu ihrem breiten, freundlichen Lächeln verzog, spürte er, dass sich etwas in seinem Inneren lichtete, als bräche die Sonne durch den Nebel.

»Tut mir leid, dass ich so spät bin!«, rief sie, während sie die Autotür zuschlug. Sie klang nicht annähernd so nervös, wie er war.

»Macht gar nichts.« Er setzte den Hut wieder auf und steckte die Hände in die Taschen.

»Ich bin einmal falsch abgebogen und musste zurückfahren. Aber so konnte ich mir King ein bisschen ansehen.«

Er trat von einem Fuß auf den anderen. »Und?«

»Du hattest recht. Nicht besonders schick, aber die Leute sind nett. Ein alter Mann auf einer Bank hat mich in die richtige Richtung geschickt«, sagte sie. »Wie geht's dir?«

»Gut.« Endlich blickte er auf.

Falls sie merkte, wie verunsichert er war, zeigte sie es nicht. »Hast du alles geschafft, was du vorhattest?«

»Ich hab nach den Rindern gesehen, ein bisschen Holz gehackt und ein paar Sachen eingekauft.«

»Klingt aufregend.« Sie hielt sich die Hand über die Augen, drehte sich langsam im Kreis und betrachtete ihre Umgebung. Inzwischen war Hund herbeigelaufen und stromerte um ihre Beine herum. »Und das ist dann wohl Hund.«

»Höchstpersönlich.«

Sie ging in die Hocke und kraulte ihn hinter den Ohren. Sein Schwanz klopfte beifällig. »Du hast einen furchtbaren Namen, Hund«, flüsterte sie und streichelte ihn ausgiebig. Das Wedeln wurde noch stärker. »Es ist wunderschön hier. Gehört das alles dir?«

»Meiner Mutter. Aber ja, es ist alles Teil der Ranch.«

»Wie groß ist sie?«

»Etwas mehr als dreihundertzwanzig Hektar.«

Sie runzelte die Stirn. »Das sagt mir gar nichts. Ich komme aus New Jersey. Aus einer Stadt, schon vergessen?«

Ihm gefiel, wie sie das sagte. »Gut, wie wäre es damit: Sie fängt an, wo du von der Straße abgebogen bist, und zieht sich zweieinhalb Kilometer in diese Richtung, bis zum Fluss. Das Land hat die Form eines Fächers, an der Straße ist es schmal und zum Fluss hin verbreitert es sich bis auf über drei Kilometer.«

»Aha, verstehe.«

»Ehrlich?«

»Nicht so ganz. Wie viele Häuserblocks sind das?«

Mit der Frage hatte er nicht gerechnet, und sein Gesichtsausdruck brachte sie zum Lachen. »Keine Ahnung«, sagte er.

»War nur ein Witz.« Sie stand auf. »Aber das ist wirklich beeindruckend. Ich war noch nie auf einer Ranch.« Sie deutete auf das Haus hinter sich. »Und das ist deins?«

Er folgte ihrem Blick. »Das habe ich vor ein paar Jahren gebaut.«

»Und wenn du sagst, *du* hast es gebaut …«

»Den Großteil habe ich selbst gemacht, außer den Wasserleitungen und der Elektrik. Dafür habe ich keine Zulassung. Aber der Entwurf und der Rohbau stammen von mir.«

»Natürlich«, sagte sie. »Und ich wette, wenn mein Wagen kaputtgeht, kannst du den auch reparieren.«

Er blinzelte Richtung Auto. »Wahrscheinlich.«

»Du bist irgendwie ... altmodisch. Ein echter Kerl. Viele Männer wissen gar nicht mehr, wie man so etwas macht.«

Er konnte nicht einschätzen, ob sie tatsächlich beeindruckt war oder sich über ihn lustig machte, aber er fand es interessant, dass sie ihn ständig leicht aus dem Konzept brachte. Dadurch wirkte sie irgendwie älter als die meisten Frauen, die er kannte.

»Ich freu mich, dass du hier bist«, sagte er.

Einen Moment lang war sie offenbar unsicher, wie sie seinen Kommentar zu verstehen hatte. »Ich freue mich auch. Danke für die Einladung.«

Er räusperte sich. »Ich dachte, dass ich dir vielleicht die Ranch zeige.«

»Zu Pferde?«

»Es gibt eine hübsche Stelle unten am Fluss«, sagte er, ohne direkt auf ihre Frage zu antworten.

»Ist sie romantisch?«

Auch diesmal wusste Luke nicht genau, was er erwidern sollte. »Mir gefällt sie«, sagte er stockend.

»Das reicht mir«, erwiderte sie lachend. Dann deutete sie auf die Stiefel in seiner Hand. »Und die soll ich tragen?«

»Sie sind von meiner Mutter. Ich weiß nicht, ob sie dir passen, aber damit hat man mehr Halt in den Steigbügeln.

Ich hab dir ein Paar Socken reingesteckt. Das sind meine, wahrscheinlich zu groß, aber sie sind sauber.«

»Das glaube ich dir unbesehen. Wenn du Autos reparieren und Häuser bauen kannst, weißt du sicher auch, wie man eine Waschmaschine bedient. Darf ich sie mal anprobieren?«

Er reichte ihr die Stiefel und bemühte sich, nicht den Sitz ihrer Jeans zu bewundern, als sie auf die Veranda trat. Hund tapste hinter ihr her, mit wedelndem Schwanz und heraushängender Zunge, als hätte er eine neue beste Freundin gefunden. Sobald sie sich hinsetzte, beschnupperte er wieder ihre Hand, und Luke nahm das als gutes Zeichen, denn normalerweise war Hund nicht so freundlich. Aus dem Schatten beobachtete er, wie Sophia ihre Ballerinas auszog. Sie bewegte sich mit Anmut, zog die Socken über und steckte die Füße mühelos in die Stiefel. Dann stand sie auf und machte ein paar Probeschritte.

»Ich hatte noch nie Cowboystiefel an«, sagte sie und starrte auf ihre Füße. »Wie sehe ich aus?«

»Du siehst aus, als hättest du Stiefel an.«

Sie lachte ungezwungen und hell, lief auf der Veranda auf und ab und betrachtete wieder ihre Füße. »So ist das wohl.« Dann drehte sie sich zu ihm um. »Sehe ich aus wie ein Cowgirl?«

»Dazu bräuchtest du einen Hut.«

»Lass mich mal deinen probieren.« Sie streckte die Hand aus.

Luke gab ihn ihr. Er fühlte sich noch unsicherer als gestern auf dem Rücken der Bullen. Sophia setzte den Hut auf und schob ihn weit in den Nacken. »Wie sieht das aus?«

Perfekt, dachte er im Stillen, besser als jede andere Frau,

die er je gesehen hatte. Er lächelte, obwohl seine Kehle plötzlich staubtrocken war.

»Jetzt siehst du aus wie ein Cowgirl.«

Sie grinste, offenbar erfreut darüber. »Ich glaube, den behalte ich für heute. Wenn das in Ordnung ist.«

»Ich habe noch genug andere.« Er konnte sich selbst kaum hören. Erneut trat er von einem Fuß auf den anderen und hatte Mühe, nicht ins Schwanken zu geraten. »Wie war es gestern Abend noch?«, fragte er. »Gab es Ärger?«

Sie kam von der Veranda herunter. »Nein. Marcia stand noch an genau derselben Stelle.«

»Kam Brian noch mal an?«

»Nein«, gab sie zurück. »Ich glaube, er hatte Angst, dass du noch in der Nähe bist. Außerdem sind wir nicht mehr lange geblieben. Nur noch eine halbe Stunde oder so. Ich war müde.« Mittlerweile stand sie dicht bei ihm. »Ich mag den Hut und die Stiefel. Sie sind bequem. Ich würde mich gern bei deiner Mutter bedanken. Ist sie hier?«

»Nein, sie ist drüben im großen Haus. Aber das kann ich ihr später ausrichten.«

»Was? Du willst nicht, dass ich sie kennenlerne?«

»Das ist es nicht … Sie ist heute Morgen ein bisschen sauer auf mich.«

»Warum?«

»Lange Geschichte.«

Sophia sah zu ihm auf. »Dasselbe hast du gestern gesagt, als ich dich gefragt habe, warum du Bullen reitest«, stellte sie fest. »Ich hab das Gefühl, du sagst ›lange Geschichte‹, wenn du eigentlich meinst: ›Darüber will ich nicht reden‹. Stimmt's?«

»Darüber will ich nicht reden.«

Sie lachte wieder fröhlich. »Also, was jetzt?«

»Tja, wir könnten zur Scheune gehen«, sagte er. »Die wolltest du ja sehen, hast du gesagt.«

Sie hob eine Augenbraue. »Du weißt, dass ich nicht wirklich wegen der Scheune gekommen bin, oder?«

KAPITEL 7

Sophia

Okay, dachte sie, sobald die Worte ihren Mund verlassen hatten. Das war vielleicht ein bisschen zu direkt.

Sie gab Marcia die Schuld. Hätte Marcia sie doch bloß nicht gestern Nacht und heute Vormittag ununterbrochen mit Fragen bombardiert, was denn dort draußen passiert war und warum sie heute auf die Ranch fuhr! Hätte sie doch bloß nicht ihr Veto gegen die ersten beiden Outfits eingelegt, die Sophia anprobierte, und andauernd wiederholt: »Ich kann nicht fassen, dass du dir dieses Prachtstück geangelt hast!« Dann wäre Sophia nicht so nervös gewesen. Sahneschnitte. Sexy. Prachtstück. Marcia ließ sich nicht davon abbringen, ihn so zu bezeichnen. Im Stil von: »Sahneschnitte ist dir also zu Hilfe geeilt?« Oder: »Worüber hast du denn mit dem Prachtstück geredet?« Oder einfach: »Er ist so sexy!« Kein Wunder, dass Sophia die Abzweigung verpasst hatte. Sie war nicht wahnsinnig aufgeregt, hatte aber definitiv leichtes Herzklopfen, und wenn das passierte, redete sie viel und nahm Tipps von Leuten wie Marcia oder Mary-Kate an. Manchmal allerdings brach sich auch ihr eigentliches Ich Bahn, und ihr rutschten Dinge heraus, die sie besser nicht gesagt hätte.

Wie jetzt gerade. Und gestern Abend, als sie behauptete, sie wolle reiten gehen.

Und Luke hatte das Ganze auch nicht besser gemacht. Er war in diesem weichen Arbeitshemd und Jeans auf ihren Wagen zugelaufen, die braunen Locken mühsam vom Hut gebändigt. Kaum hatte er die langen Wimpern über den blauen Augen gehoben, sie mit seiner Schüchternheit überrascht, da schlug ihr Magen einen kleinen Purzelbaum. Sie mochte ihn ... mochte ihn *sehr*. Darüber hinaus vertraute sie ihm aus unerfindlichen Gründen. Sie hatte den Eindruck, dass er wusste, was richtig und was falsch war, dass er Integrität besaß. Er war nicht ständig damit beschäftigt, eine Rolle zu spielen, und sein Gesicht war wie ein offenes Buch. Wenn sie ihn überraschte, merkte sie es ihm sofort an; wenn sie ihn aufzog, lachte er unbekümmert über sich selbst. Als er schließlich auf die Scheune zu sprechen gekommen war ... tja, sie hatte es sich einfach nicht verkneifen können.

Obwohl sie glaubte, einen Anflug von Röte auf seinen Wangen entdeckt zu haben, zog er nur den Kopf ein und ging los, um einen zweiten Hut aus dem Haus zu holen. Dann machten sie sich auf den Weg und verfielen unwillkürlich in einen lockeren Gleichschritt. Hund rannte voraus, kam zu ihnen zurückgesaust und flitzte dann wieder in eine neue Richtung davon, ein nicht zu bremsendes Energiebündel. Nach und nach verebbte Sophias Nervosität. Als der Blick auf das große Wohnhaus frei wurde, ließ Sophia den Anblick auf sich wirken: die breite überdachte Veranda und die schwarzen Fensterläden, die hohen Bäume hinter dem Gebäude. Etwas weiter weg stand die alte Scheune, und üppige Weiden schmiegten sich zwischen sanfte grüne Hügel. In der Ferne grasten Rinder am Ufer eines kleinen Sees, und im Dunst liegende Berge mit blauen Gipfeln am Horizont rahmten die Landschaft ein wie eine Postkarte. Auf der anderen Seite der Auffahrt waren Tannenbäume in ordentlichen, geraden Reihen gepflanzt. Eine Brise strich durch die Zweige und erzeugte ein leises, flötendes Geräusch, das wie Musik klang.

»Ich kann nicht fassen, dass du hier aufgewachsen bist«, hauchte sie. Sie zeigte auf das Haus. »Wohnt da deine Mutter?«

»Ich bin sogar in dem Haus geboren.«

»Was? Kein Pferd war schnell genug, um deine Mutter rechtzeitig ins Krankenhaus zu bringen?«

Er lachte, offenbar war er entspannter, seit sie sich von seinem Haus entfernt hatten. »Eine Frau von der Nachbarranch war früher Hebamme. Sie ist eine gute Freundin meiner Mutter, und es war eine Möglichkeit, ein bisschen Geld zu sparen. So ist sie – meine Mutter, meine ich. Mit Ausgaben ist sie ein bisschen knickrig.«

»Selbst bei einer Geburt?«

»Ich glaube nicht, dass sie so eingeschüchtert davon war. Da sie auf einem Bauernhof lebte, hatte sie genug Geburten mitbekommen. Außerdem ist sie selbst auch in dem Haus geboren.«

Sophia spürte den Kies unter den Stiefeln. »Wie lange gehört deiner Familie die Ranch schon?«

»Lange. Den Hauptteil hat mein Urgroßvater in den 1920ern gekauft, und trotz der Weltwirtschaftskrise konnte er sie noch ein bisschen vergrößern. Er war ein ziemlich guter Geschäftsmann. Von ihm hat sie dann mein Großvater übernommen und später meine Mutter. Da war sie zweiundzwanzig.«

Während er sprach, blickte Sophia sich um, erstaunt, wie abgelegen die Ranch trotz der Nähe zum Highway wirkte. Sie gingen am Wohnhaus vorbei. Dahinter standen kleinere verwitterte, umzäunte Holzbauten. Als der Wind sich drehte, schnappte Sophia den Duft von Nadelbäumen und Eichen auf. Alles an der Ranch war erfrischend anders als der Campus. Einschließlich Luke, dachte sie, versuchte aber, sich nicht länger mit dieser Beobachtung aufzuhalten.

»Was ist das da?« Sie zeigte auf die Holzschuppen.

»Das dort vorn ist der Hühnerstall. Und in dem dahinter halten wir die Schweine. Nicht viele, nur drei oder vier auf einmal. Wie gesagt, wir züchten hauptsächlich Rinder.«

»Wie viele habt ihr?«

»Über zweihundert Paar«, sagte er. »Und außerdem neun Bullen.«

Sophia zog die Stirn kraus. »Paar?«

»Eine ausgewachsene Kuh und ihr Kalb.«

»Warum sagst du dann nicht einfach, ihr habt vierhundert?«

»So zählt man sie eben. Die Kälber lassen wir übrigens nicht schlachten. Andere Züchter schon, aber wir sind bekannt für unser Biofleisch von ausgewachsenen Rindern aus Freilandhaltung. Unsere Kunden sind hauptsächlich Nobelrestaurants.«

Sie gingen am Zaun entlang und kamen zu einer uralten

Eiche, deren dichte Äste sich wie Spinnenbeine in alle Richtungen reckten. Als sie darunter herliefen, wurden sie von einem schrillen Chor von Vögeln begrüßt, die ihre Warnrufe erklingen ließen.

Sie näherten sich der Scheune. Sophia betrachtete sie und stellte fest, dass Luke nicht gelogen hatte. Das ganze Gebäude neigte sich leicht zu einer Seite und wurde von modrigen Brettern zusammengehalten. Efeu und Kudzu krochen an den Seiten empor, und ein Teil des Dachs hatte dem Anschein nach überhaupt keine Ziegel mehr.

Er deutete mit dem Kopf darauf. »Was hältst du davon?«

»Hast du schon mal überlegt, sie abzureißen, nur aus Erbarmen?«

»Sie ist stabiler, als sie aussieht. Wir lassen sie absichtlich so, macht mehr her.«

»Möglich«, sagte sie mit skeptischer Miene. »Oder du bist einfach noch nicht dazu gekommen, sie auszubessern.«

»Was meinst du damit? Du hättest sie mal vor der Reparatur sehen sollen.«

Sophia lächelte. Er hielt sich für *so* witzig. »Sind darin die Pferde untergebracht?«

»Bist du wahnsinnig? Das Ding ist lebensgefährlich.«

Jetzt musste sie doch lachen. »Wofür benutzt ihr die Scheune denn dann?«

»Vor allem als Lagerraum. Der elektrische Bulle, auf dem ich trainiere, steht auch darin, aber abgesehen davon hauptsächlich kaputtes Zeug. Mehrere fahruntüchtige Pick-ups, ein Traktor aus den Fünfzigern, gebrauchte Brunnenpumpen, alte Wärmepumpen, zerlegte Motoren. Das meiste ist

Müll, aber wie schon gesagt ist meine Mutter in Bezug auf Geldausgeben etwas seltsam. Also finde ich in der Scheune manchmal ein Ersatzteil, das ich brauche, um zu reparieren, was auch immer gerade repariert werden muss.«

»Passiert das oft? Dass du das Passende findest?«

»Nicht besonders oft. Aber ich darf ein Teil erst bestellen, wenn ich nachgesehen habe. Das ist eine der Regeln meiner Mutter.«

Hinter der Scheune befand sich noch ein kleiner Stall, der auf der einen Seite zu einer mittelgroßen Koppel hin offen war. Drei kräftige Pferde musterten sie, als sie näher kamen. Sophia sah zu, wie Luke das Stalltor öffnete und drei Äpfel aus dem Sack holte, den er dabeihatte.

»Pferd! Komm her!«, rief er, und auf seinen Befehl hin schlenderte ein Fuchs in seine Richtung. Die beiden dunkleren Tiere folgten. »Pferd ist meiner«, erklärte Luke. »Die anderen beiden sind Friendly und Demon.«

Sophia hielt Abstand, die Augenbrauen besorgt zusammengezogen. »Wahrscheinlich sollte ich am besten Friendly nehmen, oder?«

»Würde ich an deiner Stelle nicht tun«, sagte Luke. »Er beißt und wird versuchen, dich abzuwerfen. Er ist zu jedem außer meiner Mutter schrecklich. Demon dagegen ist ein ganz Lieber.«

Sie schüttelte den Kopf. »Was hast du nur mit deinen Tiernamen?« Als sie sich wieder umdrehte, hatte sich Pferd inzwischen unbemerkt neben sie gestellt. Er war riesig, und sie machte hastig einen Schritt zurück, obwohl er völlig auf Luke und die Äpfel fixiert war und sie offenbar gar nicht bemerkte.

»Darf ich ihn streicheln?«

»Aber sicher.« Luke hielt ihm den Apfel hin. »Er lässt sich gern die Nase reiben. Und kraul ihn hinter den Ohren.«

An die Nase traute sie sich noch nicht heran, aber sie strich dem Pferd sanft über das Fell hinter den Ohren, die es vor Behagen anlegte, während es gleichzeitig weiter auf dem Apfel kaute.

Luke führte Pferd in eine Box und bereitete ihn auf den Ritt vor: Zaum, Decke und am Schluss den Sattel, jeder Handgriff geübt und unbewusst. Als sich seine Jeans beim Bücken straff zog, spürte Sophia eine Hitze in ihre Wangen steigen. Luke war der attraktivste Mann, den sie je gesehen hatte. Rasch wandte sie sich ab und tat, als interessiere sie sich brennend für die Dachsparren. Als Nächstes sattelte Luke Demon.

»Also gut.« Er passte die Länge der Steigbügel an. »Bist du so weit?«

»Nicht ganz«, gab sie zu. »Aber ich probier's mal. Bist du sicher, dass er friedlich ist?«

»Er ist sanft wie ein Baby«, versicherte Luke. »Leg einfach die Hand auf den Sattelknopf und stell den linken Fuß in den Steigbügel. Und dann wirf das Bein über den Rücken.«

Sie befolgte seine Anweisungen und stieg auf das Pferd, obwohl ihr Herz raste. Als sie versuchte, sich bequem hinzusetzen, kam es ihr vor, als sei das Pferd unter ihr wie ein riesiger Muskel, der im Begriff stand, sich anzuspannen.

»Ähm … das ist höher, als ich dachte.«

»Keine Angst.« Luke reichte ihr die Zügel. Ehe sie protestieren konnte, saß er auf Pferd, offenbar vollkommen entspannt. »Demon braucht nicht viel«, sagte er. »Wenn du ihm die Zügel ganz sachte an den Hals legst, geht er nach links oder rechts, so. Und damit er losläuft, musst du ihm nur mit den Absätzen in die Flanken klopfen. Wenn er stehen bleiben soll, zieh zurück.« Er demonstrierte die Befehle ein paarmal für sie.

»Du denkst daran, dass das mein erstes Mal ist?«, fragte sie.

»Das hast du mir gesagt.«

»Und nur, damit du Bescheid weißt, ich habe keine Lust auf irgendetwas Verrücktes. Ich will nicht runterfallen. Eine aus meinem Wohnheim hat sich den Arm auf solch einem Tier gebrochen, und ich will meine Referate nicht mit Gips schreiben müssen.«

Er kratzte sich an der Wange und wartete ab. »War's das?«

»Ich stelle nur die Grundregeln auf.«

Er seufzte und schüttelte amüsiert den Kopf. »Städter«, sagte er, und mit einer schnellen Drehung des Handgelenks wendete er Pferd und ging los. Er beugte sich zur Seite und hob den Riegel an, sodass das Tor aufschwang. Dann ritt er hindurch und verschwand aus ihrem Sichtfeld. »Eigentlich sollst du mir folgen!«, rief er.

Mit immer noch heftig pochendem Herzen und trockenem Mund atmete Sophia tief durch. Es gab keinen Grund, warum sie das nicht schaffen sollte. Immerhin saß sie ja schon oben. Alle möglichen Leute ritten. *Kleine Kinder* ritten, also, wie schwer konnte es schon sein? Und selbst wenn es schwer war, na und? Schwer war kein Problem für sie. Englische Literatur bei Professor Aldair war schwer. Samstags vierzehn Stunden im Feinkostladen arbeiten, wenn all ihre Freunde in die Stadt fuhren, war schwer. Sich von Brian durch die Mangel drehen zu lassen, *das* war schwer gewesen. Sie holte noch einmal tief Luft, hob die Zügel und klopfte Demon in die Flanken.

Nichts.

Sie klopfte noch einmal.

Ein Ohr zuckte, ansonsten blieb er regungslos wie eine Statue.

Okay, so einfach ist es also nicht, dachte sie. Offenbar wollte Demon zu Hause bleiben.

Jetzt kamen Luke und Pferd wieder in Sicht. Er hob die Hutkrempe an. »Kommst du?«

»Er will nicht«, erklärte sie.

»Treib ihn mit den Fersen an und sag ihm, was du von ihm willst. Benutz die Zügel. Er muss spüren, dass du weißt, was du tust.«

Schön wär's, dachte sie. Ich habe doch keine Ahnung, was ich tue. Sie trat ihm in die Flanken, immer noch keine Reaktion.

Plötzlich zeigte Luke auf das Pferd wie ein Lehrer, der mit einem Kind schimpft.

»Hör jetzt mit dem Quatsch auf, Demon«, blaffte er. »Du machst ihr Angst. Komm her.« Erstaunlicherweise reichten seine Worte aus, um das Pferd in Bewegung zu setzen, ohne dass Sophia irgendetwas unternehmen musste. Weil sie damit allerdings nicht gerechnet hatte, kippte sie im

Sattel zurück und warf sich in dem Bemühen, das Gleichgewicht zu halten, instinktiv nach vorn.

Wieder zuckte Demons Ohr, als frage er sich, ob das Ganze eine Art Scherz auf seine Kosten sein sollte.

Sophia hielte die Zügel mit beiden Händen, aber Demon brauchte sie gar nicht. Er lief durch das Tor, schnaubte Pferd im Vorbeigehen zu und blieb dann stehen, während Luke hinter ihnen das Tor schloss und neben sie ritt.

Für den Anfang hielt Luke Pferd in einem gemächlichen, gleichmäßigen Schritt, und Demon trottete zufrieden neben ihm her, ohne von Sophia irgendwelchen Einsatz zu fordern. Sie überquerten die Auffahrt und bogen in einen Pfad, der entlang der letzten Reihe Tannenbäume führte.

Der Duft nach Nadeln war hier stärker und erinnerte Sophia an Weihnachten. Als sie sich allmählich an den Rhythmus des Pferdegangs gewöhnt hatte, fühlte sie sich leichter, und ihre Atmung wurde normal.

Die Tannenbaumpflanzung endete an einem schmalen, etwa fünfzig Meter breiten Waldstreifen. Die Pferde liefen über einen überwucherten Pfad, beinahe auf Autopilot, erst bergauf und dann wieder bergab, immer tiefer in eine ungezähmte Welt. Hinter ihnen verschwand die Ranch aus dem Blick, und Sophia bekam das Gefühl, in einem fernen Land zu sein.

Luke ließ sie ungestört ihren Gedanken nachhängen. Hund rannte voraus, die Nase auf dem Boden, stürmte hierhin und dorthin, verschwand und tauchte wieder auf. Sophia duckte sich unter einem tief hängenden Ast hindurch und sah aus dem Augenwinkel, dass Luke sich zur

Seite beugte, um einem anderen auszuweichen. Brombeersträucher und Stechpalmenbüsche wuchsen dicht um moosbedeckte Eichen. Eichhörnchen hüpften durch die Zweige von Hickorybäumen und schnatterten Warnrufe, gebrochene Sonnenstrahlen fielen durch das Laub und verliehen der Umgebung etwas Mystisches.

»Es ist wunderschön hier draußen«, sagte Sophia. Ihre Stimme klang in ihren Ohren merkwürdig.

Luke drehte sich im Sattel um. »Ich hatte gehofft, dass es dir gefällt.«

»Gehört das Land hier auch dir?«

»Nicht alles. Wir teilen es uns mit einer Nachbarranch. Es dient als Windschutz und Grundstücksgrenze.«

»Reitest du oft hierher?«

»Früher ja. Aber in letzter Zeit nur, wenn einer der Zäune kaputt ist. Manchmal wandern die Rinder in diese Richtung.«

»Und ich dachte schon, das sei deine übliche Tour mit Neueroberungen.«

Er schüttelte den Kopf. »Ich hab noch nie eine Frau mit hierhergenommen.«

»Warum nicht?«

»Ich bin einfach noch nie auf die Idee gekommen.«

Ihn schien das genauso zu überraschen wie sie. Hund kam an, vergewisserte sich, dass es ihnen gut ging, und trollte sich wieder.

»Erzähl mir von deiner Exfreundin. Angie hieß sie, oder?«

Er rutschte auf dem Sattel herum, sichtlich verblüfft, dass sie sich erinnerte. »Da gibt es nicht viel zu erzählen. Wie gesagt, es war nur eine Highschool-Beziehung.«

»Warum habt ihr euch getrennt?«

Er dachte kurz nach. »Eine Woche nach dem Schulabschluss bin ich zum Rodeo losgezogen«, antwortete er dann. »Damals konnte ich es mir nicht leisten, zu fliegen, deshalb war ich wahnsinnig viel auf der Straße unterwegs. Ich bin oft donnerstags losgefahren und kam erst Montag oder Dienstag zurück. In manchen Wochen habe ich es gar nicht nach Hause geschafft, und ich nehme Angie nicht übel, dass sie andere Vorstellungen von einer Beziehung hatte. Besonders, weil nicht abzusehen war, dass sich das ändern würde.«

Sophia dachte über seine Worte nach. »Also, wie funktioniert das genau?«, fragte sie dann. »Wenn man Bullenreiter werden will, meine ich? Was muss man tun, um mitmachen zu können?«

»Eigentlich nicht besonders viel. Man meldet sich bei den Professionellen Bullenreitern an«, sagte er. »Die veranstalten die Wettkämpfe. Im Prinzip lässt du dich nur registrieren und bezahlst dein Startgeld. Wenn du in der Arena ankommst, ziehst du einen Bullen, und sie lassen dich reiten.«

»Heißt das, jeder darf mitmachen? Wenn ich einen Bruder hätte und er beschließen würde, dass er morgen reiten will, dann wäre das unmöglich?«

»Mehr oder weniger.«

»Das ist absurd. Was, wenn jemand überhaupt keine Erfahrung hat?«

»Dann würde er sich wahrscheinlich wehtun.«

»Ach nee.«

Er grinste und kratzte sich unter der Hutkrempe. »So

war es schon immer. Im Rodeo kommt der Großteil des Preisgeldes von den Teilnehmern selbst. Was bedeutet, dass die guten Reiter sich freuen, wenn die anderen nicht so gut sind. Denn dann stehen die Chance besser, dass man mit vollen Taschen nach Hause geht.«

»Das klingt irgendwie herzlos.«

»Wie sollte man es sonst machen? Man kann so viel üben, wie man will, aber es gibt nur einen Weg, um herauszufinden, ob man es kann. Und das ist, es einfach auszuprobieren.«

Sophia fragte sich, wie viele der Reiter am gestrigen Abend wohl wirklich Anfänger gewesen waren. »Also gut, sagen wir mal, jemand nimmt an einem Wettkampf teil und ist beispielsweise wie du und gewinnt. Was passiert als Nächstes?«

Er zuckte die Achseln. »Bullenreiten ist ein bisschen anders als traditionelles Rodeo. Die Reiter haben heute ihre eigene Tour, aber genau genommen sind es zwei Touren. Es gibt die große, die ständig im Fernsehen läuft, und die kleine, sozusagen die untere Ligen. Wenn du in den unteren Ligen genug Punkte sammelst, steigst du in die obere auf. Da steckt in diesem Sport das richtige Geld.«

»Und gestern?«

»Das gehörte zur kleinen Tour.«

»Bist du schon mal in der großen geritten?«

Er tätschelte Pferd den Hals. »Fünf Jahre lang.«

»Warst du gut?«

»Nicht schlecht.«

Sie versuchte, diese Antwort einzuschätzen. Immerhin hatte er am Vorabend etwas Ähnliches gesagt – nachdem er gewonnen hatte. »Warum werde ich das Gefühl nicht los, dass du viel besser bist, als du sagst?«

»Weiß ich auch nicht.«

Sie musterte ihn. »Du kannst mir ruhig erzählen, wie du damals abgeschnitten hast. Ich kann dich jederzeit googeln.«

Er setzte sich aufrechter hin. »Ich war vier Jahre in Folge in der PBR-Endrunde. Um da hinzukommen, muss man unter den besten fünfunddreißig in der Wertung sein.«

»Mit anderen Worten, du hast zu den Besten gehört.«

»Ja. Aber jetzt nicht mehr. Ich fange mehr oder weniger noch mal von vorn an.«

Mittlerweile hatten sie eine kleine Lichtung am Fluss erreicht und ließen die Pferde an dem hohen Ufer anhalten. Der Fluss war nicht breit, aber Sophia hatte das Gefühl, dass das träge fließende Wasser tiefer war, als es aussah. Libellen huschten über die Oberfläche und erzeugten kleine Kräusel, die sich zum Rand hin fortsetzten. Hund legte sich hin, keuchend vor Anstrengung. Hinter ihm entdeckte Sophia im Schatten einer knorrigen Eiche die Überreste eines Lagerplatzes mit einem morschen Picknicktisch und einer Feuerstelle.

»Was ist das hier?«, fragte sie und schob ihren Hut zurecht.

»Mein Dad und ich haben hier früher oft geangelt, man kann hier super Barsche fangen. Wir waren immer den ganzen Tag hier. Es war unser Platz, nur für uns zwei. Meine Mutter hasst Fischgeruch, deshalb haben wir sie gleich hier ausgenommen und gebraten, bevor wir sie nach Hause brachten. Manchmal ist mein Vater nach dem Training mit mir hergekommen, und wir sind einfach nur dagesessen und haben die Sterne angesehen. Er hatte keinen Schulabschluss, aber er konnte jedes Sternbild am Himmel benennen. Hier draußen habe ich mit die schönsten Momente meines Lebens gehabt.«

Sophia streichelte Demons Mähne. »Er fehlt dir.«

»Ununterbrochen. Hier zu sein hilft mir, mich angemessen an ihn zu erinnern. So, wie man sich an ihn erinnern sollte.«

Sie konnte die Trauer in seinen Worten hören, die Anspannung in seiner Haltung ahnen. »Wie ist er gestorben?«, fragte sie sanft.

»Wir kamen von einem Wettkampf in Greenville, South Carolina, zurück. Es war spät, und er war müde, und plötzlich rannte ein Reh vor uns über die Straße. Er hatte nicht einmal Zeit, das Lenkrad rumzureißen, und das Reh flog durch die Windschutzscheibe. Der Wagen hat sich anschließend dreimal überschlagen, aber es war schon vorüber. Der Aufprall hat ihm das Genick gebrochen.«

»Und du warst dabei?«

»Ich hab ihn aus dem Wrack gezogen«, sagte er. »Ich weiß noch, dass ich ihn im Arm gehalten und panisch versucht habe, ihn aufzuwecken, bis der Krankenwagen kam.«

Sophia erbleichte. »So etwas kann ich mir gar nicht vorstellen.«

»Konnte ich vorher auch nicht. Gerade unterhalten wir uns noch über meinen Ritt, und in der nächsten Sekunde ist er fort. Es kam mir so unwirklich vor! Das tut es heute noch. Denn er war nicht nur mein Vater. Er war auch mein Trainer und Partner und Freund. Und …« Er verstummte, in Gedanken versunken, dann schüttelte er langsam den Kopf. »Ich weiß gar nicht, warum ich dir das alles erzähle.«

»Ist schon okay«, sagte sie. »Ich bin froh darüber.«

Er nickte dankbar. »Wie sind deine Eltern?«

»Sie sind … leidenschaftlich«, sagte sie nach einer Weile. »Bei absolut allem.«

»Was meinst du damit?«

»Du müsstest bei uns wohnen, um das zu verstehen. Sie können in der einen Minute ganz verrückt nacheinander sein und sich in der nächsten anschreien, sie haben ausgeprägte Ansichten über alles, von Politik über Umwelt bis dazu, wie viele Kekse wir nach dem Essen bekommen sollten. Selbst darüber, welche Sprache an dem Tag gesprochen werden sollte.«

»Welche Sprache?«

»Meine Eltern wollten, dass wir mehrsprachig aufwachsen, also wurde an Montagen Französisch gesprochen, dienstags Slowakisch, mittwochs Tschechisch. Das hat meine Schwestern und mich früher wahnsinnig gemacht, vor allem, wenn wir Freunde zu Besuch hatten und sie kein Wort verstanden. Und was den Schulerfolg betraf, waren meine Eltern Perfektionisten. Wir mussten in der Küche lernen, und meine Mutter hat uns vor jedem Test abgefragt. Ich kann dir sagen, wenn ich mal mit einer Note nach Hause kam, die nicht hervorragend war, haben meine Eltern sich benommen, als sei es das Ende der Welt. Meine Mutter rang die Hände, und mein Vater sagte, wie enttäuscht er war, und am Ende hatte ich solch ein schlechtes Gewissen, dass ich noch mal für einen Test lernte, den ich schon geschrieben hatte. Ich weiß, sie wollten einfach, dass ich es einmal nicht so schwer haben sollte wie sie, aber manchmal war das ziemlich erdrückend. Dazu mussten wir alle im Geschäft mitarbeiten, was bedeutete, dass wir praktisch immer zusammen waren … Sagen wir es mal so, als ich endlich aufs College kam, freute ich mich besonders darauf, eigene Entscheidungen treffen zu dürfen.«

Luke zog eine Augenbraue hoch. »Und dann hast du dich für Brian entschieden.«

»Jetzt klingst du schon wie meine Eltern. Sie mochten Brian von Anfang an nicht. So verrückt sie in manchen Dingen sind, eigentlich sind sie ziemlich klug. Ich hätte auf sie hören sollen.«

»Jeder macht Fehler«, sagte er. »Wie viele Sprachen sprichst du?«

»Vier«, erwiderte sie und schob die Hutkrempe hoch, wie er es immer tat. »Einschließlich Englisch natürlich.«

»Ich spreche eine, einschließlich Englisch.«

Sie lächelte. Sein Kommentar gefiel ihr, er gefiel ihr. »Ob mir das mal nutzen wird, weiß ich nicht. Falls ich nicht später in einem Museum in Europa arbeite.«

»Möchtest du das?«

»Vielleicht. Ich weiß es nicht. Im Moment würde ich überall arbeiten.«

Er schwieg und ließ sich das, was sie gesagt hatte, durch den Kopf gehen. Dann sagte er: »Wenn ich dir so zuhöre, wünschte ich, dass ich die Schule ernster genommen hätte.

Ich war kein schlechter Schüler, aber glänzend war ich auch nicht gerade. Sonderlich viel Mühe habe ich mir nie gegeben. Aber jetzt denke ich, ich hätte aufs College gehen sollen.«

»Meiner Meinung nach ist es um einiges ungefährlicher als Bullenreiten.«

Obwohl das als Witz gemeint war, lächelte er nicht. »Da hast du absolut recht.«

Nachdem sie die Lichtung am Fluss verlassen hatten, zeigte Luke Sophia noch den Rest der Ranch. Ihre Unterhaltung plätscherte von einem Thema zum anderen, Hund streunte immer in ihrer Nähe herum. Gemächlich ritten sie durch die Tannenbaumschonung, machten einen kleinen Bogen um die Bienenstöcke und durchquerten die hügeligen Weiden, auf denen die Rinder grasten. Sie sprachen über alles Mögliche, von der Musik, die sie mochten, über ihre Lieblingsfilme bis hin zu Sophias Eindrücken von North Carolina. Sie erzählte ihm von ihren Schwestern und wie es war, in einer Stadt aufzuwachsen, und auch vom weltfremden Campus-Leben in Wake Forest. Obwohl ihre Welten völlig unterschiedlich waren, stellte Sophia überrascht fest, dass Luke von ihrer offenbar ebenso fasziniert war wie sie von seiner.

Nach einer Weile, als sie sich etwas sicherer im Sattel fühlte, ließ sie Demon traben und später leicht galoppieren. Luke blieb die ganze Zeit neben ihr. Den Trab fand sie furchtbar, aber im Galopp fiel es ihr leichter, sich dem gleichmäßigen, fließenden Rhythmus anzupassen. Sie ritten von einem Zaun zum nächsten und wieder zurück, vier oder fünf Mal, jede Runde etwas schneller. Irgendwann traute sich Sophia, Demon in die Flanken zu klopfen und noch schneller laufen zu lassen. Damit hatte Luke nicht gerechnet, und er brauchte ein paar Sekunden, um sie wieder einzuholen. Während sie nebeneinanderher rasten und Sophia den Wind auf ihrem Gesicht spürte, empfand sie leichte Panik und gleichzeitig ein Hochgefühl. Als sie ein paar Minuten später schließlich die Pferde zügelten und der Adrenalinstoß und die Angst nachließen, fing Sophia an zu lachen.

Langsam ritten sie zum Stall zurück. Die Pferde atmeten immer noch schwer und schwitzten, und nachdem Luke ihnen die Sättel abgenommen hatte, half Sophia ihm, sie abzubürsten. Während sie Demon einen Apfel fütterte, spürte sie schon die ersten Anzeichen von Muskelkater in den Beinen, aber das war gleichgültig. Sie war auf einem Pferd geritten – richtig geritten! –, und vor lauter Stolz und Genugtuung hakte sie sich bei Luke ein, als sie schweigend zum Haus zurückschlenderten.

Sophia ließ sich die Ereignisse des Tages noch einmal durch den Kopf gehen. Sie war froh, dass sie hergekommen war. Soweit sie es einschätzen konnte, war Luke genauso entspannt und zufrieden wie sie.

Als das Haus in Sicht kam, stürmte Hund voraus zu seinem Wassernapf auf der Veranda, trank keuchend und ließ sich dann auf den Bauch fallen.

»Er ist müde«, sagte Sophia, beinahe erschrocken vom Klang ihrer eigenen Stimme.

»Dem geht's gut. Er kommt jeden Morgen mit, wenn ich

losreite.« Luke setzte den Hut ab und wischte sich den Schweiß von der Stirn. »Möchtest du vielleicht etwas trinken? Ich weiß ja nicht, wie es dir geht, aber ich könnte gut ein Bier gebrauchen.«

»Klingt hervorragend.«

»Bin gleich wieder da.« Er ging ins Haus.

Sie sah ihm nach und versuchte, sich über seine unbestreitbare Anziehungskraft auf sie klar zu werden. Was passierte hier gerade? Sehr weit war sie mit ihren Überlegungen noch nicht gekommen, als er mit zwei Flaschen wieder erschien.

Er gab ihr eine davon, und ihre Finger streiften einander leicht. Dann deutete Luke auf die beiden Schaukelstühle, die nebeneinanderstanden.

Sophia setzte sich und lehnte sich seufzend zurück, wobei der Hut nach vorn kippte. Sie hatte vergessen, dass sie ihn trug. Jetzt nahm sie ihn ab und legte ihn sich auf den Schoß, ehe sie einen Schluck trank. Das Bier war eiskalt und erfrischend.

»Du bist wirklich gut geritten«, sagte er.

»Du meinst, für eine Anfängerin. Für ein Rodeo bin ich noch nicht bereit, aber es hat Spaß gemacht.«

»Du hast ein gutes Gleichgewichtsgefühl.«

Sophia hörte ihm nicht mehr zu. Vielmehr sah sie an ihm vorbei auf das Kälbchen, das hinter der Hausecke aufgetaucht war. Das Tier schien sich für sie zu interessieren. »Ich glaube, eine deiner Kühe ist ausgebüxt.« Sie zeigte darauf. »Eine kleine.«

Luke sah sich um, und sein Gesicht nahm einen zärtlichen Ausdruck an. »Das ist Mudbath. Ich weiß nicht, wie sie es anstellt, aber mehrmals die Woche landet sie hier. Irgendwo muss ein Loch im Zaun sein, aber ich habe es noch nicht gefunden.«

»Sie mag dich.«

»Sie *liebt* mich. Im letzten März war es eine Zeit lang ziemlich nass und kalt, und sie ist im Schlamm stecken geblieben. Ich habe Stunden gebraucht, um sie rauszuziehen, und danach musste ich sie ein paar Tage mit der Flasche füttern. Seitdem kommt sie regelmäßig zu Besuch.«

»Das ist ja niedlich.« Sophia gab sich Mühe, ihn nicht anzustarren, aber es fiel ihr schwer. »Du hast hier ein interessantes Leben.«

Er setzte den Hut ab und strich sich durch die Haare, dann nahm er noch einen Schluck aus der Bierflasche. Als er sprach, hatte seine Stimme die übliche Zurückhaltung verloren, an die sie sich gewöhnt hatte.

»Darf ich dir mal etwas sagen?« Ein langer Moment verging, ehe er fortfuhr. »Und du darfst es nicht falsch verstehen.«

»Was denn?«

Er zupfte am Etikett seiner Flasche, schob das Papier mit dem Daumen zurück. Schließlich wandte er ihr das Gesicht zu. »Du bist die interessanteste Frau, der ich je begegnet bin.«

Sie wollte etwas sagen, egal was, aber sie hatte das Gefühl, in seinen blauen Augen zu ertrinken, und fand keine Worte. Also sah sie ihn einfach nur an. Er beugte sich zu ihr und zögerte einen Moment lang. Dann näherten sich ihre Gesichter einander.

Es dauerte nicht lange, es war nicht leidenschaftlich, aber als sich ihre Lippen trafen, wusste Sophia mit plötzlicher Gewissheit, dass sich noch nie etwas so leicht und richtig angefühlt hatte. Das perfekte Ende eines perfekten Nachmittags.

KAPITEL 8

Ira

Wo bin ich?

Das frage ich mich nur kurz, bis ich mich bewege und der Schmerz mir die Antwort liefert. Er ist wie ein Wasserfall, weiß glühend, mein Arm und meine Schulter bersten schier. Mein Kopf fühlt sich an wie zersplittertes Glas, und mein Brustkorb hat zu pochen begonnen, als sei gerade ein schweres Gewicht von mir gehoben worden.

Über Nacht hat sich das Auto in ein Iglu verwandelt. Der Schnee auf der Windschutzscheibe beginnt zu leuchten, was bedeutet, dass die Sonne aufgeht. Es ist Sonntagmorgen, der 6. Februar 2011, und laut der Uhr, die ich nur blinzelnd lesen kann, ist es sieben Uhr zwanzig. Gestern war um siebzehn Uhr fünfzig Sonnenuntergang, und es war bereits eine Stunde lang dunkel, als ich von der Straße abkam. Also sitze ich seit über zwölf Stunden hier fest, und auch wenn ich noch am Leben bin, empfinde ich einen Augenblick lang nichts als panische Angst.

Eine solche Angst habe ich auch früher schon erlebt. Ein Fremder würde mir das nicht ansehen. Die Kunden in meinem Geschäft waren oft überrascht, wenn sie erfuhren, dass ich im Krieg gewesen war. Ich erwähnte es nie, und nur einmal habe ich Ruth erzählt, was mir zugestoßen ist. Danach sprachen wir nie wieder darüber. Damals war Greensboro in vielerlei Hinsicht noch eine Kleinstadt, und viele der Menschen, die ich schon als Kind gekannt hatte, wussten, dass ich als Soldat in Europa verwundet worden war. Dennoch hatten sie, genau wie ich, nicht das Bedürfnis, über den Krieg zu reden. Für manche waren die Erinnerungen einfach zu schwer zu ertragen, für andere war die Zukunft schlicht interessanter als die Vergangenheit.

Aber wenn jemand gefragt hätte, dann hätte ich gesagt, dass meine Geschichte die Zeit nicht wert sei, die es dauern würde, sie zu erzählen. Ich hätte gesagt, dass ich mich im Juni 1942 zur Luftwaffe meldete und nach meiner Vereidigung in einem Zug voller anderer Kadetten zur Grundausbildung ins Air Corps Reception Center in Santa Ana, Kalifornien, fuhr. Es war meine erste Reise Richtung Westen. Im folgenden Monat lernte ich, Befehle zu befolgen, Toiletten zu putzen und richtig zu marschieren. Von da aus wurde ich an die Flugschule der Mira Loma Flight Academy in Oxnard geschickt, wo man mir die Grundlagen der Meteorologie, Navigation, Aerodynamik und Mechanik beibrachte. Während dieser Zeit hatte ich außerdem einen Fluglehrer und lernte das Fliegen. Mein erster Alleinflug fand dort statt, und innerhalb von drei Monaten hatte ich genug Übungsstunden in der Luft absolviert, um nach Gardner Field in Taft versetzt zu werden. Von da aus ging es zum weiteren Flugtraining nach Roswell, New Mexico, und schließlich zurück nach Santa Ana, wo ich meine offizielle Ausbildung zum Navigator begann. Nach

Abschluss dieses Lehrgangs musste ich die höhere Navigationsschule in Mather Field bei Sacramento besuchen, um das Navigieren nach den Sternen und über Koppelung zu lernen. Erst daraufhin erhielt ich mein Patent.

Zwei weitere Monate sollten vergehen, bevor ich an den europäischen Kriegsschauplatz geschickt wurde. Zuerst musste die Besatzung nach Texas, wo sie der B-17 zugewiesen wurde, und dann endlich nach England. Als ich im Oktober 1943 meinen ersten Einsatz flog, war ich fast eineinhalb Jahre lang in den USA geschult worden, so weit vom Kampfgeschehen entfernt, wie jemand in der Armee es nur sein konnte.

Das war nicht das, was die Leute hätten hören wollen, aber so habe ich den Krieg erlebt. Er bestand aus Ausbildung und Versetzungen und noch mehr Ausbildung. Er bestand aus Passierscheinen und einem Ausflug zu einem kalifornischen Strand, wo ich zum ersten Mal in meinem Leben am Pazifik stand. Er bestand aus der Gelegenheit, sich die riesigen Mammutbäume im Norden Kaliforniens anzusehen, Bäume, deren Größe jedes Fassungsvermögen übersteigt. Er bestand aus der Ehrfurcht, die mich ergriff, wenn ich im Morgengrauen über der Wüstenlandschaft in die Luft aufstieg. Und er bestand auch, selbstverständlich, aus Joe Torrey, dem besten Freund, den ich jemals hatte.

Wir hatten wenig gemeinsam. Er stammte aus Chicago, war katholisch, ein guter Baseballspieler mit einer Lücke zwischen den Schneidezähnen. Es fiel ihm schwer, auch nur einen einzigen Satz ohne einen Fluch rauszubringen, aber er lachte viel und nahm sich gern selbst auf die Schippe, und wenn Passierscheine für das Wochenende ausgehändigt wurden, wollte jeder mit ihm zusammen sein. Er sollte an den Pokerrunden der anderen teilnehmen und mit ihnen in die Stadt fahren, denn Frauen fanden ihn ebenfalls unwiderstehlich. Warum er oft etwas mit mir unternahm, blieb mir immer ein Rätsel, doch Joe war der Grund, warum ich überhaupt je das Gefühl hatte, dazuzugehören. Joe war es, mit dem ich mein erstes Bier auf dem Santa Monica Pier trank, und Joe war es, mit dem ich die einzige Zigarette meines Lebens rauchte. Joe war es, mit dem ich mich unterhielt, wenn ich Ruth ganz besonders vermisste, und er hörte mir auf eine Weise zu, dass ich immer weiter reden wollte, bis es mir endlich wieder besser ging. Joe hatte auch eine Verlobte zu Hause, eine hübsche junge Frau namens Marla, und er gestand mir, dass ihn eigentlich nicht sonderlich kümmerte, was im Krieg passierte, solange er nur zu ihr zurückkehren konnte.

Joe und ich landeten in derselben B-17. Der Captain war Colonel Bud Ramsey, ein echter Held und als Pilot ein Genie. Er war bereits eine Runde Kampfeinsätze geflogen und nun mit einer zweiten beauftragt worden. Selbst unter den schlimmsten Umständen blieb er ruhig und gelassen, und wir wussten, dass wir uns glücklich schätzen durften, ihn als Kommandanten zu haben.

Meine eigentliche Kriegsteilnahme begann am 2. Oktober, als wir einen Angriff auf einen U-Boot-Stützpunkt in Emden flogen. Zwei Tage später gehörten wir zu einer Staffel von dreihundert Flugzeugen, die sich über Frankfurt versammelten. Am 10. Oktober bombardierten wir einen Eisenbahnknotenpunkt in Münster, und am 14. Oktober, einem Tag, der als Schwarzer Donnerstag bekannt wurde, endete der Krieg für mich.

Das Ziel war eine Kugellagerfabrik in Schweinfurt. Sie war ein paar Monate zuvor schon einmal Ziel eines Luftangriffs geworden, aber die Deutschen kamen mit den Reparaturarbeiten gut voran. Wegen der Entfernung zu unserem Stützpunkt bekam unsere Bomberformation keine Unterstützung durch Jagdflugzeuge, und dieses Mal kam der Angriff nicht unerwartet. Deutsche Kampfflieger tauchten an der Küste auf und verfolgten mehrere Staffeln den ganzen Weg, und als wir schließlich in Schussweite waren, hatten Flakgeschütze bereits einen dichten Nebel über der gesamten Stadt erzeugt. Deutsche Raketen explodierten in großer Höhe überall um uns herum, die Druckwellen erschütterten das Flugzeug. Wir hatten gerade unsere Bomben abgeworfen, als eine Gruppe von feindlichen Jagdfliegern uns plötzlich umringte. Sie kamen aus allen Richtungen, und überall um uns herum stürzten auf einmal Bomber vom Himmel, trudelten von Flammen eingehüllt auf die Erde zu. Innerhalb von Minuten war von unserer Formation nicht mehr viel übrig. Unser Bordschütze wurde in die Stirn getroffen und kippte rückwärts ins Flugzeug. Ohne nachzudenken kletterte ich auf seinen Sitz und begann zu feuern. Ich gab annähernd fünfhundert Schuss ab, ohne dem Feind nennenswerten Schaden zuzufügen. In dem Augenblick glaubte ich nicht, dass ich den Angriff überleben würde, aber ich hatte zu große Angst, um aufzuhören.

Wir wurden erst von der einen Seite unter Beschuss genommen und dann von der anderen. Von meiner Position aus konnte ich erkennen, dass gewaltige Löcher in den Flügel des Flugzeugs gerissen wurden. Als ein Motor ausfiel, geriet es ins Taumeln, und das Heulen war lauter als alles, was ich je zuvor gehört hatte. Bud kämpfte mit der Steuerung, da sackte der Flügel ab, die Maschine verlor an Höhe, Rauch quoll aus dem Heck. Die Jagdflieger näherten sich erneut zum Angriff, und weitere Flakgeschosse durchschlugen den Rumpf. Wir sackten um tausend Fuß ab, dann zweitausend. Fünftausend. Achttausend. Irgendwie gelang es Bud, die Flügel wieder waagerecht auszurichten, und wie ein Fabelwesen stieg das Flugzeug plötzlich mit dem Bug voran wieder nach oben. Es war ein Wunder, dass wir uns noch in der Luft befanden, aber wir waren von der Formation getrennt worden, flogen ganz allein über feindlichem Gebiet, und immer noch feuerte die Flak auf uns.

In dem verzweifelten Versuch, zu entkommen, hatte Bud uns gerade Richtung Stützpunkt gewendet, als das Cockpit von Flakgeschossen erschüttert wurde. Joe wurde getroffen, und instinktiv drehte er sich zu mir um. Er riss ungläubig die Augen auf und sagte lautlos meinen Namen. Ich machte einen Satz in seine Richtung, um etwas zu tun – irgendetwas –, da stürzte ich auf einmal, und sämtliche Kraft wich aus meinem Körper. Ich begriff nicht, was passiert war, wusste noch nicht, dass ich getroffen worden war, und ich versuchte vergeblich, aufzustehen und Joe zu helfen. Da erst spürte ich ein heftiges, stechendes Brennen. Ich sah nach unten und entdeckte große rote Flecken an meinem Unterleib. Die Welt schob sich um mich herum zusammen, und ich verlor das Bewusstsein.

Wie wir es zurück zum Stützpunkt schafften, weiß ich nicht, ich kann nur sagen, dass Bud Ramsey ein Wunder vollbrachte. Später, im Krankenhaus, erfuhr ich, dass die Kameraden nach unserer Landung Fotos von der Maschine gemacht hatten, vollkommen fassungslos, dass sie noch flugtüchtig gewesen war. Ich jedoch sah sie mir nie an, nicht einmal, nachdem ich wieder zu Kräften gekommen war.

Es war fast ein Wunder, dass ich überlebte. Als wir England erreichten, hatte ich furchtbar viel Blut verloren und war so bleich wie ein Schwan. Mein Puls war so schwach, dass sie ihn am Handgelenk nicht fanden, trotzdem wurde ich sofort operiert. Man rechnete nicht damit, dass ich die Nacht überstehen würde. Ein Telegramm ging an meine Eltern, in dem stand, ich sei verwundet worden und weitere Informationen würden folgen. Mit »weitere Informationen« meinte die Luftwaffe ein zweites Telegramm, das sie über meinen Tod unterrichtete.

Doch das zweite Telegramm wurde nie geschickt, weil ich nicht starb. Das war keine bewusste Entscheidung eines Helden; ich war kein Held und blieb weiterhin bewusstlos. Später sollte ich mich an keinen einzigen Traum erinnern oder auch nur daran, ob ich überhaupt geträumt hatte. Doch am fünften Tag wachte ich auf, von Kopf bis Fuß schweißgebadet. Laut den Krankenschwestern war ich im Delirium und schrie vor Schmerz. Eine Bauchfellentzündung hatte sich eingestellt, und noch einmal wurde ich hastig in den OP geschoben. Auch daran oder an die folgenden Tage habe ich keine Erinnerung. Das Fieber hielt dreizehn Tage lang an, und der Arzt, nach meinen Aussichten befragt, schüttelte nur den Kopf. Von mir unbemerkt bekam ich Besuch von Bud Ramsey und anderen überlebenden Besatzungsmitgliedern, bevor sie einem anderen Flugzeug zugeteilt wurden. Unterdessen erhielten Joe Torreys Eltern ein Telegramm, durch das sie von seinem Tod erfuhren. Die Royal Air Force bombardierte Kassel, und der Krieg ging weiter.

Das Fieber sank schließlich Anfang November. Als ich die Augen aufschlug, wusste ich nicht, wo ich war. Ich konnte mich an nichts erinnern, und anfangs konnte ich mich nicht bewegen. Es fühlte sich an, als sei ich lebendig begraben, und mit aller Kraft vermochte ich nur eine einzige Silbe zu flüstern.

Ruth.

Die Sonne wird heller, und der Wind pfeift schärfer, aber es kommt immer noch niemand. Die Panik, die ich vorhin verspürt habe, hat endlich nachgelassen, und nun schweifen meine Gedanken ab. Mir fällt ein, dass es nichts besonders Ungewöhnliches ist, bei Schneefall in einem Auto eingesperrt zu sein. Vor nicht allzu langer Zeit habe ich auf dem Wettersender einen Beitrag über einen Mann in Schweden gesehen, der wie ich in seinem Auto festsaß, während der Schnee ihn nach und nach lebendig begrub. Das war in der Nähe einer Stadt namens Umeå, unweit des nördlichen Polarkreises, wo die Temperaturen zu dem Zeitpunkt bei fast zwanzig Grad unter null lagen. Dem Kommentar zufolge wurde das Auto zu einer Art Iglu. Den Elementen ausgesetzt hätte der Mann natürlich nicht lange überlebt, doch im Wagen war die Temperatur über längere Zeit hinweg auszuhalten, besonders da der Mann angemessen gekleidet war und einen Schlafsack bei sich hatte. Aber das ist nicht das Erstaunlichste daran. Das wirklich Verblüffende ist, *wie lange* der Mann überlebt hat. Obwohl er weder Nahrung noch Wasser hatte und nur Schnee aß. Die Ärzte sagten, er sei wohl in etwas Ähnliches wie einen Winterschlaf gefallen. Seine Körperfunktionen reduzierten sich so stark, dass er nach vierundsechzig Tagen gerettet werden konnte.

Du lieber Himmel, dachte ich mir damals. Vierundsechzig Tage. Ich konnte mir so etwas gar nicht vorstellen, aber inzwischen hat das Ganze natürlich eine neue Bedeutung angenommen. Für mich würden zwei Monate im Auto heißen, dass mich Anfang April jemand fände. Die Azaleen würden blühen, der Schnee wäre längst geschmolzen, und die Tage würden sich bereits sommerlich anfühlen. Wenn ich im April gerettet wurde, dann wahrscheinlich von jungen Leuten in kurzen Wanderhosen und mit Sonnenhüten.

So lange wird es nicht dauern, bis mich jemand findet, da bin ich ganz sicher. Obwohl mir das eigentlich Mut machen sollte, klappt es nicht. Es tröstet mich auch nicht, dass es nicht annähernd so kalt ist oder dass ich ein Sandwich im Wagen habe, weil ich nicht dieser Schwede bin. Er war vierundvierzig und unverletzt, ich habe den Arm und das Schlüsselbein gebrochen, eine Menge Blut verloren und bin einundneunzig Jahre alt. Ich habe Angst, dass jegliche größere Bewegung mir das Bewusstsein rauben würde, und offen gestanden befindet sich mein Körper bereits seit zehn Jahren im Winterschlaf. Wenn sich meine Körperfunktionen noch weiter reduzieren, bleibe ich dauerhaft in der Horizontalen.

Der einzige Lichtblick ist, dass ich noch keinen Hunger verspüre. Das ist häufig so bei Menschen meines Alters. In den letzten Jahren hatte ich nie viel Appetit, es bereitet mir schon Mühe, morgens eine Tasse Kaffee und ein Stück Toast zu mir zu nehmen. Aber Durst habe ich. Meine Kehle fühlt sich an, als sei sie mit Nägeln aufgekratzt worden, und ich weiß nicht, was ich dagegen tun soll. Es ist zwar eine Wasserflasche im Auto, aber ich habe Angst vor den Qualen, die ich leiden werde, wenn ich sie suche.

Und mir ist kalt, so kalt. Einen solchen Schüttelfrost habe ich seit meinem Krankenhausaufenthalt damals nicht mehr erlebt. Nach den Operationen und nachdem das Fieber gesunken war und ich dachte, ich würde langsam genesen, setzte ein heftiger Kopfschmerz ein, und das Fieber kehrte zurück. Ich spürte einen pochenden Schmerz an einer Stelle, an der kein Mann so etwas spüren möchte. Anfangs hatten die Ärzte die Hoffnung, dieses zweite Fieber hinge mit dem ersten zusammen. Das stimmte aber nicht. Der Mann neben mir zeigte die gleichen Symptome, und innerhalb weniger Tage erkrankten drei weitere auf unserer Station. Es war Mumps, eine Kinderkrankheit, die bei Erwachsenen viel ernster verläuft. Von allen Patienten traf es mich am schlimmsten. Ich war der Schwächste, und das Virus wütete fast drei Wochen lang in meinem Körper. Als es sich schließlich ausgetobt hatte, wog ich nur noch knapp über fünfzig Kilo und war so geschwächt, dass ich nicht ohne Hilfe stehen konnte.

Es dauerte einen weiteren Monat, bis ich endlich aus dem Krankenhaus entlassen wurde, allerdings durfte ich noch nicht fliegen, da mein Gewicht nach wie vor zu niedrig war. Außerdem wusste man nicht, welcher Besatzung man mich zuteilen sollte. Bud Ramsey, erfuhr ich, war über Deutschland abgeschossen worden, und es gab keine Überlebenden. Deshalb wusste die Luftwaffe zuerst nicht, was sie mit mir anfangen sollte. Letzten Endes wurde beschlossen, mich zurück nach Santa Ana zu schicken. Ich wurde Ausbilder für neue Rekruten und arbeitete dort, bis der Krieg endlich vorbei war. Meine Entlassungspapiere bekam ich im Januar 1946, und nachdem ich mit dem Zug nach Chicago gefahren war, um Joe Torreys Familie mein Beileid auszusprechen, kehrte ich nach North Carolina zurück.

Wie Veteranen überall auf der Welt wollte ich den Krieg hinter mir lassen. Aber ich konnte es nicht. Ich war zornig und verbittert, und ich verabscheute den Mann, zu dem ich geworden war. Abgesehen von der Nacht über Schweinfurt hatte ich nur wenige Kampferinnerungen. Den Rest meines Lebens trug ich Wunden mit mir herum, die niemand sehen konnte, die mich aber für immer quälten. Joe Torrey und Bud Ramsey waren großartige Männer gewesen, und doch waren sie gestorben, und ich hatte überlebt. Diese Schuldgefühle schüttelte ich nie ganz ab. Die Verletzung, die ich durch das Flakgeschoss erlitten hatte, machte mir an kalten Wintermorgen das Gehen beschwerlich, und mein Magen hat sich nie völlig erholt. Ich kann keine Milch trinken und nicht scharf essen, und ich habe mein altes Gewicht nie wieder erlangt. Seit damals habe ich kein Flugzeug bestiegen, und Filme, die sich mit dem Krieg befassen, konnte ich nie zu Ende sehen. Ich mag keine Krankenhäuser. Für mich hat der Krieg – und meine Zeit im Krankenhaus – nun mal alles verändert.

»Du weinst«, sagt Ruth zu mir.

An einem anderen Ort, zu einer anderen Zeit hätte ich mir die Tränen mit dem Handrücken vom Gesicht gewischt. Aber hier und jetzt überfordert mich das.

»Das habe ich gar nicht bemerkt«, sage ich.

»Du hast in der Anfangszeit unserer Ehe oft im Schlaf geweint. Ich hörte dich nachts, und es brach mir das Herz. Ich habe dir dann den Rücken gestreichelt und dich getröstet, und manchmal hast du dich umgedreht und wurdest still. Andere Male hörte es die ganze Nacht nicht auf, und am nächsten Morgen hast du behauptet, du könntest dich nicht an den Grund erinnern.«

»Manchmal stimmte das auch.«

Sie sieht mich an. »Aber manchmal nicht.«

Ich blinzle und denke, dass ihre Gestalt beinahe flüssig ist, als würde ich sie durch die flimmernden Hitzewellen betrachten, die im Sommer vom Asphalt aufsteigen. Sie trägt ein dunkelblaues Kleid und ein weißes Haarband, und ihre Stimme klingt älter. Es dauert zwar einen Moment, aber dann fällt mir ein, dass sie dreiundzwanzig ist, so alt, wie sie war, als ich aus dem Krieg heimkehrte.

»Ich habe an Joe Torrey gedacht«, sage ich.

»Deinen Freund.« Sie nickt. »Den, der in San Francisco fünf Hotdogs gegessen hat. Der dir dein erstes Bier gekauft hat.«

Von der Zigarette habe ich ihr nie erzählt, weil ich weiß, dass sie das missbilligt hätte. Ruth hat den Geruch immer gehasst. »Genau«, sage ich.

Das Morgenlicht umgibt Ruth wie ein Heiligenschein.

»Ich wünschte, ich hätte ihn kennengelernt«, sagt sie.

»Du hättest ihn gemocht.«

Ruth räuspert sich, dann wendet sie den Kopf ab. Sie betrachtet das schneebedeckte Fenster und schweigt. Dieses Auto, denke ich, ist mein Grab geworden.

»Du hast auch ans Krankenhaus gedacht«, murmelt sie nach einer Weile.

Als ich nicke, stößt sie ein müdes Seufzen aus.

»Hast du nicht gehört, was ich dir gesagt habe?« Sie dreht sich wieder zu mir um. »Dass es für mich keine Rolle spielte? Darüber würde ich dich doch nicht anlügen.«

»Nicht absichtlich«, erwidere ich. »Aber ich glaube, dass du dich vielleicht manchmal selbst belogen hast.«

Sie ist überrascht, weil ich in dieser Sache nie so unverblümt mit ihr gesprochen habe. Aber ich weiß, dass ich recht habe.

»Deshalb hast du aufgehört, mir zu schreiben«, sagt sie. »Als du wieder in Kalifornien warst, kamen seltener Briefe von dir, und am Ende überhaupt nicht mehr. Sechs Monate lang habe ich nichts von dir gehört.«

»Ich habe nicht geschrieben, weil ich noch wusste, was du mir gesagt hattest.«

»Weil du unsere Beziehung beenden wolltest.« In ihrer Stimme schwingt ein wütender Unterton mit, und ich kann ihr nicht in die Augen sehen.

»Ich wollte, dass du glücklich wirst.«

»Ich war aber nicht glücklich«, zischt sie. »Ich war verwirrt und todtraurig und begriff nicht, was passiert war. Und ich habe jeden Tag für dich gebetet, weil ich hoffte, du würdest mich dir helfen lassen. Aber stattdessen blieb der Briefkasten leer, egal, wie oft ich dir schrieb.«

»Es tut mir leid. Das war falsch von mir.«

»Hast du meine Briefe überhaupt gelesen?«

»Jeden einzelnen. Immer wieder, und mehr als einmal habe ich versucht, zu antworten, damit du Bescheid weißt. Aber ich fand nie die richtigen Worte.«

Sie schüttelt den Kopf. »Nicht einmal, wann du zu Hause ankämst, hast du mir mitgeteilt. Deine Mutter hat es mir erzählt, und ich habe überlegt, ob ich dich vom Bahnhof abholen soll, wie du mich früher.«

»Aber das hast du nicht getan.«

»Ich wollte abwarten, ob du zu mir kommen würdest. Aber es vergingen Tage und dann eine Woche, und als ich dich nicht in der Synagoge sah, war mir klar, dass du mir aus dem Weg gingst. Also marschierte ich eines Tages einfach zu dir ins Geschäft und sagte, ich müsse mit dir reden. Und weißt du noch, was du geantwortet hast?«

Von allem, was ich je in meinem Leben gesagt habe, bereue ich diese Worte am meisten. Ruth wartet, den Blick unverwandt auf mein Gesicht geheftet. In ihrer Miene liegt etwas unerbittlich Herausforderndes.

»Ich habe geantwortet, die Verlobung sei gelöst und es sei vorbei mit uns.«

Sie zieht eine Augenbraue hoch. »Ja, das hast du gesagt.«

»Ich konnte in dem Moment einfach nicht mit dir reden, ich war …«

Als ich den Satz abbreche, beendet sie ihn für mich. »Wütend.« Wieder nickt sie. »Das sah ich in deinen Augen, aber selbst da wusste ich, dass du mich noch liebtest.«

»Ja. Das stimmt.«

»Trotzdem haben deine Worte mich verletzt«, sagt sie. »Ich ging nach Hause und weinte wie zuletzt als Kind. Und irgendwann kam meine Mutter herein und hielt mich im Arm, und keine von uns beiden wusste, was zu tun war. Ich hatte schon so viel verloren. Dich auch noch zu verlieren, konnte ich nicht ertragen.«

Damit meint sie ihre Verwandten, jene, die in Wien geblieben waren. Damals war mir nicht bewusst, wie selbstsüchtig mein Handeln war oder wie Ruth es empfinden musste. Auch diese Erinnerung konnte ich nie abstreifen, und jetzt im Auto spüre ich die uralte Scham.

Ruth, mein Traum, weiß, was ich fühle. Als sie nun spricht, liegt wieder Zärtlichkeit in ihren Worten.

»Aber wenn es wirklich vorbei sein sollte, wollte ich es wenigstens verstehen, also ging ich am nächsten Tag in den Laden gegenüber von eurem Geschäft und bestellte mir einen Schoko-Soda-Eisbecher. Ich setzte mich ans Fenster und beobachtete dich bei der Arbeit. Ich wusste, dass du mich sehen konntest, aber du kamst nicht zu mir. Deshalb ging ich am nächsten Tag wieder hin und am übernächsten auch, und dann erst kamst du über die Straße zu mir.«

»Meine Mutter hatte mich geschickt«, gestehe ich. »Sie meinte, du hättest das Recht auf eine Erklärung.«

»Das hast du schon immer behauptet. Aber ich glaube,

du wolltest auch kommen, weil du mich vermisst hast. Und weil du wusstest, dass nur ich dir helfen konnte, deinen Schmerz zu überwinden.«

Bei diesen Worten schließe ich die Augen. Sie hat natürlich recht, mit allem. Ruth kannte mich immer besser als ich mich selbst.

»Ich setzte mich dir gegenüber«, sage ich. »Und einen Moment später wurde mir ein Schoko-Soda-Eisbecher serviert.«

»Du warst doch so dünn. Ich dachte, du bräuchtest meine Hilfe, um wieder zuzunehmen. So wie du warst, als wir uns kennenlernten.«

»Ich war aber nie besonders dick«, sage ich. »Bei der Musterung brachte ich kaum genug Gewicht auf die Waage.«

»Ja, aber als du zurückkamst, warst du nur noch Haut und Knochen. Dein Anzug hing an dir, als sei er zwei Nummern zu groß. Ich dachte, du würdest weggeweht, als du über die Straße liefst, und ich fragte mich, ob du wohl jemals wieder du selbst würdest. Ob du jemals wieder der Mann sein würdest, in den ich mich verliebt hatte.«

»Und trotzdem hast du mir noch eine Chance gegeben.«

Sie zuckt die Achseln. »Es blieb mir ja nichts anderes übrig«, sagt sie mit funkelnden Augen. »David Epstein war inzwischen verheiratet.«

Ich muss lachen, und mein Körper verkrampft sich, die Neuronen lodern, Übelkeit steigt auf. Ich atme durch zusammengebissene Zähne und spüre, wie der Anfall abklingt.

Ruth wartet, bis mein Atem wieder gleichmäßig geht, dann fährt sie fort: »Ich muss zugeben, dass mir das Angst gemacht hat. Ich wollte, dass es zwischen uns wieder so wird wie vorher, also tat ich einfach, als hätte sich nichts geändert. Ich plauderte über das College und meine Freundinnen und wie viel ich gelernt hatte und dass meine Eltern überraschend zu meiner Abschlussfeier gekommen waren. Ich sprach über meine Arbeit als Vertretungslehrerin in einer Schule nahe der Synagoge, erwähnte aber auch, dass ich ein Vorstellungsgespräch für eine Vollzeitstelle ab Herbst an einer Grundschule am Stadtrand hatte. Außerdem erzählte ich dir, dass sich mein Vater zum dritten Mal mit dem Dekan des Instituts für Kunstgeschichte in Duke traf und dass meine Eltern vielleicht nach Durham ziehen würden. Und dann überlegte ich laut, ob ich meine neue Stelle gleich wieder aufgeben und auch nach Durham ziehen müsse.«

»Und plötzlich war mir klar, ich wollte nicht, dass du gehst.«

»Deshalb hatte ich es ja gesagt.« Sie lächelt. »Ich wollte deinen Gesichtsausdruck sehen, und einen winzigen Moment lang war der alte Ira wieder da. Von dem Augenblick an hatte ich keine Angst mehr, dass du für immer verloren wärst.«

»Aber du hast mich nicht gebeten, dich nach Hause zu begleiten.«

»Du warst noch nicht bereit. Du hattest immer noch so viel Wut in dir. Darum schlug ich vor, dass wir uns einmal die Woche auf einen Eisbecher dort trafen, wie früher. Du brauchtest Zeit, und ich war bereit, zu warten.«

»Eine Zeit lang. Nicht ewig.«

»Nein, nicht ewig. Ende Februar fragte ich mich allmählich, ob du mich jemals wieder küssen würdest.«

»Ich wollte ja«, sage ich. »Jedes Mal, wenn ich bei dir war, wollte ich dich küssen.«

»Auch das wusste ich, und deshalb hat es mich so verwirrt. Ich verstand nicht, was los war. Ich verstand nicht, was dich abhielt, warum du mir nicht vertrautest. Du hättest wissen müssen, dass ich dich lieben würde, egal was geschehen war.«

»Das wusste ich doch. Und genau deshalb konnte ich es dir nicht sagen.«

Natürlich habe ich es ihr letztendlich erzählt, an einem kalten Abend Anfang März. Ich hatte sie angerufen und gefragt, ob sie sich mit mir im Park treffen wollte, wo wir schon hundertmal zusammen spazieren gegangen waren. Ich hatte damals nicht vor, es ihr zu sagen. Vielmehr redete ich mir ein, eine Freundin zu brauchen, mit der ich reden konnte, da die Stimmung zu Hause bedrückend geworden war.

Mein Vater hatte im Krieg gut verdient, und nach Kriegsende arbeitete er wieder als Herrenausstatter. Anstelle der Nähmaschinen gab es wieder Kleiderstangen voller Anzüge, und für jemanden, der am Schaufenster vorbeilief, sah es wahrscheinlich aus wie vor dem Krieg. Doch im Inneren war es anders. Mein Vater war anders. Statt die Kunden an der Tür zu begrüßen wie früher, verbrachte er die Nachmittage im Hinterzimmer, hörte die

Nachrichten im Radio, versuchte den Wahnsinn zu begreifen, der den Tod so vieler unschuldiger Menschen verursacht hatte. Er wollte über nichts anderes reden, der Holocaust wurde zum Thema jeder Unterhaltung. Im Gegensatz dazu konzentrierte sich meine Mutter umso stärker aufs Nähen, weil sie nicht ertragen konnte, an das Grauen zu denken. Für meinen Vater war es ja trotz allem ein abstraktes Entsetzen, für meine Mutter hingegen, die wie Ruth Freunde und Verwandte verloren hatte, zutiefst persönlich. Und aufgrund ihrer unterschiedlichen Reaktionen auf diese erschütternden Ereignisse lebten sich meine Eltern immer mehr auseinander.

Als Sohn versuchte ich, nicht Partei zu ergreifen, aber wenn wir zu dritt zusammen waren, kam es mir manchmal vor, als hätten wir vergessen, was es hieß, eine Familie zu sein. Darüber hinaus begleitete mein Vater meine Mutter und mich jetzt zur Synagoge, wodurch die Vieraugengespräche mit meiner Mutter der Vergangenheit angehörten. Als mein Vater mir mitteilte, mich als Teilhaber im Geschäft aufnehmen zu wollen – was bedeutete, dass wir drei nun ständig zusammen waren –, war ich verzweifelt, weil ich nun der düsteren Atmosphäre, die unser Leben durchdrungen hatte, gar nicht mehr entfliehen konnte.

»Du denkst an deine Eltern«, sagt Ruth.

»Du warst immer nett zu ihnen.«

»Ich habe deine Mutter sehr geliebt. Trotz des Altersunterschieds war sie die erste echte Freundin, die ich in diesem Land fand.«

»Und meinen Vater?«

»Ihn habe ich auch geliebt. Wie denn auch nicht? Er gehörte zur Familie.«

Ich lächle, weil ich mich erinnere, dass sie immer mehr Geduld mit ihm hatte als ich.

»Darf ich dich etwas fragen?«

»Du darfst mich alles fragen.«

»Warum hast du auf mich gewartet? Selbst als ich dir keine Briefe mehr schrieb? Ich weiß, du sagst immer, du hast mich geliebt, aber …«

»Sind wir jetzt wieder dabei gelandet? Du verstehst nicht, warum ich dich geliebt habe?«

»Du hättest jeden haben können.«

Sie beugt sich näher zu mir, ihre Stimme ist sanft. »Das war schon immer dein Problem, Ira. Du siehst in dir selbst nicht, was andere in dir sehen. Du glaubtest, du sähst nicht gut aus, aber du sahst sehr gut aus, als du jung warst. Du glaubst, du bist nicht interessant oder klug genug, aber das Gegenteil ist der Fall, und dass du dir deiner besten Eigenschaften nicht bewusst bist, macht mit deinen Charme aus. Und du siehst immer so viel in anderen – so wie in mir. Du hast mir das Gefühl gegeben, etwas Besonderes zu sein.«

»Aber du bist ja auch etwas Besonderes«, sage ich störrisch.

Sie hebt lachend die Hände. »Genau das meine ich«, sagt sie. »Du bist ein Mann, der tief empfindet und dem andere immer wichtig waren, und ich bin nicht die Einzige, die das erkannt hat. Dein Freund Joe Torrey hat es gespürt. Ich bin sicher, dass er deshalb seine freie Zeit mit dir verbracht hat. Und meine Mutter hat es auch gespürt, weshalb sie mich auch tröstete, als ich glaubte, dich verloren zu haben. Weil wir beide wussten, dass Männer wie du selten sind.«

»Ich bin froh, dass du an dem Abend gekommen bist«, sage ich. »Ich brauchte dich.«

»Und außerdem wusstest du, sobald wir in den Park gingen, dass du endlich bereit warst, mir die Wahrheit zu sagen. Die ganze.«

Ich nicke. In einem meiner letzten Briefe hatte ich Ruth kurz von dem Luftangriff auf Schweinfurt und von Joe Torrey berichtet. Ich erwähnte meine Verletzungen und die Infektion im Anschluss, aber damals schrieb ich ihr nicht alles.

An jenem Abend jedoch erzählte ich jede Einzelheit und verschwieg nichts. Sie saß auf der Bank und hörte sich wortlos meinen Redestrom an.

Hinterher schlang sie die Arme um mich, und ich lehnte mich an sie. Die Emotionen überrollten mich in Wellen, Ruths geflüsterte Trostworte weckten Erinnerungen, die ich in mir zu vergraben versucht hatte.

Ich weiß nicht, wie lange es dauerte, bis der Sturm in meinem Inneren abflaute, aber hinterher war ich völlig erschöpft. Trotzdem war eines noch ungesagt, etwas, das nicht einmal meine Eltern wussten.

Jetzt im Auto schweigt Ruth. Ich weiß, dass sie im Geiste meine Worte von damals hört.

»Dann sagte ich dir noch, dass ich Mumps hatte, während ich im Krankenhaus lag, die schlimmste Variante, die der Arzt je erlebt hatte. Und ich habe dir auch erzählt, was er zu mir sagte.«

Ruth bleibt stumm, ihre Augen glänzen feucht.

»Er sagte, dass Mumps unfruchtbar machen kann. Deshalb wollte ich unsere Beziehung beenden. Weil ich wusste, dass es, wenn du mich heiraten würdest, gut möglich wäre, dass wir niemals Kinder bekämen.«

KAPITEL 9

Sophia

»Und dann?«, fragte Marcia. Sie stand vor dem Spiegel und tuschte sich die Wimpern, während Sophia von ihrem Tag auf der Ranch berichtete. »Sag nicht, du hast mit ihm geschlafen.« Bei diesen Worten musterte sie Sophias Spiegelbild.

»Natürlich nicht!« Sophia setzte sich im Schneidersitz aufs Bett. »So war das nicht. Wir haben uns nur geküsst und ein bisschen unterhalten, und als ich gefahren bin, hat er mich am Auto noch mal geküsst. Es war … süß.«

»Ach«, sagte Marcia und nahm die Bürste von den Wimpern.

»Du brauchst deine Enttäuschung nicht zu verbergen, ehrlich.«

»Was denn? Deinem Blick nach hatte ich das Gefühl, du wolltest es.«

»Ich kenne ihn doch kaum!«

»Das stimmt nicht. Du warst, Moment, wie lange mit ihm zusammen? Über eine Stunde gestern Abend und heute sechs oder sieben? Das ist eine ganze Menge Zeit. Reiten, ein paar Bier, reden … ich an deiner Stelle hätte ihn einfach bei der Hand genommen und ins Haus gezerrt.«

»Marcia!«

»Ich sag ja nur. Er ist wirklich sexy. Das ist dir doch aufgefallen, oder?«

Sophia hatte keine Lust, schon wieder damit anzufangen. »Er ist nett«, sagte sie, um das Thema abzublocken.

»Noch besser.« Marcia zwinkerte ihr zu. Sie trug eine glänzende Schicht Lippenstift auf. »Aber schon gut, ich hab's kapiert. Du bist anders als ich. Und das respektiere ich, ehrlich. Ich bin nur froh, dass Brian für dich abgehakt ist.«

»Brian ist schon abgehakt, seit ich mit ihm Schluss gemacht habe.«

»Das hab ich gemerkt.« Sie band ihre üppigen braunen Haare zu einem glatten Pferdeschwanz und befestigte ihn mit einer Glitzerspange. »Du weißt, dass ich mit ihm gesprochen habe, oder?«

»Wann?«

»Beim Rodeo, als du mit Mr Sexy unterwegs warst.«

Sophia runzelte die Stirn. »Warum hast du mir das nicht erzählt?«

»Was gibt es da zu erzählen? Ich hab nur versucht, ihn abzulenken. Die Jungs von der Duke fanden ihn übrigens furchtbar.« Sie zupfte vorsichtig ein paar Haarsträhnen aus dem Pferdeschwanz und begegnete Sophias Blick im Spiegel. »Du musst zugeben, dass ich die beste Mitbewohnerin aller Zeiten bin, oder? Immerhin habe ich dich überredet, mit zum Rodeo zu kommen. Ohne mich würdest du immer noch deprimiert hier rumsitzen. Weshalb ich mich frage, wann ich deinen neuen Kerl denn mal kennenlernen darf.«

»Wir haben uns nicht verabredet.«

Marcia war fassungslos. »Wie bitte? Warum nicht?«

Weil wir eben unterschiedlich sind, dachte Sophia. Und ... eigentlich wusste sie auch nicht, warum, abgesehen davon, dass ihr nach dem Kuss so schwindlig gewesen war, dass sie keinen vernünftigen Gedanken fassen konnte.

»Ich weiß nur, dass er am kommenden Wochenende nicht da ist. Er reitet in Knoxville.«

»Dann ruf ihn an. Lad ihn hierher ein, bevor er wegfährt.«

Sophia schüttelte den Kopf. »Ich rufe ihn nicht an.«

»Und wenn er dich nicht anruft?«

»Er hat gesagt, er ruft an.«

»Das sagen Männer oft, und dann hört man nie wieder von ihnen.«

»So ist er nicht«, sagte Sophia, und wie zum Beweis klingelte ihr Handy. Sie erkannte Lukes Nummer und sprang vom Bett.

»Sag nicht, das ist er schon.«

»Er hat gesagt, er würde sich melden, um sich zu vergewissern, dass ich gut nach Hause gekommen bin.«

Damit hüpfte Sophia zur Tür und nahm die Verblüffung ihrer Mitbewohnerin kaum noch wahr.

Am Donnerstagabend, eine Stunde nach Sonnenuntergang, legte Sophia gerade letzte Hand an ihre Frisur, als Marcia sich zu ihr umdrehte. Sie stand seit einiger Zeit am Fenster und hielt Ausschau nach Lukes Pick-up, was Sophia noch nervöser machte, als sie ohnehin schon war. Marcia hatte drei von Sophias Outfits abgelehnt, hatte ihr ein Paar große, goldene Ohrringe mit passender Kette geliehen, und als sie jetzt auf ihre Freundin zutrat, versuchte sie gar nicht, ihre Aufregung zu verbergen.

»Er ist da! Ich geh nach unten und mach ihm die Tür auf.«

Sophia atmete tief aus. »In Ordnung. Ich bin so weit. Gehen wir.«

»Nein, du bleibst noch ein paar Minuten hier oben. Er soll doch nicht glauben, du hättest am Fenster gestanden und auf ihn gewartet.«

»Ich hab ja auch nicht am Fenster auf ihn gewartet«, sagte Sophia. »Das warst du.«

»Du weißt schon, was ich meine. Du musst einen richtigen Auftritt hinlegen, er soll dich die Treppe runtergehen sehen. Er darf auf keinen Fall den Eindruck bekommen, du hättest es nötig.«

»Warum machst du das Ganze so kompliziert?«, wehrte sich Sophia.

»Verlass dich auf mich«, sagte Marcia. »Ich weiß, was ich tue. Komm in drei Minuten nach. Zähl bis hundert oder so was. Ich muss los.«

Damit war sie fort und ließ Sophia allein mit ihrem flauen Gefühl im Magen. Ihre Nervosität war seltsam, da sie und Luke an den letzten drei Abenden jeweils mindestens eine Stunde miteinander telefoniert hatten. Meistens rief er am frühen Abend an, und sie ging mit dem Handy auf die Veranda und malte sich aus, wie er in dem Moment aussah.

Den Nachmittag mit ihm auf der Ranch zu verbringen, war eine Sache. Das ging leicht. Aber Luke hier zu treffen?

Im Wohnheim? In den drei Jahren, die sie dort wohnte, waren die einzigen männlichen Wesen, die abgesehen von Brüdern oder Vätern je zu Besuch kamen, Verbindungsstudenten gewesen.

Sophia hatte zaghaft versucht, Luke zu warnen, war aber nicht sicher, wie sie ihm beibringen sollte, dass die Bewohnerinnen des Hauses ihn wahrscheinlich als Exoten betrachten würden, der endlos durchgekaut wurde, sobald er wieder gegangen wäre. Deshalb hatte sie auch vorgeschlagen, sich woanders zu treffen, aber er meinte, er sei noch nie am Wake Forest College gewesen und wolle sich den Campus ansehen. Jetzt kämpfte Sophia gegen den Drang an, nach unten zu hasten und ihn so schnell wie möglich wieder durch die Tür zu schieben.

Marcias nachdrücklichem Ratschlag gehorchend, atmete sie tief durch und warf noch einmal einen prüfenden Blick in den Spiegel. Jeans, Bluse, Pumps: mehr oder weniger das, was sie auch beim letzten Treffen getragen hatte, nur eine Spur schicker. Sie drehte sich auf die eine Seite, dann auf die andere und dachte: Mehr kann ich nicht bieten. Dann grinste sie kokett und gab zu: aber gar nicht übel.

Sie sah auf die Uhr und ließ eine weitere Minute verstreichen, bevor sie das Zimmer verließ. Unter der Woche durften Männer nur den Eingangsbereich und den Aufenthaltsraum betreten. Im Aufenthaltsraum, der mit Sofas und einem gigantischen Flachbildfernseher ausgestattet war, verbrachten viele ihrer Schwestern gern ihre freie Zeit. Als Sophia nun auf die Stufen am Ende des Flurs zuging, hörte sie Marcia lachen. Sie beschleunigte ihren Schritt und betete, dass sie und Luke unbemerkt flüchten konnten.

Sie entdeckte ihn sofort mitten im Zimmer neben Marcia, den Hut in der Hand. Wie üblich trug er Stiefel und Jeans, dazu einen Gürtel mit einer glänzenden, übergroßen Silberschnalle. Sophia musste schlucken, als sie feststellte, dass er und Marcia nicht allein im Aufenthaltsraum waren. Im Gegenteil, es war sogar voller als üblich, auch wenn eine unheimliche Stille herrschte. Drei männliche Studenten in Cargo-Shorts, Polohemden und Segelschuhen starrten Luke genauso mit offenem Mund an wie Mary-Kate, die auf einer Couch saß. Dasselbe galt für Jenny, Drew und Brittany. Vier oder fünf weitere Hausbewohnerinnen saßen dicht zusammen in der hinteren Zimmerecke und betrachteten den Fremden mit ratlosen Mienen.

Doch Luke ließ sich von den durchdringenden Blicken offenbar nicht stören. In entspannter Haltung hörte er Marcia zu, die wild mit den Händen gestikulierte. Als er Sophia bemerkte, verzog er den Mund zu einem Lächeln.

Sophia holte tief Luft und trat näher. Mit einem Schlag wandte sich die gesamte Aufmerksamkeit ihr zu. Jenny beugte sich zu Drew, und Brittany und flüsterte etwas. Obwohl alle von ihrer Trennung von Brian wussten, hatte natürlich keiner bisher etwas von Luke gehört, und Sophia fragte sich, wann Brian wohl von der Sache erfahren würde. Solche Dinge sprachen sich zwischen den Wohnheimen schnell herum. Garantiert würden die ersten Handys gezückt, ehe sie und Luke überhaupt im Wagen saßen.

Was bedeutete, dass Brian bald Bescheid wusste, und es wäre für ihn sicher nicht schwer zu erraten, dass es sich um denselben Cowboy handelte, der ihn am vergangenen Wochenende gedemütigt hatte. Davon würden weder er noch seine Verbindungsbrüder begeistert sein. Und je nachdem, wie viel sie schon getrunken hatten – donnerstags fingen alle früh an –, könnten sie auf die Idee kommen, sich zu rächen. Plötzlich wurde Sophia mulmig zumute, und sie verstand gar nicht, warum sie nicht früher daran gedacht hatte.

»Hallo«, sagte sie, krampfhaft bemüht, ihre Nervosität nicht zu zeigen.

Lukes Lächeln wurde breiter. »Du siehst großartig aus.«

»Danke«, murmelte Sophia.

»Ich mag ihn«, meldete sich Marcia zu Wort.

Luke sah sie erschrocken an und wandte sich dann wieder an Sophia. »Wie du siehst, habe ich deine Mitbewohnerin kennengelernt.«

»Ich hab versucht rauszukriegen, ob er Freunde hat, die noch zu haben sind«, gestand Marcia.

»Und?«

»Er hat gesagt, er sieht mal, was sich machen lässt.«

Sophia deutete mit dem Kopf zur Tür. »Können wir los?«

Marcia schüttelte den Kopf. »Aber nein, bitte noch nicht. Er ist doch gerade erst gekommen.«

Sophia sah Marcia durchdringend an, sie hoffte, ihre Freundin würde den Wink verstehen. »Das geht leider nicht.«

Marcia ließ jedoch nicht locker. »Ach, kommt schon. Lasst uns erst was trinken. Es ist Donnerstagabend! Ich will etwas übers Bullenreiten hören.«

Seitlich von Sophia setzte Mary-Kate eine verkniffene Miene auf. Zweifellos hatte Brian am vergangenen Samstag jedem am Tisch die Story aufgetischt, wie eine Bande Cowboys über ihn hergefallen war. Brian und Mary-Kate waren schon immer befreundet gewesen, und als Mary-Kate jetzt nach ihrem Handy griff, aufstand und aus dem Raum ging, rechnete Sophia mit dem Schlimmsten und zögerte nicht länger.

»Wir können nicht bleiben. Wir haben einen Tisch reserviert«, sagte sie bestimmt.

»Was?« Marcia blinzelte. »Das hast du mir gar nicht erzählt. Wo denn?«

Auf die Schnelle fiel Sophia nichts ein. Sie spürte, dass Luke sie musterte, dann räusperte er sich. »Im Fabian«, verkündete er.

Marcias Blick schnellte von einem zum anderen. »Die haben doch sicher nichts dagegen, wenn ihr ein paar Minuten später kommt.«

»Dummerweise sind wir jetzt schon spät dran«, sagte Luke. Und dann zu Sophia: »Hast du alles?«

Sophia war zutiefst erleichtert und schob die Handtasche auf der Schulter hoch. »Ich bin fertig.«

Sanft nahm Luke sie am Ellbogen und führte sie zur Tür.

»Hat mich gefreut, Marcia.«

»Mich auch«, gab sie verdutzt zurück.

Als die Tür hinter ihnen ins Schloss fiel, hörte Sophia drinnen aufgeregtes Schnattern ausbrechen. Falls Luke es auch bemerkte, schenkte er ihm keine Aufmerksamkeit. Er brachte sie zu seinem Wagen und öffnete die Tür, dann lief er auf die Fahrerseite. Sophia entdeckte eine Reihe gespannter Gesichter – einschließlich Marcias – an den Fenstern des Aufenthaltsraums. Sie schwankte noch, ob sie ihnen zuwinken oder sie einfach ignorieren sollte, als Luke einstieg und die Tür zuschlug.

»Ich nehme an, du hast sie neugierig gemacht«, sagte er.

Sie schüttelte den Kopf. »Um mich geht es nicht.«

»Ach so, verstehe. Es ist, weil ich dünn bin, stimmt's?«

Sie lachte, und im selben Moment stellte sie fest, dass es sie nicht mehr interessierte, was die anderen über sie dachten oder sagten. »Danke, dass du gerade mitgespielt hast.«

»Was ist denn los?«

Sie erzählte ihm von ihren Bedenken wegen Brian und ihrem Verdacht gegenüber Mary-Kate.

»Darüber habe ich auch schon nachgedacht«, erwiderte er. »Du hattest ja gesagt, er beobachtet dich. Also hab ich halb damit gerechnet, dass er jeden Moment zur Tür reinstürmt.«

»Und du bist trotzdem gekommen?«

»Musste ich ja.« Er zuckte die Achseln. »Du hast mich schließlich gebeten.«

Sie lehnte sich an die Kopfstütze. Ihr gefiel, wie er reagierte. »Tut mir leid, dass ich dir heute Abend den Campus nicht zeigen kann.«

»Macht nichts.«

»Ein anderes Mal«, versprach sie. »Wenn Brian nicht weiß, dass du hier bist, meine ich. Dann zeige ich dir die ganzen coolen Orte.«

»Abgemacht.«

Von Nahem hatten seine Augen ein klares, ungetrübtes Blau. Sophia zupfte sich einen eingebildeten Fussel von der Jeans. »Was möchtest du unternehmen?«

Er dachte kurz nach. »Hast du Hunger?«

»Ein bisschen«, gab sie zu.

»Sollen wir wirklich ins Fabian fahren? Ich bin mir nicht

sicher, ob wir einen Tisch bekommen, weil wir nicht reserviert haben. Aber versuchen können wir es.«

Sie überlegte, dann schüttelte sie den Kopf. »Nein, heute nicht. Fahren wir lieber irgendwohin, wo nicht so viel los ist. Wie wäre es mit Sushi?«

Er antwortete nicht sofort. »In Ordnung«, sagte er schließlich.

Sie musterte ihn. »Hast du schon mal Sushi gegessen?«

»Ich mag ja auf einer Ranch wohnen, aber ab und zu verlasse ich sie auch.«

Und?, dachte sie. »Du hast meine Frage nicht beantwortet.«

Er spielte erst mit dem Schlüssel herum, bevor er ihn ins Zündschloss steckte. »Nein«, räumte er ein. »Ich hab noch nie Sushi gegessen.«

Sophia musste lachen.

Sie dirigierte ihn zum Sakura Japanese Restaurant. Drinnen waren die meisten Tische und auch die Sushi Bar besetzt. Während sie darauf warteten, zu einem freien Platz gebracht zu werden, sah sich Sophia um. Sie hoffte inständig, niemanden zu treffen, den sie kannte. Es war zwar nicht die Art von Lokal, die regelmäßig von Studenten besucht wurde – deren Lieblingsessen waren nach wie vor Burger und Pizza –, aber gänzlich unbekannt war das Sakura auch nicht. Sophia war gelegentlich mit Marcia hier gewesen, und obwohl sie auf den ersten Blick niemanden erkannte, bat sie um einen Tisch draußen auf der Terrasse.

Heizpilze glühten in den Ecken und milderten die kühle

Abendluft wie eine warme Decke. Außer ihrem war nur ein Tisch besetzt, an dem ein Pärchen gerade zu Ende aß, und es war angenehm still. Das weiche gelbe Licht der japanischen Laternen über ihren Köpfen schuf eine romantische Atmosphäre.

Als sie sich gesetzt hatten, beugte sich Sophia zu Luke vor. »Wie findest du Marcia?«

»Deine Mitbewohnerin? Nett, würde ich sagen. Allerdings ein bisschen anhänglich.«

Sie legte den Kopf schief. »Du meinst, weil sie uns nicht gehen lassen wollte?«

»Nein, ich meine, sie hing beim Sprechen ständig an meinem Arm.«

Sophia winkte ab. »Das ist ihre Art. So ist sie bei jedem Mann. Sie muss immer flirten.«

»Weißt du, was sie als Allererstes zu mir gesagt hat? Noch bevor ich ins Haus gekommen bin?«

»Ich traue mich nicht zu fragen.«

»Sie hat gesagt: ›Ich höre, du hast meine beste Freundin geküsst.‹«

Überrascht mich nicht, dachte Sophia. »Das ist typisch Marcia. Sie sagt einfach, was sie denkt. Ungefiltert.«

»Aber du magst sie.«

»Ja, ich mag sie. Sie hat mich sozusagen unter ihre Fittiche genommen, als ich es brauchte. Sie hält mich für ein bisschen … naiv.«

»Hat sie recht?«

»In gewisser Hinsicht schon«, räumte Sophia ein.

Sie nahm sich ein Paar Essstäbchen und brach sie auseinander. »Bevor ich aufs College kam, hatte ich noch nie einen Freund gehabt. In der Schule war ich ein bisschen verklemmt, und durch die Arbeit hatte ich nicht viel Zeit für Partys und so. Ich wusste natürlich, was die anderen am Wochenende machten. Mir war klar, dass es in der Schule Drogen gab und Sex und alles, aber hauptsächlich durch Gerüchte und Getuschel. Ich war nie tatsächlich dabei. Während meines ersten Semesters am College war ich entsetzt, wie offen die anderen mit allem umgingen. Im Wohnheim hörte ich die Mädels über Typen reden, mit denen sie was hatten, obwohl sie sie kaum kannten, und ich war mir nicht mal hundertprozentig sicher, was das bedeutete, ›mit jemandem was zu haben‹. Das geht mir heute noch oft so, weil unterschiedliche Menschen damit ganz unterschiedliche Dinge meinen. Für die einen heißt es nur knutschen, für die anderen mit jemandem Sex zu haben, und dann wieder irgendetwas dazwischen, wenn du verstehst. Ich habe den Großteil meiner ersten beiden Semester damit zugebracht, den Code zu entschlüsseln.«

Luke lächelte, als sie weitersprach.

»Und das Verbindungsleben ist auch im Allgemeinen nicht ganz so, wie ich es erwartet hatte. Es finden ständig Partys statt, und für viele Leute bedeutet das Alkohol und Drogen oder was auch immer. Ich muss zugeben, dass ich auch ein paarmal zu viel getrunken habe und mir schlecht wurde und ich in der Toilette des Wohnheims umgekippt bin. Darauf bin ich nicht stolz, aber es gibt Leute auf dem Campus, die das jedes Wochenende machen. Und das ist nicht nur in den Studentenverbindungen so, sondern in den anderen Wohnheimen und in den WGs außerhalb des Campus auch. Das Ganze ist einfach nicht mein Ding, und in den Augen vieler – das gilt auch für Marcia – macht mich das naiv. Dazu kommt noch, dass ich nicht der Typ für schnelle Bekanntschaften bin, und deshalb halten mich einige für prüde. Selbst Marcia findet das in gewissem Maße. Sie hat noch nie verstanden, warum man schon im College einen richtigen Freund haben sollte. Sie sagt immer, das Letzte, was sie will, ist etwas Ernstes.«

Luke nahm sich ebenfalls ein Paar Stäbchen. »Mir fallen spontan ein paar Männer ein, die sehr interessiert an solch einer Frau wären.«

»Nein, sag das nicht. Denn auch wenn sie das erzählt, bin ich nicht sicher, ob es stimmt. Ich glaube, sie möchte eher eine feste Beziehung, weiß aber nicht, wie sie jemanden finden soll, dem es genauso geht. Im College gibt es dafür nicht viele Jungs, warum auch? Wenn die Frauen einfach verfügbar sind? Ich meine, ich kann nachvollziehen, warum man mit jemandem schläft, wenn man ihn liebt, aber wenn man ihn kaum kennt? Was bringt das? Es wertet die Sache nur ab.«

Sie verstummte, weil ihr bewusst wurde, dass er der Erste war, dem sie das alles erzählte. Was seltsam war. Oder?

Luke spielte mit den Stäbchen herum, zupfte an den rauen Kanten, an denen er sie auseinandergebrochen hatte. Dann beugte er sich ins Laternenlicht vor. »Wenn du mich fragst, klingt das eher reif.«

Etwas verlegen hob Sophia die Speisekarte hoch. »Nur damit du Bescheid weißt, du musst keine Sushi bestellen, wenn du nicht willst. Sie haben auch Hühnchen oder Rinder-Teriyaki.«

Luke las in seiner Karte. »Was nimmst du?«

»Sushi.«

»Woher kennst du Sushi?«

»Eine meiner besten Freundinnen in der Schule war Japanerin, und sie hat mir immer von einem tollen Lokal in Edgewater erzählt, wo sie hinging, wenn sie Sehnsucht nach gutem japanischem Essen hatte. Also bin ich eines Tages mitgegangen und fand es großartig. Es war nur ein kleines, unscheinbares Restaurant, aber wir wurden Stammkunden. Und seitdem bekomme ich manchmal Heißhunger darauf. Wie heute Abend.«

»Das kann ich verstehen. Früher zu Schulzeiten, als ich bei 4H war, bin ich manchmal zur Landwirtschaftsausstellung gefahren, und da musste ich mir immer ein frittiertes Snickers kaufen.«

Sie starrte ihn an. »Du vergleichst Sushi mit frittierten Snickers?«

»Hast du schon mal eins gegessen?«

»Klingt ekelhaft.«

»Tja, solange du noch keins probiert hast, ist dir kein Kommentar gestattet. Die sind gut. Wenn man zu viele davon isst, kriegt man vermutlich einen Herzinfarkt, aber ab und zu gibt es nichts Besseres. Um Längen besser als frittierte Oreo-Kekse.«

»Frittierte *Oreos?*«

»Falls du eine Anregung für euer Feinkostgeschäft suchst, würde ich, wie gesagt, auf das Snickers setzen.«

Nach einem kurzen Moment der Sprachlosigkeit sagte Sophia mit ernstem Tonfall: »Ich glaube nicht, dass irgendjemand im Nordosten so etwas essen würde.«

»Du würdest dich wundern. Es könnte der nächste Renner bei euch da oben werden – den ganzen Tag lange Schlangen vor dem Tresen.«

Mit einem Kopfschütteln wandte sie sich wieder ihrer Speisekarte zu. »Du warst also bei 4H?«

»Ich hab als Kind damit angefangen.«

»Was genau ist das eigentlich? Ich meine, ich hab schon mal davon gehört, aber viel sagt es mir nicht.«

»Es ist einfach eine ursprünglich ländliche Jugendorganisation, im Prinzip geht es um Mündigkeit als Bürger und Verantwortung und so. Aber beim jährlichen Landwirtschaftswettbewerb lernt man vor allem, wie man ein gutes Ferkel aussucht. Man begutachtet die Schweineeltern, wenn möglich, oder schaut Bilder von ihnen an oder was auch immer, und dann nimmt man das Ferkel, von dem man glaubt, es würde später mal ein gutes Ausstellungsschwein abgeben. Es sollte kräftig sein, mit vielen Muskeln und nicht zu viel Fett und ohne Schönheitsfehler. Und dann zieht man es im Prinzip ungefähr ein Jahr lang groß. Man füttert und versorgt es. In gewisser Weise werden sie fast zu Haustieren.«

»Lass mich raten. Du hast deine alle Schwein getauft.«

»Da muss ich dich leider enttäuschen. Mein erstes hieß Edith, das zweite Fred, das dritte war Maggie. Ich kann dir die ganze Liste aufzählen, wenn du willst.«

»Wie viele waren es denn insgesamt?«

Luke trommelte mit den Fingern auf den Tisch. »Neun, glaube ich. In der dritten Klasse habe ich angefangen, bis zur elften.«

»Und wenn sie ausgewachsen sind, wo zeigt man sie dann?«

»Wieder auf der Landwirtschaftsausstellung. Die Preisrichter sehen sich die Tiere an, und dann erfährst du, ob du gewonnen hast.«

»Und wenn ja?«

»Bekommst du eine Plakette. Aber egal, ob du gewinnst oder verlierst, am Ende verkaufst du das Schwein«, sagte er.

»Und was passiert damit?«

»Das Gleiche, was üblicherweise mit Schweinen passiert. Sie werden geschlachtet.«

Sophia riss die Augen auf. »Soll das heißen, du bekommst ein Ferkel, gibst ihm einen Namen, sorgst ein Jahr lang dafür und dann verkaufst du es, damit es umgebracht werden kann?«

Er sah sie fragend an. »Was sonst sollte man denn mit einem Schwein machen?«

Sie war entgeistert und konnte erst mal nicht antworten. Nach einer Weile schüttelte sie den Kopf. »Ich will dir nur mal sagen, dass ich noch nie, nie jemanden wie dich kennengelernt habe.«

»Weißt du«, gab er zurück, »dasselbe könnte ich über dich sagen.«

KAPITEL 10

Luke

Auch nachdem er die gesamte Speisekarte gründlich studiert hatte, wusste er nicht, was er bestellen sollte. Er konnte auf Nummer sicher gehen, zum Beispiel mit dem Teriyaki, von dem sie gesprochen hatte, aber eigentlich wollte er das nicht. Er hatte schon oft Leute von Sushi schwärmen hören und sollte es einfach einmal ausprobieren. Es ging doch im Leben oft um neue Erfahrungen, oder?

Das Problem war, dass er keinen blassen Schimmer hatte, was er nehmen sollte. Für ihn war roher Fisch roher Fisch, und die Bilder halfen auch nicht weiter. Er musste sich zwischen dem Rötlichen, dem Rosafarbenen und dem Weißlichen entscheiden, aber es gab keinerlei Hinweise auf die Geschmacksrichtung.

Verstohlen betrachtete er Sophia über den Rand seiner Speisekarte. Sie hatte etwas mehr Wimperntusche und Lippenstift aufgetragen als an dem Tag, an dem sie bei ihm auf der Ranch gewesen war, und das erinnerte ihn an den Abend, an dem er sie kennengelernt hatte. Verrückt, dass das noch keine Woche her war. Normalerweise mochte er natürliche Schönheit, aber er musste zugeben, dass das Make-up ihre Züge noch eleganter aussehen ließ. Auf dem

Weg zum Tisch hatte sich mehr als ein Mann nach ihr umgedreht.

»Was ist der Unterschied zwischen Nigiri-Sushi und Maki-Sushi?«, fragte er schließlich.

Sophia studierte ebenfalls noch die Karte. Als die Kellnerin kam, hatte sie zwei Sapporo bestellt, ein japanisches Bier. Wie das schmecken würde, wusste Luke auch noch nicht.

»Bei Nigiri liegt der Fisch auf einem Reiskissen«, sagte sie. »Maki heißt in Seetang eingerollt.«

»Seetang?«

Sie zwinkerte. »Das schmeckt gut. Das wirst du mögen.«

Er presste die Lippen aufeinander, unfähig, seine Skepsis zu verbergen. Durch die Fenster sah er Leute drinnen an den Tischen sitzen und mit Genuss essen. Alle gingen geschickt mit den Stäbchen um. Na, wenigstens war das kein Problem für ihn, denn wenn er unterwegs war, hatte er oft genug mit chinesischem Essen in dünnen Pappschachteln geübt.

»Wie wär's, wenn du mir einfach was bestellst?« Er legte die Karte fort. »Ich vertraue dir.«

»Okay. Wir nehmen ein bisschen Anago, Ahi, Aji, Hamachi … vielleicht noch ein paar andere.«

Er hob seine Flasche an den Mund. »Dir ist bewusst, dass ich kein Wort verstehe?«

»Anago ist Aal«, klärte sie ihn auf.

Die Flasche verharrte mitten in der Luft. »Aal?«

»Das schmeckt dir bestimmt«, versicherte sie ihm, eindeutig erheitert.

Als die Kellnerin das nächste Mal kam, ratterte Sophia

ihre Bestellung herunter wie eine Expertin. Danach unterhielten sie sich angeregt, mit einer kurzen Unterbrechung, als das Essen serviert wurde. Luke gab Sophia einen Überblick über seine Kindheit, die trotz seiner Aufgaben auf der Ranch ziemlich normal verlaufen war. Später war er drei Jahre lang Mitglied des Ringerteams der Highschool gewesen, hatte sämtliche Schul- und Abschlussbälle besucht sowie eine Handvoll denkwürdiger Partys. Er erzählte, dass er im Sommer jahrelang mit seinen Eltern in die Berge in die Nähe von Boone gefahren war und sie dort Reitwanderungen machten, die einzigen Familienurlaube, die sie je unternahmen. Er sprach von seinem Training auf dem elektrischen Bullen in der Scheune, an dem sein Vater ein wenig herumgebastelt hatte, damit er noch heftiger rüttelte. Schon in der Grundschule hatte er zu trainieren begonnen, und sein Vater hatte auf jede Kleinigkeit geachtet. Er erwähnte einige der Verletzungen, die er im Laufe der Jahre erlitten hatte, und beschrieb seine Nervosität, wenn er an der PBR-Endrunde teilnahm. Einmal war er bis zum letzten Ritt im Rennen um die Meisterschaft geblieben und am Ende Dritter geworden. Und Sophia hörte die ganze Zeit gebannt zu und unterbrach nur hin und wieder, um eine Frage zu stellen.

Er spürte den laserartigen Blick, den sie auf ihn gerichtet hielt, ihr konzentriertes Interesse, und als sie mit dem Essen fertig waren, fand er abermals alles an ihr bezaubernd und begehrenswert. Und er hatte das Gefühl, trotz ihrer Unterschiedlichkeit ganz er selbst sein zu dürfen. In ihrer Gesellschaft fiel es ihm leicht, den Stress zu vergessen, den er immer empfand, wenn er an die Ranch dachte.

Oder an seine Mutter. Oder was passieren würde, wenn seine Pläne nicht aufgingen …

Er war in Gedanken versunken, also merkte er nicht sofort, dass sie ihn betrachtete.

»Woran denkst du?«, fragte sie.

»Warum?«

»Du hast einen Moment lang fast … verloren gewirkt.«

»Ach, nichts.«

»Sicher? Ich hoffe, es liegt nicht am Anago.«

»Nein. Ich habe nur überlegt, was ich noch erledigen muss, bevor ich fürs Wochenende wegfahre.«

Sie runzelte die Stirn und musterte ihn eindringlich. »Na gut«, sagte sie schließlich. »Wann geht es los?«

»Morgen Nachmittag«, antwortete er, dankbar, dass sie nicht weiter nachhakte. »Wenn ich mit meiner Arbeit fertig bin, fahre ich nach Knoxville und übernachte dort. Am Samstagabend mache ich mich dann gleich nach dem Wettbewerb wieder auf den Heimweg. Es wird spät werden, aber das ist das erste Wochenende, an dem wir Kürbisse verkaufen, da will ich Sonntag zu Hause sein. Der Großteil der Halloween-Deko steht zwar schon, unter anderem habe ich mit José ein riesiges Labyrinth aus Heuballen gebaut, aber es kommen immer viele Leute. Selbst wenn José einspringt, braucht meine Mutter noch zusätzliche Hilfe.«

»Ist sie deshalb sauer auf dich? Weil du nicht da bist?«

»Zum Teil.« Er schob eine grellrosa Ingwerscheibe auf seinem Teller herum. »Sie ist einfach sauer, weil ich reite, Punkt.«

»Hat sie sich nicht inzwischen daran gewöhnt? Oder ist es, weil du dich auf Big Ugly Critter verletzt hast?«

»Meine Mutter«, sagte er, jedes Wort mit Bedacht wählend, »macht sich Sorgen, mir könnte etwas passieren.«

»Aber du hast dich doch schon oft verletzt.«

»Ja.«

»Gibt es etwas, das du mir verschweigst?«

Er antwortete nicht sofort. »Pass mal auf ...« Er legte seine Stäbchen weg. »Wenn der richtige Zeitpunkt da ist, erzähle ich dir alles.«

»Ich kann jederzeit deine Mutter fragen.«

»Stimmt. Aber dazu müsstest du sie erst einmal kennenlernen.«

»Tja, vielleicht fahre ich einfach am Samstag raus und versuche es.«

»Bitte, mach nur. Aber dann sei darauf gefasst, eingespannt zu werden. Du müsstest den ganzen Tag Kürbisse schleppen.«

»Ich habe Muskeln.«

»Hast du schon mal einen ganzen Tag Kürbisse geschleppt?«

Sie beugte sich über den Tisch. »Hast *du* schon mal einen ganzen Laster voller Wurst und Fleisch ausgeladen?« Als er nichts erwiderte, sah sie ihn mit einem triumphierenden Gesichtsausdruck an. »Siehst du, wir haben doch etwas gemeinsam. Wir können beide hart arbeiten.«

»Und jetzt können wir auch beide reiten.«

Sie lächelte. »Das auch. Wie hat dir eigentlich das Sushi geschmeckt?«

»Gut.«

»Irgendwie werde ich das Gefühl nicht los, dass du Schweinekoteletts vorgezogen hättest.«

»Schweinekoteletts kann ich jeden Tag essen. Das ist eine meiner Spezialitäten.«

»Kannst du etwa kochen?«

»Grillen«, sagte er. »Das hat mein Vater mir beigebracht.«

»Ich glaube, ich würde mir gern mal etwas von dir grillen lassen.«

»Ich mach dir, was du willst. Solange es Burger, Steaks oder Schweinekoteletts sind.«

Sie beugte sich noch weiter vor. »Und was tun wir jetzt? Möchtest du riskieren, auf eine Studentenparty zu gehen? Die kommen bestimmt langsam in Fahrt.«

»Was ist mit Brian?«

»Wir könnten zu einer Party in einem anderen Haus gehen. Einem, wo er nie ist. Und wir müssten auch nicht lange bleiben. Allerdings müsstest du vielleicht den Hut im Auto lassen.«

»Wenn du Lust hast, bin ich dabei.«

»Ich kann jederzeit auf solche Partys gehen, ich frage, ob du willst.«

»Wie ist es da? Musik, ein Haufen Bier trinkende Studenten und so?«

»Ungefähr, ja.«

Er dachte kurz nach, dann schüttelte er den Kopf. »Ist eigentlich nicht mein Ding«, gab er zu.

»Dachte ich mir schon. Ich könnte dir trotzdem noch den Campus zeigen, wenn du möchtest.«

»Ich glaube, das hebe ich mir für ein andermal auf. Damit du dich wieder mit mir verabreden musst.«

Sie fuhr mit dem Finger über den Rand ihres Wasserglases. »Und was sollen wir sonst tun?«

Er zögerte, und ihm ging durch den Sinn, wie anders alles wäre, wenn er nicht beschlossen hätte, wieder zu reiten. Seine Mutter war nicht froh darüber, und offen gestanden war er selbst auch nicht überzeugt, dass es eine gute Idee war. Aber irgendwie hatte er dadurch eine Frau kennengelernt, von der er jetzt schon wusste, dass er sie nie vergessen würde.

»Hast du Lust auf eine kleine Spritztour? Ich kenne eine Stelle, wo du garantiert niemanden triffst, den du kennst. Es ist nachts wirklich schön da.«

Auf der Ranch tauchte der Mond die Welt in ein silbriges Licht. Sie stiegen aus dem Pick-up. Hund, ein Schemen in der Dunkelheit, raste unter der Veranda hervor und blieb neben Sophia stehen, beinahe als habe er sie erwartet.

»Ich hoffe, das ist dir recht«, sagte Luke. »Ich hatte keine Idee, wohin sonst.«

»Ich wusste, dass du mich hierherbringst«, sagte Sophia und bückte sich, um Hund zu streicheln. »Wenn es mich stören würde, hätte ich was gesagt.«

Er deutete aufs Haus. »Wir können auf der Veranda sitzen, aber es gibt auch eine tolle Stelle unten am See.«

»Nicht am Fluss?«

»Am Fluss warst du ja schon.«

Sie sah sich um. »Setzen wir uns am See wieder auf Liegestühle auf der Ladefläche?«

»Natürlich. Glaub mir, da willst du nicht auf dem Boden sitzen. Das ist eine Weide.«

Hund umkreiste Sophias Beine. »Darf Hund auch mit?«, fragte sie.

»Hund läuft uns sowieso nach, ob ich will oder nicht.«

»Dann also zum See.«

»Ich hole nur schnell ein paar Sachen, ja?«

Er verschwand und kehrte bald darauf mit einer kleinen Kühlbox und ein paar Decken unter dem Arm zurück, die er hinten auf dem Pick-up verstaute. Sie stiegen ein, und der Motor sprang mit einem Aufheulen an.

»Dein Wagen klingt wie ein Panzer!«, rief Sophia.

»Gefällt's dir? Ich musste am Auspuff basteln, damit er so klingt. Ich hab einen zweiten Topf eingebaut und so.«

»Das glaube ich dir nicht. Niemand macht so etwas.«

»Doch«, sagte er. »Viele machen das.«

»Leute, die auf Ranches leben vielleicht.«

Sophia lächelte, während er zurücksetzte, auf die Auffahrt bog und schließlich am großen Haus vorbeifuhr. Im Wohnzimmer brannte Licht, und Luke hätte gern gewusst, was seine Mutter gerade machte. Dann dachte er an das, was er Sophia erzählt und was er *nicht* erzählt hatte.

Um einen klaren Kopf zu bekommen, kurbelte er das Fenster herunter und legte den Ellbogen auf die Kante. Der Pick-up holperte voran, und aus dem Augenwinkel sah er Sophias weizenblondes Haar in der Brise flattern.

An der Weide sprang er aus dem Wagen und öffnete ein Tor, das er sofort wieder hinter ihnen schloss. Er schaltete das Fernlicht ein und fuhr langsam, um die Wiese nicht zu beschädigen. Am See hielt er an und wendete den Pick-up, sodass er mit der Ladefläche zum Wasser stand, dann stellte er den Motor ab.

»Pass auf, wo du hintrittst«, warnte er. »Wie gesagt, das hier gehört zur Viehweide.«

Er kurbelte das Beifahrerfenster herunter und stellte das Radio an, dann ging er nach hinten zur Ladefläche. Er half Sophia hoch und klappte die Stühle auf. Und dann saßen sie, genau wie einige Tage zuvor, auf dem Pick-up, nur dass dieses Mal eine Decke über Sophias Schoß lag. Luke holte zwei Flaschen Bier aus der Kühlbox, öffnete beide, gab eine Sophia und sah zu, wie sie einen Schluck nahm.

Der See vor ihnen warf das Licht der Mondsichel und der Sterne zurück wie ein Spiegel. Auf der anderen Seeseite drängten sich die am Ufer versammelten Rinder dicht zusammen, ihre weißen Brustkörbe leuchteten in der Dunkelheit. Hin und wieder muhte eines, und das Geräusch schwebte übers Wasser und mischte sich mit dem Quaken der Frösche und dem Zirpen der Grillen. Es roch nach Gras und Erde.

»Es ist wunderschön hier«, flüsterte Sophia.

Seiner Meinung nach hätte man sie mit demselben Wort beschreiben können, aber das behielt er für sich.

»Es ist wie auf der Lichtung am Fluss«, fügte sie hinzu. »Nur offener.«

»Könnte man sagen. Aber ich hatte dir ja erzählt, dass ich zum Fluss gehe, wenn ich an meinen Vater denken will. Hierher komme ich, um über andere Dinge nachzudenken.«

»Zum Beispiel?«

»Vieles«, sagte er. »Das Leben. Die Arbeit. Beziehungen.«

Sie warf ihm einen Seitenblick zu. »Ich dachte, du hattest noch nicht viele Beziehungen.«

»Deshalb muss ich ja darüber nachdenken.«

Sie kicherte. »Beziehungen sind schwierig. Wobei – ich bin jung und naiv, was weiß ich schon?«

»Wenn ich dich also um Rat fragen wollte …«

»Würde ich sagen, es gibt bessere Anlaufstellen. Deine Mutter vielleicht.«

»Ja, vielleicht. Sie hat sich mit meinem Vater ziemlich gut verstanden. Besonders, nachdem er das Rodeo aufgegeben hatte und für die Arbeit auf der Ranch zur Verfügung stand. Wenn er mit dem Reiten weitergemacht hätte – ich weiß nicht, ob sie es geschafft hätten. Für sie allein war es zu viel, vor allem, als sie sich auch noch um mich kümmern musste. Ich bin mir ziemlich sicher, dass sie ihm genau das gesagt hat. Also hat er aufgehört. Und wenn ich ihn als Kind danach fragte, hat er immer gesagt, mit meiner Mutter verheiratet zu sein sei wichtiger, als Pferde zu reiten.«

»Du scheinst stolz auf sie zu sein.«

»Bin ich auch«, sagte er. »Meine Eltern waren beide Arbeitsmenschen, aber meine Mutter ist diejenige, die wirklich das Geschäft aufgebaut hat. Als sie die Ranch von meinem Großvater erbte, sah es nicht gut aus. Der Viehmarkt neigt allgemein zu starken Schwankungen, und in manchen Jahren verdient man nicht besonders viel. Es war ihre Idee, das wachsende Interesse an Biorindfleisch zu bedienen. Sie war es, die ins Auto gestiegen und durch den ganzen Staat gefahren ist, Prospekte ausgelegt und mit Restaurantbesitzern gesprochen hat. Ohne sie gäbe es kein Collins Beef. Dir sagt das möglicherweise nicht viel, aber Verbrauchern von hochwertigem Rindfleisch in North Carolina sagt das etwas.«

Sophia antwortete nicht darauf, sondern betrachtete das Bauernhaus in der Ferne. »Ich würde sie gern kennenlernen.«

»Ich würde dich ihr ja jetzt vorstellen, aber wahrscheinlich schläft sie schon. Sie geht ziemlich früh ins Bett. Aber am Sonntag bin ich hier, falls du vorbeikommen möchtest.«

»Du willst doch nur, dass ich beim Kürbisseschleppen helfe.«

»Eigentlich hatte ich gedacht, du kommst zum Abendessen. Wie gesagt, tagsüber dürfte ziemlich viel los sein.«

»Ich komme gern, wenn du glaubst, dass deine Mutter nichts dagegen hat.«

»Bestimmt nicht.«

»Um wie viel Uhr?«

»Gegen sechs?«

»Klingt wunderbar«, sagte Sophia. »Übrigens, wo ist das Labyrinth, von dem du erzählt hast?«

»Nicht weit vom Kürbisfeld entfernt.«

Sie runzelte die Stirn. »Waren wir dort letzten Sonntag?«

»Nein. Es liegt näher am Hauptweg, bei den Tannenbäumen.«

»Warum ist mir das nicht aufgefallen, als wir vorhin gekommen sind?«

»Weiß ich nicht. Vielleicht, weil es schon dunkel war?«

»Ist es ein gruseliges Labyrinth? Mit Vogelscheuchen und Spinnen und allem?«

»Natürlich, aber es ist nicht echt gruselig. Es ist hauptsächlich für kleine Kinder gedacht. In einem Jahr hat mein Vater es mal ein bisschen übertrieben, und ein paar Kinder haben geweint. Seitdem versuchen wir, den Ball flach zu halten. Aber es gibt tonnenweise Dekoration. Spinnen, Gespenster, Vogelscheuchen. Freundlich aussehende.«

»Können wir mal reingehen?«

»Klar. Ich zeig es dir gern. Aber für große Leute ist es nicht das Gleiche, weil du über die Ballen hinwegsehen kannst.« Er verscheuchte ein paar Mücken. »Übrigens hast du meine Frage vorhin nicht richtig beantwortet.«

»Welche?«

»Über Beziehungen«, sagte er.

Sie zog die Decke zurecht. »Früher habe ich geglaubt, dass ich die Grundlagen schon kannte. Meine Eltern sind immerhin seit langer Zeit verheiratet, und ich dachte, ich weiß, wie es geht. Aber ich hatte wohl das Wichtigste noch nicht gelernt.«

»Nämlich?«

»Sich den Richtigen auszusuchen.«

»Woher weiß man, ob jemand der Richtige ist?«

»Na ja …«, sagte sie. »Genau da wird es knifflig. Aber wenn ich raten müsste, würde ich sagen, ein erster Punkt wäre, dass man Gemeinsamkeiten hat. Wie etwa Wertvorstellungen. Zum Beispiel fand ich es wichtig, dass Brian mir treu war. Er hingegen orientiert sich offensichtlich an einem anderen Wertesystem.«

»Wenigstens kannst du schon Witze darüber machen.«

»Wenn es nicht mehr wehtut, kann man leicht Witze machen. Aber es war schlimm. Im letzten Frühjahr, als ich herausgefunden hatte, dass er mich betrog, konnte ich wochenlang nichts essen. Ich habe sieben Kilo abgenommen.«

»Dann warst du ja spindeldürr.«

»Ich weiß, aber was sollte ich machen? Manche Menschen essen, wenn sie unglücklich oder im Stress sind. Ich bekomme nichts herunter. Und als ich letzten Sommer nach Hause kam, reagierten meine Eltern völlig panisch. Ständig sollte ich etwas essen. Trotzdem habe ich immer noch nicht wieder mein normales Gewicht erreicht. Und seit das Semester wieder angefangen hat, ist es natürlich auch nicht so einfach, zuzunehmen.«

»Da bin ich ja froh, dass du mit mir essen gegangen bist.«

»Bei dir fühle ich mich nicht gestresst.«

»Obwohl wir nicht viel gemeinsam haben?«

Sobald er es ausgesprochen hatte, bekam er Angst, sie würde den besorgten Unterton heraushören, aber sie schien ihn nicht wahrzunehmen.

»Wir haben mehr gemeinsam, als du vielleicht glaubst. In gewisser Weise sind unsere Eltern sich ziemlich ähnlich. Sie sind lange verheiratet, führen einen kleinen Familienbetrieb, der nicht allzu viel abwirft, und erwarten von den Kindern, dass sie mit anpacken. Meine Eltern wollten, dass ich gut in der Schule bin, dein Vater wollte, dass du ein erfolgreicher Bullenreiter wirst, und wir haben beide ihre Erwartungen erfüllt. Wir sind beide Produkte unserer Erziehung, und ich glaube nicht, dass sich das jemals ändern wird.«

Zu seiner eigenen Überraschung war er erleichtert über ihre Antwort. »Bist du schon bereit fürs Labyrinth?«

»Ich würde gern erst mein Bier austrinken. Es ist zu schön hier draußen, um schon zu fahren.«

Während sie langsam ihre Flaschen leerten, unterhielten sie sich entspannt und beobachteten den Weg des Mondlichts über das Wasser. Obwohl Luke Sophia gern wieder geküsst hätte, widerstand er dem Drang. Lieber dachte er über das nach, was sie zuvor gesagt hatte, über ihre Ähnlichkeiten. Sie hatte recht, fand er und hoffte, es würde in ihren Augen ausreichen, um sich weiter mit ihm zu treffen.

Nach einer Weile verstummte ihr Gespräch, und in der friedlichen Stille bedauerte er, dass er keine Ahnung hatte, woran sie dachte. Instinktiv streckte er die Hand nach ihr aus. Sophia verstand offenbar und ergriff sie.

Die Nachtluft wurde frischer und klarer und verlieh den Sternen einen kristallenen Schimmer. Luke blickte nach oben, dann zu Sophia, und als sie mit dem Daumen sanft über seine Hand strich, erwiderte er die Geste. In diesem Moment wusste er, dass er dabei war, sich in sie zu verlieben, und dass er nicht das Geringste dagegen unternehmen konnte.

Als sie durch das Kürbisfeld zum Labyrinth schlenderten, hielt Luke weiterhin Sophias Hand. Aus irgendeinem Grund war ihm diese einfache Berührung bedeutsamer als ihre Küsse beim letzten Mal. Er konnte sich vorstellen, ihre Hand noch in vielen Jahren zu halten, wenn sie zusammen spazieren gingen, und der Gedanke erschreckte ihn.

»Woran denkst du?«

Er lief noch ein paar Schritte, bevor er antwortete. »An alles Mögliche.«

»Hat dir schon mal jemand gesagt, dass du dazu neigst, ziemlich unbestimmt zu antworten?«

»Stört dich das?«, entgegnete er.

»Weiß ich noch nicht.« Sie drückte seine Hand. »Ich geb dir dann Bescheid.«

»Das Labyrinth ist da drüben.« Er zeigte in die Richtung. »Aber zuerst wollte ich dir das Kürbisfeld zeigen.«

»Darf ich mir einen aussuchen?«

»Sicher.«

»Hilfst du mir, ihn für Halloween zu schnitzen?«

»Das könnten wir am Sonntag nach dem Essen machen. Und nur dass du es weißt, ich bin sozusagen Experte.«

»Ach ja?«

»Allein diese Woche habe ich schon fünfzehn oder zwanzig geschnitzt. Gruselige Fratzen, fröhliche Gesichter, alles.«

Sie sah ihn prüfend an. »Du bist ganz offenbar ein Mann mit vielen Talenten.«

Er wusste, dass sie ihn aufzog, aber es störte ihn nicht. »Danke.«

»Ich kann es kaum erwarten, deine Mutter kennenzulernen.«

»Du wirst sie mögen.«

»Wie ist sie?«

»Sagen wir es mal so: Erwarte keine Dame in geblümtem Kleid und Perlenkette. Eher Jeans und Stiefel und Stroh in den Haaren.«

Sophia lächelte. »Alles klar. Sonst noch etwas, das ich wissen sollte?«

»Meine Mutter hätte hervorragend in den Wilden Westen gepasst. Wenn etwas getan werden muss, dann tut sie es einfach, und das Gleiche erwartet sie von mir. Sie ist ziemlich nüchtern. Und sie ist hart im Nehmen.«

»Das kann ich mir vorstellen. Es ist kein leichtes Leben hier draußen.«

»Ich meine, wirklich hart im Nehmen. Sie ignoriert jegliche Schmerzen, beklagt sich nie, weint oder jammert nicht. Vor drei Jahren hat sie sich das Handgelenk gebrochen, weil sie vom Pferd gefallen ist. Und was macht sie? Sagt keinen Ton, arbeitet bis zum Abend, kocht Essen und fährt hinterher selbst ins Krankenhaus. Ich hatte keine Ahnung, bis ich am nächsten Tag den Gips bemerkt habe.«

Vorsichtig stieg Sophia über ein paar Ranken, um keinen Kürbis zu beschädigen. »Ich werde mir Mühe geben, mich von meiner besten Seite zu zeigen.«

»Mach dir keine Gedanken. Ihr zwei seid euch ähnlicher, als du vielleicht denkst.«

Als Sophia ihn von der Seite ansah, fuhr er fort: »Sie ist klug. Ob du's glaubst oder nicht, sie hat die Abschlussrede ihrer Klasse an der Highschool gehalten, und sie liest heute noch viel, erledigt die gesamte Buchhaltung und bildet sich regelmäßig fort. Sie ist rechthaberisch, aber sie verlangt sich selbst mehr ab als anderen. Die einzige Schwäche, die sie hatte, war ein Faible für Männer mit Cowboyhüten.«

Sophia lachte. »Gilt das auch für mich? Habe ich ein Faible für Cowboys?«

»Weiß ich nicht. Hast du?«

Sie antwortete nicht. »Es hört sich an, als sei deine Mutter eine tolle Frau.«

»Das ist sie auch. Und wer weiß, wenn sie in Stimmung ist, erzählt sie dir vielleicht eine ihrer Geschichten. Darin ist sie ganz groß.«

»Geschichten worüber?«

»Über dies und das. Aber sie bringen mich immer zum Nachdenken.«

»Erzähl mir eine«, bat Sophia.

Er blieb stehen und ging neben einem überdimensionierten Kürbis in die Hocke. »Also gut.« Er drehte den Kürbis auf die andere Seite. »Nachdem ich die landesweite Schulmeisterschaft im Rodeo gewonnen hatte –«

»Moment mal«, unterbrach sie ihn. »Ehe du weitersprichst ... es gibt hier Rodeoveranstaltungen für Schüler an der Schule?«

»Das gibt es überall. Warum?«

»Nicht in New Jersey.«

»Doch, natürlich, an manchen Highschools. Es kommen Teilnehmer aus jedem Staat.«

»Und du hast die Schulmeisterschaft gewonnen?«

»Ja, aber darum geht es nicht.« Er stand auf und nahm wieder ihre Hand. »Ich wollte sagen, nachdem ich gewonnen hatte – zum *ersten* Mal, nicht zum *zweiten* Mal«, neckte er, »schwafelte ich endlos von meinen Zielen und was ich alles erreichen wollte, und mein Vater hörte natürlich begeistert zu. Aber meine Mutter räumte den Tisch ab, und nach einer Weile unterbrach sie mich und erzählte mir eine Geschichte. Und die hat sich mir fest eingeprägt.«

»Was für eine?«

»Ein junger Mann wohnt in einer winzigen, wackeligen Hütte am Strand und rudert jeden Tag mit seinem Boot zum Fischen aufs Meer, nicht nur, weil er etwas zu essen braucht, sondern auch, weil er die Ruhe und den Frieden auf dem Wasser genießt. Aber gleichzeitig will er sein eigenes Leben und das seiner Familie verbessern, also arbeitet er schwer, um immer mehr und mehr zu fangen. Von seinem Verdienst kauft er sich ein größeres Boot, damit sein Geschäft noch profitabler wird. Das führt zu einem dritten Boot und einem vierten, und im Laufe der Jahre erwirbt er eine ganze Flotte. Inzwischen ist er reich und besitzt ein großes Haus und ein florierendes Unternehmen, aber der Stress und die Verantwortung fordern ihren Tribut. Und da erkennt er, dass er später, wenn er sich zur Ruhe setzt, am allerliebsten in einer winzigen Hütte am Strand leben will, wo er den ganzen Tag mit seinem Ruderboot fischen kann. Weil er wieder den Frieden und die Ruhe empfinden möchte wie damals, als er jung war.«

Sophia legte den Kopf schief. »Deine Mutter ist eine weise Frau. In der Geschichte steckt viel Wahres.«

»Glaubst du?«

»Es geht wohl darum, dass die Menschen selten begreifen, dass nichts jemals genauso wird, wie man es sich vorher vorgestellt hat.«

Mittlerweile standen sie vor dem Eingang zum Labyrinth. Luke führte Sophia und zeigte ihr Durchgänge, die nach ein paarmal Abbiegen in Sackgassen endeten, und andere, die weiterführten. Das Labyrinth erstreckte sich über fast einen halben Hektar.

Hinterher liefen sie zu den bereits geernteten Kürbissen. Ein paar lagen auf dem Boden, andere steckten in Tonnen oder waren zu lockeren Pyramiden aufgestapelt. Hunderte wuchsen noch auf dem Feld dahinter.

»Das war's«, sagte er.

»Das ist eine Menge. Wie lange hat es gedauert, das alles aufzubauen?«

»Drei Tage. Aber wir hatten auch noch anderes zu tun.«

»Logisch.«

Sophia prüfte die Kürbisse, suchte sich schließlich einen mittelgroßen aus und gab ihn Luke. Er legte ihn auf die Ladefläche des Pick-ups.

Als er sich wieder umdrehte, stand Sophia unmittelbar vor ihm, das dicke blonde Haar fast weißlich im Sternenlicht. Instinktiv griff er erst nach der einen Hand und dann nach der anderen, und die Worte purzelten heraus, ohne dass er etwas dagegen unternehmen konnte.

»Ich möchte alles über dich erfahren«, murmelte er.

»Du kennst mich schon besser, als du glaubst. Ich habe dir von meiner Familie und meiner Kindheit erzählt, vom College und davon, was ich mit meinem Leben vorhabe. Viel mehr gibt es nicht zu wissen.«

Doch, es gab so viel mehr, und er wollte alles wissen.

»Warum bist du hier?«, flüsterte er.

Sie war sich nicht ganz sicher, was er meinte. »Weil du mich hergebracht hast.«

»Ich meine, warum bist du bei mir?«

»Weil ich es will.«

»Das freut mich.«

»Ach ja? Warum?«

»Weil du klug bist. Und interessant.«

Ihr Kopf war leicht in den Nacken gelegt, der Gesichtsausdruck auffordernd. »Als du mich das letzte Mal interessant genannt hast, hast du mich danach geküsst.«

Darauf erwiderte er nichts. Er beugte sich einfach vor,

und als ihre Lippen sich trafen, war es für ihn wie eine Entdeckung. Er fühlte sich wie ein Forscher, der endlich ein fernes Land erreichte, das er nur aus seinen Träumen oder vom Hörensagen kannte. Noch einmal und noch einmal küsste er sie, und als er sich von ihr löste, lehnte er seine Stirn an ihre. Er holte tief Luft, denn er konnte seine Empfindungen nur mit Mühe kontrollieren. Und er wusste, dass er niemals wieder aufhören würde, Sophia zu lieben.

KAPITEL 11

Ira

Es ist jetzt Sonntagnachmittag, und wenn es dunkel wird, werde ich schon über vierundzwanzig Stunden hier eingesperrt sein. Die Schmerzen kommen und gehen, meine Beine und Füße sind von der Kälte ganz taub. Mein Gesicht tut an der Stelle, wo es auf dem Lenkrad liegt, allmählich weh, ich spüre, wie sich Blutergüsse bilden. Was mich allerdings inzwischen am meisten quält, ist der Durst. Der Gedanke an Wasser ist unerträglich, jeder Atemzug kratzt in der Kehle. Meine Lippen sind so trocken und aufgesprungen wie ein von Dürre heimgesuchter Acker.

Wasser, denke ich wieder. Ohne Wasser werde ich sterben. Ich brauche es und kann es nach mir rufen hören.

Wasser.

Wasser.

Wasser.

Der Gedanke ist nicht abzuschütteln, er verdrängt alles andere. Nie in meinem Leben habe ich mich nach etwas so Einfachem gesehnt. Und ich brauche ja nicht viel. Schon ein Schluck würde alles verändern. Ein einzelner Tropfen.

Doch ich bleibe reglos. Ich weiß nicht, wo die Wasserflasche ist, und ich bin nicht sicher, ob ich sie öffnen könnte, selbst wenn ich sie fände. Ich habe Angst, wieder nach vorn zu kippen, wenn ich den Gurt löse, und mit dem Schlüsselbein auf das Lenkrad zu schlagen, weil ich zu schwach bin, mich zu halten. Allein die Vorstellung, den Kopf anzuheben, ist schon zu viel, ganz zu schweigen davon, das Auto zu durchsuchen.

Und doch will mein Bedürfnis nach Wasser nicht schweigen, es setzt mir nachdrücklich und unentwegt zu, und ich spüre langsam große Verzweiflung. Ich werde sterben, so wie ich hier sitze. Es ist völlig ausgeschlossen, dass ich es jemals auf den Rücksitz schaffe. Die Sanitäter werden mich nicht wie ein Fischstäbchen herausziehen können.

»Du hast einen morbiden Sinn für Humor«, unterbricht Ruth meine Gedanken, und ich sage mir erneut, dass sie nur ein Traum ist.

»Das ist in dieser Situation wohl durchaus angebracht, meinst du nicht?«

»Du bist noch am Leben.«

»Ja, aber wie lange noch?«

»Der Rekord liegt bei vierundsechzig Tagen. Ein Schwede. Das habe ich auf dem Wettersender gesehen.«

»Nein. *Ich* hab das gesehen.«

Sie zuckt die Achseln. »Ist doch dasselbe.«

Da ist was dran, denke ich. »Ich brauche Wasser.«

»Nein«, sagt sie. »Erst müssen wir reden. Das hält dich davon ab, dich zu sehr in dein Durstgefühl hineinzusteigern.«

»Ein Trick.«

»Ich bin kein Trick. Ich bin deine Frau. Und ich möchte, dass du mir zuhörst.«

Ich gehorche. Den Blick auf sie gerichtet, entspanne ich mich. Meine Augen fallen endlich zu, und ich habe das Gefühl, stromabwärts in einem Fluss zu treiben. Bilder kommen und gehen, eins nach dem anderen, während ich vom Wasser vorbeigetragen werde.

Ich treibe.

Ich treibe.

Und dann, endlich, verfestigen sich die Bilder zu etwas Realem.

Ich schlage im Auto die Augen auf und blinzle. Ruth sieht wieder anders aus als in meiner letzten Vision. Im Gegensatz zu den bisherigen Erinnerungen ist diese jedoch ganz scharf und klar. Sie ist so wie im Juni 1946. Das weiß ich deshalb genau, weil ich sie damals zum ersten Mal in einem leichten Sommerkleid sah. Sie verändert sich, wie alle anderen auch nach dem Krieg. Die Kleidung verändert sich. Später in diesem Jahr wird Louis Réard, ein französischer Ingenieur, den Bikini erfinden. Ruths Haut hat nach den Wochen, die sie gerade mit ihren Eltern am Meer verbracht hat, einen Walnusston. Ihr Vater hatte mit seiner Familie Urlaub auf den Inseln der Outer Banks gemacht, um seine offizielle Anstellung in Duke zu feiern. Vorher hatte er sich bei mehreren Hochschulen beworben, einschließlich einer kleinen experimentellen Kunstakademie in den Bergen, aber am wohlsten fühlte er sich in den grauen, ehrwürdigen Gebäuden von Duke. Ab Herbst würde er wieder unterrichten, ein Lichtblick in einem ansonsten schweren Jahr der Trauer.

Das Verhältnis zwischen Ruth und mir hatte sich seit jenem Abend im Park verändert. Ruth hatte wenig zu meiner Enthüllung gesagt, und als wir schließlich vor ihrem Haus standen, versuchte ich nicht, ihr einen Gutenachtkuss zu geben. Mir war klar, sie musste das alles verarbeiten, und sogar sie würde später zugeben, dass sie in den kommenden Wochen nicht sie selbst war. Bei unserem nächsten Treffen trug sie ihren Verlobungsring nicht mehr, doch das mache ich ihr nicht zum Vorwurf. Sie stand unter Schock, gleichzeitig war sie auch zu Recht wütend, weil ich ihr mein Geheimnis bis zu jenem Abend nicht anvertraut hatte. Jemandem seine Liebe zu erklären, ist schließlich eine Sache. Zu akzeptieren, dass die Liebe zu diesem Menschen erfordert, seine Träume zu opfern, ist eine völlig andere. Und Kinder zu haben – eine Familie zu erschaffen –, hatte für sie nach den schrecklichen Ereignissen eine ganz neue Bedeutung bekommen.

Ich verstand das intuitiv, und in den folgenden Monaten gingen wir zurückhaltend miteinander um. Wir sprachen nicht von einer festen Beziehung, doch wir trafen uns weiterhin zwei oder drei Mal pro Woche. Manchmal führte ich Ruth ins Theater oder zum Essen aus, dann wieder spazierten wir durch die Stadt. Es gab eine Kunstgalerie, die es ihr besonders angetan hatte, und wir besuchten sie regelmäßig. Die meisten Werke waren weder vom Motiv noch von der Ausführung her außergewöhnlich, doch hin und wieder entdeckte Ruth in einem Gemälde etwas, das mir nicht aufgefallen war. Wie ihr Vater interessierte sie sich leidenschaftlich für moderne Kunst, eine Bewegung, die von Malern wie Van Gogh, Cézanne und Gauguin hervorgebracht worden war, und selbst in den mittelmäßigen Arbeiten, die wir begutachteten, erkannte sie rasch die Einflüsse dieser Künstler.

Diese Galeriebesuche und Ruths fundierte Kenntnisse über Kunst im Allgemeinen eröffneten mir eine mir gänzlich fremde Welt. Allerdings fragte ich mich manchmal, ob unsere Debatten über Malerei nicht zunehmend dazu dienten, Gesprächen über unsere Zukunft aus dem Weg zu gehen. Doch obwohl diese Diskussionen einen Abstand zwischen uns schufen, ließ ich sie gern zu, da ich mich selbst in solchen Momenten nach Vergebung für die Vergangenheit und zugleich nach der Aussicht auf eine gemeinsame Zukunft sehnte.

Ruth hingegen schien genauso weit entfernt von einer Entscheidung zu sein, wie sie an jenem schicksalhaften Abend im Park gewesen war. Sie behandelte mich nicht unbedingt kühl, suchte aber auch keine größere Nähe, und daher war ich überrascht, als ihre Eltern mich einluden, einen Urlaub am Meer mit ihnen zu verbringen.

Zwei Wochen mit entspannten Strandspaziergängen wären vielleicht genau das gewesen, was wir brauchten, leider war ich jedoch nicht so lange abkömmlich. Seit sich mein Vater nicht mehr vom Radio im Hinterzimmer fortbewegte, war ich im Geschäft unentbehrlich, und wir hatten mehr zu tun als je zuvor. Veteranen kauften sich Anzüge, die sie sich eigentlich nicht leisten konnten, in der Hoffnung, eine Arbeit zu finden, wenn sie nur gut gekleidet waren. Die Firmen dagegen stellten nur zögerlich Leute ein, und wenn diese verzweifelten Männer in den Laden kamen, dachte ich an Joe Torrey und Bud Ramsey und tat für sie, was ich konnte. Ich überredete meinen Vater, günstige Anzüge mit geringer Gewinnspanne ins Sortiment zu nehmen, und meine Mutter änderte sie kostenlos. Unsere gemäßigten Preise hatten sich herumgesprochen, und obwohl wir nun samstags nicht mehr geöffnet hatten, stieg der Umsatz mit jedem Monat.

Dennoch konnte ich meine Eltern überreden, mir den Wagen zu leihen, um Ruth gegen Ende ihres Urlaubs zu besuchen, und so war ich an einem Donnerstagmorgen auf der Straße. Es war eine lange Fahrt, und während der letzten Stunde musste ich direkt über den Sand fahren. In den Nachkriegsjahren hatten die Outer Banks eine wilde, ungezähmte Schönheit. Sie waren von Familien besiedelt, die dort seit Generationen wohnten und vom Meer lebten. Riedgras sprenkelte die windzerzausten Dünen, und die Bäume sahen aus wie die verdrehten Töpferarbeiten eines Kindes. Hier und da entdeckte ich wilde Pferde, die die Köpfe hoben, als ich vorbeifuhr, und mit dem Schwanz die Fliegen verscheuchten. Auf der einen Seite lag das tosende Meer, auf der anderen lagen die Dünen, und ich kurbelte die Fenster hinunter, ließ alles auf mich wirken und fragte mich, was mich wohl an meinem Zielort erwarten würde.

Als ich schließlich in die Kieseinfahrt bog, stand die Sonne schon tief. Zu meiner Überraschung hielt Ruth auf der Veranda nach mir Ausschau, barfuß und in demselben Kleid, das sie jetzt trägt. Ich stieg aus dem Auto und konnte sie nur anstarren, so strahlend sah sie aus. Das Haar fiel ihr offen über die Schultern, und ihr Lächeln schien ein Geheimnis zu bergen, das nur für uns beide bestimmt war. Als sie mir winkte, stockte mir kurz der Atem, denn ein winziger Diamant blitzte in den Strahlen der untergehenden Sonne auf – der Verlobungsring, der monatelang an ihrem Finger gefehlt hatte.

Für einen Moment war ich wie erstarrt, aber sie hüpfte unbeschwert die Stufen herunter und lief über den Sand auf mich zu. Als sie in meine Arme sank, roch sie nach Salz und Meer und Wind, ein Duft, den ich mein Leben lang mit ihr und diesem speziellen Wochenende verbunden habe. Ich zog sie dicht an mich, genoss es, ihren Körper zu spüren, und dachte darüber nach, wie sehr ich das in den vergangenen drei Jahren vermisst hatte.

»Ich bin froh, dass du da bist«, flüsterte sie mir ins Ohr, und nach einer langen und erfüllenden Umarmung küsste ich sie beim Klang der rauschenden Wellen. Als sie meinen Kuss erwiderte, wusste ich sofort, dass sie ihre Entscheidung getroffen hatte, und meine gesamte Welt wurde auf den Kopf gestellt.

Es war nicht unser erster Kuss, aber es ist mein Lieblingskuss geworden, und zwar, weil er zu einem Zeitpunkt stattfand, an dem ich ihn am meisten brauchte, und er den Beginn einer der beiden wunderbarsten und umwälzendsten Phasen meines Lebens kennzeichnete.

Jetzt im Auto lächelt Ruth mich an, wunderschön und heiter in diesem Sommerkleid. Ihre Nasenspitze ist leicht gerötet, die Haare vom Wind zerzaust und nach Meeresbrise duftend.

»Daran erinnere ich mich gern«, sagt sie.

»Ich mich auch.«

»Ja, weil ich damals eine junge Frau war. Dickes Haar, keine Falten, nirgendwo schlaffe Haut.«

»Du hast dich überhaupt nicht verändert.«

»Unsinn«, sagt sie auf Deutsch. »Natürlich habe ich mich verändert. Ich wurde alt, und es ist kein Spaß, alt zu sein. Vieles, was einem einmal leichtfiel, wird schwierig.«

»Du klingst schon wie ich«, bemerke ich, und sie zuckt mit den Schultern. Dann kommt sie wieder auf unsere Erinnerung zurück.

»Ich war so froh, dass du mit uns Urlaub machen konntest.«

»Ich bedaure, dass es nur für ein paar Tage war.«

Sie überlegt kurz, bevor sie antwortet. »Ich glaube, es war gut für mich, ein bisschen Zeit und Ruhe für mich zu haben. Meine Eltern wussten das offenbar auch. Es gab nicht viel Abwechslung, außer auf der Veranda zu sitzen, durch den Sand zu laufen und bei Sonnenuntergang ein Glas Wein zu trinken. Ich hatte viel Zeit zum Nachdenken. Über uns.«

»Weshalb du dich mir an den Hals geworfen hast, als ich auftauchte«, necke ich sie.

»Das stimmt nicht«, entgegnet sie entrüstet. »Dein Gedächtnis lässt dich wohl im Stich. Ich bin ganz gemächlich die Treppe hinuntergegangen und habe dich umarmt. Schließlich wurde ich zu einer Dame erzogen. Es war eine normale Begrüßung, alles andere entspringt deiner Einbildung.«

Vielleicht. Vielleicht auch nicht. Wer weiß das noch nach so langer Zeit? Vermutlich ist es bedeutungslos.

»Weißt du noch, was wir im Anschluss gemacht haben?«, fragt sie.

Ich bin mir nicht sicher, ob sie mich auf die Probe stellt. »Natürlich«, antworte ich. »Wir sind ins Haus gegangen und haben deine Eltern begrüßt. Deine Mutter schnitt gerade Tomaten, und dein Vater grillte auf der Terrasse Thunfisch. Er erzählte mir, dass er ihn am Nachmittag einem Fischer abgekauft hatte, der am Pier anlegte. Darauf war er sehr stolz. Er wirkte anders als sonst … lockerer.«

»Es war ein guter Sommer für ihn«, pflichtet Ruth mir bei. »Damals leitete er die Fabrik schon, sodass die Arbeit körperlich nicht mehr so anstrengend war, und zum ersten Mal seit Jahren hatten wir genug Geld, um in Urlaub zu fahren. Vor allem aber freute er sich wie verrückt, wieder unterrichten zu dürfen.«

»Und deine Mutter war glücklich.«

»Die gute Laune meines Vaters steckte an.« Ruth hält kurz inne. »Und genau wie mir war ihr dieses Land ans Herz gewachsen. In Greensboro war es niemals wie in Wien, aber sie hatte die Sprache gelernt und ein paar Freunde gefunden, und sie wusste die Wärme und Großzügigkeit der Menschen hier zu schätzen. In gewisser Weise betrachtete sie North Carolina endlich als ihr Zuhause.«

»Weißt du noch, wie klar der Himmel war, als wir gegessen haben?«, frage ich. »Man konnte so viele Sterne sehen!«

»Weil es so dunkel war. Keine Lichter aus der Stadt. Meinem Vater fiel das damals auch auf.«

»Die Outer Banks habe ich immer geliebt. Wir hätten jedes Jahr hinfahren sollen.«

»Ich glaube, dann hätten sie ihren Zauber verloren«, sagt

sie. »Alle paar Jahre hinzufahren war perfekt. Denn jedes Mal kam uns die Landschaft wieder neu und ungezähmt und frisch vor. Außerdem, wann hätten wir denn hinfahren sollen? Im Sommer waren wir doch immer auf Reisen. New York, Boston, Philadelphia, Chicago, sogar Kalifornien. Und immer Black Mountain. Wir hatten Gelegenheit, dieses Land auf eine Art und Weise zu erleben, wie es den meisten Menschen nie möglich war, und was hätte besser sein können?«

Nichts, denke ich, weil ich im Herzen weiß, dass sie recht hat. Mein Haus ist voller Andenken an unsere Reisen. Von den Outer Banks hatte ich seltsamerweise nichts außer einer Muschel, die Ruth und ich am nächsten Morgen fanden, und doch verblasste die Erinnerung nie.

»Die Abendessen mit deinen Eltern habe ich immer genossen. Dein Vater wusste zu jedem Thema etwas zu sagen.«

»Ja, das stimmt«, bemerkte Ruth. »Sein Vater war Lehrer gewesen, sein Bruder war Lehrer. Seine Onkel waren Lehrer. Mein Vater stammte aus einer Familie von Gelehrten. Aber du warst für ihn auch interessant, er war fasziniert von deiner Arbeit als Navigator im Krieg, trotz deines Widerstrebens, darüber zu sprechen. Ich glaube, das steigerte seinen Respekt für dich.«

»Deiner Mutter ging es da anders.«

Ruth schweigt, und ich weiß, dass sie die folgenden Worte mit Bedacht wählt. Sie spielt mit einer vom Wind gelösten Haarsträhne und betrachtet sie eingehend, bevor sie weiterspricht. »Damals machte sie sich einfach Sorgen um mich. Sie wusste nur, dass du mir erst wenige Monate vorher scheinbar das Herz gebrochen hattest und dass mich immer noch etwas bedrückte, obwohl wir uns einander wieder angenähert hatten.«

Damit meint Ruth die Folgen meiner Mumpserkrankung und was das für unsre Zukunft bedeutete. Ihrer Mutter sollte sie das erst Jahre später erzählen, als deren Verwunderung darüber, keine Enkel zu bekommen, sich in Traurigkeit und Besorgnis gewandelt hatte. Sanft erklärte Ruth ihr damals, dass wir keine Kinder bekommen konnten, wobei sie darauf achtete, nicht die gesamte Schuld auf mich zu schieben, was sie leicht hätte tun können. Noch eine ihrer liebevollen Gesten, für die ich immer dankbar gewesen bin.

»Beim Essen hat sie nicht viel gesagt, hinterher lächelte sie mich zu meiner Erleichterung aber an«, sage ich.

»Das lag daran, dass du angeboten hattest, das Geschirr zu spülen.«

»Das war das Mindeste, was ich tun konnte. Bis heute war dieses Essen das Beste, was ich je gegessen habe.«

»Es war gut, stimmt«, erinnert sich Ruth. »Meine Mutter hatte an diesem Tag einen Straßenstand mit frischem Gemüse entdeckt, und sie hatte Brot gebacken. Und mein Vater erwies sich am Grill als Naturtalent.«

»Nach dem Spülen machten wir einen Spaziergang.«

»Ja«, sagt sie. »Du warst sehr verwegen an jenem Abend.«

»Das war nicht verwegen. Ich habe nur um eine Flasche Wein und zwei Gläser gebeten.«

»Schon, aber das war neu für dich. Diese Seite hatte meine Mutter an dir noch nie erlebt. Es machte sie nervös.«

»Wir waren immerhin erwachsen.«

»Genau das war das Problem. Du warst ein Mann, und sie wusste, dass Männer Bedürfnisse haben.«

»Und Frauen nicht?«

»Doch, natürlich. Im Gegensatz zu Männern werden Frauen allerdings nicht von ihren Bedürfnissen beherrscht. Frauen sind zivilisiert.«

»Hat dir deine Mutter das beigebracht?« Meine Stimme klingt skeptisch.

»Dazu brauchte ich meine Mutter nicht. Mir war sonnenklar, was du wolltest. Deine Augen waren voller Lust.«

»Wenn mich mein Gedächtnis nicht trügt«, sage ich steif, »war ich an dem Abend ein perfekter Gentleman.«

»Das stimmt. Trotzdem war es aufregend für mich, dich dabei zu beobachten, wie du deine Triebe zu kontrollieren versuchtest. Besonders, als du deine Jacke im Sand ausgebreitet hast und wir uns daraufsetzten und den Wein tranken. Das Meer schien das Mondlicht aufzusaugen, und ich spürte, dass du mich begehrst, auch wenn du dich bemüht hast, es nicht zu zeigen. Du hast den Arm um mich gelegt, und wir redeten und küssten uns und redeten weiter, und ich war ein bisschen beschwipst …«

»Und es war großartig.«

»Ja. Es war großartig.« Ihr Gesichtsausdruck ist etwas wehmütig. »Ich wusste, dass ich dich heiraten wollte, und war mir absolut sicher, dass wir immer glücklich miteinander wären.«

Mir ist bewusst, woran sie in dem Moment dachte. »Du hattest damals noch die Hoffnung, der Arzt könne sich geirrt haben.«

»Ich glaube, ich sagte, alles liege in Gottes Hand.«

»Das ist doch das Gleiche, oder?«

»Vielleicht«, gibt sie zurück, dann schüttelt sie den Kopf. »Ich weiß auf jeden Fall, dass ich an dem Abend das Gefühl hatte, Gott gäbe mir zu verstehen, dass ich das Richtige tat.«

»Und dann haben wir die Sternschnuppe gesehen.«

»Sie rauschte über den ganzen Himmel hinweg.« Immer noch liegt ein Staunen in ihrer Stimme. »Es war das erste Mal, dass ich eine sah.«

»Und ich habe dir gesagt, du sollst dir etwas wünschen.«

»Das habe ich getan.« Sie sieht mir in die Augen. »Und mein Wunsch ging schon wenige Stunden später in Erfüllung.«

Obwohl es bereits spät war, als Ruth und ich zum Haus zurückkamen, war ihre Mutter noch wach. Sie saß am Fenster und las, und sobald wir durch die Tür traten, musterte sie uns von Kopf bis Fuß, auf der Suche nach einem offenen Knopf oder einem nicht ordentlich in der Hose steckenden Hemdzipfel, nach Sand in den Haaren. Ihre Erleichterung war unübersehbar, als sie aufstand, um uns zu begrüßen, auch wenn sie sich große Mühe gab, dies zu verbergen.

Sie plauderte mit Ruth, während ich meinen Koffer aus dem Auto holte. Wie viele der Häuschen an jenem Strandabschnitt bestand auch dieses aus zwei Ebenen. Ruth und ihre Eltern bewohnten Zimmer im Souterrain, ich wurde von Ruths Mutter in einen Raum gebracht, der im Erdgeschoss direkt von der Küche abging. Wir drei standen noch ein paar Minuten zusammen, dann begann Ruth zu gähnen. Auch ihre Mutter gähnte und kündigte damit das Ende des Abends an. Ruth küsste mich nicht vor ihrer Mutter – das hatten wir damals noch nie getan –, und nachdem sie gegangen war, verabschiedete sich auch ihre Mutter bald.

Ich schaltete das Licht aus, setzte ich mich auf die Veranda und genoss den Anblick des vom Mond beschienenen Wassers und die Brise in meinen Haaren. Ich blieb noch lange sitzen, es wurde kühler, und meine Gedanken schweiften von Ruth und mir zu Joe Torrey und schließlich zu meinen Eltern.

Ich versuchte, mir meinen Vater und meine Mutter an einem solchen Ort vorzustellen, aber es gelang mir nicht. Wir hatten nicht ein einziges Mal Urlaub gemacht, da wir durch das Geschäft immer angebunden gewesen waren, doch selbst wenn es möglich gewesen wäre, hätte es niemals so wie hier stattgefunden. Ich konnte mir meinen Vater genauso wenig mit einem Weinglas in der Hand am Grill vorstellen wie auf dem Gipfel des Mount Everest, und der Gedanke machte mich traurig. Mein Vater, erkannte ich, wusste überhaupt nicht, wie man sich entspannte. Sein Leben bestand ausschließlich aus Arbeit und Sorgen. Ruths Eltern dagegen vermittelten den Eindruck, als würden sie jeden Augenblick genießen. Mir fiel plötzlich auf, wie anders Ruth und ihre Eltern auf den Krieg reagiert hatten. Während sich mein Vater und meine Mutter in die Vergangenheit zurückzogen – wenn auch auf ihre jeweils eigene Art –, wandten sie sich freudig der Zukunft zu, griffen nach ihrer Chance im Leben. Sie entschieden sich bewusst dazu, das Beste aus ihrem Schicksal zu machen, und blieben immer dankbar für das, was sie erreicht hatten.

Im Haus war es still, als ich schließlich hineinging. Verlockt von dem Gedanken an Ruth tapste ich auf Zehenspitzen die Treppe hinunter. Auf beiden Seiten des Flurs lag jeweils ein Zimmer, wegen der geschlossenen Türen wusste ich jedoch nicht, welches Ruths war. Ich stand für eine Weile da, dann drehte ich mich um und ging zurück nach oben.

In meinem Zimmer zog ich mich aus und kroch ins Bett. Mondlicht strömte durch die Fenster und verlieh allem einen silbernen Glanz. Ich konnte das Rauschen der Wellen hören, beruhigend in seiner Gleichförmigkeit, und nach ein paar Minuten merkte ich, wie ich eindämmerte.

Irgendwann später – zuerst dachte ich, ich bildete es mir nur ein – hörte ich die Tür aufgehen. Ich hatte schon immer einen leichten Schlaf gehabt, was sich durch den Krieg noch verstärkt hatte, und obwohl anfangs nur Schatten zu sehen waren, wusste ich, dass Ruth gekommen war. Verwirrt setzte ich mich im Bett auf, während sie die Tür leise hinter sich schloss. Sie trug einen Morgenmantel, doch im Gehen knotete sie den Gürtel auf, und der Morgenmantel glitt zu Boden.

Einen Moment später lag sie bei mir im Bett. Ihre Haut schien vor Spannung zu knistern. Unser Lippen trafen sich, und ich spürte ihre Zunge an meiner, während ich sanft mit den Fingern durch ihr Haar und über ihren Rücken strich. Wir wussten genau, dass wir keinen Mucks von uns geben durften, und die Stille machte alles noch aufregender. Ich drehte sie auf den Rücken, küsste ihre Wange und zog eine Spur fiebriger Küsse über ihren Hals und wieder zurück zum Mund, völlig versunken in den Augenblick.

Wir liebten uns, und eine Stunde später liebten wir uns erneut. Ich zog sie an meine Brust und flüsterte ihr ins Ohr, wie sehr ich sie liebte und dass es nie eine andere für mich geben würde. Ruth sagte nur wenig, doch in ihren Augen und in ihren Berührungen spürte ich das Echo meiner Worte.

Kurz vor Morgengrauen küsste sie mich zärtlich und zog ihren Morgenmantel wieder an. An der Tür drehte sie sich noch einmal um.

»Ich liebe dich auch, Ira«, flüsterte sie. Und damit war sie fort.

Ich lag wach im Bett, bis der Himmel langsam heller wurde, und durchlebte im Geiste noch einmal die Stunden, die wir gerade miteinander verbracht hatten. Gern hätte ich gewusst, ob Ruth schlief oder ebenfalls wach war. Ob sie an mich dachte. Durch das Fenster sah ich die Sonne aufgehen, als würde sie aus dem Meer gezogen, und nie wieder in meinem ganzen Leben habe ich eine so spektakuläre Morgenröte erlebt. Als ich die leisen Stimmen von Ruths Eltern in der Küche hörte, die mich nicht wecken wollten, blieb ich im Zimmer. Endlich hörte ich auch Ruth nebenan, doch erst eine ganze Weile später zog ich mich an und öffnete die Tür.

Ruths Mutter goss sich gerade eine Tasse Kaffee ein, Ruth und ihr Vater saßen am Tisch. Mit einem Lächeln drehte sich Ruths Mutter zu mir um.

»Gut geschlafen?«

Ich gab mir alle Mühe, Ruth nicht anzusehen, aber ich glaubte aus dem Augenwinkel den winzigen Hauch eines Lächelns auf ihren Lippen zu entdecken.

»Traumhaft«, antwortete ich.

KAPITEL 12

Luke

Die Tribünen in der Arena von Knoxville, wo Luke zuletzt vor sechs Jahren geritten war, waren schon beinahe voll besetzt. Luke stand in der Box und spürte den vertrauten Adrenalinstoß, bei dem die Welt sich plötzlich verdichtete. Nur undeutlich hörte er den Sprecher die Höhen und Tiefen seiner Karriere aufzählen.

Luke hatte das Gefühl, noch nicht bereit zu sein. Gerade noch hatten seine Hände gezittert, und jetzt fühlte er die Angst aufsteigen, die es ihm schwer machte, sich zu konzentrieren. Unter ihm warf sich ein Bulle namens Crosshairs wütend von rechts nach links und zwang Luke, sich mit der unmittelbaren Situation zu befassen. Das Seil wurde von anderen Cowboys unter dem Bullen straff gezogen, und Luke schob seine Halteschlinge zurecht. Es war dieselbe mörderische Schlinge, die er immer benutzte, dieselbe, die er auch bei Big Ugly Critter benutzt hatte. Jetzt lag sie fest um seine Hand. Crosshairs quetschte Lukes Bein gegen das Gitter und lehnte sich kräftig dagegen. Die Cowboys versuchten ihn fortzuschieben. Crosshairs gab etwas nach, und Luke zog rasch sein Bein in die richtige Position. Er atmete kurz durch und sagte dann knapp: »Los!«

Das Gatter schwang auf, und der Bulle machte einen wilden Satz nach vorn, den Kopf gesenkt, die Hinterhufe gen Himmel gereckt. Luke bemühte sich, mittig zu bleiben, und streckte den Arm aus, während Crosshairs begann, sich linksherum im Kreis zu drehen. Das hatte Luke vorausgeahnt und ging mit. Der Bulle machte einen weiteren Bocksprung und wechselte dann plötzlich die Richtung. Damit wiederum hatte Luke nicht gerechnet, und sein Schwerpunkt verschob sich, doch er blieb oben. Er spannte die Unterarme an, versuchte, sich wieder in die richtige Position zu bringen, und hielt sich mit aller Kraft fest. Gerade als sich Crosshairs erneut aufbäumte und sein Kreiseln um die eigene Achse begann, ertönte das Signal. Luke befreite sich im selben Moment aus der Halteschlinge, indem er von dem Bullen sprang. Er landete auf allen vieren, stand schnell auf und rannte auf den Zaun der Arena zu, ohne sich umzudrehen. Als er die oberste Stange erreicht hatte, war Crosshairs schon auf dem Weg aus der Arena. Luke setzte sich auf die Absperrung und wartete auf seine Wertung, während sich sein Adrenalinspiegel langsam normalisierte. Das Publikum tobte, als für ihn das Ergebnis 81 verkündet wurde – nicht gut genug, um unter die besten vier zu kommen, aber damit hatte er noch alle Chancen.

Trotzdem war er, selbst nachdem er sich erholt hatte, ein paar Minuten lang unsicher, ob er noch einmal würde reiten können, denn die Angst kehrte heftig zurück. Der nächste Bulle spürte seine Anspannung, und er wurde nach der Hälfte der Zeit abgeworfen. Er landete auf einem Knie und spürte, wie sich darin etwas ruckartig verdrehte, dann kippte er auf die Seite. Eine Sekunde lang war er benommen, aber gleich darauf reagierte er rein instinktiv und entkam abermals unversehrt.

Seine Wertung reichte gerade eben, um ihn unter den besten fünfzehn zu halten, sodass er in der Endrunde mitreiten durfte und letztlich Neunter wurde.

Hinterher hielt er sich nicht mehr lange auf. Er schrieb seiner Mutter eine SMS, startete den Wagen und fuhr vom Parkplatz. Kurz nach vier Uhr morgens kam er auf der Ranch an. Da er im Haus seiner Mutter Licht sah, nahm er an, dass sie entweder früh aufgestanden oder gar nicht ins Bett gegangen war, was er für wahrscheinlicher hielt.

Nachdem er den Motor abgestellt hatte, schickte er ihr noch eine SMS, ohne mit einer Antwort zu rechnen.

Wie üblich bekam er auch keine.

Am Morgen, nach zwei Stunden unruhigem Schlaf, humpelte Luke ins große Wohnhaus hinüber, wo seine Mutter gerade das Frühstück zubereitete. Beidseitig gebratene Spiegeleier, Bratwürstchen und Pancakes, deren aromatischer Duft die Küche erfüllte.

»Hallo«, sagte er und nahm sich eine Kaffeetasse. Er verbarg sein Humpeln, so gut es ging, und dachte, dass er deutlich mehr als ein oder zwei Tassen Kaffee benötigen würde, um die Schmerztabletten hinunterzuspülen, die er in der Faust hielt.

Seine Mutter musterte ihn. »Du hast dir wehgetan.« Sie klang weniger wütend, als er erwartet hatte. Eher besorgt.

»Ist nicht so schlimm.« Als er sich an die Arbeitsfläche

lehnte, bemüht er sich, nicht das Gesicht zu verziehen. »Mein Knie ist auf der Heimfahrt ein bisschen angeschwollen, sonst nichts. Das muss sich nur wieder lockern.«

Sie schob die Unterlippe vor, offenbar unschlüssig, ob sie ihm glauben sollte. Dann nickte sie. »Ist gut«, sagte sie, und nachdem sie die Bratpfanne auf eine kalte Herdplatte geschoben hatte, umarmte sie ihn zum ersten Mal seit Wochen. Sie hielt ihn länger fest als normal, als wolle sie etwas nachholen. Doch dann löste sie sich von ihm, und er bemerkte ihre Augenringe und wusste, dass sie genauso wenig geschlafen hatte wie er. Sie klopfte ihm auf die Brust.

»Setz dich hin«, sagte sie. »Ich bring dir dein Frühstück.«

Er ging langsam und achtete darauf, keinen Kaffee zu verschütten. Als er endlich sein Bein unter dem Tisch ausgestreckt und eine einigermaßen bequeme Position gefunden hatte, stand bereits der Teller vor ihm. Seine Mutter holte noch die Kaffeekanne, dann setzte sie sich neben ihn. Die Portion auf ihrem Teller war genau halb so groß wie die auf seinem.

»Ich nahm an, dass du erst spät gekommen bist, deshalb habe ich heute Morgen schon die Tiere gefüttert und nach den Rindern gesehen.«

Dass sie nicht zugab, auf ihn gewartet zu haben, überraschte ihn nicht.

»Danke«, sagte er. »Wie viele Leute waren denn gestern hier?«

»Ungefähr zweihundert, aber am Nachmittag hat es ein bisschen geregnet, also werden es heute wahrscheinlich mehr werden.«

»Muss ich Nachschub holen?«

Sie nickte. »José hat schon einiges erledigt, bevor er nach Hause gefahren ist, aber vermutlich brauchen wir noch ein paar Kürbisse.«

Schweigend aß Luke ein paar Bissen. »Ich wurde abgeworfen«, sagte er. »So hab ich mir das Knie verletzt. Ich bin falsch aufgekommen.«

Sie tippte mit der Gabel an ihren Teller. »Ich weiß.«

»Woher denn?«

»Liz, die Frau, die im Büro der Arena arbeitet, hat mich angerufen und mir von deinen Ritten erzählt. Wir kennen uns schon lange, das weißt du doch.«

Damit hatte er nicht gerechnet und wusste nicht, wie er reagieren sollte. Er spießte ein Stück Wurst auf, kaute und wechselte das Thema.

»Ich hatte doch Bescheid gesagt, dass Sophia heute kommt, oder?«

»Zum Abendessen«, sagte sie. »Ich dachte an einen Blaubeerkuchen zum Nachtisch.«

»Du brauchst nicht auch noch zu backen.«

»Hab ich schon.« Mit der Gabel deutete sie in die Ecke. Unter den Hängeschränken entdeckte er ihre Lieblingskeramikform, an deren Seiten sich dunkle Saftrinnsale eingebrannt hatten.

»Wann hast du den denn gemacht?«

»Gestern Abend, nachdem die letzten Kunden weg waren. Soll ich einen Eintopf kochen?«

»Nein danke. Ich dachte, ich grille ein paar Steaks.«

»Dann also Kartoffelbrei. Und grüne Bohnen. Einen Salat mache ich auch noch.«

»Das ist doch nicht nötig.«

»Und ob! Sie ist ein Gast. Außerdem habe ich deinen Kartoffelbrei mal probiert, und wenn du willst, dass sie wiederkommt, übernehme ich das lieber.«

Er grinste. Erst in dem Moment fiel ihm auf, dass sie nicht nur gebacken, sondern auch die Küche aufgeräumt hatte. Wahrscheinlich das ganze Haus.

»Danke«, sagte er. »Aber sei nicht zu streng mit ihr.«

»Ich bin zu niemandem streng. Und sitz gefälligst gerade, wenn du mit mir sprichst.«

Er lachte. »Verstehe ich das richtig, dass du mir endlich verziehen hast?«

»Überhaupt nicht. Ich bin immer noch wütend, dass du diese Wettbewerbe geritten bist, aber ich kann ja nichts daran ändern. Außerdem ist die Saison vorbei. Bis Januar bist du hoffentlich wieder zur Vernunft gekommen.«

Darauf erwiderte er nichts, um keinen Streit anzufangen. »Sophia wird dir gefallen«, sagte er stattdessen.

»Das würde mich freuen. Immerhin ist sie die erste Frau, die du hierher eingeladen hast.«

»Angie war früher oft hier.«

»Sie ist jetzt mit jemand anderem verheiratet. Außerdem wart ihr da noch Kinder. Das zählt nicht.«

»Ich war kein Kind. Ich war in der zwölften Klasse.«

»Ein und dasselbe.«

Er schnitt noch ein Stück Pancake ab und ließ es im Ahornsirup kreisen. »Auch wenn ich nicht deiner Meinung bin, ich bin froh, dass wir wieder miteinander reden.«

Seine Mutter spießte ein Stück Ei auf. »Ich auch.«

Für Luke entwickelte sich der Rest des Tages eigenartig. Normalerweise fing er gleich nach dem Frühstück an zu arbeiten und bemühte sich, die unterschiedlichen Aufgaben auf seiner langen Liste je nach Dringlichkeit abzuhaken. Manches duldete keinen Aufschub, zum Beispiel Kürbisse ernten, bevor die ersten Kunden kamen, oder sich um ein verletztes Tier kümmern.

Im Normalfall verging der Vormittag schnell. Er nahm sich ein Projekt nach dem anderen vor, und ehe er sich's versah, war es Zeit für ein hastiges Mittagessen. Das Gleiche galt für den Nachmittag. Meistens kam er erst nach Hause, wenn das Abendessen schon auf dem Tisch stand, und war frustriert, weil er mit irgendetwas nicht ganz fertig geworden war.

Dieser Tag hätte genauso verlaufen müssen, denn wie seine Mutter prophezeit hatte, war noch mehr los als am Samstag. Kleinwagen und Pick-ups und Minivans säumten die Auffahrt bis fast zur Hauptstraße zurück, und überall rannten Kinder herum. Trotz seines immer noch schmerzenden Knies schleppte Luke Kürbisse, half Eltern, ihren Nachwuchs im Labyrinth wiederzufinden, und füllte Hunderte von Ballons mit Helium. Die Ballons waren dieses Jahr neu, genau wie die Hotdogs und Kaltgetränke, die seine Mutter an einem Tisch verkaufte.

Doch bei allem, was er tat, musste er an Sophia denken. Ab und zu sah er auf die Uhr, überzeugt, dass Stunden vergangen sein mussten, stellte dann aber fest, dass es gerade einmal zwanzig Minuten gewesen waren.

Er wollte sie wiedersehen. Am Freitag und Samstag hatte er mit ihr telefoniert, und jedes Mal war er nervös gewesen, bevor sie abhob. Was er für sie empfand, wusste er; das Problem war, dass er keine Ahnung hatte, ob es ihr genauso ging. Bevor er ihre Nummer wählte, befürchtete er immer, sie würde sich mit nur mäßiger Begeisterung in der Stimme melden. Und auch wenn sie dann am Telefon fröhlich und gesprächig gewesen war, quälten ihn hinterher, wenn er die Unterhaltung noch einmal Satz für Satz durchging, Zweifel an ihren Gefühlen.

Es war einfach das Merkwürdigste, was er je erlebt hatte. Er war schließlich kein neurotischer Teenager. So hatte er sich noch nie gefühlt, und zum ersten Mal in seinem Leben war er nicht sicher, was er tun sollte. Das Einzige, was er wusste, war, dass es nicht schnell genug Abend werden konnte.

KAPITEL 13

Sophia

»Du weißt, was das heißt, oder? Ein Essen mit seiner Mutter?«, fragte Marcia grinsend. Sie knabberte Rosinen aus einer Schachtel, was bei ihr alle drei Mahlzeiten für diesen Tag abdecken würde. Wie viele andere im Wohnheim sparte sich Marcia ihre Kalorien entweder für die Cocktails später am Abend auf oder glich so die überschüssigen Cocktail-Kalorien vom vergangenen aus.

Sophia befestigte eine Spange in ihren Haaren.

»Ich glaube, es heißt, dass wir zusammen essen.«

»Du weichst mir schon wieder aus. Du hast mir noch nicht mal erzählt, was ihr am Donnerstag gemacht habt.«

»Ich hab dir gesagt, dass wir spontan zum Japaner gegangen sind. Und danach sind wir auf die Ranch gefahren.«

»Wow. Ich kann praktisch die ganze Nacht in allen Einzelheiten vor mir sehen.«

»Was willst du denn von mir hören?«

»Details. Konkretes. Und da du dich offensichtlich davor drückst, es mir zu erzählen, gehe ich mal davon aus, dass ihr euch gegenseitig an die Wäsche gegangen seid.«

»Nein, sind wir nicht. Allerdings frage ich mich doch, warum du so wahnsinnig daran interessiert bist …«

»Ach, du, ich weiß auch nicht. Vielleicht weil du so aufgeregt durchs Zimmer flatterst? Oder weil du auf der Party am Freitag nicht mal ausgeflippt bist, als du Brian gesehen hast? Oder neulich beim Footballspiel, als dein Cowboy anrief, bist du einfach weggegangen, um mit ihm zu reden, obwohl unsere Mannschaft kurz davor stand, zu punkten. Wenn du mich fragst, macht es den Eindruck, als würde es schon ernst mit euch.«

»Wir haben uns erst letztes Wochenende kennengelernt. Gar nichts ist ernst.«

Marcia schüttelte den Kopf. »Nein, das kaufe ich dir nicht ab. Ich glaube, du magst diesen Kerl viel mehr, als du zugibst. Aber ich muss dich warnen: Das ist wahrscheinlich keine gute Idee.«

Als Sophia sich zu ihr umdrehte, schüttete sich Marcia gerade die letzten Rosinen in die Handfläche und zerknüllte die Schachtel. Sie warf sie Richtung Mülleimer, traf aber nicht, wie üblich.

»Du hast gerade eine Beziehung hinter dir. Du willst dich über Brian hinwegtrösten. Und so etwas funktioniert nie«, sagte sie im Brustton der Überzeugung.

»Ich tröste mich über gar nichts hinweg. Mit Brian ist schon lange Schluss.«

»So lange nun auch wieder nicht. Und nur zu deiner Information, er hängt immer noch an dir. Sogar nach den Ereignissen vom letzten Wochenende will er dich zurück.«

»Na und?«

»Ich erinnere dich nur vorsichtig daran, dass Luke der erste Mann nach Brian ist. Sprich, du hattest gar keine Zeit, dir in Ruhe zu überlegen, was für einen Typen du dir eigentlich wünschst. Du bist immer noch neben der Spur. Weißt du nicht mehr, wie du dich letztes Wochenende benommen hast? Du bist ausgerastet, bloß weil Brian aufgetaucht ist. Und in diesem emotionalen Zustand hast du einen anderen kennengelernt. Genau das ist mit ›sich über jemanden hinwegtrösten‹ gemeint, und solche Beziehungen funktionieren nicht, weil man nicht in der richtigen Verfassung ist. Luke ist nicht Brian. So weit kann ich dir folgen. Ich sage ja nur, in ein paar Monaten willst du möglicherweise mehr als nur ›Er ist nicht Brian‹. Und wenn du dann nicht aufpasst, wirst du verletzt. Oder er.«

»Ich bin doch nur zum Essen eingeladen«, protestierte Sophia. »Du übertreibst maßlos.«

Marcia steckte sich die letzte Rosine in den Mund. »Wenn du meinst ...«

Manchmal hasste Sophia ihre Mitbewohnerin. Zum Beispiel jetzt, als sie zur Ranch fuhr. Die letzten drei Tage hatte sie gute Laune gehabt, hatte sogar das Footballspiel und die Party am Freitagabend genossen. An diesem Vormittag hatte sie einen großen Teil der Hausarbeit für ihren Renaissance-Kurs geschafft, die sie erst am Dienstag abgeben musste. Alles in allem ein hervorragendes Wochenende, und dann, gerade als sie sich auf einen schönen Abschluss vorbereitete, musste Marcia den Mund aufmachen und ihr all diese hirnrissigen Gedanken in den Kopf stecken. Doch eines war klar, sie tröstete sich *nicht* über Brian hinweg.

Oder?

Nun, es war so: Sie hatte die Trennung von Brian nicht nur verwunden, sondern sie war froh, ihn los zu sein. Seit dem letzten Frühjahr hatte sie sich in dieser Beziehung gefühlt wie Jacob Marley, der Geist in Dickens' *Weihnachtsgeschichte*, der in alle Ewigkeit die Ketten mit sich herumtragen muss, die er im Leben geschmiedet hat. Als Brian sie damals zum zweiten Mal betrog, hatte sich ein Teil von ihr schon emotional verabschiedet, auch wenn sie sich nicht sofort von ihm trennte. Sie liebte ihn immer noch, aber nicht mehr auf dieselbe blinde, unschuldige, alles beherrschende Art. Eigentlich hatte sie geahnt, dass er sich nicht ändern würde, und dieses Gefühl hatte sich den Sommer über nur noch verstärkt. Und letzten Endes hatte sich ihr Instinkt als richtig erwiesen. Als sie sich schließlich trennten, kam es Sophia vor, als wäre es schon lange vorbei gewesen.

Und ja, sie gab zu, dass sie darunter gelitten hatte. Das war doch wohl ganz normal? Nach fast zwei Jahren Beziehung wäre es doch merkwürdig, wenn es ihr gar nichts ausgemacht hätte. Viel stärker hatte ihr allerdings zugesetzt, wie Brian sich danach verhielt: die Anrufe, die SMS, das Verfolgen. Warum verstand Marcia das nicht?

Zufrieden, dass sie alles mit sich geklärt hatte, nahm Sophia die Ausfahrt, die zur Ranch führte. Sie fühlte sich schon etwas besser. Marcia wusste nicht, wovon sie sprach. Es ging ihr gut, und sie war emotional nicht angeschlagen. Luke war ein netter Mann, und sie waren dabei, sich kennenzulernen. Sie würde sich nicht gleich in ihn verlieben. Der Gedanke war ihr noch nicht gekommen.

Oder?

Als Sophia auf das Gelände der Ranch einbog, war sie immer noch damit beschäftigt, die lästige Stimme ihrer Mitbewohnerin in ihrem Kopf zum Schweigen zu bringen. Sie wusste nicht, ob sie vor Lukes Haus parken oder gleich zu dem seiner Mutter fahren sollte. Es wurde bereits dunkel, und dünne Nebelschleier waren herangeweht. Trotz der Scheinwerfer musste sie sich nach vorn beugen, um den Weg vor sich zu erkennen. Gerade überlegte sie, ob Hund vielleicht auftauchen und ihr die Richtung weisen würde, da spazierte er auf Höhe der Abzweigung auf die Straße.

Den Rest des Wegs trottete Hund vor ihrem Wagen her und blickte sich ab und zu um, bis sie bei Lukes Bungalow ankamen. Sophia bremste und parkte an derselben Stelle wie beim letzten Mal. Drinnen brannte Licht, und durchs Fenster sah sie Luke in der Küche stehen. Als sie den Motor abgestellt hatte und ausgestiegen war, trat er schon von der Veranda und kam auf sie zu. Er trug Jeans und Stiefel und ein weißes Hemd, dessen Ärmel er bis zu den Ellbogen hochgekrempelt hatte, aber von seinem Hut war nichts zu sehen. Sophia atmete tief durch, um sich zu beruhigen, und wünschte sich wieder, sie hätte nicht mit Marcia gesprochen. Trotz der Dunkelheit merkte sie, dass er lächelte.

»Hallo.« Er küsste sie, und sie roch einen Hauch von Shampoo und Seife. Es war nur ein kurzer Begrüßungskuss, aber irgendwie musste er ihr Zögern gespürt haben.

»Du hast irgendetwas«, stellte er fest.

»Nein, nein, alles okay«, wehrte sie ab. Sie lächelte kurz, doch es fiel ihr schwer, ihn anzusehen.

Er schwieg für einen Moment, dann nickte er. »Also gut. Ich freue mich, dass du hier bist.«

Obwohl er sie fest ansah, konnte sie nicht erraten, was er dachte. »Ich mich auch.«

Er machte einen kleinen Schritt rückwärts und steckte eine Hand in die Hosentasche. »Hast du deine Hausarbeit fertig?«

Der Abstand zwischen ihnen erleichterte Sophia das Denken.

»Nicht ganz, aber ich bin gut vorangekommen. Wie ist es hier gelaufen?«

»Prima. Wir haben die meisten Kürbisse verkauft. Die noch übrig sind, eignen sich sowieso besser für Kuchen.«

Jetzt erst bemerkte sie einen Rest von Feuchtigkeit in seinen Haaren. »Wie macht ihr das?«

»Meine Mutter weckt sie ein. Und dann backt sie das restliche Jahr die köstlichsten Kuchen der Welt damit.«

»Klingt, als ließe sich daraus auch ein Geschäft machen.«

»Ausgeschlossen. Nicht, weil sie das nicht könnte, sondern weil sie es furchtbar fände, den ganzen Tag in der Küche zu stehen. Sie ist eher ein Freilufttyp.«

»Das ist hier ja auch besser.«

Für eine Weile sagte keiner von beiden etwas, und zum ersten Mal empfand Sophia das Schweigen als unangenehm.

»Bist du bereit?«, fragte Luke dann und deutete mit dem Kopf auf das große Haus. »Ich habe vor ein paar Minuten die Holzkohle angezündet.«

»Ja, ich bin bereit.« Sie wartete gespannt, ob er nach ihrer Hand greifen würde, was er aber nicht tat.

Der Nebel wurde dichter, sodass die Weiden nicht mehr zu erkennen waren. Die Scheune war nur ein Schatten, und das Wohnhaus mit den behaglich leuchtenden Fenstern ähnelte einer Kürbislaterne.

Sophia hörte den Kies unter ihren Füßen knirschen. »Mir fällt gerade auf, dass du mir den Vornamen deiner Mutter noch nicht gesagt hast. Soll ich sie Mrs Collins nennen?«

Die Frage schien ihn zu überfordern. »Weiß nicht. Ich nenne sie einfach Mom.«

»Wie heißt sie denn mit Vornamen?«

»Linda.«

Sophia probierte im Geiste die Varianten aus. »Ich glaube, ich nenne sie Mrs Collins«, sagte sie. »Ich sehe sie schließlich zum ersten Mal. Ich möchte, dass sie mich mag.«

Jetzt drehte er sich um und nahm ihre Hand. »Das tut sie bestimmt.«

Noch ehe sie die Küchentür geschlossen hatten, schaltete Linda Collins den Pürierstab ab und sah erst zu Luke, musterte dann Sophia und wandte sich wieder an Luke. Sie wischte sich die Hände an der Schürze ab. Wie Luke vorausgesagt hatte, trug sie Jeans und ein kurzärmeliges T-Shirt, hatte allerdings die Stiefel durch flache Schnürschuhe ersetzt. Ihr leicht ergrautes Haar war zu einem lockeren Pferdeschwanz gebunden.

»Das ist also die junge Frau, die du bisher vor mir versteckt hast!«

Sie breitete die Arme aus und umarmte Sophia kurz. »Schön, dich kennenzulernen. Ich bin Linda.«

Man sah ihrem Gesicht an, dass sie jahrelang in der Sonne gearbeitet hatte, doch ihre Haut war weniger wettergegerbt, als Sophia erwartet hatte. In ihrer Umarmung spürte man eine verhaltene Kraft.

»Hallo. Ich bin Sophia.«

Linda lächelte. »Freut mich, dass sich Luke endlich durchgerungen hat, dich mitzubringen. Ich dachte schon, er schämt sich für seine alte Mutter.«

»Du weißt genau, dass das nicht stimmt«, sagte Luke, und seine Mutter zwinkerte ihm zu und umarmte ihn ebenfalls.

»Leg doch schon mal die Steaks auf den Grill. Sie stehen im Kühlschrank. Dann haben Sophia und ich Gelegenheit, uns ein bisschen kennenzulernen.«

»Kann ich machen. Aber denk dran, dass du nicht so streng zu ihr sein wolltest.«

Linda konnte sich ein Grinsen nicht verkneifen. »Ich weiß ehrlich nicht, warum er so etwas sagt. Ich bin ein netter Mensch. Möchtest du was trinken? Ich habe Eistee gemacht.«

»Sehr gern, danke.«

Luke zog ein Gesicht, das wohl »viel Glück« bedeuten sollte, und verschwand auf die Veranda, während Linda ein Glas Tee eingoss und es Sophia reichte. Dann ging sie zum Herd zurück, wo sie ein Glas grüne Bohnen aufschraubte, die aus dem eigenen Garten stammten, wie Sophia vermutete.

Linda schüttete die Bohnen in die Pfanne und gab Salz,

Pfeffer und Butter dazu. »Luke hat erzählt, du gehst aufs Wake Forest?«

»Ja, es ist mein letztes Jahr.«

»Wo kommst du her?« Sie stellte die Platte auf niedrige Hitze. »Nicht hier aus der Gegend, oder?«

Sie stellte die Fragen auf die gleiche Art und Weise wie Luke an ihrem ersten Abend – neugierig, aber wertfrei. Und Sophia gab Linda Auskunft über das Was, Wer, Wo und Wann in ihrem Leben. Im Gegenzug erzählte Linda einiges über die Ranch, und ihre Unterhaltung plätscherte so mühelos dahin wie mit Luke. Lindas Beschreibung zufolge ergänzten sie und Luke sich wunderbar, was die Aufgabenverteilung betraf – beide konnten alles, wobei Linda den Großteil der Buchhaltung und des Kochens übernahm, während sich Luke mehr um die Arbeiten im Freien und die Maschinenreparaturen kümmerte.

Als sie mit dem Kochen fertig war und auf den Tisch deutete, kam Luke gerade herein. Er goss sich ebenfalls ein Glas Tee ein und ging noch einmal nach draußen, um die Steaks weiter zu beaufsichtigen.

»Es gab Zeiten, da habe ich bereut, dass ich nicht auf dem College war«, fuhr Linda fort. »Oder nicht zumindest ein paar Kurse belegt habe.«

»Was hättest du denn genommen?«

»Buchhaltung. Vielleicht ein paar Seminare über Landwirtschaft oder Viehzucht. Ich musste mir alles selbst beibringen und habe viele Fehler gemacht.«

»Du scheinst doch ganz gut zurechtzukommen«, stellte Sophia fest.

Darauf sagte Linda nichts, sondern trank einen Schluck.

»Du hast jüngere Schwestern, sagtest du?«, hob sie danach wieder an.

»Ja, drei.«

»Wie alt sind sie denn?«

»Neunzehn und siebzehn.«

»Also sind Zwillinge dabei!«

»Meine Mutter sagt immer, ihr hätten zwei Kinder gereicht, aber mein Vater wollte so gern einen Jungen, also haben sie es noch einmal probiert. Sie schwört, sie hätte in der Arztpraxis beinahe einen Herzinfarkt bekommen, als sie von den Zwillingen erfuhr.«

»Es hat bestimmt Spaß gemacht, in solch einem vollen Haus aufzuwachsen«, sagte Linda.

»Es war nur eine Wohnung. Da wohnen sie immer noch. Aber es war wirklich lustig, wenn auch zeitweise etwas beengt. Ich vermisse meine Schwester Alexandra. Wir haben uns ein Zimmer geteilt, bis ich aufs College gegangen bin.«

»Dann habt ihr ein enges Verhältnis.«

»Ja, schon ...«, sagte Sophia.

Linda musterte sie mit dem aufmerksamen Blick, den auch Luke oft hatte. »Aber?«

»Aber ... es ist nicht mehr wie früher. Sie sind immer noch meine Familie, und wir werden uns immer nahestehen, aber es hat sich etwas verändert, seit ich weggezogen bin. Alexandra geht zwar auch aufs College, aber auf das Rutgers, sodass sie jedes zweite Wochenende oder noch öfter nach Hause kommt, und Branca und Dalena wohnen noch bei meinen Eltern, sie gehen zur Schule und arbeiten im Geschäft mit. Ich dagegen bin acht Monate im Jahr hier. Gerade wenn sich zu Hause alles langsam wieder normal anfühlt, muss ich wieder fort.« Sie fuhr mit dem Fingernagel über den blank gescheuerten Holztisch. »Das Problem ist, dass ich nicht weiß, wie ich es anstellen soll, wieder dazuzugehören. In ein paar Monaten mache ich meinen Abschluss, und wenn ich nicht zufällig einen Job in New York oder New Jersey bekomme, weiß ich nicht, wie oft ich es nach Hause schaffe. Und was passiert dann?«

Sophia spürte Lindas Blick auf sich und stellte fest, dass sie diese Gedanken zum ersten Mal laut ausgesprochen hatte. Warum, wusste sie selbst nicht genau. Vielleicht, weil ihr Gespräch mit Marcia vorhin sie aus dem Gleichgewicht gebracht hatte, oder vielleicht auch, weil Linda den Eindruck machte, dass man ihr vertrauen konnte.

Linda beugte sich vor und tätschelte Sophia den Handrücken. »Das ist schwer, aber vergiss nicht, dass es in fast jeder Familie passiert. Kinder ziehen aus ihrem Elternhaus aus, Geschwister entfremden sich voneinander, weil das Leben ihnen in die Quere kommt. Oft nähern sie sich dann nach einer Weile wieder an. Genauso war es auch bei Drake und seinem Bruder …«

»Drake?«

»Mein Mann«, sagte Linda. »Lukes Vater. Er und sein Bruder hatten ursprünglich ein sehr enges Verhältnis, aber als Drake professioneller Rodeoreiter wurde, sahen sie sich kaum noch. Später, nachdem Drake sich zur Ruhe gesetzt hatte, kamen sie einander wieder näher. Das ist der

Unterschied zwischen Verwandten und Freunden. Die Familie ist für immer da, egal was passiert, auch wenn sie nicht nebenan wohnt. Du wirst bestimmt einen Weg finden, die Verbindung lebendig zu halten. Besonders da dir bewusst ist, wie wichtig das ist.«

»Ja, das ist es.«

Linda seufzte. »Ich wollte immer Geschwister haben«, gestand sie. »Jemanden zum Spielen, zum Reden. Als Kind habe ich meine Mutter ständig damit gelöchert, und sie sagte nur: ›Mal sehen.‹ Was ich erst später erfuhr, war, dass meine Mutter eine ganze Reihe von Fehlgeburten hatte und …« Sie stockte kurz. »Sie konnte einfach keine Kinder mehr bekommen. Manchmal klappt eben nicht alles so, wie man es sich wünscht.«

So wie sie das sagte, ließ es Sophia vermuten, dass Linda möglicherweise ebenfalls Fehlgeburten erlitten hatte. In dem Moment schob Linda allerdings ihren Stuhl zurück und beendete das Thema.

»Ich mache noch schnell einen Salat«, verkündete sie. »Die Steaks müssten jeden Moment fertig sein.«

»Kann ich etwas helfen?«

»Du könntest den Tisch decken. Teller sind da, Besteck in der Schublade dort drüben.« Linda zeigte darauf.

Sophia kümmerte sich um das Geschirr, und Linda würfelte Tomaten und Gurken, zerkleinerte einen Kopfsalat und mischte alles in einer bunten Schüssel zusammen. Wie aufs Stichwort tauchte Luke mit den Steaks auf.

»Die müssen noch ein paar Minuten ruhen«, sagte er und stellte die Platte auf den Tisch.

»Perfektes Timing«, stellte seine Mutter fest. »Ich fülle

nur noch die Bohnen und die Kartoffeln in Schüsseln, dann können wir essen.«

Luke setzte sich. »Also, worüber habt ihr euch unterhalten? Von draußen sah es aus, als wärt ihr knietief in ernste Gespräche versunken.«

»Wir haben über dich geredet«, sagte seine Mutter und drehte sich um, in jeder Hand eine Schüssel.

»Das will ich doch nicht hoffen. So faszinierend bin ich nicht.«

»Was nicht ist, kann ja noch werden«, witzelte Linda, und Sophia musste lachen.

Das Essen verlief entspannt, mit Gelächter und Geschichten. Sophia erzählte ein paar Anekdoten aus ihrem Wohnheim – unter anderem die, dass die Wasserleitungen erneuert werden mussten, weil zu viele Mädchen Bulimie hatten, was die Rohre zerfraß –, und Luke berichtete von ein paar deftigeren Vorfällen während der Rodeotour, zum Beispiel von einem Freund, der in einer Bar eine Frau aufgegabelt hatte, die sich als ... anders als erwartet herausstellte. Linda wiederum gab zum Besten, was Luke als Kind und später in der Highschool alles angestellt hatte, wobei nichts davon allzu haarsträubend war. Natürlich hatte auch er sich ab und zu Ärger eingehandelt, aber darüber hinaus hatte er – neben dem Rodeo – sowohl in der elften als auch in der zwölften Klasse die Schulmeisterschaft im Ringen in seinem Bundesstaat gewonnen. Kein Wunder, dass Brian ihn nicht einschüchtern konnte.

Sophia beobachtete und hörte zu, und Marcias Warnungen verblassten mit jeder Minute mehr. Mit Linda und Luke beisammen zu sein war unkompliziert. Sie unterhielten sich auf die gleiche zwanglose, lebhafte Art und Weise wie ihre eigene Familie – ein Unterschied wie Tag und Nacht zu dem verkrampften Umgang in Wake Forest.

Zum Abschluss servierte Linda den Kuchen, der so ungefähr das Köstlichste war, was Sophia je gegessen hatte. Hinterher räumten sie zusammen die Küche auf, Luke spülte, Sophia trocknete ab, und Linda packte die Reste ein.

Der Ablauf ähnelte so tröstlich dem bei ihr zu Hause, dass Sophia an ihre Eltern denken musste und zum ersten Mal überlegte, was diese wohl von Luke halten würden.

Auf dem Weg zur Tür umarmte Sophia Linda, und erneut spürte sie ihre muskulösen Arme. Auch Luke drückte seine Mutter kurz, und sie zwinkerte ihm zu.

»Ich weiß, dass ihr euch noch unterhalten wollt, aber denk bitte dran, dass Sophia morgen Unterricht hat. Und du musst auch früh raus.«

»Ich muss immer früh raus.«

Sie wandte sich an Sophia. »Hat mich sehr gefreut, Sophia. Komm bald mal wieder vorbei, ja?«

»Mache ich«, versprach Sophia.

Als Luke und sie in die kalte Nachtluft traten, hatte der inzwischen noch dichtere Nebel der Landschaft etwas Mystisches verliehen. Sophias Atem bildete kleine Wölkchen, und sie hakte sich bei Luke ein.

»Ich mag deine Mutter«, sagte sie. »Und sie ist ganz anders, als ich sie mir nach deiner Beschreibung vorgestellt hatte.«

»Wie hattest du sie dir denn vorgestellt?«

»Ich dachte, sie würde mich einschüchtern. Oder überhaupt keine Emotionen zeigen. Ich bin schließlich noch nicht vielen Menschen begegnet, die einen ganzen Tag mit gebrochenem Handgelenk rumlaufen können.«

»Sie hat sich heute von ihrer besten Seite gezeigt«, erklärte Luke. »Glaub mir, sie kann auch anders.«

»Zum Beispiel, wenn sie wütend auf dich ist.«

»Zum Beispiel dann«, bestätigte er. »Und auch sonst manchmal. Wenn sie mit Lieferanten verhandelt oder das Vieh auf den Markt kommt, kann sie ziemlich erbarmungslos sein.«

»Sagst du. Ich finde sie lieb und klug und witzig.«

»Das freut mich. Sie mochte dich auch, das hat man gemerkt.«

»Ach ja? Woran denn?«

»Sie hat dich nicht zum Weinen gebracht.«

Sophia stupste ihn. »Sei nett zu deiner Mutter, sonst mache ich auf dem Absatz kehrt und erzähle ihr, wie du über sie redest.«

»Ich bin nett zu meiner Mutter.«

»Nicht immer«, sagte Sophia halb im Scherz, halb herausfordernd. »Sonst wäre sie nicht sauer auf dich gewesen.«

Als sie bei Lukes Haus ankamen, bat er sie zum ersten Mal hinein. Er ging sofort zum Kamin im Wohnzimmer, in dem schon Holzscheite und Zeitungsseiten aufgeschichtet waren, nahm eine Streichholzschachtel vom Sims und zündete das Papier an.

Während er das Feuer in Gang brachte, schweifte Sophias Blick über Wohnzimmer und Küche. Die Einrichtung war interessant, niedrige braune Ledersofas in modernem Design kombiniert mit einem rustikalen Couchtisch auf einem Kuhfell. Auf nicht einheitlichen Beistelltischchen standen einheitliche schmiedeeiserne Lampen. Über dem Kamin hing ein Hirschkopf mit Geweih an der Wand. Der Raum war funktional und unaufdringlich, ohne Pokale oder Auszeichnungen oder laminierte Zeitungsartikel als Dekoration. Sophia entdeckte zwar einige Fotos von Luke beim Bullenreiten, aber sie standen eingeklemmt zwischen traditionelleren Fotos: eins von seinen Eltern, vermutlich an einem Hochzeitstag; eins von Luke als Kind und seinem Vater mit einem Fisch, den sie gefangen hatten; ein Bild von seiner Mutter und einem der Pferde, auf dem seine Mutter in die Kamera lächelte.

Die Küche daneben war schwerer zu deuten. Wie bei seiner Mutter stand auch bei ihm mitten im Raum ein Tisch, die Einbauschränke und Arbeitsflächen aus Ahorn wiesen allerdings wenig Gebrauchsspuren auf.

Auf der anderen Seite des Wohnzimmers führte ein kurzer Flur zu einem Bad und wahrscheinlich zu den restlichen Zimmern.

Als das Feuer allmählich flackerte, stand Luke auf und rieb sich die Hände an der Jeans ab.

»Wie ist das?«

Sophia stellte sich vor den Kamin. »Sehr angenehm.«

Sie ließen sich für eine Weile vom Feuer wärmen, ehe sie sich nebeneinander auf die Couch setzten. Sophia merkte, dass Luke sie beobachtete.

»Darf ich dich was fragen?«, sagte er schließlich.

»Natürlich.«

Er zögerte. »Geht es dir gut?«

»Warum sollte es mir nicht gut gehen?«

»Weiß ich auch nicht. Als du vorhin kamst, hatte ich den Eindruck, irgendetwas sei nicht in Ordnung.«

Sie war sich nicht sicher, ob sie antworten sollte. Schließlich dachte sie, warum nicht?, und hob sein Handgelenk hoch. Er verstand, was sie wollte, und legte den Arm um ihre Schulter, damit sie sich an ihn schmiegen konnte.

»Marcia hat auf mich eingeredet.«

»Ging es um mich?«

»Nicht direkt. Es ging mehr um mich. Sie glaubt, das mit uns verläuft ein bisschen zu schnell und ich sei emotional noch nicht bereit. Sie ist überzeugt, dass ich mich mit dir nur über die Beziehung mit Brian hinwegtrösten will.«

Er zog den Kopf zurück und musterte sie. »Und, stimmt das?«

»Keine Ahnung«, gab sie zu. »Das ist alles neu für mich.«

Luke lachte, wurde dann aber wieder ernst. Er zog sie dicht an sich und küsste sie aufs Haar. »Tja, wenn es dir hilft, für mich ist das auch alles neu.«

Lange Zeit saßen sie vor dem Feuer und unterhielten sich ruhig und vertraut. Hin und wieder knackte das Holz, und Funken flogen in den Kamin hinauf, was den Raum in einen behaglichen Schein tauchte.

Sophia dachte darüber nach, dass ihr dies alles »richtig« vorkam. Bei Luke konnte sie sie selbst sein, sie hatte das Gefühl, alles sagen zu dürfen, weil er sie intuitiv verstand. Während sie so dicht an ihn geschmiegt dasaß, staunte sie, wie gut sie zusammenpassten.

Das war bei Brian nicht so gewesen. Bei ihm hatte sie immer Angst gehabt, nicht gut genug zu sein. Schlimmer noch, sie hatte manchmal daran gezweifelt, ihn überhaupt richtig zu kennen. Nie hatte sie das Gefühl abschütteln können, dass er eine Maske trug, hinter die sie niemals blicken konnte. Sie hatte angenommen, sie sei diejenige, die etwas falsch machte und dadurch unabsichtlich Barrieren zwischen ihnen schuf. Bei Luke hingegen war es anders. Sie hatte das Gefühl, ihn schon ewig zu kennen, und die Ungezwungenheit zwischen ihnen zeigte ihr, was ihr bisher gefehlt hatte.

Das Feuer brannte friedlich vor sich hin, und Marcias Worte wurden in ihrem Kopf immer leiser, bis sie gar nicht mehr zu hören waren. Ob es nun zu schnell ging oder nicht, Sophia mochte Luke und genoss jede Minute mit ihm.

Später, als sie in die Küche gingen, um Sophias Kürbislaterne zu schnitzen, war sie ganz traurig, dass sich der Abend schon wieder fast dem Ende zuneigte. Sie stand neben Luke und sah gebannt zu, wie er geschickt eine Halloween-Fratze zum Leben erweckte, viel raffinierter als diejenigen, die sie früher als Kind ausgeschnitten hatte.

Auf dem Tisch lagen Messer in unterschiedlichen Größen, jedes für einen eigenen Zweck, und Sophia beobachtete, wie Luke das Grinsen des Kürbiskopfs herausarbeitete, indem er nur die äußere Schale entfernte und dabei auch Lippen und Zähne formte. Ab und zu lehnte er sich zurück und begutachtete sein Werk. Als Nächstes waren die Augen an der Reihe. Wieder schnitt er zunächst die Außenschale ab, gestaltete detaillierte Pupillen und schnitzte dann erst vorsichtig den Rest aus. Als er in den Kürbis griff, um das Fruchtfleisch herauszuholen, zog er eine Grimasse.

»Das schleimige Gefühl habe ich schon immer gehasst«, sagte er und brachte Sophia damit zum Kichern. Schließlich gab er ihr das Messer und fragte, ob sie übernehmen wolle. Er zeigte ihr, an welcher Stelle sie ansetzen sollte, und erklärte, was sie zu tun hatte, und die Wärme seines nahen Körpers ließ ihre Hände zittern. Die Nase gelang aus unerfindlichen Gründen gut, aber eine Augenbraue wurde krumm, was dem Gesichtsausdruck eine Spur von Wahnsinn verlieh.

Am Ende stellte Luke ein Teelicht in den Kürbis, zündete es an und trug die fertige Laterne auf die Veranda. Sie setzten sich in die Schaukelstühle und unterhielten sich leise, während der leuchtende Kürbiskopf diabolisch grinste. Als Luke seinen Stuhl näher an Sophias rückte, malte sie sich aus, an Tausend anderen Abenden wie diesem so neben ihm zu sitzen.

Später, auf dem Weg zu ihrem Auto, hatte sie das Gefühl, dass er genau das Gleiche gedacht hatte. Er stellte den Kürbis auf den Beifahrersitz, nahm Sophias Hand und zog sie sanft an sich. Sie las das Begehren in seiner Miene, sie spürte an seiner Umarmung, wie sehr er sich wünschte, dass sie blieb. Und als sich ihre Lippen trafen, wusste sie, dass sie auch gern bleiben wollte. Aber das würde sie nicht tun. Nicht heute. Sie war einfach noch nicht bereit dazu, doch den hungrigen letzten Küssen entnahm sie die Verheißung einer Zukunft, die sie kaum erwarten konnte.

KAPITEL 14

Ira

Die späte Nachmittagssonne versinkt allmählich am Horizont, und ich sollte mir Sorgen um die kommende Nacht machen. Aber mein Bewusstsein wird von einem einzigen Gedanken beherrscht.

Wasser, in jeglicher Form. Eis. Seen. Flüsse. Wasserfälle. Ein Strahl aus dem Wasserhahn. Irgendetwas, um das Klümpchen verschwinden zu lassen, das sich in meiner Kehle gebildet hat. Kein sprichwörtlicher Kloß, sondern ein Klümpchen, das nicht dorthin gehört. Es scheint mit jedem Atemzug zu wachsen.

Mir ist bewusst, dass ich geträumt habe. Nicht den Unfall. Das hier, der Unfall, ist real, und das weiß ich. Es ist das einzig Reale. Ich schließe die Augen und konzentriere mich, zwinge mich, mir die Einzelheiten ins Gedächtnis zu rufen. Aber in meinem halb verdursteten, verwirrten Zustand fällt es mir schwer, zu rekonstruieren, was passiert ist. Ich wollte die Autobahn meiden, weil die Leute dort so schnell fahren, und hatte mir die Route über einspurige Landstraßen dick auf einer Karte markiert, die ich in der Küchenschublade gefunden hatte. Ich weiß noch, dass ich abgefahren bin, um zu tanken, und dann kurz unsicher war, in welche Richtung ich fahren musste. Schemenhaft erinnere ich mich, durch eine Stadt namens Clemmons gefahren zu sein. Später, als mir klar geworden war, dass ich falsch fuhr, folgte ich einer unbefestigten Straße, bis ich schließlich auf einer anderen Landstraße mit der Nummer 421 landete. Da gab es Wegweiser zu einem Ort namens Yadkinville. Das Wetter verschlechterte sich allmählich, und zu dem Zeitpunkt hatte ich schon zu große Angst, anzuhalten. Nichts kam mir bekannt vor, deshalb folgte ich weiter den Windungen der Straße und fand mich plötzlich auf einem völlig anderen Highway wieder, einem, der direkt in die Berge führte. Die Nummer konnte ich nicht entdecken, und da spielte es auch schon keine Rolle mehr, weil es wirklich heftig schneite. Außerdem war es dunkel, so dunkel, dass ich die Kurve nicht sah. Ich krachte durch die Leitplanke, hörte sich verbiegendes Metall, und dann schoss der Wagen die Böschung hinunter.

Und jetzt: Ich bin allein, und niemand hat mich gefunden. Seit fast vierundzwanzig Stunden träume ich von meiner Frau, während ich hier im Auto eingeschlossen bin. Ruth ist fort. Sie starb vor langer Zeit in unserem Schlafzimmer, und sie sitzt nicht neben mir. Ich vermisse sie. Seit neun Jahren vermisse ich sie, und ich habe den Großteil dieser Zeit damit zugebracht, mir zu wünschen, ich wäre zuerst gestorben. Sie hätte besser allein leben können, sie wäre darüber hinweggekommen. Sie war immer stärker und schlauer und besser in allem. Warum sie mich damals genommen hat, weiß ich heute noch nicht. Denn sie war außergewöhnlich, ich aber nur Durchschnitt, ein Mann, dessen Hauptleistung im Leben war, sie rückhaltlos zu lieben. Daran wird sich auch nie etwas ändern, aber jetzt bin ich müde und durstig, und ich spüre, wie meine Kräfte schwinden. Ich muss aufhören, mich zu wehren. Es wird Zeit, zu ihr zu gehen, und ich schließe die Augen und denke, wenn ich einschlafe, werde ich für immer bei ihr sein –

»Du stirbst nicht«, unterbricht Ruth unvermittelt meine Gedanken. Ihre Stimme ist eindringlich. »Ira! Deine Zeit ist noch nicht gekommen. Du wolltest nach Black Mountain, weißt du noch? Du hast noch etwas zu erledigen.«

»Ja, ich weiß«, sage ich, aber selbst das Flüstern ist eine Qual. Meine Zunge fühlt sich zu groß für meinen Mund an, und der Fremdkörper in meinem Hals ist gewachsen. Ich bekomme schwer Luft. Ich brauche Wasser, Feuchtigkeit, irgendetwas, das mir das Schlucken erleichtert, denn ich muss jetzt schlucken. Atmen ist fast unmöglich. Ich versuche es, aber es kommt nicht genug Sauerstoff herein, und mein Herz hämmert plötzlich gegen meinen Brustkorb.

Schwindel verzerrt alles um mich herum. Ich sterbe, denke ich. Meine Augen sind geschlossen und ich bin bereit –

»Ira!«, ruft Ruth und beugt sich zu mir herüber. Sie packt mich am Arm. »Ira! Ich rede mit dir! Komm zu mir zurück!«

Selbst in meinem Zustand höre ich ihre Angst, obwohl sie sie zu verbergen versucht. Ganz schwach spüre ich, wie sie meinen Arm schüttelt, aber er rührt sich in Wahrheit nicht, noch ein Anzeichen dafür, dass sie nicht real ist.

»Wasser«, krächze ich.

»Wir besorgen dir Wasser«, sagt sie. »Jetzt musst du erst einmal atmen, und dazu musst du schlucken. In deiner Kehle verklumpt sich Blut von dem Unfall. Es blockiert die Luftröhre. Deshalb bekommst du keine Luft.«

Ihre Stimme klingt dünn und fern, und ich antworte nicht. Ich fühle mich betrunken, besinnungslos betrunken. In meinem Kopf dreht sich alles, und meine Stirn liegt auf dem Lenkrad, und ich möchte nur noch schlafen. Langsam entschlummern –

Erneut rüttelt Ruth an meinem Arm. »Du darfst nicht denken, dass du hier in dem Auto eingeschlossen bist!«, ruft sie.

»Bin ich aber«, murmele ich. Sogar in meiner Vernebelung weiß ich, dass sich mein Arm überhaupt nicht bewegt hat und ich mir ihre Worte nur einbilde.

»Du bist am Strand!« Ihr Atem streicht über mein Ohr, plötzlich verführerisch, eine neue Taktik. Ihr Gesicht ist so nahe, dass ich mir vorstelle, das Kitzeln ihrer langen Wimpern zu spüren, die Hitze ihres Atems. »Es ist 1946. Kannst du dich daran erinnern? Es ist der Morgen, nachdem wir uns zum ersten Mal geliebt haben. Wenn du schluckst, bist du wieder dort. Du bist mit mir am Strand. Weißt du noch, als du aus deinem Zimmer kamst? Ich habe ein Glas Orangensaft eingegossen und es dir gegeben. Ich gebe es dir jetzt …«

»Du bist nicht hier.«

»Ich bin hier, und ich gebe dir das Glas!«, beharrt sie. Als ich die Augen öffne, sehe ich es in ihrer Hand. »Du musst das jetzt sofort trinken.«

Sie hält es an meine Lippen und neigt es leicht. »Schluck!«, befiehlt sie. »Es macht nichts, wenn du ein bisschen verschüttest.«

Es ist verrückt, aber diese letzte Bemerkung – das mit dem Verschütten – dringt zu mir durch. Mehr als alles andere erinnert sie mich an Ruth und den strengen Tonfall, den sie immer anschlug, wenn ich etwas Wichtiges für sie tun musste. Ich versuche, zu schlucken, spüre am Anfang nur Schleifpapier und dann … etwas anderes, etwas, das meine Atmung gänzlich zum Stillstand bringt.

Und einen Moment lang empfinde ich reine Panik.

Der Überlebensinstinkt ist mächtig, und was als Nächstes passiert, kann ich ebenso wenig kontrollieren wie meinen Herzschlag. Ich schlucke automatisch, und danach schlucke ich weiter, bis die schmerzhafte Empfindlichkeit von einem säuerlichen Kupfergeschmack abgelöst wird, und ich höre nicht einmal auf, als der Geschmack schließlich in meinen Magen weitergerutscht ist.

Die ganze Zeit über bleibt mein Kopf auf das Lenkrad gepresst, und ich keuche immer noch wie ein überhitzter Hund, bis ich endlich wieder normal atme. Und mit dem Atem kehren auch die Erinnerungen zurück.

Ruth und ich frühstückten mit ihren Eltern und verbrachten dann den restlichen Vormittag am Strand, während ihre Eltern auf der Veranda lasen. Am Horizont hatten sich erste Wolken zusammengeballt, und der Wind hatte aufgefrischt. Am Nachmittag kamen Ruths Eltern zu uns, um zu fragen, ob wir mit ihnen einen Ausflug nach Kitty Hawk machen wollten, wo Orville und Wilbur Wright mit dem ersten erfolgreichen motorisierten Flugzeugflug Geschichte geschrieben hatten. Ich war als Kind dort gewesen und hätte nichts dagegen gehabt, noch einmal hinzufahren, aber Ruth schüttelte den Kopf. Sie wolle an ihrem letzten Tag lieber faulenzen, sagte sie.

Eine Stunde später waren ihre Eltern fort. Inzwischen hatte sich der Himmel grau gefärbt, und Ruth und ich schlenderten zum Haus zurück. In der Küche schlang ich die Arme um sie, während wir aus dem Fenster blickten. Dann, ohne ein Wort, nahm ich ihre Hand und führte sie in mein Zimmer.

Obwohl meine Sicht verschwommen ist, kann ich Ruth wieder neben mir erkennen. Vielleicht ist es Wunschdenken, aber ich könnte schwören, sie trägt den Morgenmantel, den sie in unserer ersten Liebesnacht anhatte.

»Danke«, sage ich, »dass du mir geholfen hast, wieder Luft zu bekommen.«

»Du wusstest, was du zu tun hattest. Ich bin nur hier, um dich daran zu erinnern.«

»Ohne dich hätte ich es nicht geschafft.«

»Doch«, sagt sie mit Überzeugung. Sie nestelt am Ausschnitt ihres Morgenmantels und sagt beinahe aufreizend: »Du warst an dem Tag sehr forsch. Als meine Eltern in Kitty Hawk waren.«

»Ja«, gestehe ich. »Ich wusste, dass wir mehrere Stunden für uns hatten. Wir waren allein, und du warst wunderschön.«

Sie zupft an ihrem Morgenmantel. »Ich hätte es als Warnung nehmen müssen.«

»Als Warnung?«

»Vor dem, was auf mich zukam. Bis zu jenem Wochenende war ich nicht sicher, ob du … leidenschaftlich sein konntest. Aber danach wünschte ich mir manchmal fast den alten Ira zurück. Den schüchternen, immer zurückhaltenden. Besonders, wenn ich mal ausschlafen wollte.«

»War ich so schlimm?«

»Nein.« Sie lehnt den Kopf zurück und sieht mich unter schweren Augenlidern an. »Ganz im Gegenteil.«

Den Nachmittag verbrachten wir im Bett und liebten uns noch leidenschaftlicher als in der Nacht zuvor. Das Zimmer war warm, und unsere Körper glänzten vor Schweiß, Ruths Haar war feucht am Ansatz. Hinterher, als Ruth duschte, setzte der Regen ein, und ich saß in der Küche und lauschte dem Trommeln auf das Blechdach, glücklicher als je zuvor.

Bald darauf kamen ihre Eltern zurück, völlig durchweicht von dem Wolkenbruch. Ruth und ich waren mittlerweile in der Küche beschäftigt und bereiteten das Abendessen zu. Bei Spaghetti Bolognese saßen wir vier um den Tisch. Ihr Vater erzählte von ihrem Ausflug, und das Gespräch ging, wie so oft, in eine Kunstdebatte über. Er sprach von Fauvismus, Kubismus, Expressionismus und Futurismus – Begriffe, die ich noch nie gehört hatte –, und mich beeindruckten nicht nur die feinen Unterschiede, die er machte, sondern auch die Gier, mit der Ruth jedes Wort verschlang. Offen gestanden war das meiste davon zu hoch für mich, mir fehlte das Verständnis, doch weder Ruth noch ihr Vater schienen das zu bemerken.

Nach dem Essen, als der Regen vorbei war und es dämmerte, machten Ruth und ich einen Spaziergang am Strand. Es war schwül, und der Sand klebte unter unseren Füßen. Sanft strich ich ihr mit dem Daumen über die Handfläche. Ich blickte zum Wasser. Seeschwalben schossen in die

Wellen hinein und wieder heraus, und unmittelbar hinter den Brechern schwamm ein Schwarm Tümmler in Formation vorbei. Ruth und ich beobachteten sie, bis der Dunst sie verschluckte. Erst dann drehte ich mich zu ihr um.

»Deine Eltern ziehen im August um«, sagte ich.

Sie drückte meine Hand. »Nächste Woche gehen sie in Durham auf Wohnungssuche.«

»Und du fängst im September an zu unterrichten?«

»Falls ich nicht mit nach Durham gehe«, sagte sie. »Sonst müsste ich mir dort eine Stelle suchen.«

Im Haus ging das Licht an.

»Dann bleibt uns wohl nichts anderes übrig«, sagte ich und nahm den nötigen Mut zusammen, ehe ich ihr in die Augen sah. »Wir müssen im August heiraten.«

Bei dieser Erinnerung lächle ich, aber Ruths Stimme unterbricht meine Träumereien hörbar enttäuscht.

»Du hättest ruhig ein bisschen romantischer sein können«, sagt sie schmollend.

Einen Moment lang bin ich verdutzt. »Wann, bei meinem Antrag?«

»Natürlich, wobei denn sonst?« Sie breitet die Hände aus. »Du hättest auf ein Knie gehen oder mir von deiner unsterblichen Liebe erzählen können. Du hättest mich in aller Form um meine Hand bitten können.«

»Das hatte ich doch alles schon gemacht«, sage ich. »Bei meinem ersten Heiratsantrag.«

»Aber danach hattest du die Sache ja beendet. Du hättest noch einmal von vorn anfangen sollen. Ich wollte mich immer gern an einen Antrag erinnern, wie man ihn aus Romanen kennt.«

»Möchtest du, dass ich das jetzt nachhole?«

»Jetzt ist es zu spät. Du hast deine Chance verpasst.«

Aber das sagt sie mit einem so koketten Unterton, dass ich kaum erwarten kann, in die Vergangenheit zurückzukehren.

Wir unterzeichneten die Ketubba kurz nachdem wir wieder zu Hause waren, und ich heiratete Ruth im August 1946. Die Zeremonie wurde unter der Chuppa abgehalten, wie es bei jüdischen Hochzeiten üblich ist, aber es waren nicht viele Leute anwesend. Die Gäste waren hauptsächlich Freunde meiner Mutter, die wir aus der Synagoge kannten, denn so wollten Ruth und ich es. Sie war viel zu praktisch veranlagt für eine aufwendige Hochzeit, und obwohl das Geschäft gut lief, sparten wir lieber so viel Geld wie möglich für eine Anzahlung auf das Haus, das wir zu kaufen vorhatten. Als ich das Glas mit dem Fuß zertrat und unsere Mütter klatschen und jubeln sah, wusste ich, dass die Ehe mit Ruth mein Leben von Grund auf verändern würde.

Unsere Hochzeitsreise führte uns nach Westen. Diesen Teil des Staates hatte Ruth noch nie gesehen, und wir suchten uns das Grove Park Inn in Asheville als Unterkunft aus. Es war – und ist heute noch – eines der berühmtesten Hotels der Südstaaten, und wir hatten ein Zimmer mit Blick auf die Blue Ridge Mountains. Die Ferienanlage rühmte sich auch ihrer Wanderwege und Tennisplätze, neben einem Swimmingpool, der schon in zahllosen Zeitschriften abgebildet gewesen war.

Doch Ruth zeigte wenig Interesse an diesen Dingen. Vielmehr bestand sie kurz nach unserer Ankunft darauf, in die Stadt zu fahren. Ich war so wahnsinnig verliebt, dass es mir gleichgültig war, was wir unternahmen, solange wir nur zusammen sein konnten. Wie Ruth war ich ebenfalls noch nie in dieser Gegend gewesen, wusste allerdings, dass Asheville im Sommer immer schon ein Tummelplatz der Reichen gewesen war. Die Luft war frisch, und die Temperaturen waren kühl, weshalb gegen Ende des neunzehnten Jahrhunderts George Washington Vanderbilt das Biltmore Estate in Auftrag gegeben hatte, damals das größte Privathaus der Welt. Andere vermögende Amerikaner folgten seinem Beispiel, und im Laufe der Zeit wurde Asheville im ganzen Süden als künstlerisches und kulinarisches Zentrum bekannt. Die Restaurants warben Köche aus Europa an, und Galerien säumten die Hauptstraße.

An unserem zweiten Nachmittag in der Stadt begann Ruth ein Gespräch mit dem Eigentümer einer Galerie, und da erfuhr ich zum ersten Mal von Black Mountain, einem fast ländlichen Städtchen ganz in der Nähe des Hotels, in dem wir wohnten.

Genauer gesagt erfuhr ich vom Black Mountain College.

Ich hatte noch nie von diesem College gehört, und auch bei den meisten anderen Menschen erntete man bei der Erwähnung des Namens nur fragende Blicke. Heute, gut fünfzig Jahre nach seiner Schließung, erinnern sich nur noch wenige daran, dass es das Black Mountain College je gegeben hat. 1946 aber stand es am Beginn einer fantastischen Phase – der vielleicht fantastischsten Phase eines Colleges überhaupt –, und als wir damals die Galerie in Asheville verließen, sah ich Ruth an, dass ihr der Name bereits geläufig war. Abends beim Essen fragte ich danach, und sie erzählte, ihr Vater habe im Frühling dort ein Vorstellungsgespräch gehabt und hinterher in den höchsten Tönen davon geschwärmt. Noch mehr überraschte mich, dass die Nähe zu diesem College einer der Gründe für sie gewesen war, unsere Flitterwochen hier zu verbringen.

Mit lebhafter Miene erklärte sie mir, dass Black Mountain eine 1933 gegründete Akademie sei, an der einige der bedeutendsten Vertreter der Modernen Kunstbewegung unterrichteten. Jeden Sommer gab es dort Kunstkurse, geleitet von Gastdozenten, deren Namen mir nichts sagten, und nachdem sie mir aufgezählt hatte, wer dort lehrte, begeisterte sich Ruth immer mehr für die Idee, dem College einen Besuch abzustatten, solange wir in der Gegend waren.

Wie konnte ich da Nein sagen?

Am folgenden Morgen fuhren wir unter einem strahlend blauen Himmel nach Black Mountain und folgten den Wegweisern zum College. Wie das Schicksal es wollte – und ich habe immer daran geglaubt, dass es Schicksal war, denn Ruth schwor, sie habe vorher nichts davon gewusst –, fand im Hauptgebäude gerade eine Ausstellung statt, die sich bis auf den dahinterliegenden Rasen ausdehnte. Obwohl sie öffentlich war, hatten sich nur wenige Besucher eingefunden, und sobald wir durch die Tür getreten waren, blieb Ruth staunend stehen. Ihre Hand umschloss meine fester, ihre Augen saugten den Anblick um sie herum auf. Ich beobachtete ihre Reaktion neugierig, versuchte nachzuvollziehen, was genau sie so fesselte. Für mich als jemanden, der nichts von Kunst verstand, unterschieden sich die dort ausgestellten Werke kaum von denen in den zahllosen anderen Galerien, die wir bisher besucht hatten.

»Aber es gab einen Unterschied!«, ruft Ruth, und ich habe das Gefühl, dass sie sich immer noch fragt, wie ich damals so begriffsstutzig sein konnte. Sie trägt nun dasselbe Kleid mit dem Kragen wie am Tag unseres ersten Ausflugs nach Black Mountain, und in ihrer Stimme schwingt dieselbe Faszination mit, die ich damals bei ihr erlebte.

»Die Werke … so etwas hatte ich noch nie gesehen. Sie waren anders als die der Surrealisten. Oder sogar als Picasso. Es war alles so neu! Revolutionär. Eine völlig andere Vision. Wenn man sich vorstellt, dass das alles dort stattfand, an einem winzigen College am Ende der Welt! Es war wie …«

Sie verstummt, findet kein passendes Wort dafür. Nach einer Weile beende ich den Satz für sie.

»Eine Schatztruhe?«

Ihr Kopf schnellt hoch. »Ja«, sagt sie sofort. »Als würde man eine Schatztruhe finden, wo man es am wenigsten erwartet hätte. Aber das hast du damals noch nicht verstanden.«

»Für mich sahen die meisten Bilder aus wie eine Ansammlung wahlloser Farben und verschnörkelter Linien.«

»Es war abstrakter Expressionismus.«

»Ist doch das Gleiche«, sage ich scherzhaft, doch Ruth ist ganz in die Erinnerung an jenen Tag versunken.

»Wir müssen drei Stunden dort herumgelaufen sein, von einem Bild zum anderen.«

»Eher fünf.«

»Und dann wolltest du gehen«, sagt sie vorwurfsvoll.

»Ich hatte Hunger!«

»Wie kann man überhaupt an Essen denken, wenn man so etwas sieht?«, fragt sie. »Wenn man die Gelegenheit hat, sich mit so großartigen Künstlern zu unterhalten?«

»Ich habe kein Wort verstanden. Du und die Künstler, ihr habt eine fremde Sprache gesprochen. Es ging um Intensität und Selbstverleugnung, und gleichzeitig habt ihr mit Begriffen wie Futurismus, Bauhaus und synthetischem Kubismus um euch geworfen. Für einen Mann, der seinen Lebensunterhalt mit Herrenanzügen verdiente, waren das böhmische Dörfer.«

»Selbst noch, nachdem mein Vater es dir erklärt hatte?« Ruth wirkt ratlos.

»Er hat *versucht*, es mir zu erklären. Das ist ein Unterschied.«

Sie lächelt. »Warum hast du mich dann nicht einfach dort weggezerrt? Warum hast du mich nicht einfach am Arm genommen und zum Auto gebracht?«

Diese Frage hat sie schon oft gestellt und die Antwort nie richtig verstanden.

»Weil ich wusste, dass es wichtig für dich war, zu bleiben«, entgegne ich wie immer.

Das reicht ihr nicht, aber sie fährt dennoch fort: »Erinnerst du dich noch, wen wir an diesem ersten Tag kennengelernt haben?«

»Elaine«, antworte ich sofort. Ich mag ja keine Ahnung von Kunst gehabt haben, aber Menschen und Gesichter konnte ich mir gut einprägen. »Und natürlich auch ihren Mann, wobei wir damals noch nicht wussten, dass er einmal dort unterrichten würde. Und später am Nachmittag sind wir noch Ken und Ray und Robert begegnet. Sie waren Studenten – beziehungsweise Robert sollte es erst noch werden –, und du hast dich lange mit ihnen unterhalten.«

Ihre Miene verrät, dass sie sich freut. »Sie haben mir an dem Tag viel beigebracht. Danach konnte ich besser verstehen, wovon sie beeinflusst waren und in welche Richtung sich die Kunst entwickeln würde.«

»Aber du mochtest sie auch als Menschen.«

»Na sicher. Sie waren faszinierend. Und jeder für sich ein Genie.«

»Weshalb wir immer wieder hinfuhren, jeden Tag, bis die Ausstellung vorbei war.«

»So eine außergewöhnliche Gelegenheit konnte ich mir nicht entgehen lassen. Ich hatte solch ein Glück, ihnen persönlich zu begegnen!«

Im Nachhinein weiß ich, dass sie recht hatte, doch damals war für mich nur wichtig, dass die Flitterwochen für Ruth so unvergesslich und erfüllend wurden, wie ich sie gestalten konnte.

»Sie waren von dir aber auch begeistert«, sage ich. »Elaine und ihr Mann haben das Abendessen mit uns sehr genossen. Und am letzten Abend der Ausstellung wurden wir zu dieser privaten Cocktailparty am See eingeladen.«

Ruth schwelgt in den kostbaren Erinnerungen und schweigt für einen Moment. Ihr Blick ist ernst, als sie mir schließlich in die Augen sieht.

»Das war die schönste Woche meines Lebens«, sagt sie.

»Wegen der Künstler?«

»Nein.« Sie schüttelt kaum merklich den Kopf. »Deinetwegen.«

Am fünften und letzten Tag der Ausstellung verbrachten Ruth und ich nur wenig Zeit miteinander. Nicht, weil es Spannungen zwischen uns gegeben hätte, sondern weil Ruth unbedingt noch mehr Dozenten treffen wollte, während ich damit zufrieden war, herumzuschlendern und mit den Künstlern zu plaudern, die wir bereits kannten.

Und dann war es vorbei. Die nächsten Tage unternahmen wir Dinge, die eher typisch für frisch Verheiratete waren. Morgens wanderten wir über die Naturlehrpfade der Umgebung, nachmittags lasen wir am Pool und schwammen. Wir aßen jeden Abend in einem anderen Restaurant, und an unserem letzten Tag lud ich, nachdem ich ein Telefonat geführt hatte, unsere Koffer in den Wagen, und Ruth und ich stiegen ein, beide entspannt wie schon lange nicht mehr.

Unsere Heimfahrt über den Highway würde uns noch ein letztes Mal an der Ausfahrt nach Black Mountain vorbeiführen, und als wir uns ihr näherten, schielte ich zu Ruth hinüber. Ich konnte ihren Wunsch, dorthin zurückzukehren, deutlich spüren. Seelenruhig bog ich kurz darauf Richtung College ab. Ruth sah mich mit hochgezogenen Augenbrauen an, sie war sichtlich verwundert.

»Nur eine kurze Pause«, sagte ich. »Ich möchte dir etwas zeigen.«

Ich fuhr durch das Städtchen und nahm wiederum eine Abzweigung, die sie erkannte. Und genau wie damals verzieht Ruth den Mund jetzt zu einem Lächeln.

»Du brachtest mich zu dem See beim Hauptgebäude«, sagt sie. »Wo am letzten Abend der Ausstellung die Cocktailparty stattfand. Lake Eden.«

»Die Aussicht war so hübsch. Ich wollte sie mir noch einmal ansehen.«

»Ja.« Sie nickt. »Das hast du damals auch gesagt, und ich habe dir geglaubt. Aber es stimmte nicht.«

»Hat dir die Aussicht etwa nicht gefallen?«, frage ich unschuldig.

»Wir waren nicht deshalb dort«, sagt sie. »Wir waren dort, weil du etwas für mich getan hattest.«

Und jetzt bin ich an der Reihe mit Lächeln.

Als wir am See ankamen, bat ich Ruth, die Augen zu schließen. Widerstrebend fügte sie sich, und ich fasste sie sanft am Arm und führte sie über den Kiesweg zu dem Aussichtspunkt. Der Morgen war wolkig und kühl, auf der Cocktailparty war der Blick schöner gewesen, doch das spielte keine Rolle. Sobald ich Ruth an der richtigen Stelle postiert hatte, durfte sie die Augen öffnen.

Auf Staffeleien standen dort sechs Gemälde der Künstler, deren Arbeiten Ruth am stärksten beeindruckt hatten. Es waren gleichzeitig die Künstler, mit denen sie am meisten Zeit verbracht hatte – die Werke stammten von Ken, Ray, Elaine, Robert und zwei von Elaines Mann.

»Einen Moment lang«, sagt Ruth jetzt zu mir, »habe ich

nicht begriffen. Ich wusste nicht, warum du sie dort für mich aufgebaut hattest.«

»Weil du die Arbeiten bei natürlichem Tageslicht sehen solltest.«

»Du meinst die Kunstwerke, die du gekauft hattest.«

Denn das war es natürlich, was ich getan hatte, während sich Ruth mit den Dozenten unterhielt, und bei dem Telefonat am letzten Morgen hatte ich arrangiert, dass die Gemälde am See aufgestellt wurden.

»Ja«, sage ich. »Die Kunstwerke, die ich gekauft hatte.«

»Du weißt, warum du das getan hast, nicht wahr?«

Ich wähle meine Worte mit Bedacht. »Um dich glücklich zu machen.«

»Aber auch, weil ...«, bohrt sie nach, weil sie möchte, dass ich es sage.

»Aber auch, weil sie mich gar nicht so viel gekostet haben«, sage ich entschieden. »Damals waren sie noch nicht berühmt.«

Ruth beugt sich vor, ich soll weitersprechen. »Und ...«

Mit einem Seufzen gebe ich nach, weil ich weiß, was sie hören will.

»Und ich habe sie gekauft«, sage ich, »weil ich selbstsüchtig bin.«

Das ist nicht gelogen. Obwohl ich die Gemälde für Ruth kaufte, weil ich sie liebte, obwohl ich sie kaufte, weil sie die Bilder liebte, ging es dabei auch um mich.

Es war einfach so, dass die Ausstellung in jener Woche Ruth veränderte. Ich hatte sie schon in unzählige Galerien begleitet, aber während unserer Besuche in Black Mountain erwachte etwas in ihr. Auf eine merkwürdige Art und Weise verstärkte der Aufenthaltsort dort eine sinnliche Seite ihrer Persönlichkeit. Wenn sie eine Leinwand betrachtete, schärfte sich ihr Blick, und ihre Haut rötete sich leicht, der ganze Körper strahlte eine so intensive Konzentration und Hingabe aus, dass andere sie einfach bemerken mussten. Sie selbst war sich dieser Verwandlung in solchen Momenten gar nicht bewusst. Deshalb, davon bin ich inzwischen überzeugt, reagierten auch die Künstler so stark auf sie. Wie ich waren sie von ihr angezogen, und das war auch der Grund, warum sie bereit waren, sich für uns von den Werken zu trennen.

Dieser Funke, diese starke sinnliche Aura hielt jedes Mal noch lange an, nachdem wir die Ausstellung verlassen hatten und ins Hotel zurückgekehrt waren. Beim Abendessen funkelten Ruths Augen, und ihre Bewegungen waren von einer Anmut, die ich an ihr bis dahin noch nicht wahrgenommen hatte. Ich konnte es immer kaum erwarten, ins Zimmer zu kommen, wo sie sich als besonders abenteuerlustig und leidenschaftlich erwies. Daher dachte ich damals, was auch immer sie so anregte, es sollte nie aufhören.

Mit anderen Worten, ich war selbstsüchtig.

»Du bist nicht selbstsüchtig«, sagt sie. »Du bist der am wenigsten egoistische Mann, dem ich je begegnet bin.«

In meinen Augen sieht sie so umwerfend aus wie an jenem letzten Morgen unserer Hochzeitsreise, als wir am See standen. »Gut, dass ich dir nie erlaubt habe, dich mit anderen Männern zu treffen, sonst wärst du vielleicht anderer Meinung.«

Sie lacht. »Ja, mach du nur Scherze. Du hast immer gern den Witzbold gespielt. Aber ich sage dir, es war nicht die Kunst, die mich verwandelt hat.«

»Das kannst du nicht beurteilen. Du konntest dich selbst schließlich nicht sehen.«

Wieder lacht sie, wird dann aber plötzlich ernst und spricht mit großem Nachdruck. »Ich sage dir, was ich glaube. Ja, ich fand die Werke wundervoll. Aber noch wundervoller fand ich, dass du bereit warst, so viel Zeit für das zu opfern, was ich liebte. Verstehst du, warum mir das so viel bedeutet hat? Zu wissen, dass ich einen Mann geheiratet hatte, der so etwas tat? Du hältst es für nicht der Rede wert, aber ich sage dir eins: Es gibt nicht viele Männer, die sich in ihren Flitterwochen fünf oder sechs Stunden pro Tag mit Fremden unterhalten und Bilder ansehen würden, und das im Grunde, ohne etwas davon zu verstehen.«

»Und worauf willst du hinaus?«

»Ich versuche dir klarzumachen, dass es nicht an den Kunstwerken lag. Sondern daran, wie du *mich* betrachtet hast, während ich die Bilder ansah. Das hat mich verändert. Mit anderen Worten warst *du* es, der sich verändert hat.«

Diese Diskussion haben wir im Laufe der Jahre oft geführt, und wir sind eindeutig unterschiedlicher Meinung über dieses Thema. Aber wahrscheinlich ist das unwichtig. In jedem Fall begründete unsere Hochzeitsreise eine Sommertradition, die wir fast unser gesamtes Leben lang beibehalten sollten. Und am Ende, nach jenem schicksalhaften Artikel im *New Yorker*, definierte die Sammlung uns in vielerlei Hinsicht als Paar.

Die sechs Gemälde, die ich ohne übertriebene Sorgfalt zusammenrollte und auf den Rücksitz legte, waren die ersten von Dutzenden, dann Hunderten, später über eintausend Bildern, die wir letztendlich sammelten. Jeder kennt natürlich van Gogh und Rembrandt und Leonardo da Vinci, Ruth und ich jedoch konzentrierten uns auf die amerikanische Kunst des zwanzigsten Jahrhunderts, und viele der Maler, denen wir über die Jahre begegneten, schufen Werke, die bei Museen und anderen Sammlern später heiß begehrt waren. Namen wie Andy Warhol und Jasper Johns und Jackson Pollock wurden nach und nach zu einem Begriff, aber auch die Werke anderer, weniger bekannter Künstler wie Rauschenberg, de Kooning und Rothko erzielten irgendwann zweistellige Millionenbeträge bei Auktionen von Sotheby's und Christie's, manchmal sogar noch mehr. *Woman III* von Willem de Kooning verkaufte sich 2006 für über 137 Millionen Dollar, und zahllose Werke von beispielsweise Ken Noland und Ray Johnson erreichten ebenfalls Preise in Millionenhöhe.

Selbstverständlich wurde nicht jeder moderne Künstler berühmt und nicht jedes Gemälde, das wir erwarben, übermäßig wertvoll, aber das war bei unserer Entscheidung über den Kauf eines Kunstwerks nie ausschlaggebend. Heute ist das Bild, das mir am meisten bedeutet, gar nichts wert. Es stammt von einem ehemaligen Schüler von Ruth und hängt über dem Kamin, das Werk eines

Amateurs, das nur für mich etwas Besonderes ist. Die Journalistin vom *New Yorker* hat es überhaupt nicht beachtet, und ich habe mir nicht die Mühe gemacht, ihr zu erklären, warum es mir so wichtig ist, weil ich wusste, sie würde es nicht begreifen. Sie hat ja nicht einmal verstanden, was ich damit meinte, dass der Geldwert von Kunst mir nichts bedeutet. Das Einzige, was sie offenbar wissen wollte, war, was uns befähigt hatte, die Stücke unserer Sammlung auszuwählen, aber selbst nachdem ich es ihr erklärt hatte, wirkte sie nicht überzeugt.

»Warum hat sie es nicht verstanden?«, fragt Ruth plötzlich.

»Weiß ich auch nicht.«

»Hast du zu ihr gesagt, was du immer gesagt hast?«

»Ja.«

»Was ist dann daran so schwierig zu verstehen? Ich habe bei dem jeweiligen Werk immer erklärt, auf welche Art es mich berührte ...«

»Und ich habe dich einfach beim Reden beobachtet«, beende ich den Satz für sie. »Und wusste dann, ob ich es kaufen sollte oder nicht.«

Das war keine wissenschaftliche Methode, aber für uns funktionierte sie. Und auf jener ersten Reise klappte es bereits reibungslos, obwohl wir beide die Konsequenzen erst fünfzig Jahre später voll und ganz verstehen würden.

Nicht jedes Paar kauft in seinen Flitterwochen Gemälde von Ken Noland und Ray Johnson. Oder sogar ein Bild von Ruths neuer Freundin Elaine, deren Werke heute in den besten Museen der Welt hängen, einschließlich des

Metropolitan Museum of Art. Und natürlich ist es fast unvorstellbar, dass Ruth und ich nicht nur ein sensationelles Gemälde von Robert Rauschenberg ergattern konnten, sondern dazu noch zwei von Elaines Mann, Willem de Kooning.

KAPITEL 15

Luke

Er hatte Sophia zwar schon seit dem Rodeo in McLeansville nie mehr ganz aus dem Kopf bekommen, aber am Tag nach dem Essen bei seiner Mutter beherrschte sie seine Gedanken vollständig. Während er auf der hinteren Weide ein paar Zaunpfosten ersetzte, die zu faulen begonnen hatten, trug er ständig ein Lächeln im Gesicht. Selbst der Regen, ein kalter Herbstguss, der ihn bis auf die Knochen durchweichte, konnte seiner Laune kaum etwas anhaben. Später, beim Essen, gab seine Mutter sich nicht die geringste Mühe, ihr Grinsen zu verstecken. Es verriet ihm, dass sie genau wusste, welchen Effekt Sophia auf ihn hatte.

Nach dem Abendessen rief er sie an, und sie unterhielten sich eine Stunde lang, und die nächsten beiden Tage verliefen nach dem gleichen Muster. Am Donnerstagabend fuhr er nach Wake Forest, und sie hatten endlich Gelegenheit, über den Campus zu spazieren. Sophia zeigte ihm Wait Chapel und Reynolds Hall und hielt seine Hand, als sie über Hearn Plaza und Manchester Plaza schlenderten. Es war still auf dem Gelände, die Unterrichtsräume waren längst leer. Das Laub türmte sich auf dem Boden unter den

Bäumen. In den Wohnheimen brannte Licht, und Luke hörte von irgendwoher leise Musik. Die Studenten bereiteten sich allmählich auf das Wochenende vor.

Am Samstag kam Sophia wieder zur Ranch. Sie machten einen kurzen Ausritt, und hinterher begleitete sie Luke bei seiner Arbeitsrunde und ging ihm zur Hand, wo sie konnte. Wie beim letzten Besuch aßen sie bei seiner Mutter und gingen hinterher zu Luke, und das knisternde Feuer war so einladend wie beim ersten Mal. Als es allmählich herunterbrannte, machte sich Sophia auf den Heimweg, doch am nächsten Tag fuhren sie zusammen in den Pilot Mountain State Park. Sie wanderten den Big Pinnacle hinauf, wo sie Picknick machten und die Aussicht genossen. Die herbstliche Farbenpracht hatten sie zwar um etwa eine Woche verpasst, aber unter dem wolkenlosen Himmel konnte man bis nach Virginia sehen.

In der Woche nach Halloween lud Sophia Luke wieder in ihr Wohnheim ein. Sie veranstalteten nämlich am Samstag eine Party. Offensichtlich war der Reiz des Neuen hinsichtlich seines Berufs und seiner Beziehung zu Sophia seit seinem ersten Besuch verflogen, denn nach der ersten Begrüßung beachtete ihn niemand mehr. Er hielt Ausschau nach Brian, der sich jedoch nicht blicken ließ. Als er und Sophia gingen, sprach er sie darauf an.

»Er ist zu einem Footballspiel in Clemson gefahren«, erklärte Sophia ihm.

Am folgenden Vormittag holte er sie ab, und sie sahen sich zusammen das Museum Old Salem an und fuhren danach zur Ranch, um das dritte Wochenende in Folge bei Lukes Mutter zu essen. Später, als sie sich neben Sophias

Auto verabschiedeten, fragte er, ob sie am nächsten Samstag Zeit habe, er wolle mit ihr an den Ort fahren, wo er als Kind seine Urlaube verbracht hatte. Man könne dort in atemberaubender Landschaft reiten gehen.

Sophia küsste ihn und lächelte. »Das klingt wunderbar.«

Als Sophia am kommenden Wochenende auf der Ranch eintraf, hatte Luke bereits die Pferde in den Anhänger verladen und den Pick-up gepackt. Ein paar Minuten später waren sie auf dem Highway Richtung Westen unterwegs, und Sophia drehte am Radioknopf. Sie entschied sich für einen Hiphop-Sender und stellte ihn laut ein, bis Luke es nicht mehr aushielt und auf Country umschaltete.

»Ich hab mich schon gefragt, wie lange du durchhalten würdest«, sagte sie grinsend.

»Ich glaube nur, dass das hier besser zur Stimmung passt, mit den Pferden und allem.«

»Und ich glaube, du hast einfach nie einen Sinn für andere Arten von Musik entwickelt.«

»Ich höre auch andere Sachen.«

»Ach ja? Was denn?«

»Hiphop. Seit einer halben Stunde. Aber gut, dass ich umgeschaltet habe. Mein Tanzbein zuckt, und ich würde ungern die Kontrolle über den Wagen verlieren.«

Sie kicherte. »Schon klar. Weißt du was? Ich hab mir gestern Stiefel gekauft. Siehst du?« Sie hob die Füße und ließ sich von ihm bewundern.

»Das hab ich schon gemerkt.«

»Und?«

»Du entwickelst dich eindeutig zum Cowgirl. Bald wirfst du wahrscheinlich Lasso wie ein Profi.«

»Das bezweifle ich«, sagte sie. »Soweit ich es sehe, spazieren nicht allzu oft Kühe durch Museen. Aber vielleicht zeigst du mir dieses Wochenende, wie es geht?«

»Ich habe mein Lasso nicht dabei. Was ich allerdings dabeihabe, ist ein zusätzlicher Hut. Einen von meinen guten. Den habe ich in der PBR-Endrunde getragen.«

Sie sah ihn von der Seite an. »Warum habe ich manchmal das Gefühl, dass du versuchst, mich zu ändern?«

»Ich mache nur ... Verbesserungsvorschläge.«

»Pass bloß auf, sonst erzähle ich meiner Mutter, was du gesagt hast. Im Moment glaubt sie mir, dass du ein netter Kerl bist, und das solltest du nicht aufs Spiel setzen.«

Er musste lachen. »Ich werd's mir merken.«

»Also, wo fahren wir hin? Du hast gesagt, du warst als Kind schon oft dort?«

»Meine Mutter hat den Ort entdeckt. Sie war hier unterwegs, um Kunden aufzutreiben, und ist zufällig darüber gestolpert. Früher war es mal ein Ferienlager, aber die neuen Besitzer hatten die Idee, es für Reiter umzubauen, um die Zimmer ganzjährig vermieten zu können. Sie haben die Hütten renoviert und hinter jede einen Pferdestall gebaut, und meine Mutter hat sich auf den ersten Blick in den Ort verliebt. Du wirst es verstehen, wenn wir da sind.«

»Ich kann es kaum erwarten. Wie hast du überhaupt deine Mutter dazu überreden können, dich das ganze Wochenende wegfahren zu lassen?«

»Das meiste habe ich schon bis gestern erledigt, und José

bekommt ein bisschen mehr Geld dafür, dass er ihr hilft. Sie wird gut klarkommen.«

»Verlässt sie die Ranch eigentlich jemals?«

»Oft. Sie versucht, all unsere Kunden mindestens einmal im Jahr zu besuchen, und die sind über den ganzen Staat verstreut.«

»Macht sie auch mal Urlaub?«

»Damit hat sie es nicht so.«

»Jeder braucht hin und wieder eine Pause.«

»Ich weiß. Und das habe ich ihr auch schon gesagt. Einmal habe ich sogar eine Kreuzfahrt für sie gebucht.«

»Und ist sie gefahren?«

»Sie hat die Reise storniert und eine Erstattung bekommen. Mit dem Geld ist sie dann nach Georgia gefahren und hat einen Bullen gekauft.«

»Zum Reiten?«

»Nein, für die Zucht. Wir haben ihn übrigens immer noch. Ein mieses Vieh. Aber er erledigt seinen Job.«

Sophia dachte über seine Worte nach. »Hat deine Mutter denn Freunde?«

»Ein paar. Und manchmal besucht sie sie auch. Eine Zeit lang hatte sie mit ein paar Frauen aus der Stadt eine Bridgerunde. Aber in letzter Zeit kümmert sie sich darum, wie man die Herde vergrößern kann, und das nimmt viel von ihrer Zeit in Anspruch. Sie möchte sie um zweihundert Paar aufstocken, aber wir haben nicht genug Weide, deshalb sucht sie nach einer zusätzlichen Stellfläche.«

»Warum? Findet sie nicht, dass sie schon genug zu tun hat?«

Luke schob seine Hände auf dem Lenkrad höher, dann seufzte er. »Im Moment bleibt uns kaum etwas anderes übrig.«

Er spürte Sophias fragenden Blick, wollte aber nicht darüber sprechen und wechselte das Thema. »Fährst du über Thanksgiving nach Hause?«

»Ja. Vorausgesetzt, mein Auto schafft die Strecke. Beim Anlassen jault es zurzeit immer so laut. Es klingt, als würde der Motor schreien.«

»Höchstwahrscheinlich nur der Keilriemen.«

»Tja, aber wahrscheinlich kostet mich die Werkstatt trotzdem einen Haufen Geld. Das ich nicht habe.«

»Wenn du möchtest, kann ich das wahrscheinlich reparieren.«

Sie wandte sich ihm zu. »Daran habe ich seltsamerweise keinen Zweifel.«

Die Fahrt dauerte etwas über zwei Stunden. Langsam zogen Wolken auf, die sich bis zu den blauen Berggipfeln am Horizont ausdehnten. Nach einer Weile stieg die Straße an, und die Luft wurde dünner und frischer. Schließlich hielten sie in einer Stadt an einem Supermarkt, um ein paar Vorräte einzukaufen. Alles wanderte in die Kühlboxen auf der Ladefläche.

Hinter der Stadt fuhr Luke vom Highway ab und folgte einer Straße, deren Serpentinen wie in den Berg geschnitzt wirkten. Zum Glück war nicht viel Verkehr, doch wenn ihnen ein Auto entgegenkam, musste Luke das Lenkrad mit beiden Händen festhalten und den Anhänger am äußersten Rand des Asphalts entlangsteuern.

Da er seit Jahren nicht mehr dort gewesen war, suchte er angestrengt nach der Abzweigung, und gerade als er schon dachte, er habe sie verpasst, entdeckte er sie kurz vor der Kurve. Es war eine unbefestigte Straße, stellenweise noch steiler, als er sie in Erinnerung hatte. Vorsichtig steuerte er durch die von beiden Seiten auf die Straße drängenden Bäume.

Als sie ankamen, war Lukes erster Gedanke, dass sich nicht viel verändert hatte. Zwölf Hütten standen im Halbkreis um den kleinen Laden, der gleichzeitig als Büro diente. Dahinter lag der See, dessen kristallklares blaues Wasser glitzerte, wie es nur in den Bergen möglich war.

Nachdem sie sich angemeldet hatten, lud Luke den Wagen aus und tränkte die Pferde, während Sophia Richtung Schlucht spazierte. Sie betrachtete das Tal tief unter sich, und als Luke fertig war, gesellte er sich zu ihr. Unter ihnen lagen mehrere Bauernhöfe und von Eichen und Ahornen gesäumte Kiesstraßen, und alles sah winzig aus, wie bei einer Spielzeugeisenbahn.

Auf Sophias Gesicht entdeckte er das gleiche Staunen, das er selbst als Kind an dieser Stelle empfunden hatte.

»So etwas Schönes habe ich noch nie gesehen«, murmelte sie ergriffen. »Es raubt mir den Atem.«

Luke betrachtete versonnen ihr elegantes Profil und war überzeugt, noch nie einen schöneren Menschen gesehen zu haben.

»Genau das Gleiche habe ich auch gerade gedacht.«

KAPITEL 16

Sophia

Sophia blieb gerade genug Zeit, um ein paar Sachen in den Kühlschrank zu stellen und die Badewanne mit den Löwenfüßen zu bewundern. Die Hütte machte einen leicht heruntergekommenen, aber heimeligen Eindruck, ein gemütliches Nest für Kurzurlaube. Unterdessen schmierte Luke Sandwichs, die neben dem Obst und den Chips und dem Wasser aus dem Supermarkt als Proviant dienen würden.

Er packte alles in die Satteltaschen, dann ritten sie auf einem der Dutzenden von Pfaden los, die kreuz und quer über das Anwesen verliefen. Wie üblich saß er auf Pferd und Sophia auf Demon, der sich offensichtlich langsam an sie gewöhnte. Er hatte ihre Hand beschnüffelt und zufrieden gewiehert, als Luke ihn sattelte, und es konnte natürlich auch daran liegen, dass ihm die Gegend fremd war, doch er reagierte auf jede noch so sachte Berührung von Sophia.

Der Pfad stieg an und schlängelte sich zwischen Bäumen hindurch, die an manchen Stellen so dicht wuchsen, als sei noch nie jemand dort gegangen. Dann wieder öffnete sich der Weg, und Panoramen wurden sichtbar, wie Sophia sie nur von Postkarten kannte. Sie ritten durch hohe Wiesen, und sie malte sich aus, wie sie wohl im Sommer voller

Blumen und Schmetterlinge aussähen. Sie war froh über ihre Jacke und den Cowboyhut, denn der Großteil des Wegs lag im Schatten, und als sie in höhere Lagen kamen, wurde die Luft frisch.

Wo der Weg zu schmal war, um nebeneinanderzureiten, ließ Luke Sophia vor und blieb manchmal ein wenig zurück. In solchen Momenten kam sie sich vor wie eine Siedlerin, die langsam gen Westen vordringt, ganz allein in einer weiten, unberührten Landschaft.

Nach zwei Stunden machten sie auf einer Lichtung kurz unterhalb eines Gipfels Rast. Sie setzten sich auf die Felsen, aßen und beobachteten ein Falkenpaar, das über dem Tal kreiste. Nach dem Picknick ritten sie noch drei Stunden lang weiter, manchmal auf Pfaden, die an steilen Abgründen entlangführten, und die Gefahr schärfte Sophias Sinne.

Eine Stunde vor Sonnenuntergang kehrten sie zur Hütte zurück, bürsteten die Pferde und gaben ihnen ein paar Äpfel zusätzlich zu ihrem normalen Futter. Als sie damit fertig waren, ging bereits der Mond auf, rund und milchig weiß, und die ersten Sterne waren zu sehen.

»Ich glaube, ich hätte Lust auf ein Bad, bevor wir essen«, sagte Sophia.

»Hast du etwas dagegen, wenn ich vorher kurz unter die Dusche hüpfe?«

»Wenn du nicht das ganze heiße Wasser aufbrauchst.«

»Ich beeile mich. Versprochen.«

Also überließ Sophia das Badezimmer Luke, ging in die Küche und öffnete den Kühlschrank. Darin standen eine Flasche Chardonnay und ein Sechserpack Sierra Nevada

Pale Ale. Sie überlegte kurz, was sie trinken wollte, und ging dann auf die Suche nach einem Korkenzieher.

Weingläser gab es im Schrank nicht, sie fand nur ein Marmeladenglas. Das musste reichen. Mit geübtem Griff öffnete sie die Flasche und goss sich etwas ein.

Als sie den Chardonnay im Glas schwenkte, fühlte sie sich fast wie ein Kind, das Erwachsener spielt. Eigentlich ging ihr das oft so, obwohl sie bald ihr Examen machen würde. Zum Beispiel hatte sie noch nie eine Wohnung gemietet. Noch nie hatte sie für jemand anderen als ihre Eltern gearbeitet. Nie hatte sie eine Stromrechnung bezahlen müssen. Das Leben im College war nicht das echte Leben. Es war eine Fantasiewelt, das wusste Sophia, etwas vollkommen anderes als die Welt, der sie sich in ein paar Monaten stellen musste.

So lustig die letzten Jahre gewesen waren, manchmal konnte sie das Gefühl nicht abschütteln, dass ihr Leben in dieser Zeit auf Eis gelegen hatte. Erst durch Luke war ihr bewusst geworden, wie wenig sie wirklich auf dem College gelernt hatte.

Denn Luke wirkte wie ein Erwachsener. Er hatte keine höhere Schulbildung, aber er verstand das echte Leben: Menschen und Beziehungen und Arbeit. Er war im Bullenreiten schon einmal einer der Besten der Welt gewesen, und sie zweifelte nicht daran, dass er das wieder erreichen würde. Er konnte alles reparieren, er hatte sich selbst ein Haus gebaut. Er hatte bereits viele Dinge im Leben gemeistert, und im Moment konnte sich Sophia noch nicht vorstellen, im Laufe der nächsten drei Jahre das Gleiche von sich behaupten zu dürfen, gleichgültig, in welchem Bereich.

Wer wusste schon, ob sie jemals eine Stelle in ihrem Fachgebiet fände, eine, die tatsächlich Geld einbrachte.

Sie wusste nur, dass sie bei Luke das Gefühl hatte, endlich wirklich irgendwie voranzukommen. Denn was auch immer zwischen ihnen war, es war in der richtigen Welt verankert, nicht in der Traumblase des College-Lebens. Luke war echter als jeder andere Mensch, dem sie bisher begegnet war.

Mit einem Gurgeln in den Rohren wurde das Wasser abgestellt, was sie aus ihren Gedanken riss. Mit dem Marmeladenglas voller Wein in der Hand schlenderte sie durch die Hütte. Die zum Wohnzimmer hin offene Küche war klein und funktional, die Einrichtung einfach. Von der Arbeitsfläche blätterte der Lack ab, und im Spülbecken waren Rostspuren, aber es roch nach Putzmitteln. Der Fußboden war frisch gefegt, die Oberflächen waren staubfrei.

Das kleine Wohnzimmer mit den ausgetretenen Kieferndielen und den mit Zedernholz verkleideten Wänden bot gerade genug Platz für ein abgewetztes kariertes Sofa und zwei Schaukelstühle. Blaue Vorhänge rahmten die Fenster ein, und in der Ecke stand eine Stehlampe. Als Sophia sie anknipste, stellte sie fest, dass sie nicht heller war als die einzelne Glühbirne in der Küche. Was die Kerzen und Streichhölzer auf dem Couchtisch erklärte. Auf einem Regalbrett gegenüber dem Fenster befanden sich eine gemischte Auswahl an Büchern, die vermutlich von anderen Gästen zurückgelassen worden waren, ein paar Jagdköder – Enten – und ein ausgestopftes Eichhörnchen. In der Mitte stand ein kleiner Fernseher mit Zimmerantenne. Sicher empfing er nur einen oder zwei Sender.

Erneut hörte sie Wasser rauschen. Die Badezimmertür öffnete sich quietschend, und Luke kam sauber in Jeans und einem weißen Hemd mit hochgekrempelten Ärmeln heraus. Er war barfuß, und seine nassen Haare sahen aus, als habe er sie nur mit den Fingern gekämmt. Sophia bemerkte eine kleine weiße Narbe auf seiner Wange, die ihr bisher nicht aufgefallen war.

»Das Badezimmer gehört dir«, sagte er. »Ich hab schon das Wasser für dich angestellt.«

»Danke.« Sie küsste ihn flüchtig im Vorbeigehen. »Ich brauche ungefähr eine halbe Stunde.«

»Lass dir Zeit. Ich muss mich sowieso ums Essen kümmern.«

»Noch eine Spezialität?«, rief sie aus dem Schlafzimmer, wo sie ihre Reisetasche holte.

»Mir schmeckt es.«

»Schmeckt es sonst noch jemandem?«

»Gute Frage. Das werden wir dann ja sehen.«

Die Wanne war schon halb voll und das Wasser heißer, als sie erwartet hatte. Sie ließ ein bisschen kaltes dazulaufen und wünschte, es gäbe einen duftenden Badezusatz.

Sie zog sich aus und stellte fest, dass ihr die Beine und der Rücken wehtaten. Hoffentlich war sie am nächsten Tag nicht zu steif zum Laufen. Mit dem Weinglas in der Hand stieg sie ins Wasser. Trotz der schlichten Umgebung kam ihr die Situation luxuriös vor.

Es gab eine kleine separate Duschkabine, und Luke hatte sein benutztes Handtuch über die Stange gehängt. Die Vorstellung, dass er nur wenige Minuten vor ihr nackt hier gewesen war, rief ein Kribbeln in ihrem Bauch hervor.

Sie wusste, was an diesem Wochenende möglicherweise passieren würde. Zum ersten Mal würden sie sich nicht am Auto verabschieden; heute würde sie nicht ins Wohnheim zurückfahren. Doch mit Luke zusammen zu sein fühlte sich natürlich an, es fühlte sich richtig an. Obwohl sie zugeben musste, dass sie in solchen Dingen nicht besonders erfahren war. Brian war der erste und einzige Mann, mit dem sie bisher geschlafen hatte. Es war nach dem Weihnachtsball passiert, als sie schon zwei Monate ein Paar waren. Sophia hatte nicht damit gerechnet, aber wie alle anderen amüsierte sie sich und trank ein bisschen zu viel, und hinterher nahm er sie mit aufs Zimmer. Sie knutschten auf seinem Bett. Brian ließ nicht locker, der Raum drehte sich, und eins führte zum anderen. Am nächsten Morgen war sie nicht sicher, was sie davon halten sollte. Und Brian war ihr auch keine Hilfe – sie erinnerte sich vage daran, dass er sich am Vorabend mit einigen Freunden zu Bloody Marys in einem der Zimmer verabredet hatte. Also stolperte sie mit einem Kopf so groß wie Wisconsin in die Dusche, und während der Wasserstrahl von ihrem Körper abprallte, rasten ihr eine Million Gedanken durch den Kopf. Sie war erleichtert, es endlich getan zu haben, weil sie sich natürlich gefragt hatte, wie es wohl wäre, und sie war froh, dass es mit Brian passiert war. Gleichzeitig war sie allerdings auch ein wenig traurig. Sie konnte sich vorstellen, was ihre Mutter denken würde – oder, Gott bewahre, ihr Vater –, und offen gestanden hatte sie selbst gedacht, es sei … *mehr*. Bedeutsamer. Romantischer. Denkwürdiger. In diesem Moment wünschte sie sich einfach nur zurück in ihr Wohnheim.

Und jetzt war sie zum ersten Mal seit Brian über Nacht mit einem Mann allein. Sie wunderte sich, dass sie nicht nervös war. Ganz entspannt strich sie sich mit dem Waschlappen über ihre Haut und malte sich aus, was Luke gerade in der Küche machte. Sie fragte sich, ob er an sie dachte, sich vielleicht sogar vorstellte, wie sie ohne Kleider aussah, und wieder spürte sie das Kribbeln im Bauch.

Sie wollte es, stellte sie fest. Sie wollte sich in jemanden verlieben, dem sie vertrauen konnte. Und sie vertraute Luke. Noch nie hatte er sie zu etwas gedrängt, nicht ein Mal hatte er sich nicht wie ein perfekter Gentleman verhalten. Je mehr Zeit sie mit ihm verbrachte, desto überzeugter war sie davon, dass er der mit Abstand attraktivste Mann war, den sie je getroffen hatte. Wen sonst kannte sie, der so handwerklich talentiert war? Wer sonst brachte sie so zum Lachen? Wer war so klug und charmant, selbstständig und zärtlich? Und wer sonst würde mit ihr an einem der schönsten Flecken der Erde reiten gehen?

Als sie so warm und entspannt in der Wanne lag und an ihrem Wein nippte, fühlte sie sich zum ersten Mal richtig erwachsen. Sie trank das Glas aus, und als das Wasser langsam abkühlte, stieg sie aus der Wanne und trocknete sich ab. Sie suchte in ihrer Tasche nach einer Jeans, doch dann fiel ihr ein, dass sie noch nie etwas anderes getragen hatte, wenn sie mit ihm zusammen war. Deshalb überlegte sie es sich anders und zog einen Rock und eine eng anliegende Bluse heraus. Sie stylte sich die Haare und war froh, dass sie daran gedacht hatte, den Lockenstab und den Föhn mitzunehmen. Dann kam das Make-up. Sie trug etwas mehr Wimperntusche und Lidschatten auf als normal, wobei sie immer wieder über den beschlagenen alten Spiegel wischen musste. Vervollständigt wurde das Outfit von einem Paar goldener Creolen, die ihre Mutter ihr im vergangenen Jahr zu Weihnachten geschenkt hatte.

Zum Schluss musterte sie sich noch einmal von Kopf bis Fuß, holte tief Luft, nahm ihr leeres Marmeladenglas und verließ das Bad.

Luke stand mit dem Rücken zu ihr in der Küche und rührte in einem Topf auf dem Herd. Neben ihm standen eine Schachtel Cracker und ein Bier, und sie sah zu, wie er nach der Flasche griff und einen langen Zug nahm.

Er hatte sie nicht aus dem Bad kommen hören, und eine Zeit lang beobachtete sie ihn schweigend, bewunderte den Sitz seiner Jeans und seine ruhigen, gleichmäßigen Handgriffe beim Kochen. Leise ging sie zum Tischchen, bückte sich und zündete die Kerzen an. Sie trat zurück, begutachtete das Ergebnis und schaltete dann die Stehlampe aus. Der Raum verdunkelte sich, wurde im flackernden Schein der kleinen Flammen intimer.

Luke bemerkte das veränderte Licht und sah über die Schulter.

»Ach, hallo!«, rief er, während sie auf ihn zuging. »Ich hab gar nicht mitbekommen, dass du schon fertig –«

Er verstummte, als sie aus den Schatten in das weiche gelbe Küchenlicht trat. Eine ganze Weile lang nahm er nur ihren Anblick in sich auf, erkannte die Hoffnung und die Sehnsucht in ihren Augen.

»Sophia«, flüsterte er so leise, dass sie ihn kaum hörte. Doch in ihrem Namen klang alles mit, was er nicht hatte sagen können, und in dem Augenblick wusste sie, dass er sie liebte. Und vielleicht war es nur eine Illusion, aber sie glaubte auch zu wissen, dass er sie immer lieben würde, egal, was passierte, mit allem, was er zu geben hatte.

»Entschuldige, dass ich dich so anstarre«, sagte Luke. »Du siehst einfach wunderschön aus …«

Lächelnd kam sie noch näher, und als er sich vorbeugte, um sie zu küssen, wurde ihr klar, dass auch sie sich endgültig in ihn verliebt hatte.

Nach dem Kuss war sie ein bisschen durcheinander, und sie spürte, dass es Luke genauso ging. Er drehte sich um, stellte die Flamme der Herdplatte kleiner und griff nach seinem Bier, das allerdings leer war. Also stellte er es neben das Spülbecken und wollte sich aus dem Kühlschrank ein neues holen, als er das Marmeladenglas in Sophias Hand bemerkte.

»Möchtest du noch einen Schluck Wein?«, fragte er.

Sie nickte nur, weil sie ihrer Stimme nicht traute, und reichte ihm das Glas. Ihre Finger streiften sich, was Sophia einen angenehmen Schauer durch die Hand jagte. Luke zog den Korken aus der Flasche und goss etwas Wein nach.

»Wir können jetzt essen, wenn du möchtest.« Er gab ihr das Glas zurück. »Aber besser schmeckt es, wenn wir es noch eine halbe Stunde köcheln lassen. Ich hab den Käse aufgeschnitten, den wir vorhin gekauft haben, falls du schon Hunger hast.«

»Klingt gut«, sagte sie. »Setzen wir uns doch auf die Couch.«

Er stellte den Wein in den Kühlschrank und holte sich ein Bier heraus, dann nahm er den Käseteller, auf den er auch Trauben gelegt hatte, und klemmte sich die Crackerpackung unter den Arm.

Im Wohnzimmer stellte er die Sachen auf den Tisch, und sie setzten sich nebeneinander. Luke breitete einen Arm aus, und Sophia lehnte sich mit dem Rücken an seine Brust. Sie spürte, wie er seine Hand auf ihren Bauch legte, und legte ihre darauf.

»Es ist so still hier oben«, sagte sie. »Ich höre überhaupt nichts von draußen.«

»Wahrscheinlich werden die Pferde später noch Lärm machen. Es sind nicht die leisesten Tiere, und sie stehen genau hinter dem Schlafzimmer. Manchmal kommen auch Waschbären auf die Veranda und werfen alles Mögliche um.«

»Warum seid ihr später nicht mehr hergefahren?«, fragte sie. »Wegen deines Vaters?«

Als Luke antwortete, war seine Stimme gedämpft. »Nach seinem Tod hat sich vieles verändert. Meine Mutter war allein und ich mit dem Rodeozirkus unterwegs. Wenn ich mal zu Hause war, hatte ich immer das Gefühl, mit der Arbeit im Rückstand zu sein … Aber wahrscheinlich ist das eine Ausrede. Meine Mutter erinnert hier zu viel an ihn. Ich war immer den ganzen Tag draußen beim Reiten und Schwimmen und Spielen, sodass ich nach dem Essen gleich ins Bett gefallen bin. Dadurch hatten meine Eltern viel Zeit und Raum für sich. Später, als ich in die Schule ging, kamen sie ab und zu auch ohne mich her. Aber jetzt will sie das nicht mehr. Ich glaube, sie möchte es so in Erinnerung behalten, wie es früher war. Als er noch bei uns war.«

Sophia nippte an ihrem Wein. »Vorhin habe ich darüber nachgedacht, was du alles durchgemacht hast. In gewisser

Weise ist es so, als hättest du schon ein ganzes Leben hinter dir.«

»Das hoffe ich doch nicht«, sagte er. »Das wäre ja furchtbar.«

Sie lächelte, spürte seinen Körper dicht an ihrem und versuchte, nicht daran zu denken, was später vielleicht passieren würde.

»Erinnerst du dich noch an den Abend, als wir uns kennengelernt haben? Als du mir die Bullen gezeigt hast?«

»Natürlich.«

»Hättest du dir da vorstellen können, dass wir mal hier sitzen?«

Er griff nach seinem Bier und trank einen Schluck, dann stellte er es neben ihr auf der Couch ab. Die Flasche fühlte sich kühl an ihrem Oberschenkel an. »Ich war überrascht, dass du überhaupt mit mir gesprochen hast.«

»Warum denn das?«

Er küsste sie auf die Haare. »Fragst du das im Ernst? Weil du perfekt bist.«

»Ich bin doch nicht perfekt«, wehrte sie ab. »Bei Weitem nicht.« Sie ließ den Wein im Glas kreisen. »Frag Brian.«

»Wie er sich verhalten hat, das hatte gar nichts mit dir zu tun.«

»Kann sein. Aber …«

Luke schwieg und gab ihr Zeit, zu überlegen, was sie sagen wollte. Sie drehte sich zu ihm um und sah ihn direkt an.

»Ich hab dir ja erzählt, dass es mir im letzten Frühling so schlecht ging. Und dass ich ziemlich abgenommen hatte, weil ich nichts essen konnte.«

»Ja.«

»Das stimmt auch alles. Was ich dir aber nicht erzählt habe, ist, dass ich eine Zeit lang an Selbstmord gedacht habe. Nicht, dass ich es je wirklich versucht hätte. Es war aber ein Gedanke, an dem ich mich festhalten konnte, um mich besser zu fühlen. Wenn ich morgens aufwachte und mir alles egal war und ich nichts essen konnte, tröstete ich mich damit, dass ich immerhin die Option hatte, dem Ganzen ein Ende zu machen. Allein das zu wissen, gab mir ein Gefühl von Kontrolle. Und das brauchte ich zu der Zeit mehr als alles andere. Nach und nach habe ich es dann geschafft, mich wieder zusammenzureißen. Deshalb konnte ich beim nächsten Mal, als Brian mich betrog, einfach gehen.« Sie schloss die Augen. Die Erinnerung an diese Tage zog wie ein Schatten über ihr Gesicht. »Wahrscheinlich denkst du inzwischen, du hast einen großen Fehler gemacht.«

»Überhaupt nicht«, sagte er.

»Auch nicht, wenn ich verrückt bin?«

»Du bist nicht verrückt. Du hast selbst gesagt, dass du niemals ernsthaft vorhattest, es durchzuziehen.«

»Aber warum habe ich mich so an die Vorstellung geklammert? Warum kam ich überhaupt auf die Idee?«

»Denkst du immer noch daran?«

»Nie«, sagte sie. »Seit letztem Frühjahr nicht mehr.«

»Dann würde ich mir nicht allzu viele Sorgen darum machen. Du bist nicht der erste Mensch auf der Welt, dem so etwas durch den Kopf geht. Von da bis zur ernsthaften Überlegung ist es ein großer Schritt, und ein noch größerer bis zum echten Versuch.«

Sophia dachte darüber nach. »Du gehst sehr logisch an die Sache ran.«

»Das liegt vermutlich daran, dass ich keine Ahnung habe, wovon ich rede.«

Sie drückte seinen Arm. »Übrigens weiß das niemand. Meine Eltern nicht, und nicht einmal Marcia.«

»Ich behalte es für mich«, sagte er. »Aber falls das noch einmal vorkommt, solltest du vielleicht doch mit jemandem sprechen, der schlauer ist als ich. Jemandem, der weiß, was er dir sagen muss, und dir vielleicht hilft, die Situation in den Griff zu bekommen.«

»Das habe ich auch vor. Aber hoffentlich passiert es nicht noch mal.«

Sie schwiegen eine Zeit lang. Sophia spürte Lukes warmen Körper.

»Ich finde dich trotzdem perfekt«, sagte er schließlich, woraufhin sie lachen musste.

»Du bist ein Charmeur.« Sie legte den Kopf schief und küsste ihn auf die Wange. »Aber darf ich dich mal was fragen?«

»Was du willst.«

»Als du eben erzählt hast, dass deine Mutter die Herdengröße verdoppeln möchte, sagtest du, ihr würde nichts anderes übrig bleiben. Was heißt das?«

Er strich mit einem Finger über ihren Handrücken. »Das ist eine lange Geschichte.«

»Schon wieder? Dann beantworte mir eine andere Frage: Hat es irgendetwas mit Big Ugly Critter zu tun?«

Sie spürte, wie sich seine Muskeln unwillkürlich verkrampften, und wenn nur für eine Sekunde. »Wie kommst du darauf?«

»Nur so eine Ahnung. Die Geschichte hast du nämlich

auch nie zu Ende erzählt, deshalb frage ich mich, ob es vielleicht zusammenhängt.« Sie zögerte. »Ich hab recht, oder?«

Er holte tief Luft und stieß sie langsam wieder aus. »Ich dachte, ich kenne seine Eigenarten«, begann er. »Und so war es auch – am Anfang. Nach der Hälfte der Zeit habe ich jedoch einen Fehler begangen. Ich habe mich zu weit nach vorn gebeugt, und in genau dem Moment hat Big Ugly Critter den Kopf nach hinten geworfen und mich bewusstlos geschlagen. Als ich runterfiel, blieb ich in der Halteschlinge hängen. Er hat mich durch die Arena geschleift und mir dabei den Arm ausgekugelt, aber das war nicht das Schlimmste.« Luke kratzte sich über die Stoppeln auf seiner Wange und fuhr dann mit sachlichem, fast unbeteiligtem Tonfall fort: »Als ich auf der Erde lag, ging der Bulle noch einmal auf mich los. Es war ziemlich übel. Ich lag eine Zeit lang auf der Intensivstation, aber die Ärzte haben fantastisch gearbeitet, und ich hatte Glück. Ich habe mich viel schneller erholt, als sie erwartet hatten. Trotzdem musste ich noch ziemlich lange im Krankenhaus bleiben, und danach kamen einige Monate Reha. Und meine Mutter …«

Er stockte, und obwohl er die Geschichte emotionslos erzählt hatte, spürte Sophia ihr eigenes Herz rasen, als sie sich seine Verletzungen vorzustellen versuchte.

»Meine Mutter hat getan, was die meisten Mütter tun würden. Sie hat dafür gesorgt, dass ich die bestmögliche Versorgung bekam. Das Problem war nur, dass ich nicht krankenversichert war – Bullenreiter will praktisch niemand versichern, weil es so gefährlich ist. Oder zumindest war es damals so. Der Veranstalter übernimmt eine minimale Deckung, aber das reichte nicht annähernd für die Kosten meiner Behandlung. Also musste meine Mutter eine Hypothek auf die Ranch aufnehmen.« Plötzlich sah er viel älter aus, als er war. »Die Konditionen waren nicht gut, und der Zinssatz wird im nächsten Sommer neu festgesetzt. Und momentan wirft die Ranch nicht genug ab, um die dann anfallenden Darlehensrückzahlungen zu leisten. Wir schaffen es jetzt schon kaum. Seit einem Jahr zerbrechen wir uns den Kopf, wie man noch mehr Geld rausquetschen könnte, aber es geht einfach nicht. Es reicht nicht.«

»Was bedeutet das?«

»Dass wir verkaufen müssen. Oder die Bank die Ranch übernimmt. Und ein anderes Leben kennt meine Mutter nicht. Sie hat das Geschäft aufgebaut, und sie hat nie woanders gewohnt.« Er seufzte. »Sie ist fünfundfünfzig Jahre alt. Wo soll sie hin? Was soll sie machen? Ich bin noch jung, ich kann überallhin. Aber dass sie meinetwegen alles verliert, das kann ich ihr einfach nicht antun. Ausgeschlossen.«

»Weshalb du wieder mit dem Bullenreiten angefangen hast«, sagte Sophia.

»Genau. Die Preisgelder helfen, die Raten abzudecken, und wenn ich ein paar gute Jahre habe, kann ich unsere Schulden so weit senken, dass die Belastungen überschaubar werden.«

Sophia zog die Knie an. »Warum will sie dann nicht, dass du reitest?«

Luke sprach mit Bedacht. »Sie möchte nicht, dass mir noch einmal etwas passiert. Aber was bleibt mir denn anderes übrig? Ich will ja selbst nicht mehr reiten, es ist einfach nicht mehr das Gleiche. Aber eine andere Idee habe ich nicht. Soweit ich es überblicke, halten wir bis Juni durch, vielleicht bis Juli. Und dann ...«

Angesichts seiner Schuldgefühle und Niedergeschlagenheit zog sich Sophias Herz zusammen.

»Vielleicht findet ihr ja die zusätzliche Weide, die ihr braucht.«

»Vielleicht.« Er klang nicht überzeugt. »Jedenfalls, das ist mit der Ranch los. Alles nicht so schön. Das war ein Grund, warum ich gern mit dir wegfahren wollte. Denn wenn ich mit dir hier bin, muss ich nicht daran denken. Muss ich mir keine Sorgen machen. Seit wir angekommen sind, denke ich nur an dich und daran, wie froh ich bin, dass du bei mir bist.«

Genau wie Luke es angekündigt hatte, stieß eines der Pferde draußen ein lautes Wiehern aus. Es wurde kühler im Zimmer, die kalte Bergluft kroch durch die undichten Fenster herein.

»Ich sehe besser mal nach dem Essen«, sagte er. »Sonst brennt es noch an.«

Widerstrebend setzte sich Sophia auf und ließ Luke aufstehen. Sie folgte ihm in die Küche. Sie wollte ihm zeigen, dass sie da war, um ihn zu trösten, nicht weil er es brauchte, sondern weil sie es wollte. Die Liebe, die sie für ihn empfand, änderte alles, und das sollte er spüren.

Er rührte im Chili, als sie sich hinter ihn stellte und ihm die Arme um die Taille schlang. Unwillkürlich richtete er sich gerader auf, und sie drückte ihn sanft. Er drehte sich um und zog sie an sich. Lange Zeit hielten sie einander einfach nur fest.

Er fühlte sich gut an. Sie spürte sein Herz schlagen, hörte den weichen Rhythmus seines Atems. Sie schmiegte das Gesicht an seinen Hals, sog seinen Duft ein und wurde plötzlich von einem Verlangen durchströmt, wie sie es noch nie erlebt hatte. Langsam küsste sie seinen Hals und lauschte seinen schnellen Atemzügen.

»Ich liebe dich, Sophia«, flüsterte er.

»Ich liebe dich auch, Luke«, raunte sie zurück, während sein Gesicht ihrem immer näher kam. Ihr einziger Gedanke, als ihre Lippen sich berührten, war, dass es genau so sein sollte, für immer. Ihr Kuss wurde immer leidenschaftlicher, und als sie den Blick hob, wusste sie, dass ihr Begehren unübersehbar war. Sie wollte ihn ganz, mehr als sie jemals jemanden gewollt hatte, und nachdem sie ihn noch einmal geküsst hatte, griff sie hinter ihn und stellte die Herdplatte aus. Dann nahm sie seine Hand und zog ihn langsam hinter sich her ins Schlafzimmer.

KAPITEL 17

Ira

Schon wieder Abend, und ich bin immer noch hier. Eingehüllt in Schweigen, begraben von der weißen, harten Winterkälte und unfähig, mich zu bewegen.

Inzwischen habe ich über einen Tag durchgehalten. In meinem Alter und angesichts meiner Misere sollte das ein Grund zum Feiern sein. Aber ich werde schwächer. Nur meine Schmerzen und der Durst scheinen real. Mein Körper versagt, und es kostet mich meine gesamte Kraft, die Augen offen zu halten. Bald werden sie wieder zufallen, und ich bin mir nicht sicher, ob ich sie je wieder aufschlagen werde. Ich schiele zu Ruth und frage mich, warum sie nichts sagt. Sie hat mir das Gesicht nicht zugewandt, ich sehe sie im Profil. Mit jedem Blinzeln verändert sie sich. Sie ist jung und alt und wieder jung, und ich würde gern wissen, was sie bei jeder Verwandlung denkt.

Sosehr ich sie liebe, ich muss zugeben, dass ein Teil von ihr mir immer ein Rätsel geblieben ist. Morgens, wenn wir am Frühstückstisch saßen, starrte sie oft aus dem Fenster. Ich folgte dann ihrem Blick. Wir saßen wortlos da und beobachteten die von Ast zu Ast flatternden Vögel oder die Wolken, die langsam ihre Form änderten. Manchmal musterte ich sie, versuchte, ihre Gedanken zu erraten, aber sie lächelte nur sanft und ließ mich im Unklaren.

Das gefiel mir an ihr. Mir gefiel das Geheimnisvolle, das sie unserem Leben verlieh. Mir gefiel auch unser gelegentliches Schweigen, denn es war ein angenehmes Schweigen. Ein leidenschaftliches Schweigen, das seine Wurzeln in Vertrautheit und Verlangen hatte. Ich habe oft überlegt, ob uns das von anderen unterscheidet oder ob viele Paare so etwas erleben. Es wäre traurig, wenn wir eine Ausnahme waren, andererseits habe ich lange genug gelebt, um zu wissen, dass Ruth und ich mit einer ganz besonderen Beziehung gesegnet waren.

Und immer noch sagt Ruth nichts. Vielleicht ist sie in Gedanken ebenfalls bei unseren Tagen damals.

Nach den Flitterwochen begannen Ruth und ich, unser gemeinsames Leben aufzubauen. Ihre Eltern waren inzwischen nach Durham gezogen, und Ruth und ich wohnten bei meinen, während wir auf die Suche nach einem eigenen Haus gingen. Zwar entstanden zu der Zeit in Greensboro gerade einige neue Viertel, doch Ruth und ich wünschten uns ein Heim mit einem eigenen Charakter. Daher besichtigten wir vor allem Häuser in der Altstadt, und dort fanden wir schließlich auch ein 1886 erbautes Haus im Queen-Anne-Stil mit einem zur Straße zeigenden Giebel, einem runden Türmchen und zwei Veranden, einer vorn und einer hinten. Mein erster Gedanke war, dass es für uns viel zu groß war, so viel Platz würden wir niemals brauchen. Außerdem war es renovierungsbedürftig. Aber Ruth liebte den Stuck und die gedrechselten Geländer, und ich liebte sie. Als sie also sagte, sie überlasse die Entscheidung mir, gab ich am folgenden Nachmittag ein Angebot ab.

Während der Papierkram über das Bankdarlehen abgewickelt wurde – einen Monat später würden wir einziehen –, ging ich im Geschäft wieder an die Arbeit, und Ruth stürzte sich in ihre neue Aufgabe als Lehrerin. Ich muss zugeben, dass ich ihretwegen nervös war. Die ländliche Schule, die sie eingestellt hatte, wurde hauptsächlich von Kindern besucht, die auf Bauernhöfen aufwuchsen. Mehr als die Hälfte von ihnen wohnte in Häusern ohne fließendes Wasser, und viele trugen jeden Tag dieselbe Kleidung. Am ersten Tag kamen zwei Kinder ohne Schuhe an. Es war eine Art von Armut, wie Ruth sie vorher noch nie gesehen hatte, sowohl in wirtschaftlicher Hinsicht als auch in Bezug auf Perspektiven. In jenen ersten Monaten erlebte ich Ruth erschöpfter als je zuvor oder danach. Um Unterrichtspläne zu erstellen und sich einzugewöhnen – selbst an den besten Schulen –, braucht ein Lehrer Zeit und Erfahrung, und ich sah Ruth oft noch spätabends an unserem kleinen Küchentisch sitzen und über neue Methoden grübeln, wie sie ihre Schüler motivieren konnte.

Doch so überlastet sie auch während dieses ersten Halbjahrs war, wurde doch deutlich, dass das Unterrichten der Kinder nicht nur ihre Berufung, sondern ihre wahre Leidenschaft war, mehr noch als das Sammeln von Kunstwerken. Sie widmete sich ihrer Arbeit mit einer Unbeirrbarkeit, die mich überraschte. Natürlich sollten ihre Schüler etwas lernen, aber mehr noch wollte Ruth, dass sie Bildung ebenso wertschätzten wie sie selbst. Beim Abendessen sprach sie von ihnen und berichtete von den »kleinen Siegen«, die sie tagelang zum Lächeln bringen konnten. *Ira*, sagte sie, *einer meiner Schüler hat heute einen kleinen Sieg errungen*. Und dann erzählte sie mir genau, was passiert war, beispielsweise, dass ein Kind unerwartet einem anderen einen Bleistift geliehen hatte oder welch große Fortschritte eines im Schreiben gemacht hatte oder wie stolz ein Mädchen war, das zum ersten Mal ein Buch gelesen hatte. Sie merkte, wenn ein Kind traurig war, und sprach mit ihm wie eine Mutter. Als sie erfuhr, dass eine ganze Reihe von ihnen in derart ärmlichen Verhältnissen lebten, dass sie sich nicht einmal etwas zu essen für die Mittagspause mitbringen konnten, fing sie an, morgens zusätzliche Brote zu schmieren. Und im Laufe der Zeit reagierten die Schüler auf ihre fürsorgliche Art wie junge Pflanzen auf Sonne und Wasser.

Ruth hatte sich vorher Sorgen darüber gemacht, ob die Kinder sie akzeptieren würden. Weil sie als Jüdin in einer christlichen Schule arbeitete und weil sie aus Wien kam und einen deutschen Akzent hatte, befürchtete sie, von ihnen als Fremde betrachtet zu werden. Das wusste ich spätestens seit einem Tag im Dezember, an dem ich sie abends schluchzend in der Küche vorfand. Ihre Augen waren rot und geschwollen, und sie machte mir Angst. Ich malte mir aus, dass etwas Schreckliches vorgefallen sein musste. Dann erst bemerkte ich, dass auf dem Tisch diverse selbst gebastelte Gegenstände lagen. Ruth erzählte, ihre Schüler – jeder einzelne – hätten ihr Geschenke zum Chanukka-Fest mitgebracht. Wie sie auf die Idee gekommen waren, erfuhr sie nie genau, denn sie hatte ihnen nichts davon erzählt. Es war auch nicht klar, ob die Kinder die Bedeutung dieses Festes überhaupt kannten. Einmal hörte sie zufällig mit, wie ein Schüler einem anderen erklärte, mit Chanukka feierten »die Juden die Geburt von Jesus«, aber dass das nicht stimmte, war unwichtig im Vergleich zu dem, was die Kinder für sie getan hatten. Die meisten Geschenke waren einfacher Art, bemalte Steine, selbst gebastelte Karten, ein Armband aus Muscheln, doch in jedem steckte Liebe. In jenem Moment, so glaube ich seitdem, wurde Greensboro, North Carolina, für Ruth endlich ihre neue Heimat.

Trotz Ruths Arbeitspensum konnten wir nach und nach unser Haus einrichten. Im ersten Winter verbrachten wir viele Wochenenden damit, Antiquitäten zu kaufen. Genau wie sie ein Auge für Kunst hatte, besaß Ruth auch ein Talent, die richtigen Möbel auszusuchen, die unser Heim nicht nur schön, sondern einladend machten.

Im folgenden Sommer begannen wir mit den Renovierungsarbeiten. Das Haus brauchte ein neues Dach, und Küche und Badezimmer waren nicht nach Ruths Geschmack. Die Fußböden mussten abgeschliffen und einige Fenster ausgetauscht werden. Wir hatten uns beim Kauf entschlossen, damit bis zum Sommer zu warten, weil Ruth dann Zeit hatte, die Handwerker zu beaufsichtigen.

Ich war erleichtert, dass sie bereit war, diese Verantwortung zu übernehmen. Meine Eltern hatten ihre Arbeitszeit mittlerweile noch weiter reduziert, gleichzeitig war unsere Kundschaft angewachsen. Wie mein Vater während des Krieges mietete ich nun das Ladenlokal neben unserem an, vergrößerte das Geschäft und stellte drei Verkäufer ein. Dennoch hatte ich Mühe, die Arbeit zu bewältigen, und hatte wie Ruth oft bis spätabends zu tun.

Die Renovierung des Hauses dauerte länger und kostete mehr als erwartet und war weit lästiger, als wir beide es uns vorgestellt hatten. Doch die Veränderungen – manche dezent, andere einschneidend – machten das Haus endlich wirklich zu unserem, und ich wohne dort inzwischen seit über fünfundsechzig Jahren. Im Gegensatz zu mir hält es sich ganz anständig. Das Wasser fließt reibungslos durch die Rohre, die Schranktüren klemmen nicht, und die Fußböden sind so glatt wie ein Billardtisch, wohingegen ich mich ohne meinen Rollator nicht mehr von einem Raum in den anderen bewegen kann. Wenn ich eines zu bemängeln habe, dann, dass mir das Haus zugig vorkommt. Andererseits ist mir schon so lange kalt, dass ich vergessen habe, wie es sich anfühlt, wenn einem warm ist. Für mich ist das Haus immer noch voll von Liebe, und mehr kann ich nicht verlangen.

»Voll ist es, das kann man wohl sagen«, schnaubt Ruth. »Das Haus, meine ich.«

Ich höre einen Anflug von Missbilligung aus ihrem Tonfall heraus und schiele seitlich zu ihr. »Mir gefällt es so.«

»Es ist gefährlich.«

»Das stimmt nicht.«

»Ach nein? Was, wenn es brennt? Wie willst du da rauskommen?«

»Wenn es brennen würde, käme ich sogar aus einem leeren Haus kaum raus.«

»Das sind doch Ausreden.«

»Ich bin alt. Vielleicht bin ich senil.«

»Du bist nicht senil, du bist stur.«

»Ich denke gern an früher. Das ist ein Unterschied.«

»Das tut dir nicht gut. Die Erinnerungen machen dich manchmal traurig.«

»Kann sein«, sage ich und sehe ihr in die Augen. »Aber Erinnerungen sind das Einzige, was mir geblieben ist.«

Ruth hat natürlich recht, was das betrifft, aber auch hinsichtlich des Hauses. Es ist voll, nicht mit Müll, sondern mit den Kunstwerken, die wir gesammelt haben. Jahrelang bewahrten wir die Gemälde in gemieteten, klimatisierten Lagerräumen auf. Ruth war das lieber – sie hatte schon immer Angst vor einem Brand –, aber nach ihrem Tod beauftragte ich zwei Arbeiter damit, alles zu mir nach Hause zu bringen. Jetzt ist jede Wand ein Kaleidoskop von Bildern, und Bilder füllen bis auf mein Schlafzimmer jeden Raum. Seit Jahren sind weder das Wohn- noch das Esszimmer benutzbar, weil auf jedem freien Zentimeter Gemälde stehen. Hunderte davon gerahmt, die meisten aber nicht. Sie liegen, durch säurefreies Papier getrennt, in mit Jahreszahlen beschrifteten flachen Eichenkisten, die ein Schreiner für mich angefertigt hat. Ich gebe gern zu, dass die Überladenheit des Hauses bei manchem Platzangst auslösen mag – die Journalistin damals wanderte mit offenem Mund von Zimmer zu Zimmer –, aber es ist sauber bei mir. Zweimal die Woche schickt ein Reinigungsservice eine Frau, die die Räume, die ich noch nutze, picobello hält, und ich weiß, dass Ruth darüber froh gewesen wäre. Staub oder Unordnung jeglicher Art hat Ruth immer gehasst.

Mich stört die Enge nicht. Vielmehr erinnert sie mich an einige der besten Tage meiner Ehe, einschließlich und besonders an unsere Fahrten nach Black Mountain. Nach dem Abschluss der Renovierungsarbeiten, als wir beide Urlaub brauchten, verbrachten wir unseren ersten Hochzeitstag wieder im Grove Park Inn. Erneut fuhren wir zum College, wurden dieses Mal jedoch von Freunden begrüßt. Elaine und Willem waren nicht da, dafür Robert und Ken, und sie machten uns mit Susan Weil und Pat Passlof bekannt, zwei außergewöhnlichen Künstlerinnen, deren Werke heute ebenfalls in zahlreichen Museen hängen. In jenem Jahr kehrten wir mit vierzehn weiteren Gemälden nach Hause zurück.

Damals hatte allerdings noch keiner von uns beiden den Plan, Sammler zu werden. Wir waren ja nicht reich, und der Kauf dieser Bilder hatte unsere Mittel ziemlich erschöpft. Es bekamen auch nicht alle Werke sofort einen festen Platz. Vielmehr hängte Ruth sie mal hier und mal dort auf, je nach Stimmung, und mehr als einmal empfand ich das Haus abends, wenn ich von der Arbeit kam, als vertraut und doch anders.

1948 und 1949 kehrten wir erneut nach Asheville und Black Mountain zurück. Wir erwarben noch mehr Bilder, und daraufhin regte Ruths Vater an, wir sollten unser Hobby ernsthafter betreiben. Wie Ruth erkannte er die Qualität der Werke, und er brachte uns auf eine Idee: eine echte Sammlung aufzubauen, eine, die eines Tages eines

Museums würdig sein könnte. Ich merkte Ruth an, dass sie begeistert war. Obwohl wir nie eine bewusste Entscheidung trafen, sparten wir von nun an beinahe Ruths gesamtes Gehalt, und sie schrieb das Jahr über Briefe an die Künstler, die wir kannten, in denen sie um ihre Meinung zu anderen Künstlern bat, die uns ihrer Ansicht nach gefallen würden. 1950, nach einer Reise ans Meer zu den Outer Banks, fuhren wir zum ersten Mal nach New York. Drei Wochen lang besuchten wir jede Galerie der Stadt, trafen Inhaber und Künstler, mit denen unsere Freunde uns bekannt gemacht hatten. In jenem Sommer legten wir den Grundstein für ein Netzwerk, das im Laufe der nächsten vier Jahrzehnte kontinuierlich anwachsen sollte. Und im Anschluss kehrten wir an den Ort zurück, an dem alles begonnen hatte, fast als hätten wir keine andere Wahl.

Ich weiß nicht mehr genau, wann uns zum ersten Mal die Gerüchte zu Ohren kamen, dass das Black Mountain College geschlossen werden sollte – 1952 oder 1953, glaube ich –, doch wie die dortigen Künstler und Dozenten, die wir mittlerweile als enge Freunde betrachteten, wollten wir dem Gerede keinen Glauben schenken. 1956 jedoch bestätigten sich die Befürchtungen, und als Ruth davon erfuhr, weinte sie, weil sie begriff, dass für uns eine Ära zu Ende ging. Wieder reisten wir im Sommer durch den Nordosten, und obwohl ich wusste, dass es nicht mehr das Gleiche wäre, verbrachten wir unseren Hochzeitstag in Asheville. Wie immer fuhren wir zum College, doch als wir am Ufer des Lake Eden standen und die nun leeren Gebäude betrachteten, fragte ich mich unwillkürlich, ob unser Idyll dort nur ein Traum gewesen war.

Langsam spazierten wir zu der Stelle, an der damals jene ersten sechs Bilder aufgebaut gewesen waren. Wir standen an dem stillen blauen Wasser, und ich dachte, wie passend der Name des Sees, Lake Eden, doch war. Für uns war dieses Fleckchen immer ein Paradies gewesen. Gleichgültig, wohin unser Leben uns führen würde, diesen Ort würden wir niemals vergessen. Und ich überraschte Ruth mit einem Brief, den ich am Abend vorher geschrieben hatte. Es war mein erster Brief an sie seit dem Krieg, und nachdem sie ihn gelesen hatte, nahm sie mich in die Arme. In dem Moment wusste ich, was ich zu tun hatte, um Black Mountain in unseren Herzen lebendig zu halten. Im folgenden Jahr, an unserem elften Hochzeitstag, schrieb ich ihr erneut einen Brief, den sie unter ebendiesen Bäumen am Ufer des Lake Eden las. Und damit begann eine neue Tradition in unserer Ehe.

Insgesamt hat Ruth fünfundvierzig Briefe erhalten, und sie hat jeden davon aufgehoben. Sie liegen in einem Kästchen auf ihrer Kommode. Manchmal ertappte ich sie dabei, dass sie sie las, und ihr Lächeln verriet mir, dass sie sich gerade an etwas erinnerte, was sie schon längst vergessen hatte. Diese Briefe waren für sie zu einer Art Tagebuch geworden, und je älter sie wurde, desto häufiger holte sie sie heraus. Manchmal las sie alle an einem einzigen Nachmittag.

Die Briefe schienen ihr Frieden zu schenken, und ich glaube, deshalb beschloss sie sehr viel später, auch mir zu schreiben. Den Brief fand ich erst lange, nachdem sie fort war, aber in vielerlei Hinsicht hat er mir das Leben gerettet. Sie wusste, ich würde ihn brauchen, denn sie kannte mich besser als ich mich selbst.

Doch Ruth hat nicht alle meine Briefe an sie gelesen, denn die letzten entstanden nach ihrem Tod. Auch wenn sie eigentlich für sie geschrieben waren, so waren sie gleichzeitig auch für mich, und ich stellte ein zweites Kästchen neben ihres. Darin befinden sich mit zittriger Hand verfasste Briefe, die die Spuren meiner Tränen aufweisen. Sie wurden anlässlich unserer weiteren Hochzeitstage geschrieben. Manchmal spiele ich mit dem Gedanken, sie zu lesen, genau wie Ruth früher, aber es schmerzt mich zu sehr. Deshalb halte ich die Umschläge nur in der Hand, und wenn ich es nicht mehr aushalte, wandere ich durchs Haus und betrachte die Bilder. Und manchmal stelle ich mir dann vor, dass Ruth mich besuchen gekommen ist, genau wie sie hier ins Auto gekommen ist, weil sie weiß, dass ich selbst jetzt noch nicht ohne sie leben kann.

»Du kannst ohne mich leben«, sagt Ruth zu mir.

Draußen hat sich der Wind gelegt, und die Dunkelheit wirkt weniger trüb. Das ist Mondlicht, denke ich, das Wetter klart endlich auf. Spätestens morgen Abend, falls ich so lange durchhalte, wird es wärmer, und am Dienstag schmilzt der Schnee. Das gibt mir kurz Hoffnung, die aber genauso schnell wieder schwindet. So lange halte ich nicht durch.

Ich bin schwach, so schwach, dass es mir schon schwerfällt, Ruth scharf zu sehen. Das Wageninnere dreht sich, und ich möchte nach ihrer Hand greifen, weiß aber, dass das unmöglich ist. Stattdessen versuche ich mich zu erinnern, wie sie sich anfühlte, doch es will mir nicht recht gelingen.

»Hörst du mir zu?«, fragt sie.

Ich schließe die Augen, damit der Schwindel aufhört, aber er wird nur stärker, bunte Spiralen bersten hinter meinen Lidern.

»Ja«, flüstere ich endlich, ein trockenes Krächzen in der Vulkanasche meiner Kehle. Mein Durst peinigt mich. Seit über einem Tag habe ich kein Wasser zu mir genommen, und das Verlangen danach zermürbt mich, es steigert sich mit jedem mühsamen Atemzug.

»Die Wasserflasche ist hier«, sagt Ruth plötzlich. »Ich glaube, sie liegt auf dem Boden bei meinen Füßen.«

Ihre Stimme ist weich und klangvoll, wie eine Melodie, und ich halte mich daran fest, um nicht an das Naheliegende denken zu müssen. »Woher weißt du das?«

»Sicher bin ich mir nicht. Aber wo soll sie sonst sein? Auf dem Sitz liegt sie nicht.«

Sie hat recht, denke ich. Wahrscheinlich ist sie auf dem Boden, aber ich kann sie unmöglich erreichen.

»Ist ja auch egal«, sage ich schließlich verzweifelt.

»Nein, ist es nicht. Du musst sie unbedingt finden.«

»Kann ich nicht. Mir fehlt die Kraft.«

Darüber denkt sie offenbar nach, denn sie bleibt eine Weile lang still. Ich glaube zuerst, ihren Atem zu hören, bis ich begreife, dass ich selbst zu keuchen begonnen habe. Der Klumpen in meinem Hals bildet sich nach.

»Erinnerst du dich noch an den Tornado?«, fragt sie unvermittelt. In ihrer Stimme liegt etwas Flehendes, und ich versuche, mich zu konzentrieren. Der Tornado. Im ersten

Moment sagt mir das gar nichts, doch allmählich nimmt die Erinnerung Gestalt und Bedeutung an.

Ich war damals seit einer Stunde von der Arbeit zu Hause, als urplötzlich der Himmel ein unheilvolles Graugrün annahm. Ruth ging vor die Tür, um zu sehen, was los war, und ich packte ihre Hand und zerrte sie zurück in die Mitte des Hauses. Es war der erste Tornado, den sie erlebte, und unser Grundstück blieb zwar unversehrt, doch etwas weiter die Straße hinunter stürzte ein Baum um und zerquetschte das Auto eines Nachbarn.

»Das war 1957«, sage ich. »Im April.«

»Genau. Da ist es passiert. Es überrascht mich nicht, dass du das noch weißt. Das Wetter vergisst du nie, auch nach so langer Zeit nicht.«

»Ich erinnere mich, weil ich Angst hatte.«

»Aber jetzt weißt du auch immer über das Wetter Bescheid.«

»Weil ich den Weather Channel sehe.«

»Das ist gut. Es gibt viele gute Berichte auf diesem Sender. Da lernt man viel.«

»Warum reden wir darüber?«

»Weil du dich an etwas erinnern musst«, sagt sie mit drängendem Tonfall. »Da war noch etwas anderes.«

Ich verstehe nicht, was sie meint, und in meiner Erschöpfung stelle ich fest, dass es mir auf einmal egal ist. Das Keuchen wird schlimmer, und ich schließe erneut die Augen und treibe auf einem Meer aus dunklen, wogenden Wellen. Auf einen fernen Horizont zu, fort von hier. Fort von ihr.

»Du hast vor Kurzem etwas Interessantes gesehen!«, schreit sie.

Und immer noch treibe ich dahin. Neben dem Auto. Jetzt fliege ich. Unter dem Mond und den Sternen. Die Nacht klart auf, der Wind hat sich gelegt, und ich bin so müde, dass ich für immer schlafen werde. Meine Gliedmaßen entspannen sich, und ich werde ganz leicht.

»Ira!«, ruft sie mit wachsender Panik. »Du musst dich an etwas erinnern! Es wurde im Wettersender gezeigt!«

Ihre Stimme klingt weit entfernt, beinahe wie ein Echo.

»Ein Mann in Schweden! Er hatte nichts zu essen und nichts zu trinken.«

Obwohl ich sie kaum hören kann, dringen ihre Worte zu mir durch. Ja, denke ich, und die Erinnerung nimmt Gestalt an. *Umeå. Nördlicher Polarkreis. Vierundsechzig Tage.*

»Er hat überlebt!«, brüllt sie und legt ihre Hand auf mein Bein.

Und in dem Augenblick höre ich auf zu treiben. Als ich die Augen aufschlage, bin ich wieder im Auto.

In einem Auto im Schnee begraben. Kein Essen, kein Wasser.

Kein Wasser …

Kein Wasser …

Ruth beugt sich zu mir, so dicht, dass ich den zarten Rosenduft ihres Parfüms riechen kann.

»Richtig, Ira.« Ihre Miene ist ernst. »Er hatte kein Wasser. Wie hat er dennoch überlebt? Du musst dich einfach erinnern!«

Ich blinzle, und meine Augen fühlen sich schuppig an, wie die eines Reptils.

»Schnee«, sage ich. »Er hat den Schnee gegessen.«

Sie senkt ihren Blick nicht, und ich weiß, sie will mich

zwingen, sie weiter anzusehen. »Hier gibt es auch Schnee. Gleich draußen vor deinem Fenster.«

Bei diesen Worten bäumt sich trotz meiner Schwäche etwas in meinem Inneren auf, und obwohl ich Angst davor habe, bewege ich langsam den linken Arm. Zentimeter um Zentimeter schiebe ich ihn auf dem Oberschenkel nach vorn und hebe ihn dann auf die Armstütze. Die Anstrengung ist gigantisch, und ich muss für einen Moment verschnaufen. Aber Ruth hat recht. Ganz in der Nähe ist Wasser, und ich strecke den Zeigefinger zum Knopf aus. Ich habe Angst, dass das Fenster nicht aufgeht, aber trotzdem recke ich den Finger. Ein Urinstinkt treibt mich an. Ich hoffe, die Batterie funktioniert noch. Vorher ging sie noch, rede ich mir gut zu. Nach dem Unfall ging sie noch. Endlich findet mein Finger den Knopf des Fensterhebers, und ich drücke ihn nach vorn.

Und wundersamerweise dringt plötzlich eisige Luft in den Wagen. Die Kälte ist brutal, und ein Klecks Schnee landet auf meinem Handrücken. So nahe jetzt, nur ist mein Gesicht in die falsche Richtung gedreht. Ich muss den Kopf heben. Die Aufgabe kommt mir undurchführbar vor, doch das Wasser ruft nach mir, und es ist unmöglich, seinem Ruf nicht zu folgen.

Sobald ich den Kopf bewege, explodieren mein Arm und meine Schulter und das Schlüsselbein. Ich sehe nur Weiß und dann nur Schwarz, aber ich mache weiter. Mein Gesicht fühlt sich geschwollen an, und einen Moment lang glaube ich nicht, dass ich es schaffe. Ich möchte den Kopf wieder ablegen. Ich möchte, dass der Schmerz aufhört, doch meine linke Hand kommt bereits auf mich zu. Der Schnee schmilzt, und ich spüre das Wasser tropfen, und meine Hand schiebt sich weiter.

Und dann, als ich kurz davor bin, aufzugeben, erreicht die Hand meinen Mund. Der Schnee ist wundervoll, mein Gaumen erwacht zum Leben. Ich fühle die Feuchtigkeit auf der Zunge. Sie ist kalt und beißend und himmlisch, und die einzelnen Tropfen rinnen meine Kehle hinunter. Das Wunder ermutigt mich, und ich greife nach einer weiteren Handvoll Schnee. Beim Schlucken verschwinden die Nadeln. Mein Hals ist plötzlich jung wie Ruth, und obwohl es im Auto eisig ist, spüre ich die Kälte nicht. Ich hole mir noch mehr Schnee und noch mehr, und die Erschöpfung, die ich noch vor einer Minute empfunden habe, ist wie weggeblasen. Ich bin müde und schwach, aber im Vergleich zu vorher kommt es mir absolut erträglich vor. Als ich mich Ruth zuwende, sehe ich sie klar. Sie ist Mitte dreißig, das Alter, in dem sie am allerschönsten war, und sie leuchtet.

»Danke«, sage ich.

»Keine Ursache.« Sie zuckt die Achseln. »Aber mach lieber das Fenster wieder zu. Sonst wird es zu kalt.«

Ich tue, was sie sagt, ohne sie aus den Augen zu lassen. »Ich liebe dich, Ruth«, krächze ich.

»Ich weiß.« Ihr Tonfall ist zärtlich. »Deshalb bin ich gekommen.«

Das Wasser hat mich wiederhergestellt, was noch vor wenigen Stunden unmöglich schien. Psychisch wiederhergestellt, denn mein Körper ist immer noch in einem furchtbaren Zustand, und ich traue mich nicht, mich zu rühren. Ruth wirkt erleichtert, dass ich mich etwas erholt habe. Sie sitzt still da und lauscht dem Geplapper meiner Gedanken. Hauptsächlich bin ich mit der Frage beschäftigt, ob mich jemals jemand finden wird …

Denn in dieser Welt bin ich ja mehr oder weniger unsichtbar geworden. Selbst beim Tanken – was dazu geführt hat, dass ich mich verirrte, glaube ich jetzt – hat die Frau an der Kasse an mir vorbei einen jungen Mann in Jeans angesehen. Ich bin das geworden, wovor die Jungen Angst haben, einer der vielen namenlosen Alten, ein greiser und gebrochener Mann, der dieser Welt nichts mehr zu bieten hat.

Meine Tage sind unbedeutend, sie bestehen aus schlichten Momenten und noch schlichteren Freuden. Ich esse und schlafe und denke an Ruth. Ich wandere durchs Haus und betrachte die Bilder, und morgens füttere ich die Vögel, die sich in meinem Garten versammeln. Darüber beschwert sich mein Nachbar. Für ihn sind die Vögel eine von Krankheiten verpestete Plage. Da mag er nicht unrecht haben, aber dafür hat er einen herrlichen Ahorn gefällt, der auf unseren beiden Grundstücken wuchs, einfach nur, weil er keine Lust mehr hatte, das Laub zusammenzurechen. Deshalb ist seine Einschätzung meiner Ansicht nach nicht unbedingt vertrauenswürdig. Ich jedenfalls mag die Vögel. Ich mag das sanfte Gurren, und ich freue mich daran, ihre Köpfchen auf und ab wippen zu sehen, wenn sie die Körner aufpicken, die ich für sie ausstreue.

Ich weiß, dass die meisten Leute mich für einen Einsiedler halten. So hat die Journalistin mich beschrieben. Sosehr ich das Wort und was es beinhaltet verabscheue, es liegt natürlich ein Körnchen Wahrheit darin. Ich bin seit Jahren Witwer, ein Mann ohne Kinder, und soweit ich weiß, habe ich keine lebenden Verwandten. Meine Freunde sind, abgesehen von meinem Anwalt Howie Sanders, schon lange tot, und seit dem Medienansturm, den der Artikel im *New Yorker* ausgelöst hat, verlasse ich nur selten das Haus. Es ist einfacher so. Ich frage mich oft, ob ich überhaupt mit dieser Journalistin hätte sprechen sollen. Wahrscheinlich nicht, aber als diese Janice oder Janet oder wie sie hieß unangekündigt vor meiner Tür auftauchte, erinnerten ihre dunklen Haare und die intelligenten Augen mich an Ruth, und ehe ich michs versah, stand sie im Wohnzimmer. Und ging sechs Stunden lang nicht mehr fort. Woher sie von der Sammlung erfahren hat, weiß ich bis heute nicht. Vermutlich von einem Kunsthändler im Norden, die können schlimmer tratschen als Schulmädchen. Trotzdem gebe ich der Journalistin nicht die alleinige Schuld an dem, was danach folgte. Das ist nun mal ihr Job, und ich hätte sie bitten können, zu gehen. Stattdessen habe ich ihre Fragen beantwortet und ihr erlaubt, Fotos zu machen. Als sie weg war, habe ich sie sofort aus meinem Gedächtnis gestrichen. Ein paar Monate später dann rief ein junger Mann mit einer Piepsstimme an, der sich selbst als Fakten-Checker für die Zeitschrift bezeichnete, um Dinge zu überprüfen, die ich gesagt hatte. Naiv beantwortete ich ihm seine Fragen, und einige Wochen danach erhielt ich mit der Post ein kleines Päckchen. Die Journalistin war immerhin so aufmerksam gewesen, mir ein Exemplar der Ausgabe zu schicken, in dem der Artikel erschienen war. Ich war natürlich wütend über den Text, und nachdem ich ihn gelesen hatte, warf ich die Zeitschrift fort. Später, als ich mich wieder beruhigt hatte, holte ich sie dann aus dem Mülleimer und las den Artikel ein zweites Mal. Rückblickend ist mir klar, dass sie nichts dafür konnte, nicht verstanden zu haben, was ich ihr zu erklären versuchte. In ihrem Kopf war die Sammlung nun mal die ganze Geschichte.

Das ist sechs Jahre her, und es hat mein Leben auf den Kopf gestellt. Gitter wurden vor die Fenster montiert, und ein Zaun wurde um den Garten gezogen. Ich habe eine Alarmanlage installieren lassen, und die Polizei fährt seitdem demonstrativ mindestens zweimal pro Tag an meinem Haus vorbei. Ich wurde mit Telefonanrufen überschwemmt. Reporter. Produzenten. Ein Drehbuchautor, der versprach, die Geschichte auf die Leinwand zu bringen. Drei oder vier Anwälte. Zwei Menschen, die behaupteten, Verwandte zu sein, entfernte Cousins von Ruths Seite der Familie. Fremde, die vom Glück verlassen waren und auf eine kleine Spende hofften. Am Ende stöpselte ich das Telefon einfach aus, denn alle – einschließlich der Journalistin – betrachteten die Kunst nur unter dem finanziellen Aspekt.

Kein Einziger von ihnen begriff, dass es darum gar nicht ging. Es ging um die Erinnerungen, die daran geknüpft waren. Wo Ruth die Briefe besaß, die ich ihr geschrieben hatte, besaß ich die Bilder und die Erinnerungen. Wenn ich die de Koonings und die Rauschenbergs und die Warhols sehe, denke ich daran, wie Ruth mich am See umarmte; wenn ich den Jackson Pollock betrachte, erlebe ich noch einmal unsere erste Fahrt nach New York 1950. Unsere Reise war damals schon halb vorbei, und aus einer Laune heraus fuhren wir nach Springs, ein Dorf in der Nähe von East Hampton auf Long Island. Es war ein herrlicher Sommertag, und Ruth trug ein gelbes Kleid. Damals war sie achtundzwanzig und wurde von Tag zu Tag schöner, was auch Pollock übrigens nicht entging. Ich bin davon überzeugt, dass ihr elegantes Auftreten ihn dazu bewegte, zwei Fremde in sein Atelier zu lassen. Es erklärt auch, warum er Ruth schließlich gestattete, ein Gemälde zu kaufen, das er erst kürzlich fertiggestellt hatte, etwas, was bei ihm nur selten vorkam. Später an jenem Nachmittag, auf dem Rückweg in die Stadt, hielten Ruth und ich an einem kleinen Café in Water Mill. Es war ein bezauberndes Lokal mit abgewetztem Holzfußboden und sonnendurchfluteten Räumen, und der Inhaber führte uns zu einem wackeligen Tisch auf der Terrasse. Ruth bestellte damals Weißwein, etwas Leichtes, Liebliches, und wir nippten an unseren Gläsern, während wir auf den Sund blickten. Es ging eine zarte Brise, und es war warm, und wenn wir hin und wieder ein Boot in der Ferne vorbeifahren sahen, überlegten wir laut, wohin es wohl wollte.

Neben diesem Bild hängt ein Werk von Jasper Johns. Das haben wir 1952 gekauft, in dem Sommer, als Ruth ihr Haar ganz lang trug. Die ersten Fältchen bildeten sich in ihren Augenwinkeln und gaben ihrem Gesicht etwas Frauliches. Sie und ich hatten frühmorgens auf dem Empire State Building gestanden, und später, in der Stille des Hotelzimmers, liebten wir uns stundenlang, bis sie schließlich in meinen Armen einschlief. Ich konnte an jenem Tag nicht schlafen. Ich betrachtete sie, beobachtete das sanfte Heben und Senken ihres Brustkorbs, spürte ihre warme Haut auf meiner. Im Dämmerlicht des Zimmers fragte ich mich, ob je ein Mann so viel Glück gehabt hatte wie ich.

Deshalb wandere ich spätnachts durchs Haus, und deshalb bleibt die Sammlung unangetastet. Deshalb habe ich nie auch nur ein einziges Bild verkauft. Wie könnte ich? In dem Öl und den Pigmenten bewahre ich meine Erinnerungen an Ruth auf, in jedem Gemälde ruht ein Kapitel unseres gemeinsamen Lebens. Nichts ist für mich kostbarer. Die Sammlung ist alles, was mir von der Frau geblieben ist, die ich mehr geliebt habe als das Leben selbst, und ich werde sie weiter betrachten und mich erinnern, bis ich es nicht mehr kann.

Bevor sie starb, begleitete Ruth mich manchmal auf diesen nächtlichen Rundgängen, denn auch sie ließ sich gern in andere Zeiten zurückversetzen. Auch sie erzählte die Geschichten gern noch einmal, wenngleich ihr nie bewusst war, dass sie in allen die Heldin darstellte. Sie hielt meine Hand, während wir von Zimmer zu Zimmer gingen, und beide genossen wir den Moment, in dem die Vergangenheit zum Leben erwachte.

Meine Ehe hat großes Glück in mein Leben gebracht, doch in letzter Zeit gab es nur noch Traurigkeit. Ich verstehe durchaus, dass Liebe und Tragödie Hand in Hand gehen, denn das eine vermag es ohne das andere nicht zu geben, dennoch frage ich mich immer wieder, ob das gerecht ist. Ein Mann sollte sterben, wie er gelebt hat, finde ich. In seinen letzten Augenblicken sollte er von jenen umgeben sein und getröstet werden, die er geliebt hat.

Aber ich weiß jetzt schon, dass ich in meinen letzten Augenblicken allein sein werde.

KAPITEL 18

Sophia

Die nächsten Wochen gehörten zu jenen seltenen und wunderbaren Phasen, in denen fast alles wie von allein lief.

Sophias Kurse waren spannend, ihre Noten hervorragend, und vom Denver Art Museum hatte sie zwar noch nichts gehört, aber ihr Tutor empfahl sie für ein Praktikum am Museum of Modern Art in New York. In den Weihnachtsferien sollte sie dort ein Vorstellungsgespräch haben. Es war keine bezahlte Stelle, und wahrscheinlich musste sie von ihrem Elternhaus aus pendeln, aber es war das MoMA. Nicht einmal in ihren wildesten Träumen hätte sie das in Betracht gezogen.

In der knappen Zeit, die sie im Wohnheim verbrachte, fiel ihr auf, dass Marcia neuerdings einen tänzelnden Schritt hatte – wie immer, wenn es jemand Besonderen in ihrem Leben gab. Sie war ständig guter Laune, auch wenn sie abstritt, dass ein Mann etwas damit zu tun hatte. Gleichzeitig hatte Mary-Kate Sophias Aufgaben in der Schwesternschaft beträchtlich reduziert, sodass sie abgesehen von den Pflichtversammlungen weitgehend von allem befreit war. Zugegeben, das lag wahrscheinlich an ihrer eigenen nachlässigen Haltung, aber Hauptsache, es funktionierte. Und das Beste war, dass sie Brian auf dem Campus nicht mehr begegnet war und er auch weder SMS geschrieben noch angerufen hatte.

Und dann war da natürlich noch Luke.

Zum ersten Mal hatte Sophia das Gefühl, zu begreifen, was Liebe wirklich bedeutete. Seit dem Wochenende in der Hütte hatten sie – außer an Thanksgiving, da hatte Sophia ihre Eltern besucht – jeden Samstagabend zusammen auf der Ranch verbracht, größtenteils in den Armen des anderen. Sophia schwelgte in den Küssen, dem Kribbeln, das seine nackte Haut auf ihrer auslöste, und sie konnte gar nicht oft genug hören, wie sehr er sie anbetete und wie viel sie ihm bedeutete. In der Dunkelheit strich sie sanft mit dem Finger über seine Narben, fand manchmal eine, die sie vorher noch nicht bemerkt hatte. Sie redeten bis in die frühen Morgenstunden und unterbrachen die Gespräche nur, um sich noch einmal zu lieben. Die Leidenschaft, die sie füreinander empfanden, war berauschend, etwas völlig anderes, als Sophia bei Brian gefühlt hatte. Es war eine Verbindung, die über den physischen Akt hinausging.

Sonntagmorgens stand Luke dann ganz leise auf, um die Tiere zu füttern und nach der Herde zu sehen, bemüht, Sophia nicht zu wecken. Meistens döste sie noch einmal ein und wurde dann später mit einem heißen Kaffee geweckt. Manchmal trödelten sie eine Stunde oder länger auf der Veranda herum oder bereiteten zusammen das Frühstück zu. Fast immer ritten sie aus, manchmal den gesamten Nachmittag. Die frische Winterluft rötete ihre Wangen und schmerzte in den Händen, und doch fühlte sich Sophia in diesen Momenten so mit Luke und der Ranch verbunden, dass sie nicht begreifen konnte, warum sie so lange gebraucht hatte, um ihn zu finden.

Als Weihnachten näher rückte, verbrachten sie den Großteil eines Wochenendes in der Tannenbaumpflanzung. Während Luke das Fällen, Zusammenbinden und Schleppen der Bäume übernahm, saß Sophia an der Kasse. Und wenn keine Kundschaft da war, konnte sie für ihre Prüfungen lernen.

Darüber hinaus hatte Luke wieder mit dem Training auf dem elektrischen Bullen angefangen. Manchmal sah sie ihm in der windschiefen Scheune von der Motorhaube eines rostigen Traktors aus zu. Der Boden rings um den Bullen war dick mit Schaumstoff gepolstert, um Lukes Stürze abzufangen. Normalerweise begann er gemächlich, lockerte erst einmal seine Muskeln, ehe er den Bullen auf die höchste Stufe stellte. Der Apparat drehte sich und kippte und wechselte abrupt die Richtung, aber irgendwie blieb Luke trotzdem im Gleichgewicht und hielt die freie Hand vom Körper weggestreckt. Er ritt immer drei oder vier Runden, dann setzte er sich zu Sophia und verschnaufte. Danach stieg er erneut auf. Insgesamt dauerten seine Trainingseinheiten bis zu zwei Stunden. Er beklagte sich zwar nie, doch sie bemerkte seine Beschwerden hinterher daran, dass er sich hin und wieder krümmte, wenn er sich anders hinsetzte oder falsch auftrat. Sonntagabends lag er oft von Kerzen umgeben auf seinem Bett, und Sophia versuchte, die Schmerzen und die Steifheit aus seinen Muskeln wegzumassieren.

Auf dem Campus verbrachten sie nur wenig Zeit miteinander, aber sie gingen manchmal zum Essen oder ins Kino und einmal sogar in eine Country-Kneipe, wo sie sich die Band anhörten, die an ihrem ersten Abend gespielt hatte. Luke brachte Sophia den Line Dance bei.

Irgendwie machte Luke ihre Welt lebendiger, realer, und wenn sie nicht zusammen waren, wanderten ihre Gedanken unausweichlich zu ihm.

Die zweite Dezemberwoche brachte eine frühe Kaltfront mit sich, einen heftigen Sturm, der von Kanada her blies. Es war der erste Schnee, und auch wenn das meiste am Nachmittag schon wieder geschmolzen war, konnten Sophia und Luke am Vormittag eine weiße Decke über der Ranch bewundern, bevor sie sich auf den Weg zum Weihnachtsbaumverkauf machten.

Später gingen sie, wie es ihnen zur Gewohnheit geworden war, zum Haus seiner Mutter. Während Luke die Bremsklötze an seinem Pick-up auswechselte, brachte Linda Sophia das Backen bei. Wenn Sophia die beiden anderen dabei beobachtete, wie sie herumalberten und einander auf den Arm nahmen, wünschte sie sich, zu ihren eigenen Eltern eines Tages auch solch eine Beziehung zu haben. Das kleine Mädchen von früher gäbe es dann nicht mehr; an seine Stelle wäre nicht nur eine Tochter getreten, sondern vielleicht auch eine Freundin. Seit sie ein Teil von Lukes Leben war, fühlte sie sich erwachsener und fragte sich nicht mehr, wozu das College gut gewesen war. Das Auf und Ab, die Träume und Kämpfe waren Etappen der Reise gewesen, begriff sie – einer Reise, die zu einer Ranch in der Nähe einer Stadt namens King geführt hatte, wo sie sich in den Cowboy Luke verliebt hatte.

»Schon wieder?«, jammerte Marcia. Sie setzte sich im Schneidersitz aufs Bett und zog ihren Schlabberpulli über die Strumpfhose. »Haben dir zwölf Wochenenden hintereinander auf der Ranch noch nicht gereicht?«

»Du übertreibst.« Sophia verdrehte die Augen und trug noch eine letzte Schicht Lipgloss auf. Neben ihr stand fertig gepackt ihre kleine Reisetasche.

»Natürlich übertreibe ich. Aber es ist unser letztes Wochenende vor den Weihnachtsferien. Am Mittwoch fahren wir, und ich habe dich das ganze Semester kaum zu Gesicht bekommen.«

»Wir sind doch ständig zusammen«, widersprach Sophia.

»Nein«, sagte Marcia. »Früher vielleicht. Jetzt bist du fast jedes Wochenende bei ihm auf der Ranch. Du warst nicht mal auf dem Winterball letzten Samstag. *Unserem* Winterball.«

»Du weißt genau, dass ich mir nichts aus solchen Veranstaltungen mache.«

»Meinst du nicht eher, dass *er* sich nichts daraus macht?«

Sophia presste die Lippen aufeinander. Sie wollte sich nicht rechtfertigen, spürte aber den ersten Hauch von Verärgerung über Marcias Tonfall.

»Wir wollten beide nicht hin, okay? Er hat gearbeitet und brauchte meine Hilfe.«

Marcia fuhr sich mit der Hand durch die Haare, sichtlich aufgebracht. »Ich weiß nicht, wie ich es sagen soll, ohne dass du sauer auf mich bist.«

»Was sagen?«

»Du machst einen Fehler.«

»Wovon redest du?« Sophia senkte das Lipgloss und drehte sich zu ihrer Freundin um.

Marcia breitete die Hände aus. »Überleg doch mal, welchen Eindruck es macht – stell dir vor, was du sagen würdest, wenn es umgekehrt wäre. Sagen wir mal, ich hätte zwei Jahre eine Beziehung gehabt –«

»Eher unwahrscheinlich«, unterbrach Sophia sie.

»Schon gut, ich weiß, das fällt schwer, aber tu einfach so. Stell dir also vor, ich hätte eine wirklich furchtbare Trennung hinter mir und mich wochenlang in meinem Zimmer verkrochen, und dann lerne ich Knall auf Fall einen Kerl kennen. Ich unterhalte mich mit ihm und besuche ihn am nächsten Tag, und dann telefoniere ich mit ihm und besuche ihn am Wochenende. Und in null Komma nichts dreht sich alles nur noch um ihn, und ich verbringe jede freie Minute mit ihm. Was würdest du davon halten? Dass ich rein zufällig den Traumprinzen gefunden habe, während ich mich gerade noch von einer schrecklichen Trennung erhole? Ich meine, wie stehen die Chancen für so etwas?«

Sophia spürte das Blut in ihren Adern pochen. »Ich weiß nicht, was du mir damit sagen willst.«

»Damit will ich sagen, dass du möglicherweise einen Fehler machst. Und dass du, wenn du nicht aufpasst, am Ende verletzt werden könntest.«

»Es ist kein Fehler«, fauchte Sophia und zog den Reißverschluss der Tasche zu. »Und ich werde auch nicht verletzt werden. Ich bin *gern* mit Luke zusammen.«

»Das weiß ich«, sagte Marcia etwas weicher und klopfte neben sich auf die Decke. »Setz dich zu mir. Bitte.«

Sophia zögerte kurz, dann ging sie zum Bett und ließ sich nieder. Marcia sah sie an.

»Ich kapiere ja, dass du ihn magst«, sagte sie ernst. »Ehrlich. Und ich freue mich, dass du wieder glücklich bist. Nur, wo soll das deiner Meinung nach hinführen? Ich meine, wenn ich es wäre – ich würde einfach Spaß haben und abwarten, was passiert, in den Tag hinein leben. Aber ich würde niemals glauben, dass ich den Rest meines Lebens mit dem Typen verbringen werde.«

»Das glaube ich ja auch nicht.«

Marcia zupfte an ihrem Pulli. »Bist du dir da sicher? Denn genau den Eindruck habe ich.« Sie machte eine Pause, ihre Miene war fast traurig. »Du hättest dich nicht in ihn verlieben sollen. Und jedes Mal, wenn du bei ihm bist, machst du es nur noch schlimmer für dich.«

Sophia errötete. »Warum tust du das?«

»Weil du nicht klar denkst«, antwortete Marcia. »Sonst würdest du nicht vergessen, dass du Kunstgeschichte studierst und aus New Jersey kommst und Luke Bullen reitet und auf einer Ranch auf dem platten Land in North Carolina wohnt. Du würdest überlegen, was in sechs Monaten passieren soll, wenn du deinen Abschluss machst.« Sie hielt inne, um Sophia zu zwingen, ihr wirklich gut zuzuhören. »Kannst du dir vorstellen, die nächsten fünfzig Jahre auf einer Ranch zu leben? Den Rest deines Lebens zu reiten, Kühe zu hüten und Ställe auszumisten?«

Sophia schüttelte den Kopf. »Nein –«

»Ach so«, fiel Marcia ihr ins Wort. »Dann stellst du dir Luke vielleicht in New York City vor, während du in einem Museum arbeitest? Und jeden Sonntag bruncht ihr in den gerade angesagten Läden, schlürft Cappuccinos und lest die *New York Times*? Denkst du dir so eure gemeinsame Zukunft?«

Als Sophia keine Antwort gab, drückte Marcia ihre Hand.

»Ich weiß, wie viel er dir bedeutet«, fuhr sie fort. »Aber euer Leben läuft nicht nur auf völlig unterschiedlichen Bahnen ab, sondern fast wie auf unterschiedlichen Kontinenten. Und das bedeutet, du musst von jetzt an gut auf dein Herz aufpassen, denn sonst zerbricht es am Ende in lauter kleine Teile.«

»Du bist heute Abend so still.« Luke nippte an seiner heißen Schokolade. Sophia hatte die Hände um ihre Tasse gelegt und betrachtete von ihrem Platz auf der Couch aus die feinen weißen Flocken vor dem Fenster. Wie üblich hatte Luke den Kamin angezündet, aber sie konnte das Frösteln nicht abschütteln, das sie empfand.

»Entschuldige«, sagte sie. »Ich bin nur müde.«

Sie spürte seinen aufmerksamen Blick auf sich ruhen, der sie an diesem Abend seltsam verunsicherte.

»Weißt du, was ich glaube?«, fragte er. »Dass Marcia etwas gesagt hat, was dich durcheinandergebracht hat.«

Sophia antwortete nicht sofort. »Wie kommst du darauf?«, fragte sie dann. Ihre Stimme klang zaghafter, als sie erwartet hatte.

Er zuckte die Achseln. »Als ich dich angerufen habe, um Bescheid zu geben, dass ich unterwegs bin, wolltest du gar nicht mehr auflegen. Aber als ich dann beim Wohnheim ankam, warst du sehr wortkarg, und mir ist aufgefallen, dass du und Marcia euch ständig Blicke zugeworfen habt. Als hättet ihr euch gerade etwas gebeichtet, und keine von euch wäre besonders froh darüber.«

Die Tasse gab Wärme an Sophias Hände ab. »Für einen Mann, der ganze Tage ohne Reden auskommen kann, kriegst du ziemlich viel mit.« Sie sah ihn an.

»Vielleicht genau deswegen.«

Seine Antwort erinnerte sie daran, warum sie einander so schnell so nahegekommen waren. Ob das allerdings wirklich eine gute Idee gewesen war, wusste sie gerade nicht.

»Jetzt denkst du schon wieder«, tadelte er. »Das macht mich langsam nervös.«

Trotz der Anspannung musste sie lachen.

»Wohin führt das alles, was glaubst du?«, fragte sie plötzlich, ähnlich wie Marcia vorher.

»Das mit uns, meinst du?«

»Im Frühling mache ich meinen Abschluss. Das sind nur noch ein paar Monate. Und was ist dann? Was passiert, wenn ich wieder nach Hause ziehe? Oder irgendwo einen Job bekomme?«

Er beugte sich vor und stellte seine Tasse auf dem Tisch ab, dann drehte er sich zu ihr um. »Ich weiß es nicht.«

»Du weißt es nicht?«

Seine Miene war nicht zu deuten. »Ich kann genauso wenig hellsehen wie du.«

»Das hört sich wie eine Ausrede an.«

»Ist es aber nicht. Ich versuche nur, ehrlich zu sein.«

»Aber du sagst nichts!« Sie spürte ihre Verzweiflung und ärgerte sich darüber.

Lukes Stimme blieb ruhig. »Also gut, was hältst du davon: Ich liebe dich. Ich möchte mit dir zusammen sein. Wir finden einen Weg.«

»Glaubst du das ehrlich?«

»Sonst hätte ich es nicht gesagt.«

»Selbst wenn das bedeutet, dass du nach New Jersey ziehen müsstest?«

Sein halbes Gesicht lag dem Feuer abgewandt im Schatten. »Du willst, dass ich nach New Jersey ziehe?«

»Was gibt es daran auszusetzen?«

»Nichts. Ich hab dir ja schon gesagt, dass ich mal da war und es mir gefallen hat.«

»Aber?«

Zum ersten Mal senkte er den Blick. »Ich kann die Ranch nicht im Stich lassen, bis ich nicht weiß, ob meine Mutter zurechtkommt«, sagte er mit einer gewissen Endgültigkeit.

Sie verstand seine Gründe, und doch …

»Ich soll also nach dem College hierbleiben«, sagte sie.

»Nein.« Er schüttelte den Kopf. »Das würde ich niemals von dir verlangen.«

Sie konnte ihre Ungeduld nicht verbergen. »Und was sollen wir dann deiner Meinung nach tun?«

Er legte die Hände auf die Knie. »Wir sind nicht das erste Paar mit diesem Problem. Mein Gefühl sagt mir, wir werden es schaffen. Aber nein, ich kann dir jetzt noch nicht sagen, wie sich alles entwickeln wird. Und wenn du heute schon mit dem Studium fertig wärst, wäre ich unruhiger. Aber uns bleiben noch sechs Monate, und bis dahin kann alles anders sein. Vielleicht reite ich gut und muss mir keine Sorgen mehr um die Ranch machen, oder vielleicht buddle ich eines Tages einen alten Zaunpfosten aus und finde darunter einen vergrabenen Schatz. Oder wir verlieren die Ranch ganz, und ich muss sowieso wegziehen. Oder du bekommst einen Job in Charlotte oder irgendwo in der Nähe. Ich weiß es nicht.« Er beugte sich näher zu ihr, um seinen Worten Nachdruck zu verleihen. »Das Einzige, was ich mit Sicherheit weiß, ist, wenn wir es beide wollen, finden wir einen Weg.«

Sophia war bewusst, dass er nichts anderes sagen konnte, aber die Frage nach ihrer Zukunft ließ ihr dennoch keine Ruhe. Allerdings behielt sie das für sich. Sie rutschte dichter zu ihm, ließ sich von ihm in den Arm nehmen und schmiegte sich an seinen warmen Körper. Dann stieß sie einen langen Atemzug aus, sie wünschte, die Zeit könnte stehen bleiben. Oder zumindest langsamer vergehen.

»Okay«, flüsterte sie.

Er küsste sie auf die Haare und legte dann das Kinn auf ihren Kopf. »Ich liebe dich, das weißt du.«

»Ja«, wisperte sie. »Ich liebe dich auch.«

»Du wirst mir fehlen, wenn du weg bist.«

»Du mir auch.«

»Aber ich freue mich, dass du deine Familie besuchst.«

»Ich mich auch.«

»Vielleicht komme ich nach New Jersey und überrasche dich.«

»Tut mir leid«, sagte sie mit gespieltem Ernst. »Das geht nicht.«

»Warum nicht?«

»Du kannst mich natürlich gern besuchen kommen. Aber eine Überraschung wäre es nicht mehr. Das hast du jetzt vermasselt.«

»Tja, das stimmt wohl. Wer weiß, vielleicht überrasche ich dich damit, dass ich nicht komme.«

»Untersteh dich. Meine Eltern möchten dich kennenlernen. Sie sind noch nie einem Cowboy begegnet, und ich weiß, dass sie ein absurdes Bild von dir im Kopf haben. Dass du mit einem dicken Revolver durch die Gegend läufst und solche Dinge sagst wie ›Howdy, Partner‹.«

Er lachte. »Da werde ich sie wohl enttäuschen.«

»Nein. Du enttäuschst sie auf keinen Fall.«

Daraufhin musste Luke lächeln. »Wie wäre es mit Silvester? Hast du schon etwas vor?«

»Weiß nicht. Hab ich etwas vor?«

»Jetzt schon.«

»Perfekt. Aber du kannst nicht erst am Abend auftauchen. Wie gesagt, meine Eltern wollen dich begutachten.«

»Nichts dagegen.« Er deutete mit dem Kopf in die Ecke. »Hast du Lust, mit mir den Weihnachtsbaum zu schmücken?«

»Welchen Baum?«

»Steht hinten im Garten. Ich habe ihn gestern ausgesucht und hergeschleppt. Er ist ein bisschen klein und dürr, aber ich dachte, hier drin sieht er vielleicht ganz nett aus. Damit du weißt, was dir entgeht.«

Sie drückte sich an ihn. »Das weiß ich jetzt schon.«

Eine Stunde später bewunderten Sophia und Luke ihr Werk.

»So ganz stimmt es noch nicht.« Luke verschränkte die Arme und betrachtete den mit Lametta behängten Baum. »Da fehlt noch etwas.«

»Viel mehr ist aber nicht zu machen«, sagte Sophia und zupfte an einer Lichterkette. »Einige von den Zweigen hängen jetzt schon durch.«

»Nein, das meine ich nicht. Es geht um ... warte mal kurz. Bin gleich wieder da. Ich weiß genau, was noch fehlt. Eine Sekunde.«

Er verschwand ins Schlafzimmer und kehrte kurz darauf mit einer Geschenkschachtel zurück, die mit einer Schleife zugebunden war. Er marschierte an Sophia vorbei, legte sie unter den Baum und stellte sich wieder neben sie.

»Schon viel besser«, sagte er.

Sie sah ihn von der Seite an. »Ist das für mich?«

»Ja.«

»Das ist unfair. Ich hab nichts für dich.«

»Ich will auch nichts.«

»Kann schon sein, aber jetzt habe ich ein schlechtes Gewissen.«

»Nicht nötig. Du kannst es später wiedergutmachen.«

Sie musterte ihn. »Du wusstest, dass ich das sagen würde, stimmt's?«

»Gehört alles zu meinem Plan.«

»Was ist da drin?«

»Bitte, mach es ruhig auf.«

Sophia hob die Schachtel auf. Sie war so leicht, dass sie schon erriet, was sich darin befand, ehe sie die Schleife aufgezogen und den Deckel abgenommen hatte. Sie hob ihn heraus und begutachtete ihn. Er war schwarz, aus Stroh und mit Perlen und einem Band geschmückt, in dem eine kleine Feder steckte.

»Ein Cowboyhut?«

»Ein hübscher«, sagte er. »Für Frauen.«

»Gibt es da einen Unterschied?«

»Tja, ich würde niemals einen mit einer Feder oder Perlen tragen. Und ich dachte mir, da du so oft herkommst, brauchst du wirklich einen eigenen.«

Sie küsste ihn. »Er ist toll. Danke.«

»Fröhliche Weihnachten.«

Sophia setzte den Hut auf und sah Luke kokett von unten her an. »Wie sieht er aus?«

»Sehr schön«, sagte er. »Aber du siehst ja immer schön aus.«

KAPITEL 19

Luke

Da die Saison in weniger als einem Monat begann und Sophia in New Jersey war, erhöhte Luke sein Trainingspensum. An den Tagen vor Weihnachten verlängerte er nicht nur die Ritte auf dem elektrischen Bullen um fünf Minuten pro Tag, sondern ergänzte das Programm noch um Kraftübungen. Für Gewichtheben hatte er noch nie viel übriggehabt, aber unabhängig davon, was er tagsüber zu arbeiten hatte, zog er sich jeweils zur vollen Stunde kurz zurück und machte fünfzig Liegestütze, sodass er auf insgesamt vier- bis fünfhundert kam. Zudem kräftigte er sich mit Klimmzügen und Bauchmuskelübungen. Wenn er schließlich abends ins Bett fiel, schlief er innerhalb von Sekunden ein.

Trotz des Dauermuskelkaters und der Erschöpfung kam er allmählich wieder in seine alte Form. Sein Gleichgewichtssinn wurde besser, was es leichter machte, auf dem Rücken des Bullen sitzen zu bleiben. Auch seine Instinkte schärften sich, sodass er Wendungen und Sprünge eher vorausahnte.

An den vier Tagen nach Weihnachten fuhr er nach Henderson County, wo er echte Bullen ritt. Ein Bekannter von ihm hatte dort einen Übungsplatz, und auch wenn die Tiere nicht von höchster Qualität waren, half das Training dort mehr als das auf dem elektrischen Bullen. Lebendige Tiere waren nie berechenbar, und trotz des Helms und der gepolsterten Jacke, die er trug, war er dabei wieder so nervös wie in McLeansville im Oktober.

Er trainierte noch härter. Mitte Januar begann die Saison, und er brauchte einen guten Start. Wenn er gewänne oder sich möglichst weit oben platzierte, konnte er genug Punkte sammeln, um im März in die Tour der Besten aufzusteigen.

Seiner Mutter entging nicht, was er vorhatte, und sie zog sich nach und nach wieder zurück. Ihr Zorn war nicht zu übersehen, doch auch ihre Traurigkeit nicht, und Luke wünschte sich, Sophia wäre bei ihnen, und wenn nur, um die wachsende Befangenheit abzumildern. Ach was, er wünschte sich, Sophia wäre da, Punkt. Ohne sie war Heiligabend sehr still verlaufen. Am ersten Feiertag war die Stimmung ebenfalls gedrückt. Er war erst am Nachmittag zu seiner Mutter gegangen, und sie war sehr angespannt gewesen.

Wenigstens lag der Weihnachtsbaumverkauf hinter ihm. Er hatte zwar gute Umsätze gebracht, aber währenddessen waren die meisten anderen Arbeiten auf der Ranch liegen geblieben, und das Wetter tat ein Übriges. Lukes Liste mit den Dingen, die erledigt werden mussten, wurde immer länger, und das machte ihm Sorgen, besonders da er im kommenden Jahr viel unterwegs sein würde. Seine Abwesenheit würde die Lage für seine Mutter noch erschweren.

Es sei denn, er gewänne gleich zu Anfang.

Darauf lief es immer wieder hinaus. Trotz der Erlöse aus dem Weihnachtsbaumverkauf, von denen seine Mutter sieben neue Paar Rinder für die Herde kaufte, würde das Einkommen der Ranch nicht annähernd ausreichen, um die fälligen Zahlungen abzudecken.

Und deshalb trottete Luke zum Training in die Scheune und zählte die Tage bis Silvester, wenn er endlich Sophia wiedersähe.

Frühmorgens fuhr er los und kam kurz vor Mittag in New Jersey an. Nachdem sie den Nachmittag mit Sophias Eltern und Schwestern verbracht hatten, hatten weder Luke noch Sophia Lust, sich in das Gedränge am Times Square in New York zu stürzen. Also aßen sie gemütlich in einem schlichten Thai-Restaurant und kehrten dann in Lukes Hotel zurück.

Nach Mitternacht lag Sophia auf dem Bauch, während Luke mit dem Finger kleine Kreise auf ihren Rücken malte.

»Hör auf«, sagte sie und wand sich. »Es wird nicht funktionieren.«

»Was denn?«

»Ich hab dir schon gesagt, dass ich nicht bleiben kann. Ich muss nach Hause.«

»Du bist einundzwanzig«, protestierte er.

»Aber ich wohne bei meinen Eltern, und die haben Regeln. Es war schon besonders großzügig von ihnen, dass ich bis zwei wegbleiben darf. Normalerweise muss ich um eins zu Hause sein.«

»Was wäre, wenn du doch hierbleibst?«

»Dann würden sie wahrscheinlich denken, wir schlafen miteinander.«

»Wir haben miteinander geschlafen.«

Sie drehte sich zu ihm um. »Das müssen sie ja nicht erfahren. Ich habe nicht die Absicht, es ihnen unter die Nase zu reiben.«

»Aber ich bin nur eine Nacht hier. Morgen Nachmittag muss ich wieder fort.«

»Ich weiß, aber Regeln sind Regeln. Außerdem solltest du es dir mit meinen Eltern nicht verderben. Sie mögen dich. Obwohl sie angeblich enttäuscht waren, dass du deinen Hut nicht aufhattest, haben meine Schwestern mir erzählt.«

»Ich wollte mich anpassen.«

»Das ist dir gut gelungen. Vor allem, als du von deinen Landwirtschaftsausstellungen erzählt hast. Dir ist doch wohl aufgefallen, dass sie genauso wie ich reagiert haben, als sie hörten, dass du die armen Ferkel an den Metzger verkauft hast, nachdem du sie wie Haustiere aufgezogen hattest?«

»Stimmt, ich wollte mich noch bei dir bedanken, dass du das Thema angeschnitten hast.«

»Gern geschehen.« Sophias grinste verschmitzt. »Hast du Dalenas Gesicht gesehen, als ich es ihr erklärt habe? Ich dachte, ihr fallen gleich die Augen aus dem Kopf. Wie geht es übrigens deiner Mutter?«

»Ganz gut.«

»Das heißt also, sie ist noch sauer auf dich?«

»Könnte man so sagen.«

»Sie wird sich schon wieder beruhigen.«

»Das hoffe ich.« Er küsste Sophia. Obwohl sie den Kuss

erwiderte, drückte sie ihm gleichzeitig die Hand auf die Brust und schob ihn sanft von sich weg.

»Küss mich ruhig, wie du willst, aber du musst mich trotzdem nach Hause bringen.«

»Kannst du mich in dein Zimmer schmuggeln?«

»Meine Schwester ist doch auch da. Das wäre ein bisschen seltsam.«

»Wenn ich gewusst hätte, dass du nicht bei mir übernachtest, wäre ich vielleicht gar nicht den weiten Weg hierhergekommen.«

»Das glaube ich dir nicht.«

Er lachte kurz und wurde dann wieder ernst. »Ich hab dich vermisst.«

»Nein, hast du nicht. Dazu warst du viel zu beschäftigt. Immer wenn ich angerufen habe, warst du gerade auf dem Sprung. Vor lauter Arbeit und Training hast du wahrscheinlich überhaupt nicht an mich gedacht.«

»Ich habe dich vermisst«, sagte er noch einmal.

»Ich weiß. Und ich dich auch.« Sie legte ihm die Hand auf die Wange. »Aber leider, leider müssen wir uns jetzt trotzdem anziehen. Du bist morgen zum Brunch eingeladen, schon vergessen?«

Als er wieder in North Carolina war, beschloss Luke, sein Pensum zu verdoppeln. Das erste Rodeo der Saison fand in knapp zwei Wochen statt. Die beiden Tage in New Jersey hatten eine Ruhepause für seinen Körper bedeutet, und zum ersten Mal seit Wochen fühlte sich Luke gut. Das einzige Problem war, dass die Temperaturen genauso niedrig waren wie oben in New Jersey und ihm schon auf dem Weg zur Scheune vor der Kälte darin graute.

Gerade hatte er das Licht angeschaltet und dehnte sich vor dem ersten Ritt des Abends, als er das Tor hörte. Er drehte sich um und sah seine Mutter aus dem Dunkel treten.

»Hallo«, sagte er überrascht.

»Hallo.« Wie er trug sie eine dicke Jacke. »Ich hab dich bei dir drüben gesucht, und da du nicht da warst, dachte ich mir, dass du wohl hier in der Scheune bist.«

Er sagte nichts. Seine Mutter stieg auf den Schaumstoff und sank bei jedem Schritt ein, bis sie auf der anderen Seite des Bullen stehen blieb. Unvermutet strich sie mit der Hand darüber.

»Ich weiß noch, wie dein Vater den nach Hause gebracht hat«, sagte sie. »Eine Zeit lang waren die Dinger wahnsinnig angesagt. Jeder wollte darauf reiten, wegen diesem alten Film mit John Travolta, und praktisch jede Country-Kneipe hatte einen aufgestellt. Nach ein, zwei Jahren war es dann schon wieder vorbei. Als eine dieser Bars abgerissen wurde, fragte dein Vater, ob er den Bullen kaufen könne. Er hat nicht viel gekostet, aber trotzdem mehr, als wir uns damals leisten konnten, und ich war unglaublich wütend auf ihn. Er war gerade in Iowa oder Kansas oder wo auch immer gewesen und ist extra hergekommen, nur um das Gerät hier abzuladen, und ist danach sofort weiter nach Texas zu den nächsten Rodeos gefahren. Erst hinterher hat er bemerkt, dass der Bulle kaputt war. Er musste ihn mehr oder weniger neu zusammenbauen, und es hat fast ein Jahr gedauert, bis er so funktionierte, wie sich dein Vater das vorgestellt hatte. Aber da warst du dann schon unterwegs, und er hat sich zur Ruhe gesetzt. Der Bulle stand hier nur rum und verstaubte, bis er dich eines Tages draufgesetzt hat. Ich glaube, du warst damals zwei Jahre alt. Das hat mich natürlich auch ziemlich böse gemacht, weil ich irgendwie ahnte, dass du am Ende in seine Fußstapfen treten würdest. Ich wollte ja nie, dass du reitest. Ich fand schon immer, dass es verrückt ist, damit seinen Lebensunterhalt zu verdienen.« In ihrer Stimme lag eine untypische Bitterkeit.

»Warum hast du damals nichts gesagt?«

»Was sollte ich denn sagen? Du warst genauso besessen wie dein Vater. Mit fünf hast du dir den Arm gebrochen, als du von einem Kalb gefallen bist. Aber das war dir egal. Du warst nur wütend, dass du ein paar Monate nicht reiten durftest. Was sollte ich also machen?« Sie wartete nicht auf eine Antwort, sondern seufzte nur. »Ich habe lange gehofft, du würdest irgendwann von allein die Lust daran verlieren. Ich war wahrscheinlich die einzige Mutter, die gebetet hat, dass sich ihr halbwüchsiger Sohn für Autos oder Mädchen oder Musik interessiert, aber das passierte nie.«

»Das alles mochte ich auch.«

»Kann sein. Aber Reiten war dein Leben. Etwas anderes wolltest du nie tun. Es war das Einzige, wovon du immer geträumt hast, und …« Sie schloss kurz die Augen. »Du hattest das Zeug zum Star. Sosehr ich es abgelehnt habe, ich wusste, dass du die Fähigkeit und den Willen und die Motivation besitzt, der Beste der Welt zu werden. Und ich musste zusehen, wie du dich immer und immer wieder verletzt hast und immer und immer wieder aufgestiegen bist.« Sie verlagerte ihr Gewicht. »Du darfst nicht vergessen, dass du für mich immer mein Kind sein wirst, das ich gleich nach seiner Geburt in den Armen hielt.«

Luke schwieg weiter, von altvertrauter Scham überwältigt.

Seine Mutter sah ihn eindringlich an. »Sag mir, hast du das Gefühl, ohne das Reiten nicht leben zu können? Hast du immer noch den brennenden Wunsch, der Beste zu sein?«

Er starrte auf seine Stiefel und hob dann widerstrebend den Kopf.

»Nein«, gab er zu.

»Das dachte ich mir.«

»Mom –«

»Ich weiß, warum du es tust. Genau wie du weißt, warum ich es nicht möchte. Du bist mein Sohn, aber ich kann dich nicht aufhalten, und auch das weiß ich.«

Er atmete tief ein. Resignation umhüllte sie wie ein zerfetzter Schleier.

»Warum bist du hergekommen?«, fragte er leise. »Doch nicht, um mir das alles zu sagen.«

Sie lächelte bedrückt. »Nein. Eigentlich wollte ich nur sehen, ob es dir gut geht. Und hören, wie deine Fahrt nach New Jersey war.«

Es gab noch einen anderen Grund, und Luke wusste das, aber er antwortete trotzdem.

»Es war schön. Ein bisschen zu kurz. Ich habe das Gefühl, mehr Zeit im Auto verbracht zu haben als mit Sophia.«

»Kann gut sein. Und ihre Familie?«

»Nette Leute. Sie haben ein enges Verhältnis. Am Tisch wurde viel gelacht.«

Seine Mutter nickte. »Gut.« Sie rieb sich über die Arme, um sich etwas zu wärmen. »Und Sophia?«

»Sie ist einfach toll.«

»Ich merke es daran, wie du sie ansiehst.«

»Ach ja?«

»Es ist ziemlich deutlich, was du für sie empfindest«, stellte sie fest.

»Ach ja?«, fragte er noch einmal.

»Das ist gut«, sagte sie. »Sophia ist etwas Besonderes. Glaubst du, das mit euch hat eine Zukunft?«

Er trat von einem Fuß auf den anderen. »Ich hoffe es.«

Seine Mutter sah ihn ernst an. »Dann solltest du es ihr wahrscheinlich sagen.«

»Habe ich schon.«

»Nein.« Sie schüttelte den Kopf. »Du solltest es ihr *erzählen*.«

»Was denn?«

»Was der Arzt zu uns gesagt hat«, sagte sie ohne Umschweife. »Dass du, wenn du weiter reitest, höchstwahrscheinlich in weniger als einem Jahr tot bist.«

KAPITEL 20

Ira

»Wenn du nachts durchs Haus wanderst«, meldet sich Ruth plötzlich zu Wort, »tust du nicht, was du gesagt hast.«

»Was meinst du damit?« Ich bin erschrocken, ihre Stimme nach der langen Stille wieder zu hören.

»Ich konnte alle meine Briefe lesen, aber du siehst nicht alle Bilder. Viele stehen dicht an dicht in überfüllten Zimmern, und du hast sie seit Jahren nicht angeschaut. Und die in den Eichenkisten holst du auch nicht heraus. Heute bekommst du diese Kisten doch nicht einmal mehr auf.«

Das stimmt.

»Vielleicht sollte ich jemanden zu Hilfe holen«, sage ich. »Um mal wieder andere an die Wände zu hängen. Wie du früher.«

»Ja, aber ich wusste, wie man sie am wirkungsvollsten anordnet. Du hast keinen besonders guten Geschmack. Du hast sie einfach an irgendeinen freien Fleck hängen lassen.«

»Mir gefällt die eklektische Atmosphäre.«

»Das ist nicht eklektisch. Es ist überladen und stillos und feuergefährlich.«

Ich grinse. »Dann ist es ja gut, dass niemand zu Besuch kommt.«

»Nein. Das ist nicht gut. Du magst ja schüchtern gewesen sein, aber du hast immer Kraft aus anderen Menschen gezogen.«

»Aus dir habe ich Kraft gezogen«, sage ich.

Obwohl es dunkel im Wagen ist, sehe ich sie die Augen verdrehen.

»Ich rede von deinen Kunden. Du hattest immer einen ganz besonderen Umgang mit ihnen. Deshalb blieben sie dir treu. Und deshalb ging das Geschäft auch pleite, nachdem du es verkauft hattest. Weil die neuen Inhaber mehr am Umsatz interessiert waren als an der Dienstleistung.«

Damit könnte Ruth recht haben, aber manchmal denke ich auch, dass eher der sich verändernde Markt damit zu tun hatte. Noch bevor ich in den Ruhestand ging, waren die Kundenzahlen seit Jahren zurückgegangen. Größere Läden mit mehr Auswahl eröffneten in anderen Gegenden von Greensboro, gleichzeitig zogen die Menschen verstärkt in die Vororte, und die innerstädtischen Geschäfte hatten zu kämpfen. Davor hatte ich den neuen Eigentümer gewarnt, aber er wollte den Laden unbedingt übernehmen, und ich überließ ihn ihm für einen fairen Preis. Obwohl er mir nicht mehr gehörte, bedauerte ich, dass er bald darauf nach über neunzig Jahren schließen musste. Die alten Herrenausstatter hat das gleiche Schicksal ereilt wie Planwagen, Reitpeitschen und Telefone mit Wählscheibe.

»Meine Arbeit war aber nie wie deine«, sage ich. »Ich habe sie nie so geliebt wie du deine.«

»Ich hatte immer den ganzen Sommer frei.«

Ich schüttle den Kopf. Besser gesagt bilde ich mir das

ein. »Nein, es lag an den Kindern. Du hast sie inspiriert, aber sie dich ebenfalls. So unvergesslich unsere Sommer auch waren, am Ende warst du immer glücklich, wenn du wieder ins Klassenzimmer durftest. Weil du deine Schüler vermisst hast. Du hast ihr Lachen und ihre Neugier und ihren unschuldigen Blick auf die Welt vermisst.«

Sie sieht mich mit hochgezogenen Augenbrauen an. »Und woher willst du das wissen?«

»Weil du es mir erzählt hast«, sage ich.

Ruth unterrichtete die dritte Klasse, und ihrer Ansicht nach war das die entscheidende Phase im Leben eines Kindes. Die meisten Schüler waren um diese Zeit acht oder neun Jahre, ein Alter, das Ruth immer als pädagogischen Wendepunkt betrachtet hat. Die Kinder sind alt genug, um Begriffe zu verstehen, die ihnen noch ein Jahr vorher fremd waren, aber gleichzeitig noch jung genug, um Anleitung von Erwachsenen mit nahezu blindem Vertrauen zu akzeptieren.

Außerdem war Ruth der Meinung, dass sich ab dieser Klasse intellektuell die ersten echten Unterschiede zeigten. Manche Schüler taten sich hervor, andere fielen zurück. Natürlich gab es dafür zahllose Gründe, doch in jener speziellen Schule damals interessierte das viele der Kinder – und Eltern – nicht. Die Kinder gingen nur bis zur achten oder neunten Klasse zur Schule und arbeiteten danach auf dem Bauernhof mit, ohne Alternativen in Erwägung zu ziehen. Selbst für Ruth war das eine schwer zu meisternde Herausforderung. Das Problem hielt sie nachts wach, und sie bastelte jahrelang an ihrem Lehrplan herum, auf der Suche nach Methoden, zu den Schülern und ihren Eltern durchzudringen. Sie ließ sie Samen in Pappbecher pflanzen und sie beschriften, um sie zum Schreiben anzuregen, ließ sie Käfer fangen und ebenfalls benennen, in der Hoffnung, eine Neugier für die Natur zu entfachen. Mathematiktests beinhalteten immer Aufgaben über die Landwirtschaft oder Geld: *Wenn Joe vier Körbe Pfirsiche von jedem Baum erntet und in jeder der sechs Reihen je fünf Bäume stehen, wie viele Körbe Pfirsiche kann Joe dann verkaufen?* Oder: *Wenn du 200 Dollar hast und Saatgut für 120 Dollar kaufst, wie viel Geld bleibt dir dann übrig?* Das waren Themen, deren Wichtigkeit den Schülern einleuchtete – und in der Mehrzahl erreichte Ruth damit ihr Ziel. Manche brachen trotzdem die Schule ab, doch Jahre später kamen sie oft zu Besuch und bedankten sich bei ihr dafür, lesen, schreiben und die Grundrechenarten gelernt zu haben, die sie für ihren Alltag benötigten.

Darauf war Ruth stolz – und natürlich war sie besonders stolz auf die Schüler, die letzten Endes ihren Schulabschluss machten und aufs College gingen. Hin und wieder aber war ein Kind dabei, das ihr vor Augen führte, warum sie überhaupt Lehrerin geworden war. Und das führt mich zu dem Bild über dem Kamin.

»Du denkst an Daniel McCallum«, sagt sie zu mir.

»Ja. Deinen Lieblingsschüler.«

Ihre Miene ist lebhaft, und ich weiß, dass sie ihn genauso deutlich vor sich sieht wie an dem Tag, an dem sie ihm zum ersten Mal begegnete. Damals unterrichtete sie bereits seit fünfzehn Jahren.

»Er war sehr schwierig.«

»So hast du es mir erzählt.«

»Anfangs war er so wild! Seine Latzhose war ständig schmutzig, und er konnte nie stillsitzen.«

»Aber du hast ihm das Lesen beigebracht.«

»Das habe ich allen beigebracht.«

»Er war anders als die anderen.«

»Ja«, sagt sie. »Er war größer als die übrigen Jungen, und in der Pause boxte er die anderen so heftig auf den Arm, dass sie blaue Flecke bekamen. Wegen Daniel McCallum bekam ich meine ersten grauen Haare.«

Ich erinnere mich noch gut an ihre Klagen über ihn, doch damals wie heute schwang in ihrer Stimme Zuneigung mit.

»Er war noch nie zur Schule gegangen. Er kannte die Regeln nicht.«

»Doch, die Regeln kannte er. Aber zu Anfang kümmerten sie ihn nicht. Er saß hinter einem hübschen Mädchen namens Abigail und zog sie andauernd an den Haaren. Wenn ich zu ihm sagte: ›Das darfst du nicht‹, tat er es trotzdem. Am Ende musste ich ihn in die erste Reihe setzen, wo ich ihn besser im Auge hatte.«

»Und da hast du bemerkt, dass er nicht lesen und schreiben konnte.«

»Genau.« Immer noch klingt ihre Stimme bitter.

»Und als du mit seinen Eltern sprechen wolltest, erfuhrst du, dass sie gestorben waren. Daniel wurde von einem älteren Stiefbruder und dessen Frau aufgezogen, die beide dagegen waren, dass er überhaupt die Schule besuchte. Und du sahst, dass die drei mehr oder minder in einem Schuppen wohnten.«

»Das weißt du, weil du mich damals zu ihm nach Hause begleitet hast.«

Ich nicke. »Auf dem Heimweg warst du sehr still.«

»Es bedrückte mich, dass in diesem reichen Land manche Menschen immer noch so lebten. Und es bedrückte mich, dass es niemanden gab, dem Daniel etwas bedeutete.«

»Also hast du beschlossen, ihm Nachhilfe zu geben. Vor und nach der Schule.«

»Er saß in der ersten Reihe«, sagt sie. »Wenn er gar nichts gelernt hätte, wäre ich keine gute Lehrerin gewesen.«

»Aber er tat dir auch leid.«

»Natürlich! Sein Leben war nicht leicht. Und doch erfuhr ich nach und nach, dass es viele Kinder wie Daniel gab.«

»Nein«, sage ich. »Für uns beide gab es nur eins.«

Es war Anfang Oktober, als Daniel zum ersten Mal in unser Haus kam, ein schlaksiger, flachsblonder Junge mit ungehobelten Manieren und einer Schüchternheit, mit der ich nicht gerechnet hatte. Bei diesem ersten Besuch schüttelte er mir nicht die Hand und sah mir auch nicht in die Augen. Er stand nur da, die Hände in den Hosentaschen, den Blick starr zu Boden gerichtet. Obwohl Ruth ihm bereits nach der Schule Nachhilfeunterricht gegeben hatte, lernte sie an jenem Abend noch einmal mit ihm am Küchentisch, während ich im Wohnzimmer Radio hörte. Hinterher bestand sie darauf, dass er zum Essen blieb.

Daniel war nicht der erste Schüler, den sie zum Abendessen bei uns einlud, aber er war der Einzige, der fortan regelmäßig kam. Das lag zum Teil an seiner familiären Situation. Daniels Stiefbruder und dessen Frau konnten sich mit ihrem Bauernhof finanziell kaum über Wasser halten und ärgerten sich maßlos, dass der Sheriff angeordnet hatte, Daniel zur Schule zu schicken. Gleichzeitig hatte es den Anschein, als wollten sie ihn auch auf dem Hof nicht um sich haben. An dem Tag, als sich Ruth mit ihnen unterhielt, saßen sie auf der Veranda, rauchten Zigaretten und beantworteten Ruths Fragen desinteressiert und einsilbig. Am nächsten Morgen kam Daniel mit Blutergüssen auf der Wange und einem leuchtend roten Auge in die Schule. Der Anblick brach Ruth fast das Herz, danach war sie nur noch entschlossener, ihm zu helfen.

Aber es waren nicht nur die deutlich sichtbaren Anzeichen von Gewalt, die ihr zu schaffen machten. Wenn sie nach der Schule mit ihm lernte, hörte sie oft seinen Magen knurren, obwohl er abstritt, hungrig zu sein. Als Daniel endlich zugab, manchmal tagelang nichts zu essen zu bekommen, war Ruths erster Impuls, es dem Sheriff zu melden. Daniel flehte sie an, das nicht zu tun, denn er konnte ja sonst nirgends hin. Also lud sie ihn stattdessen zu uns ein.

Nach jenem ersten Besuch aß Daniel zwei bis drei Mal wöchentlich bei uns. Nach und nach fühlte er sich wohler, seine Schüchternheit ließ nach und wich einer beinahe förmlichen Höflichkeit. Er schüttelte mir die Hand, sprach mich mit Mr Levinson an und fragte stets, wie mein Tag gewesen sei. Seine Ernsthaftigkeit machte mich traurig und beeindruckte mich gleichzeitig, vielleicht weil sie offenbar das Ergebnis seines schon in Kindertagen harten Lebens war. Aber ich mochte ihn von Anfang an, und im Laufe des Jahres wuchs er mir noch stärker ans Herz. Ruth jedoch liebte ihn letztlich wie einen Sohn.

Ich weiß, dass ein solches Wort heutzutage unpassend wirkt, wenn es um die Gefühle einer Lehrkraft ihrem Schüler gegenüber geht, und möglicherweise war es auch damals unpassend. Doch es war eben eine mütterliche Liebe, eine aus Zuneigung und Besorgnis entstandene Liebe, und Daniel blühte unter Ruths Obhut auf. Immer wieder hörte ich, wie sie ihm versicherte, dass sie an ihn glaube und dass er alles erreichen könne, was er sich nur wünsche. Und er schien ihr zu glauben. Mehr als alles andere jedoch wollte er ihr gefallen, und er hörte auf, sich im Unterricht schlecht zu benehmen. Er gab sich große Mühe und überraschte Ruth damit, wie leicht ihm das Lernen fiel. Denn er war zwar ungebildet, aber hochintelligent, und im Januar las er bereits so gut wie seine Klassenkameraden. Im Mai war er ihnen zwei Jahre voraus, nicht nur im Lesen, sondern auch in den anderen Fächern. Sein Gedächtnis war bemerkenswert, er war wie ein Schwamm, der alles aufsaugte, was Ruth oder ich ihm sagte.

Als wolle er unbedingt Ruths Innerstes verstehen, zeigte er Interesse an den Kunstwerken in unserem Haus, und nach dem Essen ging Ruth oft mit ihm von Raum zu Raum und erklärte ihm die Gemälde, die wir gesammelt hatten. Dabei hielt er Ruths Hand und hörte genau zu, und seine

Augen huschten zwischen den Bildern und ihrem Gesicht hin und her. Bald kannte er die Namen aller Künstler wie auch ihren Malstil, und da wusste ich, dass ihm Ruth genauso viel bedeutete wie er ihr.

Einmal bat Ruth mich, sie zusammen zu fotografieren. Als sie Daniel das Bild hinterher schenkte, hielt er es den ganzen Nachmittag fest umklammert, und ich sah es ihn immer wieder mit staunender Miene betrachten. Wenn Ruth ihn nach Hause brachte, vergaß er nicht ein einziges Mal, sich zu bedanken. Und am letzten Schultag, bevor er losrannte, um mit seinen Freunden zu spielen, sagte er ihr, dass er sie liebe.

Zu dem Zeitpunkt trug sie sich bereits eine Weile mit der Idee, Daniel zu fragen, ob er ganz bei uns wohnen wolle. Wir sprachen darüber, und ich hätte nichts dagegen gehabt. Daniel um uns zu haben war eine Freude, und das sagte ich ihr auch. Doch gegen Ende des Schuljahrs wusste sie immer noch nicht, wie sie das Thema ihm gegenüber anschneiden sollte. Sie war unsicher, ob Daniel einwilligen würde oder ob er sich so etwas überhaupt wünschte – und natürlich auch, wie sie den Vorschlag seinem Stiefbruder unterbreiten sollte. Ob es gesetzlich erlaubt wäre, stand ebenfalls nicht fest.

Aus all diesen Gründen sagte sie an jenem letzten Schultag vor den Ferien nichts, sondern wir beschlossen, die Sache zu verschieben, bis wir von unserer Sommerreise zurückkehrten. Unterwegs unterhielten Ruth und ich uns oft über Daniel. Wir nahmen uns fest vor, alles zu tun, um ein solches Arrangement zu ermöglichen.

Als wir jedoch wieder nach Greensboro kamen, stand

der Schuppen leer, und zwar offenbar seit Wochen. Daniel kam im August nicht in die Schule, und es gab auch keine Anfrage, seine Unterlagen weiterzuleiten. Niemand wusste, wo er war oder was mit der Familie geschehen war. Die anderen Schüler und Lehrer vergaßen ihn bald, doch für Ruth war das Ganze grauenhaft. Sie weinte wochenlang, als ihr klar wurde, dass er vielleicht für immer fortbliebe. Sie suchte die Nachbarn auf, in der Hoffnung, jemand könne ihr sagen, wohin die Familie gezogen war. In unserer Post suchte sie täglich nach einem Brief von ihm, und sie konnte nie ihre Enttäuschung darüber verbergen, dass keiner eintraf.

Daniel hatte ein Loch in Ruth ausgefüllt, das ich nicht ausfüllen konnte. In jenem Jahr war er zu dem geworden, was in unserer Ehe fehlte, das Kind, das sie sich immer gewünscht hatte.

Ich würde so gern berichten, dass Ruth und Daniel einander wiederfanden, dass er sich später im Leben bei ihr meldete, um sie wissen zu lassen, wie es ihm ging. Jahrelang sorgte sie sich um ihn, aber mit der Zeit erwähnte sie seinen Namen seltener, bis sie zum Schluss überhaupt nicht mehr von ihm sprach. Dennoch wusste ich, dass sie ihn nie vergaß und die Suche nach ihm nie aufgab. Es war Daniel, nach dem sie Ausschau hielt, wenn wir über die stillen Landstraßen fuhren, vorbei an heruntergekommenen Bauernhöfen; es war Daniel, den sie zu sehen hoffte, wenn sie nach einem Sommer in den Galerien und Ateliers wieder in die Schule kam. Einmal glaubte sie, ihn während einer Parade am Veteran's Day in Greensboro auf der Straße entdeckt zu haben, doch als wir uns endlich durch die Menge gedrängt hatten, war er schon fort. Falls er es überhaupt gewesen war.

Nach Daniel kam nie wieder ein Schüler zu uns nach Hause.

Im Auto herrscht eine beißende Kälte, die Folge des vorher geöffneten Fensters. Eiskristalle glitzern jetzt auf dem Armaturenbrett, und bei jedem Atemzug bilden sich Wölkchen vor meinen Lippen. Durst habe ich zwar nicht mehr, dafür fühlen sich meine Kehle und mein Magen eisig an von dem Schnee. Die Kälte ist innen und außen, überall, und ich kann nicht aufhören zu zittern.

Neben mir starrt Ruth aus dem Fenster, und ich stelle fest, dass ich Sternenlicht durch die Scheibe sehe. Es ist noch nicht hell, doch der Mond verleiht dem Schnee auf den Bäumen einen silbrigen Schimmer. Ich erkenne, dass der Tiefpunkt des schlechten Wetters überwunden ist. Heute Nacht wird der Schnee auf dem Wagen noch einmal anfrieren, aber irgendwann morgen oder übermorgen wird die Temperatur steigen, und die Welt wird die weiße Umarmung des Winters abschütteln, weil der Schnee schmilzt.

Das ist gut und schlecht. Mein Auto könnte von der Straße aus sichtbar werden, was gut ist, aber ich brauche den Schnee zum Überleben, und in ein oder zwei Tagen ist er sicher ganz verschwunden.

»Im Moment geht es dir gut«, sagt Ruth. »Mach dir erst Gedanken um morgen, wenn es nötig wird.«

»Du hast leicht reden«, erwidere ich schmollend. »Ich bin hier derjenige, der in der Patsche sitzt.«

»Ja«, sagt sie ungerührt. »Aber es ist deine eigene Schuld. Du hättest nicht fahren dürfen.«

»Sind wir wieder bei dem Thema?«

Mit einem leichten Grinsen wendet sie sich mir zu. Sie ist jetzt Anfang vierzig und trägt die Haare kurz. Ihr Kleid hat einen einfachen Schnitt und den leuchtenden Rotton, den sie am liebsten mochte, mit übergroßen Knöpfen und eleganten Taschen. Wie fast jede Frau war auch Ruth in den Sechzigern ein Fan von Jacqueline Kennedy.

»Du hast davon angefangen.«

»Ich hatte auf Mitgefühl gehofft.«

»Du meckerst. Das machst du öfter, seit du älter bist. Wie über den Nachbarn, der den Baum gefällt hat. Oder die junge Frau an der Tankstelle, die dich nicht beachtet hat.«

»Ich hab nicht gemeckert, nur etwas festgestellt. Das ist ein Unterschied.«

»Du solltest nicht meckern. Das ist unattraktiv.«

»Ich bin viele Jahre davon entfernt, attraktiv zu sein.«

»Nein«, entgegnet sie. »Darin irrst du dich. Dein Herz ist immer noch schön. Deine Augen sind gütig, und du bist ein freundlicher und ehrlicher Mann. Das reicht, um dich auf ewig schön zu halten.«

»Flirtest du etwa mit mir?«

Sie zieht eine Augenbraue hoch. »Weiß nicht. Tue ich das?«

Ich glaube schon. Und zum ersten Mal seit dem Unfall ist mir tatsächlich warm, wenn auch nur für einen Moment.

Es ist seltsam, denke ich, wie sich ein Menschenleben entwickelt. Gewisse Umstände in einem Moment können, wenn sie später mit bewussten Entscheidungen und Handlungen sowie einer Wagenladung Hoffnung kombiniert werden, eine Zukunft schmieden, die vorherbestimmt scheint. Ein solcher Moment war meine erste Begegnung mit Ruth. Es war nicht gelogen, als ich Ruth sagte, ich habe im selben Augenblick gewusst, dass wir eines Tages heiraten würden.

Und doch hat die Erfahrung mich gelehrt, dass das Schicksal manchmal grausam ist und selbst eine Wagenladung Hoffnung nicht ausreicht. Für Ruth wurde das klar, als Daniel zuerst in unser Leben trat und dann wieder verschwand. Sie war damals über vierzig und ich noch älter. Das war ein weiterer Grund, warum sie nicht aufhören konnte zu weinen, nachdem Daniel fort war. Damals waren die gesellschaftlichen Erwartungen noch anders, und wir wussten beide, dass wir zu alt waren, um ein Kind zu adoptieren. Als Daniel verschwand, konnte ich mich des Eindrucks nicht erwehren, dass sich das Schicksal ein endgültig letztes Mal gegen Ruth verschworen hatte.

Obwohl sie von dem Mumps wusste und mich trotzdem geheiratet hatte, war mir klar, dass sich Ruth insgeheim immer an die Hoffnung geklammert hatte, der Arzt habe sich geirrt. Immerhin gab es keinen eindeutigen Beweis, und ich muss zugeben, dass ich ebenfalls eine geringe Hoffnung hegte. Weil ich jedoch meine Frau so liebte, stand das bei mir selten im Vordergrund. In den ersten Jahren unserer Ehe schliefen wir häufig miteinander, und wenn Ruth auch monatlich an das Opfer erinnert wurde, das sie durch die Heirat mit mir gebracht hatte, setzte es ihr anfangs nicht so stark zu. Sie glaubte wohl, der Wille allein, ihr tiefer Wunsch nach einem Kind könne es irgendwie möglich machen. Ihre unausgesprochene Überzeugung war, dass unsere Zeit käme, und das war der Grund, warum wir nie über Adoption sprachen.

Doch das war ein Fehler. Die 1950er zogen vorbei, und unser Haus füllte sich langsam mit Kunstwerken. Ruth unterrichtete, und ich führte das Geschäft, und obwohl sie älter wurde, gab sie die Hoffnung nie ganz auf. Und dann kam, wie ein Geschenk des Himmels, Daniel. Er wurde erst ihr Schüler und dann der Sohn, nach dem sie sich immer gesehnt hatte. Als dieser Traum mit einem Schlag endete, blieb nur ich übrig. Und das war nicht genug.

Die nächsten Jahre waren schwer für uns. Sie gab mir die Schuld, und ich mir ebenfalls. Der blaue Himmel unserer Ehe wurde grau und stürmisch, dann trüb und kalt. Gespräche wurden steif, und zum ersten Mal stritten wir. Manchmal hatte ich den Eindruck, es sei schon eine Zumutung für sie, mit mir im selben Zimmer zu sitzen. Sie verbrachte viele Wochenenden bei ihren Eltern in Durham – ihr Vater war gesundheitlich angegriffen –, und es gab Zeiten, in denen wir tagelang nicht miteinander redeten. Nachts im Bett fühlte sich der Raum zwischen uns an wie der Pazifik, ein für uns beide nicht zu überwindendes Meer. Sie wollte nicht, und ich hatte Angst, es zu versuchen, und so entfernten wir uns immer weiter voneinander. Es gab sogar eine Phase, in der sie darüber nachdachte, ob sie überhaupt noch mit mir verheiratet bleiben wollte, und abends, wenn sie ins Bett gegangen war, blieb ich im Wohnzimmer sitzen und wünschte mir, ein anderer zu sein, ein Mann, der ihr hätte geben können, was sie sich ersehnte.

Doch das konnte ich nun mal nicht. Ich war traurig ihretwegen und wütend auf mich selbst, und ich konnte nicht ertragen, was mit uns geschah. Ich hätte mein Leben gegeben, um sie wieder glücklich zu machen. Und während die Grillen in warmen Herbstnächten zirpten, legte ich die Hände vor das Gesicht und weinte und weinte und weinte.

»Ich hätte dich niemals verlassen«, versichert Ruth mir. »Es tut mir leid, dass du meinetwegen solche Befürchtungen hattest.« In ihren Worten liegt großes Bedauern.

»Aber du hast darüber nachgedacht.«

»Das schon, aber nicht ernsthaft. Jede verheiratete Frau denkt so etwas hin und wieder. Jeder Mann auch.«

»Ich nie.«

»Das weiß ich«, sagt sie. »Aber du bist auch anders.« Sie lächelt und streckt die Hand nach meiner aus. Sie streichelt über die Knötchen und Falten. »Einmal habe ich dich gesehen. Im Wohnzimmer.«

»Ich weiß.«

»Erinnerst du dich auch noch, was dann passiert ist?«

»Du bist zu mir gekommen und hast mich in den Arm genommen.«

»Es war das erste Mal, dass ich dich weinen sah, seit dem Abend damals im Park, nach dem Krieg«, sagt sie. »Es hat mir große Angst gemacht. Ich wusste nicht, was los war.«

»Es war unseretwegen. Ich hatte keine Ahnung, was ich tun sollte. Wie ich dich wieder glücklich machen konnte.«

»Du konntest nichts tun.«

»Du warst so … wütend auf mich.«

»Nein, ich war traurig. Das ist ein Unterschied.«

»Spielt das eine Rolle? In jedem Fall warst du nicht glücklich mit mir.«

Sie drückt meine Hand, ihre Haut fühlt sich weich an. »Du bist ein kluger Mann, Ira, aber manchmal verstehst du Frauen nicht besonders gut.«

Damit hat sie recht.

»Ich war untröstlich, als Daniel fortging. Es wäre so wundervoll gewesen, ihn zu einem Teil unseres Lebens machen zu können. Und ja, ich war traurig, dass wir keine Kinder hatten. Aber auch, weil ich über vierzig war, selbst wenn du das vielleicht nicht nachvollziehen kannst. Die Dreißiger fand ich nicht schlimm, da fühlte ich mich zum ersten Mal wie eine Erwachsene. Aber über vierzig zu sein, ist für Frauen nicht immer leicht. An meinem Geburtstag konnte ich den Gedanken nicht abschütteln, dass mein halbes Leben schon vorbei war, und wenn ich in den Spiegel sah, entdeckte ich darin keine junge Frau mehr. Es war eitel, ich weiß, aber es hat mich gestört. Und meine Eltern wurden auch älter. Deshalb fuhr ich sie so oft besuchen. Mein Vater war damals schon im Ruhestand, es ging ihm nicht gut, wie du weißt. Für meine Mutter war es schwer, für ihn zu sorgen. Mit anderen Worten: Damals gab es keine einfachen Lösungen. Selbst wenn Daniel bei uns geblieben wäre, wären das harte Jahre gewesen.«

Darüber denke ich nach. Sie sagt das nicht zum ersten

Mal, doch manchmal bezweifle ich, dass sie damit absolut aufrichtig ist.

»Es hat mir an dem Abend viel bedeutet, dass du mich umarmt hast.«

»Was sollte ich denn sonst tun?«

»Du hättest dich umdrehen und wieder ins Schlafzimmer gehen können.«

»So etwas hätte ich nicht übers Herz gebracht. Es tat mir weh, dich so zu sehen.«

»Du hast meine Tränen weggeküsst«, sage ich.

»Ja.«

»Und später im Bett haben wir uns in den Armen gehalten. Zum ersten Mal seit langer Zeit.«

»Ja«, sagt sie noch einmal.

»Und von da an wurde es langsam wieder besser.«

»Es wurde auch Zeit. Ich hatte es satt, traurig zu sein.«

»Und du wusstest, wie sehr ich dich immer noch liebte.«

»Ja. Das wusste ich immer.«

1964, auf unserer Reise nach New York, erlebten Ruth und ich eine Art zweite Flitterwochen. Das war nicht geplant, und wir haben auch nichts Außergewöhnliches unternommen. Eher war es so, dass wir jeden Tag feierten, eine schlimmere Phase hinter uns gebracht zu haben. Wir hielten Händchen, während wir durch die Galerien spazierten, und lachten wieder. Ruths Lächeln, davon bin ich heute noch überzeugt, war nie ansteckender als in jenem Sommer. Es war auch der Sommer von Andy Warhol.

Seine Kunst, so kommerziell und doch ganz eigen, sprach

mich nicht an. Gemalte Suppendosen interessierten mich nicht sonderlich. Ruth ebenfalls nicht, aber von Andy Warhol selbst war sie gleich beim ersten Treffen sehr angetan. Ich glaube, es war das einzige Mal, dass sie ein Werk nur wegen der starken Persönlichkeit des Künstlers kaufte. Sie wusste intuitiv, dass er die Sechzigerjahre entscheidend prägen würde, und wir erwarben vier Originaldrucke. Zu dem Zeitpunkt waren seine Bilder bereits teuer – wobei das natürlich relativ ist, wenn man ihren jetzigen Wert bedenkt –, und danach hatten wir kein Geld mehr. Deshalb kehrten wir nach nur einer Woche im Norden nach North Carolina zurück und fuhren auf die Outer Banks, wo wir eine Hütte am Strand mieteten. Ruth zog in diesem Sommer zum ersten Mal einen Bikini an, wenn sie sich auch weigerte, ihn irgendwo anders als auf der hinteren Veranda zu tragen, und zusätzlich Handtücher als Sichtschutz über das Geländer hängte.

Nach unserem Strandurlaub fuhren wir nach Asheville, wie immer. Am Seeufer las ich Ruth den Brief vor, den ich geschrieben hatte.

Die Jahre plätscherten weiter dahin. Lyndon Johnson wurde Präsident, und das Bürgerrechtsgesetz wurde verabschiedet. Der Krieg in Vietnam weitete sich aus, während wir zu Hause viel über den Krieg gegen die Armut hörten. Die Beatles lösten Hysterie aus, und Frauen drängten auf den Arbeitsmarkt. Ruth und ich nahmen all das zur Kenntnis, für uns aber war unser häusliches Leben das Wichtigste. Wir arbeiteten, sammelten im Sommer Kunstwerke, frühstückten in der Küche und erzählten uns beim Abendessen Geschichten. Wir kauften Gemälde von Victor

Vasarely und Arnold Schmidt, Frank Stella und Ellsworth Kelly. Wir mochten die Arbeiten von Julian Stanczak und Richard Anuszkiewicz und kauften auch von ihnen Bilder. Und ich werde niemals Ruths Gesichtsausdruck beim Auswählen jedes einzelnen Gemäldes vergessen.

Ungefähr um diese Zeit begannen wir, zu fotografieren. Bis dahin hatte uns das seltsamerweise nicht sehr interessiert, und in unserem langen Leben füllten wir nur vier Alben. Doch es reicht, um Ruth und mich langsam älter werden zu sehen. Es gibt ein Foto von mir, das Ruth 1970 an meinem fünfzigsten Geburtstag aufnahm, und ein weiteres von 1972, als sie dasselbe Ereignis feierte. 1973 mieteten wir den ersten Lagerraum an, wo wir einen Teil unserer Sammlung unterbrachten, und 1975 bestiegen Ruth und ich die Queen Elizabeth 2 und fuhren nach England. Selbst nach all den Jahren konnte ich mir nicht vorstellen, wieder zu fliegen. Wir blieben drei Tage in London und zwei weitere in Paris und reisten dann mit dem Zug nach Wien, wo wir zwei Wochen verbrachten. Für Ruth war es schön und schmerzhaft zugleich, in ihre einstige Heimat zurückzukehren, und obwohl ich ihr normalerweise anmerkte, was sie empfand, wusste ich damals oft nicht, was ich sagen sollte.

1976 gewann Jimmy Carter die Wahl gegen Gerald Ford, der Richard Nixon abgelöst hatte. Die Wirtschaft lag am Boden, und vor den Tankstellen bildeten sich lange Schlangen. Doch Ruth und ich schenkten diesen Entwicklungen kaum Beachtung, da wir uns in eine neue Kunstbewegung verliebten, die sich Lyrische Abstraktion nannte und hauptsächlich durch Pollock und Rothko vertreten wurde. In jenem Jahr – es war das Jahr, in dem Ruth endgültig aufhörte, sich die Haare zu färben – feierten wir unseren dreißigsten Hochzeitstag. Es kostete zwar ein Vermögen und ich musste einen kleinen Kredit aufnehmen, aber zu diesem Anlass schenkte ich ihr die einzigen Bilder, die ich je allein kaufte: zwei kleine Picassos, einen aus der Blauen und einen aus der Rosa Periode. Sie hängte sie in jener Nacht ins Schlafzimmer, und nachdem wir uns geliebt hatten, lagen wir noch lange wach und betrachteten sie.

1977 erlebte mein Geschäft eine schwere Flaute, und in meiner freien Zeit bastelte ich als Hobby Vogelhäuser aus Bausätzen. Diese Phase dauerte nicht lange, vielleicht drei oder vier Jahre, und ich blieb ungeschickt und gab es schließlich wieder auf, genau, als Reagan an die Macht kam. Obwohl ich aus den Nachrichten erfuhr, dass die Regelungen für Kredite jetzt etwas freier gehandhabt werden konnten, zahlte ich den Kredit für die Picassos ab. Ruth verstauchte sich den Knöchel und lief einen Monat lang auf Krücken. 1985 verkaufte ich mein Geschäft und ging in Rente; 1987, nach vierzig Jahren im Klassenzimmer, tat Ruth das Gleiche. Schule und Bezirk gaben ein Fest zu ihren Ehren. Während ihrer beruflichen Laufbahn war sie drei Mal zur »Lehrerin des Jahres« gewählt worden. Und um diese Zeit wurden meine ehemals schwarzen Haare erst grau und dann weiß und mit jedem Jahr schütterer. Die Falten gruben sich tiefer in unsere Gesichter, und wir stellten beide fest, dass wir ohne Brille nicht mehr gut sehen konnten. 1990 wurde ich siebzig, und 1996, an unserem fünfzigsten Hochzeitstag, bekam Ruth den längsten Brief, den ich je geschrieben hatte. Sie las ihn laut, und dabei merkte ich, dass ich sie kaum hören konnte. Zwei Wochen später wurde mir ein Hörgerät angepasst. Ich nahm es mit Gleichmut hin.

Es war Zeit. Ich wurde alt. Zwar erlebten Ruth und ich in unserer Ehe niemals wieder eine so düstere Zeit wie nach Daniels Verschwinden, doch es war nicht immer leicht. 1966 starb ihr Vater, und zwei Jahre später erlag ihre Mutter einem Schlaganfall. In den 1970ern entdeckte Ruth einen Knoten in ihrer Brust, und bis die Biopsie schließlich ergeben hatte, dass er nicht bösartig war, befürchtete sie, Krebs zu haben. Ende der Achtziger verstarben meine Eltern innerhalb eines Jahres, und Ruth und ich standen in dem Wissen an ihrem Grab, die letzten Überlebenden beider Familien zu sein.

Ich vermochte nicht in die Zukunft zu sehen, aber wer kann das schon? Ich weiß nicht, was ich von den gemeinsamen Jahren, die uns noch blieben, erwartete. Wahrscheinlich nahm ich an, wir würden weitermachen wie immer, denn ein anderes Leben hatte ich ja nie gekannt. Vielleicht würden wir weniger reisen, denn die Fahrten und das Laufen wurden beschwerlich für uns, aber davon abgesehen keine Veränderung. Es gab keine Kinder oder Enkel zu besuchen, keinen Wunsch, noch einmal ins Ausland zu fahren. Vielmehr widmete sich Ruth stärker dem Garten, und ich begann, die Vögel zu füttern. Wir schluckten Vitamine, und keiner von uns beiden hatte noch großen Appetit. Rückblickend hätte ich mir bewusst machen sollen, dass Ruth bei unserer goldenen Hochzeit schon länger gelebt hatte als ihre beiden Eltern, doch ich hatte zu viel Angst, mich damit zu befassen. Ein Leben ohne sie war für mich nicht vorstellbar und auch nicht akzeptabel, aber Gott hatte andere Pläne. 1998 erlitt Ruth, wie ihre Mutter, einen Schlaganfall, der ihre linke Körperseite nachhaltig schwächte. Im Haus konnte sie sich zwar weiterhin selbstständig bewegen, unsere Sammlertage waren damit jedoch vorbei, und wir kauften nie wieder ein Kunstwerk. Zwei Jahre später, als wir an einem kalten Frühlingsmorgen in der Küche saßen, verstummte sie mitten im Satz, und ich wusste, sie hatte einen weiteren Schlaganfall gehabt. Drei Tage lang unterzog sie sich im Krankenhaus verschiedener Tests und wurde dann entlassen, doch wir sollten nie wieder ein Gespräch führen, bei dem die Worte frei flossen.

Ihre linke Gesichtshälfte wurde noch unbeweglicher, und sie vergaß allmählich die gängigsten Wörter. Das machte Ruth mehr zu schaffen als mir. Für meine Augen blieb sie so schön wie am ersten Tag. Ich war ja selbst nicht mehr der Mann, der ich einmal gewesen war. Mein Gesicht war runzlig, und die Größe meiner Ohren verblüffte mich beim Blick in den Spiegel immer wieder. Unser Alltag wurde noch reduzierter, ein Tag ging einfach in den nächsten über. Morgens bereitete ich das Frühstück zu, und wir aßen gemeinsam und überflogen dabei die Zeitung. Danach setzten wir uns in den Garten und fütterten die Vögel. Am späteren Vormittag schliefen wir ein wenig, und den Rest des Tages lasen wir oder hörten Musik oder kauften Lebensmittel ein. Einmal die Woche fuhr ich Ruth in den Schönheitssalon, wo sie sich die Haare waschen und frisieren ließ, weil ich wusste, dass sie das glücklich machte. Ab August saß ich dann stundenlang am Schreibtisch und verfasste einen Brief an meine Frau, und an unserem Hochzeitstag fuhr ich uns nach Black Mountain, wir begaben uns an den See, wie wir es immer getan hatten, und Ruth las die von mir geschriebenen Worte.

Zu dem Zeitpunkt lagen unsere Abenteuer längst hinter uns, doch ich war mehr als zufrieden damit, denn die längste Reise dauerte fort. Selbst damals noch hielt ich Ruth, wenn wir im Bett lagen, im Arm, dankbar für das Glück dieses Lebens, dieser Frau. In solchen Momenten betete ich egoistisch, ich möge zuerst sterben, doch ich ahnte das Unausweichliche bereits.

Im Frühling 2002, eine Woche nachdem die Azaleen im Garten voll erblüht waren, verbrachten wir unseren Vormittag wie üblich, und am Nachmittag beschlossen wir, am Abend essen zu gehen. Das taten wir selten, aber wir hatten beide Lust dazu, und ich weiß noch, dass ich im Restaurant anrief, um einen Tisch zu reservieren. Nachmittags machten wir einen Spaziergang. Nicht weit, nur bis zum Ende der Straße und zurück. Ruth schien die leicht frostige Kühle, die noch in der Luft lag, nicht wahrzunehmen. Wir unterhielten uns kurz mit einem Nachbarn – nicht dem wütenden Mann, der den Baum gefällt hat – und gingen dann zurück nach Hause. Ein bis dahin ziemlich normaler Tag. Ruth sagte nichts von Kopfschmerzen, doch am frühen Abend, bevor wir zum Essen aufbrechen wollten, ging sie langsam ins Schlafzimmer. Ich dachte mir nichts dabei. Ich las im Wohnzimmersessel und muss für ein paar Minuten eingenickt sein. Als ich aufwachte, war Ruth noch nicht zurück, und ich rief nach ihr. Da sie nicht antwortete, stand ich auf. Im Flur rief ich erneut nach ihr. Als ich sie zusammengekrümmt neben dem Bett entdeckte, blieb mein Herz für einen Moment stehen. Noch ein Schlaganfall, dachte ich sofort. Aber es war schlimmer, und während ich versuchte, Leben in sie zurückzuatmen, spürte ich meine Seele verdorren.

Die Sanitäter trafen ein paar Minuten später ein. Ich hörte sie erst klopfen und dann gegen die Tür hämmern. Mittlerweile hielt ich Ruth umschlungen und wollte sie nicht loslassen. Die Sanitäter brachen die Tür auf und riefen laut. Ich antwortete, und sie kamen ins Schlafzimmer gerannt, wo sie einen alten Mann mit der Frau in den Armen fanden, die er immer geliebt hatte.

Sie sprachen freundlich und leise mit mir, einer half mir auf die Beine, während der andere Ruth behandelte. Ich flehte sie an, ihr zu helfen, wollte ihnen das Versprechen abnehmen, dass sie wieder gesund wurde. Sie setzten ihr eine Sauerstoffmaske auf und hoben sie auf die Trage, und ich durfte mit im Krankenwagen fahren.

Als der Arzt ins Wartezimmer kam, nahm er mich sanft am Arm und führte mich in den Flur. Die Fliesen waren grau, und das Neonlicht tat mir in den Augen weh. Ich fragte, ob es meiner Frau gut gehe, wann ich sie besuchen dürfe. Doch er antwortete nicht, sondern brachte mich in ein leeres Zimmer und schloss die Tür hinter sich. Seine Miene war ernst, und als er den Blick zu Boden richtete, wusste ich genau, was er sagen würde.

»Es tut mir sehr leid, Mr Levinson, aber wir konnten nichts mehr tun.«

Bei diesen Worten musste ich mich an einem Bett festhalten, um nicht zu stürzen. Der Raum zog sich um mich zusammen, mein Blick verengte sich, bis ich nur noch das

Gesicht des Arztes sah. Seine Worte klangen blechern und unverständlich, was aber keine Rolle spielte. Sein Gesichtsausdruck sagte alles – ich war zu spät gewesen. Ruth, meine wunderbare Ruth, war auf dem Fußboden gestorben, während ich im Wohnzimmer schlief.

Ich weiß nicht mehr, wie ich das Krankenhaus verlassen habe, und an die nächsten Tage erinnere ich mich nur dunkel. Mein Anwalt Howie Sanders, ein lieber Freund von Ruth und mir, half mir bei der Organisation der Beerdigung, die still und im kleinen Kreis stattfand. Hinterher wurden Kerzen angezündet, Kissen im ganzen Haus ausgelegt, und ich saß eine Woche lang Schiwa. Menschen kamen und gingen, Menschen, die wir im Laufe der Jahre kennengelernt hatten. Nachbarn, einschließlich des Mannes, der den Ahorn gefällt hatte. Kunden meines Geschäfts. Drei Galeriebesitzer aus New York. Ein halbes Dutzend Künstler. Frauen aus der Synagoge kochten und putzten jeden Tag für mich. Und an jedem dieser Tage wünschte ich mir nur, aus dem Albtraum zu erwachen, zu dem mein Leben geworden war.

Nach und nach blieben die Leute aus, bis niemand mehr kam. Es gab niemanden anzurufen, niemanden zum Reden, und das Haus versank in Schweigen. Ich wusste nicht, wie man ein solches Leben führte, und die Zeit wurde erbarmungslos. Tage schleppten sich dahin. Ich konnte mich nicht konzentrieren. Ich las die Zeitung und erinnerte mich hinterher an nichts. Ich saß stundenlang da, bis mir auffiel, dass das Radio im Hintergrund noch lief. Selbst die Vögel vermochten mich nicht aufzuheitern. Ich starrte sie nur an und dachte, dass doch Ruth neben mir sitzen, unsere Hände sich streifen müssten, wenn wir gemeinsam in die Vogelfuttertüte griffen.

Alles war sinnlos, und ich wollte auch keinen Sinn. Meine Tage verbrachte ich in der stillen Qual unendlicher Trauer. Die Abende waren nicht besser. Nachts, wenn ich schlaflos im halb leeren Bett lag, spürte ich die Tränen über meine Wangen rinnen. Dann wischte ich mir die Augen, und die Endgültigkeit von Ruths Abwesenheit erschütterte mich von Neuem.

KAPITEL 21

Luke

Letzten Endes ging es immer um den Ritt auf Big Ugly Critter.

Den Ritt, seit dem er Albträume hatte, den Ritt, der ihn achtzehn Monate von der Arena ferngehalten hatte. Luke hatte Sophia von diesem Ritt und auch von den Verletzungen, die er damals erlitten hatte, erzählt.

Aber er hatte ihr nicht alles gesagt. Als er nun, nachdem seine Mutter gegangen war, allein in der Scheune stand, lehnte sich Luke an den elektrischen Bullen und durchlebte im Geiste noch einmal das, was er zu vergessen versucht hatte.

Es hatte acht Tage gedauert, bis er überhaupt erfuhr, was passiert war. Obwohl er wusste, dass er verletzt worden war, und sich nach ein paar Fragen vage an den Ritt erinnerte, hatte er bis dahin keine Ahnung gehabt, wie nahe er dem Tod gewesen war. Dass der Bulle ihm nicht nur den Schädel zertrümmert, sondern auch den ersten Halswirbel angebrochen und sich Blut in seinem Gehirn gesammelt hatte.

Luke hatte Sophia nicht erzählt, dass die Knochen in seinem Gesicht erst fast einen Monat später gerichtet worden waren, aus Angst vor zusätzlichen Erschütterungen. Ebenfalls nicht erwähnt hatte er, dass die Ärzte ihm am Krankenbett mitgeteilt hatten, er werde sich nie vollständig von der Kopfverletzung erholen – und es befinde sich jetzt eine kleine Titanplatte in seinem Schädel. Noch ein ähnlich starker Stoß gegen den Kopf, mit oder ohne Helm, würde ihn höchstwahrscheinlich umbringen. Die Platte, die sie ihm in den zertrümmerten Schädel eingepasst hatten, saß zu nahe am Hirnstamm, um ihn ausreichend zu schützen.

Nach dieser Auskunft hatte er damals weniger Fragen gehabt als von allen erwartet. Er hatte auf der Stelle beschlossen, das Bullenreiten aufzugeben, und dies auch jedem gesagt. Er wusste, er würde das Rodeo vermissen und wahrscheinlich immer von der Sehnsucht träumen, die Meisterschaft zu gewinnen. Aber lebensmüde war er nicht, und damals glaubte er, noch viel Geld auf dem Konto zu haben.

Und das stimmte auch, aber eben nicht genug. Seine Mutter hatte die Ranch als Sicherheit für den Kredit eingesetzt, mit dem sie seine entsetzlich hohen Arztrechnungen bezahlt hatte. Obwohl sie ihm immer wieder versicherte, dass ihr die Ranch gleichgültig sei, wusste er tief im Inneren, dass das nicht stimmte. Die Ranch war ihr Leben, etwas anderes kannte sie nicht, und alles, was sie seit dem Unfall getan hatte, bestätigte das. Im vergangenen Jahr hatte sie bis zur Erschöpfung gearbeitet, um das Unvermeidbare abzuwenden.

Er konnte die Ranch retten. Natürlich würde er im nächsten Jahr – oder auch in den nächsten drei Jahren – nicht genug verdienen können, um den Kredit ganz abzubezahlen, doch er ritt gut genug, um für die Raten aufzukommen und noch etwas zu sparen, selbst wenn er nur an der kleinen Tour teilnahm. Er bewunderte die Bemühungen seiner Mutter mit den Weihnachtsbäumen und den Kürbissen und der Vergrößerung der Herde, aber sie wussten beide, dass das nicht reichen würde. Er hatte genug über die Kosten dieser oder jener Reparatur gehört, um zu wissen, dass ihre Lage extrem schwierig war.

Also, was blieb ihm übrig? Er musste entweder so tun, als würde schon alles klappen, was unmöglich war, oder einen Ausweg für das Problem finden. Und wie das ging, wusste er genau. Er musste nur gut reiten.

Doch selbst wenn er gut ritt, bestand die Gefahr, dass er starb.

Luke kannte die Risiken. Genau deshalb zitterten seine Hände jedes Mal vor einem Wettbewerb. Er war nicht eingerostet oder von normalem Lampenfieber geplagt. Sondern immer, wenn er sich die Halteschlinge um die Hand wickelte, fragte er sich, ob das sein letzter Ritt würde.

Mit einer solchen Angst konnte man beim Rodeo unmöglich erfolgreich sein. Außer natürlich, es stand etwas Größeres auf dem Spiel, und für ihn ging es nun einmal um die Ranch. Und um seine Mutter. Sie durfte nicht seinetwegen ihr Zuhause verlieren.

Er schüttelte den Kopf. Er wollte nicht über diese Dinge nachdenken. Es war ohnehin schon schwer genug, das nötige Selbstvertrauen aufzubringen, um die Saison durchzuhalten und auch etwas zu gewinnen. Womit er sich nicht befassen wollte, war, nicht in der Lage zu sein, zu reiten.

Oder dabei zu sterben …

Als er damals sagte, er wolle aufhören, hatte er den Arzt

nicht angelogen. Er wusste, was das Rodeo aus einem Mann machen konnte, er hatte seinen Vater gesehen, wenn er sich krümmte und quälte, und dieselben Schmerzen hatte er selbst schon gespürt. Er hatte das ganze Training ausgehalten und sein Bestes gegeben, aber es hatte nicht geklappt. Und vor achtzehn Monaten hatte er das akzeptieren können.

Jetzt allerdings, als er hier neben dem elektrischen Bullen stand, wusste er, dass er keine Wahl hatte. Also zog er die Handschuhe an, atmete tief durch und stieg auf. Am Horn hing die Fernsteuerung, und er nahm sie in die freie Hand. Doch vielleicht weil die Saison so kurz bevorstand oder vielleicht auch, weil er Sophia nicht die ganze Wahrheit gestanden hatte, vermochte er den Knopf nicht zu drücken. Jedenfalls noch nicht.

Er sagte sich, dass ihm die Risiken bewusst waren, und versuchte sich einzureden, er sei bereit. Er würde antreten, egal, was kommen mochte. Er war Bullenreiter. Das war er schon, so lange er sich erinnern konnte, und er würde wieder reiten. Er würde reiten, weil er gut darin war und weil damit all ihre Probleme gelöst werden konnten.

Nur dass er bei einer falschen Landung sterben könnte.

Schlagartig fingen seine Hände an zu zittern. Er riss sich zusammen und drückte trotzdem auf den Knopf.

Auf dem Rückweg aus New Jersey machte Sophia einen Abstecher auf die Ranch, ehe sie ins Wohnheim fuhr. Luke erwartete sie schon und hatte extra das Haus und die Veranda aufgeräumt.

Als sie ankam, war es bereits dunkel. Luke lief ihr entgegen, er hoffte, dass sich nichts verändert hatte, seit sie zuletzt zusammen gewesen waren. Diese Sorgen zerstreuten sich, sobald sie aus dem Auto stieg und auf ihn zurannte.

Er fing sie auf, als sie hochsprang, spürte, wie sie ihre Beine um ihn schlang. Sie hielten einander fest, und er genoss es, wie gut sie sich anfühlte.

An dem Abend liebten sie sich, aber Sophia konnte nicht über Nacht bleiben. Sie hatte am nächsten Morgen im College einen Kurs. Als ihre Rücklichter kleiner wurden, drehte sich Luke um und ging zur Scheune, um noch zu trainieren. Er hatte keine Lust, doch der erste Wettkampf fand in weniger als zwei Wochen statt, und es gab noch einiges zu tun.

Allerdings beschloss er unterwegs, das Training auf höchstens eine Stunde abzukürzen. Er war müde, und es war kalt, und er vermisste Sophia jetzt schon.

In der Scheune wärmte er sich rasch auf, um seinen Kreislauf in Schwung zu bringen, dann sprang er auf den Bullen. Sein Vater hatte das Gerät damals so umgebaut, dass es bei Höchstgeschwindigkeit heftiger rüttelte, und die Fernsteuerung so montiert, dass Luke sie in der freien Hand halten konnte. Aus Gewohnheit machte er auch beim Reiten echter Bullen immer eine halbe Faust, was allerdings noch nie jemand kommentiert oder wahrscheinlich auch nur bemerkt hatte.

Als er bereit war, startete er den Motor auf niedriger Stufe, gerade genug, um sich zu lockern. Danach ritt er einmal in gemäßigtem und einmal in mittelhohem Tempo. Seine Übungseinheiten dauerten immer sechzehn Sekunden, genau das Doppelte eines Wettkampfintervalls. Sein Vater hatte den Bullen auf diese längeren Ritte eingestellt, weil er sagte, dadurch würden die echten im Vergleich einfacher. Und das stimmte vielleicht. Allerdings war es auch doppelt so hart für den Körper.

Nach jeder Einheit legte Luke eine kurze Erholungspause ein, und nach jeweils drei Einheiten eine längere. Normalerweise war sein Kopf in solchen Momenten völlig leer, aber an diesem Abend musste er immer wieder an Big Ugly Critter denken. Warum die Bilder auf ihn einströmten, wusste er nicht genau, aber er konnte sie nicht verdrängen, und wenn sein Blick auf den elektrischen Bullen fiel, beschleunigte sich sein Puls. Es wurde Zeit für die richtigen Ritte, die schnellen. Sein Vater hatte fünfzig unterschiedliche Abläufe programmiert, die in zufälliger Reihenfolge abgespielt wurden, damit Luke nie wusste, was er zu erwarten hatte. Das hatte sich im Laufe der Jahre bewährt, in diesem Augenblick allerdings hätte er sehr gern genau gewusst, was auf ihn zukam.

Als sich die Muskeln in Hand und Unterarm erholt hatten, schlurfte er zu dem Gerät zurück und stieg auf. Er ritt drei Mal, dann noch drei Mal. Und im Anschluss noch drei Mal. Von diesen neun Intervallen hielt er sieben bis zum Ende durch. Einschließlich der Erholungszeiten trainierte er nun seit einer guten Dreiviertelstunde. Er beschloss, noch drei Runden von jeweils drei Einheiten zu reiten und dann Feierabend zu machen.

Er schaffte es nicht.

Beim zweiten Ritt der zweiten Runde spürte er, wie ihm die Kontrolle entglitt. Im ersten Moment war er nicht übermäßig erschrocken. Er war schon eine Million Mal abgeworfen worden, und im Gegensatz zur Arena war der Boden um den elektrischen Bullen herum ja weich. Selbst in der Luft hatte er keine Angst und drehte sich noch, um möglichst so zu landen, wie er es auch im Wettkampf anstrebte: entweder auf den Füßen oder auf allen vieren.

Es gelang ihm tatsächlich, mit den Füßen aufzukommen, und der Schaumstoff dämpfte den Aufprall wie üblich, doch aus unerfindlichen Gründen verlor er das Gleichgewicht und geriet ins Taumeln. Instinktiv versuchte er, sich aufrecht zu halten. Er machte drei schnelle Schritte, kippte nach vorn und knallte mit der Stirn auf den festgestampften Boden.

Sein Gehirn schwirrte wie eine mit dem Daumen gezupfte Gitarrensaite. Goldene Lichtstreifen flimmerten vor seinen Augen. Der Raum drehte sich, wurde dunkel und wieder heller. Der Schmerz setzte ein, erst stechend, dann noch stechender. Steigerte sich langsam ins Übermächtige. Luke brauchte eine geschlagene Minute, um die Kraft aufzubringen, schwankend aufzustehen und sich an dem alten Traktor festzuhalten. Panik wallte in ihm auf, als er vorsichtig die Beule auf seiner Stirn befühlte.

Sie war dick und empfindlich, aber er kam zu dem Schluss, dass nichts weiter passiert war. Gebrochen war nichts, da war er sich sicher. Und abgesehen von der Beule war sein Kopf unversehrt, soweit er das beurteilen konnte. Er holte tief Luft und ging bedächtig zum Tor.

Draußen wurde ihm unvermittelt übel, und er krümmte

sich. Der Schwindel kehrte zurück, und er übergab sich auf die Erde. Nur einmal, aber es reichte, um ihn zu beunruhigen. Bei seinen bisherigen Gehirnerschütterungen hatte er sich auch übergeben müssen, und er vermutete, dass er jetzt wieder eine erlitten hatte. Wenn er zum Arzt ginge, würde der ihm zweifelsohne mindestens eine Woche das Training verbieten, wenn nicht länger.

Genauer gesagt würde er ihn davor warnen, überhaupt noch einmal zu reiten.

Aber es ging ihm doch ganz gut! Er beschloss, trotz des bald anstehenden ersten Wettkampfs ein paar Tage auszusetzen, und während er zu seinem Haus zurückhumpelte, versuchte er, die Sache ins Positive zu wenden. Er hatte hart trainiert, und eine Pause würde ihm wahrscheinlich guttun. Danach wäre er besser als je zuvor. Dennoch konnte er die Angst, die ihm im Nacken saß, nicht abschütteln.

Und was sollte er Sophia sagen?

Zwei Tage später wusste er das immer noch nicht. Er fuhr nach Wake Forest, um sie zu besuchen, und als sie spätabends über den Campus spazierten, behielt Luke den Hut auf, um den blauen Fleck auf der Stirn zu verstecken. Er spielte mit dem Gedanken, Sophia von dem Unfall zu erzählen, fürchtete aber die Fragen, die sie stellen würde. Fragen, auf die er keine Antworten hatte. Als sie ihn schließlich darauf ansprach, dass er so still war, schützte er Erschöpfung wegen der vielen Arbeit auf der Ranch vor – was natürlich zum Teil der Wahrheit entsprach, denn seine Mutter hatte sich entschlossen, die Rinder noch vor der Rodeo-Saison zu verkaufen, und sie hatten strapaziöse Tage hinter sich, weil sie die Tiere mit dem Lasso eingefangen und auf Lkw verladen hatten.

Doch Luke ahnte, dass Sophia ihn mittlerweile gut genug kannte, um zu merken, dass er nicht er selbst war.

Als sie am folgenden Wochenende auf der Ranch auftauchte, mit dem Hut, den er ihr geschenkt hatte, und einer dünnen Daunenjacke, musterte sie ihn beim Satteln der Pferde eingehend. Sie ritten die gleiche Runde wie an ihrem ersten gemeinsamen Tag, durch das Wäldchen zum Fluss. Schließlich drehte sie sich zu ihm um.

»Okay, es reicht. Ich will wissen, was mit dir los ist. Du bist schon die ganze Woche so komisch.«

»Tut mir leid. Ich bin immer noch ein bisschen müde.« Das helle Sonnenlicht trieb ihm Messerklingen in den Schädel, es verschlimmerte die ständigen Kopfschmerzen, die ihn seit dem Sturz quälten.

»Ich weiß, wie du aussiehst, wenn du müde bist. Das ist es jetzt aber nicht, und ich kann dir nicht helfen, wenn ich nicht weiß, was du hast.«

»Ich denke nur an nächstes Wochenende. Du weißt schon, der erste Wettkampf des Jahres.«

»In Florida?«

Er nickte. »Pensacola.«

»Da soll es hübsch sein, hab ich gehört. Weiße Sandstrände.«

»Wahrscheinlich. Nicht, dass ich davon etwas zu Gesicht bekommen werde. Ich fahre direkt nach dem Rodeo am Samstag zurück.« Er dachte an sein Training am Tag zuvor, dem ersten seit dem Unfall. Es war ganz gut gelaufen, sein Gleichgewichtssinn war offenbar nicht beeinträchtigt, doch das Pochen in seinem Kopf hatte ihn nach vierzig Minuten dazu gezwungen, aufzuhören.

»Das wird spät.«

»Der Wettkampf ist schon am Nachmittag. Ich müsste gegen zwei zurück sein.«

»Also können wir uns am Sonntag sehen?«

Er klopfte sich mit der Hand auf den Oberschenkel. »Wenn du herkommst. Aber ich bin wahrscheinlich völlig erledigt.«

Sie kniff die Augen unter ihrer Hutkrempe zusammen. »Na, das klingt ja begeistert.«

»Ich möchte dich gern sehen. Du sollst dich nur nicht verpflichtet fühlen, herzufahren.«

»Willst du lieber zu mir ins Wohnheim kommen?«

»Nicht unbedingt.«

»Würdest du dich dann gern woanders treffen?«

»Wir essen bei meiner Mutter, schon vergessen?«

»Dann komme ich eben.« Sie wartete auf eine Reaktion, aber er sagte nichts. Nach einer Weile fragte sie leicht frustriert erneut: »Was ist denn mit dir los? Bist du sauer auf mich?«

Das war die perfekte Gelegenheit, ihr alles zu erzählen. Er suchte nach den richtigen Worten, wusste aber nicht, wo er anfangen sollte. *Ich wollte dir schon die ganze Zeit sagen, dass es mein Ende bedeuten könnte, wenn ich weiterreite.*

»Ich bin nicht sauer auf dich«, antwortete er ausweichend. »Ich denke nur an die Wettkämpfe und was ich noch alles zu tun habe.«

»Jetzt in diesem Moment?« Sie klang zweifelnd.

»Daran denke ich die ganze Zeit. Und das wird sich während der gesamten Rodeo-Saison nicht ändern. Ab nächstem Wochenende werde ich, wie du weißt, sehr viel unterwegs sein.«

»Ja«, gab sie ungewohnt scharf zurück. »Das hast du schon gesagt.«

»Wenn die Tour nach Westen zieht, komme ich vielleicht immer erst sonntagabends spät zurück.«

»Du willst mir also sagen, dass du nicht viel Zeit für mich haben wirst, und wenn wir uns treffen, bist du nicht bei der Sache?«

»Vielleicht.« Er zuckte die Achseln. »Wahrscheinlich.«

»Das ist nicht lustig.«

»Was soll ich denn machen?«

»Wie wäre es damit: Versuch, jetzt noch nicht an das Rodeo nächstes Wochenende zu denken. Lass uns einfach den heutigen Tag genießen, okay? Es könnte schließlich unser letzter gemeinsamer Tag für eine Weile sein.«

Er schüttelte den Kopf. »So geht das nicht.«

»Was geht so nicht?«

»Ich kann nicht einfach ignorieren, was kommt.« Seine Stimme wurde lauter. »Mein Leben ist nicht wie deins. Bei mir geht es nicht nur um Unterricht und auf dem Campus abhängen und mit Marcia tratschen. Ich lebe in der richtigen Welt. Ich habe Verantwortung.« Er hörte sie nach Luft schnappen, ließ aber nicht locker, sondern steigerte sich in seinen Unwillen hinein. »Mein Job ist gefährlich! Ich bin außer Form, und ich weiß, dass ich in der letzten Woche nicht genug trainiert habe. Aber ich muss schon am ersten Wochenende gut abschneiden, egal wie, sonst verlieren meine Mutter und ich alles. Also denke ich selbstverständlich daran – und ja, ich bin nicht bei der Sache.«

Sophia blinzelte, völlig verdutzt über seinen Ausbruch. »Wow. Da hat aber jemand schlechte Laune.«

»Ich hab keine schlechte Laune«, blaffte er. »Und ich weiß nicht, was du von mir hören willst.«

Zum ersten Mal wurde ihre Miene abweisend, und er merkte, dass sie Mühe hatte, ruhig zu bleiben. »Zum Beispiel, dass du mich am Sonntag gern sehen würdest, auch wenn du müde bist. Oder dass du vielleicht öfter abgelenkt sein wirst, ich das aber nicht persönlich nehmen soll. Du hättest dich entschuldigen können und sagen: ›Du hast recht, Sophia. Lass uns einfach den heutigen Tag genießen.‹ Stattdessen erzählst du mir, dass dein Leben – in der richtigen Welt – was ganz anderes als das im College ist.«

»Das Leben im College ist nicht die richtige Welt.«

»Glaubst du, ich wüsste das nicht?«, rief sie.

»Warum bist du dann so wütend, wenn ich es sage?«

Sophia zog an den Zügeln, damit Demon stehen blieb. »Willst du mich auf den Arm nehmen? Weil du dich wie ein Vollidiot benimmst! Weil du unterstellst, dass du Verantwortung trägst und ich nicht. Hörst du dir überhaupt selbst mal zu?«

»Ich hab nur versucht, deine Frage zu beantworten.«

»Indem du mich beleidigst?«

»Ich hab dich nicht beleidigt.«

»Aber du findest, dass das, was du tust, wichtiger ist als das, was ich tue?«

»Ist es ja auch.«

»Für dich und deine Mutter!«, schrie sie. »Ob du's glaubst oder nicht, meine Familie ist mir auch wichtig! Meine Eltern sind wichtig! Eine Ausbildung ist wichtig! Und ja, ich trage Verantwortung. Und ich spüre den Druck, erfolgreich sein zu müssen, genau wie du. Ich habe auch Träume!«

»Sophia …«

»Was? Willst du dich jetzt etwa wieder vernünftig benehmen? Weißt du was? Gib dir keine Mühe. Da komme ich extra her, um bei dir zu sein, und du suchst nur Streit!«

»Ich suche keinen Streit«, murmelte er.

Sie hörte nicht hin. »Was soll das?«, fragte sie. »Warum bist du so? Was ist mit dir los?«

Er gab keine Antwort. Er wusste nicht, was er sagen sollte. Sophia beobachtete ihn, wartete und schüttelte schließlich enttäuscht den Kopf. Dann riss sie an den Zügeln, drehte Demon um und trieb ihn zum Galopp. Während sie Richtung Ställe verschwand, blieb Luke allein zwischen den Bäumen zurück, ratlos, warum er nicht den Mut aufbrachte, ihr die Wahrheit zu sagen.

KAPITEL 22

Sophia

»Du bist also einfach weggeritten und hast ihn stehen lassen?«, fragte Marcia.

»Ich wusste nicht, was ich sonst tun sollte.« Sophia stützte das Kinn in die Hände. Sie lag auf dem Bett, Marcia saß neben ihr. »In dem Moment war ich schon so wütend, dass ich ihm kaum noch ins Gesicht sehen konnte.«

»Hmmm. Das wäre ich wohl auch gewesen.« Marcia klang eine Spur zu teilnahmsvoll. »Ich meine, wir wissen beide, dass Kunsthistoriker absolut unverzichtbar für das Funktionieren moderner Gesellschaften sind. Wenn das keine ernste Verantwortung ist, weiß ich es auch nicht.«

Sophia sah sie böse an. »Sei bloß still.«

Marcia ignorierte das. »Vor allem, wenn sie noch keinen Job an Land gezogen haben, mit dem man tatsächlich Geld verdient.«

»Hörst du bitte auf?«

»Ich will dich nur ein bisschen ärgern«, sagte Marcia und stupste sie mit dem Ellbogen an.

»Schön, aber ich bin nicht in Stimmung, okay?«

»Ach, ich meine es doch nicht böse. Ich freue mich nur, dass du hier bist. Ich hatte mich schon damit abgefunden,

den ganzen Tag allein verbringen zu müssen. Und den Großteil der Nacht auch.«

»Ich versuche, mit dir zu reden!«

»Ich weiß. Mir haben unsere Gespräche gefehlt.«

»Und es wird auch keine Gespräche mehr geben, wenn du so weitermachst. Du bist absichtlich schwierig.«

»Was soll ich denn machen?«

»Du sollst mir zuhören. Du sollst mir helfen, das zu verstehen.«

»Ich höre zu«, sagte Marcia. »Ich habe jedes Wort gehört.«

»Und?«

»Ehrlich gesagt bin ich einfach nur froh, dass ihr euch endlich mal gestritten habt. Es wurde wirklich Zeit. Meiner Meinung nach ist es vor dem ersten echten Streit keine ernst zu nehmende Beziehung. Bis dahin sind es nur Flitterwochen. Man weiß erst, wie belastbar etwas ist, wenn man es getestet hat.« Sie zwinkerte. »Das hab ich mal in einem Glückskeks gelesen.«

»Im Glückskeks?«

»Es stimmt trotzdem. Und es tut euch gut. Denn wenn ihr das übersteht, seid ihr als Paar gestärkt. Und der Versöhnungssex ist immer super.«

Sophia zog eine Grimasse. »Geht es bei dir immer nur um Sex?«

»Nicht immer. Aber bei Luke?« Sie grinste lasziv. »Wenn ich du wäre, würde ich versuchen, das so schnell wie möglich aus der Welt zu schaffen. Der Mann sieht verdammt gut aus.«

»Jetzt wechsle bloß nicht das Thema. Du musst mir helfen!«

»Was mache ich denn wohl die ganze Zeit?«

»Mich nerven?«

Marcia setzte eine ernste Miene auf. »Weißt du, was ich glaube?«, fragte sie. »Nach dem, was du mir erzählt hast? Ich glaube, er macht sich Gedanken, was mit euch passieren wird. Er wird an vielen Wochenenden unterwegs sein, und sehr bald machst du hier dein Examen, und er hat Angst, dass du dann weggehst. Deshalb fängt er wahrscheinlich jetzt schon an, auf Distanz zu gehen.«

Vielleicht, dachte Sophia. Da konnte etwas Wahres dran sein, aber …

»Es steckt noch mehr dahinter«, sagte sie. »So hat er sich noch nie benommen. Irgendetwas ist da los.«

»Hast du mir was verschwiegen?«

Er könnte die Ranch verlieren. Das hatte sie Marcia tatsächlich nicht gesagt und würde es auch nicht tun. Luke hatte ihr das schließlich im Vertrauen erzählt.

»Ich weiß, dass er stark unter Druck steht«, sagte sie stattdessen. »Er möchte gut reiten. Er ist nervös.«

»Tja, dann hast du ja deine Antwort«, stellte Marcia fest. »Er ist nervös und unter Druck, und du kommst ihm damit, dass er einfach an etwas anderes denken soll. Also ist er in die Defensive gegangen und hat um sich geschlagen, weil du seinem Empfinden nach gleichgültig auf seine Probleme reagiert hast.«

Vielleicht, dachte Sophia.

»Verlass dich drauf«, fuhr Marcia fort. »Es tut ihm sehr wahrscheinlich jetzt schon leid. Und ich wette, er ruft jeden Moment an, um sich zu entschuldigen.«

Er rief nicht an. Nicht an diesem Abend, nicht am nächsten oder übernächsten. Am Dienstag verbrachte Sophia den Großteil ihrer Zeit damit, abwechselnd auf ihrem Handy nachzusehen, ob er eine SMS geschickt hatte, und zu grübeln, ob sie ihn anrufen sollte. Sie ging zwar zum Unterricht und schrieb mit, hätte aber hinterher schwer sagen können, worüber ihre Dozenten gesprochen hatten.

Zwischen den Kursen, auf dem Weg von einem Gebäude zum anderen, rief sie sich Marcias Worte ins Gedächtnis und musste sich eingestehen, dass ihre Theorie durchaus logisch klang. Dennoch ließ die Erinnerung an Lukes Verhalten Sophia keine Ruhe. Was war das gewesen, Wut? Aggressivität? Sie war nicht sicher, ob diese Worte es trafen, aber sie hatte eindeutig das Gefühl gehabt, er wollte sie von sich wegstoßen.

Warum lief alles, nachdem es so lange so angenehm und leicht gewesen war, plötzlich völlig falsch?

Am besten rief sie Luke einfach an und ging der Sache auf den Grund, entschied Sophia. An seinem Tonfall würde sie sofort merken, ob sie nur überreagierte.

Sie griff in die Handtasche und holte ihr Handy heraus, doch gerade als sie wählen wollte, wanderte ihr Blick zufällig quer über den Platz, auf dem das vertraute Kommen und Gehen herrschte. Studenten mit Rucksäcken, einer mit dem Fahrrad auf dem Weg wohin auch immer, eine Besichtigungsgruppe, die neben dem Verwaltungsgebäude innegehalten hatte. Und etwas weiter entfernt, unter einem Baum, ein Pärchen.

Nichts daran war ungewöhnlich, dennoch erregte diese

Szene aus irgendeinem Grund Sophias Aufmerksamkeit, und sie ließ das Handy sinken. Sie konzentrierte sich auf das Paar. Die beiden lachten, die Köpfe dicht zusammengesteckt, die Hand der Frau lag zärtlich auf dem Arm des Mannes. Selbst aus der Ferne war zu merken, dass es zwischen ihnen knisterte. Sophia spürte es beinahe, aber sie kannte ja auch beide. Was sie da sah, war eindeutig mehr als eine enge Freundschaft. Was sich bestätigte, als die zwei sich küssten.

Sophia konnte den Blick nicht abwenden, jeder Muskel in ihrem Körper war angespannt.

Soweit sie wusste, war er lange nicht in ihrem Wohnheim gewesen, und sie hatte auch nicht gehört, dass ihre Namen je gemeinsam genannt wurden. Was wiederum bedeutete, dass beide bisher versucht hatten, es geheim zu halten – nicht nur vor ihr, sondern vor allen.

Aber Marcia und Brian?

Das würde ihre Mitbewohnerin ihr doch nicht antun, oder? Zumal sie doch wusste, wie Brian mit ihr umgegangen war?

Jetzt im Nachhinein fiel ihr ein, dass Marcia ihn in den vergangenen Wochen einige Male erwähnt hatte. Und hatte sie nicht sogar zugegeben, dass sie immer noch Kontakt mit ihm hatte? Was hatte Marcia gleich über Brian gesagt, selbst als er Sophia noch nachlief? *Er ist witzig und gut aussehend und reich – was gibt es daran nicht zu mögen?* Mal ganz abgesehen davon, dass er früher, bevor er Sophia kennenlernte, etwas für *sie* »übriggehabt« hatte, wie Marcia gern berichtete.

Es sollte Sophia egal sein. Sie wollte mit Brian nichts zu

tun haben, es war schon lange vorbei. Marcia konnte ihn von ihr aus haben. Doch als Marcia den Blick in Sophias Richtung wandte, stiegen Sophia unerklärlicherweise die Tränen in die Augen.

»Ich hätte es dir bald erzählt«, sagte Marcia untypisch kleinlaut.

Sie waren in ihrem Zimmer, und Sophia stand mit verschränkten Armen am Fenster.

»Wie lange geht das schon mit euch?«

»Nicht lange«, sagte Marcia. »Er hat mich in den Weihnachtsferien zu Hause besucht und –«

»Warum gerade er? Du weißt schließlich, wie weh er mir getan hat.« Sophias Stimme fing jetzt doch zu zittern an. »Du bist angeblich meine beste Freundin.«

»Es war ja nicht geplant –«

»Aber es ist trotzdem passiert.«

»Du warst jedes Wochenende weg, und ich hab ihn immer auf den Partys getroffen. Und dann haben wir uns unterhalten. Meistens über dich ...«

»Willst du damit sagen, dass es meine Schuld ist?«

»Nein. Niemand hat Schuld. Ich wollte nicht, dass es passiert. Aber je mehr wir geredet und uns kennengelernt haben ...«

Den Rest von Marcias Erklärung blendete Sophia aus. Ihr Magen hatte sich so fest zusammengezogen, dass es schmerzte. Als es im Raum still wurde, sagte sie so beherrscht wie möglich: »Du hättest es mir sagen müssen.«

»Hab ich ja. Ich habe dir erzählt, dass wir miteinander

reden. Und ich habe angedeutet, dass wir befreundet sind. Mehr war es bis vor ein paar Wochen nicht. Ehrlich.«

Sophia drehte sich zu ihrer besten Freundin um, und in diesem Moment hasste sie sie. »Das ist einfach *falsch*, in jeder Hinsicht.«

»Ich dachte, du bist über ihn hinweg«, murmelte Marcia.

»Bin ich ja auch!«, gab Sophia wütend zurück. »Ich will nichts mehr mit ihm zu tun haben. Aber es geht doch um uns! Dich und mich! Du schläfst mit meinem Exfreund!« Sie fuhr sich mit der Hand durch die Haare. »Marcia, eine Freundin tut so etwas einfach nicht. Wie kannst du auch nur versuchen, das zu rechtfertigen?«

»Ich bin immer noch deine Freundin«, sagte Marcia leise. »Ich werde ihn ja nicht mit aufs Zimmer nehmen, wenn du da bist …«

Sophia traute ihren Ohren kaum. »Er wird dich betrügen. Genau, wie er mich betrogen hat.«

Marcia schüttelte heftig den Kopf. »Er hat sich verändert. Ich weiß, dass du das nicht glaubst, aber es ist so.«

Das war zu viel, Sophia musste gehen. Sie marschierte zur Tür und griff im Vorbeigehen nach ihrer Tasche auf dem Tisch. Mit der Hand auf der Klinke drehte sie sich noch einmal um.

»Brian hat sich nicht verändert«, sagte sie mit absoluter Gewissheit. »Das kann ich dir versprechen.«

Gewohnheit und Verzweiflung führten sie zur Ranch zurück. Wie immer trat Luke in dem Moment auf die Veranda, als sie aus dem Wagen stieg. Selbst aus der Ferne merkte er offenbar, dass etwas nicht stimmte, denn obwohl sie seit Tagen nichts von ihm gehört hatte, kam er mit ausgebreiteten Armen auf sie zu.

Sophia schmiegte sich hinein, und lange hielt er sie einfach nur fest. Sie weinte.

»Ich weiß immer noch nicht, was ich tun soll«, sagte sie und lehnte sich mit dem Rücken an Lukes Brust. »Ich kann ihr ja schlecht verbieten, mit ihm zusammen zu sein.«

Sie saßen eng umschlungen auf der Couch, beide blickten ins Kaminfeuer. Seit Stunden ließ er sie reden, gab ihr von Zeit zu Zeit recht, tröstete sie aber hauptsächlich durch seine schweigende, beruhigende Gegenwart.

»Nein, das kannst du wohl nicht.«

»Aber was soll ich machen, wenn wir zusammen sind? So tun, als wäre nichts?«

»Das ist vermutlich das Beste. Immerhin teilt ihr euch ein Zimmer.«

»Sie wird verletzt werden«, sagte Sophia zum hundertsten Mal.

»Wahrscheinlich.«

»Alle im Wohnheim werden darüber reden. Immer, wenn sie mich sehen, werden sie entweder tuscheln oder kichern oder sich übertrieben besorgt geben, und ich muss mich den Rest des Semesters damit rumschlagen.«

»Wahrscheinlich.«

Sie verstummte kurz. »Willst du jetzt allem, was ich sage, zustimmen?«

»Wahrscheinlich«, antwortete er, woraufhin sie lachen musste.

»Ich bin einfach froh, dass du nicht mehr sauer auf mich bist.«

»Es tut mir leid wegen neulich«, sagte er. »Und du hattest recht, mir deswegen die Meinung zu sagen. Du hast mich an einem schlechten Tag erwischt, und ich habe es an dir ausgelassen. Das war blöd von mir.«

»Jeder darf mal einen schlechten Tag haben.«

Er drückte sie fester an sich, ohne mehr zu sagen. Erst später fiel ihr auf, dass er ihr nicht erzählt hatte, was eigentlich an dem Tag mit ihm los gewesen war.

Nachdem Sophia auf der Ranch übernachtet hatte, kehrte sie ins Wohnheim zurück und atmete tief durch, bevor sie in ihr Zimmer trat. Sie wollte immer noch nicht mit Marcia sprechen, aber ein schneller Blick zeigte ihr, dass ihre Sorgen unnötig waren.

Marcia war nicht da, ihr Bett war unberührt.

Sie hatte die Nacht bei Brian verbracht.

KAPITEL 23

Luke

Als Luke ein paar Tage später nach Pensacola aufbrach, hatte er das ungute Gefühl, nicht ausreichend vorbereitet zu sein. Der erbarmungslose, pochende Kopfschmerz machte das Denken schwer und Training unmöglich. Er redete sich ein, wenn er nur diese Vorrunden mit einem annehmbaren Ergebnis überstehen würde, könnte er sich bis zum nächsten Wettkampf vollständig erholen.

Er wusste überhaupt nichts über Stir Crazy, den ersten Bullen, den er in Pensacola zog. Nach der langen Fahrt hatte er nicht gut geschlafen, und seine Hände zitterten wieder. Obwohl das Kopfweh leicht nachgelassen hatte, spürte er weiterhin ein Brummen hinter der Stirn, ein Vibrieren, das sich wie ein lebendiges Wesen anfühlte. Er kannte nur ein paar der Reiter, und von den übrigen kam ihm die Hälfte kaum alt genug zum Autofahren vor. Alle zappelten herum, versuchten, ihre Nerven unter Kontrolle zu behalten, alle klammerten sich an denselben Traum. Sieg oder Platzierung, Geld und Punkte gewinnen – und Hauptsache, man verletzte sich nicht so schwer, dass man in der nächsten Woche nicht reiten konnte.

Genau wie in McLeansville blieb Luke in der Nähe seines

Pick-ups, da er es vorzog, allein zu sein. Auf dem Parkplatz konnte er die Zuschauer trotzdem hören, und wenn ein Aufschrei durch die Menge ging, ein paar Sekunden später gefolgt von der blechernen Ansage des Sprechers, »So ist das eben manchmal«, dann wusste er, dass ein Teilnehmer abgeworfen worden war. Er war als Vierzehnter dran. Die Ritte dauerten zwar nur mehrere Sekunden, dazwischen aber gab es meistens eine Pause von einigen Minuten. In einer Viertelstunde würde er allmählich losgehen müssen, und sei es nur, um seine Nervosität nicht ausufern zu lassen.

Er wollte nicht hier sein.

Der Gedanke kam mit unerwarteter Klarheit, obwohl Luke es tief im Inneren die ganze Zeit gewusst hatte. Diese unerschütterliche Überzeugung gab ihm das Gefühl, der Boden unter seinen Füßen habe sich gerade verschoben. Er war nicht bereit. Vielleicht nie mehr.

Dennoch machte er sich fünfzehn Minuten später langsam auf den Weg in die Arena.

Mehr als alles andere war es der Geruch, der ihn in die Lage versetzte, weiterzumachen. Er war so vertraut und löste Reaktionen aus, die sich im Laufe der Jahre verselbstständigt hatten. Die Welt verdichtete sich. Luke blendete die Zuschauer und den Sprecher aus und konzentrierte sich auf die jungen Cowboys, die ihm halfen, sich bereit zu machen. Seile wurden straff gezogen. Er schob die Halteschlinge hin und her, bis sie sich in seiner Hand genau richtig anfühlte. Schließlich setzte er sich mittig auf den

Bullen, wartete noch einen Sekundenbruchteil ab, um sich zu vergewissern, dass alles in Ordnung war, und nickte dann dem Mann am Gatter zu.

»Los.«

Stir Crazy stürmte mit einem schwachen Aufbäumen hinaus und sprang, ehe er sich scharf nach rechts drehte, mit allen vieren in die Luft. Das hatte Luke vorausgeahnt und hielt sich tief auf seinem Rücken, sodass er das Gleichgewicht nicht verlor, als Stir Crazy noch zwei Bocksprünge vollführte und sich dann im Kreis zu drehen begann.

Instinktiv passte sich Luke allem an, und sobald der Summton erklang, griff er mit der freien Hand nach unten und löste die Schlinge. Er sprang hinunter, landete auf beiden Füßen und rannte zum Geländer. Bevor der Bulle auch nur zu buckeln aufgehört hatte, war er in Sicherheit.

Das Publikum jubelte, und der Sprecher erinnerte daran, dass Luke einmal den dritten Platz in der Gesamtwertung erreicht hatte. Er zog den Hut und winkte damit der Menge zu, dann drehte er sich um und wanderte zu seinem Pick-up.

Auf dem Weg kehrten die Kopfschmerzen mit quälender Intensität zurück.

In der zweiten Runde bekam er einen Bullen namens Candyland. Luke stand zu dem Zeitpunkt auf Rang vier.

Wieder absolvierte er die Vorbereitungen wie auf Autopilot, die Welt schrumpfte in seiner Wahrnehmung auf einen winzigen Ausschnitt zusammen. Ein bösartigeres Tier dieses Mal. Angeberischer. Während des Ritts hörte er die Zuschauer ihren Beifall brüllen. Er hielt durch und entkam erneut aus der Arena, während der Bulle noch seinen Wutanfall austobte.

Mit der Wertung aus diesem Ritt schob er sich auf Platz zwei vor.

Die nächste Stunde verbrachte er hinter dem Lenkrad seines Wagens. Sein Kopf pochte mit jedem Herzschlag. Er schluckte einige Ibuprofen, aber sie linderten die Schmerzen kaum. Er fragte sich, ob sein Gehirn gerade anschwoll, und versuchte nicht daran zu denken, was passieren konnte, wenn er abgeworfen wurde.

Mit seinem letzten Ritt hatte Luke die Möglichkeit, zu gewinnen. Allerdings hatte einer der anderen Finalisten kurz vorher die höchste Wertung des Tages erzielt.

In der Startbox war er nicht mehr nervös. Nicht, weil er einen plötzlichen Anfall von Selbstvertrauen erlebte, sondern weil er von den Schmerzen und den Tabletten so müde war, dass ihm mittlerweile alles gleichgültig schien.

Er wollte es einfach nur hinter sich bringen. Was passieren würde, würde eben passieren.

Das Gatter schwang auf. Es war ein guter Bulle, auch nicht so durchtrieben wie der zweite. Schwieriger als der erste allerdings, und das spiegelte sich in seiner Punktwertung.

Der Wettkampf würde sich also erst durch die Leistung des bisher Führenden bei seinem letzten Ritt entscheiden.

Aber der verlor das Gleichgewicht schon früh und landete auf der Erde.

Obwohl Luke nur als Zweiter in die dritte Runde gegangen war, gewann er den Gesamtwettbewerb. Nach dem ersten Rodeo der Saison lag er also auf dem ersten Platz, genau da, wo er sein musste.

Er holte sich sein Preisgeld ab und schickte sowohl seiner Mutter als auch Sophia eine SMS. Doch als er sich auf die lange Heimfahrt machte, immer noch mit dröhnendem Kopf, stellte er zu seiner Verwunderung fest, dass ihn die Punkte überhaupt nicht interessierten.

»Du siehst furchtbar aus«, sagte Sophia. »Ist denn alles in Ordnung?«

Luke versuchte, sich ein fröhliches Grinsen abzuringen. Er war um drei Uhr morgens ins Bett gefallen und hatte bis nach elf geschlafen. Beim Aufwachen hatte ihm alles wehgetan. Automatisch hatte er nach den Tabletten gegriffen und ein paar geschluckt, bevor er unter die Dusche stolperte und den heißen Wasserstrahl auf seine schmerzenden und verspannten Muskeln prasseln ließ.

»Mir geht's gut«, sagte er nun. »Die Fahrt war lang, und ich hab ein paar kaputte Zaunabschnitte repariert.«

»Bist du sicher?« Sophias besorgte Frage verriet ihre Skepsis. Seit sie am Nachmittag auf die Ranch gekommen war, musterte sie ihn wie eine ängstliche Glucke ihr Küken. »Du machst den Eindruck, als würdest du krank.«

»Ich bin nur ziemlich müde. Die letzten Tage waren total anstrengend.«

»Ich weiß. Aber du hast gewonnen, oder?«

»Ja«, sagte er. »Ich hab gewonnen.«

»Das ist doch gut. Für die Ranch, meine ich.« Sophia runzelte die Stirn.

»Ja«, wiederholte er beinahe wie betäubt. »Das ist gut für die Ranch.«

KAPITEL 24

Sophia

Luke war wieder seltsam. Nicht so wie am vergangenen Wochenende, aber irgendetwas stimmte ganz eindeutig nicht mit ihm. Und es war nicht nur die Erschöpfung. Er war blass, fast weiß, und auch wenn er es abstritt, wusste sie, dass er viel stärkere Schmerzen hatte als sonst. Manchmal, wenn er eine schnelle Bewegung machte, krümmte er sich oder schnappte nach Luft.

Das Essen bei seiner Mutter war eine steife Angelegenheit gewesen. Linda freute sich zwar, Sophia zu sehen, aber Luke war die ganze Zeit draußen beim Grill geblieben, als versuche er, ihnen aus dem Weg zu gehen. Am Tisch war das Gespräch vor allem von den ganzen Themen geprägt gewesen, die sie sorgsam mieden. Luke sprach nicht von seinen Schmerzen, seine Mutter fragte nicht nach dem Rodeo, und Sophia erwähnte weder Marcia noch Brian noch, wie schrecklich die Woche im Wohnheim gewesen war. Und sie war schrecklich gewesen, eine der schlimmsten in all den Jahren.

Sobald sie wieder bei Luke zu Hause waren, ging er ins Schlafzimmer. Sie hörte ihn Tabletten aus einem Plastikdöschen klopfen, dann aus einem zweiten, und folgte ihm in die Küche, wo er eine Handvoll Pillen mit einem Glas Wasser hinunterspülte.

Zu ihrer Bestürzung beugte er sich dann vor, beide Hände auf die Arbeitsfläche gestützt, den Kopf tief gesenkt.

»Wie schlimm ist es?«, flüsterte sie, die Hände auf seinem Rücken. »Dein Kopfweh, meine ich?«

Er machte ein paar tiefe Atemzüge, ehe er antwortete. »Es geht schon.«

»Es geht offensichtlich gar nicht. Wie viele hast du genommen?«

»Ein paar von jeder Sorte«, gestand er.

»Aber du hast doch vor dem Essen schon welche geschluckt.«

»Die haben offenbar nicht gereicht.«

»Wenn es so schlimm ist, solltest du zum Arzt gehen.«

»Nicht nötig«, sagte er mit matter Stimme. »Ich weiß, was los ist.«

»Was denn?«

»Ich habe eine Gehirnerschütterung.«

Sie blinzelte. »Woher? Hast du dir den Kopf angeschlagen, als du vom Bullen gesprungen bist?«

»Nein. Ich bin vor zwei Wochen beim Training blöd gelandet.«

»Vor zwei *Wochen?*«

»Ja. Und ich hab den Fehler gemacht, zu schnell wieder aufzusteigen.«

»Willst du damit sagen, dass dein Kopf seit zwei Wochen wehtut?« Sophia versuchte, sich ihre wachsende Panik nicht anmerken zu lassen.

»Nicht so stark wie jetzt. Das Reiten gestern hat es wieder verschlimmert.«

»Aber warum reitest du überhaupt mit einer Gehirnerschütterung?«

Er hielt den Blick zu Boden gerichtet. »Es blieb mir nichts anderes übrig.«

»Doch, natürlich. Das war wirklich dumm von dir. Komm, wir fahren in die Notaufnahme –«

»Nein«, unterbrach er sie.

»Warum denn nicht?«, fragte sie verwundert. »Ich fahre. Du musst zum Arzt.«

»Ich kenne solche Kopfschmerzen von früher, und ich weiß, was der Arzt mir sagen wird. Er wird mir raten, eine Pause einzulegen, und das geht nicht.«

»Heißt das etwa, du willst nächstes Wochenende wieder reiten?«

»Ich muss.«

Vergeblich bemühte sich Sophia, ihn zu verstehen. »Ist das der Grund, warum deine Mutter so ungehalten war? Weil du dich wie ein Idiot benimmst?«

Er seufzte. »Sie weiß gar nichts davon.«

»Du hast es ihr nicht erzählt? Warum denn nicht?«

»Weil sie sich sonst nur Sorgen macht.«

Sophia schüttelte den Kopf. »Ich begreife einfach nicht, warum du weitermachst, wenn du doch weißt, dass es deine Gehirnerschütterung verschlimmert. Das ist gefährlich.«

»Darüber mache ich mir schon lange keine Gedanken mehr.«

»Und was soll das jetzt wieder bedeuten?«

Luke richtete sich langsam auf und drehte sich mit resignierter Miene um.

»Weil ich schon vor der Gehirnerschütterung eigentlich nie wieder reiten durfte«, sagte er endlich.

Sie war nicht ganz sicher, ob sie ihn richtig verstanden hatte. »Du darfst gar nicht reiten? Nie mehr?«

»Laut den Ärzten gehe ich jedes einzelne Mal ein enormes Risiko ein.«

»Weil?«

»Big Ugly Critter. Ich wurde nicht nur bewusstlos durch die Arena geschleift. Ich habe dir erzählt, dass er über mich getrampelt ist, aber nicht, dass er mir den Schädel verletzt hat, in der Nähe des Hirnstamms. Jetzt habe ich eine kleine Metallplatte da drin, aber wenn ich falsch auftreffe, wird sie mich nicht hinreichend schützen.«

Bei seinen monoton aufgesagten Worten rieselte Sophia ein eisiger Schauer über den Rücken. Das konnte doch nicht sein Ernst sein.

»Heißt das, du könntest bei einem Sturz oder so sterben?« Sie wartete nicht auf eine Antwort. Panik stieg in ihr auf, als sie allmählich alles begriff. »Das heißt es, oder? Dass du daran sterben wirst? Und davon hast du mir nichts erzählt? Wie konntest du mir das verschweigen?«

Plötzlich war ihr alles klar, die Puzzleteile fügten sich zusammen: Warum er an jenem Abend nach dem Rodeo den Bullen sehen wollte, warum seine Mutter so wütend auf ihn war, seine Anspannung vor dem Beginn der Saison.

»Tja, dann war es das jetzt«, erklärte sie und bemühte sich dabei, das Entsetzen in ihrer Stimme zu unterdrücken. »Du reitest nicht mehr, klar? Du bist fertig. Ab sofort bist du wieder im Ruhestand.«

Immer noch sagte er nichts, doch sie sah ihm an, dass sie

nicht zu ihm durchdrang. Sie umarmte ihn und drückte ihn verzweifelt an sich. Spürte sein Herz schlagen, die kräftigen Muskeln in seiner Brust. »Ich will nicht, dass du weitermachst. Das darfst du nicht tun, okay? Bitte sag mir, dass du aufhörst. Wir denken uns etwas anderes aus, um die Ranch zu retten, einverstanden?«

»Es gibt nichts anderes.«

»Es gibt immer eine Möglichkeit.«

»Nein«, sagte er. »Gibt es nicht.«

»Luke, ich weiß ja, dass dir die Ranch wichtig ist, aber doch nicht wichtiger als dein Leben! Das muss dir doch klar sein? Du fängst noch mal neu an. Mit einer anderen Ranch. Oder du arbeitest auf einer –«

»Ich brauche die Ranch nicht«, unterbrach er sie. »Ich tue das für meine Mutter.«

Ärgerlich stieß Sophia sich von ihm ab. »Aber sie will es doch gar nicht! Weil sie weiß, dass es falsch ist – weil sie weiß, wie dumm das ist! Weil du ihr Sohn bist!«

»Ich tue es für sie –«

»Nein, das stimmt nicht! Du machst es nur, damit du kein schlechtes Gewissen haben musst. Du hältst dich für edelmütig, aber eigentlich bist du egoistisch! Das ist das Egoistischste …« Sie verstummte schwer atmend.

»Sophia …«

»Fass mich nicht an!«, schrie sie. »Mir wirst du auch wehtun! Kapierst du das nicht? Hast du schon jemals daran gedacht, dass ich vielleicht nicht will, dass du stirbst? Oder daran, was ich dabei empfinden würde? Nein, weil es nicht um mich geht. Oder um deine Mutter. Es geht nur um dich!«

Sie machte einen Schritt rückwärts. »Und dass du mich belogen hast …«, flüsterte sie.

»Ich habe nicht gelogen.«

»Du hast mir die Wahrheit verschwiegen«, sagte sie bitter. »Du hast gelogen, weil du wusstest, dass ich nicht einverstanden wäre! Dass ich bei jemandem, der etwas so Falsches tut, vielleicht nicht bleiben würde. Und warum? Weil du mit mir schlafen wolltest? Weil du dich amüsieren wolltest?«

»Nein …« Lukes Protest hörte sich in Sophias Ohren schwach an.

Heiße Tränen rannen ihr über die Wangen, sie konnte nichts dagegen tun. »Das … das ist mir im Moment alles zu viel. Nicht das auch noch. Es war eine furchtbare Woche, alle haben getuschelt, Marcia ist mir aus dem Weg gegangen. Ich hätte dich gebraucht. Ich hätte jemanden zum Reden gebraucht. Aber ich habe verstanden, dass du reiten musstest. Ich habe es akzeptiert, weil es dein Job ist. Aber jetzt? Wo ich weiß, dass du nur aus einem einzigen Grund nicht da warst, nämlich weil du versucht hast, dich umzubringen?«

Die Worte sprudelten hervor, fast so schnell wie die Gedanken durch ihren Kopf rasten. Sophia drehte sich um und nahm ihre Tasche. Sie konnte hier nicht bleiben. »Ich halte das nicht aus.«

»Warte!«

»Sei still! Ich will nicht hören, warum es dir so wichtig ist, zu sterben –«

»Ich werde nicht sterben.«

»Doch, das wirst du! Mag ja sein, dass ich dich noch

nicht lange genug kenne, um Bescheid zu wissen, aber deine Mutter mit Sicherheit! Und die Ärzte. Und du weißt selbst, dass es Blödsinn ist.« Ihr Atem kam in schnellen Stößen. »Wenn du wieder zur Vernunft gekommen bist, können wir uns unterhalten. Aber bis dahin …«

Ohne den Satz zu beenden, warf sie sich die Tasche über die Schulter und stürmte aus dem Haus zu ihrem Auto. Sie legte krachend den Gang ein, wendete und fuhr beinahe rückwärts in die Veranda, weil sie durch ihren Tränenschleier kaum etwas sehen konnte.

Sophia war wie betäubt.

Seit sie ins Wohnheim zurückgekehrt war, hatte Luke zweimal angerufen, aber sie hatte nicht abgehoben. Sie saß allein im Zimmer, Marcia war sicherlich bei Brian. Dennoch vermisste sie ihre Freundin. Seit ihrem Streit hatte Marcia jeden Abend bei Brian verbracht, wobei Sophia annahm, dass das weniger mit Brian zu tun hatte als damit, dass sie sich zu sehr schämte, ihr gegenüberzutreten.

Sie war immer noch wütend auf Marcia. Was ihre Mitbewohnerin getan hatte, war mies, und Sophia konnte nicht einfach so tun, als mache es ihr nichts aus. Eine beste Freundin fing nichts mit einem Ex an. Ob man es nun eine Grundregel nennen wollte oder was auch immer, aber als Freundin tat man so etwas einfach nicht. Unter keinen Umständen. Doch obwohl Sophia einerseits daran dachte, Marcia die Freundschaft aufzukündigen, war ihr andererseits klar, dass Marcia es nicht absichtlich getan hatte. Sie hatte nicht intrigiert oder ihr vorsätzlich wehgetan. So war Marcia einfach nicht gestrickt, und Sophia wusste ja aus eigener Erfahrung, wie charmant Brian sein konnte, wenn er es darauf anlegte. Was er wahrscheinlich getan hatte. Denn Brian *war* so gestrickt. Er hatte genau gewusst, was er tat, und sie zweifelte nicht daran, dass seine Affäre mit Marcia ein Versuch war, sich an Sophia zu rächen. Er wollte sie ein letztes Mal verletzen, indem er ihre Freundschaft mit Marcia zerstörte.

Und danach würde er mit Sicherheit auch Marcia verletzen. Marcia würde am eigenen Leib erfahren, was für ein Mann Brian wirklich war, und dann würde sie sich noch schlechter fühlen als vermutlich jetzt schon. Irgendwie geschähe es ihr recht, aber …

Trotzdem hätte Sophia in diesem Moment gern mit Marcia gesprochen. Sie brauchte sie sehr. Um mit ihr über Luke zu reden. Einfach, um zu reden, Punkt. Wie die anderen Hausbewohnerinnen unten und im Flur. Sophia konnte ihre Stimmen durch die Tür hören.

Aber zu ihnen wollte sie nicht gehen, denn ihre Gesichter sprachen immer Bände. In letzter Zeit wurde es stets still, wenn Sophia durch die Tür kam, und sie konnte sich sehr gut vorstellen, was die anderen dachten. *Wie es ihr wohl geht? Ich hab gehört, dass zwischen ihr und Marcia Funkstille ist. Sie tut mir echt leid. Ich möchte mir gar nicht vorstellen, was sie durchmacht.*

Das konnte sie jetzt nicht aushalten, und deshalb wünschte sie, dass Marcia da wäre. Denn sie hatte sich noch nie so allein gefühlt.

Die Stunden vergingen. Draußen am Himmel zogen Winterwolken auf, vom silbernen Schein des Mondes beschienen. Sophia lag auf dem Bett und dachte an die Abende, an denen sie mit Luke den Himmel betrachtet hatte. Sie erinnerte sich an die Ausritte und die gemeinsamen Nächte, an die Abendessen mit seiner Mutter. In allen Einzelheiten sah sie vor sich, wie sie am allerersten Abend in Liegestühlen auf der Ladefläche seines Pick-ups gesessen hatten.

Warum riskierte er es, zu sterben? Sosehr sie es versuchte, sie konnte das einfach nicht nachvollziehen. Es war klar, dass es hauptsächlich um seine Schuldgefühle ging, aber deswegen sein Leben aufs Spiel setzen? Das war die Sache nicht wert, und sie wusste, dass Lukes Mutter genauso empfand. Aber er schien fest entschlossen, sich trotzdem zu opfern. Das wollte Sophia einfach nicht in den Kopf, und als er ein drittes Mal anrief, konnte sie sich immer noch nicht überwinden, ans Telefon zu gehen.

Es wurde langsam spät und das Haus nach und nach still. Sophia war erschöpft, wusste aber, dass sie nicht würde schlafen können. Während sie weiter über Lukes selbstzerstörerisches Verhalten nachgrübelte, fragte sie sich zum ersten Mal, was eigentlich genau bei seiner ersten Begegnung mit Big Ugly Critter passiert war. Luke hatte ihr zwar von der Metallplatte in seinem Kopf erzählt, aber mittlerweile ahnte sie, dass noch einiges mehr dahintersteckte. Zögernd kroch sie aus dem Bett und setzte sich an den Laptop auf ihrem Schreibtisch. Hin- und hergerissen zwischen böser Vorahnung und dem Drang, endlich alles zu erfahren, tippte sie seinen Namen in die Suchmaschine.

Sie war nicht überrascht, dass sie eine ganze Reihe von

Treffern erhielt, einschließlich eines kurzen Wikipedia-Eintrags. Immerhin war er einer der erfolgreichsten Bullenreiter der Welt gewesen. Für seinen Lebenslauf interessierte sie sich aber nicht. Vielmehr fügte sie die Worte Big Ugly Critter zu seinem Namen und klickte auf den Suchknopf.

Sofort erschien ein Link zu einem YouTube-Video. Ehe der Mut sie verlassen konnte, klickte sie ihn an und wartete nervös ab, bis die Maske sich geöffnet hatte.

Das Video dauerte knapp zwei Minuten, und Sophia entdeckte mit einem unguten Gefühl, dass es schon mehr als eine halbe Million Mal abgespielt worden war. Sie war sich nicht ganz sicher, ob sie es wirklich sehen wollte, klickte aber trotzdem auf Wiedergabe. Sie brauchte nur eine Sekunde, um Luke in der Startbox auf dem Bullen zu erkennen. Die Kamera filmte ihn von oben, offenbar für das Fernsehpublikum. Die Zuschauertribüne war bis auf den letzten Platz besetzt, und hinter der Box hingen Schilder und Werbeplakate. Im Gegensatz zu McLeansville war es eine überdachte Arena, wahrscheinlich eine Allzweckhalle für diverse Veranstaltungen von Basketballspielen bis hin zu Konzerten. Luke trug Jeans und ein kurzärmeliges rotes Hemd unter einer Schutzweste, dazu seinen Hut. Auf seinem Rücken hing die Startnummer 16.

Sophia sah ihn die Halteschlinge zurechtschieben, während andere Cowboys das Seil unter dem Bullen straff zogen. Er schlug sich auf die Faust, dann klemmte er die Beine zusammen und setzte sich noch etwas um. Untermalt wurden diese Vorbereitungen von den Stadionsprechern, die das Geschehen stark näselnd kommentierten.

»Luke Collins war Dritter der PBR und gilt als einer der weltbesten Rodeoreiter, aber diesen Bullen hier hat er noch nie geritten.«

»Und das ist wirklich eine Herausforderung, Clint. Erst zwei Reitern ist es bisher gelungen, auf Big Ugly Critter über die Zeit zu kommen, und im vergangenen Jahr war er Bulle des Jahres. Er ist stark und bösartig, und wenn sich Luke nicht abwerfen lässt, kann er auf jeden Fall mit einer Wertung von über neunzig rechnen.«

»Er macht sich bereit …«

Inzwischen war Luke seltsam regungslos geworden, doch diese Pause dauerte nur einen Moment. Das Gatter schwang auf, und man hörte das Johlen des Publikums.

Der Bulle stürmte heftig los, den Kopf tief gesenkt, die Hinterbeine fast senkrecht in die Luft gestreckt. Er machte eine halbe Drehung nach links, keilte erneut kräftig aus, sprang dann mit allen vieren gleichzeitig in die Luft und warf sich ohne jede Vorwarnung in die entgegengesetzte Richtung.

Mittlerweile waren vier Sekunden vergangen, und Sophia hörte die Menge auf der Tribüne ausrasten.

»Er schafft es!«, brüllte einer der Sprecher.

Da kam Luke kurz aus dem Gleichgewicht und kippte nach vorn, genau in dem Moment, als der Schädel des Bullen rückwärts schnellte.

Der Aufprall war entsetzlich. Lukes Kopf flog nach hinten, als habe er überhaupt keine Muskeln im Hals.

»Du lieber Himmel!«

Plötzlich wurde Luke ganz schlaff und stürzte von dem Bullen, die Hand noch in die Halteschlinge gewickelt.

Doch das Tier schien wahnsinnig vor Zorn, völlig entfesselt, und schlug weiter erbarmungslos und mit aller Kraft aus. Luke hüpfte auf und ab wie eine Puppe und wurde hilflos in alle Richtungen geschleudert. Als der sich Bulle erneut um die eigene Achse zu drehen begann, schleifte er Luke mit sich, sodass seine Füße wie ein Kreisel über den Boden streiften.

Inzwischen waren Rodeo-Clowns und andere Männer in die Arena gesprungen und versuchten verzweifelt, Lukes Hand zu befreien, aber der Bulle blieb einfach nicht stehen. Er hörte auf, sich zu drehen, und ging auf die neuen Eindringlinge los, schwang wild die Hörner und schleuderte einen Rodeo-Clown zur Seite, als wiege dieser überhaupt nichts. Ein weiterer Helfer probierte vergeblich, die Seilschlinge zu öffnen. Noch einige Sekunden verstrichen, ehe es endlich jemandem gelang, hochzuspringen und sich lange genug zu halten, um Lukes Hand herauszuziehen.

Luke fiel auf die Erde und blieb auf dem Bauch liegen, den Kopf zur Seite gewandt, während der Cowboy hastig fortlief.

»Er ist verletzt! Die müssen jemanden reinschicken!«

Und immer noch ließ der Bulle nicht ab. Ohne die Rodeo-Clowns, die ihn ablenken wollten, auch nur wahrzunehmen, senkte er den Kopf, stürmte auf Luke zu und bohrte ihm die Hörner in mörderischer Absicht in den reglosen Körper. Zwei Cowboys liefen in die Arena, schlugen und stießen ihn, aber der Bulle ließ sich nicht abbringen. Wieder und wieder traf er Luke mit den Hörnern, dann machte er plötzlich einen Satz nach vorn und sprang auf Lukes Rücken, wo er wieder auskeilte.

Nein, nicht auskeilte. Trampelte. Und sich im Kreis drehte. Sprachlos vor Entsetzen hörte Sophia den Sprecher rufen:

»Holt den Bullen von ihm runter!«

Mit ungezügelter Wucht ließ der tobende Bulle die Hufe auf Luke herabsausen, zermalmte ihn unter sich. Stampfte auf seinen Rücken ein, seine Beine, seinen Kopf.

Seinen Kopf ...

Mittlerweile umringten fünf Männer den Bullen und taten, was sie konnten, um die Raserei zu beenden.

Der Sprecher flehte: *»Jemand muss doch was unternehmen!«*

Bis der Bulle endlich – endlich! – von Luke herunterstieg und seitwärts auf die gestampfte Erde der Arena schlitterte, immer noch wild ausschlagend.

Die Kamera folgte ihm, als er sich mit Bocksprüngen entfernte, und zoomte dann Lukes ausgestreckt liegende Gestalt, während die ersten Helfer zu ihm eilten. Sein Kopf war blutverschmiert und unkenntlich.

Doch da hatte Sophia schon die Hände vors Gesicht geschlagen und schluchzte vor Schock und Entsetzen.

KAPITEL 25

Luke

Am Mittwoch hatten Lukes Kopfschmerzen etwas nachgelassen, dennoch befürchtete er, nicht fit genug für das Rodeo in Macon, Georgia, am kommenden Wochenende zu sein. Danach fände der nächste Wettkampf in Florence, South Carolina, statt. Von dort aus zog die Tour nach Texas, und in diese Phase der Saison wollte er auf keinen Fall mit einem ernsten körperlichen Handicap starten.

Darüber hinaus machte er sich Gedanken über die Kosten. Ab Februar würde er zu den Wettkämpfen fliegen müssen, das bedeutete zusätzliche Übernachtungen in Motels. Mahlzeiten. Mietwagen. Früher, als er noch seinen Traum verfolgte, hatte er diese Ausgaben als Geschäftskosten betrachtet. Das waren sie natürlich immer noch, aber da in sechs Monaten die Erhöhung der Tilgungsraten um das Dreifache drohte, durchforstete er jetzt das Internet nach den billigsten Flügen, die normalerweise Wochen im Voraus gebucht werden mussten. Seiner Einschätzung nach würde sein Preisgeld aus dem ersten Rodeo die Reisekosten für die nächsten acht abdecken. Was wiederum bedeutete, dass kein Cent davon in die Rückzahlung des Darlehens floss. Es ging jetzt nicht mehr um die Erfüllung eines

Traums. Es ging darum, regelmäßig zu gewinnen, weil er einfach *musste*.

Doch bei diesem Gedanken hörte er im Geiste sofort Sophias Widerspruch. Dass er das alles nicht für die Ranch tat, nicht einmal für seine Mutter. Sondern nur, um sein schlechtes Gewissen zu beruhigen.

War er egoistisch? Auf diesen Gedanken war er nie gekommen, bis sie es sagte. Es ging doch nicht um ihn! Er käme schon klar. Es ging um seine Mutter, um ihr Erbe, ihre Zukunft in einem Alter, in dem ihre Optionen begrenzt waren. Er wollte ja gar nicht reiten. Er tat es nur, weil seine Mutter alles riskiert hatte, um ihn retten, und er ihr etwas schuldete. Er konnte nicht zusehen, wie sie seinetwegen alles verlor.

Sonst hätte er ein schlechtes Gewissen. Weshalb es eben doch nur um ihn ging. Oder?

Er hatte Sophia am Sonntagabend drei Mal angerufen, und am Montag ebenfalls drei Mal. Zwei Mal am Dienstag. Außerdem hatte er jeden Tag eine SMS geschickt, ohne eine Antwort zu erhalten. Er erinnerte sich, wie aufgebracht sie gewesen war, als Brian sie nicht in Ruhe ließ, was ihn am Mittwoch davon abhielt, sich bei ihr zu melden. Am Donnerstag hielt er das Schweigen schließlich nicht mehr aus. Er stieg in den Wagen und fuhr nach Wake Forest.

Zwei exakt gleich gekleidete junge Frauen saßen auf der Veranda in den Schaukelstühlen, eine von ihnen telefonierte, die andere schrieb eine SMS. Beide blickten zunächst flüchtig auf und rissen dann die Köpfe erneut hoch, als sie erkannten, wer auf sie zukam. Luke klopfte an der Tür, von innen war Lachen zu hören. Einen Augenblick später wurde die Tür von einer hübschen Dunkelhaarigen mit zwei Steckern in jedem Ohr geöffnet.

»Ich sage Sophia Bescheid, dass du da bist«, sagte sie nur und ließ ihn eintreten.

Im Aufenthaltsraum saßen drei Studentinnen auf der Couch und verrenkten sich die Hälse, um einen Blick auf ihn zu erhaschen. Er vermutete, dass es diejenigen waren, die er gerade noch kichern gehört hatte. Im Hintergrund dröhnte der Fernseher, und Luke fühlte sich fehl am Platz.

Es dauerte einige Minuten, bis Sophia auf dem oberen Treppenabsatz auftauchte, die Arme verschränkt. Sie sah ihn an, sichtlich unentschlossen, was sie tun sollte. Dann seufzte sie und kam zögerlich die Stufen herunter. Da sie merkte, dass alle sie beobachteten, sagte sie nichts, sondern deutete nur mit dem Kopf auf die Tür. Luke folgte ihr nach draußen.

Sie lief auf dem Bürgersteig, außer Sichtweite der Hausbewohnerinnen, und drehte sich erst dann zu ihm um.

»Was willst du?«, fragte sie mit ausdrucksloser Miene.

»Ich möchte mich entschuldigen.« Luke hatte die Hände in die Hosentaschen gesteckt. »Dafür, dass ich es dir nicht früher erzählt habe.«

»Okay.«

Mehr sagte sie nicht, und Luke wusste nicht, wie er reagieren sollte. In der folgenden Stille wandte sich Sophia ab und betrachtete das Haus gegenüber.

»Ich hab mir das Video angesehen«, sagte sie schließlich. »Von deinem Ritt auf Big Ugly Critter.«

Er trat gegen ein paar Steinchen, die in einem Riss im

Bürgersteig klemmten. Er traute sich nicht, Sophia anzusehen. »Wie gesagt, es war ziemlich schlimm.«

Sie schüttelte den Kopf. »Das war mehr als nur ziemlich schlimm.« Jetzt drehte sie sich wieder zu ihm um und suchte in seinem Gesicht nach Erklärungen. »Ich wusste ja, dass es gefährlich ist, aber mir war nicht klar, wie schnell es um Leben und Tod gehen kann. Bis gestern habe ich nicht richtig verstanden, was für ein Risiko du jedes Mal eingehst. Dieser Bulle hat versucht, dich umzubringen!«

Sie schluckte. Auch Luke hatte sich das Video angesehen, sechs Monate nach dem Vorfall. Damals, als er sich geschworen hatte, nie wieder zu reiten. Damals, als er froh war, einfach nur überlebt zu haben.

»Eigentlich hättest du tot sein müssen«, stellte Sophia fest. »Aber du hast eine zweite Chance bekommen. Das Schicksal wollte, dass du ein normales Leben führen kannst. Und egal, was du sagst, ich werde nie begreifen, warum du das aufs Spiel setzt. Ich kann es einfach nicht nachvollziehen. Ich habe dir erzählt, dass ich mal über Selbstmord nachgedacht habe, es aber nie wirklich ernst meinte. Ich wusste, dass ich es niemals würde durchziehen können. Aber du … es ist, als wolltest du es tun. Und du wirst weitermachen, bis du es geschafft hast.«

»Ich will nicht sterben.«

»Dann reite nicht. Denn sonst kann ich an deinem Leben nicht teilhaben. Ich kann nicht ignorieren, dass du immer wieder dein Leben riskierst. Sonst hätte ich das Gefühl, ich würde es stillschweigend dulden. Das geht einfach nicht.«

Lukes Kehle zog sich zusammen, er hatte Mühe, zu sprechen. »Willst du damit sagen, dass du mich nicht mehr sehen möchtest?«

Bei dieser Frage dachte Sophia wieder daran, wie sehr die Sorge sie ausgelaugt hatte, und sie stellte fest, dass sie keine Tränen mehr hatte.

»Ich liebe dich, Luke. Aber ich halte das nicht aus. Ich kann mich nicht in jeder gemeinsamen Minute mit dir fragen, ob du das nächste Wochenende wohl überlebst. Und ich ertrage es nicht mir vorzustellen, was wäre, wenn nicht.«

»Dann ist es also vorbei?«

»Ja«, sagte sie. »Wenn du weiterreitest, ist es vorbei.«

Am folgenden Tag saß Luke an seinem Küchentisch, die Autoschlüssel vor sich. Es war Freitagnachmittag, und wenn er in den nächsten Minuten aufbrach, wäre er vor Mitternacht im Motel. Der Pick-up war schon mit der Ausrüstung beladen.

Sein Kopf schmerzte noch leicht, doch den eigentlichen Schmerz empfand er, wenn er an Sophia dachte. Er freute sich nicht auf die Fahrt oder den Wettkampf. Mehr als alles andere wollte er das Wochenende mit ihr verbringen. Er wünschte, eine Ausrede zu haben, um nicht fahren zu müssen. Er wollte mit ihr auf der Ranch ausreiten, vor dem Kamin sitzen und sie in den Armen halten.

Am Vormittag hatte er seine Mutter getroffen, aber die Stimmung zwischen ihnen war angespannt gewesen. Genau wie Sophia wollte sie nicht mit ihm reden. Und wenn die Arbeit es doch nötig machte, dass sie mit ihm sprach, war ihre Wut greifbar. Er spürte die Last ihrer Sorgen – um ihn, um die Ranch. Um die Zukunft.

Luke griff nach dem Schlüssel, stand schwerfällig auf und ging zu seinem Wagen.

KAPITEL 26

Sophia

»Ich dachte mir schon, dass du vielleicht kommen würdest.« Linda stand in der Tür ihres Hauses, ihre Miene war so angespannt wie Sophias.

»Ich wusste nicht, wohin ich sonst gehen sollte«, sagte Sophia. Es war Samstagabend, und sie wussten beide, dass der Mann, den sie liebten, in der Arena sein Leben riskierte, vielleicht genau in diesem Moment.

Linda bat sie herein und bedeutete ihr, sich an den Küchentisch zu setzen.

»Möchtest du eine heiße Schokolade?«, fragte sie. »Ich wollte mir gerade eine Tasse machen.« Sophia nickte nur, sie konnte nicht sprechen. Auf dem Tisch lag Lindas Handy, und sie musste bemerkt haben, dass Sophia es ansah.

»Er schickt mir eine SMS, wenn er fertig ist.« Linda ging zum Herd. »Das macht er immer. Früher hat er natürlich angerufen und mir erzählt, wie es gelaufen ist, und wir haben uns eine Weile unterhalten. Aber jetzt …« Sie schüttelte den Kopf. »Jetzt schreibt er mir nur kurz, dass alles okay ist. Und ich kann nichts machen außer hier zu sitzen und zu warten. Dabei vergeht die Zeit unerträglich langsam. Jetzt gerade fühle ich mich, als sei ich seit einer Woche wach. Aber selbst wenn ich von ihm gehört habe, kann ich danach nicht schlafen. Weil ich Angst habe, dass er sein Gehirn weiter geschädigt hat, auch wenn er behauptet, dass es ihm gut geht.«

Sophia schabte mit dem Fingernagel am Tisch. »Er hat gesagt, er war nach dem Unfall auf der Intensivstation.«

»Als er im Krankenhaus ankam, war er klinisch tot«, erzählte Linda, während sie langsam in der Milch rührte. »Selbst nachdem sie ihn wiederbelebt hatten, glaubte niemand, dass er durchkommen würde. Sein Schädel war schwer verletzt. Das wusste ich natürlich zu dem Zeitpunkt alles nicht. Ich kam erst am nächsten Tag hin, und als ich zu ihm durfte, habe ich ihn gar nicht erkannt. Nase, Augenhöhle und Jochbein waren gebrochen – das ganze Gesicht war angeschwollen. Wegen der anderen Verletzungen konnten sie erst einmal gar nichts daran machen. Sein Kopf war komplett verbunden, und er war fixiert, sodass er sich überhaupt nicht bewegen konnte.« Linda goss bedächtig die heiße Milch in die Becher, dann löffelte sie den Kakao hinein. »Es hat eine Woche gedauert, bis er die Augen geöffnet hat, und ein paar Tage danach musste er noch mal notoperiert werden. Insgesamt lag er fast einen Monat auf der Intensivstation.«

Sophia nahm die Tasse von Linda entgegen und probierte vorsichtig einen Schluck. »Er sagt, er hat eine Metallplatte im Kopf.«

»Ja, eine kleine. Der Arzt meinte, die Schädelknochen verheilen möglicherweise nie ganz, weil einige Stücke einfach nicht gerettet werden konnten. Lukes Hinterkopf sieht aus wie ein Mosaik, alles hält nur gerade so zusammen. Es ist jetzt bestimmt schon besser als noch letzten Sommer, und er war immer ein guter Reiter, aber …« Sie beendete den Satz nicht. Dann fuhr sie fort: »Als er die Intensivstation verlassen durfte und transportfähig war, wurde er ins Duke University Hospital gebracht. Da dachte ich, wir hätten das Schlimmste hinter uns, weil ich wusste, er würde überleben, vielleicht sogar wieder ganz gesund werden.« Sie seufzte. »Und dann trudelten die Rechnungen ein, und es war klar, dass er noch mindestens drei Monate im Krankenhaus bleiben musste, und dann kam noch die plastische Chirurgie. Außerdem brauchte er natürlich eine Reha.«

»Er hat mir von den Geldproblemen und der Ranch erzählt«, sagte Sophia leise.

»Ich weiß. So rechtfertigt er, was er da macht.«

»Aber das rechtfertigt es nicht.«

»Nein«, sagte Linda. »Natürlich nicht.«

»Glaubst du, es geht ihm gut?«

»Keine Ahnung.« Sie tippte auf ihr Handy. »Das weiß ich immer erst, wenn seine SMS kommt.«

Die nächsten zwei Stunden vergingen wie in Zeitlupe, die Minuten zogen sich endlos hin. Linda stellte Kuchen auf den Tisch, aber keine von ihnen hatte Hunger. Sie stocherten nur daran herum und warteten.

Und warteten.

Sophia hatte geglaubt, bei Linda zu sein würde ihre Nervosität lindern, aber im Grunde fühlte sie sich jetzt noch schlechter. Das Video zu sehen war schon furchtbar gewesen; in allen Einzelheiten von seinen Verletzungen zu hören, löste fast ein Übelkeitsgefühl aus.

Luke würde sterben.

Für Sophia gab es daran keinen Zweifel. Er würde stürzen, der Bulle würde den Kopf in die falsche Richtung reißen. Oder Luke würde zwar nicht abgeworfen werden, aber das Tier würde ihn verfolgen, wenn er aus der Arena lief …

Er hatte keine Überlebenschance, nicht, wenn er weiter Rodeos ritt. Es war nur eine Frage der Zeit.

Sophia blieb in solche Gedanken versunken, bis endlich Lindas Handy auf dem Tisch vibrierte.

Linda stürzte sich darauf und las die SMS. Ihre Schultern lockerten sich, und sie atmete tief auf. Nachdem sie das Telefon zu Sophia geschoben hatte, legte sie die Hände vors Gesicht.

Auf dem Display stand: *Alles okay, bin auf dem Heimweg.*

KAPITEL 27

Luke

Dass er in Macon nicht gewann, spiegelte nicht seine eigene Leistung wider, sondern eher die Qualität der Bullen. Der Auftritt eines Tiers machte die Hälfte der Wertung aus, was bedeutete, dass jeder Wettkampf auch ein bisschen in der Hand der Götter lag.

Sein erster Bulle drehte sich mehr oder weniger die gesamte Zeit um die eigene Achse. Luke hielt durch, und der Ritt war mit Sicherheit aufregend für das Publikum, die Wertung reichte aber nur für Platz neun. Der zweite Bulle war nicht viel besser. Wenigstens schaffte Luke es, über die Zeit zu kommen, während einige andere abgeworfen wurden, wodurch er sich auf Rang sechs vorschob. In der Endrunde zog er einen anständigen Bullen und sicherte sich genug Punkte, um sich auf den vierten Platz zu verbessern. Es war kein überragender Wettkampf, aber es reichte ihm, um seine Führung in der Gesamtwertung zu verteidigen beziehungsweise sogar noch auszubauen.

Er hätte sich freuen müssen. Noch ein gutes Wochenende, und die Teilnahme an der großen Tour war praktisch garantiert, selbst wenn er in den folgenden Rodeos miserabel ritt. Trotz der mangelnden Übung, trotz der Gehirnerschütterung hatte er genau die gewünschte Ausgangsposition.

Zu seiner Überraschung hatte er nicht den Eindruck, das Reiten habe die Gehirnerschütterung verschlimmert. Auf der Heimfahrt wartete er die ganze Zeit darauf, dass das Kopfweh stärker wurde, aber es passierte nichts. Es blieb ein schwaches Brummen, nicht annähernd so quälend wie am Wochenanfang.

Mit anderen Worten, ein gutes Wochenende. Alles lief nach Plan.

Außer natürlich die Sache mit Sophia.

Eine Stunde vor Sonnenaufgang parkte er vor seinem Haus und schlief dann bis kurz vor zwölf. Erst nach dem Duschen fiel ihm auf, dass er noch gar nicht nach den Tabletten gegriffen hatte. Die Kopfschmerzen waren, wie er gehofft hatte, ausgeblieben.

Und auch sein Körper tat nicht so weh wie nach dem ersten Wettkampf. Im unteren Rücken zog es wie immer, aber damit konnte er umgehen. Er kleidete sich an, sattelte Pferd und sah mit ihm nach den Rindern. Am Freitagmorgen, bevor er nach Macon aufgebrochen war, hatte er ein Kalb verarztet, das eine Meinungsverschiedenheit mit einem Stacheldraht gehabt hatte, und nun wollte er sich vergewissern, dass die Wunde vernünftig heilte.

Am Nachmittag und am Montag kümmerte er sich um das Bewässerungssystem und reparierte undichte Stellen, die durch die niedrigen Temperaturen entstanden waren, und ab Dienstag deckte er die Schindeln vom Dach seiner

Mutter ab und erneuerte sie nach und nach im Laufe der nächsten zwei Tage.

Es war eine gute Woche, die Arbeit körperlich anstrengend, aber effektiv, und deshalb hätte er eigentlich am Freitag Zufriedenheit über das empfinden müssen, was er geleistet hatte. Doch sie stellte sich nicht ein. Stattdessen sehnte er sich schmerzlich nach Sophia. Er hatte sich nicht bei ihr gemeldet, und sie sich nicht bei ihm, und ihre Abwesenheit fühlte sich manchmal an wie ein klaffendes Loch an einer Stelle, wo einmal ein lebenswichtiger Körperteil gewesen war. Er wollte, dass es wieder wie früher wurde, er hätte sich so gern darauf gefreut, nach seiner Rückkehr vom Rodeo in Florence den restlichen Tag mit ihr verbringen zu dürfen.

Doch er wusste, dass sie sich niemals mit seiner Entscheidung abfinden würde – und im Gegensatz zu seiner Mutter konnte sie einfach gehen.

Am Samstagnachmittag stand Luke hinter der Arena von Florence, South Carolina, beobachtete die Bullen und stellte fest, dass seine Hände zum ersten Mal nicht zitterten.

Unter normalen Umständen wäre das ein gutes Zeichen gewesen, da es bedeutete, dass sich seine Nerven beruhigt hatten. Dennoch konnte er das Gefühl nicht abschütteln, dass es ein Fehler gewesen war, herzukommen. Schon als er vor einer Stunde auf den Parkplatz gefahren war, hatte er eine schwere Beklemmung verspürt, und seitdem waren die schwarzen Gedanken nur noch schwärzer geworden, ein Flüstern in seinem Kopf, sich schnellstens in den Pickup zu setzen und nach Hause zu fahren.

Bevor es zu spät war.

So hatte er sich weder in Pensacola noch in Macon gefühlt. Gut, an diesen beiden Rodeos hatte er auch nicht teilnehmen wollen, aber das lag hauptsächlich an seiner generellen Unsicherheit, ob er für die Tour bereit war. Die Beklemmung, die er jetzt empfand, war anders.

Er fragte sich, ob Big Ugly Critter sie spüren konnte.

Der Bulle war hier, in Florence, South Carolina, was merkwürdig war. Er gehörte nicht hier in die Vorrunde, er gehörte zu den schweren Jungs, bei denen er mit Sicherheit gute Chancen hatte, erneut zum Bullen des Jahres gewählt zu werden. Luke verstand nicht, warum der Besitzer eingewilligt hatte, ihn zu den unwichtigeren Wettkämpfen zu schicken. Sehr wahrscheinlich hatte der Veranstalter ihm ein Angebot gemacht, das er nicht ablehnen konnte, in Verbindung mit einem der Autohändler in der Stadt. So etwas wurde immer gängiger auf der Tour, Werbeaktionen im Stil von *Wenn du den schaffst, fährst du in einem neuen Pick-up davon!* Das Publikum liebte solche zusätzlichen Anreize zwar, Luke aber hätte mit Freuden darauf verzichtet. Er fühlte sich nicht annähernd bereit, diesen Bullen noch einmal zu reiten, genauso wenig wie höchstwahrscheinlich jeder andere Teilnehmer. Das Problem dabei war nicht das Reiten selbst. Auch nicht die Gefahr, abgeworfen zu werden. Sondern wie Big Ugly Critter möglicherweise hinterher reagieren würde.

Luke beobachtete ihn fast eine Stunde lang und dachte: Dieser Bulle dürfte nicht hier sein.

Und er auch nicht.

Der Wettkampf begann pünktlich, und die Sonne stand schon hoch genug, um die Luft leicht anzuwärmen. Die Zuschauer auf den Tribünen trugen dennoch Jacken und Handschuhe, und die Schlangen vor den Heißgetränken reichten fast bis zum Eingang. Wie üblich blieb Luke in seinem Wagen, die Heizung voll aufgedreht. Um ihn herum standen Dutzende Pick-ups im Leerlauf, deren Besitzer das Gleiche taten.

Nur ein Mal verließ er das Auto, um sich zusammen mit einigen anderen Reitern Trey Millers Versuch auf Big Ugly Critter anzusehen. Sobald sich die Startbox öffnete, senkte der Bulle den Kopf und vollführte einen verdrehten Bocksprung. Miller war völlig chancenlos. Als er landete, drehte sich der Bulle um, genau wie bei Luke damals, und attackierte ihn mit gesenkten Hörnern. Zum Glück erreichte Miller rechtzeitig die Umzäunung und konnte sich in Sicherheit bringen.

Als sei ihm bewusst, wie viele Menschen ihn beobachteten, blieb das Tier unvermittelt stehen und schnaubte heftig. Es starrte Miller nach, und durch die kalte Luft sah es aus, als käme Rauch aus den Nüstern.

Luke hatte Raptor gezogen, einen jungen Bullen, der noch nicht lange an der Tour teilnahm. Er galt als künftiger Star, und er enttäuschte nicht. Er drehte sich und sprang und schlug aus, doch Luke fühlte sich merkwürdig sicher, und am Ende seines Ritts bekam er seine bisher höchste Wertung der Saison. Nachdem er heruntergesprungen war, beachtete ihn der Bulle – ganz anders als Big Ugly Critter – überhaupt nicht mehr.

An diesem dritten Rodeo der Saison nahmen mehr Reiter teil, wodurch die Wartezeiten deutlich länger waren. Als zweiten Bullen bekam Luke Locomotive zugeteilt, und er erhielt zwar nicht so viele Punkte wie beim ersten, blieb aber in Führung.

Fünf Teilnehmer später war Jake Harris an der Reihe mit Big Ugly Critter. Der Ritt dauerte nicht lange, aber Harris hatte, je nach Betrachtungsweise, mehr oder weniger Glück als Miller. Er schaffte es in die Mitte der Arena, ehe er abgeworfen wurde, und wieder drehte sich Big Ugly Critter um und griff an. Ein jüngerer Reiter hätte in der Klemme gesteckt, Harris allerdings war ein alter Hase und schaffte es, im letzten Moment aus dem Weg zu hechten, sodass ihn die Hörner um Zentimeter verfehlten. Zwei Rodeo-Clowns sprangen in die Arena, um den Bullen abzulenken, was Harris die nötige Pause verschaffte, um den Zaun zu erreichen. Er sprang am Geländer hoch und warf im letzten Moment die Beine über die Stange, als das wütende Tier heranstürmte und ihn aufspießen wollte.

Daraufhin visierte der Bulle die Clowns an, die noch in der Arena waren. Einer schaffte es gerade eben über den Zaun, der andere musste in eines der Fässer springen. Big Ugly Critter stürzte sich darauf, wütend, dass seine eigentliche Beute entkommen war. Er rammte das Fass einmal, sodass es quer durch die Arena rollte, rammte es erneut und klemmte es schließlich gegen die Wand, wo er es schnaubend und vollkommen außer sich mit den Hörnern attackierte.

Luke sah mit flauem Magen zu und dachte noch einmal,

dass dieser Bulle nicht in diesen Wettkampf gehörte. Oder in irgendeinen anderen Wettkampf. Eines Tages würde Big Ugly Critter jemanden töten.

Nach den ersten beiden Runden befanden sich neunundzwanzig Reiter wieder auf dem Heimweg. Fünfzehn blieben im Rennen. Luke wurde in der Endrunde als Nummer eins gesetzt und war damit der letzte Reiter des Tages. Vor dem Finale gab es eine kurze Pause, und da sich der Winterhimmel bereits verdunkelte, wurde das Flutlicht eingeschaltet.

Lukes Hände waren immer noch ruhig, seine Nerven hatte er im Griff. Er war bisher gut geritten und würde voraussichtlich noch einmal gut reiten. Doch die Beklemmung, die er vor dem Rodeo empfunden hatte, war trotz seiner erfolgreichen ersten Runden nicht gänzlich verschwunden.

Sie hatte sich sogar noch verstärkt, seit er Big Ugly Critters Attacke auf Harris beobachtet hatte. Die Veranstalter hätten sich der Gefahr bewusst sein müssen, sie kannten schließlich die Vorfälle aus der Vergangenheit. Es hätten fünf Rodeo-Clowns in der Arena sein müssen, nicht nur zwei. Doch selbst nach Millers Ritt hatten sie ihre Lektion nicht gelernt. Der Bulle war gefährlich. Geradezu psychotisch.

Wie die anderen Finalisten stellte sich Luke für die letzte Auslosung des Tages an. Raptor kam als Dritter, Locomotive als Siebter, und je mehr Namen verlesen wurden, desto mehr verstärkte sich seine düstere Vorahnung. Er konnte seine Konkurrenten nicht ansehen, sondern schloss die Augen und wartete auf das Unvermeidliche.

Und am Ende zog er, wie er tief drinnen die ganze Zeit gewusst hatte, Big Ugly Critter.

In der Endrunde verlangsamte sich die Zeit. Die ersten beiden Reiter hielten durch, die nächsten drei wurden abgeworfen.

Luke saß in seinem Wagen und lauschte dem Ansager. Adrenalin rauschte durch seinen Körper, sein Herz klopfte immer schneller. Er versuchte sich einzureden, er sei bereit, er sei der Herausforderung gewachsen, doch das stimmte nicht. Nicht einmal damals, auf dem Höhepunkt seiner Karriere, war er für dieses Tier bereit gewesen, geschweige denn jetzt.

Er wollte nicht dort raus. Er wollte den Ansager nicht von dem Pick-up sprechen hören, den man gewinnen konnte, oder davon, dass der Bulle in den vergangenen drei Jahren jeden Reiter abgeworfen hatte. Davon, dass Big Ugly Critter ihn bei ihrer letzten Begegnung fast umgebracht hatte und sein Ritt heute eine Art Abrechnung darstellte. Denn so war es nicht. Luke hegte keinen Groll gegen den Bullen, er hatte kein Bedürfnis nach Rache. Es war nur ein Tier, wenn auch das boshafteste, gemeinste, das er je erlebt hatte.

Er überlegte, ob er einfach nicht antreten sollte. Die Wertungen aus den ersten beiden Runden mitnehmen und es gut sein lassen. Dann kam er immer noch unter die ersten zehn, vielleicht sogar die ersten fünf, je nachdem, wie sich die anderen Reiter letzten Endes schlugen. In der Gesamtwertung fiele er zurück, aber es würde immer noch reichen, um in die Tour der Besten aufzusteigen.

Wo auch Big Ugly Critter mit Sicherheit landen würde.

Doch was würde beim nächsten Mal passieren? Wenn er den Bullen in der ersten Runde zöge, zum Beispiel in Kalifornien? Oder Utah? Nachdem er ein kleines Vermögen für den Flug, das Hotel und die Verpflegung ausgegeben hatte? Wäre er auch dann bereit, einfach zu verzichten?

Er wusste es nicht. Im Augenblick konnte er keinen klaren Gedanken fassen, in seinem Kopf war ein Rauschen, wenn auch seine Hände überhaupt nicht zitterten. Merkwürdig, dachte er.

Das Publikum in der Arena jubelte, offenbar hatte es gerade einen gelungenen Ritt gegeben. Einen guten außerdem, dem Applaus nach. Schön für ihn, dachte Luke, wer auch immer es gewesen war. Inzwischen missgönnte er niemandem mehr den Erfolg. Er kannte die Risiken besser als jeder andere.

Es wurde Zeit. Er musste eine Entscheidung treffen. Bleiben oder gehen, antreten oder nicht, die Ranch retten oder sie der Bank überlassen.

Leben oder sterben.

Er atmete tief durch. Hände immer noch in Ordnung. Er drückte die Wagentür auf, stieg aus und sah hinauf in den dunkelgrauen Himmel.

Leben oder sterben. Darauf lief alles hinaus. Luke machte sich auf den Weg in die Arena und fragte sich, wie es wohl enden würde.

KAPITEL 28

Ira

Als ich aufwache, ist mein erster Gedanke, dass ich stetig schwächer werde. Anstatt mir Kraft zu geben, hat der Schlaf mir ein paar der kostbaren Stunden geraubt, die mir noch bleiben.

Morgenlicht fällt schräg durch die Fenster herein, vom Schnee grell reflektiert. Ich brauche einen Moment, um mich zu orientieren. Es ist Montag, mehr als sechsunddreißig Stunden nach dem Unfall. Wer hätte gedacht, dass einem alten Mann wie mir so etwas passiert? Was für ein Lebenswille. Aber ich war schon immer hart im Nehmen, ich fürchte nichts, nicht einmal den Schmerz. Es wird langsam Zeit, die Wagentür zu öffnen und die Böschung hochzuklettern, um ein Auto anzuhalten. Wenn niemand zu mir kommt, muss ich mich eben selbst befreien.

Wem will ich hier etwas vormachen?

Das ist natürlich völlig ausgeschlossen. Der Schmerz ist so stark, dass ich sämtliche Reserven aufbieten muss, um die Welt vor meinen Augen wieder scharf zu stellen. Einen Moment lang fühle ich mich von meinem Körper abgespalten, ich sehe mich selbst über das Lenkrad gebeugt, in einem desolaten Zustand. Zum ersten Mal seit dem Unfall bin ich mir sicher, dass ich mich unmöglich noch bewegen kann. Es ist bald so weit, viel Zeit bleibt mir nicht mehr. Das sollte mir Angst einjagen, tut es aber nicht. Im Grunde warte ich seit neun Jahren darauf, zu sterben.

Ich bin nicht zum Alleinsein geschaffen. Es liegt mir nicht. Die Jahre nach Ruths Tod sind in der verzweifelten Stille verstrichen, die nur alte Menschen kennen. Es ist eine Stille, die aus der Einsamkeit und dem Wissen entsteht, dass die guten Jahre in der Vergangenheit liegen, noch verstärkt durch die physischen Beschwerden des Alters.

Der menschliche Körper ist nicht dazu gemacht, fast ein Jahrhundert zu leben. Ich spreche aus Erfahrung. Zwei Jahre nach Ruths Tod hatte ich einen kleinen Herzinfarkt, ich schaffte es gerade noch, den Notarzt zu rufen, ehe ich bewusstlos zu Boden stürzte. Wiederum zwei Jahre später bekam ich Gleichgewichtsstörungen und kaufte mir den Rollator, um nicht jedes Mal in die Rosensträucher zu kippen, wenn ich mich mal aus dem Haus wagte.

Die Pflege meines Vaters hatte mich gelehrt, auf solche Beeinträchtigungen gefasst zu sein. Womit ich allerdings nicht gerechnet hatte, waren die geringfügigeren Beschränkungen, Kleinigkeiten, die früher so einfach, jetzt aber nicht mehr zu bewältigen waren. Ich kann kein Marmeladenglas mehr aufschrauben, das lasse ich die Kassiererin im Supermarkt für mich machen, bevor sie es in meine Tüte steckt. Meine Hände zittern so stark, dass meine Schrift kaum noch lesbar ist, wodurch es schwierig wird, Rechnungen zu bezahlen. Ich kann nur bei hellstem Licht lesen, und ohne mein Gebiss kann ich nur Suppe essen. Selbst nachts ist das Alter quälend. Ich brauche ewig, um einzuschlafen, und wache nach wenigen Stunden wieder auf. Dazu noch die Medikamente, so viele Pillen, dass ich mir eine Tabelle an den Kühlschrank heften musste, um nichts zu vergessen. Tabletten gegen Arthritis und Bluthochdruck und erhöhte Cholesterinwerte, manche beim Essen einzunehmen, andere nüchtern, und mir wurde geraten, immer Nitroglyzerin bei mir zu haben, für den Fall, dass der stechende Schmerz in der Brust wieder auftritt. Bevor der Krebs entdeckt wurde – ein Krebs, der an mir nagen wird, bis ich nur noch Haut und Knochen bin –, fragte ich mich gelegentlich, welche Demütigung die Zukunft mir wohl als Nächstes bescheren würde. Und Gott in seiner Weisheit hat die Antwort geliefert. *Wie wäre es mit einem Unfall! Brechen wir ihm doch die Knochen und vergraben ihn im Schnee!* Manchmal glaube ich, Gott hat einen merkwürdigen Sinn für Humor.

Hätte ich das zu Ruth gesagt, sie hätte nicht gelacht. Sie hätte gesagt, ich soll dankbar sein, denn nicht jeder wird mit einem langen Leben beschenkt. Sie hätte gesagt, der Unfall war meine Schuld. Und dann hätte sie mit einem Achselzucken erklärt, dass ich überlebt habe, weil unsere Geschichte noch nicht zu Ende sei.

Was ist aus mir geworden? Und was wird aus der Sammlung werden?

Ich habe neun Jahre gebraucht, um diese Fragen zu beantworten, und ich glaube, Ruth wäre zufrieden mit mir. Diese Zeit habe ich umgeben von ihrer Leidenschaft verbracht, habe meine Jahre in ihrer Umarmung verbracht. Wo ich auch hinsah, wurde ich an sie erinnert, und jeden Abend betrachte ich vor dem Schlafengehen das Bild über dem Kamin, in dem tröstlichen Wissen, dass unsere Geschichte genau das Ende bekommen wird, das Ruth sich gewünscht hätte.

Die Sonne steigt höher, und jede Faser meines Körpers schmerzt. Meine Kehle ist ausgedörrt, und ich möchte nur noch die Augen schließen und langsam dahinschwinden.

Doch Ruth lässt mich nicht. In ihrem Blick liegt eine Eindringlichkeit, die mich zwingt, sie anzusehen.

»Es geht dir jetzt schlechter«, sagt sie.

»Ich bin nur müde«, murmle ich.

»Ja, aber deine Zeit ist immer noch nicht gekommen. Du musst mir noch mehr erzählen.«

Ich kann sie kaum verstehen. »Warum?«

»Weil es unsere Geschichte ist«, sagt sie. »Und ich hören möchte, was mit dir geschehen ist.«

Wieder dreht sich alles in meinem Kopf. Die Gesichtshälfte, die auf dem Lenkrad liegt, tut weh, und mir fällt auf, dass mein gebrochener Arm grotesk geschwollen ist. Er hat sich lila gefärbt, und meine Finger sehen aus wie Würste.

»Du weißt, wie es ausgeht.«

»Ich möchte es hören. In deinen Worten.«

»Nein.«

»Nach der Schiwa setzte deine Depression ein«, fährt sie fort, ohne mich zu beachten. »Du warst sehr einsam. Das tut mir so leid.«

Sie klingt jetzt traurig, und ich schließe die Augen. »Ich konnte nichts dagegen machen«, sage ich. »Du hast mir gefehlt.«

Sie schweigt kurz, denn sie weiß, dass ich ihr ausweiche.

»Sieh mich an, Ira. Sag mir, was geschehen ist.«

»Ich möchte nicht darüber sprechen.«

»Aber warum nicht?«

Mein röchelnder Atem hallt durch den Wagen, während ich nach den richtigen Worten suche. »Weil«, sage ich schließlich, »ich mich schäme.«

»Für das, was du getan hast.«

Sie kennt die Wahrheit, und ich nicke. Ich habe Angst, dass sie schlecht von mir denkt. Nach einer Weile seufzt sie.

»Ich war sehr besorgt um dich. Nach der Schiwa, als alle wieder fort waren, hast du einfach nichts mehr gegessen.«

»Ich hatte keinen Hunger.«

»Das stimmt nicht. Du hattest ständig Hunger, du hast ihn absichtlich ignoriert.«

»Das ist doch jetzt nicht mehr wichtig«, sage ich stockend.

»Ich möchte die Wahrheit von dir hören.«

»Ich wollte bei dir sein.«

»Aber was heißt das?«

Ich bin zu müde zum Streiten und schlage endlich die Augen auf. »Es heißt, dass ich versucht habe, zu sterben.«

Es war die Stille. Die Stille, die ich heute noch erlebe, eine Stille, die sich ausbreitete, nachdem die anderen Trauernden gegangen waren. Damals war ich noch nicht daran gewöhnt. Sie war bedrückend, erstickend – so lautlos, dass sie nach und nach zu einem Dröhnen wurde, das alles andere übertönte. Und langsam, aber sicher machte sie mich vollkommen gleichgültig.

Erschöpfung und Gewohnheit verschworen sich noch zusätzlich gegen mich. Beim Frühstück holte ich zwei Kaffeetassen aus dem Schrank statt nur einer, und meine Kehle zog sich zusammen, wenn ich die überflüssige zurückstellte. Am Nachmittag rief ich laut, ich ginge zum Briefkasten, nur um festzustellen, dass niemand da war, der mir antworten konnte. Im Magen spürte ich einen ständigen Druck, schon die Vorstellung, etwas zu kochen, was ich allein würde essen müssen, war unerträglich. Es vergingen ganze Tage, an denen ich überhaupt nichts zu mir nahm.

Ich bin kein Arzt. Ich weiß nicht, ob die Depression klinisch oder eine normale Begleiterscheinung der Trauer war, aber die Folge war dieselbe. Ich sah keinen Sinn darin, weiterzuleben. Ich wollte nicht weiterleben. Aber ich war zu feige, um konkret etwas zu unternehmen. Also verweigerte ich nur weitgehend die Nahrungsaufnahme, und der Effekt war derselbe. Ich magerte ab und wurde immer schwächer, mein Weg war vorgezeichnet, und Stück für Stück gerieten meine Erinnerungen durcheinander. Zu merken, dass ich Ruth erneut verlor, machte alles noch schlimmer, und bald schon aß ich überhaupt nichts mehr. Binnen Kurzem verschwanden unsere gemeinsam verbrachten Sommer aus meinem Gedächtnis, und ich sah endgültig keinen Grund mehr, mich gegen das Unvermeidliche zu wehren. Ich verbrachte den Großteil der Zeit im Bett und starrte blicklos an die Decke, Vergangenheit und Zukunft existierten nicht mehr.

»Ich glaube nicht, dass das stimmt«, sagt sie. »Du sagst, wegen deiner Depression hast du nichts gegessen. Du sagst, weil dein Gedächtnis versagte, hast du nichts gegessen. Aber ich glaube, es war umgekehrt, du konntest dich nicht erinnern, weil du nichts gegessen hast. Und deshalb fehlte dir auch die Kraft, gegen die Depression anzukämpfen.«

»Ich war alt. Meine Kraft hatte sich schon lange verflüchtigt.«

»Das sind doch Ausreden.« Sie wedelt mit der Hand. »Aber jetzt ist nicht die Zeit dafür. Ich habe mir damals große Sorgen um dich gemacht.«

»Das konntest du gar nicht. Du warst nicht da. Das war ja genau das Problem.«

Sie kneift die Augen zusammen, und ich weiß, dass ich einen wunden Punkt getroffen habe. Sie legt den Kopf schief, das Morgenlicht wirft einen Schatten auf eine Gesichtshälfte.

»Warum sagst du das?«

»Weil es stimmt.«

»Wie kann ich dann jetzt hier sein?«

»Bist du vielleicht gar nicht.«

»Ira.« Sie schüttelt den Kopf und spricht mit mir, wie sie früher vermutlich mit ihren Schülern gesprochen hat. »Kannst du mich sehen? Kannst du mich hören?« Sie beugt sich vor und legt ihre Hand auf meine. »Kannst du das spüren?«

Ihre Hand ist warm und weich, so vertraut.

»Ja«, sage ich. »Aber damals konnte ich es nicht.«

Sie lächelt zufrieden, als sei das der Beweis, dass sie recht hat. »Eben, weil du nichts gegessen hast.«

In jeder langen Ehe kristallisiert sich eine Wahrheit heraus, und diese Wahrheit lautet: Unsere Partner kennen uns manchmal besser als wir uns selbst.

Ruth bildete da keine Ausnahme. Sie kannte mich. Sie wusste, wie sehr ich sie vermissen würde, sie wusste, wie sehr ich eine Nachricht von ihr brauchen würde. Und sie wusste auch, dass ich einmal derjenige wäre, der allein zurückbliebe, nicht sie. Das ist die vernünftige Erklärung, und ich habe sie im Laufe der Jahre nie angezweifelt. Ruths einziger Fehler war, dass ich erst fand, was sie mir hinterlassen hatte, als meine Wangen schon eingefallen und meine Arme dürr wie Zahnstocher waren. Von dem Tag, an dem ich meine Entdeckung machte, weiß ich nicht mehr viel. Zu dem Zeitpunkt waren alle Tage bereits austauschbar, ohne Bedeutung, und erst in der Dämmerung fiel mein Blick auf das Kästchen mit den Briefen, das auf Ruths Kommode stand.

Seit ihrem Tod hatte ich es jeden Abend gesehen. Da es jedoch ihre Briefe waren, nicht meine, ging ich irrigerweise davon aus, dass es mich noch trauriger machen würde, wenn ich sie anschaute. Sie würden mich daran erinnern, wie sehr Ruth mir fehlte, würden mich an all das erinnern, was ich verloren hatte. Und diese Vorstellung war unerträglich. Das hätte ich nicht verkraftet. Und doch zwang ich mich an jenem Abend, vielleicht weil ich meinen Gefühlen gegenüber inzwischen so abgestumpft war, aus dem Bett und holte mir das Kästchen. Ich wollte mich wieder erinnern, und wenn nur für eine Nacht, selbst wenn es schmerzte.

Das Kästchen war seltsam leicht, und als ich den Deckel

aufklappte, wehte mir ein Hauch der Handcreme in die Nase, die Ruth immer benutzt hatte. Nur schwach, aber erkennbar, und sofort begannen meine Hände zu zittern. Aber ich war nicht mehr von meinem Plan abzubringen und griff nach dem ersten Hochzeitstagsbrief, den ich ihr geschenkt hatte.

Der Umschlag war spröde und leicht vergilbt. Ihren Namen hatte ich mit einer Sicherheit geschrieben, die mir schon vor langer Zeit abhandengekommen war, und erneut wurde ich an mein Alter erinnert. Ich zog den knisternden Bogen heraus und hielt ihn ins Licht.

Anfangs waren mir die Sätze fremd, ich erkannte sie nicht als meine. Ich machte eine Pause und versuchte es erneut, konzentrierte mich auf die einzelnen Worte. Und da spürte ich Ruth allmählich neben mir Gestalt annehmen. Sie ist hier, dachte ich. Mein Puls raste, als ich weiterlas, das Schlafzimmer um mich herum löste sich auf. Ich wurde an den See in die frische Bergluft des Spätsommers zurückversetzt. Das College stand einsam und verlassen im Hintergrund, während Ruth den Brief in der Hand hielt und ihre Augen über die Zeilen huschten.

Ich habe Dich hergebracht, an den Ort, an dem die Kunst für mich zum ersten Mal eine wahre Bedeutung bekam, und obwohl er nie wieder wie früher sein wird, bleibt er doch für immer unser Ort. Hier wurde ich daran erinnert, warum ich mich damals in Dich verliebte. Hier begannen wir unser neues Leben zusammen.

Als ich den Brief zu Ende gelesen hatte, steckte ich ihn in den Umschlag zurück und legte ihn fort. Ich nahm den zweiten, dann noch einen und noch einen. Die Worte flossen mühelos von einem Jahr zum nächsten, und mit ihnen kehrten die Erinnerungen an die Sommer zurück, die sich mir in meiner Depression entzogen hatten. Bei einer Passage, die ich zu unserem sechzehnten Hochzeitstag geschrieben hatte, verweilte ich für einen Moment.

Ich wünschte, ich hätte die Begabung, zu malen, was ich für Dich empfinde, denn meine Worte erscheinen mir immer unzulänglich. Ich würde Rot für Deine Leidenschaft verwenden und Hellblau für Deine Herzensgüte, Waldgrün, um die Tiefe Deines Einfühlungsvermögens darzustellen, und ein leuchtendes Gelb für Deinen unerschöpflichen Optimismus. Und doch zweifle ich, ob selbst die Palette eines Künstlers das ganze Spektrum dessen erfassen kann, was Du mir bedeutest.

Etwas später kam ein Brief, den ich mitten in den dunklen Jahren verfasst hatte, nachdem wir erfahren hatten, dass Daniel fortgezogen war.

Ich sehe Deinen Kummer und weiß nicht, was ich tun soll, außer mir zu wünschen, Deinen Verlust irgendwie lindern zu können. So gern möchte ich Dir helfen, doch es liegt nicht in meiner Macht. Das tut mir unendlich leid. Als Dein Mann kann ich Dir aber zuhören und Dich im Arm halten und kann Deine Tränen fortküssen, wenn ich darf.

So ging es weiter, ein ganzes Leben in einem Kästchen, ein Brief nach dem anderen. Vor dem Fenster ging der Mond auf und wanderte schließlich außer Sicht, während ich las und las. Jeder Brief atmete und bekräftigte meine Liebe zu Ruth, veredelt durch unsere langen gemeinsamen Jahre. Und Ruth, erfuhr ich, hatte mich ebenfalls sehr geliebt, denn unter den Stapel hatte sie ein Geschenk für mich gelegt.

Damit hatte ich nicht gerechnet. Dass Ruth mich immer noch überraschen konnte, selbst aus dem Jenseits, kam völlig unerwartet. Ich starrte den Umschlag ganz unten in dem Kästchen an und versuchte, mir vorzustellen, wann sie ihn geschrieben und warum sie mir nie etwas davon erzählt hatte.

Diesen Brief habe ich in den vergangenen Jahren oft gelesen, so oft, dass ich ihn auswendig kann. Sie hielt ihn in der Gewissheit vor mir geheim, dass ich ihn in der Stunde meiner größten Not finden würde, das ist mir heute klar. Denn sie wusste, dass ich eines Tages meine Briefe an sie lesen würde, sie hatte vorausgeahnt, dass ich irgendwann dem Sog nicht mehr würde widerstehen können. Und am Ende geschah es genau so, wie sie es geplant hatte.

In jener Nacht aber dachte ich daran nicht. Ich nahm nur mit zitternden Händen den Brief und las.

Mein liebster Ira,
ich schreibe diesen Brief, während Du nebenan im Bett schläfst. Ich weiß nicht recht, wie ich anfangen soll, denn wir wissen beide, warum Du ihn liest und was er bedeutet. Und ich bedaure Dich für das, was Du jetzt sicherlich zu ertragen hast.

Im Gegensatz zu Dir bin ich keine gute Briefschreiberin, dabei möchte ich so vieles sagen. Vielleicht ginge es mir leichter von der Hand, wenn ich auf Deutsch schriebe, aber dann könntest Du es nicht lesen. Mein Brief an Dich soll sein wie die, die ich immer von Dir bekam. Leider konnte ich mit Worten nie so gut umgehen wie Du. Aber ich will es versuchen. Das verdienst Du, nicht nur, weil Du mein Ehemann bist, sondern weil Du der Mensch bist, der Du bist.

Ich sollte wohl mit etwas Romantischem anfangen, einer Erinnerung oder Geste, die zum Ausdruck bringt, was für ein Mann Du mir warst: das lange Wochenende am Strand, als wir uns zum ersten Mal liebten, zum Beispiel, oder unsere Flitterwochen, bei denen Du mir sechs Gemälde schenktest. Oder vielleicht sollte ich von Deinen Briefen an mich sprechen oder der Art, wie Du mich ansahst, wenn ich ein Kunstwerk betrachtete. Und doch liegt die Wahrheit in den stillen Kleinigkeiten unseres gemeinsamen Lebens, in denen ich am meisten Bedeutung fand. Wenn Du mich beim Frühstück anlächeltest, machte mein Herz immer einen Satz, und wenn Du meine Hand nahmst, wusste ich wieder, dass alles auf der Welt seine Richtigkeit hat. Du siehst also, nur eine Handvoll einzelner Erlebnisse auszuwählen, kommt mir falsch vor – lieber sehe ich Dich im Geiste in einhundert Galerien und Hotelzimmern, lieber denke ich an eintausend kleine Küsse und in Deiner vertrauten Umarmung verbrachte Nächte. Jede dieser Erinnerungen würde einen eigenen Brief verdienen – für die Empfindungen, die Du in mir hervorriefst. Dafür habe ich Dich geliebt, mehr, als Du jemals ahnen kannst.

Ich weiß, dass Du leidest, und ich würde alles geben, um Dich trösten zu dürfen. Es ist für mich unvorstellbar, dass ich das nie wieder tun kann, wenn Du diesen Brief liest. Meine Bitte an Dich ist: Vergiss trotz Deiner Traurigkeit nicht, wie glücklich Du mich gemacht hast. Vergiss nicht, dass ich einen Mann geliebt habe, der diese Liebe erwiderte, und das war das schönste Geschenk, das ich mir je hätte erträumen können.

Ich lächle, während ich das schreibe, und ich hoffe, Du kannst auch lächeln, wenn Du diese Zeilen liest. Ertränke Dich nicht in Kummer, sondern denk mit Freude an mich, denn so habe ich immer an Dich gedacht. Das ist mein größter Wunsch. Ich möchte, dass Du lächelst, wenn Du an mich denkst. Und in Deinem Lächeln werde ich ewig leben.

Ich weiß, dass Du mich furchtbar vermisst. Ich vermisse Dich auch. Aber wir haben einander weiterhin, denn ich bin – und war es immer – ein Teil von Dir. Du trägst mich in Deinem Herzen, so wie ich Dich in meinem, und nichts kann daran jemals etwas ändern. Ich liebe Dich, mein Schatz, und Du liebst mich. Halte Dich an diesem Gefühl fest. Halte Dich an uns fest. Und mit der Zeit wird der Schmerz vergehen.

Ruth

»Du denkst an meinen Brief«, sagt Ruth. Ich schlage die Augen auf und blinzle angestrengt, um sie klar zu sehen.

Sie ist jetzt Mitte sechzig, durch die Weisheit ist sie noch schöner geworden. Sie trägt die Diamantohrstecker, die ich ihr geschenkt habe, als sie in den Ruhestand ging. Ich versuche vergeblich, meine Lippen zu befeuchten.

»Woher weißt du das?«, krächze ich.

»So schwer ist das nicht.« Sie zuckt die Achseln. »Dein Gesichtsausdruck verrät dich. Das war schon immer so. Gut, dass du nie Poker gespielt hast.«

»Im Krieg habe ich Poker gespielt.«

»Kann sein«, sagt sie. »Aber ich glaube nicht, dass du viel Geld gewonnen hast.«

Ich bestätige diese Vermutung mit einem schwachen Grinsen. »Danke für den Brief. Ich weiß nicht, ob ich ohne ihn überlebt hätte.«

»Du wärst verhungert. Du warst immer ein Dickkopf.«

Ein Schwindelanfall bringt ihr Bild zum Flackern. Es wird immer schwerer, sie festzuhalten. »An dem Abend habe ich ein Stück Toast gegessen.«

»Ja, ich weiß. Du und dein Toast. Frühstück zum Abendessen. Das habe ich nie verstanden. Toast reichte nicht aus.«

»Aber es war immerhin etwas. Und zu dem Zeitpunkt war der Morgen ohnehin schon nahe.«

»Du hättest Pancakes machen sollen. Und Rühreier. Damit hättest du wieder genug Kraft gehabt, um durchs Haus zu laufen. Du hättest dir die Bilder ansehen und dich erinnern können, so wie früher.«

»So weit war ich noch nicht. Es hätte mir zu wehgetan. Außerdem fehlte eines.«

»Es fehlte nicht.« Sie sieht aus dem Fenster, wendet mir das Profil zu. »Es war noch nicht da. Es kam erst eine Woche später.« Einen Moment lang schweigt sie, und ich weiß, dass sie nicht an den Brief denkt. Auch nicht an mich. Sondern sie denkt an das Klopfen an der Tür. Es klopfte gut eine Woche später, und vor mir stand eine Fremde. Ruths Schultern sinken herab, in ihrer Stimme liegt Bedauern.

»Ich wünschte, ich wäre dabei gewesen«, murmelt sie. »Ich hätte so gern mit ihr gesprochen. Ich habe so viele Fragen.«

Diese letzten Worte entspringen einer tiefen, verborgenen Traurigkeit, und trotz meiner eigenen Misere empfinde ich einen unerwarteten Schmerz.

Die Besucherin war groß und attraktiv, die Falten um ihre Augen ließen erkennen, dass sie viel Zeit in der Sonne verbracht hatte. Ihr blondes Haar hatte sie zu einem nachlässigen Pferdeschwanz gebunden, und sie trug eine ausgewaschene Jeans und eine schlichte kurzärmelige Bluse. Doch der Ring an ihrem Finger und der am Bordstein geparkte BMW deuteten auf ein Leben in Wohlstand, das sich von meinem deutlich unterschied. Unter ihrem Arm klemmte ein Paket, in braunem Packpapier und von vertrauter Größe und Form.

»Mr Levinson?«, fragte sie. Als ich nickte, lächelte sie. »Mein Name ist Andrea Lockerby. Sie kennen mich nicht, aber Ihre Frau Ruth war einmal die Lehrerin meines Mannes. Das ist lange her, und wahrscheinlich erinnern Sie sich nicht, aber er hieß Daniel McCallum. Ich wollte fragen, ob Sie vielleicht ein paar Minuten Zeit haben.«

Einen Moment lang brachte ich vor Überraschung kein Wort heraus, der Name kreiste in einer Endlosschleife durch meinen Kopf. Stumm trat ich beiseite, ließ sie eintreten und brachte sie ins Wohnzimmer. Als ich mich in den Sessel setzte, ließ sie sich mir gegenüber auf der Couch nieder.

Immer noch wusste ich nichts zu sagen. Daniels Namen nach fast vierzig Jahren zu hören, nach Ruths Tod, war ein ziemlich großer Schock.

Sie räusperte sich. »Ich möchte Ihnen mein Beileid aussprechen. Ich weiß, dass Ihre Frau vor Kurzem verstorben ist, und es tut mir sehr leid.«

Ich blinzelte, völlig überwältigt von der Flut aus Emotionen und Erinnerungen. *Wo ist er?*, wollte ich fragen. *Warum ist er damals verschwunden? Und warum hat er sich nie bei Ruth gemeldet?* Aber nichts davon bekam ich über die Lippen, ich konnte nur krächzen: »Daniel McCallum?«

Sie stellte das Paket neben sich und nickte. »Er hat ein paarmal erwähnt, dass er Sie manchmal besucht hat. Ihre Frau hat ihm Nachhilfe gegeben.«

»Und ... er ist Ihr Mann?«

Sie wandte kurz die Augen ab und sah mich dann wieder an. »Er war mein Mann. Inzwischen bin ich neu verheiratet. Daniel ist vor sechzehn Jahren gestorben.«

Bei ihren Worten wurde mir innerlich eiskalt. Ich versuchte auszurechnen, wie alt er bei seinem Tod gewesen war, schaffte es aber nicht. Mir war nur klar, dass er viel zu jung verstorben war. Sie musste mir angesehen haben, was ich dachte, denn sie erzählte weiter.

»Er hatte ein Aneurysma. Es trat spontan auf, ohne irgendwelche vorherigen Symptome. Die Ärzte konnten nichts tun.«

Die Kälte breitete sich weiter in mir aus, bis ich das Gefühl hatte, völlig eingefroren zu sein.

»Das tut mir leid«, sagte ich. Die Worte klangen in meinen eigenen Ohren unzulänglich.

»Danke.« Erneut nickte sie. »Und mir tut es auch ehrlich leid, dass Sie Ihre Frau verloren haben.«

Eine Weile lang herrschte eine drückende Stille. Schließlich breitete ich die Hände aus und fragte: »Was kann ich für Sie tun, Mrs ...«

»Lockerby«, erinnerte sie mich und griff nach dem Paket. Sie schob es zu mir. »Ich wollte Ihnen das hier geben. Es stand jahrelang auf dem Dachboden meiner Eltern, und als sie das Haus vor ein paar Monaten verkauft haben, habe ich es in einer der Kisten gefunden, die sie mir schickten. Daniel war sehr stolz darauf, und es kam mir einfach nicht richtig vor, sein Bild wegzuwerfen.«

»Ein Bild?«

»Er hat einmal zu mir gesagt, dieses Bild gehöre zu den wichtigsten Dingen, die er je getan hat.«

Es fiel mir schwer, ihr zu folgen. »Also hat Daniel etwas gemalt?«

»Ja. In Tennessee, als er im Kinderheim wohnte. Ein Künstler, der dort ehrenamtlich arbeitete, hat ihm dabei geholfen.«

»Bitte.« Ich hebe plötzlich die Hand. »Ich verstehe überhaupt nichts. Können Sie bitte ganz von vorn anfangen und mir mehr von Daniel erzählen? Meine Frau hat sich immer gefragt, was wohl aus ihm geworden ist.«

Sie zögerte. »Besonders viel kann ich Ihnen gar nicht sagen. Wir haben uns erst auf dem College kennengelernt, und er hat nur selten über seine Vergangenheit gesprochen. Das ist alles lange her.«

Ich blieb stumm, damit sie fortfuhr. Sie schien nach den richtigen Worten zu suchen und zupfte dabei am Saum ihrer Bluse. »Ich weiß nur das bisschen, was er mir erzählt hat. Seine Eltern sind früh gestorben, und danach wohnte er bei seinem Stiefbruder und dessen Frau hier in der Gegend, aber sie verloren ihren Bauernhof und zogen letzten Endes nach Knoxville, Tennessee. Eine Zeit lang haben sie zu dritt in ihrem Pick-up gewohnt, dann wurde der Stiefbruder wegen irgendetwas verhaftet, und Daniel kam ins

Kinderheim. Dort war er so gut in der Schule, dass er ein Stipendium für die Universität von Tennessee erhielt. Wir haben uns in unserem letzten Studienjahr kennengelernt, wir hatten beide als Hauptfach Internationale Beziehungen. Jedenfalls haben wir ein paar Monate nach der Collegezeit, bevor wir zum Peace Corps gingen, geheiratet. Wie gesagt, er sprach nicht viel über seine Kindheit, es klang, als hätte er es schwer gehabt, und ich glaube, die Erinnerung daran war schmerzhaft für ihn.«

Ich versuchte, das alles zu verdauen und mir Daniels Lebenslauf vorzustellen.

»Wie war er denn?«, wollte ich schließlich wissen.

»Daniel? Er war unglaublich klug und freundlich, aber gleichzeitig auch von einer großen Verbissenheit geprägt. So als habe er das Schlimmste erlebt, was das Leben zu bieten hat, und sei fest entschlossen, die Welt zu verbessern. Er besaß Charisma, eine Überzeugungskraft, die einfach unwiderstehlich war. Wir verbrachten zwei Jahre mit dem Peace Corps in Kambodscha, und danach nahm er eine Stelle bei einer heimischen Hilfsorganisation an, und ich arbeitete in einer Poliklinik für Bedürftige und Obdachlose. Wir kauften ein kleines Haus und sprachen über unseren Kinderwunsch, doch nach einer Weile wurde uns klar, dass wir für das gesetzte Leben in einer Vorstadt noch nicht bereit waren. Also haben wir unsere Sachen verkauft, die Reste in Kartons gepackt und bei meinen Eltern eingelagert und beide Jobs bei einer Menschenrechtsorganisation mit Sitz in Nairobi angenommen. Dort lebten wir sieben Jahre lang, und ich glaube, Daniel war noch nie so glücklich gewesen. Er bereiste ein Dutzend unterschiedliche

Länder und brachte diverse Projekte auf den Weg. Er hatte das Gefühl, dass sein Leben einen echten Sinn besaß und er etwas veränderte.«

Sie blickte wieder aus dem Fenster und stockte für einen Moment. Als sie weitersprach, lag in ihrer Miene eine Mischung aus Bedauern und Staunen. »Er war einfach schlau und neugierig auf alles. Ständig hat er gelesen. Obwohl er noch so jung war, war er als nächster Geschäftsführer der Organisation im Gespräch, und wahrscheinlich wäre er es auch geworden. Aber er starb schon mit dreiunddreißig.« Sie schüttelte den Kopf. »Danach war es in Afrika für mich nicht mehr wie vorher. Also fuhr ich nach Hause.«

Während sie sprach, bemühte ich mich erfolglos, das Bild dieses Mannes mit dem des staubigen Bauernjungen in Einklang zu bringen, der an unserem Esstisch Hausaufgaben gemacht hatte. Doch ich wusste natürlich, dass Ruth stolz auf ihn gewesen wäre.

»Und Sie haben noch einmal geheiratet?«

»Vor zwölf Jahren.« Sie lächelte. »Und ich habe zwei Kinder. Besser gesagt Stiefkinder. Mein Mann ist Orthopäde. Ich wohne in Nashville.«

»Und Sie sind extra den weiten Weg gekommen, um mir ein Bild zu bringen?«

»Meine Eltern sind nach Myrtle Beach gezogen, und wir sind gerade auf dem Weg zu ihnen. Mein Mann wartet in einem Café in der Innenstadt auf mich, deshalb muss ich bald wieder aufbrechen. Und Sie müssen entschuldigen, dass ich einfach so hereingeschneit bin. Aber ich konnte das Bild nicht wegwerfen, also habe ich einfach im Internet nach Ihrer Frau gesucht und dabei die Todesanzeige gefunden. Und dann fiel mir auf, dass es praktisch kein Umweg wäre, zu Ihnen zu fahren.«

Ich hatte keine Ahnung, was mich erwartete, aber als ich das braune Packpapier entfernt hatte, zog sich meine Kehle zusammen. Es war ein Bild von Ruth – von einem Kind mit unbeholfenen Strichen gemalt. Die Umrisse stimmten nicht ganz, und ihre Gesichtszüge waren unproportioniert, aber das Lächeln und die Augen waren überraschend gut gelungen. In diesem Porträt entdeckte ich die Leidenschaft und die lebhafte Heiterkeit, die sie stets geprägt hatten, und außerdem eine Spur der Rätselhaftigkeit, die mich an ihr zeitlebens gefesselt hatte. Ich fuhr mit dem Finger über die Pinselstriche, die Lippen und Wange bildeten.

»Warum ...«, stieß ich beinahe atemlos hervor.

»Die Antwort steht auf der Rückseite«, sagte sie mit sanfter Stimme. Ich kippte das Bild nach vorn und entdeckte das Foto, das ich vor so langer Zeit von Ruth und Daniel aufgenommen hatte. Es war vergilbt und an den Ecken eingerollt. Ich zog es heraus und betrachtete es sehr lange.

»Drehen Sie es um.« Sie berührte meine Hand.

Da stand in ordentlicher Schrift:

Ruth Levinson

Grundschullehrerin

Sie glaubt an mich, und ich kann werden, was ich will, wenn ich groß bin. Ich kann sogar die Welt verändern.

Was danach passierte, worüber oder ob wir uns überhaupt noch unterhielten, weiß ich nicht mehr, denn mein Kopf war plötzlich völlig leer. Woran ich mich allerdings noch erinnere, ist, dass sie sich in der Haustür noch einmal umdrehte.

»Ich weiß nicht, wo er das Bild im Kinderheim aufbewahrt hat, aber Sie sollen wissen, dass es im College genau über seinem Schreibtisch hing. Es war der einzige persönliche Gegenstand in seinem Zimmer. Hinterher kam es mit uns nach Kambodscha und wieder zurück in die Staaten. Nach Afrika nahm er es nicht mit, weil er Angst hatte, es könnte etwas damit passieren. Das hat er aber bereut, sobald wir dort waren. Damals hat er mir erzählt, dass ihm dieses Bild mehr bedeutete als alles andere, was er besaß. Erst als ich das Foto auf der Rückseite fand, habe ich wirklich begriffen, was er damit meinte. Er sprach nicht von dem Bild. Er sprach von Ihrer Frau.«

Jetzt im Auto ist Ruth still. Ich weiß, dass sie noch mehr Fragen in Bezug auf Daniel hat, aber damals sind sie mir nicht eingefallen. Das gehört zu den vielen Dingen, die ich bereue, denn ich habe Andrea nie wieder gesehen. Genau wie Daniel im Jahr 1963 verschwand auch sie spurlos aus meinem Leben.

»Du hast das Porträt über den Kamin gehängt«, sagt sie schließlich. »Und dann hast du die anderen Gemälde aus den Lagerräumen geholt und im ganzen Haus verteilt.«

»Ich wollte sie sehen. Ich wollte mich wieder erinnern. Ich wollte *dich* sehen.«

Ruth erwidert nichts, aber ich verstehe. Ruth hätte alles dafür gegeben, Daniel zu sehen, und wenn nur durch die Augen seiner Frau.

Nachdem ich Ruths Brief gelesen und ihr Porträt aufgehängt hatte, ging es mir Tag für Tag besser. Ich aß wieder regelmäßiger. Es sollte zwar über ein Jahr dauern, bis ich mein altes Gewicht wieder erreicht hatte, aber ich richtete mich in einem neuen Alltag ein. Und in jenem ersten Jahr nach Ruths Tod geschah ein weiteres Wunder – das dritte in einem ansonsten tragischen Jahr –, das mir half, zurück ins Leben zu finden.

Denn noch eine unerwartete Besucherin stand eines Tages vor meiner Tür, dieses Mal eine ehemalige Schülerin von Ruth, die mir ihr Beileid aussprechen wollte. Sie hieß Jacqueline, und obwohl ich mich nicht an sie erinnerte, wollte auch sie sich gern mit mir unterhalten. Sie erzählte mir, wie viel Ruth ihr als Lehrerin bedeutet habe, und ehe sie ging, zeigte sie mir einen Nachruf, den sie verfasst hatte und der in der Lokalzeitung abgedruckt wurde. Er war sowohl schmeichelhaft als auch aufschlussreich, und sein Erscheinen löste eine Lawine aus. Im Laufe der folgenden Monate kamen die ehemaligen Schüler in Scharen zu Besuch. Lindsay und Madeline und Eric und Pete und zahllose andere, von denen die meisten mir unbekannt waren, tauchten bei mir auf und erzählten mir Geschichten aus der Zeit, als Ruth ihre Lehrerin gewesen war.

Durch sie begriff ich, dass Ruth für viele Menschen der Schlüssel gewesen war, der ihnen die Tür zu ihren Möglichkeiten öffnete – ich war nur der erste gewesen.

Die Jahre nach Ruths Tod kann man wohl in vier Phasen einteilen. Die anfängliche Depression und meine Genesung davon stellten die erste dar; die Zeit, in der ich mich nach besten Kräften bemühte, mein Leben neu zu ordnen, die zweite. Die dritte Phase umfasste die Jahre nach dem Besuch der Reporterin 2005, als ich Gitter vor die Fenster schrauben lassen musste. Erst vor drei Jahren jedoch legte ich endlich fest, was mit der Sammlung geschehen sollte, was zur vierten und letzten Phase führte.

Nachlassplanung ist eine komplizierte Angelegenheit, doch im Wesentlichen lief es auf eines hinaus: Ich musste entscheiden, was aus unserem Besitz werden sollte, sonst würde am Ende der Staat für mich entscheiden. Howie Sanders hatte Ruth und mich schon lange gedrängt, uns darum zu kümmern. Er fragte, ob es irgendwelche Hilfsorganisationen gebe, die uns besonders am Herzen lägen, oder ob die Gemälde vielleicht einem bestimmten Museum geschenkt werden sollten. Vielleicht wollte ich sie ja auch lieber versteigern lassen und den Erlös einer Universität spenden? Nachdem der Artikel im *New Yorker* erschienen und der potenzielle Wert der Sammlung zum Thema wilder Spekulationen in der Kunstwelt geworden war, wurde Howie noch hartnäckiger, auch wenn zu dem Zeitpunkt nur noch ich ihm zuhören konnte.

Erst 2008 willigte ich schließlich ein, in seine Kanzlei zu kommen.

Er hatte vertrauliche Termine mit Kuratoren diverser Museen vereinbart: dem New Yorker Metropolitan Museum of Art, dem Museum of Modern Art, dem North Carolina Museum of Art und dem Whitney. Daneben mit Vertretern der Duke University, des Wake Forest College und der University of North Carolina in Chapel Hill. Es kamen Mitglieder der Anti-Defamation League und des United Jewish Appeal – zwei der jüdischen Lieblingsorganisationen meines Vaters – wie auch von Sotheby's. Ich wurde in einen Konferenzraum geführt, man stellte sich vor, und in jede Miene stand die Neugier geschrieben, wie Ruth und ich, ein Herrenausstatter und eine Grundschullehrerin, es geschafft hatten, eine solch umfangreiche Privatsammlung moderner Kunst aufzubauen.

Ich ließ eine Abfolge von Einzelpräsentationen über mich ergehen, und bei jeder wurde mir versichert, dass man jeglichen Teil der Sammlung, den ich in die betreffenden Hände legen würde, angemessen würdigen würde – beziehungsweise, im Fall des Auktionshauses, maximieren. Die Hilfsorganisationen versprachen, das Geld den Zwecken zuzuführen, die mir und Ruth besonders wichtig waren.

Am Ende dieses Tages war ich müde, und zu Hause schlief ich fast sofort im Wohnzimmersessel ein. Als ich aufwachte, fiel mein Blick auf das Gemälde von Ruth über dem Kamin, und ich fragte mich, was sie wohl gewollt hätte.

»Aber ich habe es dir nicht gesagt«, stellt Ruth leise

fest. Sie hat schon seit einer Weile nicht mehr gesprochen, und ich vermute, dass sie versucht, meine Kräfte zu schonen. Auch sie spürt das Ende kommen.

Mühsam schlage ich die Augen auf, doch sie ist jetzt nur ein verschwommenes Bild.

»Nein.« Meine Stimme klingt röchelnd und nuschelig, fast unverständlich. »Darüber wolltest du nie reden.«

Sie legt den Kopf schief. »Ich habe mich darauf verlassen, dass du entscheidest.«

Ich erinnere mich an den Moment, in dem ich schließlich meinen Entschluss fasste. Es war früher Abend, ein paar Tage nach den Treffen in Howies Büro. Eine Stunde vorher hatte Howie angerufen, um sich zu erkundigen, ob ich noch Fragen hätte oder er einen der Gesprächspartner noch einmal kontaktieren solle. Nach dem Telefonat machte ich mich mit meinem Rollator auf den Weg zur Terrasse.

Dort standen zwei Schaukelstühle rechts und links eines kleinen, lange nicht benutzten und eingestaubten Tischs. In jüngeren Jahren saßen Ruth und ich oft da und unterhielten uns, sahen zu, wie die Sterne aus ihrem Versteck am sich langsam verdunkelnden Himmel auftauchten. Später, als wir älter waren, wurden diese Abende draußen selten, denn wir waren beide empfindlicher. Die Kälte des Winters und die Hitze des Sommers machten die Terrasse die Hälfte des Jahres für uns unbenutzbar, nur im Frühling und Herbst wagten Ruth und ich uns noch hinaus.

An jenem Abend aber saß ich trotz der Wärme und der dicken Staubschicht auf den Schaukelstühlen wie früher dort. Ich dachte über den Termin bei Howie und alles, was dort gesagt worden war, nach. Und mir wurde klar, dass Ruth recht gehabt hatte: Keiner verstand wirklich.

Eine Zeit lang spielte ich mit dem Gedanken, die gesamte Sammlung Andrea Lockerby zu vermachen, und wenn nur, weil auch sie Daniel geliebt hatte. Aber ich kannte sie eigentlich nicht. Außerdem war ich enttäuscht, dass sich Daniel, trotz des offenkundigen Einflusses, den Ruth auf sein Leben gehabt hatte, nie bei ihr gemeldet hatte. Das konnte ich nicht nachvollziehen und auch nicht gänzlich verzeihen, denn ich wusste, dass es Ruth das Herz gebrochen hatte.

Es gab keine einfache Lösung für die Frage der Nachlassregelung, denn für uns ging es bei der Kunst nie um Geld. Wie damals die Reporterin, begriffen auch diese Kuratoren und Sammler, diese Experten und Verkäufer das einfach nicht. Mit dem Echo von Ruths Worten im Kopf spürte ich die Lösung endlich Gestalt annehmen.

Eine Stunde später rief ich Howie bei sich zu Hause an. Ich teilte ihm meine Absicht mit, die gesamte Sammlung zu versteigern, und er nahm meine Entscheidung ohne Diskussion hin. Auch dass ich die Auktion in Greensboro abhalten wollte, stellte er nicht infrage. Als ich ihm allerdings erklärte, wie sie vonstattengehen sollte, war er vor lauter Verblüffung so still, dass ich mich schon fragte, ob er noch in der Leitung war. Endlich räusperte er sich und erklärte mir, was das alles mit sich brächte. Ich sagte, Geheimhaltung habe höchste Priorität.

Im Laufe der folgenden Monate wurde alles Nötige arrangiert. Ich fuhr noch zwei Mal in Howies Kanzlei und sprach mit den Vertretern von Sotheby's. Auch mit den Geschäftsführern verschiedener jüdischer Organisationen traf ich mich erneut. Die Summen, die sie erhalten würden, hingen selbstverständlich von der Auktion ab und von den Preisen, die die Bilder erzielen würden. Zu diesem Zweck katalogisierten und fotografierten Sachverständige die gesamte Sammlung und ermittelten die Provenienz der Werke. Schließlich wurde mir ein Katalog zur Absegnung zugeschickt. Der Schätzwert der Bilder war selbst für mich unfassbar, aber das spielte ja keine Rolle.

Als endlich sämtliche Vorbereitungen für die erste und alle folgenden Auktionen abgeschlossen waren – es war unmöglich, die Gemälde an einem einzigen Tag zu verkaufen –, sprach ich sowohl mit Howie als auch mit dem Zuständigen von Sotheby's noch einmal über ihre Verantwortlichkeiten und ließ sie zahllose Schriftsätze unterzeichnen, um sicherzustellen, dass an meinem Plan keine Änderungen vorgenommen werden konnten. Ich wollte auf jede Eventualität vorbereitet sein, und ganz zum Schluss unterschrieb ich im Beisein von vier Zeugen mein Testament.

Hinterher saß ich zu Hause im Wohnzimmer und betrachtete das Bild von Ruth, müde und zufrieden. Ich vermisste sie, in jenem Augenblick vielleicht sogar mehr als je zuvor, dennoch lächelte ich und sagte laut, was sie hätte hören wollen.

»Sie werden verstehen, Ruth«, sagte ich. »Sie werden es endlich verstehen.«

Jetzt ist es Nachmittag, und ich schrumpfe dahin wie eine Sandburg, die langsam von den Wellen fortgespült wird. Ruth mustert mich besorgt.

»Du solltest noch ein bisschen schlafen«, sagt sie zärtlich.

»Ich bin nicht müde.«

Ruth weiß, dass ich lüge, gibt aber vor, mir zu glauben, und plaudert mit gekünstelter Unbekümmertheit weiter.

»Ich denke nicht, dass ich einem anderen Mann eine gute Frau gewesen wäre. Manchmal bin ich vielleicht zu störrisch.«

»Das stimmt.« Ich lächle. »Du hast Glück, dass ich dich ertragen habe.«

Sie verdreht die Augen. »Ich meine es ernst, Ira.«

Ich wünschte, ich könnte sie im Arm halten. Bald, denke ich. Bald bin ich bei ihr. Das Sprechen fällt schwer, ich muss mich zwingen, zu reagieren.

»Wenn wir uns nie begegnet wären, hätte ich vermutlich gewusst, dass mein Leben nicht vollständig war. Und ich hätte die ganze Welt nach dir abgesucht, selbst ohne zu wissen, nach wem ich suche.«

Bei diesen Worten leuchten ihre Augen auf, und sie streicht mit der Hand durch meine Haare. Die Berührung fühlt sich tröstlich und warm an.

»Das hast du schon einmal zu mir gesagt. Es hat mir damals schon gefallen.«

Ich schließe die Augen, und beinahe bleiben sie geschlossen. Als ich sie mühsam wieder aufschlage, ist Ruth fast durchsichtig geworden.

»Ich bin müde, Ruth.«

»Es ist noch zu früh. Ich habe deinen Brief noch nicht gelesen. Den neuen, den du mir bringen wolltest. Erinnerst du dich, was du geschrieben hast?«

Ich konzentriere mich. Nur ein winziger Ausschnitt fällt mir ein, mehr nicht.

»Kaum«, murmle ich.

»Erzähl mir, woran du dich erinnerst. Egal was.«

Ich brauche eine Weile, um die Kraft aufzubringen. Ich hole bedächtig Luft, höre das Pfeifen meiner mühsamen Atemzüge. Die Trockenheit in meiner Kehle spüre ich inzwischen nicht mehr, nur noch unendliche Erschöpfung.

»Falls es einen Himmel gibt, werden wir einander wiederfinden, denn ohne dich gibt es keinen Himmel.« Ich stocke, schon dieser eine Satz hat mich völlig ausgelaugt.

Ich glaube, Ruth ist gerührt, kann es aber nicht mehr prüfen, denn sie ist jetzt fast verschwunden. Dennoch spüre ich ihre Traurigkeit, ihr Bedauern, und ich weiß, dass sie dabei ist, zu gehen. Hier und jetzt kann sie ohne mich nicht existieren.

Das weiß offenbar auch sie, und obwohl sie weiter verblasst, rutscht sie näher heran. Erneut fährt sie mir über die Haare und küsst mich auf die Wange. Sie ist sechzehn und zwanzig und dreißig und vierzig, jedes Alter, alle auf einmal. Sie ist so schön, dass mir Tränen in die Augen steigen.

»Was du mir geschrieben hast, ist wundervoll«, flüstert sie. »Ich möchte auch den Rest hören.«

»Eher nicht«, murmle ich, und ich fühle wohl eine ihrer Tränen auf meine Wange tropfen.

»Ich liebe dich, Ira.« Ihr Atem streicht weich über mein

Ohr, wie das Raunen eines Engels. »Denk daran, wie viel du mir immer bedeutet hast.«

»Ich denke daran …«, setze ich an, und als sie mich noch einmal küsst, schließe ich die Augen zum, wie ich annehme, allerletzten Mal.

KAPITEL 29

Sophia

Am Samstagabend, während die anderen Studenten wie üblich das Wochenende feierten, arbeitete Sophia in der Bibliothek an einem Referat. Da brummte ihr Handy. Das Benutzen von Telefonen war zwar nur in bestimmten Bereichen erlaubt, aber da niemand sonst in der Nähe war, nahm Sophia es in die Hand und las stirnrunzelnd die SMS.

Ruf mich an, hatte Marcia geschrieben. *Es ist dringend.*

So knapp der Text auch war, er war ausführlicher als alle anderen Gespräche seit ihrem Streit, und Sophia wusste nicht, wie sie reagieren sollte. Zurückschreiben und fragen, was los war? Oder, wie Marcia gebeten hatte, anrufen?

Offen gestanden hatte sie keine Lust, mit ihr zu reden. Wie alle anderen aus ihrem Wohnheim war Marcia mit Sicherheit auf einer Party oder in einer Kneipe. Sehr wahrscheinlich war Alkohol im Spiel, weshalb es gut sein konnte, dass sie sich mit Brian stritt, und in so etwas würde sich Sophia auf keinen Fall hineinziehen lassen. Sie wollte sich nicht anhören, was für ein Idiot er war, und fühlte sich auch nicht bereit, zu Marcias Unterstützung zu eilen, besonders nicht, nachdem Marcia ihr in letzter Zeit so geflissentlich aus dem Weg gegangen war.

Jetzt aber sollte Sophia sie *anrufen*. Weil etwas *dringend* war.

Dieses Wort konnte man in alle möglichen Richtungen interpretieren, dachte Sophia. Sie überlegte noch ein paar Sekunden hin und her, dann speicherte sie ihre Arbeit ab und fuhr den Computer herunter. Sie packte ihn in den Rucksack und zog die Jacke an.

Als sie die Tür aufstieß, wehte ihr ein unerwartet eisiger Luftschwall entgegen, und der Boden war von einer wachsenden Schneeschicht bedeckt. Die Temperatur musste in den letzten Stunden um ungefähr zehn Grad gefallen sein. Sie würde auf dem Rückweg garantiert erfrieren.

Aber noch nicht. Sie holte das Handy aus der Tasche und schlüpfte zurück in den Vorraum der Bibliothek. Marcia hob beim ersten Tuten ab. Im Hintergrund waren dröhnend laute Musik und wildes Stimmengewirr zu hören.

»Sophia? Gott sei Dank rufst du an!«

Sophia atmete tief durch. »Was ist denn so dringend?«

Die Nebengeräusche wurden leiser, offensichtlich suchte sich Marcia ein ruhigeres Plätzchen. Eine Tür knallte zu, dann hörte sie Marcia deutlicher.

»Du musst sofort zum Wohnheim kommen«, sagte sie mit einem Hauch von Panik in der Stimme.

»Warum?«

»Luke ist hier! Er parkt vor der Tür und wartet da seit zwanzig Minuten. Du musst dich unbedingt beeilen.«

Sophia schluckte. »Wir haben uns getrennt, Marcia. Ich will ihn nicht sehen.«

»Ach so.« Marcias Verwirrung war nicht zu überhören. »Das ist ja furchtbar. Ich weiß doch, wie sehr du ihn mochtest.«

»War das alles? Ich muss jetzt mal –«

»Nein, warte!«, rief Marcia. »Klar, du bist sauer auf mich, und das habe ich auch verdient, aber deshalb rufe ich nicht an. Brian weiß, dass Luke hier ist, Mary-Kate hat es ihm vor ein paar Minuten erzählt. Er hat schon ziemlich viel getrunken und trommelt gerade ein paar Jungs zusammen, um sich Luke vorzuknöpfen. Ich habe versucht, es ihm auszureden, aber du kennst ihn ja. Und Luke ist völlig ahnungslos. Auch wenn ihr Schluss gemacht habt, willst du doch sicher nicht, dass ihm was passiert –«

Da hörte Sophia schon nicht mehr zu. Der eisige Wind übertönte Marcias Stimme, als sie zurück zum Wohnheim rannte.

Sie nahm jede Abkürzung über den wie ausgestorben wirkenden Campus, die es nur gab, um noch rechtzeitig zu kommen. Unterwegs wählte sie mehrfach Lukes Handynummer, aber er ging nicht dran. Sie schaffte es sogar, ihm im Laufen eine kurze SMS zu schicken, bekam jedoch keine Antwort.

Es war nicht weit, aber der Februarwind war schneidend, er brannte auf Sophias Ohren und Wangen, und zusätzlich rutschte sie immer wieder auf dem frischen Schnee aus. Sie hatte keine Stiefel an, und nun drang kaltes Wasser in ihre Schuhe und durchweichte ihre Strümpfe. Es fielen weiterhin dicke, nasse Flocken, ein Schnee, der sich am Boden sofort zu Eis verwandelte und die Straßen gefährlich machte.

Sophia lief jetzt, so schnell sie konnte, und versuchte immer noch vergeblich, Luke anzurufen. Endlich bog sie in die Straße der Verbindungswohnheime ein, wo sich Studenten hinter hell erleuchteten Fenstern drängten. Ein paar Leute waren draußen unterwegs, hasteten von einer Party zur anderen, das übliche Samstagabendritual von Hemmungslosigkeit und Exzess. Sophias Wohnheim lag ganz am Ende der Straße, und als sie die Augen zusammenkniff, konnte sie schwach den Umriss von Lukes Pick-up ausmachen.

Genau in diesem Moment trat eine kleine Gruppe aus einem Wohnheim auf der anderen Straßenseite. Fünf oder sechs Männer, angeführt von einem sehr großen. *Brian*. Kurz darauf folgte eine weitere Gestalt, und obwohl sie nur kurz durch das Licht auf der Veranda huschte, erkannte Sophia ihre Mitbewohnerin sofort. Schwach, vom Winterwetter gedämpft, hörte sie Marcia Brian nachrufen, er solle stehen bleiben.

Bei jedem Schritt schlug Sophia der Rucksack gegen den Rücken, und ihre Füße schlitterten unbeholfen über den Schnee. Sie kam näher, aber nicht schnell genug. Brian und seine Freunde hatten sich bereits auf beiden Seiten des Pick-ups verteilt. Sophia war noch vier Häuser entfernt und konnte nicht erkennen, ob Luke überhaupt im Wagen saß. Erneut hallte Marcias Stimme durch die Straße, jetzt wütend. »Das ist doch bescheuert, Brian! Vergiss ihn einfach!«

Noch drei Häuser. Brian und ein Freund rissen die Fahrertür auf und streckten die Hände hinein. Ein Handgemenge begann, und Sophia schrie, als Luke aus dem Auto gezerrt wurde.

»Lasst ihn in Ruhe!«, rief sie.

»Jetzt hör schon auf, Brian!«, schrie Marcia.

Brian, deutlich angetrunken, ignorierte sie beide. Luke taumelte in die Arme von Jason und Rick, die auch mit Brian auf dem Rodeo in McLeansville gewesen waren. Vier weitere Studenten umringten sie.

In Panik rannte Sophia mitten auf die Straße, genau in dem Moment, als Brian ausholte und zuschlug. Lukes Kopf wurde nach hinten geschleudert, und Sophia blieb starr vor Entsetzen stehen, weil sie sich unvermittelt an das Video erinnerte.

Lukes Knie gaben nach, und Rick und Jason ließen ihn los, woraufhin er auf den schneebedeckten Asphalt stürzte. Er bewegte sich nicht.

»Steh auf!«, brüllte Brian. »Ich hab dir gesagt, das war noch nicht alles!«

Da sprang Marcia vor ihn. »Hör endlich auf!«, schrie sie und versuchte, ihn festzuhalten. »Du musst aufhören!«

Doch Brian beachtete sie nicht.

Endlich regte sich Luke wieder, er ging mühsam auf alle viere und versuchte, sich aufzurichten.

»Steh auf!«, rief Brian noch einmal. Sophia hatte sich inzwischen in den Kreis gezwängt. Mit den Ellbogen drängte sie zwei Studenten beiseite und stellte sich zwischen Brian und Luke.

»Es reicht, Brian! Schluss jetzt!«

»Ich bin noch nicht fertig!«

»O doch«, erwiderte Sophia.

»Jetzt komm schon, Brian«, bettelte Marcia und griff nach Brians Händen. »Lass uns bitte gehen. Es ist so kalt, ich friere.«

Mittlerweile stand Luke wieder, die Spur den Schlages auf seinem Wangenknochen war nicht zu übersehen. Brian atmete schwer, und zu Sophias Überraschung schob er Marcia einfach zur Seite. Es war kein brutales Schubsen, doch da Marcia nicht damit gerechnet hatte, verlor sie das Gleichgewicht und stürzte. Brian schien es nicht zu bemerken. Er machte einen Schritt nach vorn und wollte, wie es aussah, auch Sophia aus dem Weg schieben. Doch sie trat zur Seite und riss das Handy aus der Jackentasche. Als Brian Luke am Kragen packte, hatte sie schon ein paar Tasten gedrückt und hielt das Telefon hoch.

»Mach nur! Ich nehme alles auf! Geh ruhig ins Gefängnis, mir doch egal. Lass dich aus dem Team werfen! Wenn du unbedingt rausfliegen willst, bitte!«

Langsam ging sie rückwärts und schwenkte die Handykamera über alle Anwesenden. Gerade zoomte sie auf die erschrockenen Gesichter, als sich Brian auf sie stürzte, ihr das Telefon aus der Hand riss und es mit Wucht auf den Boden warf.

»Du nimmst hier gar nichts auf!«

»Kann schon sein«, sagte Marcia von der anderen Seite des Kreises her, ihr Handy in die Luft gereckt. »Aber ich.«

»Das hatte ich wahrscheinlich verdient«, sagte Luke. »Nach dem, was ich mit ihm gemacht habe, meine ich.«

Sie waren in den Pick-up gestiegen, Luke hinter das Steuer, Sophia neben ihn. Die Drohung hatte gewirkt, Jason und Rick hatten Brian letztlich überreden können, mit ihnen ins Wohnheim zurückzukehren, wo Brian gerade bestimmt damit prahlte, wie er Luke von den Beinen geholt hatte. Marcia war nicht mitgegangen. Sie hatte sich in ihr Zimmer zurückgezogen, Sophia hatte das Licht gesehen.

»Nein, du hast es nicht verdient«, sagte sie. »Wenn ich mich recht erinnere, hast du Brian nicht geschlagen. Du hast ihn nur ein bisschen ... festgeklemmt.«

»Auf der Erde. Mit dem Gesicht nach unten.«

»Auch wieder wahr.«

»Danke übrigens, dass du dich eingeschaltet hast. Mit deinem Handy. Ich kauf dir ein neues.«

»Nicht nötig. Es war sowieso schon ziemlich alt. Warum bist du nicht an deins gegangen?«

»Der Akku ist leer, und ich hatte das Ladegerät fürs Auto nicht dabei, nur das normale. Ich dachte nicht, dass es so wichtig wäre.«

»Hast du wenigstens deiner Mutter eine SMS geschickt?«

»Ja.« Falls er sich wunderte, woher sie wusste, dass er das normalerweise tat, sagte er nichts. Sophia verschränkte die Hände auf dem Schoß.

»Du weißt vermutlich, was ich dich als Nächstes frage, oder?«

Luke blinzelte. »Warum ich hier bin?«

»Du hättest nicht kommen sollen. Ich will dich hier nicht sehen. Besonders nicht, wenn du gerade vom Rodeo kommst. Weil –«

»Du so nicht leben kannst.«

»Genau.«

»Ich weiß.« Er seufzte, dann drehte er sich zu ihr um. »Ich bin hier um dir zu sagen, dass ich auch nicht so leben kann. Ab sofort bin ich im Ruhestand. Und zwar dieses Mal endgültig.«

»Du hörst auf?«, fragte sie ungläubig.

»Hab ich schon.«

Sie wusste nicht genau, wie sie reagieren sollte. Ihm gratulieren? Verständnis zeigen? Ihre Erleichterung ausdrücken?

»Außerdem wollte ich dich fragen, ob du morgen schon etwas vorhast. Beziehungsweise, ob du am Montag dringende Termine hast, ein Referat oder eine Prüfung.«

»Ich muss am Donnerstag eine Arbeit abgeben, aber davon abgesehen liegt nichts Besonderes an. Warum fragst du?«

»Ich will nur eine kleine Auszeit nehmen, um meine Gedanken zu ordnen. Bevor der Akku leer war, habe ich meine Mutter angerufen und mit ihr darüber gesprochen, und sie hält es für eine gute Idee.« Er atmete tief aus. »Ich will in die Berge zu den Hütten fahren und wollte dich fragen, ob du vielleicht mitkommen möchtest.«

Sophia hatte immer noch Mühe, alles zu verarbeiten, was er gerade gesagt hatte. Sollte sie ihm glauben? Meinte er es ernst? Hatte er wirklich das Reiten ein für alle Mal aufgegeben?

Sie sah ihm fest in die Augen und flüsterte: »In Ordnung.«

Oben in ihrem Zimmer packte Marcia eine Reisetasche.

»Was machst du denn da?«

»Ich fahr nach Hause. Ich muss einfach mal in meinem eigenen Bett schlafen, weißt du? Ich bin in einer Minute weg.«

»Ist schon okay«, sagte Sophia. »Es ist ja auch dein Zimmer.«

Marcia nickte und warf weiter Gegenstände in ihre Tasche. Sophia trat von einem Fuß auf den anderen. »Danke für die SMS. Und für die Sache mit dem Handy vorhin.«

»Tja, geschieht ihm recht. Er hat sich wie ein Verrückter aufgeführt.«

»Es war mehr als das«, sagte Sophia.

Zum ersten Mal sah Marcia auf. »Stimmt.«

»Wahrscheinlich wird er sich morgen nicht an besonders viel erinnern.«

»Das ist egal.«

»Nicht, wenn du ihn magst.«

Marcia dachte kurz darüber nach, dann schüttelte sie den Kopf. Sophia hatte das Gefühl, dass sie einen Entschluss gefasst hatte, auch wenn sie nicht sicher war, welchen.

»Ist Luke schon weg?«

»Er fährt kurz zur Tankstelle ein paar Sachen einkaufen. In ein paar Minuten ist er wieder da.«

»Im Ernst? Ich hoffe, er verriegelt diesmal die Türen.« Marcia zog den Reißverschluss der Tasche zu. »Moment mal – warum kommt er denn zurück? Du hast doch gesagt, du hättest Schluss gemacht.«

»Hab ich auch.«

»Aber?«

»Wie wäre es, wenn wir nächste Woche darüber sprechen, wenn du zurück bist? Jetzt im Augenblick weiß ich selbst nicht genau, was mit uns passiert.«

Marcia nahm das so hin und ging zur Tür, blieb aber noch einmal stehen.

»Ich habe nachgedacht«, sagte sie. »Mein Gefühl sagt mir, dass es zwischen euch klappen wird. Und wenn du meine Meinung hören willst: Ich finde es gut.«

In den Bergen hatte es heftig geschneit, und die Straßen waren stellenweise vereist, weshalb sie die Hütten erst kurz vor vier Uhr morgens erreichten. Das Gelände ähnelte einer längst verlassenen Westernstadt. Obwohl es stockdunkel war, lenkte Luke den Pick-up zielsicher vor dieselbe Hütte, in der sie beim ersten Mal gewohnt hatten. Der Schlüssel baumelte im Schloss.

Innen war es eisig, die dünnen Holzwände konnten gegen die Kälte wenig ausrichten. Auf Lukes Rat hin hatte Sophia sowohl eine Mütze als auch Fäustlinge eingepackt, und sie trug beides zu ihrer dicken Jacke, während Luke den Kamin und den Holzofen anzündete. Das Schlittern und Rutschen des Wagens auf den glatten Straßen hatte sie die ganze Zeit hellwach gehalten, doch jetzt holte die Erschöpfung sie ein.

Sie gingen vollständig angezogen mit Jacken und Mützen ins Bett und schliefen innerhalb von Minuten ein. Als Sophia Stunden später aufwachte, war es deutlich wärmer in der Hütte, wenn auch nicht warm genug, um ohne mehrere Kleidungsschichten herumzulaufen. Ein billiges Hotel wäre vermutlich bequemer gewesen, doch als sie aus dem Fenster sah, staunte sie erneut über die Schönheit der Landschaft. Eiszapfen hingen an den Ästen und glitzerten im Sonnenlicht. Luke stand bereits in der Küche, und der Duft von Eiern mit Speck lag in der Luft.

»Bist du endlich wach?«, sagte er.

»Wie spät ist es denn?«

»Fast zwölf.«

»Ich war wohl ganz schön müde. Wie lange bist du schon auf?«

»Zwei Stunden. Ist gar nicht so einfach, die Hütte hier so warm zu halten, dass sie bewohnbar ist.«

Das glaubte Sophia sofort. Wieder wurde ihr Blick zum Fenster gezogen. »Warst du schon mal im Winter hier?«

»Nur ein Mal, als Kind. Ich hab den ganzen Tag Schneemänner gebaut und geröstete Marshmallows gegessen.«

Sophia stellte sich Luke als kleinen Jungen vor und musste lächeln, doch sie wurde schnell wieder ernst. »Möchtest du jetzt darüber sprechen? Was dich umgestimmt hat?«

Er spießte einen Streifen Speck mit der Gabel auf und holte ihn aus der Pfanne. »Nichts Spezielles eigentlich. Es war nur mein gesunder Menschenverstand.«

»Sonst nichts?«

Er legte die Gabel weg. »In der Endrunde habe ich Big Ugly Critter gezogen. Und in dem Moment, als ich ihn wirklich reiten sollte …« Er schüttelte den Kopf, ohne den Satz zu Ende zu sprechen. »Jedenfalls wusste ich hinterher, dass es Zeit ist, die Sporen an den Nagel zu hängen.

Mir war einfach klar, dass es vorbei ist. Es hat meine Mutter kaputt gemacht.«

Mich auch, wollte Sophia sagen. Ließ es aber.

Er sah sich über die Schulter, als habe er ihre unausgesprochenen Worte gehört. »Außerdem hast du mir gefehlt.«

»Was ist mit der Ranch?«, fragte sie leise.

»Die werden wir wahrscheinlich verlieren. Und dann versuchen wir, noch einmal von vorn anzufangen. Meine Mutter kennt ziemlich viele Leute, ich hoffe, sie fällt auf die Füße. Sie hat natürlich gesagt, ich soll mir um sie keine Sorgen machen, sondern mir lieber überlegen, was ich jetzt vorhabe.«

»Und was hast du vor?«

»Weiß ich noch nicht.« Er trug zwei Teller zum Tisch. Eine Kanne Kaffee wartete bereits. »Ich hoffe, dass dieses Wochenende mir hilft, es herauszufinden.«

»Und du glaubst, wir können einfach da weitermachen, wo wir aufgehört haben?«

»Auf keinen Fall.« Er stellte die Teller ab und zog für Sophia einen Stuhl heraus. »Aber ich hatte gehofft, wir könnten vielleicht noch mal neu anfangen.«

Am Nachmittag bauten sie zusammen einen Schneemann. Während sie den pappigen Schnee zu immer größeren Kugeln rollten, brachten sie einander auf den neuesten Stand in ihrem Leben. Luke berichtete von den Rodeos in Macon und South Carolina und von der Ranch. Sophia erzählte, dass sie wegen des getrübten Verhältnisses zu

Marcia sehr viel Zeit in der Bibliothek verbracht hatte, wodurch sie mit dem Stoff so weit voraus war, dass sie die nächsten zwei Wochen eigentlich gar nicht lernen musste.

»Das ist das Gute daran, seiner Mitbewohnerin aus dem Weg zu gehen«, bemerkte sie. »Man kümmert sich mehr um sein Studium.«

»Marcia hat mich gestern Abend wirklich überrascht«, sagte Luke. »So etwas hätte ich ihr nicht zugetraut. Unter den gegebenen Umständen, meine ich.«

»Ich war nicht überrascht.«

»Ehrlich nicht?«

Sophia dachte kurz nach und fragte sich, wie es Marcia wohl gerade ging.

»Na gut. Vielleicht ein *bisschen*.«

Am Abend, als sie sich vor dem prasselnden Kamin unter einer Decke auf die Couch kuschelten, fragte Sophia: »Wird dir das Rodeo fehlen?«

»Wahrscheinlich schon. Aber nicht so sehr, um wieder anzufangen.«

»Hört sich an, als seist du dir sicher.«

»Das bin ich auch.«

Sophia betrachtete sein Gesicht, fasziniert vom Widerschein des Feuers in seinen Augen.

»Mir tut es für deine Mutter leid«, sagte sie. »Ich weiß, sie ist froh, dass du aufgehört hast, aber …«

»Ja, mir tut es auch leid. Aber ich mache es irgendwie wieder gut.«

»Ich glaube, es reicht ihr schon, dich bei sich zu haben.«

»Das habe ich mir auch gesagt. Aber jetzt will ich dich etwas fragen. Und denk bitte zuerst darüber nach, bevor du antwortest. Es ist wichtig.«

»Leg los.«

»Hast du nächstes Wochenende schon etwas vor? Denn falls nicht, würde ich dich sehr gern zum Essen einladen.«

»Bittest du mich um ein Date?«

»Ich versuche, noch mal neu anzufangen. So macht man das doch, oder? Man verabredet sich.«

Sie reckte sich und küsste ihn zum ersten Mal an diesem Tag. »Ich glaube, wir müssen nicht unbedingt noch mal *ganz* von vorn anfangen, oder?«

»Ist das ein Ja oder ein Nein?«

»Ich liebe dich, Luke.«

»Ich liebe dich auch, Sophia.«

In jener Nacht liebten sie sich, und dann noch einmal am Montagmorgen, nachdem sie ausgeschlafen hatten. Sie frühstückten gemütlich, und nach einem Spaziergang sah Sophia von der warmen Hütte bei einer Tasse Kaffee aus zu, wie Luke den Pick-up belud. Sie hatten sich verändert. In den wenigen Monaten, die sie einander nun kannten, war ihre Beziehung tiefer geworden, als sie es erwartet hatte.

Ein paar Minuten später brachen sie auf und fuhren den Berg hinunter. Die Sonnenstrahlen auf dem Schnee erzeugten einen so grellen Schein, dass sich Sophia abwandte und den Kopf an das Fenster lehnte. Sie warf einen Blick auf Luke. Was passieren würde, wenn sie im Mai mit dem College fertig wäre, wusste sie immer noch nicht genau, doch zum ersten Mal stand die Möglichkeit im Raum, dass Luke mit ihr wegzog. Sie hatte diesen Gedanken ihm gegenüber noch nicht erwähnt, fragte sich aber, ob ihre Pläne bei seinem Entschluss, das Rodeo aufzugeben, eine Rolle gespielt hatten.

Solchen Fragen hing sie nach und war in dem warmen, gemütlichen Auto beinahe eingedöst, als Luke die Stille unterbrach.

»Hast du das gesehen?«

Sophia schlug die Augen auf und merkte, dass Luke langsamer wurde.

»Nein, was denn?«

Zu ihrer Verblüffung trat Luke heftig auf die Bremse, fuhr auf den Seitenstreifen und blickte in den Rückspiegel. »Ich dachte, da hinten war etwas.« Er schaltete den Motor aus und die Warnblinkanlage ein. »Warte mal eine Sekunde, ja?«

»Was machst du?«

»Ich möchte nur mal schnell nachsehen.«

Er schnappte sich seine Jacke vom Rücksitz, sprang aus dem Auto und zog die Jacke im Gehen an. Sophia drehte sich um und stellte fest, dass sie gerade um eine Kurve gefahren waren.

Luke sah in beide Richtungen und trabte dann über die Straße. Erst jetzt fiel Sophia auf, dass drüben die Leitplanke zerstört war.

Luke spähte vorsichtig die steile Böschung hinab und

winkte Sophia dann hektisch zu. Hastig sprang sie aus dem Wagen.

»Ruf den Notarzt!«, rief er. »Da unten liegt ein Auto, und ich glaube, es ist noch jemand drin!«

Damit kletterte er über die kaputte Leitplanke und verschwand.

KAPITEL 30

Sophia

Später würde sie sich an die Geschehnisse in einer Abfolge von schnellen Bildern erinnern: Luke, der die steile Böschung hinunterkletterte, und der Anruf beim Rettungsdienst. Sie selbst, die panisch zurück zum Auto lief, um eine Flasche Wasser zu holen, nachdem Luke gerufen hatte, er glaube, der Fahrer bewege sich noch. Dann Sophias mühsamer Abstieg, bei dem sie sich an Sträuchern und Büschen festhielt, und der Anblick des Autowracks – die zerknitterte Motorhaube, der fast abgerissene Kotflügel, die Zickzacksprünge in der Windschutzscheibe. Luke, der an der verklemmten Fahrertür zerrte, während er versuchte, nicht das Gleichgewicht an diesem Abhang zu verlieren, der nur wenige Meter von der vorderen Stoßstange entfernt zu einer blanken Felswand wurde.

Aber vor allem erinnerte sie sich an ihre zugeschnürte Kehle, als sie den alten Mann entdeckte, dessen knochiger Kopf gegen das Lenkrad gedrückt war. Sie bemerkte die Haarbüschel auf seiner fleckigen Kopfhaut, die Ohren, die zu groß für ihn wirkten. Sein Arm war in einem unnatürlichen Winkel abgeknickt. Eine Platzwunde auf der Stirn, die Schulter schief, die Lippen so trocken, dass sie bluteten.

Er musste schreckliche Schmerzen haben, doch sein Gesichtsausdruck war merkwürdig gelassen. Als Luke endlich die Tür aufbekam, ging Sophia vorsichtig näher, um auf dem glitschigen Untergrund nicht abzurutschen.

»Ich bin hier«, sagte Luke zu dem alten Mann. »Können Sie mich hören? Können Sie sich bewegen?«

Sie hörte die Angst in Lukes Stimme, als er behutsam am Hals des Mannes nach dem Puls tastete.

»Sehr schwach«, sagte er zu Sophia. »Sein Zustand ist schlecht.«

Das Stöhnen des Verletzten war kaum zu hören. Luke schraubte die Wasserflasche auf, goss etwas in den Deckel und hielt ihn an den Mund des alten Mannes. Das meiste tropfte daneben, aber es reichte, um ihm die Lippen zu befeuchten, und er schaffte es, einen Schluck hinunterzuwürgen.

»Wer sind Sie?«, fragte Luke sanft. »Wie heißen Sie?«

Der Mann machte ein pfeifendes Geräusch. Seine halb geöffneten Augen waren trüb. »Ira.«

»Wann ist das passiert?«

Es dauerte lange, bis die Antwort kam. »ams ... tag ...«

Luke warf Sophia einen ungläubigen Blick zu, dann wandte er sich wieder an Ira. »Wir holen Hilfe, okay? Der Krankenwagen ist gleich da. Halten Sie durch. Möchten Sie noch etwas Wasser?«

Anfangs war Sophia nicht sicher, ob Ira Luke gehört hatte, aber er öffnete den Mund leicht, und Luke goss ihm langsam noch eine Verschlusskappe Wasser in den Mund. Ira schluckte erneut und murmelte dann etwas Unverständliches. Erst nach und nach wurden die stoßweise gekrächzten Silben vernehmbar: »ief ... fü ... au ... Ruf ...«

Weder Sophia noch Luke konnten sich einen Reim darauf machen. Luke beugte sich wieder vor.

»Ich verstehe Sie nicht. Soll ich jemanden für Sie anrufen, Ira? Haben Sie eine Frau oder Kinder? Können Sie mir eine Telefonnummer sagen?«

»ief …«

»Schief?«, fragte Luke.

»Nein … ief … im … Auto … Ruf …«

Ratlos drehte sich Luke zu Sophia um. Sie schüttelte den Kopf und ging im Geiste die Möglichkeiten durch: lief, tief, Brief …

Brief?

»Ich glaube, er spricht von einem Brief.« Sie beugte sich dicht zu Ira hinunter. »Brief meinten Sie, richtig?«

»Ja«, keuchte er und schloss die Augen wieder. Sein Atem rasselte wie Kiesel in einem Glas. Vorsichtig tastete sie sich um den Wagen herum auf die Beifahrerseite.

»Was machst du da?«, rief Luke.

»Ich will diesen Brief suchen.«

Die andere Seite war weniger verbeult, sodass Sophia die Tür relativ leicht aufziehen konnte. Auf dem Boden unter dem eingedellten Handschuhfach lagen eine Thermoskanne und ein unförmiges Sandwich. Eine kleine Plastiktüte mit Trockenpflaumen. Eine Wasserflasche … und dort, in der Ecke, ein Umschlag. Sie griff in den Wagen, geriet ins Rutschen, konnte sich aber fangen, streckte die Hand noch weiter aus und erwischte den Umschlag mit zwei Fingern. Sie hielt ihn in die Luft, um ihn Luke zu zeigen.

»Ein Brief an seine Frau.« Sie schloss die Tür und ging vorsichtig zu Luke zurück. »Das hat er vorhin gemeint.«

»Als er Ruf sagte?«

»Nicht Ruf«, sagte Sophia. Sie drehte den Umschlag um, sodass Luke ihn lesen konnte, und steckte ihn dann in ihre Jackentasche. »Ruth.«

Ein Autobahnpolizist traf als Erster ein. Er und Luke waren sich einig, dass es zu riskant war, Ira zu bewegen. Doch es dauerte ewig, bis endlich Krankenwagen und Notarzt kamen, und auch dann war schnell klar, dass man den alten Mann nicht gefahrlos aus dem Auto holen und mit einer Trage die verschneite Böschung hinauftransportieren konnte.

Letzten Endes wurde ein Abschleppwagen gerufen, was die Rettung noch weiter verzögerte. Ein Seil wurde ausgerollt und in der hinteren Stoßstange eingehakt, während die Sanitäter Ira mit den Sicherheitsgurten so gut es ging auf dem Sitz festschnallten, um die Erschütterung zu minimieren. Erst dann wurde der Wagen langsam den Abhang hinauf und auf die Straße gezogen.

Während Luke die Fragen des Polizisten beantwortete, blieb Sophia in der Nähe der Sanitäter und sah zu, wie sie Ira auf die Trage hoben, ihm eine Sauerstoffmaske aufsetzten und schließlich in den Krankenwagen rollten.

Ein paar Minuten später waren Luke und Sophia allein. Er nahm sie fest in die Arme. Beide versuchten, Kraft aus dem anderen zu ziehen. Da fiel Sophia plötzlich ein, dass sie den Brief noch in der Tasche trug.

Zwei Stunden später saßen sie nebeneinander in der überfüllten Notaufnahme der örtlichen Klinik und warteten. Luke hielt Sophias Hand. In der anderen hatte sie den Brief, und hin und wieder betrachtete sie die krakelige Schrift. Sie wunderte sich etwas, dass sie der Schwester ihre Namen genannt und gebeten hatte, über Iras Zustand informiert zu werden, statt ihr einfach den Brief auszuhändigen.

Dann hätten sie ihre Fahrt fortsetzen können, doch als sich Sophia an den Ausdruck auf Iras Gesicht erinnerte, an sein Drängen, den Brief zu finden, wollte sie unbedingt persönlich dafür sorgen, dass er in der Hektik des Krankenhausbetriebs nicht verloren ging. Sie würde ihn dem Arzt geben oder, besser noch, Ira selbst.

Das jedenfalls redete sie sich ein. Iras fast friedvolle Miene, als sie ihn fanden, hatte sie ins Grübeln gebracht. Woran er wohl gedacht oder wovon er wohl geträumt hatte? Es war ein Wunder, dass er diese Verletzungen in seinem Alter und dem gebrechlichen Zustand überlebt hatte. Vor allem allerdings war Sophia erstaunt, dass noch keine Freunde oder Angehörigen panisch vor Sorge durch die Tür gestürmt waren. Ira war bei Bewusstsein gewesen, als sie ihn in den OP schoben, deshalb hätte er vermutlich bitten können, jemanden zu benachrichtigen. Wo waren sie also? Warum war noch niemand hier? Ira brauchte doch jetzt mehr denn je –

Luke setzte sich auf und unterbrach ihre Gedankengänge. »Du weißt, dass wir wahrscheinlich nicht zu ihm dürfen, nicht wahr?«, fragte er.

»Ja. Aber ich möchte trotzdem hören, wie es ihm geht.«

»Warum?«

Sie drehte den Brief hin und her, immer noch nicht in der Lage, den Grund dafür in Worte zu fassen. »Weiß ich auch nicht.«

Weitere vierzig Minuten verstrichen, bis endlich ein Arzt durch die Schwingtür kam. Er ging zuerst zum Empfang und dann, als die Schwester auf Luke und Sophia deutete, zu ihnen. Sie standen auf.

»Ich bin Dr. Dillon. Man hat mir gesagt, sie würden gern Mr Levinson besuchen?«

»Meinen Sie Ira?«, fragte Sophia.

»Sie beide haben ihn gefunden, richtig?«

»Ja.«

»Darf ich fragen, warum Sie zu ihm wollen?«

Beinahe hätte Sophia dem Arzt von dem Brief erzählt, unterließ es aber. Luke bemerkte ihre Unsicherheit und räusperte sich. »Wir wollen einfach nur hören, ob es ihm gut geht.«

»Leider darf ich Ihnen über seinen Zustand keine Auskunft geben, da Sie keine Verwandten sind.«

»Aber er wird doch wieder gesund, oder?«

Der Arzt blickte von einem zum anderen. »Ich bin froh, dass Sie ihn noch rechtzeitig gefunden und den Krankenwagen gerufen haben, aber Sie sind nicht weiter verantwortlich. Sie kennen ihn ja gar nicht.«

Sophia sah ihn an, sie spürte, dass er noch mehr sagen wollte. Schließlich seufzte er.

»Ich weiß nicht genau, was los ist«, sagte Dr. Dillon, »aber

Mr Levinson hat erfahren, dass Sie hier sind, und möchte Sie gern sprechen. Ich muss Sie bitten, den Besuch so kurz wie möglich zu halten.«

Ira wirkte noch kleiner als zuvor im Wagen, als sei er in den vergangenen Stunden geschrumpft. Er lag in dem halb aufgerichteten Krankenhausbett, sein Mund stand offen, die Wangen waren eingefallen, aus dem Arm schlängelten sich Infusionsschläuche. Ein Apparat neben seinem Bett piepste im Rhythmus seines Herzschlags.

»Nicht zu lange«, mahnte der Arzt noch einmal, und Luke nickte. Zögerlich stellte sich Sophia an die Bettkante. Aus dem Augenwinkel sah sie Luke einen Stuhl holen und zu ihr schieben, dann trat er wieder zurück. Sophia setzte sich und beugte sich vor.

»Wir sind hier, Ira.« Sie zeigte ihm den Brief. »Ich habe Ihren Brief für Sie.«

Ira atmete mühsam ein und drehte langsam den Kopf. Seine Augen richteten sich erst auf den Brief, dann auf Sophia. »Ruth ...«

»Ja«, sagte sie. »Ihr Brief an Ruth. Ich lege ihn hier neben Sie, einverstanden?«

Er sah sie verständnislos an. Dann wurde seine Miene weicher, fast traurig. Schwach bewegte er die Hand in ihre Richtung, und instinktiv ergriff Sophia sie.

»Ruth«, wiederholte er mit feuchten Augen. »Meine liebste Ruth.«

»Es tut mir leid, ich bin nicht Ruth. Mein Name ist Sophia. Wir haben Sie vorhin gefunden.«

Er blinzelte, blinzelte noch einmal, sichtlich verwirrt.

»Ruth?«

Das Flehen in seinem Tonfall schnürte Sophia die Kehle zu.

»Nein«, sagte sie leise und bemerkte, dass er angestrengt die Finger nach dem Brief reckte. Sie legte ihn in seine Hand. Er hob ihn hoch, als sei er ungeheuer schwer, und reichte ihn ihr dann zurück. Als er jetzt sprach, klang seine Stimme kräftiger, die Worte waren zum ersten Mal klar verständlich.

»Bist du es wirklich?«

Sophia nahm den Umschlag. »Möchten Sie, dass ich den Brief lese?«

Er sah ihr in die Augen, eine Träne rann über seine hohle Wange. »Bitte, Ruth. Du sollst ihn lesen.«

Er stieß einen langen Atemzug aus, als habe ihn das Sprechen völlig erschöpft. Sophia drehte sich zu Luke um, sie wusste nicht, was sie tun sollte. Er zeigte auf den Brief.

»Ich glaube, du solltest ihn lesen«, sagte Luke zu ihr. »Das wünscht er sich. Lies ihn laut, sodass er dich hören kann.« Sophia starrte auf den Brief in ihren Händen. Es kam ihr falsch vor. Ira war verwirrt. Es war ein persönlicher Brief, er war für diese Ruth bestimmt, nicht für sie.

»Bitte«, sagte Ira, als könne er ihre Gedanken lesen. Seine Stimme klang schon wieder schwächer.

Mit zitternden Händen betrachtete Sophia den Umschlag noch einmal, bevor sie ihn öffnete. Der Brief war einen Bogen lang, in derselben krakeligen Schrift verfasst wie der Name außen. Sie hielt das Papier ins Licht und las langsam vor:

Meine geliebte Ruth,
es ist früh, zu früh, aber wie üblich ist es mir unmöglich, wieder einzuschlafen. Draußen bricht der neue Tag in all seiner Pracht an, und doch kann ich nur an die Vergangenheit denken. In dieser stillen Stunde träume ich von Dir und den Jahren, die wir gemeinsam verbrachten. Ein Jahrestag steht vor der Tür, liebe Ruth, aber nicht der, den wir normalerweise feiern. Es ist aber derjenige, der mein Leben mit Dir beginnen ließ, und ich drehe mich zu Deinem Platz um, weil ich Dich daran erinnern möchte, obwohl mir bewusst ist, dass Du nicht da bist. Gott, mit einer Weisheit, die zu begreifen ich nicht beanspruchen kann, hat Dich vor langer Zeit zu sich gerufen, und die Tränen, die ich jede Nacht vergieße, versiegen nie.

Sophia stockte und sah Ira an. Seine Lippen lagen aufeinander, Tränen sickerten immer noch in die Furchen seines Gesichts. Sie bemühte sich, die Fassung zu bewahren, doch ihre Stimme bebte.

Ich vermisse Dich heute Morgen so, wie ich Dich seit neun Jahren jeden Tag vermisse. Ich bin des Alleinseins müde. Ich bin es müde, ohne Dein Lachen zu leben, ich verzweifle bei dem Gedanken, Dich nie wieder im Arm halten zu dürfen. Aber es würde Dich freuen, dass ich, wenn diese dunklen Gedanken mich zu überwältigen drohen, Deine tadelnde Stimme höre: »Sei nicht so trübselig, Ira. Ich habe keinen trübseligen Mann geheiratet.«

Es gibt so viele Erinnerungen! Wir haben etliche Abenteuer erlebt, nicht wahr? Das sind Deine Worte, nicht meine, denn so hast

Du immer unser gemeinsames Leben beschrieben. Das sagtest Du zu mir, wenn Du neben mir im Bett lagst, das sagtest Du zu mir an Rosch ha-Schana, jedes Jahr. Immer entdeckte ich dann ein zufriedenes Funkeln in Deinen Augen, und in diesen Momenten erfüllte Deine Miene noch mehr als Deine Worte mein Herz mit Freude. Mit Dir kam mir unser Leben tatsächlich wie ein fantastisches Abenteuer vor, trotz unseres ganz gewöhnlichen Alltags erfüllte Deine Liebe alles mit geheimen Reichtümern. Warum ich das Glück hatte, das Leben mit Dir teilen zu dürfen, werde ich niemals verstehen.

Ich liebe Dich jetzt, wie ich Dich immer geliebt habe, und es schmerzt mich, dass ich es Dir nicht mehr sagen kann. Dies, mein Liebling, ist mein letzter Brief an Dich.

Du weißt, was die Ärzte mir mitgeteilt haben, Du weißt, dass ich sterben und im August nicht nach Black Mountain fahren werde. Doch ich habe keine Angst. Meine Zeit auf Erden ist bald vorüber, und ich nehme bereitwillig an, was auch kommen mag. Es macht mich nicht traurig. Eher erfüllt es mich mit Frieden, und ich zähle die Tage mit Erleichterung und Dankbarkeit. Denn jeder Tag, der vergeht, bringt mich dem Augenblick näher, an dem ich Dich wiedersehe.

Du bist meine Frau, aber vor allem warst Du immer meine einzige wahre Liebe. Fast drei Viertel eines Jahrhunderts hast Du meinem Dasein Bedeutung geschenkt.

Jetzt ist es Zeit, sich zu verabschieden, und an der Schwelle dieses Übergangs glaube ich zu verstehen, warum Du mir genommen wurdest. Es sollte mir zeigen, wie außergewöhnlich Du warst, und mich durch diesen langen Prozess der Trauer die Bedeutsamkeit der Liebe erneut lehren. Unsere Trennung, das begreife ich nun, war nur vorübergehend. Wenn ich in die Tiefen des Universums *blicke, weiß ich, dass ich Dich bald wieder in meinen Armen halten werde. Falls es einen Himmel gibt, werden wir einander wiederfinden, denn ohne Dich gibt es keinen Himmel.*

Ich liebe Dich,

Ira

Durch einen Tränenschleier sah Sophia, dass Iras Gesicht einen Ausdruck von unbeschreiblichem Frieden annahm. Sorgfältig steckte sie den Brief zurück in den Umschlag. Sie legte ihn in seine Hand und spürte, dass er ihn ergriff. Inzwischen stand der Arzt in der Tür, und Sophia wusste, dass es Zeit war zu gehen. Sie stand auf, und Luke stellte den Stuhl zurück an die Wand und nahm ihre Hand. Als Ira den Kopf drehte, klappte sein Mund auf. Sein Atem ging schwer. Mit einem letzten Blick auf die schmächtige Gestalt des alten Mannes traten Sophia und Luke in den Flur hinaus und machten sich endlich auf den Weg nach Hause.

KAPITEL 31

Luke

Der Februar neigte sich allmählich dem Ende zu, und Sophia bereitete sich auf ihre Abschlussprüfungen vor, während der Verkauf der Ranch unaufhaltsam näher rückte. Lukes Preisgelder aus den ersten drei Wettkämpfen hatten seiner Mutter und ihm ein oder zwei zusätzliche Monate verschafft, bevor sie zahlungsunfähig wurden. Dennoch sprach Linda nach und nach ihre Nachbarn an, ob jemand Interesse hätte, die Ranch zu übernehmen.

Sophia machte sich Gedanken über ihre Zukunft. Weder das Denver Art Museum noch das MoMA hatten sich gemeldet, und sie befürchtete, wieder für ihre Eltern arbeiten und in ihr altes Kinderzimmer zurückziehen zu müssen. Auch Luke schlief nicht sonderlich gut. Seine Sorge war, ob seine Mutter in der Gegend bleiben und ob er sie würde unterstützen können, bis sie etwas Vernünftiges gefunden hatte.

Doch meistens wollte keiner von ihnen beiden über die Zukunft reden. Sie versuchten vielmehr, sich auf die Gegenwart zu konzentrieren, und suchten Trost in der Gesellschaft des anderen und der Gewissheit ihrer Gefühle füreinander. Im März fuhr Sophia jeden Freitagnachmittag zur Ranch und blieb bis Sonntag. Oft übernachtete sie auch am Mittwoch bei Luke. Wenn es nicht regnete, verbrachten sie den Großteil der Zeit zu Pferde. Oft half sie ihm bei seinen Arbeiten, gelegentlich leistete sie aber auch seiner Mutter Gesellschaft. Es war genau das Leben, das sich Luke immer ausgemalt hatte – und dann fiel ihm wieder ein, dass es bald vorbei war und er nichts dagegen unternehmen konnte.

Eines Abends Mitte März, als die erste Andeutung von Frühling in der Luft zu spüren war, ging Luke mit Sophia in eine Bar, in der eine beliebte Countrymusic-Band auftrat. Er beobachtete, wie sie mit dem Fuß im Takt wippte.

»Wenn du so weitermachst«, sagte er und deutete mit dem Kopf auf ihr Bein, »komme ich noch auf die Idee, dass dir die Musik gefällt.«

»Sie gefällt mir ja auch.«

Er lächelte. »Du kennst den Witz, oder? Was passiert, wenn man Countrymusic rückwärts abspielt?«

Sie nahm einen Schluck Bier. »Nein, ich glaube nicht.«

»Du kriegst deine Frau zurück, du kriegst deinen Hund zurück, du kriegst dein Auto zurück …«

Sie grinste. »Lustig.«

»Du hast nicht gelacht.«

»So lustig nun auch wieder nicht.«

Jetzt musste er lachen. »Ist zwischen dir und Marcia wieder alles in Ordnung?«

Sophia klemmte sich eine Haarsträhne hinters Ohr. »Am

Anfang war es ein bisschen komisch, aber jetzt ist es fast wie früher.«

»Ist sie immer noch mit Brian zusammen?«

Sophia schnaubte. »Nein, das war vorbei, als sie erfahren hat, dass er sie betrügt.«

»Wann war das denn?«

»Vor zwei Wochen? Ist vielleicht auch schon ein bisschen länger her.«

»War sie traurig?«

»Nicht besonders. Zu dem Zeitpunkt hatte sie bereits einen anderen. Er ist ein Jahr jünger, deshalb wird es wohl nicht lange halten.«

Luke zupfte am Etikett seiner Bierflasche. »Sie ist eine interessante Frau.«

»Sie hat ein gutes Herz«, sagte Sophia bestimmt.

»Und du bist nicht sauer auf sie?«

»War ich. Aber ich bin drüber weg.«

»Wirklich?«

»Sie hat einen Fehler gemacht. Aber sie wollte mir nicht wehtun, und sie hat sich eine Million Mal entschuldigt. Und sie war da, als ich sie brauchte. Also ja, ich bin wirklich drüber weg.«

»Glaubst du, dass ihr in Verbindung bleibt? Nach dem College?«

»Natürlich. Sie ist immer noch meine beste Freundin. Und du solltest sie auch mögen.«

»Warum?« Er zog eine Augenbraue hoch.

»Weil ich dich ohne sie nie getroffen hätte«, sagte Sophia schlicht.

Ein paar Tage später begleitete Luke seine Mutter zur Bank. Sie hatten sich doch noch einmal einen neuen Geschäftsplan überlegt, der es ihnen ermöglichen würde, die Ranch zu behalten. Er sah den Verkauf der Hälfte des Grundstücks vor, einschließlich der Tannenbaumpflanzung, des Kürbisfeldes und einer der Weiden, vorausgesetzt, es fände sich ein Käufer. Die Herde würde um ein Drittel verkleinert. Lindas Berechnungen zufolge wären sie dann in der Lage, die dadurch gesunkenen Kreditraten zu bezahlen.

Drei Tage später lehnte die Bank den Antrag offiziell ab.

Am letzten Freitag des Monats tauchte Sophia am Abend sichtlich unglücklich mit roten Augen und hängenden Schultern auf der Ranch auf. Luke nahm sie in die Arme.

Sie schniefte, und ihre Stimme bebte beim Sprechen.

»Ich konnte einfach nicht mehr warten«, sagte sie. »Also habe ich beim Denver Art Museum angerufen und gefragt, ob sie schon Gelegenheit hatten, meine Bewerbung zu prüfen. Sie haben gesagt, ja, und der Praktikumsplatz sei schon vergeben. Und das Gleiche beim MoMA.«

»Das tut mir leid.« Er wiegte sie hin und her. »Ich weiß, wie sehr du auf eine der beiden Stellen gehofft hattest.«

Nach einer Weile löste sich Sophia von ihm.

»Was mache ich denn jetzt?«, fragte sie bedrückt. »Ich will nicht zu meinen Eltern zurück. Ich will nicht wieder im Laden arbeiten.«

Er stand kurz davor, ihr zu sagen, sie könne bei ihm wohnen, so lange sie wolle, da fiel ihm plötzlich ein, dass das ja auch nicht möglich war.

Anfang April sah Luke seine Mutter drei Männer über das Gelände führen. Einen von ihnen erkannte er als einen Rancher aus der Nähe von Durham. Sie hatten sich ein oder zwei Mal bei Rinderauktionen unterhalten. Aber selbst aus der Entfernung wurde offensichtlich, dass seine Mutter nicht viel für ihn übrighatte. Ob es persönliche Abneigung war oder der bevorstehende Verlust der Ranch an sich, konnte Luke nicht einschätzen. Die beiden anderen, vermutete er, waren entweder Verwandte oder Geschäftspartner.

Beim Essen an diesem Abend verlor seine Mutter kein Wort darüber. Und Luke fragte nicht.

Obwohl Luke nur drei der bisher sieben Rodeos geritten war, hatte er genug Punkte gesammelt, um zum Stichtag noch den fünften Platz zu belegen – genug, um sich für die große Tour zu qualifizieren. Am darauffolgenden Wochenende fand in Chicago ein Wettkampf statt, dessen Preisgeld gereicht hätte, die Ranch bis zum Ende des Jahres über Wasser zu halten, vorausgesetzt, er ritte so gut wie zu Beginn der Saison.

Aber er hielt Wort. Der elektrische Bulle in der Scheune blieb abgedeckt, und ein anderer Reiter rückte für ihn nach, zweifellos von dem Traum beseelt, den Sieg zu erringen.

»Bereust du es?«, fragte Sophia. »Dass du dieses Wochenende nicht dabei bist, meine ich.«

Sie waren unter einem blauen, wolkenlosen Himmel spontan nach Atlantic Beach gefahren. Die Brise am Meer war kühl, und die Leute gingen am Strand spazieren oder ließen Drachen steigen. Ein paar unerschrockene Surfer ritten die langen, rollenden Wellen bis zum Ufer.

»Nein«, antwortete er ohne zu zögern.

Sie liefen ein paar Schritte weiter. Luke wühlte mit seinen Füßen den Sand auf.

»Du hättest bestimmt ganz gut abgeschnitten.«

»Wahrscheinlich.«

»Glaubst du, du hättest gewonnen?«

Luke dachte kurz nach, den Blick auf zwei durch das Wasser gleitende Tümmler gerichtet.

»Vielleicht«, sagte er. »Aber eher nicht. Es gibt einige ziemlich talentierte Reiter auf der Tour.«

Sophia blieb stehen und sah zu Luke auf. »Mir fällt gerade etwas ein.«

»Und zwar?«

»In South Carolina hast du doch im Finale Big Ugly Critter gezogen, oder?«

Er nickte.

»Du hast mir gar nicht erzählt, was dann passiert ist.«

»Stimmt.« Immer noch beobachtete er die Tümmler. »Das hab ich noch gar nicht gemacht.«

Eine Woche später kamen die drei Männer, die die Ranch besichtigt hatten, erneut und blieben eine halbe Stunde in Lindas Küche. Luke vermutete, dass sie ihr ein Angebot unterbreiteten, konnte sich aber nicht überwinden, hinzugehen und zuzuhören. Er wartete lieber, bis sie weg waren. Als er ins Haus kam, saß seine Mutter immer noch am Küchentisch.

Wortlos blickte sie zu ihm auf.

Und schüttelte dann nur den Kopf.

»Was machst du nächsten Freitag?«, fragte Sophia. »Also nicht morgen, sondern den darauf?«

Es war Donnerstagabend, einen Monat vor der Zeugnisübergabe, und das erste – und wahrscheinlich letzte – Mal, dass Luke umringt von einer Horde Studentinnen in einem Klub saß. Marcia war ebenfalls dabei und hatte Luke auch begrüßt, war aber deutlich stärker an dem dunkelhaarigen Mann interessiert, mit dem sie sich dort getroffen hatten. Luke und Sophia mussten sich nahezu anbrüllen, um sich bei den erbarmungslos hämmernden Bässen der Musik zu verständigen.

»Weiß nicht. Wahrscheinlich arbeiten«, gab er zurück. »Warum?«

»Weil mein Institutsleiter, der zufällig auch mein Tutor ist, mir eine Einladung für eine Kunstauktion besorgt hat, und ich möchte, dass du mich begleitest.«

Luke beugte sich über den Tisch. »Sagtest du Kunstauktion?«

»Das muss eine unglaubliche Geschichte werden, eine einmalige Gelegenheit. Die Auktion findet im Tagungszentrum von Greensboro statt und wird von einem der großen New Yorker Auktionshäuser veranstaltet. Angeblich hat irgendein Typ aus North Carolina eine Weltklassesammlung an moderner Kunst zusammengetragen. Die Leute fliegen aus aller Welt ein, um mitzubieten. Manche der Bilder sollen ein Vermögen wert sein.«

»Und da willst du hin?«

»Hallo? Es geht um Kunst! Weißt du, wann zum letzten Mal eine Versteigerung von diesem Format hier in der Gegend stattgefunden hat? Noch nie.«

»Und wie lange dauert so etwas?«

»Keine Ahnung. Ich war noch nie auf einer Auktion, aber nur, damit du Bescheid weißt: Ich gehe hin. Und es wäre schön, wenn du mitkämst. Sonst muss ich neben meinem Tutor sitzen, und der wiederum bringt noch einen anderen Dozenten aus dem Institut mit, was bedeutet, sie werden sich die ganze Zeit miteinander unterhalten. Und in dem Fall bekäme ich wahrscheinlich schlechte Laune und müsste das ganze Wochenende im Wohnheim verbringen, um mich wieder zu erholen.«

»Wenn ich dich nicht besser kennen würde, hätte ich gesagt, du willst mich erpressen.«

»Ich will dich nicht erpressen. Ich gebe nur … etwas zu bedenken.«

»Und wenn ich das bedenke und trotzdem Nein sage?«

»Dann kriegst du Ärger.«

Er lächelte. »Wenn es dir so wichtig ist, möchte ich mir das um nichts in der Welt entgehen lassen.«

Irgendwann bemerkte Luke, dass es ihm seit einiger Zeit immer schwerer fiel, morgens an die Arbeit zu gehen. Ihm fehlte die Motivation. Warum das durchhängende Verandageländer bei seiner Mutter reparieren? Warum den Krater auffüllen, der sich neben der Bewässerungspumpe gebildet hatte? Warum die Schlaglöcher in der langen Kiesauffahrt ausbessern, die über den Winter immer tiefer geworden waren? Warum überhaupt irgendetwas machen, wenn sie doch ohnehin nicht mehr lange dort wohnen würden?

Bisher war er davon ausgegangen, dass seine Mutter immun gegen solche Empfindungen war, dass sie eine Kraft besaß, die er nicht geerbt hatte. Als er allerdings an diesem Morgen zur Rinderweide losgeritten war, hatte er plötzlich gestutzt und Pferd zum Stehen gebracht.

Der Garten seiner Mutter war immer ihr ganzer Stolz gewesen. Luke wusste noch, dass er schon als Kleinkind zugesehen hatte, wie sie im Frühling ordentliche, schnurgerade Reihen für die Bepflanzung anlegte oder im Sommer akribisch jätete, wie sie am Ende eines langen Tages das Gemüse erntete. Aber nun war das Beet völlig von Unkraut überwuchert.

»Also, noch mal wegen Freitag.« Sophia drehte sich im Bett zu ihm um. »Denk dran, dass es eine Kunstauktion ist.« Es waren nur noch zwei Tage bis dahin, und Luke gab sich Mühe, gebührende Aufmerksamkeit zu bekunden.

»Ja. Das hast du schon gesagt.«

»Viele reiche Leute. Wichtige Leute.«

»Ist gut.«

»Ich wollte mich nur vergewissern, dass du nicht vorhast, in Hut und Cowboystiefeln aufzutauchen.«

»Dachte ich mir schon.«

»Du wirst einen Anzug brauchen.«

»Habe ich«, sagte er. »Sogar einen schönen.«

»Du besitzt einen Anzug?« Sophias Augenbrauen schnellten nach oben.

»Warum klingst du so erstaunt?«

»Weil ich mir dich gar nicht in einem Anzug vorstellen kann. Ich hab dich bisher immer nur in Jeans gesehen.«

»Stimmt nicht.« Er zwinkerte. »Jetzt habe ich keine Jeans an.«

»Du lieber Himmel.« Sie zog es vor, das nicht weiter zu kommentieren. »Davon spreche ich nicht, das weißt du genau.«

Er lachte. »Ich habe mir vor zwei Jahren einen Anzug gekauft. Samt Krawatte und Hemd und Schuhen, wenn du es genau wissen willst. Ich war auf eine Hochzeit eingeladen.«

»Und lass mich raten. Es war das einzige Mal, dass du ihn getragen hast, richtig?«

»Nein.« Er schüttelte den Kopf. »Noch ein Mal.«

»Auch eine Hochzeit?«

»Nein, eine Beerdigung. Eine Freundin meiner Mutter.«

»Das wäre mein zweiter Tipp gewesen.« Sophia sprang aus dem Bett. Sie wickelte sich die Tagesdecke um und klemmte die Ecke fest wie bei einem Handtuch. »Ich will ihn mir ansehen. Hängt er im Schrank?«

»Ganz rechts.« Anerkennend betrachtete er ihre Figur in der improvisierten Toga.

Sophia öffnete die Schranktür, holte den Anzug heraus und inspizierte ihn.

»Du hast recht«, sagte sie. »Er ist schön.«

»Jetzt hörst du dich schon wieder so erstaunt an.«

Mit dem Bügel in der Hand sah Sophia ihn an. »Würde es dir nicht genauso gehen?«

Am nächsten Morgen fuhr Sophia zum College zurück, während sich Luke um die Herde kümmerte. Sie hatten verabredet, dass er sie am nächsten Tag abholen würde.

Zu seiner Überraschung saß sie auf seiner Veranda, als er am späten Nachmittag zurückkam.

Sie hielt eine Zeitung an die Brust gepresst, und als sie ihm das Gesicht zuwandte, sah er den gequälten Ausdruck.

»Was ist denn los?«, fragte er.

»Es geht um Ira. Ira Levinson.«

Er brauchte eine Sekunde, um sich an den Namen zu erinnern. »Du meinst den alten Mann, den wir aus seinem Wagen gerettet haben?«

Sie hielt ihm die Zeitung entgegen. »Lies mal.«

Luke überflog die Überschrift, in der es um die Versteigerung am folgenden Tag ging.

Verwirrt runzelte er die Stirn. »Der Artikel handelt von der Auktion.«

»Die Sammlung gehörte Ira«, sagte Sophia.

Es stand alles in dem Artikel. Auch einiges, was Angaben zur Person betraf. Man erfuhr ein wenig über Iras Geschäft, und auch das Datum seiner Hochzeit mit Ruth wurde genannt. Zudem war erwähnt, dass Ruth Lehrerin gewesen war und die beiden nach dem Zweiten Weltkrieg begonnen hatten, moderne Kunst zu sammeln. Kinder hatten sie nicht.

Der Rest des Textes drehte sich um die Auktion und die Werke, die angeboten wurden, von denen die meisten Luke nichts sagten. Der letzte Satz allerdings traf ihn genauso wie Sophia.

Sie kniff die Lippen zusammen, als er fertig gelesen hatte.

»Er ist nicht mehr aus dem Krankenhaus gekommen«, sagte sie leise. »Am Tag darauf ist er an seinen Verletzungen gestorben.«

Luke hob die Augen zum Himmel und schloss sie kurz.

»Wir waren die Letzten, die ihn gesehen haben«, sagte sie. »Das steht da zwar nicht, aber ich weiß, dass es stimmt. Seine Frau ist tot, sie haben keine Kinder, und er war mehr oder weniger zum Eremiten geworden. Er ist allein gestorben, und das bricht mir das Herz. Weil …«

Als sie verstummte, zog Luke sie an sich. Er dachte an den Brief, den Ira seiner Frau geschrieben hatte.

»Ich verstehe schon«, sagte Luke. »Mir bricht es auch das Herz.«

KAPITEL 32

Sophia

Am Tag der Auktion hatte Sophia gerade ihre Ohrringe angelegt, als sie Lukes Pick-up vor dem Haus halten sah. Obwohl sie Luke mit seinem einzigen Anzug aufgezogen hatte, besaß sie selbst nur zwei Kostüme, beide mit etwa knielangem Rock und dazu passender Jacke. Und auch die hatte sie sich nur gekauft, weil sie etwas Schickes und Professionelles für Bewerbungsgespräche brauchte. Und dann hatte sie jedes der beiden Kostüme genau ein Mal getragen.

Da Lukes Anzug dunkel war, hatte sie sich nun für das hellere entschieden. Trotz ihrer anfänglichen Begeisterung hegte sie mittlerweile zwiespältige Gefühle der Versteigerung gegenüber. Zu wissen, dass die Sammlung Ira gehört hatte, machte das Ganze persönlicher, und Sophia befürchtete, sich bei jedem Bild an seinen Gesichtsausdruck im Krankenhaus zu erinnern, als sie ihm den Brief vorgelesen hatte. Doch gleichzeitig erschien es ihr respektlos, nicht hinzugehen, da die Werke ihm und seiner Frau offensichtlich so viel bedeutet hatten.

Immer noch hin- und hergerissen verließ sie das Zimmer und ging die Treppe hinunter.

Luke wartete an der Tür.

»Bist du bereit?«

»Mehr oder weniger. Irgendwie ist es jetzt anders.«

»Ich weiß. Ich habe die halbe Nacht an Ira gedacht.«

»Ich auch.«

Er rang sich ein Lächeln ab. »Du siehst übrigens großartig aus. So erwachsen.«

»Du auch.« *Aber* …

»Warum habe ich das Gefühl, wir würden auf eine Beerdigung gehen?«

»Weil es in gewisser Weise auch so ist«, sagte er.

Gegen elf Uhr betraten sie einen der riesigen Ausstellungsräume im Tagungszentrum. Das Ganze sah völlig anders aus, als Sophia erwartet hatte. An der gegenüberliegenden Wand war eine Bühne aufgebaut, die auf drei Seiten von Vorhängen umgeben war. Rechts standen auf Podesten zwei lange Tische, jeder mit zehn Telefonen bestückt, links ein weiteres Podest, wohl für den Auktionator. Den Hintergrund der Bühne bildete eine große Leinwand, und ganz vorn stand eine leere Staffelei. Etwa dreihundert Stühle waren im Halbrund davor aufgestellt.

Obwohl es voll war, waren erst wenige Plätze besetzt. Die meisten Anwesenden spazierten im Raum umher und betrachteten Fotografien einiger der kostbarsten Werke. Diese Fotos waren auf Staffeleien an den Wänden entlang arrangiert, neben Informationen über den jeweiligen Maler, die Preise, die seine Bilder bei anderen Versteigerungen erzielt hatten, und den Schätzwert. Andere Besucher drängten sich um die vier Tische zu beiden Seiten des Eingangs, auf denen sich die Kataloge mit der Beschreibung der gesamten Sammlung stapelten.

Sophia war fassungslos. Nicht nur, weil das alles einmal Ira gehört hatte, sondern wegen der Werke selbst. Es gab Gemälde von Picasso und Warhol, Johns und Pollock, Rauschenberg und de Kooning, alle nebeneinander. Von manchen hatte sie noch nie gelesen oder gehört. Auch die Gerüchte über den Wert der Sammlung waren nicht übertrieben gewesen. Bei manchen Angaben schnappte sie nach Luft, nur um zu entdecken, dass die nächsten noch höher lagen. Und die ganze Zeit versuchte sie krampfhaft, diese Zahlen irgendwie mit Ira in Einklang zu bringen, dem netten alten Mann, der ausschließlich von der Liebe geschrieben hatte, die er immer noch für seine Frau empfand.

Lukes Gedanken gingen offenbar in die gleiche Richtung, denn er griff nach Sophias Hand und murmelte: »Davon stand nichts in dem Brief.«

»Vielleicht war ihm das alles nicht wichtig«, sagte sie ratlos. »Aber wie kann das sein?« Da Luke nicht antwortete, drückte sie seine Hand. »Ich wünschte, wir hätten mehr für ihn tun können.«

»Ich weiß nicht, was das hätte sein sollen.«

»Trotzdem …«

Er sah sie mit seinen blauen Augen eindringlich an.

»Du hast ihm den Brief vorgelesen«, sagte er. »Das hat er sich gewünscht. Und ich glaube, damit hast du viel für ihn getan.«

Als die Besucher aufgefordert wurden, ihre Plätze einzunehmen, fanden Luke und Sophia noch zwei freie Stühle ganz hinten. Von dort aus war die Staffelei kaum zu sehen, was Sophia enttäuschte. Es wäre toll gewesen, einige der Bilder von Nahem zu sehen, aber sie wusste, dass die vorderen Reihen für Kaufinteressenten gedacht waren. Ein paar Minuten später setzten sich Männer und Frauen in Anzügen und Kostümen an die Telefone auf den Tischen, und der Raum wurde verdunkelt. Einige Scheinwerfer beleuchteten die Bühne von oben.

Sophia ließ den Blick über das Publikum schweifen und entdeckte ihre beiden Kunstgeschichtsdozenten. Schließlich, um kurz vor eins, wurde es allmählich leiser und dann gänzlich still im Raum, als ein silberhaariger Herr in einem gut sitzenden Anzug zum Podium schlenderte. In den Händen hielt er eine Mappe, die er vor sich aufklappte, bevor er seine Lesebrille aus der Brusttasche zog. Er setzte sie auf und ordnete die Seiten.

»Sehr verehrte Damen und Herren, ich möchte Ihnen allen danken, dass Sie zur Versteigerung der außergewöhnlichen Sammlung von Ruth und Ira Levinson erschienen sind. Wie Sie wissen, ist es ungewöhnlich für unser Haus, eine solche Veranstaltung nicht in unseren eigenen Räumlichkeiten abzuhalten, doch in diesem Fall hat Mr Levinson uns keine Wahl gelassen. Auch ist es eher unüblich, dass die Einzelheiten der Auktion im Vorfeld etwas unbestimmt bleiben. Aber auch dies entsprach dem Wunsch von Mr Levinson. Zu Anfang möchte ich Ihnen die Regeln erläutern. Unter jedem Sitz befindet sich ein Schild mit einer Nummer, und …«

Er fuhr fort, die Gebotsabgabe zu beschreiben, und Sophias Gedanken schweiften erneut zu Ira ab. Nur mit halbem Ohr vernahm sie die Aufzählung der Auktionsbesucher – Kuratoren des Whitney und des MoMA, der

Tate und zahlreicher anderer Museen und Galerien in aller Welt. Sophia schätzte, viele der Anwesenden vertraten private Sammler, sicherlich in der Hoffnung, ein außergewöhnliches Stück zu ergattern.

Nachdem er die Formalien erklärt und einigen Einzelpersonen und Institutionen gedankt hatte, richtete der Auktionator seine Aufmerksamkeit wieder auf das Publikum.

»An dieser Stelle ist es mir ein Vergnügen, Ihnen Howie Sanders vorzustellen. Mr Sanders hat Ira Levinson viele Jahre als Anwalt vertreten und möchte ein paar Vorbemerkungen machen.«

Daraufhin erschien Sanders, ein gebeugter, betagter Herr, dessen dunkler Wollanzug um seine knochige Gestalt schlackerte. Langsam schritt er zum Podium. Dort räusperte er sich kurz und begann seine Rede dann mit einer bemerkenswert kraftvollen und klaren Stimme.

»Wir sind hier zu einem außergewöhnlichen Anlass zusammengekommen. Denn dass eine Sammlung von diesem Umfang und dieser Geltung so viele Jahre unbemerkt bleibt, geschieht nicht alle Tage. Bis vor sechs Jahren wussten vermutlich die wenigsten in diesem Raum von ihrer Existenz. Die Umstände ihrer Entstehung wurden damals in einem Zeitschriftenartikel beschrieben, und doch muss ich zugeben, dass selbst ich, nach vierzig Jahren Tätigkeit als Ira Levinsons Anwalt, verblüfft über die kulturelle Bedeutung und den Wert dieser Bilder war.«

Er hielt kurz inne und blickte auf, dann fuhr er fort: »Aber deshalb bin ich nicht hier. Ich bin hier, weil Ira sehr genaue Instruktionen für diese Versteigerung hinterlassen und mich gebeten hat, ein paar Worte vorab zu sagen. Ich gestehe, dass es mir lieber gewesen wäre, er hätte mich davor verschont. Ich bin es zwar gewöhnt, im Gerichtssaal oder in meiner Kanzlei zu sprechen, doch einem Publikum wie Ihnen stehe ich nur selten gegenüber. Viele von Ihnen haben den Auftrag, ein ganz bestimmtes Kunstwerk für einen Kunden oder eine Institution zu erwerben, zu einem Preis, der meine Vorstellungskraft übersteigt. Weil aber mein Freund Ira mich nun einmal darum gebeten hat, befinde ich mich jetzt in dieser wenig beneidenswerten Lage.«

Hier und da war unter den Zuschauern ein gutmütiges Lachen zu vernehmen.

»Was soll ich Ihnen über Ira erzählen? Dass er ein guter Mensch war? Ein ehrlicher, pflichtbewusster Mensch? Dass er ein Mann war, der seine Frau anbetete? Oder soll ich Ihnen von seinem Geschäft berichten oder vielleicht von der stillen Weisheit, die ihm innewohnte? Was würde Ira sagen, wenn er statt meiner vor Ihnen stünde? Ira, glaube ich, hätte gesagt: ›Ich möchte, dass Sie alle verstehen.‹«

Er machte eine Pause, um sich zu vergewissern, dass alle Aufmerksamkeit auf ihn gerichtet war.

»Es gibt ein wunderbares Zitat, auf das ich gestoßen bin. Es wird Pablo Picasso zugeschrieben, und wie die meisten von Ihnen wahrscheinlich wissen, ist er der einzige nichtamerikanische Künstler, dessen Werk in der heutigen Auktion vertreten ist. Vor Jahren soll also Picasso gesagt haben: ›Wir wissen alle, dass Kunst nicht Wahrheit ist. Kunst ist eine Lüge, die uns die Wahrheit begreifen lehrt, wenigstens die Wahrheit, die wir als Menschen begreifen können.‹«

Erneut sah er das Publikum an, und seine Stimme wurde weicher.

»Kunst ist eine Lüge, die uns die Wahrheit begreifen lehrt, wenigstens die Wahrheit, die wir als Menschen begreifen können«, wiederholte er. »Ich möchte, dass Sie darüber nachdenken.« Er musterte die Gesichter der schweigenden Anwesenden. »Diesen Satz finde ich in vielerlei Hinsicht tiefgründig. Zum einen natürlich betrifft er Ihren Blick auf die Werke, die Sie heute hier begutachten werden. Bei genauerer Überlegung allerdings stellte sich mir die Frage, ob Picasso nur über Kunst sprach, oder ob er wollte, dass wir auch unser eigenes Leben durch dieses Prisma betrachten. Was meinte er damit? Für mich heißt es, dass unsere Realität von unserer Wahrnehmung geprägt wird. Dass etwas nur gut oder schlecht ist, weil wir – Sie und ich – es dafür halten, beruhend auf unseren eigenen Erfahrungen. Und doch sagt Picasso auch, dass es eine Lüge ist. Mit anderen Worten, unsere Meinungen und Gedanken und Gefühle, alles, was wir erleben, muss uns nicht für immer bestimmen. Mir ist durchaus bewusst, dass es für einige von Ihnen den Anschein haben mag, ich sei in eine Abhandlung über moralischen Relativismus abgeschweift, während der Rest wahrscheinlich glaubt, ich sei ein alter Mann, der hier gerade völlig entgleist.«

Erneut wurde gelacht.

»Aber ich bin hier, um Ihnen zu sagen, dass Ira mit meiner Auswahl dieses Zitats zufrieden gewesen wäre. Ira glaubte an Gut und Böse, Richtig und Falsch, Liebe und Hass. Er ist in einer Zeit aufgewachsen, in der Zerstörung und Hass überall augenfällig waren. Dennoch ließ Ira sich niemals davon bestimmen. Ich bitte Sie, die heutige Auktion als eine Art Gedenken an all das zu betrachten, was ihm wichtig war. Vor allem aber hoffe ich, dass Sie verstehen.«

Sophia wusste nicht recht, was sie von Sanders' Rede halten sollte, und ein Blick in die Runde verriet ihr, dass es den anderen offenbar ebenso ging. Mehrere Leute schrieben SMS, andere blätterten durch den Katalog.

Nun gab es eine kurze Pause, der silberhaarige Herr beriet sich mit Sanders, dann kehrte er zurück aufs Podium. Wieder setzte er die Lesebrille auf und räusperte sich.

»Wie die meisten von Ihnen wissen, wurde die Versteigerung in mehrere Abschnitte aufgeteilt, deren erster heute stattfindet. Zum jetzigen Zeitpunkt steht weder die Anzahl noch der Zeitrahmen der weiteren Abschnitte fest, da diese maßgeblich vom Verlauf des heutigen Tages abhängen. Und nun zu den Parametern der Auktion.«

Fast geschlossen beugte sich das Publikum gespannt nach vorn.

»Auch diese Parameter wurden vom Eigentümer der Sammlung genau festgelegt. Der Auktionsvertrag ist sehr ... sagen wir mal, speziell in einigen Details, einschließlich der Reihenfolge, in der die Stücke heute angeboten werden. Wie Sie dem Programm, das Sie alle vorab erhalten haben, entnehmen können, werden wir jetzt für eine halbe Stunde unterbrechen, damit Sie die Reihenfolge mit Ihren Kunden besprechen können. Nur zur Erinnerung, die Liste der Werke, die definitiv heute angeboten werden, finden

Sie auf den Seiten vierunddreißig bis sechsundneunzig im Katalog. Außerdem sind sie auf den Fotos entlang der Wände abgebildet. Die Reihenfolge können Sie zusätzlich auf der Leinwand mitverfolgen.«

Einige Leute standen auf und zückten Handys, andere steckten die Köpfe zusammen und besprachen sich.

Luke flüsterte Sophia ins Ohr: »Soll das heißen, niemand hier kannte bisher die Reihenfolge? Was, wenn das, was sie wollen, erst am Ende versteigert wird? Dann sitzen sie ja stundenlang hier rum.«

»Für eine solche Gelegenheit würden sie wahrscheinlich bis zum Jüngsten Tag warten.«

Er deutete auf die Staffeleien an den Wänden. »Also, welches willst du haben? Ich hab nämlich ein paar Hundert Dollar in meiner Brieftasche und ein Nummernschild unter meinem Sitz. Den Picasso? Den Jackson Pollock? Oder einen der Warhols?«

»Schön wär's.«

»Glaubst du, die Verkaufspreise werden ungefähr so hoch sein wie die Schätzwerte?«

»Keine Ahnung, aber das Auktionshaus hat das bestimmt gut im Griff.«

»Ein paar von diesen Bildern sind zwanzigmal mehr wert als meine Ranch.«

»Das weiß ich.«

»Das ist doch verrückt.«

»Irgendwie schon«, räumte Sophia ein.

Er sah sich im Raum um. »Was Ira wohl von dem Ganzen hier gehalten hätte?«

Sophia dachte an den alten Mann im Krankenhaus und

an den Brief, in dem die Sammlung überhaupt nicht vorgekommen war.

»Ich könnte mir vorstellen«, sagte sie, »dass ihm das völlig egal wäre.«

Als die Pause vorüber war und alle wieder auf ihren Plätzen saßen, trat der Auktionator aufs Podium. Sofort trugen zwei Männer vorsichtig ein verhülltes Bild zu der Staffelei auf der Bühne. Sophia hatte mit einer spürbaren Erregung im Publikum gerechnet, nun, da die Versteigerung endlich begann, doch sie stellte fest, dass nur wenige Interesse zeigten. Wieder wurde auf Handys herumgetippt, während der Auktionator einführende Angaben zu dem Gemälde machte. Sophia wusste, dass das erste bedeutende Werk, ein de Kooning, an zweiter Stelle käme und der Jasper Johns an sechster. Dazwischen waren Künstler angekündigt, die Sophia wenig sagten, und dieser gehörte dazu.

»Als Erstes bieten wir Ihnen ein Bild an, das Sie auf Seite vierunddreißig des Katalogs finden. Es handelt sich um Öl auf Leinwand, 61 mal 76 Zentimeter, mit dem von Mr Levinson, nicht dem Künstler selbst, stammenden Titel *Porträt von Ruth*. Ruth war, wie die meisten von Ihnen wissen, Ira Levinsons Frau.«

Abrupt setzten sich Sophia und Luke auf und versuchten, einen Blick auf die Staffelei zu erhaschen, auf der das Bild enthüllt wurde. Gleichzeitig wurde das Gemälde vergrößert auf die Leinwand projiziert. Selbst mit ihrem relativ ungeschulten Auge erkannte Sophia, dass es von einem Kind gemalt worden war.

»Es ist von einem Amerikaner, Daniel McCallum, geboren 1953, gestorben 1986. Das genaue Entstehungsdatum ist unbekannt, wird aber auf etwa 1965 bis 1967 geschätzt. Laut Ira Levinson war Daniel ein ehemaliger Schüler von Ruth, und das Bild wurde Mr Levinson im Jahre 2002 von Mr McCallums Witwe geschenkt.«

Während der Beschreibung stand Sophia auf, um einen besseren Blick zu haben, denn seit sie den Brief gelesen hatte, fragte sie sich, wie Ruth wohl ausgesehen hatte. Trotz der unbeholfenen Maltechnik wirkte die Frau auf dem Bild sehr schön, in ihrem Ausdruck lag eine Empfindsamkeit, die Sophia an Ira erinnerte.

Der Auktionator fuhr fort: »Über den Maler gibt es sonst kaum Informationen, und soweit bekannt, hat er keine weiteren Werke geschaffen. Wer keinen Termin für gestern vereinbart hatte, um das Bild zu begutachten, darf nun gern an die Bühne treten. Die Versteigerung beginnt in fünf Minuten.«

Niemand rührte sich, womit Sophia auch nicht gerechnet hatte. Um sie herum entstand Gemurmel, manche unterhielten sich, andere unterdrückten still die Nervosität, die sie wohl wegen des als Nächstes unter den Hammer kommenden Werks empfanden.

Die fünf Minuten vergingen langsam. Der Mann auf dem Podium zeigte sich nicht verwundert, sondern blätterte durch seine Unterlagen, dem Anschein nach genauso desinteressiert wie alle anderen. Selbst Luke wirkte teilnahmslos, was Sophia überraschte, denn er hatte doch ebenfalls Iras Brief gehört.

Dann bat der Auktionator um Ruhe. »*Porträt von Ruth*

von Daniel McCallum. Das Startgebot liegt bei eintausend Dollar«, sagte er. »Eintausend. Höre ich eintausend?«

Niemand hob die Hand.

»Höre ich neunhundert?«, fragte der silberhaarige Mann. »Bitte bedenken Sie, dass Sie die Chance haben, ein Stück einer der bedeutendsten Privatsammlungen zu erwerben, die es je gab.«

Nichts. Keine Reaktion.

»Bietet jemand achthundert?«

Und nach ein paar Sekunden: »Höre ich siebenhundert?«

»Sechshundert?«

Bei jedem Aufruf verspürte Sophia einen Stich. Das war einfach nicht richtig. Wieder dachte sie an Iras Brief an Ruth, in dem er geschrieben hatte, wie viel sie ihm bedeutete.

»Höre ich fünfhundert Dollar?«

Und in dem Moment sah sie aus dem Augenwinkel Luke seine Nummer heben.

»Vierhundert Dollar!«, rief er, und der Klang seiner Stimme schien von den Wänden abzuprallen. Ein paar Anwesende drehten zwar die Köpfe, wirkten aber nur mäßig interessiert.

»Wir haben ein Gebot von vierhundert Dollar. Vierhundert. Höre ich vierhundertfünfzig?«

Erneut Stille im Raum. Sophia war plötzlich leicht schwindlig.

»Zum Ersten, zum Zweiten und zum Dritten, verkauft.«

Eine attraktive Dunkelhaarige kam mit einem Klemmbrett, bat Luke, ihr seinen Namen zu nennen, und erklärte, er müsse jetzt den Betrag begleichen. Dazu brauche sie seine Bankdaten oder das Formular, das er vorab ausgefüllt habe.

»Ich hab kein Formular ausgefüllt«, gab er zurück.

»Wie wünschen Sie den Kaufpreis zu bezahlen?«

»Nehmen Sie auch Bargeld?«

Die Frau lächelte. »Aber selbstverständlich. Bitte folgen Sie mir.«

Luke ging ihr nach und kehrte ein paar Minuten später mit seiner Quittung zurück. Er setzte sich neben Sophia, ein spitzbübisches Grinsen auf dem Gesicht.

»Warum?«, fragte sie.

»Ich möchte wetten, dass Ira dieses Bild von allen am liebsten mochte.« Er zuckte die Achseln. »Immerhin wurde es als Erstes angeboten. Außerdem hat er seine Frau sehr geliebt, und es kommt mir irgendwie nicht richtig vor, dass niemand das Porträt haben will.«

»Wenn ich dich nicht besser kennen würde, würde ich annehmen, du wirst auf deine alten Tage romantisch.«

»Ich glaube«, sagte Luke langsam, »dass Ira der Romantiker war. Ich bin nur ein abgehalfterter Bullenreiter.«

»Du bist viel mehr als das.« Sie gab ihm einen Stups mit dem Ellbogen. »Wo willst du es denn hinhängen?«

»Das spielt eigentlich keine Rolle, oder? Abgesehen davon weiß ich ja gar nicht, wo ich in ein paar Monaten wohnen werde.«

Ehe sie etwas erwidern konnte, hörte sie einen Hammerschlag, dann sprach der Auktionator wieder ins Mikrofon.

»Sehr verehrte Damen und Herren – an dieser Stelle sehen die Versteigerungsbedingungen vor, dass ich Herrn Howie Sanders wieder das Wort erteile, der einen Brief von Ira Levinson, den Erwerb dieses Gemäldes betreffend, verlesen wird.«

Sanders schlurfte in seinem zu großen Anzug hinter dem Vorhang hervor, einen Umschlag in der Hand. Der silberhaarige Mann trat zur Seite.

Mit einem Brieföffner schlitzte Sanders das Papier auf und zog einen Bogen heraus. Er faltete ihn bedächtig auseinander, blickte sich im Raum um und trank einen Schluck Wasser. Dann wurde er ernst, wie ein Schauspieler, der sich auf eine besonders dramatische Szene vorbereitet, und begann schließlich zu lesen.

»Ich heiße Ira Levinson, und heute werden Sie meine Liebesgeschichte hören. Es ist die Geschichte eines einfachen Mannes namens Ira, der eine außergewöhnliche Frau namens Ruth kennenlernte. Wir begegneten uns, als wir jung waren, und verliebten uns ineinander, später heirateten wir und bauten uns ein gemeinsames Leben auf. Eine Geschichte wie so viele andere, mit dem Unterschied, dass Ruth ein Auge für Kunst hatte, während ich nur Augen für sie hatte, und das allein genügte, um eine Sammlung aufzubauen, die für uns beide unbezahlbar wurde. Für Ruth ging es bei der Kunst um Schönheit und Begabung. Für mich war sie einfach eine Widerspiegelung ihres Wesens. Wir füllten unser Haus mit Gemälden und führten ein langes und glückliches Leben miteinander. Und dann, viel zu früh, verstarb Ruth, und ich blieb allein in einer Welt, die ich nicht mehr verstand.«

Sanders wischte sich Tränen aus den Augen, und zu Sophias Überraschung versagte ihm die Stimme. Er räusperte sich, und Sophia beugte sich interessiert vor.

»Das war nicht fair mir gegenüber. Ohne Ruth hatte ich keinen Grund, weiterzuleben. Doch dann passierte ein Wunder. Ich bekam ganz unerwartet ein Porträt meiner Frau geschenkt, und als ich es an die Wand hängte, hatte ich das merkwürdige Gefühl, dass Ruth wieder über mich wachte. Dass sie mir half. Mich führte. Und nach und nach kehrten die Erinnerungen an mein Leben zurück, Erinnerungen, die mit jedem einzelnen Stück unserer Sammlung verknüpft waren. Für mich waren diese Erinnerungen immer kostbarer als die Werke selbst. Es ist mir unmöglich, sie jemandem zu hinterlassen, und doch – wenn die Kunstwerke Ruth gehörten und die Erinnerungen mir –, was soll mit der Sammlung geschehen? Ich wusste lange nicht, was tun.

Ohne Ruth war ich nichts. Ich liebte sie vom ersten Moment an, und Sie sollen wissen, dass ich sie auch noch bei meinem letzten Atemzug liebte. Worauf es mir ankommt, ist, dass Sie diese einfache Wahrheit begreifen: So schön die Kunstwerke sind, so unermesslich wertvoll, ich hätte sie alle gegen einen einzigen weiteren Tag mit der Frau eingetauscht, die ich immer angebetet habe.«

Sanders ließ den Blick über das Publikum schweifen. Es war mucksmäuschenstill im Saal.

Etwas geschah hier, etwas Außerordentliches. Auch Sanders war das offenbar bewusst. Er legte den Zeigefinger an die Lippen, bevor er weitersprach.

»*Nur einen einzigen Tag*«, sagte er noch einmal und ließ die Worte kurz nachhallen. »Aber wie kann ich Sie alle davon überzeugen, dass dies der Wahrheit entspricht? Wie kann ich Ihnen glaubhaft machen, dass mir der kommerzielle Wert der Bilder gleichgültig war? Wie kann ich Ihnen beweisen, wie viel Ruth mir wirklich bedeutet hat? Wie Ihnen begreiflich machen, dass meine Liebe zu ihr der Kern jedes Werkes war, das wir je erwarben?«

Sanders blickte kurz an die gewölbte Decke und dann ins Publikum.

»Würde der Käufer des *Porträt von Ruth* bitte aufstehen?«

Inzwischen konnte Sophia kaum noch atmen. Das Herz schlug ihr bis zum Hals, als sich Luke erhob. Alle Anwesenden drehten sich zu ihm um.

»Die Verfügung meines Testaments – und der Auktion – ist sehr einfach: Ich habe beschlossen, dass derjenige, der das *Porträt von Ruth* kauft, die Sammlung als Ganzes erhält, mit sofortiger Wirkung. Und weil sie nun nicht mehr mir gehört, weil sich ein Käufer für dieses Bild gefunden hat, wird die übrige Versteigerung hiermit abgebrochen.«

KAPITEL 33

Luke

Luke war wie gelähmt. Er stand in der letzten Reihe, um ihn herum herrschte fassungslose Stille. Es dauerte ein paar Sekunden, bis Iras Worte gesackt waren, nicht nur bei ihm, sondern bei allen Anwesenden.

Das konnte nicht Sanders' Ernst gewesen sein. Oder falls doch, dann hatte Luke ihn falsch verstanden. Denn für ihn hatte es so geklungen, als habe er gerade die komplette Sammlung bekommen. Aber das konnte ja nicht sein. Ausgeschlossen. Oder?

Seine Gedanken spiegelten sich in den Gesichtern der anderen. Er sah verdutzte Mienen und verständnisloses Stirnrunzeln, ratlos ausgebreitete Hände und Blicke, in denen Schock und Verwirrung, vielleicht sogar Empörung lag.

Und dann: Chaos. Kein Tumult mit umgeworfenen Stühlen, wie man ihn so oft bei Sportereignissen erlebte, sondern der beherrschte Zorn der Wichtigen und Wichtigtuer. Ein Mann in der dritten Reihe drohte, seinen Anwalt zu konsultieren; ein anderer rief, er sei unter Vorspiegelung falscher Tatsachen hergelockt worden und werde ebenfalls seinen Anwalt anrufen. Ein dritter erklärte im Brustton der Überzeugung, das sei Betrug.

Die Entrüstung und Verärgerung steigerten sich. Immer mehr Leute standen auf und schrien Sanders an. Ein paar andere konzentrierten ihren Zorn auf den silberhaarigen Herrn. In der Nähe der Tür krachte eine Staffelei zu Boden, umgestoßen von jemandem, der aus dem Saal stürmte.

Und dann drehten sich auf einmal alle wieder zu Luke um. Er spürte die Wut und Enttäuschung der Menge, bei manchen auch einen unverhohlenen Verdacht. Wieder andere witterten eine Gelegenheit. Eine attraktive Blonde im eng sitzenden Kostüm pirschte sich an, und plötzlich wurden Stühle beiseitegeschoben, und Horden von Menschen hasteten auf Luke zu. Alle riefen durcheinander.

»Entschuldigung!«

»Darf ich Sie kurz sprechen?«

»Ich würde gern einen Termin mit Ihnen vereinbaren!«

»Was haben Sie mit dem Warhol vor?«

»Mein Kunde interessierte sich ganz besonders für einen der Rauschenbergs ...«

Instinktiv griff Luke nach Sophias Hand und rannte mit ihr zum Ausgang, gefolgt von einer Menschentraube.

Er drückte die Tür auf und sah sich im Flur unvermittelt sechs Wachmännern gegenüber, die hinter zwei Frauen und einem Mann mit Namensschildern des Veranstalters standen. Eine davon war die hübsche Frau, der Luke seine Personalien und fast das ganze Bargeld aus seiner Brieftasche gegeben hatte.

»Mr Collins?«, sprach sie ihn an. »Ich heiße Gabrielle, ich arbeite für das Auktionshaus. Es ist ein Zimmer im oberen Stock für Sie vorbereitet. Wir haben damit gerechnet, dass es etwas hektisch werden könnte, daher haben wir

Vorkehrungen für Ihre Bequemlichkeit und Sicherheit getroffen. Würden Sie mir bitte folgen?«

»Ich wollte eigentlich zu meinem Wagen –«

»Es gibt noch die ein oder andere Formalität zu erledigen, wie Sie sich vermutlich vorstellen können. Bitte. Wenn Sie nichts dagegen hätten?« Sie deutete den Flur hinunter.

Luke sah sich zu ihren Verfolgern um. »Also los«, sagte er.

Ohne Sophias Hand loszulassen, lief er hinter Gabrielle her, flankiert von drei Wachmännern. Die anderen drei, bemerkte er, hatten sich vor der Tür postiert, um die Menge aufzuhalten.

Die ganze Situation kam ihm surreal vor. Das war doch verrückt. Das alles war völlig verrückt ...

Sie traten durch eine Tür, die zu einer Treppe führte. Als Luke einen Blick über die Schulter warf, stellte er fest, dass nur noch zwei Wachmänner sie begleiteten. Der dritte blieb an der Tür stehen.

Im ersten Stock wurden er und Sophia in ein geräumiges Zimmer geführt.

»Bitte«, sagte Gabrielle, »machen Sie es sich bequem. Es warten ein paar Erfrischungen auf Sie, außerdem der Katalog. Sie haben bestimmt Tausende von Fragen, und ich kann Ihnen versichern, dass jede einzelne beantwortet wird.«

»Was hat das Ganze eigentlich zu bedeuten?«, fragte Luke.

Gabrielle zog eine Augenbraue hoch. »Ich glaube, das wissen Sie bereits«, erwiderte sie, ohne seine Frage direkt zu beantworten. Sie wandte sich an Sophia und hielt ihr die Hand hin. »Ihren Namen kenne ich leider noch nicht.«

»Sophia. Sophia Danko.«

Gabrielle legte den Kopf schief. »Ein slowakischer Name? Die Slowakei ist ein wunderschönes Land. Sehr erfreut.« Dann wandte sie sich wieder an Luke. »Unsere Wachleute stehen vor der Tür, Sie müssen sich also keine Sorgen um eventuelle Störungen machen. Fürs Erste haben Sie sicherlich viel zu besprechen. Wir lassen Sie ein paar Minuten allein, damit Sie sich einen Überblick über Ihre Sammlung verschaffen können. Ist das in Ihrem Sinne?«

»Ich glaube schon.« Luke war immer noch verstört. »Aber –«

»Mr Lehman und Mr Sanders sind gleich bei Ihnen.«

Nach einem fragenden Blick auf Sophia sah sich Luke in dem komfortabel eingerichteten Raum um. Sofas und Stühle waren um einen niedrigen, runden Tisch gruppiert, auf dem verschiedene Getränke standen, einschließlich einer Flasche Champagner in einem Eiskübel. Auch eine Platte mit Häppchen sowie eine Auswahl an Obst und Käse waren hergerichtet worden.

Daneben lag der auf einer bestimmten Seite aufgeschlagene Katalog.

Die Tür wurde hinter ihnen geschlossen, und Luke und Sophia waren endlich allein. Sie ging zögerlich zum Tisch und betrachtete das Foto in dem Katalog.

»Das ist Ruth.« Sie strich mit dem Finger sachte über das Bild.

»Das kann doch alles gar nicht wahr sein, oder?«

Immer noch starrte Sophia das Foto an, dann hob sie mit einem benommenen und glückseligen Lächeln den Kopf.

»Doch«, sagte sie. »Ich glaube, es ist wirklich wahr.«

Gabrielle kehrte mit Mr Sanders und Mr Lehman zurück, den Luke als den Auktionator erkannte.

Sanders stellte sich vor, nahm auf einem Stuhl Platz und putzte sich mit einem Leinentaschentuch die Nase. Von Nahem bemerkte Luke die Falten und die buschigen weißen Augenbrauen. Der Mann musste Mitte siebzig sein. Doch eine gewisse Verschmitztheit in der Miene ließ ihn jünger wirken.

»Gestatten Sie mir, vorab die wichtigste und nächstliegende Frage anzusprechen, die Ihnen sicherlich auf der Seele brennt«, begann Sanders, die Hände auf die Knie gelegt. »Vermutlich rätseln Sie, ob es einen Haken an der Sache gibt. Ob Sie durch den Erwerb von *Porträt von Ruth* tatsächlich die komplette Sammlung erben. Habe ich recht?«

»Kann man so sagen.« Seit dem Wirbel im Auktionssaal stand Luke völlig neben sich. Diese Leute, diese Situation – nichts hätte ihm fremder sein können.

»Die Antwort lautet: Ja«, sagte Sanders freundlich. »Gemäß Ira Levinsons Testament erhält der Käufer dieses speziellen Bildes auch alle anderen. Deshalb wurde es als Erstes angeboten. Mit anderen Worten: Es gibt keinen Haken. Keine weiteren Bedingungen. Die Sammlung gehört nun Ihnen zu Ihrer freien Verfügung.«

»Dann könnte ich also einfach alles hinten auf meinen Pick-up laden und mit nach Hause nehmen? Auf der Stelle?«

»Ja«, gab Sanders zurück. »Wobei in Anbetracht der Anzahl der Werke wahrscheinlich mehrere Fahrten nötig wären. Und angesichts des Werts einiger Stücke würde ich eine sicherere Beförderungsart empfehlen.«

Luke sah ihn entgeistert an.

»Eines müssen Sie allerdings berücksichtigen.«

Aha, jetzt kommt's, dachte Luke.

»Und das ist die Erbschaftssteuer. Wie Ihnen möglicherweise bekannt ist, unterliegt jeder Nachlass, der eine gewisse Summe übersteigt, der Besteuerung durch den amerikanischen Staat beziehungsweise das Finanzamt. Da der Wert der Sammlung deutlich über diesem Betrag liegt, entsteht für Sie eine beträchtliche Steuerschuld. Falls Sie nicht über ein Vermögen – und zwar ein großes Vermögen – verfügen, werden Sie aller Voraussicht nach einen Teil der Sammlung veräußern müssen, um diese Steuern zu begleichen. Vielleicht sogar die Hälfte. Das hängt natürlich davon ab, von welchen Stücken Sie sich trennen. Drücke ich mich verständlich aus?«

»Ich glaube schon. Ich hab eine Menge geerbt und muss dafür Steuern zahlen.«

»Ganz genau. Also, bevor wir fortfahren, würde ich Sie gern fragen, ob es einen Erbrechtsanwalt gibt, den Sie bevorzugt konsultieren. Falls nicht, kann ich Ihnen gern welche empfehlen.«

»Nein, ich habe keinen Erbrechtsanwalt.«

Sanders nickte. »Das hatte ich vermutet, Sie sind ja noch

recht jung.« Er wühlte in seiner Jackentasche nach einer Visitenkarte. »Wenn Sie am Montagmorgen in meiner Kanzlei anrufen, gebe ich Ihnen eine Liste. Natürlich sind Sie nicht verpflichtet, einen der von mir vorgeschlagenen Anwälte zu beauftragen.«

Luke las die Karte. »Hier steht, dass Sie Erbrechtsanwalt sind.«

»Das stimmt. Früher war ich auf andere Bereiche spezialisiert, aber heute befasse ich mich gern mit Erbrecht.«

»Dann könnte ich auch Sie nehmen?«

»Wenn Sie das wünschen.« Sanders ging nicht weiter darauf ein und deutete auf die anderen Anwesenden. »Gabrielle kennen Sie bereits, sie ist stellvertretende Leiterin der Kundenbetreuung des Auktionshauses. Außerdem möchte ich Ihnen gern David Lehman vorstellen. Er ist der Geschäftsführer.«

Luke schüttelte ihm die Hand.

»Wie Sie sich vorstellen können, war es in vielerlei Hinsicht, unter anderem in finanzieller, nicht ganz einfach, diese Versteigerung zu organisieren. Ira Levinson bevorzugte Mr Lehmans Unternehmen. Das verpflichtet Sie selbstverständlich zu nichts, allerdings muss ich ergänzen, dass Ira mich bei der Ausarbeitung der Details bat, dem Käufer ebendieses Auktionshaus ans Herz zu legen. Es gehört zu den weltweit führenden, was Ihre eigene Recherche sicher bestätigen wird.«

Luke musterte die Gesichter um sich herum forschend. »In Ordnung«, sagte er schließlich. »Aber solch eine Entscheidung kann ich nicht ohne meinen Anwalt treffen.«

»Das halte ich für klug«, stellte Sanders fest. »Obwohl wir hier sind, um Ihnen jegliche Fragen zu beantworten, würde ich Ihnen doch raten, sich so bald als möglich einen Anwalt zu besorgen. Es ist mit Sicherheit von Vorteil für Sie, von einem Fachmann durch diesen etwas komplizierten Vorgang geleitet zu werden, nicht nur den Nachlass, sondern auch andere Bereiche Ihres Lebens betreffend. Immerhin sind Sie ab sofort ein unglaublich wohlhabender Mann. Wenn Sie jetzt noch weitere Fragen haben … Fragen Sie ruhig, was Sie möchten.«

Luke wechselte einen Blick mit Sophia und wandte sich dann wieder an Sanders. »Wie lange waren Sie Iras Anwalt?«

»Über vierzig Jahre«, antwortete er mit leichter Wehmut.

»Und wenn ich einen Anwalt beauftrage, würde der mich nach bestem Wissen vertreten?«

»Ja, dazu ist er seinem Mandanten gegenüber verpflichtet.«

»Dann sollten wir die Sache vielleicht gleich hier klären«, sagte Luke. »Wie beauftrage ich Sie? Falls ich mit Mr Lehman sprechen möchte?«

»Dazu müssten Sie mir einen Vorschuss zahlen.«

»Und wie viel wäre das?« Luke zog besorgt die Stirn in Falten.

»Fürs Erste«, sagte Sanders, »wäre wohl ein Dollar ausreichend.«

Luke atmete tief ein. Endlich begriff er das ganze Ausmaß des Geschehenen. Das Vermögen. Die Ranch. Das Leben, das er sich mit Sophia aufbauen konnte.

Er zückte seine Brieftasche und warf einen kritischen Blick hinein. Nach dem Kauf des Porträts war nicht mehr viel Geld übrig, gerade noch genug für ein paar Liter Benzin.

Oder auch nicht, denn einen Teil davon verwendete er, um Howie Sanders zu engagieren.

EPILOG

In den Monaten nach der Auktion hatte Luke manchmal das Gefühl, er lebe die Fantasien eines anderen aus. Auf David Lehmans Empfehlung hin war eine neue Versteigerung für Mitte Juni angesetzt worden, dieses Mal in New York. Mitte Juli sollte eine zweite und im September eine dritte folgen. Dabei sollte der Großteil der Sammlung verkauft werden, mehr als genug, um anfallende Steuern zu bezahlen.

Bei jener ersten Besprechung mit Sanders, Gabrielle und David Lehman hatte Luke auch die Lage auf der Ranch erklärt. Als Luke fragte, wann er wohl Zugriff auf das Geld bekommen könne, da er es brauche, um die Hypothek abzuzahlen, hatte sich der Anwalt kurz entschuldigt. Eine Viertelstunde später war er zurückgekommen und hatte seelenruhig mitgeteilt, dass der stellvertretende Geschäftsführer der Bank, mit dem er soeben gesprochen habe, gern bereit sei, die Raten ein weiteres Jahr auf dem niedrigen Stand zu halten oder die Zahlungen sogar vorerst ganz auszusetzen, falls Luke das wünsche. Und angesichts seiner veränderten finanziellen Verhältnisse sei die Bank durchaus bereit, ihm einen höheren Dispositionskredit einzuräumen, für eventuelle Modernisierungsmaßnahmen.

Luke konnte nur stammeln: »Aber ... wie ...«

Sanders lächelte. Erneut funkelte der Schalk in seinen Augen. »Sagen wir mal, man möchte offenbar die Geschäftsbeziehung zu einem Kunden stärken, der plötzlich zu viel Geld gekommen ist.«

Sanders empfahl ihm außerdem einige Vermögensverwalter und andere Berater, begleitete ihn zu den Terminen und stellte Fragen, die Luke kaum verstand und schon gar nicht selbst gestellt hätte. Er wies Luke behutsam in die Schwierigkeiten ein, die mit Reichtum einhergingen, und versicherte ihm, er werde ihm bei allem helfen, was er lernen müsse.

Obwohl er sich gelegentlich überfordert fühlte, gab Luke gern zu, dass man weit schlimmere Probleme haben konnte.

Anfangs glaubte seine Mutter ihm nicht. Sie schnaubte verächtlich, und als Luke wiederholte, was passiert war, wurde sie wütend. Erst als er bei ihrer Hausbank anrief und sich den stellvertretenden Geschäftsführer geben ließ, verstand sie allmählich, dass Luke sie nicht auf den Arm nahm.

Er gab ihr den Hörer, woraufhin der Banker ihr beteuerte, sie müsse sich momentan keine Gedanken über die Hypothek machen. Während des Telefonats antwortete Linda einsilbig, hinterher jedoch nahm sie Luke in die Arme und weinte ein bisschen.

Als sie sich von ihm löste, hatte er wieder seine alte, stoische Mutter vor sich.

»Jetzt geben sie sich großzügig, aber wo waren sie, als ich sie gebraucht hätte?«

Luke zuckte die Achseln. »Gute Frage.«

»Ich werde ihr Angebot annehmen«, verkündete sie. »Aber sobald dieser Kredit zurückgezahlt ist, suchst du dir eine andere Bank.«

Sophias Familie reiste zu ihrer Abschlussfeier an, und Luke saß an jenem warmen Frühlingstag bei ihnen und applaudierte, als sich Sophia auf der Bühne ihr Zeugnis abholte. Hinterher gingen sie zusammen essen, und zu Lukes Überraschung fragten ihre Eltern, ob sie sich am nächsten Tag einmal die Ranch ansehen dürften.

Lukes Mutter ließ ihn den ganzen Vormittag im Haus und draußen aufräumen und sauber machen, während sie selbst in der Küche beschäftigt war. Sie aßen im Garten, und Sophias Schwestern sahen sich staunend um. Offensichtlich konnten sie immer noch nicht begreifen, dass sich Sophia und Luke gefunden hatten.

Doch alle fühlten sich sichtlich wohl miteinander, besonders Sophias Mutter und Linda. Sie redeten und lachten, während sie die Ranch besichtigten, und als sie am Garten vorbeikamen, entdeckte Luke zu seiner Freude ordentliche Gemüsereihen, die seine Mutter gerade gepflanzt hatte.

»Du könntest überall wohnen, Mom«, sagte Luke später am Abend zu ihr. »Du musst nicht auf der Ranch bleiben. Ich kaufe dir ein Penthouse in Manhattan, wenn du willst.«

»Was soll ich denn in Manhattan?« Linda zog eine Grimasse.

»Dann eben nicht Manhattan. Egal wo.«

Sie sah aus dem Fenster und betrachtete die Ranch, auf der sie aufgewachsen war.

»Es gibt keinen Ort, an dem ich lieber wohnen möchte«, sagte sie.

»Wie wäre es dann, wenn ich hier alles auf Vordermann bringen lasse? Nicht nach und nach, kein Flickwerk, sondern alles auf einmal.«

Sie lächelte. »Das hört sich hervorragend an.«

»Also, bist du jetzt bereit?«, fragte Sophia.

»Wozu?«

Nach der Zeugnisvergabe hatte Sophia eine Woche bei ihren Eltern verbracht und war dann nach North Carolina zurückgekehrt.

»Mir zu erzählen, was in South Carolina passiert ist.« Sie sah ihn durchdringend an, während sie auf der Suche nach dem Kälbchen Mudbath über die Weide stapften.

»Hast du Big Ugly Critter geritten? Oder bist du einfach gegangen?«

Bei ihren Worten fühlte sich Luke schlagartig an jenen Wintertag zurückversetzt, an einen der düstersten Momente seines Lebens. Er erinnerte sich daran, zur Startbox gelaufen zu sein und durch die Gitterstäbe den Bullen betrachtet zu haben, er spürte wieder die heftige Angst, die zum Zerreißen gespannten Nerven. Doch irgendwie hatte er sich gezwungen, zu tun, wozu er hergekommen war. Er hatte Big Ugly Critter bestiegen und seine Halteschlinge festgezurrt, hatte versucht, das heftige Pochen in seiner Brust nicht zu beachten. Es ist nur ein Bulle, redete er sich gut zu, ein Bulle wie jeder andere.

Das stimmte nicht, und er wusste es. Aber als das Gatter aufschwang und Big Ugly Critter losstürmte, hielt Luke das Gleichgewicht.

Der Bulle war so wild wie eh und je, keilte aus und drehte sich im Kreis wie ein Besessener, doch Luke war merkwürdig gelassen, als beobachte er sich selbst aus großer Entfernung. Die Welt bewegte sich wie in Zeitlupe, sodass ihm der Ritt wie der längste seines Lebens vorkam. Dennoch blieb er fest im Sattel und glich die Erschütterungen mit dem freien Arm aus. Als endlich das Signal ertönte, sprangen die Zuschauer auf und applaudierten johlend.

Rasch wickelte Luke seine Hand aus der Schlinge und sprang ab. Er landete auf den Füßen. Genau wie bei ihrer ersten Begegnung blieb der Bulle abrupt stehen und drehte sich dann mit geblähten Nüstern und wogendem Brustkorb um. Luke war sicher, dass Big Ugly Critter gleich angreifen würde.

Doch das tat er nicht. Sie starrten einander an, bis sich das Tier, so unglaublich es war, einfach abwandte.

»Du lächelst«, unterbrach Sophia seine Erinnerungen.

»Ja, stimmt.«

»Und was heißt das?«

»Ich habe ihn geritten«, sagte Luke. »Und danach wusste ich, dass ich aufhören konnte.«

Sophia stupste ihn mit der Schulter an. »Das war dumm.«

»Wahrscheinlich«, sagte er. »Aber ich hab dafür einen neuen Pick-up gewonnen.«

»Den hab ich noch gar nicht gesehen.« Sie runzelte die Stirn.

»Ich hab ihn ja auch nicht genommen. Sondern das Geld.«

»Für die Ranch?«

»Nein«, sagte er. »Dafür.«

Er holte eine kleine Schachtel aus der Tasche, ging auf ein Knie und hielt sie ihr entgegen.

Sie schnappte nach Luft. »Ist es das, was ich glaube?«

»Mach doch auf.«

Langsam klappte Sophia den Deckel hoch und betrachtete den Ring.

»Ich würde dich gern heiraten, wenn das für dich in Ordnung wäre.«

Mit glänzenden Augen sah sie ihn an. »Ja. Das wäre für mich in Ordnung.«

»Wo möchtest du leben?«, fragte sie später, nachdem sie es seiner Mutter erzählt hatten. »Hier auf der Ranch?«

»Auf lange Sicht? Ich weiß es nicht. Aber im Grunde gefällt es mir hier. Die Frage ist, dir auch?«

»Meinst du, für immer?«

»Nicht unbedingt«, sagte Luke. »Ich dachte nur, wir bleiben hier, bis sich alles eingependelt hat. Und danach? Soweit ich es sehe, können wir leben, wo wir wollen. Und mit einer größeren Schenkung oder Spende zum Beispiel könntest du dir wahrscheinlich aussuchen, in welchem Museum du arbeiten willst.«

»Vielleicht in Denver?«

»Ich hab gehört, in der Gegend gibt es viel Weideland. Sogar in New Jersey wird Vieh gehalten. Ich habe mich erkundigt.«

Sophia sah für eine Weile in den Himmel. »Wie wäre es, wenn wir erst einmal abwarten, wohin uns das Leben führt?«

In jener Nacht, als Sophia schlief, ging Luke leise auf die Veranda. Er genoss die Wärme, die noch vom Tag geblieben war. Über ihm war der Halbmond zu sehen, die Sterne glitzerten. Ein leichter Wind wehte das Zirpen der Grillen von den Weiden zu ihm.

Er hob den Kopf, blickte in die Tiefen des Himmels und dachte an seine Mutter und die Ranch. Er konnte die Wendung, die sein Leben so plötzlich genommen hatte, immer noch nicht ganz fassen. Alles war nun anders, und er fragte sich, ob er dennoch der Gleiche bleiben würde.

Er musste oft an Ira denken, den Mann, der sein Leben verändert hatte, den Mann, den er gar nicht richtig kennengelernt hatte.

Ruth hatte Ira einfach alles bedeutet – und in der stillen Dunkelheit stellte sich Luke Sophia friedlich schlafend in seinem Bett vor, das goldene Haar auf dem Kissen ausgebreitet.

Denn Sophia war der wahre Schatz, den er gefunden hatte, der für ihn kostbarer war als jedes Gemälde der Welt.

Mit einem Lächeln flüsterte er in die Nacht: »Ich verstehe, Ira.«

Und als eine Sternschnuppe über den Himmel sauste, hatte er das seltsame Gefühl, dass Ira ihn nicht nur gehört hatte, sondern von oben auf ihn herablächelte.

DANKSAGUNG

Kein Ort ohne dich, mein siebzehnter Roman, hätte ohne die Unterstützung vieler wunderbarer Menschen nicht geschrieben werden können. Ganz oben auf meiner Liste steht wie immer meine Frau *Cathy,* die nach all den Jahren immer noch die beste Freundin ist, die ich jemals hatte. Jeder Tag meines Lebens wird durch ihre Gegenwart bereichert, und ich weiß, dass jede weibliche Figur, die ich je geschaffen habe, wesentlich von ihr inspiriert ist. Es war und ist eine Freude, diese längste Reise, das Leben, mit ihr gemeinsam zu unternehmen.

Ebenfalls Dank schulde ich *Theresa Park,* meiner Agentin, Managerin und jetzt auch Produktionspartnerin, sie ist ein Segen in meinem Leben. Es ist schwer zu glauben, dass wir bereits seit neunzehn Jahren zusammenarbeiten. Auch wenn ich dir das schon viele Male gesagt habe, wird es Zeit, es schriftlich festzuhalten: Ich schätze mich glücklich, mit dir arbeiten zu dürfen.

Jamie Raab, meine Lektorin, ist unbezahlbar, wenn es darum geht, meine Romane so gut wie eben möglich zu machen. Sie war von Anfang an meine Lektorin, und nur wenige Autoren haben das Glück, mit solch einem Menschen arbeiten zu dürfen. Sie verdient meinen Dank nicht nur für alles, was sie tut, sondern auch, weil ich sie als sehr gute Freundin betrachten darf.

Howie Sanders und *Keya Khayatian*, meine Filmagenten bei UTA, sind schlicht und einfach die Besten der Branche. Mehr noch, sie sind kreative Genies in allen Aspekten dieses Geschäfts. Dazu kommen noch Freundlichkeit, Ehrlichkeit und Enthusiasmus, sodass ich glücklich bin, sie zu meinen Freunden zählen zu dürfen.

Scott Schwimer, mein Medienanwalt, ist ein weiteres Mitglied meines Teams, das mich seit den Anfängen begleitet, ein Mann, dessen Weisheit und Ratschläge ein Geschenk sind. Durch seine Freundschaft und sein Lachen ist er eine Bereicherung meines Lebens.

Elise Henderson und *Kosha Shah*, die meine Fernsehproduktionsfirma leiten, sind zwei fantastische Menschen, motiviert, intelligent und humorvoll, und ich habe Glück, sie in meinem Team zu wissen. Dank auch an *Dave Park*, meinen Fernsehagenten bei UTA, der mich zuverlässig berät und unterstützt.

Ebenfalls danke ich *Denise DiNovi*, die – stilvoll und qualitativ hochwertig – diverse auf meinen Büchern basierende Filme produziert hat, einschließlich *Message in a Bottle – Der Beginn einer großen Liebe*, *Nur mit dir* und *The Lucky One – Für immer der Deine*. Ich genieße es sehr, mit dir zu arbeiten, und freue mich schon darauf, *The Best of Me – Mein Weg zu Dir* auf der Leinwand zu sehen. Selbstverständlich darf ich nicht vergessen, auch *Alison Greenspan* für alles, was sie tut, zu danken.

Marty Bowen hat mehrere Filme nach Vorlage meiner Werke produziert, und ihm möchte ich für die Arbeit danken, die er bei *Das Leuchten der Stille* und bei *Safe Haven – Wie ein Licht in der Nacht* geleistet hat. Zusammen mit Theresa und mir wird er auch *Kein Ort ohne dich* produzieren, und zweifellos wird das ebenfalls ein großartiger Film werden. Vielen Dank auch an *Wyck Godfrey*, der bei allen Projekten mit Marty zusammenarbeitet.

Darüber hinaus möchte ich *Emily Sweet* und *Abby Koons* von der Park Literary Group danken. Emily arbeitet nicht nur bei meiner Stiftung und an der Website mit, sondern kümmert sich mit Energie, Begeisterung und Effizienz um alles, was bei meinen Projekten so anfällt. Abby, die für die Auslandsarbeit zuständig ist, macht ihren Job großartig. Beide betrachte ich als Freundinnen, und ich wüsste nicht, wo ich ohne sie wäre.

Michael Nyman, Catherine Olim, Jill Fritzo und *Michael Geiser* von PMK-BNC, meiner Presseagentur, sind alle fabelhaft. Ich möchte ihnen für ihre herausragende Arbeit danken.

Laquishe Wright, auch schlicht als Q bekannt, die meine Social-Media-Seiten verwaltet, und *Mollie Smith*, die meine Website pflegt, verdienen ebenfalls meinen Dank. Beide sind unglaublich gut, und durch sie ist es mir möglich, den Menschen zu vermitteln, was in meiner Welt passiert.

Dafür, dass sie mich auf dem neuesten Stand der Technik halten, möchte ich mich an dieser Stelle bei *David Herrin* und *Eric Kuhn* von UTA danken, die stets bereit sind, meine Fragen zu beantworten.

Ein großer Dank geht auch an *David Young* und *Michael Pietsch* bei der Hachette Book Group. Ich werde es vermissen, mit dir, David, zu arbeiten, und freue mich schon jetzt auf die Zusammenarbeit mit dir, Michael.

Auch *Larry Vincent* und *Sara Fernstrom* von UTA bin ich zu Dank verpflichtet, für die fantastische Arbeit, die sie in den Bereichen Markenführung und Unternehmenspartnerschaft leisten. Es war bisher eine tolle Erfahrung, und ich freue mich auf alles, was die Zukunft bringt.

Mitch Stoller, der die Nicholas Sparks Foundation als Präsident mit Weisheit und Kenntnisreichtum führt, und *Jenna Dueck,* Vizepräsidentin für Strategisches Management, sind von unschätzbarem Wert für mein Team, und ich bin dankbar für die wunderbare Arbeit, die sie zur Bildungsförderung leisten.

Außerdem möchte ich *Saul Benjamin* danken, dem Schulleiter der Epiphany School of Global Studies, die meine Frau und ich 2006 gegründet haben. Ich hege keinen Zweifel, dass er die Schule auf ihrem Weg in die Zukunft zu neuen Höhen führen wird. Natürlich könnte er das ohne die Hilfe von *David Wang,* seinem Stellvertreter, nicht schaffen, und auch David möchte ich daher hier danken.

Nicht versäumen möchte ich, *Jason Richman* und *Pete Knapp* zu danken, die zwar beide nicht direkt für mich arbeiten, aber doch in meinem Interesse. Vielen Dank an euch beide für alles, was ihr tut.

Vielen Dank an *Rachel Bressler* und *Alex Greene,* die für einen reibungslosen Ablauf aller vertragsbezogenen sowie die Novel Learning Series betreffenden Vorgänge sorgen, was eine Sisyphusarbeit sein kann.

Micah Sparks, meinem Bruder, danke ich ebenfalls von Herzen, nicht nur dafür, dass er der beste Bruder ist, den man haben kann, sondern auch für die Mühe, harte Arbeit und Kreativität, die er in die Novel Learning Series investiert hat.

Emily Griffin, *Sara Weiss* und *Sonya Cheuse* von Grand Central Publishing schulde ich ebenfalls Dank. Emily hilft bei einem Projekt, das mir sehr am Herzen liegt, Sara bewältigt ein gewaltiges Arbeitspensum für meine Bücher, und Sonya ist die fantastische Mitarbeiterin der Presseabteilung, die für meine Lesereisen zuständig ist.

Mein Dank geht auch an *Tracey Lorentzen*, die Geschäftsführerin des Stiftungsbüros in New Bern, und an *Tia Scott* für ihre Arbeit. Sie sorgt für einen reibungslosen Ablauf meines Lebens, was keine leichte Aufgabe ist. Ich danke außerdem *Jeanne Armentrout* für alles, was sie im Haus leistet.

Auch *Andrew Sommers* muss ich danken, der in einem weiteren komplexen und ganz entscheidenden Bereich meines Lebens so viel für mich tut.

Pam Pope und *Oscara Stevick*, meine Buchhalterinnen, sind ganz großartig, und ich bin dankbar, sie als Teil meines Teams betrachten zu dürfen.

Courtenay Valenti und *Greg Silverman* von Warner Bros. gehören für mich schon beinahe zur Familie, und die Aussicht, jetzt und in Zukunft mit euch beiden arbeiten zu können, ist irrsinnig aufregend.

Ryan Kavanaugh, *Tucker Tooley*, *Robbie Brenner* und *Terry Curtin* von Relativity Media schulde ich Dank für die fantastische Arbeit, die sie an *Safe Haven – Wie ein Licht in der Nacht* geleistet haben, und ich freue mich darauf, bald mit euch allen zu arbeiten. Wir geben ein wunderbares Team ab.

Vielen Dank an *Elizabeth Gabler* und *Erin Siminoff* von Fox 2000, dass sie sich bereit erklärt haben, die Filmversion von *Kein Ort ohne dich* zu machen. Ich kann es kaum erwarten, mit euch beiden zu arbeiten.

David Buchalter, der alle meine Vorträge organisieren hilft, bin ich ebenfalls zu Dank verpflichtet. Ich bin dir für alles, was du tust, sehr verbunden.

Todd und *Kari Wagner* möchte ich ebenfalls danken – sie wissen schon, was ich meine.

Und schließlich ein Dank an neue und alte Freunde, die meinem Leben viel Freude und Fröhlichkeit geschenkt haben, unter anderen *Drew* und *Brittany Brees*, *Jennifer Romanello*, *Chelsea Kane*, *Gretchen Rossi*, *Slade Smiley*, *Josh Duhamel* und *Julianne Hough*.

Der Autor

1. Biografie
2. Leser fragen – Nicholas Sparks antwortet

Das Werk

1. Pressestimmen
2. Alle Bücher

›Bonusmaterial

HEYNE‹

1. Biografie

Nicholas Sparks, in der Silvesternacht des Jahres 1965 in Nebraska geboren, lebt in North Carolina. Er hatte eine glückliche Kindheit, auch wenn die Familie bis zu seinem neunten Lebensjahr weit unterhalb der Armutsgrenze lebte. Das fiel ihm damals gar nicht auf, meint er. Er war ein guter Schüler und ein guter Leichtathlet, der über ein Sportstipendium studieren konnte.
Das Schreiben war schon immer seine Leidenschaft, doch ehe es auch zu seinem Beruf wurde, versuchte er sich unter anderem als Immobilienmakler, Hausrestaurator und Kellner. Sein Debütroman *Wie ein einziger Tag* wurde zum sensationellen Bestseller. Heute gilt Nicholas Sparks als einer der meistgelesenen Autoren der Welt. Seine Romane eroberten ausnahmslos die internationalen Bestsellerlisten und erscheinen in 47 Ländern. Mehrere seiner Bestseller wurden erfolgreich verfilmt.
Wenn Nicholas Sparks nicht gerade für seinen neuesten Roman recherchiert, widmet er sich vor allem seinen fünf Kindern. Auch Sport ist ihm sehr wichtig. Er besitzt den Schwarzen Gürtel in Taekwondo, läuft und trainiert jeden Tag und leitet mit großem Erfolg ein Jugend-Laufteam. Zudem fördert er Jugendliche durch großzügige Ausbildungsstipendien und hat sogar eine eigene Privatschule gegründet. Die wenige Zeit, die ihm daneben noch bleibt, nutzt er – zum Lesen: Rund 125 Bücher verschlingt der Erfolgsautor im Jahr.

2. Leser fragen – Nicholas Sparks antwortet

Immer wieder ereilen die Helden Ihrer Romane tragische Schicksalsschläge. Halten Sie ein ungetrübtes Glück für unmöglich? Und wie ist es am ehesten möglich, einen derartigen Schlag zu überwinden?
Es gibt Momente puren Glücks, aber niemand geht unversehrt durchs Leben. Das spiegeln meine Romane einfach wider. Es gibt keinen »richtigen« Weg, mit Schicksalsschlägen umzugehen. Ich würde nur sagen, dass jede Gefühlsregung normal ist und man sie als solche versuchen sollte zu akzeptieren. Man kann seine Gefühle nicht beherrschen, letztlich kann man nur sein Verhalten beherrschen.

Ihr Leben mit fünf Kindern muss oft auch anstrengend sein. Wie schaffen Sie es, daneben noch laufend Bestseller zu schreiben?
Sagen wir so: Mein täglicher Zeitplan ist ziemlich voll, aber ich versuche trotzdem, jeden Tag auch die Dinge unterzubringen, auf die es wirklich ankommt. Ich verbringe Zeit mit meinen Kindern, lese, schreibe, treibe Sport und entspanne. Richtige Faulenzertage ohne jede Arbeit sind da nicht drin, aber das macht mir nichts aus.

Woher haben Sie die Ideen zu Ihren Romanen?
Schwer zu sagen. Ganz von selber kommen die Ideen nie. Da meine Romane sich mit universellen Themen und Charakteren beschäftigen, ist es schwierig, eine Geschichte zu erfinden, die unterhaltsam, interessant und originell ist und gleichzeitig noch nie erzählt wurde, weder als Buch noch als Film. Üblicherweise arbeite ich mich durch Hunderte von Ideen und Figuren – ein Prozess, der Monate dauern kann –, bevor ich mich endlich entscheide und mit dem Schreiben beginne.

Was ist der allererste Schritt, wenn Sie einen neuen Roman in Angriff nehmen?
Als Allererstes muss ich ein großes neues Thema finden, das dann alles Weitere prägt: den Schreibstil, die Erzählperspektive, die Figuren, das Setting und die Länge des Buches.

Wie weit kennen Sie eine Geschichte, wenn Sie mit dem Schreiben beginnen? Wissen Sie zum Beispiel das Ende im Voraus?
Wenn ich mich einmal für ein Thema entschieden habe, arbeite ich die Geschichte in Gedanken aus und spiele alle möglichen Ideen durch. Noch vor dem Schreiben kenne ich den Anfang und das Ende der Story ebenso wie die fünf oder sechs wichtigen Ereignisse dazwischen, die Wendepunkte in der Geschichte sind. Wenn diese Dinge feststehen, kann ich loslegen. Die Handlung zwischen diesen fünf bis sechs Höhepunkten entwickle ich dann beim Schreiben.

Arbeiten Sie mit einem Exposé?
Manchmal ja, manchmal nein. *Wie ein einziger Tag* habe ich beispielsweise ohne jede schriftliche Gliederung geschrieben. Für *Weit wie das Meer* hatte ich keinerlei Exposé für die ersten 120 Seiten – aber dafür ein sehr detailliertes für die letzten 120. *Du bist nie allein* entstand auf Basis einer genauen Gliederung, *Ein Tag wie ein Leben* wiederum nur in der zweiten Hälfte. Kurz: Ich handhabe es von Roman zu Roman unterschiedlich.

Verfassen Sie Ihre Romane handschriftlich oder am Computer?
Am Computer.

Stimmt es, dass Ihre Romane auf Ihrem eigenen Leben basieren?
Sie basieren nicht direkt auf meinem Leben, aber sie sind inspiriert von wahren Begebenheiten daraus – zumindest die meisten, allerdings nicht alle. *Das Lächeln der Sterne* beispielsweise ist komplett erfunden.

Was lesen Sie selbst?
Ich lese durchschnittlich 125 Bücher im Jahr, schon seit Jugendzeiten. Darunter kommerzielle Romane ebenso wie ausgewählte moderne Literatur, die »Penguin Classics« – allerdings die unbekannteren, die großen Namen und Bücher habe ich alle schon gelesen –, historische Sachbücher und Biografien.

Warum lesen Sie Bücher – und warum schreiben Sie Bücher?
Ich lese gerne, und das war schon immer so. Man kann schlecht sagen, warum – ich mag es einfach. Was das Schreiben betrifft: Ich schreibe, weil ich es kann. Obwohl ich mich immer bemühe, Klischees zu vermeiden, trifft eines hier doch zu: Ich lebe nicht, um zu schreiben, ich schreibe, um zu leben.

Wer ist Ihr Lieblingsautor?
Ich lese so viele Bücher, dass es unmöglich ist, mich auf einen Lieblingsautor festzulegen. Aber es gibt nur einen zeitgenössischen Schriftsteller, dessen Werk meiner Meinung nach noch in hundert Jahren gelesen wird: Stephen King. Ich bewundere ihn sehr.

Womit erklären Sie sich den großen Erfolg Ihrer Romane?
Laut Lesern und Kritikern gibt es die folgenden Gründe: Die Bücher sind leicht zu lesen und unterhaltsam, der Leser wird komplett in die Geschichte hineingezogen und kann sich mit den Figuren identifizieren. Die Geschichten sind außerdem glaubwürdig – sie könnten jedem passieren und haben (laut *USA Today*) große emotionale Kraft. Sie sind romantisch und schön, die Liebesszenen finden mehr in der Imagination der Leser statt als in tatsächlicher Beschreibung. Und der Leser kann lachen und weinen.
Dazu kommt natürlich die große Hilfe vonseiten des Verlags und der Buchhändler, für die ich sehr dankbar bin. Letztlich entscheidend dafür, dass *Wie ein einziger Tag* zum Bestseller wurde, war noch etwas anderes: die Mundpropaganda der Leser.

Warum spielen alle Ihre Romane in North Carolina?
Zum einen lebe ich mit meiner Familie in der Gegend, zum anderen sind dort nur wenige andere Romane angesiedelt. Und nicht zuletzt mag ich den Lesern ein Gefühl der Vertrautheit vermitteln, wenn sie ein neues Buch beginnen.

Wieso schreiben Sie Liebesgeschichten?
Ich habe dieses Genre gewählt, weil es dort so gut wie keine Konkurrenz gibt.

Welches Ihrer Bücher finden Sie am interessantesten?
Interessant für mich oder für die Leser? Letzteres kann ich gar nicht beantworten, Ersteres auch nur schwer. Ich bin brennend interessiert an jedem Roman, den ich gerade schreibe – aber auch später noch, selbst wenn ich ihn nach längerer Zeit wieder lese.

Ist es wahr, dass Sie schon zwei Romane geschrieben hatten, bevor *Wie ein einziger Tag* veröffentlicht wurde? Und wenn ja: Werden Sie die Bücher auch noch herausbringen?
Ja, es stimmt tatsächlich, aber die Romane wird niemand mehr zu Gesicht kriegen. Ich betrachte die Arbeit an diesen Manuskripten in gewisser Weise als Lehrzeit, in der ich lernte, dass ich nicht nur begeistert Geschichten schreibe, sondern auch die Fähigkeit habe, sie zu Ende zu führen. Die Romane sind aber meiner Ansicht nach nicht gut genug geschrieben, um veröffentlicht zu werden.

Was würden Sie sich wünschen, dass Leser aus Ihren Romanen mitnehmen?
Generell würde ich sagen: Mein Ziel ist, eine gut lesbare, unterhaltsame und originelle Liebesgeschichte zu schreiben, die ein mitreißendes Ende hat – ein Ende, das richtig große Gefühle hervorruft. Das würde ich gerne bei meinen Lesern erreichen. Stilistisch versuche ich effizient, auf den Punkt und originell zu schreiben, in klarer, unverschwurbelter Sprache.

Das Werk

1. Pressestimmen

»Sparks ist der absolute Großmeister der Gefühle.«
Cosmopolitan

»Nicholas Sparks packt in einen Satz mehr Gefühle als andere auf eine ganze Seite.«
Bild am Sonntag

»Nicholas Sparks schreibt stilsicher, glaubhaft und voller Wärme.«
Welt am Sonntag

»Nicholas Sparks zeigt seine Sensibilität für schwierige Menschen und sein Talent, schreibend Gefühle zu wecken.«
Stern

»Wo andere Autoren in Kitsch abgleiten, zeigt Nicholas Sparks sein Können.«
Bunte

»Nicholas Sparks weiß, wie man die Herzen der Leser im Innersten trifft.«
Woman

»Nicholas Sparks ist ein brillanter Erzähler.«
NDR

2. Alle Bücher

Wie ein einziger Tag

The Notebook

Nach vierzehn Jahren kehrt Allie an den Ort zurück, an dem sie die schönsten Ferien ihres Lebens verbracht hat: Sie war erst siebzehn, als sie dort Noah begegnete. Die beiden verliebten sich ineinander und waren den Rest des Sommers unzertrennlich. Danach sah Allie ihn nie wieder. Doch kurz vor ihrer Hochzeit beschließt Allie, Noah zu besuchen. Das Wiedersehen ändert ihr Leben auf immer … Gleichnamig verfilmt mit Ryan Gosling, Rachel McAdams und James Garner.

Weit wie das Meer

Message in a Bottle

Seit der Scheidung von ihrem Mann hat die Journalistin Theresa Osborne nicht wieder richtig in den Alltag zurückgefunden. Bis sie eines Tages bei einem Strandspaziergang auf eine Flaschenpost stößt: Der Absender des Briefs, ein gewisser Garrett, beschreibt darin in so anrührenden Worten den Verlust seiner großen Liebe, dass Theresa sofort ergriffen ist. Sie fasst den folgenschweren Entschluss, Garrett aufzuspüren.

Verfilmt mit Kevin Costner und Robin Wright unter dem Titel »Message in a Bottle«.

Zeit im Wind

A Walk to Remember

Die beiden Teenager Landon Carter und Jamie Sullivan scheinen keine Gemeinsamkeiten zu haben: Landon gehört zu den beliebtesten Schülern der Highschool, Jamie dagegen gilt als Außenseiterin. Doch das Schicksal führt die beiden beim Schulball zusammen. Beide sind überrascht, wie gut sie sich verstehen. Gemeinsame Proben für das Weihnachtsstück der Schule bringen sie einander noch näher. Aber erst als ein Schicksalsschlag sie für immer zu trennen droht, erkennt Landon, wie viel Jamie ihm wirklich bedeutet. Er kämpft um sie – und um seine zart erwachende Liebe zu ihr.
Verfilmt mit Mandy Moore und Shane West unter dem Titel »Nur mit Dir«.

Das Schweigen des Glücks

The Rescue

Denises Leben dreht sich einzig und allein um ihren vierjährigen Sohn Kyle, der unter einer unbekannten Form des Autismus leidet. Als Kyle nach einem Autounfall in einer dramatischen Aktion vom Feuerwehrmann Taylor gerettet wird, scheint zum ersten Mal ein Fremder Zugang zur Welt der beiden zu bekommen. Doch bevor Denise ihr Glück richtig fassen kann, ziehen neue Wolken am Himmel auf: Irgendetwas hält Taylor davon ab, sich ganz auf Denise und ihre Liebe einzulassen.

Die Suche nach dem verborgenen Glück (zusammen mit Billy Mills)

Wokini: A Lakota Journey to Happiness and Self-Understanding

Die Suche nach dem verborgenen Glück erzählt die Geschichte des Lakota-Jungen David. Zutiefst unglücklich über den Tod seiner älteren Schwester, begibt er sich auf eine Reise, um einen Weisen zu finden, der ihm erklären kann, wie das verlorene Glück zurückzugewinnen ist. David taucht in die Welt der Indianer ein und findet auf ihren uralten Wegen der Meditation und der Träume zu seiner inneren Ruhe.

Weg der Träume

A Bend in the Road

Abgesehen von seinem kleinen Sohn Jonah gibt es wenig Licht im Leben von Miles Ryan, Deputy-Sheriff in einem kleinen Ort in North Carolina. Seine geliebte Frau Missy kam bei einem Verkehrsunfall ums Leben, seit zwei Jahren ist er auf der Suche nach dem flüchtigen Fahrer. Als eine neue Lehrerin in die Schule kommt und Jonahs Klasse übernimmt, stellt sie fest, dass der Junge kaum lesen und schreiben kann. Kurz entschlossen nimmt sie Kontakt mit Jonahs Vater auf. Was dann passiert, hätten sich weder Miles noch Sarah, die selbst eine schwere Enttäuschung hinter sich hat, je träumen lassen: Auf den ersten Blick verlieben sie sich ineinander.

Das Lächeln der Sterne

Nights in Rodanthe

Adrienne ist 42, als ihre Welt aus den Fugen gerät: Ihr Mann verlässt sie wegen einer jüngeren Geliebten. Da bittet eine Freundin sie, für ein paar Tage ihre kleine Pension zu hüten. Nur ein einziger Gast, Paul Flanner, hat sich für das Wochenende angemeldet. Kurz nach seiner Ankunft zieht ein fürchterlicher Sturm auf. Mehrere Tage lang wird das Unwetter Paul und Adrienne in der Pension einsperren, und diese Tage werden ihr Leben für immer verändern …
Gleichnamig verfilmt mit Richard Gere und Diane Lane.

Du bist nie allein

The Guardian

Noch vier Jahre nach dem Tod ihres Mannes trägt Julie schwer an ihrer Trauer. Doch als der attraktive, weltgewandte Richard sie zu umwerben beginnt, zeigt Julie erstmals wieder so etwas wie Interesse am anderen Geschlecht. Richard liest ihr jeden Wunsch von den Lippen ab. Julie ist wie verzaubert – und merkt lange nicht, dass ihr bester Freund Mike ebenfalls in sie verliebt ist. Sie muss sich zwischen den beiden Männern entscheiden. Doch als sie ihre Wahl getroffen hat, schlägt die Leidenschaft eines ihrer Verehrer in Besessenheit um, und Julie gerät in größte Gefahr.

Ein Tag wie ein Leben

The Wedding

Seit fast dreißig Jahren sind Wilson und Jane verheiratet. Nach außen hin scheint alles perfekt. Doch als Wilson ihren 29. Hochzeitstag vergisst, ist Janes Enttäuschung so maßlos, dass Wilson beginnt, an ihrer Ehe zu zweifeln. Empfindet Jane für ihn, den unromantisch veranlagten Anwalt, überhaupt noch etwas? Wilson sucht Rat bei Janes Vater Noah, dessen einzigartige, fünfzig Jahre währende Liebe zu seiner Frau Allie jedem in der Familie als Vorbild gilt. Dank seiner Hilfe versteht Wilson, dass er alles tun muss, um Janes Herz zurückzugewinnen.

Nah und fern
(zusammen mit Micah Sparks)

Three Weeks with my Brother

Als Nicholas Sparks und sein Bruder Micah im Januar 2003 eine Weltreise antreten, sind sie voll der Erwartung. Ihre Reise zu den Wundern der Welt gerät gleichzeitig zu einer Reise in die Erinnerung, und ihr Bericht spiegelt auch die bewegende Geschichte ihrer Familie wider, die eine tragische Serie von Schicksalsschlägen verkraften musste. Ein Buch, so dramatisch und anrührend wie Nicholas Sparks' beste Romane.

Die Nähe des Himmels

True Believer

Jeremy Marsh ist ein Wissenschaftsjournalist, der sich auf die Entlarvung angeblich übernatürlicher Phänomene spezialisiert hat. Nun lockt ihn ein neuer Fall nach North Carolina. Entgegen all seiner wohlgeordneten Pläne verliebt er sich gleich Hals über Kopf in Lexie – die Enkelin einer Hellseherin. Lexies Verhalten verstärkt seinen Gefühlstumult nur noch. Sie scheint durchaus etwas für Jeremy zu empfinden, doch dann begegnet sie ihm wieder schroff und abweisend.

Das Wunder eines Augenblicks

At First Sight

Für seine große Liebe ist der New Yorker Journalist Jeremy ins Örtchen Boone Creek gezogen. Alles scheint perfekt – wären da nur nicht die Zweifel, die an Jeremy nagen: Für ihn war es Liebe auf den ersten Blick, aber kennt er Lexie wirklich? Kann er sich ihrer Gefühle auch im grauen Alltag sicher sein? Als er eine anonyme Nachricht erhält, ist ihm, als würde ihm der Boden unter den Füßen weggezogen. Sein ganzes Glück steht mit einem Mal auf dem Spiel.

Das Leuchten der Stille

Dear John

Als John Tyree Savannah begegnet, weiß er, dass er die Frau seines Lebens gefunden hat. Zum ersten Mal hat er ein klares Ziel vor Augen: so schnell wie möglich seinen Militärdienst beenden und dann mit Savannah eine Familie gründen. Aber alles läuft anders als geplant, und immer wieder verzögert sich seine Rückkehr. Dann erhält er einen Brief von Savannah: Sie will nicht mehr länger auf ihn warten – denn sie hat sich in einen anderen verliebt. Doch John kann sie nicht vergessen.
Gleichnamig verfilmt mit Channing Tatum und Amanda Seyfried.

Bis zum letzten Tag

The Choice

Travis Parker lebt in einem Haus mit wunderbarer Aussicht, verbringt traumhafte Wochenenden mit seinen Freunden beim Wassersport oder Grillen und liebt seine Arbeit als Tierarzt. Für eine Frau ist in seinem Leben kein Platz mehr, meint er und scheut jede feste Bindung. Doch dann tritt Gabby Holland in sein Leben, seine neue Nachbarin, zu der er sich sofort hingezogen fühlt. Gegen viele Widerstände gelingt es ihm, sie für sich zu gewinnen. Travis ahnt nicht, dass seine größte Prüfung noch bevorsteht.

Für immer der Deine

The Lucky One

Kann es wirklich so etwas wie einen Glücksbringer geben? Logan Thibault würde so einen Gedanken weit von sich weisen – bis er selbst in höchster Gefahr das Foto einer schönen Frau findet. Er nimmt es an sich und fühlt sich ab diesem Moment auf wunderbare Weise beschützt. Quer durch ganz Amerika sucht er die Frau. Und als er sie schließlich findet, nimmt sein Leben eine ebenso wunderbare wie dramatische Wendung.
Verfilmt unter dem Originaltitel »The Lucky One« mit Zac Efron und Taylor Schilling.

Mit dir an meiner Seite

The Last Song

Ronnie ist entsetzt: Sie soll die gesamten Sommerferien bei ihrem Vater verbringen, der von der Familie getrennt im langweiligen North Carolina lebt. Die 17-Jährige ist wild entschlossen, ihrem Vater das Leben zur Hölle zu machen. Bis der junge Will in ihr Leben tritt, der alles verändert: Zum ersten Mal verliebt Ronnie sich wirklich und wahrhaftig. Die beiden verleben eine wunderbare Zeit. Gleichzeitig nähert Ronnie sich auch wieder ihrem Vater an. Doch dann droht ein schreckliches Geheimnis alles zu zerstören.
Verfilmt mit Miley Cyrus (»Hannah Montana«) und Greg Kinnear.

Wie ein Licht in der Nacht

Safe Haven

Niemand im Küstenort Southport weiß, wer die neue Einwohnerin Katie ist und woher sie kommt. Sie lebt völlig zurückgezogen und vermeidet jeden Kontakt mit anderen. Erst dem jungen Witwer Alex, der zwei kleine Kinder hat, gelingt es langsam, ihr näherzukommen. Doch Katie hütet ein dunkles Geheimnis. Wird sie für die Liebe alles aufs Spiel setzen?
Verfilmt von Lasse Hallström unter dem Originaltitel »Safe Haven« mit Josh Duhamel und Julianne Hough.

Mein Weg zu dir

The Best of Me

Amanda und Dawson sind erst siebzehn, als sie sich unsterblich ineinander verlieben. Doch ihre Familien bekämpfen die Beziehung, und widrige Umstände trennen sie schließlich endgültig. Fünfundzwanzig Jahre später kehren die beiden in ihr Heimatstädtchen zurück. Sie empfinden noch genauso tief füreinander wie damals. Aber beide sind von Schicksalsschlägen gezeichnet, und die Kluft zwischen ihnen scheint größer denn je zu sein …
Verfilmt von Michael Hoffman unter dem Originaltitel »The Best of me« mit James Marsden und Michelle Monaghan.